FOLIO SCIENCE-FICTION

Bernard Simonay

La Vallée
des Neuf Cités

Gallimard

Depuis *Phénix*, son premier roman, récompensé par les prix Cosmos 2000 et Julia Verlanger, Bernard Simonay n'a cessé d'écrire. Il a abordé avec un égal succès le roman historique (*La première pyramide*, *Moïse le pharaon rebelle*), l'imaginaire (*Les enfants de l'Atlantide*, *La légende de la Toison d'or*), le policier (*La lande maudite*) ou plus récemment le roman d'aventures contemporain (*Les tigres de Tasmanie*, *La dame d'Australie*).

Fervent défenseur d'une littérature populaire assumée, Bernard Simonay n'a de cesse, au fil de ses histoires profondément philanthropiques, de questionner l'homme et de nous mettre en garde contre ses pires dérives.

NOTE DE L'AUTEUR

Certains lecteurs se souviendront peut-être, s'ils ont lu *Phénix*, du comte Czarthoz, qui adopta Dorian et Solyane, alors qu'ils avaient tout perdu et erraient, seuls, dans l'immense massif Skovandre. Czarthoz avait l'habitude de jurer, comme beaucoup de Gwondaleyens, par Lakor et son Aigle d'Or.

Lakor est demeuré, dans la mémoire des habitants de cette cité, le dieu fondateur de Gwondaleya. Cependant, si les siècles ont fait de lui une divinité « bienveillante », Lakor fut à l'origine un homme, un héros hors du commun, qui mena une vie fertile en aventures et accomplit une série impressionnante d'exploits.

Ce sont ces aventures que je veux vous conter dans cet ouvrage. Les lecteurs passionnés par cette période obscure de l'histoire amanite trouveront en fin de volume quelques documents annexes, établis — à travers le temps et l'espace imaginaire — en collaboration avec l'historien officiel de Dorian, Maistre Lauran d'Aspe, documents qui les aideront à mieux comprendre l'atmosphère qui régnait dans l'antique cité de Gwondà, plus de mille huit cents ans avant l'époque de Dorian et Solyane.

9

Bien sûr, il n'est pas nécessaire d'avoir lu la trilogie de *Phénix* pour se plonger dans la vie tumultueuse du « dieu » Lakor (ou Làkhor, selon l'ancienne orthographe medgaarthienne), né Hegon d'Eddnyrà.

Je souhaite à tous un excellent voyage. Et que le sinistre Nyoggrhâ s'écarte de votre route.

Prologue

« En ces temps obscurs, les hommes avaient fui l'enfer du Nord, où régnait le sinistre Nyoggrhâ, et avaient trouvé refuge dans la Vallée de Medgaarthâ... Mais toutes les neuf années, un terrible fléau se déchaînait sur la Vallée, en punition des fautes commises par les peuples anciens. »

MAISTRE LAURAN D'ASPE,
historien officiel du seigneur Dorian,
comte de Gwondaleya.

Rien ne vit là-bas !

Le jour, elles paraissent dormir, assoupies dans un sommeil minéral. Un vent chaud et sec souffle en permanence de leurs étendues désertiques. L'haleine des génies, disent les landwoks[1]. Au soleil, leur couleur est indéfinissable. C'est une palette de gris, de bruns, de rouges qui se mêlent et s'entrecroisent, ponctués çà et là par la tache incandescente d'un affleurement de lave.

Rien n'y vit. Ni plantes ni animaux. Pas un chant d'oiseau n'y fait vibrer l'air.

On les appelle les Terres Bleues.

---

1. *Landwok* : paysan, dans la langue de Medgaarthâ.

PREMIÈRE PARTIE

HEGON D'EDDNYRÀ

1

Medgaarthâ, an 3987 de l'ère christienne...

En ce début de printemps, comme bien souvent, le seigneur Hegon avait mené sa *cohorte* en lisière des Terres Bleues. Coiffé d'un casque de guerre qui lui couvrait en partie les épaules, le visage recouvert par un masque de tissu épais, les mains tenant solidement les rênes de son cheval, il contemplait les lugubres étendues qui bordaient la Vallée au nord de la cité de Mahagür. Celui qui n'a pas vu, de ses yeux, ces déserts minéraux où la vie n'a plus droit de cité ne peut comprendre ce que l'on y ressent, quelle impression de dégénérescence inexorable s'en dégage, la sensation effroyable de se trouver à la frontière du royaume de la Mort elle-même. D'un bord à l'autre de l'horizon, ce n'était qu'un chaos de pierrailles balayé par de violentes bourrasques qui soulevaient en mugissant des colonnes de poussière. Certains y voyaient l'incarnation des *agoulâs*, les terribles dévoreurs d'âmes échappés du Haâd, le second monde des trépassés.

Personne ne pouvait s'aventurer dans ces territoires maudits sans perdre la vie. Les exemples ne manquaient pas d'hommes qui avaient tenté de les traverser, par bravade ou pour fuir un ennemi. La mort ne les frappait pas instantanément. Mais très vite, ils développaient une maladie étrange et incurable, la Malédiction bleue, qui provoquait un pourrissement irréversible des chairs, accompagné de souffrances intolérables.

Resté en arrière avec les guerriers, Dennios le conteur observait le seigneur Hegon avec inquiétude. Il n'aimait pas le voir s'approcher de trop près de ces étendues mortelles. Il existait pourtant un moyen de les traverser, et il le connaissait. Mais les Medgaarthiens l'ignoraient.

Dennios n'était pas son vrai nom, mais celui par lequel le connaissaient les habitants de Medgaarthâ, «la terre du milieu». Cela faisait tellement longtemps qu'il vivait dans la Vallée qu'il avait presque fini par oublier le nom qu'il portait autrefois.

Les étrangers étaient rarement bien accueillis par les Medgaarthiens. Cependant, ils aimaient écouter les histoires, et son métier de conteur les avait amenés à faire une exception pour lui. En Medgaarthâ, les conteurs étaient appelés *myurnes*. Ces myurnes gagnaient leur vie en narrant les légendes de la Vallée et en colportant les dernières nouvelles. Ils vivaient d'aumônes, mais restaient totalement libres, même s'ils choisissaient de lier leur sort à celui d'un *graâf*, ainsi que l'on nommait les nobles dans ce pays.

Les myurnes parcouraient les neuf cités de Medgaarthâ de palais en *doméas*, les luxueuses demeures des grands personnages du royaume. Ils n'acceptaient jamais d'argent, se contentant, par tradition, du gîte, de la table, parfois d'un habit neuf. Toujours en quête d'informations, d'échos, de petits scandales, de récits de duels ou de bataille, ils les reportaient ensuite, agrémentés de détails fantaisistes nés de leur imagination. On les soupçonnait parfois de servir d'espions au souverain suprême, le Dmaârh Guynther de Gwondà. C'était probablement vrai, mais personne n'avait jamais pu ou osé le prouver. Il ne faisait pas bon s'opposer au pouvoir absolu du Dmaârh.

Dennios n'occupait aucune fonction de ce type. Cela

n'avait rien d'étonnant, puisqu'il restait un étranger, même si la plupart des habitants l'ignoraient ou l'avaient oublié. Cela faisait plus de vingt ans qu'il vivait en Medgaarthâ. Pour des raisons connues de lui seul, il avait choisi de s'attacher au seigneur Hegon d'Eddnyrà, et ceci depuis avant même sa naissance.

Soudain, Hegon se tourna vers ses guerriers et fit signe à Dennios et au lieutenant Roxlaàn, son ami d'enfance, de le rejoindre. Ce dernier obéit, guère rassuré. D'une taille aussi imposante que celle d'Hegon, il faisait toujours preuve d'un courage exemplaire au cours des combats. Mais les Terres Bleues l'effrayaient : comment lutter contre des esprits ?

— Regardez, dit Hegon.

Il désignait, à la frontière des deux mondes, celui de la vie et celui de la mort, quelques arbustes chétifs qui courbaient leurs branchages noirâtres, aux formes torturées, sous les assauts du Fo'Ahn, le vent-qui-rend-fou. Leurs feuilles rares se racornissaient comme sous l'effet de flammes invisibles. Quelques insectes aux carapaces luisantes rampaient sur le sol, seuls signes de vie animale sur ces terres désolées. Une odeur écœurante flottait dans l'air sec, relents de bois pourri, remugles de mares de boue desséchée aux reflets chimiques.

— Voyez ces mousses et ces lichens, précisa Hegon. Il y en a de plus en plus. Les Terres Bleues perdent du terrain, compagnons.

— Je te trouve bien optimiste ! grommela Roxlaàn d'une voix sinistre. Je ne vois là que quelques végétaux maladifs.

Il s'adressa à Dennios.

— Toi qui as beaucoup voyagé, est-il vrai qu'autrefois ces maudites Terres Bleues n'existaient pas ?

— Je ne saurais l'affirmer, seigneur, mais les légendes disent qu'elles sont apparues à l'époque de l'effondrement de la civilisation des Anciens.

— La peste soit des Anciens ! grogna encore Roxlaàn. On dit qu'ils sont nos ancêtres ! Mais quel monde nous ont-ils laissé !

De colère, il cracha sur le sol.

— Y a-t-il aussi des Terres Bleues dans ton pays ? demanda Hegon.

— Oui. Et les voyageurs que j'ai rencontrés prétendent qu'il en existe partout dans le monde connu.

Une bourrasque brutale les gifla sans ménagement, les contraignant à resserrer leurs capes malgré la chaleur qui régnait déjà en ce début de matinée. Un hurlement lancinant résonnait dans les arbres proches, dont les frondaisons s'agitaient en tous sens. Les gens de la Vallée détestaient et redoutaient ce vent étrange, parfois tiède, parfois glacial, qui soufflait des contrées sauvages de l'Ouest. On disait qu'il apportait le malheur.

Vers le sud, au contraire, s'étendait une vallée verdoyante, inondée par la lumière d'un soleil triomphant. Un moutonnement de collines creusées de ravines profondes se couvrait de forêts et de prairies qui s'étageaient jusqu'au lit d'un fleuve large, le Donauv. Medgaarthâ était l'empire de Braâth l'Unique, le Bien-Aimé, le Protecteur, le dieu puissant qui avait survécu à Raggnorkâ. Ainsi les habitants de la Vallée nommaient-ils l'apocalypse qui avait anéanti le Monde des Anciens longtemps auparavant. Medgaarthâ s'étirait sur plusieurs centaines de kilomètres le long du fleuve. Neuf villes se succédaient sur ces rives, et lui avaient donné son autre nom : la Vallée des Neuf Cités. On disait plus simplement la Vallée.

Après un dernier regard pour les Terres Bleues, le seigneur Hegon donna le signal du retour vers Mahagür, distante de moins d'une marche[1]. Les *warriors*, les guerriers de sa cohorte, formèrent l'escorte.

---

1. Une marche : environ sept kilomètres, distance parcourue par un homme en une heure. On retrouvera cependant aussi le système métrique, encore en usage à l'époque.

Une cohorte comportait vingt-sept warriors répartis en trois groupes de neuf. Tous savaient manipuler la hache, le javelot, la *trive*, une longue lance à trois lames bien utile pour crocheter l'ennemi, les *nardres*, qui sont des armes de lancer à trois pointes, propres à déchirer les gorges et à ouvrir les ventres. Ils maniaient également le sabre avec une rare efficacité, ainsi que l'arc et l'arbalète. Certains warriors, appelés *arrioks*, étaient spécialisés dans le tir à l'arbalète. Cette arme, connue depuis la plus haute antiquité, avait été développée par les Medgaarthiens. Certaines étaient capables de tirer une douzaine de carreaux en quelques secondes, et leurs traits perçaient les plus résistantes des cuirasses.

L'aspect féroce des warriors était renforcé par les tatouages et piercings rituels qui ornaient leur visage et leur corps. Des points bleus marqués sur le front disaient le nombre d'hommes que chacun avait tués. Ce nombre traduisait la valeur de leur propriétaire. Dans la société medgaarthienne, il était de bon ton de présenter un visage garni de tatouages. De même, un warrior devait savoir résister à la douleur, ce qui expliquait les scarifications et autres boursouflures qui décoraient le corps des guerriers dans des endroits parfois inattendus. Ces opérations avaient toujours lieu en présence d'un public attentif, et le guerrier devait subir la torture qu'il s'était lui-même imposée sans émettre le moindre cri de souffrance, sous peine de déclencher les moqueries des autres. Il était même conseillé de sourire et de rire tandis que le *médikator*, l'homme médecine, vous taillait et nouait les chairs. Les blessures reçues au cours des combats faisaient l'objet de soins particuliers, et la tradition voulait que l'on pratiquât une ouverture dans les vêtements afin de les laisser apparentes[1].

Pourtant, Hegon ne sacrifiait pas à cette coutume. Il

---

1. Cette coutume se retrouvera, bien plus tard, chez les chasseurs de Veraska. Voir *La malédiction de la Licorne.*

ne portait qu'un seul point bleu, souvenir du premier homme qu'il avait tué. Cela s'était passé au cours de sa dernière année de *Prytaneus*, l'école des guerriers nobles de Medgaarthâ, située à Gwondà, la capitale. L'un de ses condisciples, un géant de la même taille que lui, l'avait provoqué, affirmant que l'un des deux était de trop. Hegon avait tenté de le raisonner, mais rien n'y avait fait. Sûr de sa supériorité, l'autre avait exigé un duel. Celui-ci, comme le voulait la coutume, avait eu lieu dans l'enceinte de l'école, devant les maîtres, avec pour seule arme le long poignard courbe des warriors.

Dès le début, il n'avait fait aucun doute que l'autre était décidé à tuer Hegon. Il avait attaqué avec la dernière férocité. Mais Hegon avait très vite montré sa supériorité. Il avait blessé son adversaire suffisamment sérieusement pour que le combat fût arrêté. Ce que les maîtres avaient ordonné. Le vaincu, furieux et humilié, avait alors transgressé les règles. Comme Hegon lui tournait le dos, il avait récupéré son poignard et l'avait agressé par-derrière. Son coup en traître n'avait rencontré que le vide. Avant qu'il ait pu comprendre, l'arme d'Hegon s'était plantée dans sa poitrine. Hegon ne s'était jamais expliqué comment il avait su que l'autre allait l'attaquer. Il avait perçu ses intentions alors qu'il ne le voyait pas et que son adversaire avait bondi sur lui en silence. Il avait frappé pour se protéger, avec une extraordinaire précision. Ayant agi en état de légitime défense, il n'avait pas été inquiété, mais il n'avait jamais oublié le regard stupéfait, l'angoisse de mourir dans les yeux du vaincu. La mort avait été longue à venir, une mort qu'Hegon n'avait pas souhaité donner.

Ayant vaincu loyalement, il avait mérité le point bleu sur son front. Cependant, s'il avait accepté celui-là, il avait refusé d'y ajouter les suivants. Son exploit ne lui avait apporté aucune fierté, mais le sentiment d'avoir tué un homme jeune, qui avait une longue existence devant lui, et qui s'en était privé à cause de son orgueil stupide.

Plus tard, des fanfarons vindicatifs s'étaient leurrés sur ce tatouage unique et lui avaient jeté des défis. Mal leur en avait pris. Les plus acharnés l'avaient payé de leur vie. Aujourd'hui, sa réputation le précédait.

Le seigneur Hegon avait vingt-deux ans. Haut de sept pieds, taillé en hercule, il portait les cheveux, d'un blond-roux, noués en queue-de-cheval par une lanière de cuir. Malgré son jeune âge, il avait déjà livré tant de combats et occis tant d'hommes que son visage était marqué par la dureté, une dureté renforcée par la couleur gris très pâle de son regard. La mâchoire carrée, volontaire, les joues continuellement mangées par une barbe naissante, il émanait de lui une puissance irrésistible qui effrayait ses adversaires.

Derrière ce masque de guerrier implacable, Dennios était sans doute le seul à pouvoir encore discerner le regard plein de générosité et de spontanéité du petit garçon qu'il avait été autrefois. Il le connaissait depuis sa plus petite enfance, pour être entré de son plein gré au service de la maison de son père, Maldaraàn, *maârkh*[1] d'Eddnyrà.

Hegon avait passé ses premières années dans le palais de cette cité, objet du plus total manque d'intérêt de la part du seigneur Maldaraàn, dont il était pourtant le seul enfant. Dennios connaissait la raison de cette indifférence, mais ne pouvait pas la révéler à Hegon. Certaines choses devaient rester secrètes.

Dennios avait un peu remplacé auprès de lui ce père absent, s'inquiétant pour sa santé, surveillant son éducation avec rigueur. Le seigneur Maldaraàn s'était étonné qu'un myurne pût s'attacher ainsi à un gamin, mais il l'avait laissé faire. À ses yeux, Dennios n'était qu'un vulgaire conteur dont il n'avait aucune raison de se méfier. Cette considération méprisante faisait parfaitement

---

1. *Maârkh :* gouverneur d'un *làndmaârkh*, domaine contrôlé par l'une des neuf cités.

l'affaire du myurne. À lui moins qu'un autre il était souhaitable de révéler la véritable raison de sa présence auprès de son fils.

Dennios était demeuré près du petit Hegon pendant neuf années, se réjouissant de ses progrès, nourrissant son esprit de belles légendes, du récit de ses voyages, ouvrant son esprit sur un monde que les gens de la Vallée étaient loin d'imaginer. Une grande complicité les liait.

Lorsque, à l'âge de neuf ans, Hegon fut envoyé, comme tous les jeunes nobles, au Prytaneus, l'école militaire de Gwondà, il possédait déjà certaines connaissances qui le firent apprécier de ses professeurs. Afin de ne pas perdre le contact avec lui, Dennios quitta le service du palais d'Eddnyrà et s'installa à Gwondà. Le seigneur Maldaraàn ne remarqua même pas son absence.

Pendant les neuf années qui suivirent, Hegon subit l'entraînement impitoyable des warriors, les guerriers qui assuraient la défense de Medgaarthâ contre ses ennemis. On lui enseigna également la lecture, l'écriture et le calcul, mais surtout le maniement des armes et l'équitation. Soumis à une discipline de fer, les jeunes nobles apprenaient ainsi à devenir les futurs chefs des cohortes de Medgaarthâ.

À dix-huit ans, Hegon dut affronter les terribles épreuves d'initiation de l'Hârondà, destinées à couronner le passage des adolescents de sang noble à l'âge adulte. Il triompha de ces épreuves avec panache. Il espéra alors que le seigneur Maldaraàn commencerait à lui porter de l'intérêt. Mais il n'avait même pas daigné assister à l'Hârondà, et fut informé du succès de son fils par un message personnel du Dmaârh. Hegon ignorait la teneur de ce message, mais, immédiatement après, il fut envoyé dans la cité de Mahagür, la plus occidentale des villes de l'Amont, et la plus éloignée d'Eddnyrà. S'attendant à être appelé auprès de son père, il fut pris d'une violente colère.

— Il aurait au moins pu me faire nommer à Gwondà !

explosa-t-il. Mahagür est la cité la plus triste et la plus pauvre de toute la Vallée. Je vais m'y ennuyer à mourir.

Malheureusement, l'obéissance totale au père était l'une des traditions les plus ancrées dans l'esprit des habitants de Medgaarthâ, et Hegon ne pouvait se soustraire à cette décision. Dennios, qui connaissait les raisons probables de cet exil, hésita à lui dévoiler la vérité à ce moment-là. Il renonça. Il était encore trop tôt, en admettant d'ailleurs que les circonstances fissent qu'il pût un jour lui faire connaître ces raisons. Trop d'erreurs avaient été commises autrefois et il était prudent de ne pas les renouveler.

Hegon avait mis le rejet de son père sur le fait que sa mère était morte en le mettant au monde. Il avait tenté d'obtenir des renseignements auprès du myurne, mais celui-ci s'était montré évasif.

— Je l'ai peu connue, mentit-il. Elle s'appelait Dreïnha et c'était une très belle femme. Mais je pense qu'il vaudrait mieux que tu évites de parler d'elle à ton père, seigneur.

— Il me reproche toujours d'avoir pris sa vie, n'est-ce pas ? Pourtant, je ne suis pas responsable de sa mort. Elle me manque, à moi aussi.

Dennios acquiesça d'un hochement de tête. Bien sûr, la vérité était bien différente, mais il se garda bien de le détromper. Ce jour-là cependant, il mesura la solitude qui était la sienne.

En réalité, la mission avait été abandonnée depuis longtemps et il aurait pu repartir. Plus rien ne le retenait dans la Vallée. Plus rien, sinon un serment qu'il s'était fait. Plus rien, sinon ce grand diable de guerrier qu'il aimait comme le fils qu'il n'avait jamais eu. Et aussi le souvenir d'une femme à la beauté quasi surnaturelle...

Avec le temps, Dennios avait espéré que le seigneur Maldaraàn apprendrait à apprécier ce fils, en raison de ses nombreuses qualités. Mais son attitude n'avait jamais varié. Hegon était pourtant son seul héritier, car aucune de ses concubines ne lui avait donné d'autre enfant, ni fille, ni garçon. Maldaraàn n'avait même pas demandé à le revoir après l'Hârondà, se contentant de lui adresser ses ordres dans un billet au ton d'une sécheresse glaciale.

Quelques jours après les épreuves, Hegon et Dennios étaient donc partis pour Mahagür, en compagnie du seigneur Roxlaàn, l'ami indéfectible qu'il s'était fait au cours de ses années d'éducation guerrière, et qu'il avait choisi pour *serwarrior*, c'est-à-dire lieutenant.

Fils d'un nobliau de la petite cité de Mora, Roxlaàn n'avait rien à envier à Hegon sur le plan de la carrure. Tous deux dépassaient les autres d'une bonne tête, et rares étaient les guerriers qui osaient les défier. Au Prytaneus, ces riches natures avaient d'abord été rivales, chacune voulant assurer sa suprématie sur l'autre par de vigoureuses empoignades. Avec le temps, une solide affection était née entre eux, qui leur avait permis de résister aux brimades et vexations imposées par leurs instructeurs. La tradition medgaarthienne exigeait que les jeunes nobles fussent avant tout de redoutables guerriers, et les épreuves subies au cours des neuf années de préparation étaient tellement dures que près d'un enfant sur dix n'y résistait pas. Certains préféraient même se suicider.

Cet état de fait avait révolté Dennios, étant donné le nombre tragiquement faible des naissances. Au cours de sa vie, une femme mettait rarement plus de trois ou quatre enfants au monde. Compte tenu de la mortalité, la population n'augmentait guère. Certaines croyances affirmaient qu'au temps des Anciens, la fertilité était bien supérieure. Mais peut-être la nature avait-elle décidé de la restreindre afin d'éviter la surpopulation que le monde avait connue à l'époque. On disait qu'autrefois, avant les grands cataclysmes, le monde avait été peuplé de plus de douze milliards d'individus.

Aujourd'hui, on estimait qu'il n'en restait pas plus de deux ou trois cents millions sur l'ensemble de la planète.

Cette fertilité amoindrie n'empêchait pas les Medgaarthiens de laisser mourir leurs enfants trop faibles. Seuls les plus puissants devaient survivre, afin de lutter plus efficacement contre les hordes sauvages venues de l'Extérieur.

Hegon et Roxlaàn n'avaient jamais fait preuve de faiblesse, bien au contraire. Prompts l'un comme l'autre à répliquer à la moindre provocation, ils avaient acquis une solide réputation de fauteurs de trouble dans les basfonds des cités où ils étaient passés, combattant les colosses qui se risquaient à les affronter. Ils en conservaient quelques cicatrices récoltées aussi bien dans des bagarres collectives qu'au cours de duels féroces, ceux-ci étant monnaie courante à Medgaarthâ. La loi appartenait au plus fort, et les rares services de police instaurés par les maârkhs ne possédaient pas les forces suffisantes pour maintenir un ordre plus que précaire. Les exploits des deux hommes leur valaient une certaine admiration de la part du peuple, toujours prompt à se chercher des héros.

Avec le temps, leur amitié avait été renforcée par les conquêtes féminines qu'ils accumulaient sans aucun scrupule. Le blond Hegon et le brun Roxlaàn ne comptaient plus leurs bonnes fortunes, qu'ils échangeaient au gré de leur humeur. Jamais une demoiselle n'avait été entre eux objet de discorde. Il faut dire qu'en Medgaarthâ les femmes n'avaient pas un statut équivalent à celui des hommes. Considérées comme inférieures par les *orontes*[1], elles n'étaient pas censées avoir une âme et devaient se soumettre sans discussion à la volonté des hommes.

Pourtant, c'est bien à cause de l'amour porté à une femme que cette histoire avait commencé.

_____

1. *Oronte* : prêtre de la religion medgaarthienne.

Depuis maintenant quatre ans, Hegon, Roxlaàn et Dennios vivaient à Mahagür. La présence de Dennios auprès d'Hegon conférait un certain prestige au jeune homme. Seuls les nobles de haute naissance possédaient la fortune suffisante pour s'entourer d'artistes de toutes sortes, afin d'asseoir leur réputation d'hommes de goût. Mais il était beaucoup plus rare qu'un homme aussi libre que l'étaient les conteurs acceptât de lier sa vie à un simple guerrier.

Bien qu'il ne fût qu'*alwarrior* — c'est-à-dire capitaine —, dont le rôle officiel était de commander sa cohorte, Hegon, à Mahagür, était considéré comme un notable, ce qui lui valait d'être convié à toutes les fêtes organisées par les quelques graâfs de la cité. La plupart ignoraient les relations difficiles existant entre Hegon et son père, et l'amitié du fils d'un maârkh aussi puissant pouvait toujours s'avérer profitable.

Mahagür était la cité dédiée à la déesse de la lune, Haykhât, épouse du dieu soleil Harmâck. Si ce dernier était une divinité bienfaisante, symbole de la lumière et de la vie, qui présidait aux moissons, Haykhât au contraire terrifiait les Medgaarthiens. Sortir de chez soi par une nuit de pleine lune pouvait s'avérer funeste. On disait que les rayons glacés de la déesse détruisaient la raison et faisaient surgir de terre les sinistres agoulâs.

Le làndmaârkh, ou comté de Mahagür, constituait le premier rempart contre les hordes sauvages qui vivaient à l'ouest, le long des rives du Donauv. À plusieurs reprises dans le passé, les Dmaârhs de Medgaarthâ avaient tenté d'envahir ces régions, mais ils s'étaient heurtés à des populations belliqueuses et bien armées. Quelques victoires avaient parfois amené l'occupation d'une partie de ces contrées, mais il s'en était toujours suivi des révoltes sanglantes qui avaient repoussé les Medgaarthiens à la limite de Mahagür. Ils avaient fini par en conclure que le nombre de cités de la Vallée ne devrait jamais excéder le chiffre sacré de neuf, que l'on retrouvait quantité de fois dans la mythologie medgaarthienne. Ainsi le dieu Braâth regroupait à lui seul neuf autres divinités qui s'unissaient en lui. La formation militaire des garçons débutait dès qu'ils atteignaient leur neuvième anniversaire. Les cohortes comportaient vingt-sept warriors, répartis en trois unités de neuf guerriers. Tous les ans, on sacrifiait neuf couples de jeunes âgés de dix-huit ans — deux fois neuf — aux divinités des marais de Gwondà.

Et le terrible Loos'Ahn frappait tous les neuf ans.

À Mahagür, Hegon était placé directement sous les ordres du *comwarrior*[1] Koohr. Tout le monde détestait cette brute au caractère imprévisible, qui exerçait sur la garnison de Mahagür sa petite tyrannie personnelle. Cependant, en raison de leur promptitude à réagir et de leur réputation, Hegon et Roxlaàn bénéficiaient d'un traitement de faveur. Koohr évitait de les provoquer, sachant que son grade ne le mettait pas à l'abri d'un duel qu'il n'avait aucune chance de remporter. Hegon était considéré comme le meilleur guerrier du làndmaârkh. Certains s'avançaient à dire qu'il était sans doute le plus puissant guerrier de la Vallée. Et, de fait, personne n'avait jamais pu le vaincre depuis sa sortie du Prytaneus. Peut-être en espérant les voir disparaître, Koohr prenait un malin plaisir à les envoyer dans les endroits les plus dangereux.

Moins d'une heure plus tard, la cohorte arriva en vue de la cité. Mahagür ressemblait plus à une forteresse qu'à une ville. Une enceinte élevée la ceinturait, flanquée à intervalles réguliers de hautes tours de pierre. Trois portes blindées ouvraient vers le sud, le nord et l'est, protégées par des fortins. En revanche, la double

---

1. *Comwarrior* : commandant de garnison.

muraille occidentale n'était percée d'aucune ouverture. La majeure partie de la ville se situait sur la rive septentrionale du Donauv. Un pont fortifié et surmonté de tourelles enjambait le fleuve pour mener vers les quartiers méridionaux, eux aussi défendus par une enceinte. Des cohortes d'arrioks veillaient en permanence sur les remparts.

Ils passèrent sous les herses de la porte nord. La vocation guerrière de Mahagür en faisait une ville morose et sombre. Les demeures elles-mêmes étaient consolidées, les portes bardées de fer, les volets équipés de plaques de métal. Les rues avaient été tracées en chicane, afin de faciliter leurs défenses au cas où l'ennemi serait parvenu à les investir. Des warriors patrouillaient en permanence dans les artères.

Les *khadars* et les *merkàntors* — les artisans et les marchands — résidaient à l'intérieur de la cité. Les landwoks vivaient regroupés dans des fermes fortifiées et protégées par des cohortes de warriors. Chacune d'elles possédait un système de communication à distance fondé sur des signaux optiques pour avertir la cité en cas d'attaque. Avec le temps, les habitants du làndmaârkh de Mahagür avaient appris à vivre dans un état de guerre permanent. Il ne se passait pas une année sans que la région ait à subir une tentative d'invasion. Les sinistres monticules de crânes ennemis tournés vers l'ouest le long des rives ne suffisaient pas à dissuader les envahisseurs.

Ce conflit incessant n'était pas pour déplaire à Hegon et à Roxlaàn, qui trouvaient là un moyen de libérer leurs instincts batailleurs. Après une incursion venue de l'Extérieur et repoussée par les cohortes, ils disparaissaient deux ou trois jours et se livraient à des expéditions punitives afin de dissuader les autres de revenir. Ces raids sanguinaires avaient établi une sorte de compétition entre eux, chacun tentant d'abattre le plus grand nombre d'ennemis. Surgissant de la nuit comme des démons invisibles, ils frappaient, puis se retiraient sans bruit, à tel point que ceux de l'Extérieur les avaient surnommés les Lames de Braâth.

En Medgaarthâ, on n'accordait aucune pitié à l'ennemi. Après une bataille, les blessés trop gravement atteints étaient éliminés sans aucun scrupule. Quant aux prisonniers valides, ils subissaient la *spoliation*, opération incertaine qui consistait à traiter une partie du cerveau afin de les transformer en serviteurs dociles appelés *klaàves*. Mais beaucoup en mouraient.

Une atmosphère lourde pesait sur la cité. On ne redoutait pourtant aucune attaque. Depuis un mois, elles s'étaient raréfiées. Tout comme les Medgaarthiens, les habitants de l'Ouest attendaient avec angoisse le retour du Loos'Ahn.

Dans les rues, les commerçants et les artisans affichaient des mines encore plus sombres qu'à l'accoutumée. Bien sûr, Mahagür n'avait pas subi « le Souffle du Dragon » depuis longtemps, mais personne ne pouvait affirmer que cela ne se reproduirait pas. Il n'était même pas envisageable de chercher refuge ailleurs. Le Fléau parcourait la Vallée selon un itinéraire qui variait à chaque fois. Malgré le soleil resplendissant, les ruelles de Mahagür étaient si étroites que sa lumière avait peine à y pénétrer. En été, cet agencement permettait de bénéficier d'une certaine fraîcheur. En revanche, l'hiver installait dans la cité une atmosphère crépusculaire et austère. Mahagür n'offrait aucune originalité architecturale. Les murs étaient sombres, droits, sans ornement, les fenêtres étroites et hautes afin de ne pas laisser pénétrer d'éventuels projectiles. Seule la place centrale apportait un peu d'animation dans ce sanctuaire militaire, avec son marché permanent où l'on pouvait trouver de tout, fruits, légumes, viande, pains et galettes, pièces de tissu, vêtements, armes, klaàves au regard éteint, et toutes sortes d'animaux, depuis les volailles les plus diverses jusqu'au chevaux venus de la lointaine Ploaestyà, où étaient élevées les meilleures montures.

La place du marché était le seul endroit de Mahagür qu'Hegon et ses compagnons appréciaient. Outre les étals, il était bordé de tavernes où l'on pouvait boire force bière et vin, bavarder avec un ami, provoquer une vigoureuse bagarre ou séduire une dame avec qui finir la nuit.

Cette fois cependant, après avoir libéré les warriors, ils se contentèrent d'une bière fraîche aux herbes. Outre l'effrayante menace du Loos'Ahn, un autre sujet revenait dans les conversations, qui inquiétait tout autant les habitants : la désignation du couple d'*émyssârs*, le jeune homme et la jeune fille qui allaient être choisis par l'*adoronte*, le prêtre supérieur de Mahagür, afin d'être sacrifiés aux divinités mystérieuses des marais de Gwondà.

Une coutume qui déplaisait particulièrement à Hegon.

2

En tant que fils de maârkh, le seigneur Hegon ne logeait pas à la caserne. Sa fortune, fondée sur le butin récolté au cours des batailles, lui avait permis de disposer d'une demeure personnelle, qu'il partageait avec Roxlaàn et Dennios. Cette maison, à l'image de la cité, n'offrait qu'un confort relatif, la satisfaction de posséder chacun sa propre chambre, ce qui était bien pratique lorsque l'on recevait une dame. Quoique, à bientôt cinquante ans, les chances de séduire du conteur se révélassent bien minces par rapport aux deux séducteurs de vingt-deux printemps. Mais il lui arrivait encore parfois quelque bonne fortune. Compte tenu du caractère belliqueux des Medgaarthiens, les veuves compréhensives n'étaient pas rares. C'était d'ailleurs le seul genre de femmes qu'il était permis de charmer. Le caractère possessif et vindicatif des maris n'incitait pas à tenter sa chance auprès des femmes mariées.

L'aménagement des chambres était réduit au strict minimum : un lit au matelas dur, une armoire de bois brut, une table et une escabelle à trois pieds. Le luxe viendrait plus tard...

La maison était entretenue par un intendant âgé, Fraïxhen. Il s'occupait de l'entretien du linge et préparait les repas. Ce vieux bonhomme bavard, qui, comme

Dennios, avait dédié sa vie au seigneur Hegon, possédait un caractère d'un pessimisme redoutable. Il ne cessait de se plaindre de la rapacité des merkàntors, de la difficulté à s'approvisionner, des menaces que faisaient peser les populations extérieures sur la cité. Sa mine lugubre amusait beaucoup Hegon et Roxlaàn lorsqu'il annonçait un retour probable de Raggnorkâ et la destruction de la Vallée sous l'invasion de hordes toutes plus effrayantes les unes que les autres.

Ce soir-là, c'était surtout la venue prochaine du Loos'Ahn qui l'angoissait. Il les accabla de ses craintes tout le long du repas.

— Tu verras, seigneur ! Il y a trop longtemps que Mahagür est épargnée par le Grand Dragon. Son souffle va certainement nous frapper cette année. Je le sens ! La punition des dieux sera terrible.

— Tu nous fatigues, Fraïxhen, grommela Hegon. Qu'as-tu préparé pour ce soir ?

Car s'il se révélait parfois épuisant pour la santé morale, le vieil homme avait une indéniable qualité : il connaissait l'art de la cuisine, trop peu répandu à Mahagür. Il cuisinait ses plats en bougonnant, mais le résultat était irrésistible. Et la table était le seul sujet qui le mettait de bonne humeur.

— J'ai trouvé des travers de porc, seigneur, répondit-il d'un air ravi. Grillés aux herbes et servis avec une sauce au piment de Brastyà.

Ils poussèrent des rugissements de satisfaction.

— Tu es un homme précieux, Fraïxhen, le complimenta Hegon. Je ne regrette pas de t'avoir enlevé à mon père.

— À propos, seigneur, vous avez reçu un message du seigneur Maldaraàn.

Dennios et Roxlaàn dressèrent aussitôt l'oreille. Un message du seigneur d'Eddnyrà n'augurait jamais rien de bon. L'humeur d'Hegon s'assombrit instantanément.

— Que lui arrive-t-il ? s'étonna-t-il. Il ne prend pas souvent la peine de m'écrire.

L'intendant lui tendit un rouleau de papier épais scellé à la cire. Hegon le déroula et parcourut la missive, vaguement soucieux.

— Rien de grave, seigneur ? s'enquit Dennios.

— Je ne sais pas. Mon père me demande d'aller à Gwondà pour assister à l'Hârondà de son neveu Rohlon.

Roxlaàn bondit de son escabelle et porta haut son gobelet de vin.

— Par les écailles de Khalvir, s'exclama-t-il, buvons, compagnons ! Voilà enfin une bonne nouvelle ! Nous allons pouvoir quitter ce trou infâme.

Mais ni Hegon ni Dennios ne partageaient son enthousiasme.

— On dirait que ça ne vous fait pas plaisir ! grogna-t-il.

Hegon fit la moue.

— Ça ne ressemble pas à mon père de m'inviter à une cérémonie familiale. La dernière fois que je l'ai vu, j'ai eu l'impression qu'il avait l'intention de ne plus jamais me revoir.

— Il a peut-être changé d'avis. Tu es son seul fils.

Hegon haussa les épaules.

— Non ! J'ai peur qu'il y ait autre chose. En attendant, il a demandé au graâf de Mahagür d'autoriser ma cohorte à servir d'escorte aux émyssârs jusqu'à Gwondà.

Il en fallait plus pour doucher la joie de Roxlaàn.

— Quelles que soient ses raisons, elles vont nous permettre d'aller nous esbaudir dans la capitale ! Nous y serons toujours mieux qu'ici !

Hegon se tourna vers Dennios.

— Viendras-tu avec nous ?

— Bien sûr, seigneur. Ma place est à tes côtés.

Fraïxhen secoua la tête d'un air navré.

— Ah ! ce n'est pas prudent de voyager en cette période, seigneur Hegon ! Le Loos'Ahn va bientôt frapper. Et si vous vous trouviez sur son chemin...

— C'est le destin, Fraïxhen. Il en sera ainsi qu'en auront décidé les Dyornâs[1].

Le lendemain, dès l'aube, Hegon et Roxlaàn prirent la tête de leur cohorte pour se rendre à l'extérieur de la cité, en un lieu appelé le *landgràd*. Dans cette vaste clairière cernée par des frênes hauts d'une cinquantaine de mètres avaient lieu les cérémonies religieuses. Tandis que les warriors se positionnaient tout autour de l'esplanade, Dennios se plaça près de la tribune maârkhale, encore déserte à cette heure matinale. Cependant, une foule importante occupait déjà le landgràd. Depuis le milieu de la nuit, sur l'ordre du maârkh, les familles de khadars, de merkàntors et de landwoks qui comptaient des adolescents âgés de dix-huit ans s'étaient assemblées.

Tous les ans, chacune des neuf cités devait fournir un couple d'émyssârs, un garçon et une fille, destinés à apaiser la colère des divinités mystérieuses qui peuplaient le vaste marais situé au sud de Gwondà, en lisière de l'endroit où vivait l'arbre divin, Gdraasilyâ. Ces lieux sinistres étaient réputés servir d'asile à une faune extrêmement dangereuse, qui n'hésitait pas à s'attaquer aux humains imprudents. Selon la loi édictée par les orontes, ces créatures infernales étaient les incarnations des esprits féroces qui hantaient les marais, et qui menaçaient d'envahir la Vallée si on ne les honorait pas chaque année par des sacrifices.

Cette coutume mécontentait grandement les peuples des cités, mais les orontes prédisaient les pires calamités si l'on refusait d'apaiser la fureur de ces dieux, dont on savait peu de chose, sinon qu'ils régnaient sur Medgaarthâ tout entière sous la forme d'esprits invisibles.

Les adolescents devaient être en parfaite santé. Aussi,

1. Dyornâs : les trois divinités de la Destinée. Urdyâ, qui tient le rouet ; Vardyâ, qui dévide le fil de la vie ; et Skuldyâ, l'aveugle, qui le coupe. Les Dyornâs sont les filles de Haylâ, déesse de la Mort.

parfois, certains parents mutilaient eux-mêmes leurs enfants afin de leur éviter d'être choisis. Mais cette pratique était sévèrement punie et l'on y avait rarement recours. Il était préférable également de ne pas se soustraire à la sélection, car les orontes tenaient une comptabilité très stricte de la population. Une famille qui aurait « oublié » de présenter un jeune aurait aussitôt été rabaissée au rang de *schreffe*.

Les schreffes étaient les hommes non libres, attachés aux graâfs. À la différence des klaàves, ils n'étaient pas spoliés, parce qu'ils appartenaient au peuple de Medgaarthâ. Cependant, ils dépendaient de leur maître pour tout. Celui-ci leur assignait les tâches, leur donnait l'autorisation ou non de se marier et d'avoir des enfants. Les schreffes étaient autorisés à posséder quelques biens, une maison et un lopin de terre suffisant pour la subsistance de la famille, mais ils ne pouvaient quitter le domaine de leur maître. Celui-ci avait le droit de les vendre. Cependant, les enfants des schreffes ne pouvaient devenir émyssârs. On aurait pu croire qu'il s'agissait d'une mesure de compensation. En réalité, les graâfs propriétaires des schreffes n'avaient aucune envie de se priver de leurs serviteurs, d'autant que cette condition était héréditaire.

La liberté étant préférable à l'asservissement, chaque famille avait amené ses enfants en âge d'être choisis, priant les dieux de la Vallée pour qu'ils ne le fussent pas. Les chances étaient d'ailleurs minces, vu le nombre d'adolescents, une centaine de garçons et autant de filles.

Le seigneur Hegon avait pris la tête de sa cohorte en compagnie de trois autres capitaines. Les warriors avaient pour consigne de rattraper les jeunes qui tenteraient de s'enfuir, ou de calmer les esprits un peu trop échauffés. Les guerriers d'Hegon n'avaient aucun état d'âme. Formés pour tuer dès le plus jeune âge, ils avaient l'habitude d'exécuter aveuglément les ordres sans poser de questions. Hegon lui-même était tenu d'y obéir, ce qu'il n'aimait pas. S'il n'avait tenu qu'à lui, on aurait affronté les divinités mauvaises qui se cachaient dans les marais. Mais pour les prêtres, il était hors de question de mettre la tradition en cause. Le peuple de Medjydà, en aval de Gwondà, s'était révolté quelques années plus tôt. La répression avait été impitoyable. L'armée avait reçu l'ordre de charger les insurgés, et les meneurs avaient été exécutés sur-le-champ par décapitation. De nombreux habitants avaient perdu leur liberté à la suite de cette émeute. Force avait été de se soumettre, car ni les landwoks ni les khadars n'étaient capables de manier les armes. Hegon n'avait qu'une dizaine d'années à l'époque, mais l'incident, abondamment relaté par les myurnes, l'avait profondément marqué. Il ne comprenait pas pourquoi les warriors, dont la fonction était de défendre les peuples de la Vallée, s'étaient subitement retournés contre eux avec une telle cruauté. Depuis cette époque, il haïssait foncièrement ces divinités invisibles qui exigeaient la vie de jeunes dont on avait par ailleurs grand besoin. Les autres dieux de Medgaarthâ ne demandaient pas de tels sacrifices humains. Il avait posé la question à Dennios, qui n'avait pu lui répondre. Cette partie de la croyance medgaarthienne était soigneusement tenue secrète par les orontes, qui semblaient redouter particulièrement ce qui se cachait dans les marais.

En ce jour, à Mahagür, la foule ne songeait pas à se révolter. On avait appris à accepter la cérémonie de la sélection comme une fatalité, au même titre que les attaques incessantes des *maraudiers*[1] et des *werhes*[2].

Le comwarrior Koohr, caracolant sur son cheval, arriva peu avant le maârkh et les orontes, afin de passer ses troupes en revue. Hegon n'aimait pas ce personnage

1. *Maraudier :* bandit vivant à l'Extérieur.
2. *Werhe :* créature humaine dégénérée. Autrement appelé *garou.*

infatué, qui toisait tout un chacun du haut de sa monture, mais multipliait les courbettes lorsqu'il se trouvait en présence des grands personnages de la cité. Après s'être pavané, il prit place devant la loge officielle, toujours monté sur son cheval.

Au temps magnifique de la veille avait succédé un ciel lourd de nuages apportés par le Fo'Ahn. Des odeurs chimiques et vinaigrées empuantissaient l'air, en provenance des Terres Bleues. Dans l'air gris passaient des nuées d'*aiglesards*, sortes de reptiles volants plus larges qu'un aigle. Leurs cris rauques déchiraient l'air, reflétant l'angoisse qui tenait la foule. Quelques landwoks tendirent le poing vers les volatiles. Les aiglesards s'attaquaient facilement aux troupeaux. Mais ce n'était peut-être qu'un prétexte. Les poings levés pouvaient s'adresser aussi au maârkh et aux orontes.

Soudain, le silence se fit. De la cité approchait le cortège du maârkh Pheronn de Mahagür. Il montait un superbe cheval noir auquel il faisait marquer le pas. C'était un homme encore jeune, au visage taillé au couteau et dont le nez aquilin lui donnait l'air d'un rapace. Derrière lui suivaient l'adoronte Mehnès, le prêtre supérieur, et ses acolytes, transportés dans une voiture attelée à des *hyppodions*, des chevaux géants uniquement utilisés pour le trait. Les plus puissants pouvaient peser jusqu'à trois tonnes.

Tout le monde posa un genou en terre lorsque le maârkh pénétra sur l'esplanade, hormis les cavaliers, qui se contentèrent de baisser la tête en signe de respect et de soumission. Pheronn toisa son peuple d'un regard sévère avec son œil unique, souvenir d'une ancienne bataille. Représentant du Dmaârh Guynther de Gwondà, il possédait sur chaque habitant de la cité un droit absolu de vie ou de mort. Outre ses fonctions de gouverneur, il assumait celles de juge suprême du làndmaârkh. Guerrier avant tout, Pheronn n'avait pas coutume de se montrer clément, et ses jugements sans appel comportaient souvent la peine capitale ou la spoliation. Cependant, il avait la réputation d'être juste.

Dans son esprit, les graâfs exerçaient une domination absolue sur les non-nobles, et il était hors de question d'accepter que ces derniers songeassent à se révolter. Dans un monde impitoyable, les forts devaient dominer les faibles.

Dédaignant l'estrade et le siège qui lui avaient été réservés, Pheronn resta en selle et vint se placer au côté du comwarrior, ce dont l'autre ne fut pas peu fier. Après avoir quitté leur véhicule, les orontes s'avancèrent vers le milieu de l'esplanade. Vêtus de longues robes brunes et grises, le crâne rasé, mais portant la barbe selon la tradition, ils se placèrent en ligne derrière l'adoronte Mehnès, un personnage aux manières imprévisibles, qui exerçait sur le peuple de Mahagür une domination non moins totale que celle du maârkh. Il pouvait passer des paroles les plus onctueuses au ton le plus cassant en une fraction de seconde, distillant dans l'esprit de ses interlocuteurs le doute et la crainte. Son regard noir semblait lire dans les pensées. Il possédait l'art de déceler les défauts et travers des autres, et de les mettre au jour comme on dévoile une plaie.

Mehnès ordonna aux adolescents de se placer au centre du landgràd et à la foule de se retirer jusqu'au pied des grands arbres. Il y eut çà et là quelques scènes poignantes de mères qui pleuraient, mais les warriors n'eurent pas besoin d'intervenir; leurs armes faisaient trop peur. Lentement, comme pour retarder l'échéance, les filles se dirigèrent d'un côté, les garçons de l'autre. Chacun savait ce qui attendait les émyssârs et on lisait le désarroi le plus total sur les visages.

Soudain, un adolescent, sans doute terrorisé par le regard noir de l'adoronte, s'enfuit en courant. Chacun vit qu'il boitait, mais cela n'empêcha pas Mehnès de lever la main en direction d'un arriok. L'instant d'après, un carreau siffla et vint se planter dans le dos du fuyard, à la hauteur du cœur. Les arrioks de Medgaarthâ étaient sans doute les meilleurs archers au monde. Le malheureux poussa un hurlement de douleur, puis s'écroula. Il fit une tentative pour se relever, fuir la mort qui le rattrapait, puis retomba, inerte. Une femme poussa un cri de désespoir.

Hegon serra les poings de rage contenue. Ce gamin estropié était mort pour rien. À cause de sa boiterie, il n'avait pourtant aucune chance d'être choisi. Le grand prêtre afficha un regard satisfait. Il aimait affirmer sa domination. Hegon aurait souhaité l'étrangler de ses mains.

Il observa l'adoronte d'un œil mauvais, en se demandant si ce qu'on murmurait était vrai. Différentes personnes affirmaient que Mehnès dirigeait le clergé de Mahagür depuis plus de quarante ans. C'était pourtant difficile à croire. Le grand prêtre présentait l'aspect d'un homme d'une cinquantaine d'années. Il n'avait pu prendre ses fonctions à l'âge de dix ans.

Sur un signe de Mehnès, les adolescents durent se défaire de tous leurs vêtements. Puis ils s'alignèrent, entièrement nus, au centre de la clairière sacrée. Tandis qu'un groupe d'orontes psalmodiait une litanie dans la langue secrète des prêtres, les deux acolytes commencèrent à étudier chaque jeune. Il suffisait d'un regard pour que certains fussent éliminés et renvoyés, soulagés, près des leurs. Les prêtres opérèrent un premier examen. Puis les sélectionnés subirent une étude approfondie et humiliante, sous toutes les coutures, car les orontes n'hésitaient pas à leur faire ouvrir la bouche ou palpaient leurs partie génitales, comme ils l'auraient fait pour des animaux de boucherie. Un silence glacial pesait sur le landgràd.

Soudain, Hegon repéra, parmi les sélectionnées, une fille magnifique, qui tenait frileusement ses mains sur ses seins en une défense dérisoire. Elle jetait autour d'elle des regards d'animal traqué. Sa silhouette nue, exposée aux regards de la foule, était d'une rare perfection. Elle portait une chevelure blonde, retenue par un nœud de cuir que les prêtres défirent afin de les laisser crouler sur les épaules. La colère envahit Hegon. Ces chiens d'orontes traitaient cette fille comme une esclave !

Dennios, qui s'était aperçu du trouble du jeune homme, craignit un moment de le voir intervenir, mais Hegon se retint. Malgré les attouchements odieux qu'on lui faisait subir, la fille gardait la tête haute et le regard fier. Dennios adressa une prière muette aux dieux de bienveillance — ceux auxquels on croyait dans son pays — pour que la damoiselle ne fût pas choisie. Il connaissait bien son seigneur, et le sentait soudain prêt à toutes les folies pour elle.

Malheureusement, ses dieux personnels devaient être distraits ce jour-là. Lorsque la première sélection fut achevée, il ne restait plus qu'une demi-douzaine de filles et autant de garçons. Mehnès les étudia lui-même à son tour. Tout à coup, il fit signe à la fille blonde de sortir du rang. Quelques instants plus tard, un garçon brun à la belle musculature la rejoignait, l'air abattu. À l'inverse, la jeune fille n'avait rien perdu de sa fierté, alors même que le verdict de l'adoronte signifiait qu'elle n'avait plus que quelques jours à vivre.

Hegon poussa un rugissement de dépit.

Selon les orontes, les émyssârs devaient toujours être sains et de belle allure, afin de satisfaire les divinités. Dans le cas contraire, leur colère s'abattrait immanquablement sur la Vallée. Hegon avait une fois proposé à Mehnès de les combattre, plutôt que de céder à leurs exigences. Le grand prêtre s'était mis dans une colère noire, disant qu'il s'agissait là d'un blasphème. Il lui avait prophétisé une terrible vengeance de la part des divinités. Lesquelles cependant ne s'étaient jamais manifestées.

Sur le landgràd, Mehnès se plaça devant les deux jeunes gens et leur demanda d'une voix sèche :

— Crois-tu en Braâth ?

Ils levèrent un regard apeuré vers le prêtre supérieur, puis on vit leurs lèvres murmurer un oui inaudible. Mehnès éleva la voix :

— Je veux vous l'entendre clamer haut et fort !

Le visage d'Hegon pâlit de rage contenue. Il ne pouvait détacher ses yeux de la silhouette gracieuse de la fille. Celle-ci, ravalant ses larmes bravement, clama d'une voix plus affirmée sa croyance en Braâth. Le sang d'Hegon bouillonnait. En lui se formait déjà l'idée de la soustraire au sort ignoble qui l'attendait. Une aussi jolie fille ne pouvait servir de pâture aux monstruosités qui hantaient les marais ! Il irait les combattre. Ce n'était pas pour rien que le sort l'avait désigné pour les escorter jusqu'à Gwondà. Au cours du voyage, il trouverait le moyen de la sauver.

Une grande inquiétude envahit Dennios. Il connaissait trop le seigneur Hegon pour ne pas deviner la nature de ses pensées. Il comprit que de graves ennuis s'annonçaient. Sa mission risquait d'en être définitivement compromise.

Mais peut-être les dieux en avaient-ils décidé ainsi. Il était depuis si longtemps le seul à y croire encore...

3

La caravane quitta Mahagür deux jours plus tard. Le Fo'Ahn s'était levé dès le départ, balayant la Vallée de son haleine étouffante, cinglant les voyageurs de gifles de sable. Quelques merkàntors et khadars avaient profité de la présence de la cohorte d'Hegon pour effectuer le voyage sous sa protection, bravant la menace du Loos'Ahn.

Une charrette tirée par deux énormes hyppodions transportait les émyssârs. Hegon ne quittait pas la jeune fille des yeux. Il avait appris son nom et celui de son compagnon d'infortune : Myriàn et Païkàrh. On avait revêtu les deux jeunes gens d'une toge blanche serrée à la taille par une ceinture de corde, et on leur avait fourni une couverture en poil de chèvre pour lutter contre le froid apporté par le vent. Leur visage était triste et résigné, leurs yeux paraissaient perdus dans un rêve intérieur. Tous deux ne se connaissaient pas avant, et ne se parlaient pas. Cependant si Païkàrh ne cessait de gémir, à l'inverse Myriàn gardait la tête haute. Dennios estima qu'elle avait la dignité d'une reine. Son inquiétude n'en diminua pas pour autant, bien au contraire. Il sentait une colère intense bouillonner dans les veines d'Hegon.

Elle éclata à un moment où il se retrouva seul avec Roxlaàn et le conteur, mais non loin de l'oronte, comme s'il cherchait à le provoquer.

— Elle ne mérite pas d'être sacrifiée ainsi ! explosa-t-il. Et d'abord, qui sont ces dieux maudits qui veulent des sacrifices ? Les autres n'en exigent pas.

— Calme-toi, seigneur, tenta de le raisonner Dennios. Mais on n'arrête pas comme ça un taureau en train de charger.

— On ne sait rien d'eux, poursuivit-il sur le même ton. Ils n'ont même pas de nom. Pourtant, tous les prêtres de Braâth et le Dmaârh lui-même plient devant leur volonté. Moi, je suis prêt à les combattre !

— Et tu te feras tuer ! le modéra Roxlaàn en haussant les épaules. C'est une fille comme les autres. Tu en as glissé bien d'autres dans ta couche, mon frère. Celle-là est belle, je te l'accorde, mais je te conseille de ne pas l'approcher de trop près. L'oronte pourrait te créer des ennuis. Les prêtres ne badinent pas avec la religion, et je n'aimerais pas te voir rabaissé au rang de schreffe.

Hegon soupira. La réaction de Roxlaàn le décevait. Pour lui, les femmes ne constituaient qu'un passe-temps agréable, sans plus, et il n'aurait certainement pas risqué sa vie pour l'une d'elles.

Klydroos, le prêtre qui accompagnait les émyssârs, pencha la tête pour écouter. C'était un petit bonhomme sec, au visage ignorant le sourire, dont les yeux mobiles surveillaient sans cesse les alentours. Il mourait d'envie d'intervenir, mais il n'en fit rien. Il avait d'autres inquiétudes. Au nord de Mahagür, une zone importante de Terres Bleues interdisait toute présence humaine. Mais celle-ci prenait fin à quelques marches en aval de la cité. On pénétrait alors dans une région où la nature reprenait ses droits et ouvrait sur des massifs montagneux couverts de forêts. Dans ces sylves farouches vivaient des hordes de maraudiers. Des combats sans merci opposaient régulièrement les caravanes à ces bandits sans foi ni loi. Ils n'avaient pas la réputation de faire des prisonniers, et malheur aux voyageurs qui tombaient entre leurs griffes. Ils n'avaient aucun respect pour les orontes, bien au contraire. C'est pourquoi les caravanes étaient toujours escortées par des cohortes de guerriers lourdement armés. Les warriors d'Hegon devaient suffire à dissuader d'éventuels assaillants. Mais si diverses bandes avaient décidé de se regrouper, ce qui arrivait parfois, il leur faudrait livrer bataille. À plusieurs reprises, le prêtre avait aperçu des silhouettes furtives se glisser au loin entre les arbres.

Cependant, la caravane ne fut pas inquiétée de la journée, et l'on arriva sans encombre au premier bivouac, en fin d'après-midi.

Hegon tenta d'adoucir le sort des deux jeunes gens en leur offrant quelques fruits et des gâteaux préparés par Fraïxhen. Myriàn accueillit ses attentions avec des sourires de reconnaissance. Mais elle toucha à peine à la nourriture. Klydroos adressa des remarques acerbes au jeune homme, à qui il était interdit d'avoir des contacts avec les émyssârs.

— Ils appartiennent déjà aux dieux, déclara-t-il de sa voix aigre. Ne les approchez pas !

— Je suis le chef de cette caravane. Je ferai ce que bon me semble !

— Prenez garde, warrior ! cracha le prêtre. Ce convoi est sous mon autorité ! Tâchez de vous en souvenir !

Hegon se tint à quatre pour ne pas écraser le petit bonhomme d'un coup de poing. Mais il serra les dents et s'écarta du couple sous le regard satisfait du prêtre. Ce scélérat avait bien remarqué que Myriàn ne lui était pas indifférente. De même, il avait surpris plusieurs fois la jeune fille à lui adresser des regards discrets. Klydroos prit un malin plaisir à rester près des émyssârs afin de les empêcher de bavarder.

Trois jours plus tard, la caravane atteignait Pytessià, la cité consacrée au dieu soleil, Harmâck. Bien qu'elle fût entourée, elle aussi, par d'épaisses murailles, la ville présentait un aspect plus accueillant que Mahagür. Le palais du maârkh Hünaârh se dressait en bordure du Donauv, dont on avait détourné en partie les eaux pour alimenter un étang artificiel bordé d'arbres et de massifs de fleurs. Hünaârh s'était en effet découvert sur le tard une passion pour la botanique. Il avait réuni dans ses jardins toutes sortes d'essences différentes, et fait construire des serres pour les plantes les plus fragiles.

Il réserva un bon accueil à Hegon, fils du maârkh d'Eddnyrà.

— Sois le bienvenu, mon neveu, déclara le vieil homme. As-tu fait bonne route ?

Même si aucun lien de parenté ne les unissait, il était coutume d'appeler «neveu» les fils des autres nobles régnants, comme pour tisser des liens familiaux entre les différents suzerains.

— Des maraudiers nous ont suivis, mais ils n'ont pas osé attaquer.

Le visage du maârkh s'assombrit.

— Ils attendent le Loos'Ahn. Bien souvent, ils attaquent après son passage, lorsque nous sommes désorganisés. Il y a neuf ans, le Souffle du Dragon n'est pas passé très loin de Pytessià. Je redoute que, cette fois, nous n'ayons à subir sa colère.

Ils avaient pris place sur une terrasse depuis laquelle on dominait le parc. Hegon ne put s'empêcher d'admirer les jardins, où le soleil couchant ciselait des ombres mauves et découpait des silhouettes d'arbres aux feuilles parsemées de reflets d'or. Des nuages d'un rouge flamboyant s'effilochaient sous le souffle du Fo'Ahn qui continuait de hurler sur la plaine. Cependant, les relents vinaigrés avaient totalement disparu, et dans l'air flottaient des parfums inconnus, émanant des massifs polychromes. En limite du parc s'étiraient des bâtiments aux murs transparents. Une foule peu nombreuse flânait dans les allées, car le maârkh tenait à partager sa passion avec les habitants.

— Certains pensent que je suis un original parce que

je m'intéresse aux fleurs, déclara le vieil homme. Je fus moi-même autrefois un grand guerrier, ainsi que le prouvent mes tatouages, et plus d'un homme a péri sous ma lame. Mais je suis bientôt à la fin de ma vie et j'ai découvert qu'il existait autre chose que les combats et la gloire du vainqueur. La nature regorge de richesses. Les dieux ont fait preuve d'une imagination fabuleuse lorsqu'ils ont créé les arbres ou les fleurs. Et le monde fut encore plus riche à l'époque des Anciens. On dit qu'autrefois les Terres Bleues n'existaient pas, pas plus que les werhes. Malheureusement, au moment où Raggnorkâ a frappé, d'innombrables plantes et animaux ont disparu. La faute en revient à nos ancêtres. Alors, c'est un devoir de sauvegarder ce qu'il en reste. Pour rattraper leurs erreurs.

Klydroos inclina la tête d'un air doucereux.

— Voilà un argument bien singulier de la part d'un guerrier aussi renommé que votre seigneurie. Raggnorkâ était prévu de tous temps, qui condamnait les hommes. C'était là la volonté des dieux. Une nouvelle ère s'est ouverte, mais il ne fait aucun doute que Raggnorkâ frappera de nouveau.

Le maârkh se tourna vers lui.

— Vous permettrez tout de même, *bater*[1], que j'adresse mes prières à Braâth afin qu'il préserve mes jardins.

Il secoua la tête d'un air las.

— Malheureusement, je sais que notre dieu n'est pas assez puissant pour s'opposer au Loos'Ahn.

— Ne blasphémez pas, votre seigneurie. Braâth domine le Loos'Ahn, comme il domine tous les autres dieux. Mais il n'arrêtera pas le Loos'Ahn, car il est là pour nous rappeler la puissance des dieux, et la soumission que nous leur devons.

— Peut-être, bater, peut-être. Quoi qu'il en soit, je

1. *Bater* : titre donné aux orontes.

46

persiste à croire que ce fléau est le prix à payer pour les fautes de nos ancêtres.

Il y avait un tel désespoir dans la voix du vieil homme qu'Hegon en fut ému. Sa vie guerrière ne l'avait jamais amené lui-même à s'intéresser aux fleurs, mais ces jardins étaient magnifiques et il aurait été dommage qu'ils fussent anéantis. Il tenta de rassurer son hôte :

— Il n'y a pas de raison pour qu'il frappe précisément ici.

— Aucune, en effet. Mais il frappera, c'est inéluctable. Et je crains que ça ne soit pour plus tôt que prévu.

— Comment ça ? demanda Klydroos d'un ton suspicieux.

— Les divinàtors de la cour de Gwondà affirment que le Loos'Ahn ne se manifestera pas avant au moins un mois. Mais mon astrologue prétend qu'ils se trompent, et que ce n'est qu'une question de jours.

L'oronte s'insurgea :

— Ton astrologue blasphème, seigneur. Les divinàtors de Gwondà *ne peuvent pas* se tromper.

— Cela leur est pourtant arrivé dans le passé, rétorqua sèchement le vieil homme. Vous ne pouvez le nier.

Klydroos préféra ne pas répondre, car c'était la vérité.

— Comment peut-on savoir avec précision à quel moment le Loos'Ahn va frapper ? demanda Hegon.

Le prêtre se tourna vers lui et le toisa d'un air condescendant.

— C'est une science compliquée, hors de portée des warriors, seigneur Hegon.

— Ils observent les étoiles, répondit Hünaârh, agacé par la suffisance du prêtre. Je ne saurais t'en dire plus, mon neveu.

— C'est bien ce que je disais, ajouta l'oronte d'un air satisfait.

— Mais qu'est-ce que c'est, le Loos'Ahn ? insista le jeune homme. La dernière fois, j'avais treize ans et je me trouvais à Gwondà, qui fut épargnée. Comment se manifeste-t-il ?

— Vous l'apprendrez bientôt ! répondit le prêtre.

Le vieux maârkh secoua la tête d'un air exaspéré et déclara :

— C'est un phénomène incompréhensible, Hegon. Imagine ! Le pays est calme, rien ne laisse prévoir qu'il va se passer quelque chose, et soudain, l'enfer se déchaîne. Cela peut se passer en plein jour comme au beau milieu de la nuit. Sans aucune raison, les forêts, les prairies s'embrasent comme sous l'effet d'une haleine invisible. Nul ne sait d'où elle vient, ni ce qui la provoque. J'étais en reconnaissance sur la rive sud lorsqu'il a frappé, il y a dix-huit ans. J'ai vu, de mes yeux, plusieurs de mes hommes se transformer en torches vivantes à mes côtés. Jamais je n'oublierai leurs hurlements de douleur. Moi-même, je n'étais qu'à quelques pas, et j'ai été épargné. Je n'ai ressenti qu'un souffle de chaleur intense qui m'a un instant coupé la respiration. Et puis plus rien. Le Grand Dragon m'avait laissé la vie. J'ignore pourquoi. Fasse Braâth que Pytessià soit épargnée par le Fléau.

Plus tard, Hegon fit part à Dennios de ses inquiétudes.

— Et toi, Dennios, crois-tu que le Loos'Ahn va frapper plus tôt que prévu ?

Le conteur aurait aimé le rassurer, mais l'analyse à laquelle il s'était livré de son côté confirmait plutôt l'hypothèse du divinàtor de Pytessià.

— Je pense que cet homme a raison, seigneur.

— Comment peux-tu le savoir ?

Il était impossible de lui révéler la vérité. Mais Dennios était habitué aux questions embarrassantes.

— J'ai beaucoup voyagé, répondit-il d'un air mysté-rieux. J'ai appris moi aussi à observer les étoiles. Et puis, le Loos'Ahn se montre régulier dans le temps, même si son cheminement est imprévisible. Les dates que j'obtiens correspondent aux prévisions de l'astrologue de Pytessià.

Hegon poussa un soupir résigné.

— De toute façon, une chose est sûre : il va bientôt se manifester.

La caravane reprit la piste dès le lendemain, sous un soleil de plomb. L'escorte s'était renforcée de vingt-sept warriors supplémentaires, fournis par le maârkh Hünaârh et commandés par un lieutenant pytessien, Brehn. En raison de son titre de noblesse, Hegon avait pris la tête des deux cohortes.

Le couple d'émyssârs de Pytessià avait rejoint Myriàn et Païkàrh dans le chariot. Brinquebalés au rythme lent des hyppodions, les nouveaux venus affichaient le même air abattu. La colère d'Hegon ne s'en trouva pas amoindrie. Malgré l'interdiction du prêtre, il adressa plusieurs fois la parole à Myriàn, à qui il offrit les petits pains aux épices achetés pour elle à Pytessià. Lorsque l'oronte voulut intervenir, il se fit menaçant.

— Vous désirez qu'elle parvienne en bonne santé à Gwondà, n'est-ce pas ?

— Bien sûr ! C'est pour ça qu'elle a été choisie.

— Alors, il faut qu'elle mange. Et restez en dehors de ça ! Les routes ne sont pas sûres jusqu'à Gwondà. Je ne voudrais pas qu'il vous arrive un accident.

Le prêtre pâlit.

— Vous osez me menacer ? gronda-t-il.

— Vous conseiller seulement, bater.

Son regard démentait ses propos. L'autre serra les poings, mais renonça à discuter. Il se savait détesté et en tirait une jouissance malsaine ; cependant, il valait mieux observer une certaine prudence. S'il prenait fantaisie à ce maudit Hegon de le frapper, personne ne prendrait sa défense… Tant qu'on ne serait pas à Gwondà.

Le soir, au bivouac, le Fo'Ahn n'avait pas cessé de souffler. Dans la journée, les éclaireurs n'avaient repéré aucun guetteur ennemi, comme si les maraudiers s'étaient évanouis dans leur forêt.

— Je n'aime pas ça, dit Hegon.

— Tu redoutes une attaque ? s'inquiéta Roxlaàn.

— Non. D'ordinaire, ils nous suivent de loin. Là, on dirait qu'ils craignent quelque chose. Et ce n'est certainement pas nous.

— Alors quoi ?

— Je ne sais pas.

En réalité, chacun avait compris ce qu'il redoutait, et dont personne n'osait prononcer le nom. Mais le spectre du Grand Dragon hantait tous les esprits.

Tandis que des sentinelles se mettaient en place par précaution, on alluma les feux de camp. Passant outre l'interdiction du prêtre, Hegon et ses compagnons s'installèrent près des émyssârs, qui avaient pris place autour d'un foyer. Klydroos observa la manœuvre d'un œil mauvais, mais ne dit rien.

Comme par enchantement, le Fo'Ahn s'était calmé. Les nuages sombres qui avaient pesé sur la Vallée pendant la journée s'étaient dissipés et une draperie d'étoiles scintillantes s'était épanouie au-dessus du campement. Une brise légère apportait les odeurs aquatiques du Donauv tout proche, et une paix inattendue s'était répandue sur la Vallée.

Tout à coup, une voix s'éleva dans la nuit. Myrià̀n, encouragée par son compagnon, Païkàrh, s'était mise à chanter. Furieux, l'oronte voulut la faire taire, mais Hegon lui saisit fermement le bras.

— Lâchez-moi, vous me faites mal, glapit le prêtre.

— Restez tranquille, bater.

L'autre blêmit. Il dégagea son bras d'un geste brusque et gronda, à voix basse :

— Vous aurez à répondre de votre attitude, alwarrior ! Je vous le promets.

— Bouclez-la ou je vous assomme.

À la fois furieux et effrayé, le prêtre s'écarta.

Peu à peu, les autres caravaniers se rapprochèrent. Myriàn possédait une voix d'une pureté cristalline. Sa chanson racontait l'histoire d'une jeune fille menacée par des bandits. Au moment où ils allaient s'emparer d'elle, elle leur glissait entre les doigts en se transformant en source. Malheureusement, il lui était impossible de reprendre sa forme première et elle restait ainsi inconsolable. L'eau qui coulait de la source était faite de larmes.

La mélodie, d'une grande beauté, émut jusqu'aux plus rudes des warriors. Lorsque la voix se tut, Hegon ne put détacher son regard des yeux clairs de Myriàn, qui brillaient étrangement à la lueur des feux de camp. Elle lui adressa un pauvre sourire. Une fois de plus, il maudit les dieux des marais. Roxlaàn le rappela à l'ordre.

— Ne t'attendris pas, mon frère, dit-il. Il vaudrait mieux que tu oublies cette ravissante créature. Quoi que tu fasses, l'oronte aura toujours le dernier mot.

— Cette pauvre fille est condamnée à une mort certaine, riposta Hegon, et ce crétin prend encore plaisir à l'humilier.

— Méfie-toi. Les prêtres sont puissants. Si tu as des ennuis avec eux, ce n'est pas ton titre de fils de maârkh qui te protégera.

— Roxlaàn a raison, seigneur, renchérit Dennios. Sois prudent.

Hegon ne répondit pas.

Plus tard, alors que tout le monde s'était enroulé dans sa couverture, Hegon eut peine à trouver le sommeil. Malgré la paix rassurante de la nuit étoilée, il sentait planer une menace diffuse dans l'air nocturne. Incapable de dormir, il fit quelques pas. Quelques instants plus tard, Dennios le rejoignit.

— Je n'aime pas ce qui se prépare, dit le jeune homme.

Peut-être parlait-il du sacrifice prochain, mais Dennios

sentit que ce n'était pas tout. Hegon hésita, puis se décida à parler.

— Je voudrais te dire quelque chose, mon compagnon. C'est difficile à expliquer, mais il m'arrive parfois de percevoir les sentiments réels de mes interlocuteurs. C'est comme si je pouvais pénétrer dans leur esprit et deviner leurs véritables sensations, quand bien même ils tentent de me les cacher.

Une grande émotion s'empara de Dennios. Il connaissait bien ce phénomène, qui confirmait qu'il avait pris la bonne décision en demeurant près d'Hegon. Malheureusement, il était impossible de lui en révéler l'origine pour l'instant. Il dut faire un effort pour masquer sa réaction. Hegon poursuivit :

— Ce n'est pas la première fois que je ressens cela. Bien souvent, je devine les pensées de Roxlaàn avant même qu'il n'ouvre la bouche.

— Tu le connais bien, répondit Dennios sobrement.

— Mais comment expliquer que je ressente la même chose avec des personnes que je croise pour la première fois ?

— Je l'ignore, seigneur, mentit le conteur.

Hegon ne releva pas, et pour cause. Dennios savait, quant à lui, fermer son esprit à toute forme d'investigation. Le jeune homme serra les poings et poursuivit :

— Klydroos dégage une méchanceté permanente, comme une jouissance à infliger de la peine. Je hais ce prêtre.

Soudain, il se tourna vers le myurne, le regard embarrassé.

— Il n'y a qu'une personne sur laquelle ce phénomène ne fonctionne pas, Dennios. C'est toi.

« Nous y voilà », songea le conteur, qui ferma encore plus son esprit.

— Peut-être cela vient-il de mes origines lointaines, dit-il. Les habitants de la Vallée ne possèdent pas les mêmes défenses naturelles.

Hegon hocha la tête, à demi convaincu.

— Je ne peux t'en dire plus, seigneur, ajouta Dennios. J'ai toujours répondu à tes questions avec la plus grande honnêteté et dans le souci de te protéger.

Ce disant, sa conscience lui fit un procès. Ses raisons étaient pourtant louables. Soudain, Hegon éclata de rire.

— Pourquoi ris-tu ? demanda Dennios.

— Parce que tu parles de me protéger. Tu sais à peine manier le sabre.

— Les dangers ne sont pas toujours de ceux que l'on peut affronter avec des armes, seigneur. Et je me dois aussi de te protéger contre toi-même.

Hegon se renfrogna, et n'insista pas. Il avait compris l'allusion du myurne.

En ce qui concernait le maniement du sabre, Dennios se garda bien de le détromper. Il avait reçu une formation qui lui aurait permis de désarmer le jeune homme sans trop de difficulté, malgré sa taille et sa force. Mais il ne pouvait même pas lui enseigner ce qu'il savait sous peine d'attirer l'attention sur lui. Ce qu'il voulait éviter à toute force. Il était le seul désormais à pouvoir mener l'ancienne mission à bien — pour autant qu'elle eût encore un sens. Fort heureusement, les réactions d'Hegon et le développement de ce que l'on appelait le *shod'l loer*, le pouvoir de l'âme, lui confirmaient qu'il était sur la bonne voie. Cependant, il allait encore devoir attendre avant de lui révéler la vérité. En espérant que ce jeune exalté ne fasse pas de sottises avant ! Ce qui était loin d'être sûr, compte tenu de ses sentiments envers la petite Myrìàn.

Le lendemain, la parenthèse du ciel de nuit dégagé s'était bien refermée. Des cohortes de nuages sombres s'annonçaient vers l'ouest lorsque la caravane se mit en route. Le Fo'Ahn soufflait avec violence, annonçant une tempête.

— J'espère que nous arriverons avant qu'elle n'éclate, grommela Hegon. Je n'aime pas l'aspect de ces nuages.

— Nous ne sommes plus très loin de Varynià, répondit Roxlaàn. Avec un peu de chance...

— Que Braâth t'entende, frère !

Roxlaàn lui jeta un coup d'œil à la dérobée. Il avait constaté à plusieurs reprises qu'Hegon manifestait parfois une sorte de sixième sens, qui lui faisait percevoir le danger bien avant que celui-ci ne fût là. Dennios ressentait la même inquiétude que lui.

Non sans raison.

Ils marchaient ainsi depuis plusieurs heures lorsque soudain, vers la fin de la matinée, la femme d'un khadar se mit à hurler.

— Seigneur ! Regardez !

Tous les yeux se tournèrent vers ce qu'elle montrait. Loin au-dessus de la vallée, en direction de l'ouest, se déroulait un phénomène impressionnant. Dans le plus grand silence, les nuages sombres, qui n'avaient pas encore crevé en pluies torrentielles, semblaient pris de folie. Ils roulaient sur eux-mêmes à une vitesse stupéfiante tandis que des grappes d'éclairs les parcouraient.

— Je n'ai jamais vu une tempête aussi bizarre, remarqua Hegon, mal à l'aise.

— Ce n'est pas une tempête, dit Dennios d'une voix blanche. C'est le Loos'Ahn !

4

Des hurlements de panique retentirent. Hegon dut crier pour ramener l'ordre.

— Il n'est pas encore sur nous, clama-t-il. Que chacun garde son sang-froid !

Malgré son jeune âge, il possédait déjà une autorité telle qu'on finit par lui obéir. Il jeta un coup d'œil à Myrìàn, pétrifiée par la peur, qui ne le quittait pas des yeux, quêtant un réconfort. Klydroos était devenu tout pâle, et son regard reflétait la terreur qui l'habitait. Lui aussi fixait Hegon, tout comme les merkàntors, comme s'ils attendaient qu'il arrête le Fléau à lui seul.

— Ne restez pas là ! déclara-t-il.

Ils se remirent en route. Les nuées folles poursuivaient leur danse insensée. Soudain, à environ une marche vers l'ouest, il y eut un remous gigantesque et le front nuageux se scinda en deux pour laisser passer une lumière intense. Au loin, le paysage s'illumina. Quelque chose d'invisible avait déchiré la couverture de nuages, qui s'écartèrent, comme chassés par deux mains colossales. Puis, sans que rien le laissât prévoir, de monstrueuses colonnes de fumée s'élevèrent en tous sens, torturées par un souffle démoniaque. À leur base, de hautes flammes embrasèrent la Vallée.

— Mais comment est-ce possible ? s'exclama Roxlaàn

d'une voix marquée par la peur. Aucune flamme n'est tombée du ciel, et pourtant, la forêt a pris feu.

— Ce n'est pas le moment de se poser la question, frère, dit Hegon. Il vaudrait mieux chercher un refuge.

Mais où ? Une caverne aurait peut-être constitué un abri suffisant, malheureusement il n'y en avait aucune à proximité.

La trajectoire suivie par le Souffle du Dragon n'était pas régulière. Parfois il dérivait vers le sud, puis sans aucune raison remontait vers le nord. Une chose était sûre, c'est qu'il se rapprochait. Ils se trouvaient sur la rive septentrionale du Donauv. Au loin, la forêt et la prairie s'embrasaient sur une largeur de plus de deux cents mètres, dégageant une fumée acre que les vents affolés emportaient. Tout à coup, comme pour ajouter à l'absurdité dans laquelle le monde était plongé, un vacarme démentiel fit exploser le silence, les obligeant à se boucher les oreilles. Des clameurs de terreur retentirent dans la caravane. Il n'était même plus possible de fuir. Des tourbillons d'une rare violence les déséquilibrèrent, ajoutant à la panique.

— Que peut-on faire ? hurla Roxlaàn. Je veux bien me battre contre une armée de werhes ou de maraudiers, mais comment lutter contre ça ?

— Je l'ignore, mon frère. Nous allons essayer de gagner les collines. Le Dragon semble plutôt longer le Donauv.

Là-bas, la lame de feu invisible s'était concentrée sur le fleuve, dont les eaux se mirent instantanément à bouillir. Une masse de vapeur s'éleva, qui fut aussitôt chassée vers chaque rive à une vitesse stupéfiante, témoignant de la température élevée au sol.

Ils se mirent à courir vers le nord. Au début, les événements semblèrent donner raison à Hegon. Le Loos'Ahn s'acharnait à présent sur la rive méridionale, déchaînant l'enfer. Le vacarme assourdissant, fait de crépitements, de craquements, de grondements, de chuintements monstrueux s'amplifiait d'instant en instant. Hegon était resté en arrière pour s'assurer que tout le monde tentait de se mettre hors de portée du Fléau. Le Loos'Ahn n'était plus qu'à un quart de marche quand soudain il obliqua et remonta dans leur direction. Des clameurs de panique retentirent.

Fasciné par la mort incandescente qui fondait sur eux, Hegon vit la terre se craqueler et s'embraser, les arbres se transformer en torches gigantesques. Des oiseaux piégés par l'haleine mortelle se désintégraient dans des éclats de lumière. Le jeune homme s'était immobilisé en plein sur la trajectoire du Grand Dragon. Dennios aurait voulu lui hurler de fuir, mais aucun mot ne pouvait plus sortir de sa gorge asséchée. Presque au-dessus d'eux, les deux masses de nuages tourbillonnants s'écartèrent pour laisser passer la lumière létale. Ils s'attendirent à voir apparaître la masse d'un monstre gigantesque, mais il n'y avait rien au-dessus des nuages, sinon un ciel d'une pureté cristalline.

Soudain, tout alla très vite. Des bourrasques d'une violence extrême fondirent sur les voyageurs, rabattant une fumée épaisse, des brindilles enflammées, des odeurs de chair grillée. Toute fuite était désormais impossible. Malgré son expérience du danger, Dennios sentit la peur l'envahir. Il se dit qu'il allait périr là, stupidement, sans avoir pu mener sa mission à bien. Il espéra seulement souffrir le moins possible.

En contrebas, Hegon n'avait toujours pas bougé. Dennios s'attendait à le voir se transformer en torche humaine d'un instant à l'autre. Tout à coup, tous le virent dégainer son sabre et le brandir vers la trouée infernale qui progressait inexorablement dans sa direction. Ivre de rage, il se mit à courir en direction du Fléau. Malgré le grondement assourdissant qui emplissait la vallée, ils entendirent ses cris.

— Espèce de lâche ! Montre-toi si tu en as le courage ! Viens te battre avec moi ! Viens te battre ! Je t'attends.

Parvenu à peu de distance de la falaise de feu, il fendit l'air par deux fois sans cesser de crier. Puis sa voix fut couverte par le vacarme épouvantable.

Alors se produisit l'impensable. Sans aucune raison, le phénomène s'interrompit, la terre cessa de s'enflammer dans leur direction, la trouée dans les nuages malmenés se referma lentement dans un embrasement d'éclairs. Le Grand Dragon avait cessé de souffler.

Il leur fallut plusieurs instants avant de comprendre que le Loos'Ahn les avait épargnés. Là-bas, Hegon semblait pétrifié, le sabre toujours levé, défiant les cieux. La prairie continuait de flamber et l'incendie se dirigeait vers lui, mais à une vitesse bien moins rapide. Et surtout, en raison des pluies récentes, il diminuait de lui-même.

Enfin, Hegon remonta à pas lents vers ses compagnons. Il les avait à peine rejoints qu'un grondement formidable retentit vers l'est. À une distance d'au moins une demi-marche, le Fléau avait repris son entreprise dévastatrice, et la terre flambait de nouveau.

Le premier moment de surprise passé, des cris de victoire retentirent. Le Loos'Ahn ne revenait jamais en arrière. Ils étaient sauvés ! Aux yeux de tous les caravaniers, il ne faisait aucun doute que le monstre avait cessé de souffler devant la détermination d'Hegon. Il était celui qui avait défié le Grand Dragon et l'avait fait reculer. Tout le monde courut vers lui pour le féliciter, le remercier. Les femmes se jetèrent à ses pieds, ses warriors se frappèrent la poitrine en cadence pour lui prouver leur attachement et leur admiration. Roxlaàn le serra dans ses bras avec sa brutalité coutumière.

— Ne me refais jamais ça, mon frère ! dit-il d'une voix marquée par l'émotion. J'ai cru que tu allais griller sous mes yeux sans que je puisse rien faire !

— Je l'ai cru aussi, répondit Hegon avec bonne humeur. Mais je suis là !

Seul l'oronte ne manifesta aucun enthousiasme. Plus tard, il fit remarquer aigrement :

— Ne croyez pas que vous ayez triomphé du Loos'Ahn, alwarrior ! Il frappe de manière discontinue. Il peut s'arrêter à tout moment. Vous ne l'avez pas effrayé. Il s'agit seulement d'une coïncidence.

Hegon ne répondit pas. Le prêtre avait sans doute raison. Pourtant, il remarqua que le ton de Klydroos manquait de conviction, comme s'il ne croyait pas vraiment à ce qu'il disait. De toute manière, cet argument ne trouva aucun écho auprès des caravaniers. Pour eux, le courage d'Hegon avait eu raison du Loos'Ahn. D'ailleurs, qui savait ce qu'était réellement le Grand Dragon ? Certainement pas l'oronte, qui avait été l'un des premiers à s'enfuir.

Lorsqu'on parvint en vue de Varynià, le soir venu, l'exploit d'Hegon avait fait de lui un héros. On allait narrer tout cela par le détail aux Varyniens, et l'on tirerait gloire du fait d'avoir été présent.

Cependant, il apparut très vite qu'il allait falloir remettre ces glorieux récits à plus tard.

— Par les écailles de Khalvir, gronda Roxlaàn ! La ville est en feu.

5

Le Loos'Ahn avait frappé le nord de la cité. De nombreux incendies s'étaient déclarés. Une épaisse fumée noire planait sur la ville, tourmentée par les caprices du Fo'Ahn. Malgré la distance, on entendait, au milieu du vacarme du brasier, les hurlements de terreur qui jaillissaient de l'enfer.

La cohorte d'Hegon et la caravane purent pénétrer par une porte située près des rives du Donauv, en un endroit épargné par le Fléau. À l'intérieur régnait la plus grande confusion. Les habitants couraient en tous sens. Certains rassemblaient des seaux et des récipients pour monter vers les quartiers sinistrés. D'autres fuyaient vers nulle part, ou se lamentaient en se tordant les mains.

— Conduis les émyssârs au Temple, demanda Hegon à Roxlaàn. Je vais essayer de rencontrer le maârkh.

Après avoir ordonné à ses guerriers d'aller prêter main-forte aux citadins, il se rendit au palais en compagnie de Dennios. Lorsqu'ils arrivèrent, le gouverneur, Heegh de Varynià, se trouvait dans la cour de réception. C'était un homme de forte stature, à l'abondante barbe d'un roux flamboyant et au caractère emporté. Entouré d'une foule d'orontes et de graâfs embarrassés, il laissait éclater sa colère. Un petit homme aux cheveux gris tremblait dans une longue toge mauve de divinàtor.

— Maudit prédicateur incapable, vociférait le maârkh

en pointant un doigt furieux sur lui, je te pendrai avec tes tripes ! Tu avais affirmé que le Loos'Ahn ne frapperait pas avant un mois. Et vois le résultat ! La muraille nord s'est effondrée en plusieurs endroits et nous ne comptons plus les morts. Et encore, nous avons eu la chance que le Grand Dragon change de trajectoire au dernier moment, sinon le cœur de la ville était détruit. Et ce palais avec !

Hegon s'inclina devant le maârkh.

— Pardonne à ton serviteur, seigneur, mais ton astrologue n'est pas responsable, dit-il. Il n'a fait que reprendre ce que prétendaient les divinàtors de Gwondà.

Le suzerain se tourna vers lui, l'air furieux.

— Qui es-tu, toi, pour oser m'interrompre ?

— Hegon, fils de Maldaraàn d'Eddnyrà, alwarrior au service du maârkh de Mahagür. Je me rends à Gwondà où je dois mener les émyssârs des cités de l'Amont[1]. J'ai mis mes hommes à la disposition de ta cité.

Devant le titre de son interlocuteur, l'attitude de Heegh de Varynià s'adoucit un peu.

— Je t'attendais, Hegon. Sois le bienvenu ! Par chance, nos émyssârs ont été épargnés, sans quoi nous aurions été contraints d'en choisir d'autres. Et je n'aime guère cette cérémonie, qui nous prive chaque année de deux jeunes gens en pleine santé dont nous aurions grand besoin par ailleurs pour le travail des champs et pour nous faire de beaux enfants. Braâth sait pourtant qu'ils ne sont pas nombreux !

Hegon acquiesça vigoureusement. Mais l'adoronte de Varynià attaqua d'un ton sec :

— Ainsi le veulent les dieux des marais, seigneur. Nous ne pouvons aller contre leur volonté.

— C'est encore à voir ! riposta Heegh. Que se passerait-il si nous refusions de leur sacrifier ces gamins ?

---

1. Amont et Aval : la Vallée de Medgaarthâ comptait neuf cités, quatre situées en amont de Gwondà, la capitale, et les quatre autres en aval. D'où l'appellation de cités de l'Amont et cités de l'Aval.

Sa réflexion eut le don de scandaliser les prêtres.

— De grandes catastrophes… commença le grand prêtre.

Le maârkh coupa :

— Bah ! Sornettes que tout cela ! Nul n'a jamais vu ces méchants dieux des marais. Et quand bien même ! Que nous offrent-ils en échange ? Nous protègent-ils de l'haleine du Loos'Ahn ? Non, n'est-ce pas ! Alors à quoi servent-ils ?

Les orontes poussèrent les hauts cris, mais le comte n'eut cure de leur réaction. Il les écarta sans ménagement, prit Hegon par le bras et l'entraîna vers la partie de la cité dévastée.

— Laissons là ces geignards de prêcheurs ! grogna-t-il. Allons plutôt voir ce qu'il reste de ma pauvre ville.

Les rues de Varynià étaient plus larges que celles de Mahagür. Deux charrettes pouvaient y circuler de front sans difficulté, ce qui facilitait l'intervention des secours. Mais la panique tenait encore les habitants, et ils traversèrent une cité livrée au chaos. Heegh de Varynià avait raison. À quelques centaines de mètres près, son palais eût été touché. L'accès aux quartiers dévastés était difficile. Un vacarme assourdissant pesait sur la cité. Les gens s'écartaient en reconnaissant leur maârkh. De partout, des sauveteurs courageux ramenaient des blessés, des brûlés installés sur des civières de fortune. Le spectacle était apocalyptique. La plupart des maisons s'étaient effondrées et embrasées, s'écroulant dans les ruelles, bouchant les passages. Au cœur du quartier sinistré s'élevaient de hautes flammes. De lourdes volutes noires et incandescentes occultaient la clarté du jour déclinant. Un mélange d'odeurs écœurantes agressait les narines, relents de bois et de tissu brûlé, de chair calcinée, de pierre chauffée à blanc. Des hurlements résonnaient toujours au cœur du brasier. Mais comment secourir les survivants ? Parfois, un immeuble s'effondrait dans un craquement sinistre, provoquant une envolée de flammèches dans le crépuscule naissant. Et l'arrêt des cris...

Pourtant, contre toute attente, des survivants hagards et couverts de sang surgissaient des ruines comme des spectres, titubant, toussant à cracher leurs poumons. Les sauveteurs les prenaient aussitôt en charge. Parmi eux, Hegon retrouva Roxlaàn et les guerriers, le visage noirci par la fumée. Roxlaàn fut obligé de hurler pour se faire entendre.

— C'est l'enfer du Haâd ! s'exclama le colosse. Il faudrait plus de monde.

Quelques instants plus tard, un allié inattendu se manifesta sous la forme d'un déluge providentiel, qui atténua la puissance des flammes. La tempête qui avait menacé la journée durant avait fini par éclater. Cependant, la température était si intense en certains endroits que l'eau s'évaporait instantanément, créant un brouillard d'une opacité telle qu'on n'y voyait plus à trois pas. Les visages des sauveteurs dégoulinaient de traînées noirâtres.

— Ça va brûler encore pendant plusieurs jours, constata le maârkh. Il n'y a rien à faire. Toute la partie nord de la ville est détruite.

Au début de la nuit, les secours avaient fini par s'organiser. On avait aménagé une salle de fortune où l'on ne cessait d'amener des brûlés. Ailleurs, on alignait les cadavres, ou ce qu'il en restait. Les lampes à huile des rues brûlèrent toute la nuit pour éclairer les sauveteurs. On ne dormit guère cette nuit-là. Le maârkh lui-même paya de sa personne pour aider ses sujets. Malgré son caractère bourru, Hegon appréciait cet homme, Heegh savait attirer la confiance des enfants, dont il prenait un soin particulier. Bousculant les habitudes des orontes et des graâfs, il avait imposé à tous de les recueillir dans leurs doméas, et de leur donner de la nourriture et des couvertures. Peu de nobles faisaient preuve d'une telle générosité. Au matin, on dénombrait plus de trois cents victimes. Mais il en restait probablement d'autres sous les décombres encore en flammes.

À la suite de Heegh de Varynià, Hegon et Dennios sortirent de la ville pour constater les dégâts subis par la muraille septentrionale. Heegh poussa un cri de stupeur.

— Maudit soit ce Loos'Ahn. Regarde ! On dirait que la pierre a fondu sur elle-même.

De larges brèches s'étaient ouvertes dans les défenses de la cité et une large tour de guet s'était effondrée. La température avait dû être particulièrement élevée lors du passage du Fléau, car, par endroits, la pierre s'était vitrifiée. Sur une largeur d'environ cinquante mètres hors des murs, il ne restait plus rien de vivant. La végétation et la terre semblaient avoir été passées au four. La marque du passage du Loos'Ahn se poursuivait vers le nord-est sur une distance d'au moins une demi-marche puis, sans raison aucune, elle s'arrêtait, et la vie reprenait ses droits. Mais peut-être avait-il frappé plus loin.

— C'est à n'y rien comprendre, grommela le maârkh en examinant la terre noircie, aucune flamme ne tombe du ciel, rien. Et pourtant, tout s'embrase sans raison, comme si l'air devenait subitement incandescent. Mais qu'est-ce que c'est, le Loos'Ahn ?

Il se tourna vers Dennios.

— Je sais que tu viens de l'Extérieur, mon ami. Le Grand Dragon frappe-t-il aussi ailleurs ?

— Non, seigneur. Aucun des pays que j'ai traversés ne connaît un tel fléau. Le Loos'Ahn ne touche que Medgaarthâ.

— Il n'a pas toujours été là ! Mon père m'a dit qu'il n'existait pas avant.

— C'est exact, seigneur. Cela remonte seulement à une soixantaine d'années. Soixante-trois pour être précis. C'est la huitième fois qu'il frappe ainsi la Vallée.

— Mais pourquoi ? Quels crimes horribles ont bien pu commettre nos ancêtres pour que les dieux nous punissent ainsi ? Les Terres Bleues ne suffisaient-elles pas ?

Il s'adressa à Hegon.

— Il se dit d'étranges choses parmi les warriors, mon neveu. Il paraît que tu aurais réussi à faire reculer le Dragon.

Le jeune homme secoua la tête.

— Il s'agit d'une coïncidence, seigneur. J'étais en colère. Perdu pour perdu, j'ai brandi mon sabre vers le ciel. Et le Loos'Ahn s'est arrêté. Mais il a repris plus loin.

Heegh de Varynià hocha la tête.

— Une légende dit pourtant que le Loos'Ahn sera tué par un homme.

— J'en doute, seigneur. Il faudrait déjà savoir contre quoi combattre.

— C'est vrai. Mais à présent, nous avons d'autres soucis. Nous devons nous attendre à une attaque des maraudiers. Ces chiens ont dû voir la fumée. Je crains que nous n'ayons à livrer combat.

— Veux-tu que je mette mes cohortes à ta disposition, seigneur ?

— Ton offre est généreuse, Hegon, mais je ne peux pas l'accepter. Les orontes de Gwondà attendent les émyssârs des cités de l'Amont le plus tôt possible. Je vais te confier les nôtres. Cependant, je ne puis t'adjoindre de troupes, comme il était prévu. Je vais en avoir besoin ici.

— Ça ne sera pas utile. Il me faut deux jours pour rejoindre Brahylà. Là, je pourrai prendre le bateau et le voyage deviendra plus sûr. Je partirai dès demain, après avoir fait le plein de vivres.

— Que notre déesse des rêves, Odnyyrhâ, t'inspire, mon neveu.

Le lendemain, la caravane prit la piste de Brahylà, première cité portuaire importante de la Vallée. On y trouvait des navires de grande taille destinés au transport des marchandises, ainsi qu'une flotte de guerre. Deux nouveaux émyssârs avaient rejoint les quatre premiers, ainsi qu'une trentaine de merkàntors. L'un d'eux ne cessait de se lamenter.

— Nous sommes maudits, seigneur, gémissait-il. Nous payons pour les fautes commises par nos ancêtres. Comment vais-je faire à présent que j'ai perdu tous mes biens ?

Hegon haussait les épaules.

— Arrête de te plaindre, vieil homme. Estime-toi heureux d'avoir conservé toute ta famille. D'autres n'ont pas eu cette chance.

Le vieux marchand baissa le nez, en grommelant dans sa barbe. Hegon n'aimait pas ces bonshommes geignards qui s'apitoyaient sur leur sort sans tenir compte du malheur des autres. Il lui faisait confiance pour rebâtir très vite sa fortune et voler ses clients sans aucun scrupule. Celui-ci avait sans doute de l'or caché dans un coffre à Gwondà ou ailleurs. Ainsi étaient les merkàntors. Ils retombaient toujours sur leurs pieds.

Vers le milieu de la matinée, ils découvrirent de nouvelles traces du passage du Loos'Ahn, mais les effets de l'haleine ardente s'étaient quelque peu atténués. L'herbe avait été roussie sur une centaine de mètres et quelques arbres s'étaient embrasés, sans autre dommage.

— Les cités de l'Aval ont dû être épargnées, remarqua Dennios. Lorsque le Loos'Ahn frappe la haute vallée, il ne touche pas la vallée basse, et inversement.

L'oronte Klydroos s'était installé dans le chariot transportant les émyssârs afin d'avoir l'œil sur Myriàn. À plusieurs reprises, il la morigéna parce qu'elle regardait en direction d'Hegon. Son attitude agaçait prodigieusement ce dernier, qui chevauchait à côté de la voiture. À la fin de la journée, alors que les éclaireurs étaient partis à la recherche d'un endroit sûr pour bivouaquer, il apostropha le prêtre qui venait une nouvelle fois de tancer la jeune fille.

— Fichez-lui la paix, bater, gronda-t-il d'une voix sourde. Ou vous aurez affaire à moi, tout oronte que vous êtes.

Le prêtre n'attendait que ça. Il se dressa d'un bond.

— Vous me menacez encore !

Hegon le fixa dans les yeux.

— Ce n'est pas une menace, c'est un ordre. Je suis le chef de cette caravane et j'entends que tout le monde m'obéisse ! Vous y compris !

— Mais je suis un oronte ! Vous êtes à mon service, et vous aurez à rendre compte de votre attitude devant vos supérieurs ! Vous serez dégradé, ramené au rang de simple warrior !

Hegon possédait peut-être de multiples qualités, mais certainement pas la patience. Approchant d'un coup sa monture, il attrapa l'oronte par le col et l'arracha du chariot, sous le regard éberlué des autres voyageurs. À Medgaarthâ, le respect dû aux orontes était total. Klydroos poussa un glapissement de terreur. Personne n'osa intervenir, et surtout pas Roxlaàn, qui s'amusait beaucoup de la mésaventure du prêtre. Les pieds battant dans le vide, Klydroos aurait voulu cracher sa fureur, mais il s'abstint. Le regard que lui jetait Hegon lui noua les entrailles. Il comprit que, contre toutes les règles de la Vallée, il était prêt à le tuer. Soudain, le jeune homme le rejeta au loin comme un vulgaire paquet de chiffons. L'oronte roula sur le sol rocailleux, puis se releva, tremblant d'indignation et de peur. Il pointa un doigt vengeur sur Hegon, puis le laissa retomber.

— Vous irez à pied désormais, bater, déclara Hegon d'une voix calme. Si je vous vois encore dans ce chariot, je vous fais sauter la tête.

Un silence glacial s'était installé sur la caravane. C'était la première fois que l'on voyait traiter un prêtre de cette manière. Mais personne n'aurait songé à s'en plaindre.

Le soir, au bivouac, établi dans une clairière bordant le fleuve, Roxlaàn dit à Hegon :

— Il n'y a pas à dire, mon frère, tu possèdes l'art de te faire des amis. Mais je crains que ce Klydroos ne te fasse de gros ennuis. Il ne te pardonnera jamais cette humiliation.

— Cet homme est un parfait imbécile et un méchant personnage. Je partage l'avis de Heegh de Varynià. Les orontes sont des geignards. Nous devrions combattre ces prétendues divinités des marais plutôt que de leur sacrifier des jeunes chaque année.

Roxlaàn fit une grimace.

— Mais comment lutter contre des dieux ? S'ils sont aussi puissants que le Loos'Ahn…

Hegon secoua la tête.

— J'ignore s'ils sont puissants. Nous ne savons rien d'eux, même pas leur nom.

— Peut-être n'en ont-ils pas… hasarda Roxlaàn.

— Tous les dieux ont un nom. L'Unique s'appelle Braâth. En lui sont réunis tous les autres dieux, Odnyyrhâ, la déesse des rêves, Aâcker, l'ancêtre des orontes, Aârdhem, celui des Dmaârhs, Freüstyâ, l'arc-en-ciel qui mène vers le royaume des dieux, et tous les autres.

— Ce sont les dieux de la Grande Ennéade, frère. Khalvir et Nyoggrhâ n'en font pas partie. Pas plus que les Dyornâs, qui déroulent le fil de la vie.

— Ceux-là ont aussi des noms. Mais personne ne connaît les noms des divinités des marais.

— Les orontes disent qu'il ne faut pas provoquer leur colère.

— Mais pourquoi n'ont-ils pas des noms que l'on puisse prononcer à haute voix sans les fâcher ? insista Hegon.

Roxlaàn haussa les épaules.

— Peut-être parce que les dieux des marais n'ont que leur nom secret.

Ils se turent. Roxlaàn évoquait là l'un des piliers de la religion de Braâth. Chaque homme possédait deux noms. L'un était le nom usuel, officiel, par lequel on pouvait le désigner et s'adresser à lui. Mais il en existait un autre, le nom secret, donné à chaque garçon lors de son baptême, pratiqué neuf semaines après sa naissance. Pour les nobles, il avait lieu au pied de Gdraasilyâ, l'arbre cosmique géant qui veillait sur Medgaarthâ. Lors de ce baptême, l'enfant recevait ses deux noms. Le nom secret était murmuré à l'oreille du baptisé par l'oronte. Ce deuxième nom était celui de l'âme, par lequel les dieux s'adressaient à un homme. Jamais il ne devait être utilisé à haute voix par un vivant. Dans ce cas, le terrible serpent dragon Nyoggrhâ l'entendait, et pouvait emporter l'homme, à sa mort, vers son royaume du Néant. Les orontes tenaient un registre sacré sur lequel étaient consignés tous ces noms secrets. Ils possédaient ainsi un moyen de coercition sur chacun, car un homme qui se serait opposé à eux aurait vu son nom secret divulgué et prononcé à haute voix en place publique, ce que les Medgaarthiens redoutaient par-dessus tout.

— Pourquoi des dieux auraient-ils un nom secret ? dit enfin Hegon. Cela n'est réservé qu'aux humains.

— Aux hommes seulement, précisa Roxlaàn. Les femmes n'ont pas de nom secret, puisqu'elles n'ont pas d'âme.

Hegon contempla Myriàn, qui avait pris place non loin de lui.

— Ça aussi, ça ne me plaît pas, grommela-t-il. Comment peut-on être sûr que les femmes n'ont pas d'âme ? Il existe bien des déesses, non ! N'ont-elles pas d'âme, elles non plus ?

Roxlaàn leva les bras en signe de lassitude.

— Oh, tu te poses trop de questions, frère. C'est le travail des orontes que de connaître ces sujets-là. Moi, je ne suis qu'un warrior. Et toi aussi. Notre vie — il écarta les mains avec un rugissement de satisfaction —, c'est de tailler l'ennemi en pièces sans réfléchir. Laisse le reste aux prêtres. Ils adorent palabrer.

Hegon n'insista pas. Roxlaàn n'aimait guère aborder certains sujets, trop compliqués à son goût. Hegon adressa un sourire à Myriàn, qui lui répondit discrètement. Le relatif traitement de faveur dont elle était l'objet de sa part indisposait les autres, qui lui battaient froid.

Un peu plus tard, il effectua une ronde en compagnie de Dennios.

— Je n'ai jamais ressenti une telle chose pour une femme, lui confia-t-il. Je refuse de la voir bientôt livrée aux divinités des marais. Je voudrais l'enlever et m'enfuir avec elle.

— Mais tu ne le feras pas…

Hegon hésita avant de répondre. Il serra les poings en signe d'impuissance.

— Je ne sais pas. Je ne saurais pas où l'emmener. Je ne connais rien en dehors de la Vallée. Mais toi, tu viens de l'Extérieur. Tu pourrais nous aider.

Dennios le découragea immédiatement.

— Nous pourrions quitter Medgaarthâ tous les trois, seigneur, c'est vrai. Mais nous n'irions pas loin. L'Extérieur est très dangereux.

— Et ton pays ?

— Mon pays est très éloigné. Lorsque je suis venu, il y a plus de vingt ans, j'ai suivi une caravane puissante qui a dû affronter de nombreux périls avant de parvenir à Gwondà.

— N'as-tu jamais eu envie de retourner chez toi ?

Dennios laissa passer un silence.

— Trop de temps s'est écoulé depuis mon départ. Qui se souvient encore de moi là-bas ? Ma seule famille est ici, désormais. Alors, pourquoi partirais-je ?

Hegon secoua la tête.

— Je ne sais pas ce que je dois faire, Dennios. Je suis tenu d'obéir aux ordres. J'ai donné ma parole d'honneur lorsque j'ai prêté serment. Mon éclat d'aujourd'hui était un coup de colère. Et je vais devoir en assumer les conséquences, car ce chien de Klydroos ne me pardonnera jamais son humiliation.

Il poussa un grondement de dépit et continua :

— Eh bien, tant pis ! Si cet avorton s'en prend encore une fois à Myriàn, tant pis pour lui

Soudain, il s'immobilisa et scruta l'horizon du nord, pressentant un danger. Une vive inquiétude s'empara aussitôt de Dennios. Le shod'l loer équivalait parfois à une sorte de sixième sens.

L'attaque eut lieu à l'aube, au moment où un soleil pâle se levait sur la vallée.

6

En raison de la fatigue due aux nuits éprouvantes de Varynià, les maraudiers avaient réussi à tromper la surveillance des sentinelles disposées tout autour du campement. Lorsqu'elles réagirent, il était déjà trop tard. Hegon se réveilla en sursaut. Une nuée d'individus à l'aspect effrayant avait envahi le bivouac, s'intéressant de très près au contenu des chariots des merkàntors. Le jeune homme saisit son sabre et bondit sur ses pieds. Affolés, les merkàntors fuyaient en glapissant de terreur. D'autres tentaient de défendre leurs biens. Les maraudiers étaient deux à trois fois plus nombreux que les warriors, ce qui les avait encouragés à attaquer. La réputation des guerriers de Medgaarthâ était telle qu'ils ne se seraient jamais risqués dans une bataille sans une supériorité numérique confortable.

Hegon se reprocha de ne pas s'être montré plus prudent. Les éclaireurs n'avaient rien signalé la veille, mais les maraudiers possédaient mieux que personne l'art du camouflage. Inquiet pour Myrià n, il voulut rejoindre le chariot des émyssârs. Une vingtaine d'assaillants se dressa aussitôt devant lui, armés de barres de métal hérissées de pointes. Furieux contre lui-même, il chargea les assaillants avec la fougue d'un taureau. Dennios et Roxlaàn vinrent lui prêter main-forte. Un combat violent s'engagea. Les maraudiers ne possédaient pas les techniques de combat des warriors, mais le nombre parlait en leur faveur. Chaque fois que l'un d'eux tombait, un autre prenait le relais. Ils semblaient surgir du sol comme par enchantement.

Frappant à coups redoublés, Hegon ne parvint pourtant pas à se rapprocher de la voiture, attaquée par un autre groupe. Dès les premiers signes de combat, l'oronte Klydroos avait déguerpi. Bientôt, le chariot des émyssârs bascula sur le sol. Les jeunes s'enfuirent en hurlant, mais une horde de cavaliers apparut dans les lueurs mauves de l'aube, qui se lancèrent à leur poursuite. Ivre de rage, Hegon vit l'un des agresseurs s'emparer de Myriàn, puis la soulever et la jeter en travers de sa monture. Ayant gagné son butin, il n'attendit pas son reste et piqua des deux en direction de la forêt. Les cavaliers le suivirent, abandonnant les autres bandits derrière eux.

Hegon voulut se précipiter vers sa monture pour leur donner la chasse, mais le rempart de bandits ne faiblissait pas. Les chevaux intéressaient également les maraudiers. Heureusement, la douzaine de warriors qui les défendaient tenaient bon. Les combats faisaient rage, exprimant la haine qui séparait depuis des siècles ceux de la Vallée et ceux de l'Extérieur.

Peu à peu cependant, les agresseurs se replièrent, abandonnant leurs morts et leurs blessés sur le terrain, emportant parfois un butin misérable, arraché sur le cadavre d'un merkàntor. Enfin, Hegon parvint à rejoindre les chevaux. Il bondit en selle, fracassa le crâne d'un dernier maraudier au passage, puis se lança à la poursuite des bandits, laissant la direction des opérations à Brehn, l'alwarrior de Pytessià. Malheureusement, les ravisseurs de Myriàn étaient déjà loin.

La colère tenait Hegon, dirigée contre les assaillants, mais aussi contre lui-même. Afin de ne pas indisposer davantage le prêtre, il avait consenti à ne pas dormir près du chariot des émyssârs la veille. S'il avait été plus près...

Scrutant le sol avec avidité, il eut tôt fait de repérer des traces. Les cavaliers avaient une bonne avance sur lui. Craignant le pire pour Myriàn, il poussa son cheval au maximum. Les maraudiers n'étaient pas réputés pour leur mansuétude. Bien sûr, en Medgaarthâ, la pauvre Myriàn était promise au sacrifice, mais le sort que lui réservaient les bandits ne valait guère mieux. Elle allait être transformée en esclave, violée, vendue dans l'un de leurs sinistres marchés itinérants. Les mâchoires serrées, Hegon fixait l'horizon forestier qui se rapprochait, espérant apercevoir les fuyards. Mais ils étaient déjà loin.

La traque dura la journée. Par moments, le jeune homme doutait de suivre la bonne piste. Une sylve épaisse alternait avec des zones déboisées, recouvertes d'une végétation arbustive peu élevée. Les légendes prétendaient qu'autrefois ces régions étaient couvertes de vastes forêts. Puis, au temps des Anciens, elles avaient été abattues pour faire place à des champs à perte de vue et à des cités de plus en plus peuplées. Après Raggnorkâ, la nature avait repris ses droits, et ces zones dévastées avaient d'abord été investies par un réseau serré d'arbustes épineux, de buissons et de ronces formant des fourrés impénétrables, où les grands arbres, étouffés dès le début de leur croissance, ne pouvaient se développer. Régulièrement, de terribles incendies ravageaient ces régions sinistrées, détruisant la végétation, mais offrant ensuite une nouvelle chance aux arbres. Alors, peu à peu, ils étaient revenus, leurs graines apportées par le vent et les oiseaux depuis les endroits où ils avaient survécu. Au fil des siècles, ils avaient repeuplé les forêts. Mais il subsistait néanmoins de vastes étendues arbustives où il était facile de s'égarer.

Hegon dut mettre en œuvre toutes ses qualités de chasseur pour ne pas perdre la trace des fuyards. Au loin se dessinaient les épaulements rocheux de montagnes encore couvertes de neige. À plusieurs reprises, il dut mettre pied à terre et observer le sol pour retrouver les marques des chevaux. Il avait conscience de prendre un risque insensé. Il était seul. Malgré ses qualités exceptionnelles de combattant, il ne pourrait rien faire s'il se trouvait soudain face à quelques dizaines de bandits. Mais il était hors de question de reculer.

En fin de journée, il avait franchi la frontière invisible qui séparait Medgaarthâ des territoires de l'Extérieur. Devant lui, le relief de collines forestières s'était accentué. Un champ à demi sauvage et une baraque en ruine indiquèrent qu'il devait approcher d'un village. Par prudence, il s'enfonça sous la sylve épaisse. Tout à coup, des cris retentirent. Il reconnut la voix de Myrìàn. Il lança son cheval au galop.

Il n'alla pas très loin. Au détour d'un promontoire rocheux apparut un hameau niché dans le creux d'une ravine au fond de laquelle coulait un ruisseau. Une douzaine d'individus hirsutes tenaient les lieux. Sans doute se croyaient-ils en sécurité, car ils ne surveillaient même pas les environs.

L'un d'eux tenait les bras de la jeune fille ramenés en arrière afin de l'immobiliser, et aboyait des insanités qui déclenchaient l'hilarité des autres. Hegon connaissait assez de mots de la langue des maraudiers pour comprendre leurs intentions. Il remarqua que l'un d'eux était couvert de sang et titubait sous l'effet d'une mauvaise blessure. Cela ne l'empêchait pas de cracher des plaisanteries grossières d'une voix hachée.

Hegon dissimula son cheval dans les fourrés, puis se coula discrètement au fond du ravin. Une douzaine d'ennemis ne lui faisait pas peur. Mais s'il se faisait tuer, Myrìàn ne serait jamais secourue. Il ne devait laisser aucune chance à ces chiens. Trop occupés par leur prisonnière, ils ne l'avaient pas repéré. L'effet de surprise jouait en sa faveur. À gestes lents, il saisit son arbalète.

Elle était capable de tirer six carreaux d'affilée en peu de temps. Il avait toujours affectionné cette arme, grâce à laquelle il avait déjà remporté plusieurs concours de tir. Là-bas, les bandits avaient projeté Myriàn à terre et avaient entrepris de déchirer sa dolbâs avec des rugissements de plaisir anticipé. Hegon s'avança alors à découvert. Avant qu'ils aient eu le temps de réagir, il décocha ses traits meurtriers. Six malandrins s'écroulèrent. Les autres, après un instant de stupeur, s'emparèrent de leurs armes grossières et se ruèrent sur lui. Il s'ensuivit un affrontement d'une rare violence. Outre son sabre aux deux lames tranchantes, Hegon était équipé au bras gauche d'un gantelet hérissé de pointes d'acier, fort efficace dans les combats rapprochés. Rien ne pouvait s'opposer à la fougue du jeune colosse. Et la vue des vêtements déchirés de Myriàn n'était pas faite pour calmer sa fureur. L'un après l'autre, les bandits s'effondrèrent, la gorge ouverte ou le ventre béant. Un septième individu, comprenant que tout était perdu, bondit en direction de la jeune fille, armé d'un poignard. Il ne l'atteignit jamais. Un *styl*, arme de jet courte et précise, siffla dans l'air et se planta dans son cou. À gestes vifs et précis, Hegon acheva tous ses adversaires de quelques coups de lame imparables, puis se porta au secours de Myriàn. Elle tremblait comme une feuille.

Il la prit dans ses bras et la mena vers la première cabane. La demeure était d'une simplicité rustique. Composée d'une seule pièce équipée d'une cheminée, elle comportait une table branlante et un lit rudimentaire, fait de quatre planches et d'un grossier matelas de fougère. Une odeur de moisi émanait de la baraque. Myriàn grelottait de froid et de peur. Il ôta sa lourde veste de combat et l'en recouvrit.

— Il est trop tard pour retourner au campement ce soir, dit-il. La nuit va bientôt tomber. Il faudrait trouver de quoi manger.

Il n'y avait personne d'autre dans le hameau abandonné. Sans doute ne servait-il que de relais lors des incursions en Medgaarthâ. Ensemble, ils explorèrent les autres masures, à la recherche d'une hypothétique nourriture. Mais il n'y avait plus rien depuis longtemps. Ils finirent par découvrir, dans la besace de l'un des maraudiers, un pain à moitié rassis et quelques fruits séchés. Tandis que la jeune femme reprenait des forces, Hegon transporta les corps à l'extérieur du hameau en ruine.

— Cette nuit, ils risquent d'attirer des loups, expliqua-t-il.

Profitant des dernières lueurs du crépuscule, ils ramassèrent du bois mort et allumèrent le feu dans la cheminée de la première maison. Au loin, un hurlement inquiétant retentit, qui confirmait les craintes du jeune homme. Myriàn frissonna. Hegon la prit contre lui.

— Ne crains rien. Nous allons nous barricader dans la maison.

Elle redressa fièrement la tête.

— Avec toi, je n'ai pas peur, seigneur.

Après avoir récupéré son cheval dans les sous-bois, il le fit entrer dans la masure et invita Myriàn à s'y réfugier également. Les montures des maraudiers s'étaient enfuies dès qu'elles avaient entendu les premiers hurlements.

La jeune fille vit alors Hegon se livrer à un manège singulier. Entassant brindilles et bois mort, il en étira une ligne qui forma comme une enceinte dérisoire devant la porte et la fenêtre unique. Elle n'osa pas lui poser de questions.

Ils mangèrent en silence. À la lueur des torches et du feu dans l'âtre, les yeux de Myriàn brillaient d'une lueur irrésistible. L'échancrure de ses vêtements en lambeaux laissait deviner la naissance de ses seins. D'ordinaire habitué à séduire dames et pucelles, Hegon, pour la première fois de sa vie, se trouvait désemparé. Il la désirait tellement qu'une douleur sourde lui fouaillait le ventre. Pourtant, il refusait de la toucher. Bien sûr, elle était destinée à être sacrifiée aux dieux des marais et plus aucun homme ne devait l'approcher, selon la loi de la religion. De cela il se moquait. En revanche, la fierté de son port de tête, l'aspect gracile de son cou, la clarté de son regard le troublaient totalement. Jamais il n'avait éprouvé pour une femme un désir et un attachement aussi profonds. Il la connaissait pourtant à peine, et elle ne lui était pas destinée. Mais pour la première fois de sa vie, il éprouvait un sentiment étrange, qui lui chevillait au corps une envie irrésistible, et à l'âme une souffrance intolérable à l'idée de devoir bientôt la remettre aux orontes. En lui se livrait un combat féroce entre le devoir et le désir.

Myriàn restait silencieuse. Qu'aurait-elle pu dire à cet homme avec qui elle n'avait échangé que quelques regards ? Elle n'était qu'une fille de làndwok. Il était officier. Elle avait appris qu'il était aussi le fils d'un maârkh très puissant d'une cité de l'Aval. Elle n'avait envie que d'une chose, c'est qu'il la prît dans ses bras et l'aimât jusqu'au bout de la nuit. Après, il lui serait égal de mourir. Jamais un homme encore n'avait posé la main sur elle. Hegon avait tué pour la défendre, il lui avait évité d'être souillée par les brutes qui l'avaient enlevée. Elle lui appartenait. Corps et âme.

Cependant, Hegon avait subi un tel conditionnement qu'il ne fit aucun geste pendant le repas. Il se montra même peu bavard, se contentant de parler du voyage qui restait à accomplir, et dont il se moquait. Lorsque la nuit fut tombée, il dit seulement :

— Nous allons dormir. Demain, nous avons une longue route à faire.

Après avoir renouvelé la fougère du matelas, ils s'allongèrent, s'enveloppant chacun dans une couverture. Hegon ne parvint pas à fermer l'œil, tiraillé entre les envies qui lui broyaient les entrailles et la volonté de ne pas leur céder, pour respecter sa parole d'officier.

La luminosité blafarde de la pleine lune perçait à travers les solides volets de bois. Bientôt, les hurlements se rapprochèrent. Des bruits inquiétants résonnèrent au dehors, impossibles à situer. Saisie par l'angoisse, Myriàn se redressa. Attirée par l'odeur des cadavres, une meute était descendue des collines et avait envahi le hameau. Les hurlements se transformèrent en grognements, en reniflements, en grondements. Des claquements de mâchoires retentirent, des craquements d'os broyés, l'écho de courtes luttes. Les battements de lourdes pattes, amplifiés par les ténèbres, firent résonner les entrailles de Myriàn.

— Ils sont énormes! dit-elle d'une voix qu'elle s'efforça de garder calme.

Elle resserra sa couverture sur elle, en un geste dérisoire de protection. Hegon eut envie de la prendre contre lui, mais ne fit rien.

Tout à coup, des grattements furieux firent vibrer la porte. Les loups avaient dû sentir l'odeur du cheval, qui hennit de terreur. Hegon se leva et lui caressa la tête pour le calmer. Rassuré par l'odeur de son maître, l'animal s'apaisa quelque peu. L'attaque redoubla, accentuant l'angoisse de Myriàn. Des coups de boutoir retentirent contre la porte, pourtant celle-ci tint bon. Les habitants devaient avoir l'habitude des agressions de ces monstres. Mais combien de temps résisterait-elle à leurs griffes?

— Ce ne sont pas des loups, dit Hegon d'une voix inquiète. Ce sont des danobes, des chiens sauvages géants. Ils sont encore plus féroces.

Il saisit son arbalète et l'arma. Puis, prudemment, il entrouvrit le panneau de la fenêtre. Dans la lueur blafarde, il entrevit des silhouettes monstrueuses s'acharner sur la porte. Maintenant le battant écarté, il visa. Le claquement de la corde d'acier retentit, le carreau siffla, aussitôt suivi d'un couinement de douleur. L'un des chiens fit un saut en arrière et retomba, la gorge transpercée. Rendus fous par le sang de leur congénère, les danobes abandonnèrent la porte pour se jeter sur le blessé. Une furieuse bataille s'engagea. Hegon saisit un brandon enflammé dans la cheminée, ouvrit la fenêtre et le jeta sur la ligne de brindilles et d'aiguilles de pin, qui s'embrasa instantanément. Une barrière de feu s'éleva, faisant reculer les chiens sauvages affolés. Le blessé, momentanément sauvé par cette manœuvre, s'éloigna en gémissant. Mais ses blessures étaient trop importantes et bientôt ses congénères se lancèrent à sa poursuite.

— Ils sont partis, dit Hegon.

Tremblant de peur, Myriàn se leva et vint se blottir contre Hegon. Il l'enveloppa de ses bras. Il aurait voulu encore résister, mais cette fois, ce fut impossible. Le désir trop intense balaya ses derniers scrupules. Il la souleva et l'emporta sur le lit, où il arracha ce qui restait de sa toge blanche en lambeaux.

Ils s'aimèrent longtemps, dans l'odeur du feu de bois et de la fougère fraîche. Ce fut une étreinte passionnée, enivrante, fulgurante, faite de gestes audacieux, d'un mélange de violence et de tendresse extrême. Ils avaient conscience que cette nuit magique serait la seule qu'ils partageraient jamais. Myriàn aurait voulu le retenir pour toujours à l'intérieur de son corps. Au-dehors, les grognements des chiens géants se disputant les dépouilles des malandrins résonnaient toujours au loin, instillant dans leur relation une inquiétude surnaturelle qui pimentait encore plus leur étreinte.

Mais il est impossible d'arrêter le temps. Après une nuit trop courte, la lumière du jour les réveilla, mêlés l'un à l'autre. Hegon dut lutter une nouvelle fois contre le désir brûlant qui lui mordait le ventre pour s'arracher aux bras tièdes de sa compagne. Il sortit de la masure. La barrière de feu s'était éteinte, et les restes d'un maraudier avaient été traînés et dévorés à peu de distance. Les chiens avaient disparu, avalés par la nuit.

Alors, l'avenir se dessina devant Hegon, encore plus sombre qu'avant. Un instant, il fut tenté de ne pas revenir au campement. Le monde était vaste. Il existait sûrement, quelque part, un endroit où ils pourraient s'installer et vivre en paix.

Deux mains glissèrent le long de son torse. Il se retourna, baisa les lèvres de Myriàn avec fièvre. Elle le repoussa doucement.

— Il ne faut pas perdre l'honneur pour moi, seigneur. Tu es le fils d'un maârkh. Je le sais. Jamais on ne te pardonnerait de vouloir me garder pour toi. Je ne dirai rien.

— Je veux t'emmener ! Nous pouvons partir, quitter Medgaarthâ ! répliqua-t-il.

— Et où irions-nous ? Tu es un grand guerrier, mais les maraudiers sont nombreux. Tu ne peux les tuer tous.

— Nous pourrions nous allier avec l'une de leurs tribus.

Elle eut un léger sourire.

— Après ce que tu viens de faire à ceux-ci ? Non, seigneur. Nous devons retourner auprès des nôtres. Et je reprendrai ma place parmi les émyssârs. Tu ne dois pas gâcher ta vie pour moi. Je ne suis qu'une fille de làndwok.

— Je m'en moque.

Tout à coup, le bruit d'une cavalcade retentit.

— Vite, rentre ! intima-t-il à la jeune fille.

Il eut juste le temps d'enfiler sa veste de combat renforcée de plaques d'acier avant qu'un groupe de cavaliers entre en trombe dans le village. Il dégaina son sabre, mais il reconnut Roxlaàn et ses *ekwarriors*[1].

— Or ça, mon frère, s'écria Roxlaàn, est-ce ainsi que l'on accueille les amis ?

Puis il aperçut, les cadavres déchiquetés des maraudiers et poussa un cri admiratif.

— Par les tripes fumantes de Lookyâ, est-ce toi qui a dévoré ainsi ces malandrins ? Fallait-il que tu aies faim !

D'ordinaire, Hegon aurait éclaté de rire à la boutade de son compagnon. Mais il n'en avait guère envie, et

---

1. *Ekwarrior :* guerrier à cheval.

Roxlaàn s'en rendit compte. Il se laissa glisser à bas de son cheval et s'approcha d'Hegon. Myriàn se tenait derrière lui dans l'embrasure de la porte, serrant ses vêtements déchirés contre elle. Le regard lumineux qu'elle adressait à Hegon était une explication à lui seul.

— Ouais, je vois ! dit-il.

En d'autres circonstances, Roxlaàn aurait lancé une nouvelle plaisanterie, mais il connaissait assez Hegon pour comprendre que celle-ci l'aurait fait souffrir.

— Que décides-tu ? demanda-t-il.

Hegon hésita. Myriàn intervint.

— Mes compagnons doivent s'inquiéter pour moi, seigneur Roxlaàn. Ont-ils été blessés ?

— Non. Après votre départ, nous avons mis les maraudiers en déroute. Nous avons même fait une quinzaine de prisonniers. Ceux-là sont bons pour la spoliation. Ensuite, nous nous sommes lancés sur vos traces. Mais la nuit nous a surpris en lisière des collines. Nous avons dû patienter jusqu'à ce matin.

Hegon eut un sourire amer. Il avait compris que Roxlaàn avait volontairement ralenti l'allure afin de lui laisser une chance de passer la nuit seul avec Myriàn.

— Merci, mon frère, murmura-t-il.

Ils se mirent en route. Hegon prit Myriàn en croupe. De nouveau, le silence s'était installé entre eux. Enserrant la taille de son compagnon de ses bras, la jeune femme gardait comme des trésors les quelques paroles de tendresse qu'il avait eues pour elle au cœur de la nuit. La perspective d'être bientôt livrée aux divinités des marais la terrorisait. Mais cette nuit resterait pour elle comme une revanche, un pied de nez aux orontes qui l'avaient condamnée à mort. Elle avait transgressé la règle qui exigeait qu'un émyssâr n'ait plus aucun rapport sexuel après avoir été désigné. Elle-même n'en avait jamais eu, parce que son père estimait qu'une vierge avait plus de valeur si l'on voulait la marier avec un parti intéressant. Les choses étaient ainsi, les filles n'avaient aucun droit de choisir l'homme avec qui elles vivraient. Celui-ci était imposé par sa famille. Si elle n'avait pas été désignée pour le sacrifice, elle était promise à un homme qui avait plus du double de son âge, et qui avait une réputation de grande brutalité. Sa première femme avait péri dans des circonstances mystérieuses. Mais on n'accordait pas vraiment d'importance à la vie d'une femme à Mahagür. Elle, au moins, aurait connu une véritable nuit d'amour. Elle lui donnerait le courage de périr avec dignité lorsque le moment serait venu.

Tout à coup, Hegon lui saisit la main et la serra avec force.

— Tu ne mourras pas, Myriàn. Je te défendrai. Je te le promets.

— Ne commets pas de folie, seigneur.

Hegon s'était attendu à des réflexions acerbes de la part de Klydroos. L'oronte devait bien se douter de ce qui s'était passé la nuit précédente. À la grande surprise du jeune homme, il ne dit rien. Il évita même de lui adresser la parole. Le soir, cependant, il ne put s'empêcher de noter d'un ton acerbe :

— Ces stupides maraudiers nous ont retardés d'une journée.

Hegon sentit qu'il brûlait de lui faire remarquer qu'il avait été bien long à revenir. Mais il s'abstint devant le regard noir que lui lança le jeune homme. Dennios observait le manège du prêtre. Quelque chose dans son attitude sonnait faux. Pourquoi n'avait-il posé aucune question sur ce qui s'était passé la nuit précédente ?

Les compagnons de Myriàn ne lui réservèrent pas un accueil chaleureux. Mais sans doute la perspective de mourir bientôt leur ôtait-elle toute compassion.

Le lendemain, en fin d'après-midi, ils arrivèrent en vue de Brahylà.

7

Dernière cité de l'Amont, Brahylà était aussi la plus importante. Elle bénéficiait de la navigabilité du Donauv par de gros bateaux, ce qui facilitait le transport des marchandises et avait développé le commerce. À elle seule, elle comptait plus d'habitants que les trois autres cités réunies. Hegon et ses compagnons constatèrent avec soulagement que Brahylà avait été épargnée par le Loos'Ahn.

— Sa puissance avait faibli, remarqua Dennios. Il y avait peu de chance que d'autres cités aient été touchées.

— Ne blasphémez pas, myurne ! intervint Klydroos d'une voix aigre. Le Grand Dragon peut frapper où et quand il veut. Remerciez-le plutôt de vous avoir laissé la vie.

Dennios haussa les épaules sans répondre.

— Eh bien, reprit Roxlaàn, qu'il soit remercié ! Ce soir, je dormirai dans un vrai lit, compagnons. Et pas tout seul, vous pouvez m'en croire !

Le prêtre voulut répliquer, mais s'abstint. Lui-même n'aimait pas les femmes, bien que sa condition de prêtre ne lui interdît pas d'avoir une épouse. À la vérité, il aurait fallu qu'il s'en trouvât une pour accepter son caractère irascible.

Roxlaàn se réjouissait à la perspective de passer au moins une journée à Brahylà. On trouvait, dans les quartiers du port, les filles les plus accueillantes, toujours prêtes à satisfaire les désirs des guerriers les plus imaginatifs. Depuis leur départ de Mahagür, quelques jours plus tôt, il avait dû se contenter de regarder de loin les femmes des merkàntors et des khadars, aussi vertueuses que jolies, mais qui ne se seraient certes pas risquées à une aventure extraconjugale. En Medgaarthâ, le nombre des cocus était insignifiant. Le châtiment réservé aux épouses adultères était si horrible qu'il dissuadait de toute velléité de tromperie. Si les hommes avaient le droit de prendre des maîtresses — il était même recommandé d'avoir plusieurs concubines en plus d'une épouse légitime —, les femmes au contraire devaient rester d'une fidélité irréprochable, sous peine d'être punies d'une manière terrifiante.

L'architecture de Brahylà offrait plus d'originalité que celle des trois premières cités. La richesse, apportée par le commerce fluvial, avait fait la fortune de plusieurs merkàntors et surtout, grâce à un judicieux système de taxes, celle des graâfs qui se partageaient les postes importants du gouvernement aux côtés du maârkh Roytehn. Des demeures magnifiques étalaient leur luxe le long de la rive méridionale du Donauv, alternant de vastes parcs ornés de grands arbres, tous cernés par des murailles défensives, alors même qu'elles étaient situées à l'intérieur de l'enceinte de la cité.

Un vaste quartier commerçant occupait le centre-ville, où l'on pouvait trouver de tout, jusqu'aux étoffes les plus fines fabriquées par les tisserands de la lointaine Medjydà, la cité la plus orientale de Medgaarthâ.

Après que les émyssârs eurent été emmenés au temple par Klydroos, Hegon, Roxlaàn et Dennios se rendirent au palais comtal, où ils furent reçus par le maârkh. Celui-ci n'inspirait pas une grande sympathie. Roytehn les toisa avec une condescendance hautaine qui mit Hegon mal à l'aise. Le maârkh disposait d'un pouvoir quasi absolu dans sa cité. Il ne devait rendre compte de ses actes qu'au Dmaârh, Guynther de Gwondà.

Selon la coutume, Hegon ploya le genou droit et courba la tête devant le comte.

— Sois le bienvenu, Hegon, déclara Roytehn d'une voix qui démentait la chaleur des paroles. On m'a rapporté que tu avais essuyé une attaque de maraudiers.

— C'est exact, seigneur.

— Et tu as dû poursuivre les ravisseurs d'une émyssâr, que tu as sauvée au péril de ta vie.

— Oui, seigneur.

Hegon n'aimait pas le ton inquisiteur du gouverneur. Il était évident que Roytehn était au courant de ce qui s'était passé, et des soupçons que le prêtre nourrissait, non sans raison, à son égard. Le jeune homme redouta un instant que Roytehn ne lui demandât des détails, mais il n'en fit rien. Il observa longuement Hegon sans mot dire, le visage impassible, puis déclara :

— C'est bien, tu as agi avec courage. Je vais te confier les deux émyssârs de Brahylà. Tu partiras dans deux jours par bateau. La route sera ainsi plus sûre. Je ferai d'ailleurs route avec toi, car je dois assister à l'Hârondà de ton cousin, sur l'invitation de ton père, Maldaraàn d'Eddnyrà. Qu'il en soit remercié ! Cette cérémonie aura lieu en même temps que le baptême du petit-fils de Sa Majesté, notre bien-aimé Guynther, qui m'y a convié également. Cela me fait deux bonnes raisons de faire le voyage. Je peux abandonner ma bonne cité, puisque le Loos'Ahn a déjà frappé. On m'a dit que tu l'avais affronté de très près.

— C'est vrai, seigneur.

— On m'a aussi rapporté, ce que j'ai peine à croire, que tu aurais défié le Grand Dragon en pointant ton sabre vers le ciel.

— Je l'ai fait, seigneur. Je pensais mourir à l'instant suivant.

Curieusement, le regard du maârkh s'était légèrement durci. Le malaise qui tenait Hegon augmenta. À l'inverse de Heegh de Varynià, Roytehn paraissait lui tenir rigueur d'avoir accompli un acte de bravoure aussi insensé. Le jeune homme refit le même récit.

— C'est la colère qui a dicté ma conduite, seigneur. Mourir pour mourir, je voulais lancer un défi au Loos'Ahn. J'ignore s'il m'a entendu, mais la terre a cessé de s'embraser à quelques pas de moi.

Le maârkh fit la moue sans cesser de lui adresser son regard noir.

— C'est étrange, en effet. Penses-tu réellement que ton défi ait pu faire reculer le Grand Dragon ?

— Je ne sais pas, seigneur ! Pour ma part, je pense qu'il s'agit d'une coïncidence. Le Loos'Ahn ne frappe pas de manière continue. En vérité, j'ai eu beaucoup de chance.

— De la chance, en effet.

Le ton de Roytehn n'avait pas varié d'un iota. Pourtant, Hegon éprouva à ce moment-là une impression bizarre. Il percevait presque physiquement la menace voilée inexplicable contenue dans les propos du maârkh. Pour une raison incompréhensible, cet homme le haïssait et désirait sa mort. Il avait déjà ressenti le même phénomène en présence de Klydroos, comme s'il distinguait les intentions réelles derrière les paroles hostiles ou amicales. C'était comme si leur esprit était devenu transparent. Il décida de contre-attaquer. Il saurait au moins à quoi s'en tenir.

— Aurais-je commis quelque chose de mal, seigneur ?

L'autre se reprit immédiatement et lui adressa un sourire qui pouvait passer pour chaleureux.

— Non pas, mon neveu. Tu n'as commis aucune faute, et tu n'as aucun reproche à te faire. Comme tu l'as dit, il ne s'agit probablement que d'une coïncidence extraordinaire. Tu peux te retirer à présent.

Hegon acquiesça d'un signe de tête. Il devinait, derrière le revirement amical du maârkh, l'hostilité qu'il tentait de lui dissimuler. Pour quelles raisons cet homme lui en voulait-il ? Lui-même était persuadé, après réflexion, d'avoir bénéficié d'une chance insolente. Comment le Loos'Ahn aurait-il pu avoir peur de lui au point de reculer ? Pourtant, Hegon avait eu l'impression que Roytehn croyait, quant à lui, qu'il avait eu le pouvoir de faire reculer le Grand Dragon. C'était inconcevable.

En quittant le palais, le malaise ne l'avait pas quitté. Il y avait autre chose de bizarre chez le gouverneur. Tout comme Mehnès, l'adoronte de Mahagür, il semblait beaucoup plus jeune que son âge. Il régnait depuis plus de quarante années, mais ne paraissait pourtant pas avoir dépassé les cinquante ans.

Plus tard, tandis que Roxlaàn était parti en quête d'une âme féminine compatissante pour passer la nuit, il s'en ouvrit à Dennios.

— Pourquoi certains hommes semblent-ils aussi jeunes ?

— Je l'ignore, seigneur. Peut-être bénéficient-ils d'une constitution plus robuste. Après l'effondrement de la civilisation des Anciens, il s'est produit de profonds bouleversements pour l'espèce humaine, comme la fertilité amoindrie ou l'apparition des werhes. La longévité de certains humains est sans doute une compensation du nombre réduit des naissances.

L'argument frappa Hegon. Le raisonnement du conteur était juste. Mais il était tout de même curieux que cette étrange longévité ne touchât jamais les gens du peuple. À vrai dire, elle ne concernait pas non plus l'ensemble des nobles et des orontes. Seul un petit nombre bénéficiait de ce curieux avantage.

Ils avaient trouvé à se loger dans une auberge du port. À l'inverse de Heegh de Varynià, qui leur avait accordé l'hospitalité de son palais, Roytehn de Brahylà ne s'était pas soucié de les accueillir. Il s'était pourtant targué d'entretenir d'excellentes relations avec Maldaraàn, qu'il se réjouissait de revoir au palais du Dmaârh. Mais peut-être était-ce justement pour cela qu'il ne désirait pas se lier d'amitié avec son fils. Il devait être au courant de leurs rapports difficiles.

Le jeune homme n'ayant aucune envie de gîter dans l'une des casernes de la cité, il avait préféré s'installer en ville. Roxlaàn l'avait immédiatement abandonné pour rendre visite aux filles du port. Il avait un instant tenté de l'entraîner, mais Hegon avait décliné l'invitation. Trop de questions se bousculaient dans son esprit. Et le visage de Myriàn ne le quittait pas.

Assis à la terrasse de l'auberge, Hegon et Dennios contemplaient, au loin, les lourds bâtiments de transport et les *dromons* de guerre, équipé de tours centrales où sommeillaient catapultes et balistes. Hegon déclara :

— J'ai le sentiment que le maârkh me tient rigueur d'avoir défié le Loos'Ahn et d'avoir survécu.

Dennios ne répondit pas immédiatement. Soudain, il demanda :

— Puis-je te parler, seigneur ?

Étonné, Hegon se tourna vers lui.

— Bien sûr, mon compagnon. N'est-ce pas ce que tu as toujours fait ?

— Le sujet que je souhaite aborder est… délicat.

— Je t'écoute !

— Je pense que tu devrais te méfier. L'oronte Klydroos n'ignore pas ce qui s'est passé entre toi et cette petite Myriàn lorsque tu l'as tirée des griffes des maraudiers.

Hegon se ferma quelque peu. Il lui était douloureux d'évoquer la jeune femme.

— Toi-même, comment le sais-tu ?

— Je ne suis pas aveugle, seigneur. Et l'oronte non plus. Or lui, d'ordinaire si prompt à te faire remontrance, n'a fait aucune réflexion à ce sujet.

— C'est vrai. Son absence de réaction m'a surpris.

— Peut-être s'imagine-t-il qu'il entre dans tes intentions d'essayer de la sauver des divinités du marais, insinua le conteur.

Hegon pâlit.

— Où veux-tu en venir ?

— Je crains moi aussi que tu ne tentes d'arracher Myriàn à son sort. Mais tu sais comme moi que la loi religieuse est formelle sur ce point : un émyssâr ne doit plus avoir aucune relation avec qui que ce soit à partir du moment où il a été désigné. Le sort de Myriàn est scellé. Elle appartient déjà aux dieux des marais. Quant à toi, ton titre de fils de maârkh te protège, c'est vrai, mais… tu prends tout de même de gros risques.

Hegon ne répondit pas. Dennios insista :

— Klydroos est méchant, mais ce n'est pas un imbécile. Tu n'as jamais caché ton hostilité à ces dieux qu'on ne voit jamais, mais qui prélèvent leur tribut en vies humaines tous les ans. Il a bien compris que tu étais amoureux de cette fille, et que tu ferais tout pour l'arracher à son sort.

— Je ne veux pas qu'elle meure, admit Hegon.

Dennios secoua la tête.

— Il est déjà trop tard pour elle, seigneur. Tu dois l'accepter. Si tu es pris dans les marais à tenter de la sauver, c'est la mort qui t'attend. Tes ennemis n'hésiteront pas à profiter de l'occasion pour se débarrasser de toi.

— Crois-tu que Klydroos m'en veuille à ce point ?

— Je ne parle pas de Klydroos, seigneur. D'autres veulent te voir mort.

— D'autres ? Que racontes-tu ? Je n'ai pas d'ennemis en Medgaarthâ.

Puis il repensa à l'impression désagréable qu'il avait éprouvée face au maârkh Roytehn et pâlit.

— Souviens-toi de ce garçon du Prytaneus, le premier que tu as tué. N'a-t-il point tenté de t'occire par traîtrise ?

Hegon resta interloqué. Il rétorqua :

— C'était une réaction d'orgueil. Et cela s'est passé il y a quatre ans. Depuis, personne n'a essayé de m'éliminer.

— Depuis quatre ans, tu étais à Mahagür, seigneur. Souviens-toi cependant que Koohr t'envoyait toujours sur les missions les plus périlleuses. Ce n'est pas un hasard.

— Tu crois qu'il cherchait à m'éliminer ?

— Disons qu'il avait certainement reçu des ordres dans ce sens, mais à condition que cela puisse passer pour un accident. Malheureusement pour tes ennemis, tu t'en es toujours sorti sans une égratignure.

— C'est absurde ! Pourquoi voudrait-on me tuer ?

Dennios hésita, puis répondit :

— Parce que tu n'es pas un homme comme les autres, seigneur.

— Comment ça ? Explique-toi !

— Tu m'as avoué il y a quelques jours que tu ressentais l'état d'esprit de tes interlocuteurs.

— Je ne vois pas pourquoi on me tuerait à cause de ça.

— Très peu d'hommes possèdent cette faculté.

— Et comment pourraient-ils savoir que je la possède ?

— Par tes propres réactions. Ils ont constaté qu'il était très difficile de te dominer et de te tromper. Un alwarrior doit obéir sans discuter. Toi, tu remets tout en question. Mais il y a autre chose.

— Et quoi ?

— On a toujours pris soin de te la celer, seigneur, mais il existe une prophétie te concernant.

— Qu'est-ce que c'est que cette histoire ?

— Elle est très précise : « Avant que le Loos'Ahn ne frappe pour la neuvième fois, un homme se dressera sur sa route et le tuera. Il apportera ensuite de grands bouleversements en Medgaarthâ, et la Vallée changera de visage. » Les gens l'ont un peu oublié, mais le Grand

Dragon n'a pas toujours existé. Il est apparu il y a exactement soixante-trois ans et il vient de frapper pour la huitième fois.

— J'ignorais cela. Mais en quoi est-ce que cela me concerne ?

— Cela te concerne parce que… tu es cet homme-là, seigneur ! C'est toi qui tueras le Loos'Ahn, si l'on en croit la prophétie.

— Moi ? Mais je ne suis qu'un modeste alwarrior.

— Tu es aussi le fils de Maldaraàn d'Eddnyrà.

— La belle affaire ! Mon père m'a écarté de notre cité. Il n'a jamais manifesté le moindre intérêt pour moi. Et je suis même étonné qu'il m'ait invité pour l'Hârondà de mon cousin Rohlon.

— C'est surprenant, en effet. Mais là n'est pas la question. Cette prophétie est connue par tous les habitants de la Vallée. En revanche, ce qu'ils ignorent, c'est que la Baleüspâ t'a nommément désigné. Seuls les nobles de haute lignée le savent. Aussi, ton exploit de l'autre jour a une signification beaucoup plus importante que tu ne le crois. Il t'a désigné aux yeux du peuple. C'est cela que tes ennemis ne te pardonneront pas !

Abasourdi, Hegon laissa passer un silence. Enfin, il demanda :

— Mais toi, comment es-tu au courant de cette prophétie ?

— Je suis arrivé en Medgaarthâ avant ta naissance. Je faisais partie d'une délégation venue de l'Extérieur pour nouer des relations commerciales avec les neuf cités. Ainsi, je me suis retrouvé dans l'entourage du Dmaârh et de ton père. Ta naissance a provoqué une grande émotion. La Baleüspâ, la devineresse qui vit près du Grand Arbre, a prédit que tu bouleverserais à jamais la civilisation de la Vallée, que certaines grandes familles connaîtraient la ruine et disparaîtraient. À l'époque déjà, on a voulu t'éliminer, mais la Baleüspâ s'y est opposée, disant que ta mort déchaînerait la colère des dieux, et des bouleversements plus grands encore. Elle disait aussi que, dans l'avenir, Medgaarthâ devrait affronter de terribles dangers, et que tu serais le seul capable de lui permettre d'en triompher.

— La Baleüspâ...

— Son influence est telle que sa seule parole a suffi à te protéger. Même le Dmaârh et l'achéronte ne la remettent jamais en cause, car ce sont les dieux qui parlent par sa bouche. Il n'empêche que certains te redoutent et préféreraient te voir mort. Ceux-là sont tes ennemis. Ils se moquent de la prophétie, mais ils ne peuvent agir ouvertement.

— Pourquoi ne m'as-tu pas parlé de ça avant?

— Parce que tu étais relativement en sécurité à Mahagür. Là-bas, tu n'étais guère dangereux. Je te l'ai caché pour te protéger, pour t'éviter de te lancer dans n'importe quelle folle aventure. Mais nous allons bientôt arriver à Gwondà et nous ignorons comment vont réagir tes ennemis. Ils pourraient vouloir tenter à nouveau de te supprimer. Il est inutile de leur faciliter la tâche en tombant dans un piège à cause de la petite Myriàn. Ils n'attendent que ça. C'est pour cette raison que Klydroos n'a rien dit. Je pense qu'il fait partie de ceux qui désirent ta mort. Ils préfèrent attendre que tu tentes de la délivrer. Là, ils pourront t'accuser de trahison.

Hegon resta songeur. Enfin, il demanda:

— Qu'est devenue cette délégation de l'Extérieur? Et d'où venait-elle?

— D'une cité lointaine appelée Rives. Mais elle est repartie voilà bien longtemps. Moi, je suis resté.

— Pourquoi?

Dennios hésita à nouveau.

— Disons que je me suis attaché à ce pays et à ses habitants. À toi aussi, seigneur. Mais n'oublie pas ce que je viens de te dire. Tu es en danger! Tes ennemis guetteront ta moindre erreur. Si tu tentes de sauver

Myriàn, cela constituera une faute assez grave pour qu'ils puissent réclamer ta mort.

— Et alors ? Quel sens aura ma vie si je ne peux pas avoir Myriàn ? Je ne pensais pas qu'un jour je pourrais éprouver des sentiments aussi forts pour une femme. Je dois la sauver. Je le lui ai promis.

Dennios soupira.

— Il ne s'agit pas seulement de ta propre vie, seigneur. Il en va aussi de l'avenir de Medgaarthâ.

Hegon haussa les épaules.

— À cause de la prédiction de la Baleüspâ ? C'est une vieille femme ! Comment peut-elle ainsi prévoir l'avenir ?

— Certaines personnes possèdent le don de percer les mystères divins. Cela ne s'explique pas, mais c'est ainsi. Et tu dois accorder du respect à cette femme. Sans son intervention, tu serais déjà mort. En théorie, personne n'osera s'en prendre à elle, d'autant plus qu'on la dit immortelle et qu'elle a le pouvoir de percevoir le monde des dieux. Mais elle a tout de même pris des risques en te défendant envers et contre tous.

Hegon se ferma. Dennios venait de lui dévoiler un aspect de sa vie qu'il ignorait totalement. Il avait l'impression d'avoir été manipulé et il détestait ça. D'un ton sec, il demanda :

— Et toi, quel est ton intérêt à me protéger ?

Le myurne ne s'alarma pas de la voix quelque peu agressive du jeune homme.

— Je n'ai aucun intérêt, seigneur. Tu sais bien que les conteurs méprisent la fortune et les honneurs. Ne vois dans mon attachement que l'amitié que je te porte. Et aussi le fait que je crois à cette prophétie. De toute mon âme.

La sincérité qu'Hegon discerna dans les paroles du conteur l'émut profondément, et dissipa sa colère d'un coup.

— Pardonne-moi d'avoir douté de toi, Dennios. Je

sais que tu es un ami fidèle. Mais il faut que… je réfléchisse à ce que je dois faire.

Le conteur soupira. Il n'était pas dupe. Il connaissait trop Hegon pour savoir qu'il n'abandonnerait pas si facilement. Il ferait tout pour sauver Myriàn.

Quitte à y laisser la vie.

8

Selon la coutume, la victoire remportée par les cohortes d'Hegon lui rapportait une part du butin, constitué par les bandits capturés au cours de la bataille. Une autre part revenait aux warriors. Le reste — les trois quarts — était réparti équitablement entre le Temple, le Dmaârh Guynther de Gwondà, et le maârkh sur le territoire duquel la bataille avait eu lieu.

Une vingtaine de maraudiers avaient été faits prisonniers, que l'on avait solidement entravés afin de leur ôter toute possibilité d'évasion. Le jour même de leur arrivée, ils avaient été conduits dans les cachots de l'*hospetal*, où ils devaient subir la spoliation.

— Ils n'ont pas cessé de brailler toute la nuit ! s'esclaffa un gardien lorsque Hegon arriva de bon matin pour les chercher. Ils savent ce qui les attend.

Hegon ne répondit pas. Il n'aimait pas cette pratique. Encadrés par les warriors, les captifs furent menés sans ménagement dans une salle immense et sombre, où un médikator et deux assistants attendaient déjà. Tous trois portaient des tabliers larges tachés de sang séché. Un *prokurator* maârkhal accompagné de trois commissaires représentant le Dmaârh, le Temple et le maârkh Roytehn se tenaient dans un angle, revêtus des toges vert et gris de leur fonction. Le prokurator avait la

charge de contrôler et de consigner par écrit la répartition du butin.

— Belle prise, seigneur Hegon, dit le prokurator de
sa voix neutre. Voilà des scélérats qui ne nous causeront
plus d'ennuis. Deux d'entre eux vous reviennent. Si
vous voulez bien attendre que l'on ait fini de procéder à
la spoliation.

Hegon acquiesça d'un signe de tête. Même s'il n'aimait
pas cette opération, il ne la remettait pas en cause. Elle
constituait la majeure partie de ses revenus. Il n'avait
jamais gardé un homme spolié, un klaàve, pour son usage
personnel. Leurs yeux sans âme le mettaient mal à l'aise.
Il préférait les revendre. Les klaàves étaient fort prisés
pour leur totale soumission. Ils exécutaient les ordres
sans discuter, sans chercher à voler leur maître. Cependant, en raison de leur rareté, seules les familles les plus
aisées avaient les moyens de s'offrir leurs services. Avec
ses prises de guerre, Hegon s'était déjà constitué une
petite fortune, comme son ami Roxlaàn, qui héritait,
quant à lui, d'un esclave. La vente des deux autres serait
répartie entre les vingt-sept warriors.

Sur un signe du médikator, les gardes amenèrent le
premier prisonnier. Le malheureux se débattit comme
un beau diable en hurlant de terreur. La spoliation était
une opération irréversible. Sans tenir compte de ses cris,
les gardes le ligotèrent solidement sur une sorte de table
de marbre creusée de rigoles par lesquelles le sang
s'écoulait. À une extrémité de la table se dressait un
appareil inquiétant destiné à enserrer la tête de la victime afin qu'elle ne puisse plus bouger. Malgré ses
efforts, le maraudier ne put empêcher les gardes de
l'immobiliser à l'aide de solides lanières de cuir. Le
médikator ne lui adressait même pas la parole. Pour lui,
il ne valait pas plus qu'un animal. Sous les yeux agrandis
par l'horreur des autres captifs, le praticien appliqua un
tampon imbibé d'un liquide anesthésiant sur le nez du
prisonnier. Assommé, celui-ci cessa de se débattre. Puis

une incision triangulaire fut pratiquée à la base son crâne.

La tradition voulait que le vainqueur assistât à la spoliation. À ses côtés, Roxlaàn ne perdait pas une miette du spectacle. Malgré l'amitié qu'il lui portait, Hegon ne put s'empêcher de le détester à ce moment-là. Bien sûr, ces hommes étaient des ennemis, et ils n'auraient fait preuve d'aucune pitié envers eux s'ils avaient triomphé. Certains maraudiers pratiquaient la torture sur leurs prisonniers afin de se distraire, et l'on ne comptait plus les découvertes macabres sur leur territoire, où des hommes avaient été émasculés, éviscérés ou écorchés vifs. Cependant, Si Hegon trouvait normal de donner la mort au cours de glorieux combats, il détestait la souffrance que l'on faisait subir aux vaincus par la suite. Les tortures infligées par les maraudiers à leurs prisonniers n'étaient que la réponse à celles qu'on leur appliquait en Medgaarthâ. Il faudrait bien que cela cessât un jour. Mais la spoliation et les bénéfices qu'elle engendrait expliquaient que ni les nobles ni les religieux n'eussent intérêt à envisager la paix avec les populations de l'Extérieur.

L'opération ne dura pas plus d'une demi-heure. Lorsque le prisonnier fut libéré, un linge taché d'écarlate lui enserrait le crâne. Titubant sous l'effet résiduel de l'anesthésiant, il se leva docilement et suivit un garde sans manifester la moindre velléité de fuite. Le centre de sa volonté avait été détruit.

— Votre premier klaàve, seigneur Hegon, déclara le prokurator d'un ton qui se voulait aimable.

— Je vous charge de le vendre pour mon compte, messer[1], répondit le jeune homme.

— Il en sera fait selon votre volonté, seigneur.

C'était la pratique la plus courante. Le prisonnier spolié allait rester au repos quelques jours dans l'enceinte de l'hospetal. S'il survivait à la spoliation, il deviendrait un

---

1. Messer : titre donné aux fonctionnaires officiels de Medgaarthâ.

esclave obéissant et serait vendu sur le marché. Le produit de la vente irait créditer le compte de son propriétaire. Ce compte était scrupuleusement tenu par la banque royale, qui possédait une succursale dans chacune des neuf cités.

— On va vous préparer le second, ajouta le prokurator.

Les gardes s'emparèrent alors d'un gamin qui se mit à glapir de terreur.

— Mais il n'a pas quinze ans ! s'écria Hegon.

— Qu'importe ? C'est un maraudier. À son âge, il servira longtemps. Il vous rapportera plus que l'autre.

Hegon n'hésita qu'un instant.

— Je refuse la spoliation. Je préfère le garder ainsi.

Le prokurator se tourna vers lui, stupéfait.

— C'est... c'est votre droit, seigneur. Mais prenez garde ! Ce chien est capable de vous égorger pendant votre sommeil avant de s'enfuir.

— J'en prends le risque.

Il arrêta les gardes qui s'apprêtaient à attacher le gamin sur le billard. Il prit le garçon par l'épaule et le releva. Le jeune maraudier le contempla avec des yeux emplis de terreur. Il tremblait comme une feuille.

— Parles-tu notre langue ? demanda Hegon.

— Un peu, seigneur, bredouilla-t-il.

— Quel est ton nom ?

— Jàsieck.

— Je t'accorde ma grâce. Tu ne seras pas spolié si tu acceptes de me servir.

Le gamin n'en croyait pas ses oreilles. Il tomba à genoux devant Hegon.

— Merci, oh, merci, seigneur ! Je vous obéirai en tout.

— Alors, suis-moi !

Un peu plus tard, Hegon et Roxlaàn regagnaient l'auberge, suivi de Jàsieck. Roxlaàn grommelait :

— Je crois que tu es fou, mon frère. Ce maraudier s'enfuira à la première occasion !

— Eh bien, il s'enfuira. Mais c'est un gamin. Je ne pouvais pas les laisser le spolier.

— Tu es trop généreux.

— Il connaît bien la maraude. Il peut nous apprendre beaucoup de choses sur son monde.

— Bah ! Parce que tu penses toujours qu'il est possible de conclure une paix avec ces barbares ? As-tu déjà oublié les massacres, nos hommes torturés, éventrés, écartelés ?

— Nous ne les ménageons pas non plus, n'est-ce pas ? Et crois-tu que nous nous conduisions mieux en offrant chaque année dix-huit de nos jeunes à des dieux que personne n'a jamais vus ?

— C'est la loi de la religion. On ne peut pas la remettre en question. Mais ces gens-là sont des ennemis.

— Ce sont des hommes, mon frère.

— Des sous-hommes, oui ! C'est à Medgaarthâ que vivent les seuls vrais hommes. Ainsi parlent les orontes.

Jàsieck, qui suivait docilement, intervint.

— Pardonnez-moi, seigneur, dit-il, mais je ne tenterai pas de m'échapper. Je serai pour vous un serviteur dévoué. Je n'ai pas envie de retourner là-bas. Je n'ai plus mes parents et les autres me maltraitaient. Ici au moins, je mangerai à ma faim et un seigneur puissant me protégera. Alors, pourquoi m'enfuirais-je ?

Hegon écarta les bras avec un sourire de satisfaction. Roxlaàn grommela dans sa barbe pour la forme, mais n'insista pas. Il avait coulé une nuit des plus agréables dans les bras de deux courtisanes du port et trouvait la vie plutôt belle.

Myriàn avait partagé une cellule du temple avec ses compagnes. L'oronte Klydroos avait tenu à s'assurer lui-même qu'elle était bien enfermée à double tour. Sans doute la soupçonnait-il de vouloir s'échapper pour retrouver Hegon. Depuis son enlèvement et son sauvetage, il ne la quittait pas des yeux. À cause de cette surveillance constante, Myriàn avait évité de croiser le regard du jeune homme pendant la fin du voyage.

Elle se doutait bien qu'il était prêt à tout pour la soustraire à la mort qui l'attendait. Elle savait aussi qu'il n'avait aucune chance d'y parvenir. S'il tentait de l'arracher aux griffes des monstres, il périrait lui aussi. De cela elle ne voulait à aucun prix. Il était le seul homme qui lui avait témoigné de la tendresse et de l'amour. Elle avait senti l'hostilité inexplicable dont il était l'objet de la part du prêtre. Elle-même n'avait pas envie de mourir. Mais elle refusait de toutes ses forces qu'il se fît tuer pour elle, inutilement. Elle n'osait songer à ce qui l'attendait. Braâth seul savait à quoi ressemblaient les divinités des marais. Une chose était sûre : jamais personne n'était revenu.

Au matin, les gardes du temple en uniforme noir vinrent les chercher pour les conduire au port. On les dirigea vers un grand bateau propulsé par trois rangs de rames sortant de ses flancs.

Soudain, son cœur fit un bond dans sa poitrine. Hegon était déjà là, qui l'observait à la dérobée. Il lui adressa un sourire triste, mais elle détourna le regard : Klydroos avait les yeux braqués sur elle. D'une voix cassante, il lui intima l'ordre de baisser la tête. Puis les émyssârs embarquèrent en empruntant une passerelle située à l'avant du navire, là où ils resteraient parqués pendant la durée du voyage. Ainsi l'avait décidé le prêtre.

Tandis qu'il s'apprêtait à embarquer par la passerelle
de l'arrière, réservée aux personnalités, Hegon ne quitta
pas Klydroos des yeux, comme pour le défier. Mais au
lieu de lui jeter des regards noirs, comme il le faisait habituellement, l'autre lui adressa un sourire de triomphe.
Les émyssârs resteraient sous sa garde pendant le
voyage. Un sentiment de malaise envahit Hegon. Il
n'avait pas oublié l'avertissement de Dennios, la veille.
Se pouvait-il que des ennemis inconnus projetassent de
le tuer à cause de cette prophétie ? Et si Klydroos avait
partie liée avec eux...

Une voix rocailleuse le tira de sa méditation.

— Alwarrior Hegon d'Eddnyrà, je suppose ?

Il leva la tête. Au bout de la passerelle se tenait un
bonhomme jovial, à l'abondante barbe grise, vêtu d'une
veste et d'un pantalon de cuir roux. Une large cape de
drap rouge était posée sur ses épaules.

— Je suis le capitaine Hafnyr, dit-il. Sois le bienvenu
à bord, seigneur Hegon.

Le jeune homme embarqua, suivi par Roxlaàn et
Dennios. L'homme les accueillit avec de grandes
démonstrations d'amitié. Il devait savoir qu'Hegon était
le fils du maârkh d'Eddnyrà.

— J'ai fait aménager tes quartiers à l'arrière. Les
émyssârs seront logés à l'avant, près des guerriers. Le

bater Klydroos a insisté pour demeurer avec eux. Ne t'inquiète pas pour eux. Ce navire est assez vaste.

— Sois remercié, Hafnyr.

Hegon observa le bâtiment. Il avait étudié les galères de combat en détail pendant ses années d'étude à Gwondà. Il en connaissait tous les éléments, depuis les rangs de nage, la tour de bois centrale appelée *kastron*, les châteaux avant et arrière, les deux mâts qui permettaient d'utiliser la puissance du vent, et les puissantes armes de jet, trois balistes et trois catapultes, installées sur les châteaux et la tour centrale.

— Le maârkh Roytehn m'a dit qu'il devait faire le voyage lui aussi, observa Hegon. Est-il déjà à bord ?

Hafnyr éclata de rire.

— Oh, il ne voyagera pas sur ce bateau, précisa-t-il. Il possède sa propre galère d'apparat.

— Ce n'est pas celle-ci ?

— Pas du tout ! La sienne, tu peux la voir là-bas.

Il désigna, plus loin le long du quai, un énorme dromon pourvu de trois mâts, de deux tours armées, et équipé de quatre rangs de nage. Hegon s'étonna. Roytehn lui avait pourtant dit qu'ils voyageraient ensemble. Lorsqu'on lui avait indiqué la galère sur laquelle il devait embarquer, il avait pensé qu'il s'agissait de celle du maârkh. Mais visiblement, le seigneur de Brahylà ne désirait pas voyager en sa compagnie. Le jeune homme en éprouva un mélange de satisfaction et d'inquiétude. Il n'aimait pas le personnage, et appréciait plutôt de ne pas avoir à supporter sa présence pendant les trois jours que durerait le voyage. Mais ce rejet lui rappela la menace dont il était l'objet. Ce Roytehn faisait-il partie de ses ennemis ? Ou bien préférait-il éviter d'être vu en sa compagnie ?

Près d'Hegon, Jàsieck écarquillait les yeux. C'était la première fois qu'il montait à bord d'un navire de cette taille.

— Chez moi, nous n'avons que des barques, dit-il.

En attendant le départ, Hafnyr fit les honneurs de son navire à Hegon.

— Il fait plus de cinquante-cinq mètres de long, seigneur, expliqua-t-il. Comme tu le vois, il est équipé de deux mâts à voiles carrées. La proue et la poupe sont pourvues d'éperons métalliques. Elles sont réversibles, afin de pouvoir naviguer dans les deux sens. Il n'est pas toujours facile d'effectuer un demi-tour avec un navire d'un tel tonnage, et cela permet parfois de tromper l'ennemi.

Il posa la main sur le bois de la lisse et ajouta :

— *Le Cœur de Braâth* est un fier vaisseau, seigneur. Il a participé à plusieurs grandes batailles là-bas, dans l'Est. Mais pour cette fois, nous allons transporter des voyageurs et des marchandises.

Ils se rendirent sur le kastron, la tour centrale, qui occupait toute la largeur du navire. Une douzaine de servants prenaient soin d'une catapulte et d'une baliste de grande puissance. Dans un coin, des chaudrons contenaient un liquide à l'odeur nauséabonde. Lors des batailles, on en emplissait des sphères de verre que les catapultes expédiaient sur l'ennemi. Là, les sphères se brisaient et le liquide s'embrasait et explosait, causant de terribles ravages.

— Il est bien possible que tout cela resserve bientôt. On dit que les Molgors se préparent de nouveau à nous envahir.

— Je croyais qu'une trêve avait été conclue avec eux.

— Il y a une douzaine d'années, les combats ont fait tant de morts d'un côté et de l'autre que le Dmaârh et le roi molgor ont préféré arrêter les hostilités. Une sorte de paix a été signée, qui a été à peu près respectée jusqu'à ces derniers temps. Mais depuis quelques mois, plusieurs incidents se sont produits autour de Mora et de Ploaestyà. Pour l'instant, ce ne sont que des escarmouches, mais on dit qu'une armée importante se réunit quelque part au nord de la mer Noire, sous les ordres du nouveau roi, Haaris'khaï. Toutes les cités de l'Aval sont en alerte. Le Dmaârh a rompu les relations diplomatiques avec les Molgors.

Hegon songea que là était peut-être la véritable raison de son retour. Si Mora et Ploaestyà tombaient, Eddnyrà serait également menacée. Maldaraàn envisageait sans doute de lui confier le commandement d'une ennéade, une armée composée de neuf cohortes.

Hafnyr serra les poings.

— La situation est grave, seigneur Hegon. On dit que, dans la région de Mora, les Molgors ont empalé une dizaine de landwoks après leur avoir volé leur bétail. Qu'Haylâ les emporte !

Haylâ, la déesse de la Mort, régnait sur Brahylà. Cela ne signifiait pas pour autant que l'atmosphère de la cité fût lugubre. En Medgaarthâ, « terre du milieu », la mort n'était pas une chose triste. On admirait les guerriers courageux tombés au combat. Ils étaient accueillis par la déesse elle-même dans le premier royaume des morts, le Valhysée, lieu de tous les délices. Haylâ était représentée comme une femme à la grande beauté, aux yeux purs comme le cristal, qui avaient le don de percer le secret des âmes. À la fois juge et gardienne, elle était entourée d'un peuple de nymphes, les Valhyades, et de satyres, les Trythes, qui servaient les combattants. Banquets et orgies se succédaient au Valhysée.

En revanche, malheur à celui qui s'était conduit avec lâcheté et méchanceté au cours de sa vie. Il se retrouvait dans le second royaume, le terrible Haâd, un lieu de supplices réservé aux lâches et aux individus malfaisants. Ils y subissaient des châtiments tels que leurs cris de douleurs parvenaient à percer l'épaisseur de la voûte terrestre et jaillissaient à Medgaarthâ, sous forme de spectres, les agoulâs, créatures sans forme et évanescentes, mais extrêmement dangereuses, car on prétendait qu'ils parvenaient à échanger leurs âmes tourmentées avec celles des vivants, qui se retrouvaient alors prisonnières du Haâd.

On expliquait d'ailleurs ainsi le changement de comportement de certaines personnes, frappées par la folie ou par une maladie dégénérescente. On pensait qu'elles étaient possédées par un agoulâs. Si elles se révélaient dangereuses, on les brûlait vives pour libérer leur âme.

Pour cette raison, les Medgaarthiens avaient à cœur de se bien conduire. Et l'on révérait la Belle Dame aux yeux de cristal avec dévotion et une certaine familiarité. Ainsi, la fête que l'on organisait en son honneur, au cœur de l'automne, était étonnante. On avait alors coutume de se grimer en démon ou en spectre et l'on parcourait la cité en hurlant. Puis l'on allumait des feux sur le landgràd et l'on dansait jusqu'à la fin de la nuit, qui s'achevait sur une bacchanale effrénée. Sous le couvert des masques, toutes les licences étaient permises, et c'était la seule nuit de l'année où les femmes pouvaient tromper leur mari sans crainte de subir de représailles. À condition de ne pas ôter leur masque. Si les visages étaient voilés, les corps au contraire étaient largement dénudés afin d'attirer les partenaires. La fête de la Mort était aussi un hymne à la vie.

Il fallut encore attendre le milieu de la matinée pour que le maârkh Roytehn daignât embarquer à son tour. Les deux navires appareillèrent. *Le Cœur de Braâth* sembla s'ébrouer puis, dans un ensemble parfait, les lourdes rames se levèrent et commencèrent à frapper l'eau en cadence tandis qu'un lent battement de tambour faisait résonner l'air, imposant son rythme à la nage. Lors des batailles, le rythme était accéléré pour éperonner les vaisseaux ennemis.

Le capitaine Hafnyr entraîna Hegon et ses compagnons dans les profondeurs du navire pour leur montrer la chiourme. Une odeur de sueur, d'urine et d'excréments les saisit à la gorge. Dans cet univers sans espoir, uniquement éclairé par les sabords des rames, des hommes survivaient, ahanant sur les puissants avirons.

Les galériens présentaient quelques différences avec des êtres humains. Presque tous avaient une tête plus grosse que la normale, parfois difforme, certains membres étaient atrophiés, d'autres au contraire bizarrement développés. Le regard atone, les yeux rouges, les créatures étranges peinaient à respirer sous les coups de fouet des maîtres de nage.

— Ce sont des werhes, expliqua le capitaine. Nous les capturons dans le nord de Gwondà.

Hegon connaissait les werhes pour les avoir affrontés plusieurs fois. Dans la région de la capitale, on les appelait plutôt garous, par référence à de très anciennes légendes. Comme les humains, ils vivaient dans des villages et possédaient leurs propres lois. Ils parlaient également un langage articulé, très proche de la langue de Medgaarthâ. Cependant, il était impossible d'établir des contacts avec eux, en raison de la haine effroyable qu'ils éprouvaient pour les humains. Les orontes affirmaient qu'ils avaient été des hommes, autrefois, avant Raggnorkâ. Ils étaient les survivants des peuples d'avant, les descendants des Anciens, que les dieux avaient frappés de leur colère. La plupart semblaient marqués par la folie. Ils combattaient sans aucun souci de leur propre vie. On les disait touchés par la Malédiction bleue et certains prétendaient qu'ils étaient capables de la transmettre aux humains. Cela n'empêchait pas les warriors de les capturer en grand nombre car, une fois spoliés, ils devenaient des klaàves obéissants et résistants. On les utilisait pour les tâches difficiles et dangereuses plutôt que comme domestiques. Il fallait cependant se méfier de leurs réactions. Les galères et dromons de la flotte medgaarthienne comportaient exclusivement des chiourmes de werhes. On ne pouvait les mélanger avec des prisonniers humains, car ils n'hésitaient pas à se jeter sur eux pour les mordre, voire les dévorer vivants. Pour cette raison aussi, le pont inférieur, qui passait entre les bancs des galériens, était équipé de grilles solides, afin d'éviter aux maîtres de nage de se faire crocheter par un prisonnier affamé ou vindicatif. Les galériens n'étaient jamais libérés, à cause des risques occasionnés par leur contact. Une fois enchaînés à leur banc de nage, ils ne le quittaient plus jusqu'à la mort, qui survenait généralement en moins de trois ans. On arrosait régulièrement les bancs à grande eau afin d'éliminer les déjections. Lorsque les gardiens devaient ôter un cadavre, ils devaient être puissamment armés et équipés d'armures anti-morsures. De nombreux prisonniers portaient des marques de dents sur la peau.

— Ce sont de vrais fauves, seigneur, expliqua Hafnyr. Parfois, il leur arrive de se manger entre eux. Ils sont pourtant nourris correctement. C'est indispensable si l'on veut qu'ils fassent du bon travail.

Comme pour confirmer ses dires, un galérien se jeta tout à coup en direction de Roxlaàn. Il fut stoppé net par sa chaîne et par la grille, qu'il saisit à pleines mains et entreprit de secouer de toutes ses forces. Un maître de nage intervint et abattit un fouet hérissé de pointes métalliques sur l'échine du werhe. Le dos de la créature se zébra de traces sanguinolentes, mais il mit du temps à lâcher prise. Lorsque enfin il se rassit sur son banc, il poussa une sorte de rugissement à pleine gueule.

Roxlaàn frémit.

— Quand je vous disais que ce sont des bêtes ! dit le capitaine. Et dire que c'est ce genre de monstres qui peuplent la cité de Mooryandiâ. Fasse Braâth qu'ils ne s'attaquent pas un jour à la Vallée. On dit qu'ils sont aussi nombreux que des fourmis.

— Les werhes ont déjà attaqué par le passé, déclara Hegon. Nous avons toujours repoussé leurs hordes.

— C'est vrai. Mais à chaque fois, ce fut pire encore qu'avec les Molgors. Au moins, ceux-là sont des humains.

Ils remontèrent sur le pont, satisfaits de retrouver l'air vif du fleuve. Le capitaine contempla les contreforts des montagnes septentrionales.

— Braâth seul sait ce qui se trame par-delà ces montagnes, dit-il d'un ton lugubre. Je crains qu'un jour prochain nous ne soyons obligés de les combattre à nouveau.

Il désigna ensuite la partie méridionale de la Vallée.

— Encore heureux que nous n'ayons pas d'ennemis au sud.

À la vérité, on ne savait pas très bien ce qui se passait au sud de Medgaarthâ. La frontière avec ces régions n'avait jamais été clairement définie. Sur quelques dizaines de marches, le pays était occupé par des tribus pacifiques qui cultivaient la terre et élevaient du bétail. Parfois les cohortes de Medgaarthâ y effectuaient des incursions pour capturer quelques esclaves. Elles ne rencontraient qu'une faible résistance. Les indigènes s'enfuyaient à leur approche et allaient se réfugier dans les marais qui couvraient la région. Plus au sud encore s'élevaient de hautes montagnes que malmenaient de fréquents et violents tremblements de terre. Quelques Medgaarthiens audacieux s'étaient aventurés jusque-là. Ils en étaient revenus bien vite en affirmant que ces montagnes étaient probablement encore livrées à la fureur de Raggnorkâ. Les rares voyageurs de retour de ces contrées ignorées avaient raconté des histoires à faire dresser les cheveux sur la tête. Ils disaient que la mer qui autrefois bordait les côtes se retirait peu à peu, que de formidables tempêtes se déchaînaient très souvent. Le fond des eaux se soulevait, faisant naître de nouvelles îles, tandis que d'autres disparaissaient. Dans ce chaos infernal apparaissaient des monstres inconnus, auxquels on donnait des noms étranges, comme les *sokongas*, sortes de pieuvres carnivores qui vivaient dans les mangroves, ou encore le terrible *djark*, un animal gigantesque aux tentacules capables d'entraîner un cheval. On parlait aussi de crocodiles et de varans géants. Aucun être humain ne pouvait survivre dans cette jungle bouillonnante.

Le voyage se poursuivait sans incident. Comme pour faire oublier le passage du Grand Dragon, le temps se maintint au beau. Le long des rives du fleuve se succédaient de petites localités de moindre importance dont la garnison n'était constituée que d'une cohorte. Le soir, les galères jetaient l'ancre pour passer la nuit. Le deuxième jour, le fleuve traversa une zone étrange. De part et d'autre s'étendaient les ruines d'une ville disparue, recouvertes par une végétation abondante. Par endroits se dressait le souvenir de bâtiments qui avaient autrefois défié le ciel. Il n'en restait plus que des masses informes habillées de cascades de lianes qui se déversaient dans un fouillis inextricable. Parfois, on distinguait ce qui avait dû être une artère, mais arbres et arbustes avaient depuis longtemps reconquis ces territoires, soulevant des dalles rongées, brisées par la puissance de la nature. Hegon tenta d'imaginer à quoi pouvait ressembler cette cité dont on avait oublié jusqu'au nom, mais il renonça. La plus grande ville de Medgaarthâ, Gwondà, comptait près de cinquante mille habitants. Mais la taille de celle-ci laissait penser qu'elle avait été beaucoup plus peuplée.

Tout à coup, ils aperçurent, au cœur des ruines, les traces d'une activité humaine.

— Ce sont des métalliers, commenta Hafnyr.

Hegon connaissait les métalliers, ces individus aux faciès de brutes qui hantaient les vestiges des villes disparues pour en extraire des minerais et des matériaux étonnants que l'on ne savait plus fabriquer, parce que la matière première avait disparu. Ils possédaient leurs propres fonderies, établies sur place, et dont ils tiraient des lingots de toutes sortes de métaux ou alliages : fer, acier, fonte, cuivre, bronze, nickel, argent, ainsi que l'or dont on battait la monnaie. Ces personnages taciturnes, qui tous, par tradition, portaient la barbe, constituaient une population à part dans le monde de Medgaarthâ. On ne les aimait pas, mais on avait besoin de leur savoir. Ils étaient les seuls à oser se risquer dans les ruines des cités antiques. Les Medgaarthiens, quant à eux, pensaient que ces lieux effrayants étaient hantés par les agoulâs et ils n'y auraient pas mis les pieds pour tout l'or du monde.

Les métalliers ne s'attardaient jamais en ville. Ils troquaient leurs lingots contre de la nourriture ou des esclaves, puis ils regagnaient leurs ruines, dans lesquelles ils avaient construit des villages. Ils jouissaient ainsi d'une certaine indépendance et édictaient leurs propres lois. Ils possédaient aussi leurs propres milices, auxquelles il ne faisait pas bon se frotter. Les métalliers n'hésitaient pas à lancer des expéditions pour exploiter les ruines de cités anciennes situées hors de la Vallée. Tous les métaux coûtaient cher, car les mines avaient disparu. On disait qu'autrefois il existait de gigantesques filons sous la terre, mais ils avaient été épuisés par les Anciens. À Medgaarthâ, un objet en métal n'était jamais jeté, mais recyclé par des khadars spécialisés dans la fonderie.

Vers le milieu du troisième jour, le Donauv fit sa jonction avec une rivière coulant du sud. Dennios désigna, au loin, les contreforts d'une barrière montagneuse.

— Il existe là-bas un monument surprenant, expliquat-il à Hegon. On appelle ça un barrage. Il retient une énorme quantité d'eau qui forme un grand lac. Le plus étonnant, c'est qu'il tient encore debout depuis l'époque des Anciens. Cela relève du miracle.

— Pourquoi avaient-ils construit ce barrage ?

— Pour fabriquer de l'énergie. À l'époque, toutes sortes de machines fonctionnaient grâce à cette énergie.

— Le savoir des Anciens était peut-être supérieur au nôtre, commenta Roxlaàn. Mais ça ne les a pas empêchés de disparaître.

— Oh, ils n'ont pas disparu, rectifia Dennios. Nous sommes leurs descendants. Mais il s'est produit dans le passé des catastrophes inimaginables qui ont amené l'Humanité à régresser. Nous avons oublié la plupart de leurs connaissances, et nous ne les retrouverons probablement jamais. Cela fait trop longtemps.

Hegon resta songeur.

— Depuis combien de temps a eu lieu Raggnorkâ ?

— On ne sait pas exactement. Les savants des villes occidentales estiment que cela s'est produit il y a environ mille cinq cents ans.

— Les légendes disent que Raggnorkâ devait effacer les hommes de la surface du monde. Comment le peuple de Medgaarthâ a-t-il pu survivre ?

— Autrefois, vos ancêtres vivaient dans un pays situé bien loin vers le nord, au-delà même de la Skandianne, cette falaise de glace qui couvre aujourd'hui ces régions. À l'époque, ce pays était verdoyant et couvert de vastes forêts. Et puis, il y eut Raggnorkâ, que les gens de mon pays appellent « le Jour du Soleil ».

— Que s'est-il passé ?

— Personne ne le sait exactement. On dit qu'un éclair aveuglant balaya le monde, détruisant les peuples et les anciens dieux. Les hommes périrent par centaines de millions. Les cités antiques s'effondrèrent. À certains endroits, un souffle de mort brûla la terre, anéantissant toute vie. Ce sont ces lieux qu'on appelle maintenant les Terres Bleues. Des maladies effroyables se répandirent à la vitesse du vent. Certains furent frappés par la Malédiction bleue et devinrent les werhes. D'autres au contraire survécurent aux épidémies. Ces gens-là furent nos ancêtres, ici, à Medgaarthâ, là-bas, dans l'ouest, et dans bien d'autres pays. Aujourd'hui, tous ces peuples représentent l'avenir de l'Humanité.

— Comment nos ancêtres sont-ils arrivés ici ? demanda Roxlaàn.

— Lorsque le climat s'est brutalement refroidi dans leur région, ils ont dû émigrer vers le sud. Le monde était alors livré au chaos le plus total et ils ont survécu en livrant bataille et en conquérant différents pays. Mais toujours le froid gagnait sur eux et ils étaient obligés de fuir plus loin. Et puis un jour, ils ont découvert cette vallée. Ils ont asservi ceux qui y vivaient. Le froid avait cessé de progresser et la terre était fertile. Et surtout, dans une forêt proche de l'endroit où ils étaient arrivés, ils trouvèrent un arbre extraordinaire, tel qu'ils n'en avaient jamais vu. C'était un frêne, mais il mesurait plus de trois cents mètres de haut. Son tronc était si large qu'il fallait cent vingt hommes, bras tendus, pour en faire le tour. Ils pensèrent qu'ils avaient affaire à Gdraasilyâ, l'arbre cosmique dont parlaient leurs légendes. Alors, ils s'installèrent et fondèrent la première cité, Gwondà, d'après le nom de la première terre issue de l'océan primordial. Ils appelèrent cette vallée Medgaarthâ, ce qui veut dire « le monde du milieu ». Les combats incessants qu'ils avaient dû livrer depuis leur exil avaient fait resurgir une très vieille croyance et des dieux oubliés depuis longtemps. Ainsi apparut le dieu Braâth.

— Tu veux dire que jadis nos ancêtres ont pu avoir d'autres dieux ?

— C'est certain. En Europannia, le dieu le plus important s'appelait Christos. On le retrouve également en Francie. Mais ses représentants n'ont pas su s'adapter aux bouleversements du monde et cette religion a presque disparu. Certaines peuplades honorent encore ce dieu, sous différentes formes. Ainsi, je l'ai rencontré dans une cité perchée dans les hautes montagnes franciennes. Mais certaines tribus nomades vivant à la frontière des pays du Sud adorent le même dieu. On les appelle les Folmans. Ce sont des guerriers fanatiques. Il vaut mieux les éviter.

— On dit que c'est l'éclair aveuglant de Raggnorkâ qui a provoqué la cécité de Braâth ! remarqua Roxlaàn.

— C'est exact, confirma le myurne. Selon la légende, il y eut « un éclair plus fort que mille soleils, qui frappa le sommet du monde des hommes », le pays où vivaient vos ancêtres. La lumière fut tellement intense que Braâth y perdit la vue. Mais c'était le plus sage de tous et il prit malgré tout la tête de son peuple. C'est lui qui donna l'ordre de quitter la Skandianne pour émigrer vers le sud. Cependant, lorsqu'il parvint dans la vallée du Donauv, Braâth se trouva désemparé. Raggnorkâ était survenu si rapidement qu'il ignorait tout des lois profondes qui régissaient désormais l'univers. Combattu par Nyoggrhâ, il comprit qu'il devait accomplir un sacrifice afin de défendre les Hommes.

« Toujours selon la légende, il se fit alors clouer par cinq lances d'or, représentant les quatre points cardinaux et le zénith, au tronc de l'Arbre Vénérable, Gdraasilyâ. Quatre lances lui perçaient les mains et les pieds, tandis que la cinquième lui traversait le cœur. Il resta ainsi neuf années sans boire ni manger, afin d'acquérir, au contact des forces colossales et invisibles échangées entre les royaumes souterrains et les royaumes des cieux, la Connaissance qui lui permit de devenir le prince des Dieux survivants, et le maître des hommes. Il fut veillé pendant toute cette période par ses deux oiseaux favoris, les faucons Hoogyn et Moogyn, qui symbolisaient la pensée et la mémoire. Ainsi acquit-il la vision intérieure des choses, beaucoup plus puissante que celle des yeux. Ces neuf années expliquent également que le nombre neuf revête une importance particulière dans la religion medgaarthienne.

« Au bout de neuf années, il arracha lui-même les cinq lances d'or et revint parmi son peuple. Il tira alors du bois de l'Arbre cosmique un homme et une femme, Laïf et Laïtrâ, qui devinrent les premiers roi et reine de Medgaarthâ. Il leur donna le nom de Dmaârh et Dmaârhine. Ensuite, les Medgaarthiens fondèrent huit autres cités le long de la Vallée sacrée. Vos ancêtres auraient pu continuer à conquérir de nouvelles terres, mais la faible natalité a empêché leur population de croître. Aussi le nombre des cités fut-il limité à neuf, car on pensa que telle était la volonté de Braâth.

Un peu plus tard, Hegon et Dennios se retrouvèrent seuls.

— C'est étrange, remarqua le jeune homme, toi qui n'es pas de Medgaarthâ, tu connais mieux nos légendes que nous.

— Je suis conteur, seigneur. J'avais déjà cette fonction en Francie. Lorsque je suis arrivé dans la Vallée, j'ai découvert une telle richesse de légendes et de récits fantastiques que j'ai voulu en apprendre plus.

— Crois-tu en l'existence de Braâth ?

Le conteur ne répondit pas immédiatement. Il eut un léger sourire et répliqua :

— Toi-même, seigneur Hegon, crois-tu en lui ?

La question désarçonna le jeune homme. En vérité, il ne se l'était jamais posée.

— Je ne sais pas. Braâth a toujours fait partie de ma vie. Il aime les guerriers et leur ouvre les portes du Valhysée. Mais il m'arrive de ne pas le comprendre. Les naissances ne sont pas très nombreuses et notre population n'augmente pas beaucoup. Il y aurait pourtant de la place pour d'autres habitants. Plutôt que de combattre les peuples de l'Extérieur, nous devrions nouer des relations amicales avec eux. Mais lorsque je dis ça, Roxlaàn me prend pour un fou et les orontes crient au sacrilège. Ils considèrent que les habitants de la Vallée sont les seuls vrais humains au monde. Je suis le seul à penser comme ça. Parfois, je me dis que je me trompe, mais ces idées ne veulent pas sortir de ma tête.

Dennios acquiesça.

— C'est en cela que tu es différent, seigneur Hegon. Bien qu'on ne te l'ait jamais expliqué, tu pressens que la légende de Braâth est chargée de symboles.

— Comment ça ?

— Qui est Braâth, d'après toi ?

— Le dieu de notre Vallée, bien sûr. Mais je me dis aussi qu'il a pu être le chef de ce peuple d'ancêtres qui ont quitté le pays de la Skandianne.

Le visage de Dennios s'éclaira.

— Et tu as probablement raison. À l'origine de toute légende, il y a souvent une vérité historique. Nul ne sait ce qui s'est passé exactement pendant le Jour du Soleil, mais on peut supposer que le monde a connu à ce moment-là une catastrophe d'une ampleur inimaginable, ou peut-être plusieurs qui se sont enchaînées, et qui ont abouti à la destruction du monde des Anciens. Braâth a pris la tête de son peuple et l'a mené vers un pays plus accueillant. Il a découvert cette vallée après une migration au cours de laquelle ils ont dû livrer de terribles batailles. Aussi, dans l'esprit de ses descendants, Braâth est devenu un dieu. Parce qu'il a guidé les siens vers un pays où ils se sont installés.

— C'est exactement ce que je pense, confirma Hegon. Mais je ne m'explique pas les cinq lances d'or.

— Ce sont aussi des symboles, reliés à l'ancienne mythologie dont est issue celle de Braâth. Parvenu dans la Vallée, Braâth a compris qu'il devait donner de nouvelles lois à son peuple. Il s'est donc isolé au pied de l'arbre géant, peut-être pendant seulement neuf jours, mais qui sont devenus des années dans l'imaginaire de son peuple. Il a créé les règles de la religion de Medgaarthâ, en s'inspirant d'une très vieille croyance originaire des pays skandiens. C'est un phénomène que l'on a rencontré pour d'autres religions. Plusieurs hommes ont été divinisés après leur mort. Les peuples ont besoin de héros à admirer. As-tu remarqué, par exemple, que l'on te considère avec plus de respect depuis que tu as fait reculer le Loos'Ahn.

— Encore cette histoire !

— Elle a une grande signification, seigneur. Plus que tu ne peux l'imaginer. Tu vas bientôt t'en rendre compte. Les Medgaarthiens attendent la venue du guerrier invincible qui saura les débarrasser du Grand Dragon. Ton exploit t'a désigné à leurs yeux, car il confirme la vision de la Baleüspâ.

— Mais il est impossible de vaincre le Loos'Ahn ! On ne sait même pas ce que c'est !

— Cela n'a aucune importance. L'essentiel, c'est que le peuple y croit. C'est pour cela que tu as des ennemis. Ta popularité pourrait remettre la leur en cause. C'est pourquoi tu devras te méfier lorsque nous serons arrivés à Gwondà.

10

Vers la fin de la matinée du troisième jour, un spectacle grandiose attendait les voyageurs. Au loin, émer-
geant de la brume qui noyait la vallée, se profilait une
silhouette titanesque. Gdraasilyâ était visible à plus de
dix marches de distance. Autour de lui, on devinait les
formes plus modestes d'autres arbres, colossaux eux
aussi, mais dont le plus grand ne dépassait pas les deux
cents mètres. Hegon avait passé plusieurs années à
Gwondà, et il avait eu l'occasion, à plusieurs reprises, de
se rendre au pied du géant végétal. Son ascension faisait
d'ailleurs partie des épreuves de l'Hârondà. Mais sa vue
provoquait en lui une émotion toujours nouvelle. Le
Loos'Ahn ne l'avait jamais frappé, ce dont personne ne
s'étonnait. Gdraasilyâ était un dieu, l'Arbre cosmique
qui reliait les trois mondes : Medgaarthâ, le monde du
milieu où vivaient les hommes ; Ktaunyâ, le monde souterrain, et Ashgaardthâ, le monde du ciel.

En revanche, en raison de sa taille immense,
Gdraasilyâ avait été souvent touché par la foudre. Il lui
arrivait de perdre d'un coup dix ou quinze mètres de
hauteur. On traduisait cela par les combats incessants
qu'il livrait contre les divinités du néant, Nyoggrhâ et
Khalvir. Mais sa vitalité était telle qu'il récupérait sa
taille phénoménale en moins de deux ans.

Klydroos avait autorisé les émyssârs à sortir sur le

pont pour contempler le dieu végétal. En apparence, il s'agissait d'un geste de bienveillance. Mais Hegon n'était pas dupe. Le prêtre l'épiait avec une attention soutenue au cas où il aurait tenté de s'approcher de Myriàn. Les regards acides qu'il lui jetait luisaient comme autant de provocations. Hegon serra les dents devant la perversité de l'oronte. Aucune des victimes sacrificielles n'ignorait que les marais commençaient un peu au sud de Gdraasilyâ. Son geste était une méchanceté de plus.

À la fin de la journée, alors que la silhouette de l'arbre phénoménal s'illuminait des feux du couchant, un autre spectacle s'offrit aux voyageurs. Sur les rives nord et sud du Donauv se dressait une muraille imposante, renforcée à intervalles réguliers par des tours monumentales. Au-delà s'étendait la cité de Gwondà, étirée sur plus d'une marche d'ouest en est, et autant du nord au sud.

Trois ponts larges franchissaient le fleuve, dont deux étaient recouverts de maisons étroites. Le quartier nord abritait les zones commerciales, les marchés, les industries et les demeures des non-nobles. La rive sud en revanche était réservée aux graâfs et aux prêtres. Là s'élevaient le magnifique palais du Dmaârh et le Temple Suprême réservé à l'Achéronte. On y trouvait également les doméas, les riches demeures des nobles, entourées de parcs luxueux. Les maârkhs et les graâfs les plus aisés des cités féales de l'Amont et de l'Aval se devaient tous de posséder une villa dans la capitale, reflet de la richesse de chacun. On y résidait lors des visites rendues au souverain et l'on y donnait des réceptions luxueuses. Chacun rivalisait d'imagination pour embellir sa demeure. Architectes et artistes étaient fort prisés à Gwondà. Les œuvres s'inspiraient des trésors que les métalliers découvraient de temps à autre dans les ruines des cités antiques. Il était de bon ton de les reproduire, et certaines se vendaient fort cher.

Les riches Gwondéens avaient aussi coutume d'organiser des spectacles auxquels le peuple avait le droit d'assister. Ils se fondaient sur des batailles de klaàves spécialement dressés pour le combat. On leur opposait des prisonniers non spoliés recrutés essentiellement parmi les maraudiers, parfois les werhes. Ces jeux avaient lieu dans le Valyseum, un vaste cirque situé non loin du palais du Dmaârh, généralement au moment du sacrifice rituel aux divinités des marais. Deux ou plusieurs camps s'affrontaient, et l'on avait coutume de parier sur l'un ou l'autre. Le Palais et le Temple prélevaient leurs taxes au passage.

Au cours de ces jeux avaient également lieu les exécutions capitales. En général, la peine de mort n'était jamais appliquée en Medgaarthâ. On lui préférait la spoliation, qui fournissait un klaàve docile au lieu d'un cadavre inutile. Cependant, dans certains cas, les condamnés étaient jetés en pâture à des animaux féroces fournis par les voyageurs et les *Saltes*, les cirques itinérants venus de l'Extérieur. Très friands de nouveautés, les Gwondéens attendaient des organisateurs toujours plus d'imagination dans la mise en scène des exécutions ou des combats humains. Les graâfs dépensaient des fortunes pour distraire le peuple, mais ce n'était qu'un juste retour des choses, car ces fortunes provenaient des taxes exorbitantes imposées par les nobles.

Dès leur arrivée, Hegon, Dennios et Roxlaàn se rendirent directement à la demeure que Maldaraàn possédait non loin du palais. Hegon n'avait même pas pu apercevoir Myriàn, emmenée immédiatement au Temple Suprême par l'oronte, avec ses compagnons d'infortune. La perspective d'assister aux jeux du cirque qui devaient avoir lieu trois jours plus tard n'était qu'une piètre consolation. Le sacrifice se tiendrait peu après.

La demeure de Maldaraàn était l'une des plus belles de Gwondà et n'avait rien à envier au palais du Dmaârh lui-même. Protégée par une enceinte fortifiée, elle s'ordonnait autour d'un vaste patio central cerné de colonnades. Les appartements du maître des lieux se situaient au sud et comportaient une vingtaine de pièces. Une salle de réception immense, dallée de marbre, prolongeait le patio. Sur la gauche, une longue salle à manger lui faisait suite, sur laquelle ouvraient les cuisines. Sur la droite venaient les chambres, dont chacune était un véritable appartement, avec salle de bains et petit salon. Au-delà s'étendait un parc où se dressaient les bâtiments des animaux de compagnie, les chenils des chiens courants, les vastes cages des rapaces élevés pour la chasse, et les écuries où l'on rencontrait de lourds chevaux de combat ainsi que de fins pur-sang destinés aux courses. Les courses de chevaux ou de lévriers passionnaient les Gwondéens. Au fond du parc, en lisière d'un petit bois, s'étiraient les bâtiments d'une ferme tenue par quelques schreffes, qui permettait à la doméa de Maldaraàn de vivre presque en autarcie le cas échéant.

L'aile orientale du palais abritait le harem de Maldaraàn. Le seigneur des lieux aimait à s'entourer d'un essaim de femmes qui n'avaient d'autre souci que les soins de leur beauté. Elles n'étaient là que pour le bon plaisir du maître et le suivaient dans ses résidences. Ainsi que le voulait la tradition, ces femmes étaient férocement gardées par des guerriers eunuques. Les concubines étaient recrutées parmi les schreffes ou achetées sur le marché à des parents khadars étranglés par les dettes. Les épouses des nobles bénéficiaient quant à elles d'un autre régime. À la différence des concubines, elles jouissaient de leurs propres appartements et profitaient d'une liberté relative. Elles n'avaient cependant pas le droit de posséder de biens personnels. Le droit medgaarthien déniait à une femme une quelconque responsabilité civique. Elle ne quittait la tutelle de son père que pour se retrouver sous celle de son mari, éventuellement d'un frère si elle n'était pas mariée.

Maldaraàn n'avait eu qu'une seule épouse légitime, la mère d'Hegon. Le jeune homme s'imaginait qu'il l'avait aimée à un point tel qu'il n'avait pu se résoudre à se remarier après sa mort. La présence d'une foule de concubines aurait dû lui assurer la naissance d'une ribambelle de petits frères et de petites sœurs. Mais, contre toute attente, il restait seul. Sous le manteau, cet état de fait amenait parfois des commentaires acides, qui mettaient en cause la virilité de Maldaraàn. Toutefois, ces attaques demeuraient prudentes, car on le redoutait au moins autant que le Dmaârh.

Pour lors, le harem était désert, car Maldaraàn n'était pas encore arrivé d'Eddnyrà. Les domestiques, les klaàves et la garde personnelle logeaient dans un bâtiment séparé, à proximité des écuries et de la ferme tenue par des schreffes.

L'intendant, Thaàrès, accueillit Hegon avec sa suffisance habituelle. Maldaraàn passait les trois quarts de son temps dans sa ville d'Eddnyrà, où il possédait un palais encore plus somptueux. En son absence, Thaàrès se considérait comme le véritable maître des lieux. Schreffe lui-même, il avait réussi, à force d'intrigues et de servilité, à se hisser au rang de confident du maître. Thaàrès régnait sur une population de plus de deux cents *domesses* chargés d'entretenir la doméa. Ces domesses étaient le plus souvent des klaàves ou des schreffes, mais on trouvait parmi eux des hommes libres.

Seuls les warriors échappaient au contrôle de Thaàrès. Les deux cohortes de gardes qui défendaient les lieux étaient placées sous les ordres d'un alwarrior nommé Ghrarn, un guerrier sans états d'âme, qui aurait massacré sa propre famille pour complaire à son maître. L'homme affichait une vilaine balafre sur la joue droite, et il boitait. Il devait ces blessures à Hegon. Étant enfant, le jeune homme avait souffert de la dureté du personnage, que Maldaraàn avait chargé de l'entraîner au maniement des armes bien avant l'âge de neuf ans. Il ne comptait plus les coups de fouet reçus lorsqu'il n'exécutait pas un geste correctement. Les années d'éducation, de neuf à dix-huit ans, avaient permis à Hegon d'échapper au sinistre individu, mais il n'avait jamais oublié les brimades et les humiliations subies. Après son succès à l'Hârondà, Ghrarn avait voulu continuer à lui imposer sa loi. Mais Hegon n'était plus décidé à s'en laisser remontrer. Il lui avait lancé un défi. Le combat avait eu lieu sur le sable de l'arène du Valyseum. Généralement, ces duels devaient prendre fin au premier sang versé. Mais Hegon avait très vite eu la certitude que l'autre cherchait à le tuer. Au cours de l'affrontement sauvage qui les avait opposés, le jeune homme avait fait la preuve de ses remarquables qualités guerrières. Ghrarn n'avait pu tenir devant sa fougue et sa puissance. Sérieusement blessé à la jambe droite et au visage, il avait bien failli perdre un œil. Depuis, il évitait de se frotter à Hegon, à qui il vouait désormais une sorte de respect mêlé de crainte. Jamais cependant il n'avait avoué la raison qui l'avait poussé à essayer de le tuer.

Hegon prit possession de ses appartements sans grand plaisir. Il ne conservait pas de bons souvenirs de cette demeure trop vaste, le plus souvent vide, sur laquelle régnaient le cauteleux Thaàrès et Ghrarn la brute. Les seules personnes près desquelles il avait trouvé refuge étaient les schreffes de la ferme, qui l'avaient accueilli avec gentillesse chaque fois qu'il voulait échapper aux foudres du maître d'armes. Tandis que Jàsieck, qui avait pris immédiatement ses fonctions de serviteur au sérieux, s'occupait des bagages de son maître, il leur rendit visite en compagnie de Dennios. Roxlaàn, quant à lui, s'était éclipsé dès le début dans la ville, en quête de gibier féminin. Gallya, une femme de forte corpulence, mais au sourire chaleureux et jovial, ouvrit les bras à Hegon. Cela faisait plus de trois ans qu'elle ne l'avait pas revu.

— Sois le bienvenu, seigneur, dit-elle. Comme te voilà grand et fort désormais.

Gallya avait élevé Hegon dans sa prime enfance, aussi

bien à Eddnyrà qu'à Gwondà, et elle représentait un peu pour lui la mère qu'il n'avait pas connue. Il la serra avec affection.

— Comment te portes-tu, ma douce Gallya ?

— Les années commencent à me peser, tu sais. Par chance, ton père m'a autorisée à épouser Maàkron.

Le nommé Maàkron était le fermier schreffe du palais. C'était un brave homme bien en chair, qui prenait la vie avec sérénité. Tous deux possédaient leurs propres esclaves, qui assuraient le travail de la terre et l'entretien des jardins dans l'enceinte du parc. À la vérité, il ne leur serait jamais venu à l'esprit de se plaindre de leur condition. Hormis les tracasseries du sinistre Thaàrès, ils menaient une vie calme, à l'abri du palais et sous la protection de l'un des plus puissants seigneurs de Medgaarthâ.

— Ton père doit arriver demain, précisa Gallya. Thaàrès nous a prévenus qu'il ferait une inspection de la ferme et nous a imposé mille petites brimades, comme à son habitude.

— Les fêtes seront grandioses cette année, ajouta Maàkron. Le Dmaârh Guynther célèbre le baptême de son petit-fils, le fils du seigneur Brenhir, l'héritier du trône. Tout le peuple est convié aux jeux du cirque qui va précéder ce baptême. On dit qu'il y aura des dragons de Kômôhn.

Hegon fit une moue de dégoût. Il avait déjà eu l'occasion d'apercevoir ces animaux monstrueux quelques années auparavant et ne les aimait pas.

— Ensuite, poursuivit Maàkron, ce sera le baptême, près de l'arbre-dieu. C'est à ce moment-là que ton cousin Rohlon passera les épreuves de l'Hârondà. Ensuite, l'Achéronte Askhaarn offrira les émyssârs aux divinités des marais.

Hegon serra les dents à cette idée. Dennios, qui l'observait du coin de l'œil, comprit qu'il n'avait pas renoncé à tenter de sauver Myriàn.

En attendant l'arrivée de Maldaraàn, prévue pour le lendemain, Hegon et Dennios flânèrent dans la cité. Gwondà n'avait rien à voir avec l'austère Mahagür, confinée entre ses murailles épaisses, et sur laquelle planait en permanence la menace d'une attaque de l'Extérieur.

Gwondà était elle aussi protégée par une enceinte, mais celle-ci était si vaste qu'on ne l'apercevait plus de l'intérieur. Abandonnant la rive sud, ils gagnèrent la partie nord en empruntant le gigantesque Pont central. Construit en granit blond, ce pont constituait une manière de petite cité à lui seul. Au centre, il était assez élevé pour laisser passer galères et dromons, mais sa largeur lui permettait d'accueillir des maisons hautes et étroites de chaque côté. C'était des échoppes de marchands et négociants de toutes sortes, spécialisés dans les objets précieux, pierres fines, bijoux, montres, colliers, lingots de métaux rares. On y trouvait également les comptoirs des prêteurs sur gages. En bref, il était facile de perdre sa fortune dans cet endroit où se côtoyaient de viles crapules et de grands seigneurs, les uns n'étant pas forcément différents des autres.

À la sortie nord du Pont central se situait le marché aux esclaves. Là, des centaines de malheureux étaient exposés, nus, sur des tréteaux, sous les regards blasés ou intéressés des badauds. On trouvait aussi bien des klaàves, parfois formés pour le travail de la terre ou le combat, que des domesses non spoliés, hommes et femmes. Certains khadars se vendaient eux-mêmes pour éteindre une dette. Ils devenaient alors esclave pour une durée déterminée, fixée en accord avec leur nouveau maître. Ils recevaient la table et le couvert en échange de leur travail. À la fin de leur période de servage, le maître remboursait leur dette et ils recouvraient leur liberté. C'était le cas des joueurs incapables de s'arrêter à temps, mais aussi et surtout des artisans et paysans libres étranglés par les financiers.

Le long des quais officiaient les prostituées de Gwondà, qui marchandaient leurs charmes pour quelques couronnes, sous l'œil rapace des *proxènes*, ou souteneurs. C'était là le plus bas niveau de la prostitution. De maigres cabanes inconfortables s'alignant sur la berge leur servaient de nid d'amour. Les maladies vénériennes y fleurissaient. Mais en plein cœur de la cité existaient des demeures luxueuses où se produisaient les courtisanes, femmes cultivées et pleines d'esprit dont la clientèle se recrutait parmi la noblesse et les riches négociants.

Derrière les quais se ramifiaient quantité d'artères menant vers les différents quartiers de la cité. Mendiants et quémandeurs de tout poil abordaient les passants, réclamant une pièce ou un peu de nourriture. On trouvait parmi eux des khadars ruinés, mais peu désireux de se vendre comme esclaves, voire des nobles déchus ayant déplu au Dmaârh. Le soir, ces gueux se retrouvaient dans un quartier insalubre surnommé « la Fange », sur lequel régnaient quelques malandrins habiles à jouer du couteau. Les honnêtes citoyens ne se risquaient jamais dans cet antre sordide, sauf s'ils désiraient recruter, moyennant quelques couronnes, des criminels discrets pour exécuter un concurrent ou un rival.

Partout fleurissaient de petits spectacles de rue donnés par des comédiens, musiciens, chanteurs, bateleurs ou jongleurs, qui gagnaient ainsi leur pitance journalière. Les badauds leur jetaient quelques piécettes, puis repartaient vers des tréteaux où se produisait une troupe réduite, spécialisée dans la farce ou la narration des exploits des plus grands guerriers.

L'une de ces troupes mimait un combat étrange, contre un ennemi invisible apparemment situé dans les cieux. Intrigué, Hegon finit par comprendre, lorsqu'il entendit prononcer son nom, qu'elle reproduisait le combat désespéré qu'il avait mené contre le Loos'Ahn, quelques jours plus tôt.

— C'est incroyable ! s'exclama-t-il. Comment peuvent-ils déjà être au courant ?

Dennios sourit.

— Les nouvelles vont vite, seigneur. Tu peux compter sur tes warriors et sur les merkàntors pour avoir fait connaître ton exploit dans tout Gwondà. Comme il répond à la prophétie de la Baleüspâ, les gens y accordent beaucoup d'importance. Cependant, il vaudrait mieux les éviter. Si tes admirateurs te reconnaissent, ils ne te lâcheront plus.

Hegon haussa les épaules, mais dissimula en partie son visage derrière la longue écharpe noire que portaient les warriors sous leur casque. Ils reprirent leur chemin. Soudain, Dennios adressa un signe discret à Hegon.

— Ne te retourne pas, seigneur. Je crois que nous sommes suivis.

— Qui ?

— Deux hommes en toge noir et gris. Ils peuvent appartenir à n'importe quelle maison. Ils se sont relayés, mais il ne fait aucun doute qu'ils sont attachés à nos pas.

— Pour quelle raison ?

— Je l'ignore, seigneur. Simple surveillance, sans doute.

— Je n'aime pas ça. Nous allons rentrer. Les rues de Gwondà ne sont pas sûres à la nuit tombée.

Ils se dirigèrent vers le Pont central. Mais leurs anges gardiens les abandonnèrent peu après.

Le soir, l'incident perturba Hegon. Qui pouvait avoir intérêt à le faire suivre ? Et cela avait-il un rapport avec la prophétie dont lui avait parlé Dennios ? Le conteur lui donna un début de réponse.

— Tu ne t'en rends pas vraiment compte, seigneur, mais ton exploit revêt une très grande importance pour le peuple de Medgaarthâ. Tu es désormais celui qui vaincra le Loos'Ahn. Ce spectacle de rue en est la preuve. À mon avis, la garde du Dmaârh en a entendu parler également, et l'on te surveille discrètement pour savoir quelle sera ton attitude.

— C'est ridicule. Que pensent-ils que je vais faire ?

— Ta popularité peut faire de toi un homme dangereux pour le pouvoir.

— Je n'ai pas l'intention de prendre le pouvoir. Quand bien même, comment ferais-je ? Je n'ai pas d'armée.

— Les guerriers peuvent avoir soudain envie de te suivre, seigneur. Et la prophétie annonce de grands bouleversements qui pourraient mettre en question les fondements même de la hiérarchie de la Vallée. Comme les prédictions de la Baleüspâ sont toujours prises très au sérieux, tu peux comprendre l'inquiétude des puissants personnages de ce pays.

La nuit suivante, Hegon eut peine à s'endormir. Cette prophétie était incompréhensible. Comment lui, un simple alwarrior commandant une cohorte de vingt-sept guerriers, aurait-il pu représenter un danger pour une nation dont l'armée comptait plusieurs dizaines de milliers d'hommes redoutablement entraînés ? De plus, même s'il était fils de maârkh, son père ne lui avait jamais accordé la plus petite parcelle de pouvoir, comme c'était le cas pour tous les autres fils de seigneurs régnants.

Le lendemain, la doméa était en effervescence. Maldaraàn était attendu en fin de matinée. Bien qu'il n'en eût guère envie, Hegon se rendit sur le port pour accueillir le navire de son père. C'était un dromon encore plus grand que celui de Roytehn de Varynià. La puissance des maârkhs se jugeait aussi par la taille de leur bateau personnel. Seul le Dmaârh Guynther possédait un navire plus gros que celui de Maldaraàn.

Une foule de badauds curieux s'était massée sur les quais pour voir accoster le mastodonte, qui comportait trois tours centrales et quatre mâts. Une délégation spécialement mandatée par le Dmaârh se présenta en même temps qu'Hegon, dirigée par l'un des membres les plus influents du Conseil, le seigneur Xanthaàr. Ignorant le jeune homme, il se dirigea vers la passerelle que les mariniers venaient d'installer. Sur le dromon, une haute silhouette se dressait, vêtue d'habits d'une grande richesse. Une cape taillée dans une étoffe pourpre rehaussée de lisérés d'or recouvrait une veste large et un pantalon de cuir noir incrusté de diamants. Maldaraàn descendit sur le quai à pas lents. Comme à son habitude, il ne souriait pas. Il inclina légèrement la tête devant le seigneur Xanthaàr, qui lui rendit son salut.

Les deux hommes échangèrent quelques paroles aimables, puis se dirigèrent vers la voiture magnifique, tirée par quatre hyppodions, qui les attendait. La cour du seigneur d'Eddnyrà commença alors à débarquer, concubines en tête, suivies par les eunuques et les petits serviteurs. Hegon avait l'impression que son père affectait de ne pas le voir mais, semblant soudain s'apercevoir de sa présence, il vint à lui et le toisa d'un regard glacial. Hegon ploya le genou devant lui, ainsi que le voulait la tradition. Lorsqu'il se redressa, Maldaraàn avait fait signe à un jeune homme de le rejoindre.

— Mon fils, dit la voix froide de Maldaraàn, ton cousin Rohlon est ici pour subir les épreuves de l'Hârondà, qui auront lieu dans quelques jours. D'ici là, je t'ordonne de te tenir à sa disposition avec ta cohorte.

— Bien, père ! répondit Hegon d'une voix sourde.

L'instant d'après, Maldaraàn s'était détourné. Hegon ravala sa déconvenue. Il avait espéré, contre toute attente, que l'invitation de son père pourrait correspondre à un signe de détente. Mais il n'en était rien. Maldaraàn ne l'avait fait venir que pour servir d'escorte à son cousin. Hegon tourna les yeux. Le jeune Rohlon suivait la Cour au côté de son père, Mahdrehn, frère puîné de Maldaraàn. Hegon ne conservait de lui que le souvenir d'un gamin turbulent et imbu de lui-même,

129

d'une beauté d'ange, mais au caractère capricieux et exigeant. Il avait quatre ans de moins qu'Hegon.

Il n'avait pas changé, ainsi que le constata Hegon. Affichant un mépris non dissimulé pour tout ce qui n'était pas noble, il se pavanait avec morgue, assuré qu'il était de triompher des épreuves qui l'attendaient. Hegon remarqua qu'il portait sabre et poignard passés dans la ceinture de sa tunique tressée d'acier et de cuir. D'une taille presque aussi imposante que la sienne, il marchait d'une allure souple et féline, prenant soin de parler haut et fort pour attirer l'attention. Son père n'avait d'yeux que pour lui. Quant à Maldaraàn, il ne lui témoignait pas plus d'intérêt que pour son propre fils. Mais c'était une attitude qu'il adoptait avec tout le monde, y compris avec ses pairs.

— Ah, Hegon! s'écria Rohlon d'un ton hautain. Tu te chargeras de mes bagages qui sont restés à bord.

Le sang du jeune homme ne fit qu'un tour.

— C'est hors de question! Je ne suis pas portefaix. Tu as des serviteurs, il me semble.

L'autre blêmit, furieux qu'on ose lui résister. Apparemment, il avait l'habitude d'être obéi sans discussion.

— Ton père t'a donné l'ordre de te mettre à mon service! Tu feras ce que je te dis!

— Il m'a ordonné de te servir d'escorte, pas de porter tes malles.

Rohlon s'approcha de lui d'un air menaçant. D'une voix altérée par la colère, il cracha:

— Tu n'es qu'un alwarrior! Un simple guerrier! Tu me dois obéissance!

Hegon le regarda dans les yeux et répliqua d'une voix sourde:

— Je suis aussi un graâf, ne t'en déplaise, mon cousin. Et je pourrais me sentir insulté par ton attitude. Prends garde que je ne te lance un défi.

Autour d'eux, le silence s'était fait. Décontenancé par la fermeté d'Hegon, Rohlon restait partagé entre la fureur et un début de crainte. Le regard gris métallique semblait le transpercer. Maldaraàn, qui avait presque rejoint la voiture hyppomobile, revint sur ses pas.

— Que se passe-t-il ? demanda-t-il d'une voix cassante.

Rohlon, se sachant protégé par son oncle, s'exclama :

— Cet alwarrior refuse de m'obéir.

Maldaraàn se tourna vers Hegon, le regard noir.

— Comment ça, tu refuses ?

— Il me demande de porter ses bagages, père. Je suis un guerrier, par un domesse.

— Tu feras pourtant ce qu'il a demandé, répondit Maldaraàn d'un ton qui ne souffrait pas de réplique.

Le sang d'Hegon se glaça. Son père voulait l'humilier devant tous. Il recula d'un pas. Ses mâchoires se crispèrent sous l'effet de la colère.

— Je refuse, père !

— Je te donne un ordre ! martela Maldaraàn.

— Je n'obéis qu'aux ordres militaires ! riposta-t-il sans faiblir.

— Tes hommes porteront les bagages de Rohlon !

— Jamais ! Ils n'obéissent qu'à moi ! Et j'exige de savoir pourquoi vous osez humilier ainsi votre propre fils !

Maldaraàn blêmit à son tour. Il s'apprêta à répliquer, mais le seigneur Xanthaàr s'approcha discrètement et glissa quelques mots à l'oreille de Maldaraàn. Déjà, la foule faisait silence, attirée par le scandale qui couvait. Le maârkh d'Eddnyrà hocha imperceptiblement la tête, puis s'adressa de nouveau à Hegon.

— Ne crois pas que tu vas t'en tirer comme ça ! Nous nous verrons cet après-midi, après le repas que j'offre à mes invités, et auquel tu n'es pas convié. Trouve-toi à la seizième heure dans mes appartements. Je saurai t'apprendre la discipline.

Un peu plus tard, lorsqu'il se retrouva seul avec Dennios, Hegon, hors de lui, explosa.

— C'était une humiliation délibérée ! Ce chien de Rohlon a voulu me rabaisser en me faisant porter ses bagages.

Après avoir quitté précipitamment les quais, ils avaient trouvé refuge sur les berges du Donauv, dans un endroit peu fréquenté. Depuis, le jeune homme faisait les cent pas, partagé entre l'obéissance aveugle que les fils devaient à leur père et l'envie de cracher sa haine.

— Mais enfin, hurla-t-il, pourquoi mon propre père se conduit-il ainsi envers moi ? N'ai-je pas toujours été un fils digne de ce nom ? Ne lui ai-je pas fait honneur en remportant toutes les épreuves de l'Hârondà mieux que personne ne l'avait fait jusqu'à présent ? Suis-je responsable si ma mère est morte des suites de l'accouchement ? Je n'étais qu'un nouveau-né, n'est-ce pas ? Ou bien, il faudrait traiter de criminels tous les bébés dont les mères meurent en couches ! Ou alors, c'est à cause de cette fichue prophétie ? C'est ça, Dennios ?

Le myurne restait de marbre, attendant que l'orage se calmât. Il connaissait, lui, la véritable raison de la haine de Maldaraàn pour son fils. Pourtant, il ne pouvait la lui révéler sous peine de provoquer une catastrophe. Pourtant, un jour ou l'autre, il faudrait bien qu'il connût cette vérité. Masquant son embarras, Dennios hésitait. Mais s'il disait ce qu'il savait à présent, l'entrevue de l'après-midi risquait fort de se terminer encore plus mal. Il résolut de garder le secret. Il était trop tôt.

Et surtout, il devait tenter de renouer discrètement les anciens contacts. Tout en priant les dieux de bienveillance pour que la rencontre entre le père et le fils ne se traduise pas par un drame.

11

— Laisse-nous seuls ! dit sèchement Maldaraàn à l'intendant Thaàrès lorsqu'il eut introduit Hegon dans le vaste bureau de son père.

Le jeune homme gardait les mâchoires serrées. La colère ne l'avait pas quitté. Il n'avait pas été convié, comme l'aurait voulu la coutume, au repas de bienvenue que Maldaraàn avait offert à ses invités pour son arrivée dans la capitale. La plupart étaient des graàfs de ses amis. Les concubines y avaient participé, ainsi que plusieurs khadars ayant bien servi le seigneur des lieux. Mais pas son propre fils ! C'était là une humiliation de plus. Cette fois, il était décidé à obtenir des explications. Une fois pour toutes ! Et si Maldaraàn décidait de le priver de ses droits filiaux et de son héritage, tant pis ! Il n'en avait cure. Les batailles lui assuraient largement de quoi vivre. Soufflant tel un taureau sous l'effet d'une fureur contenue, il attendait que son père parlât le premier. Enfin, Maldaraàn se tourna vers lui, l'œil sévère et glacial.

— J'espère que tu te rends compte qu'en refusant d'obéir aux ordres, c'est moi que tu as humilié publiquement !

Le sang d'Hegon ne fit qu'un tour.

— Parce que m'obliger à porter les bagages de ce jeune crétin de Rohlon n'était pas une humiliation pour moi ?

— Tu me dois obéissance en tout ! explosa Maldaraàn.

Hegon crut qu'il était prêt à le frapper. Mais il n'avait pas risqué sa vie depuis quatre années pour se laisser impressionner par qui que ce fût. Y compris par son propre géniteur. Il riposta vertement :

— Je ne vous dois rien, père !

Il avait presque craché le dernier mot. Maldaraàn sursauta devant la véhémence et la haine qu'il devinait tout à coup en lui. Il voulut répliquer, mais Hegon le coupa :

— Je ne vous dois rien que de la souffrance et des brimades injustifiées. Mais sachez-le : celle d'aujourd'hui sera la dernière ! À partir d'aujourd'hui, je ne vous considère plus comme mon père. Je renonce à votre héritage et aux honneurs de mon rang. Et je ne vous dois plus obéissance en quoi que ce soit ! Je vous renie !

Maldaraàn resta pétrifié par le ton déterminé d'Hegon. Ce maudit bâtard ne le redoutait pas ! Il allait répliquer quand Hegon ajouta :

— Vous m'avez entendu, père ! Je suis un homme libre ! Je vais quitter cette maison pour ne plus jamais y revenir ! Vous entendez ? Vous pouvez me déshériter ! Je n'ai aucun besoin de votre fortune !

— Ma fortune ? Elle ne t'appartiendra jamais, pauvre imbécile ! Tu parles de te déshériter, mais c'est déjà fait ! Il n'a jamais été question de te voir me succéder sur le trône d'Eddnyrà. C'est Rohlon qui me succédera sur le trône d'Eddnyrà.

— Rohlon ? Ce petit imbécile imbu de lui-même ?

— Rohlon est mon neveu ! Il est de mon sang !

— Mais moi aussi, père ! s'insurgea Hegon.

Maldaraàn se figea et le fixa avec une extrême dureté.

— Toi ? De mon sang ? Détrompe-toi ! Tu n'es qu'un bâtard ! Un vulgaire bâtard ! Tu n'es pas mon fils ! Tu ne l'as jamais été.

La nouvelle désarçonna Hegon.

— Père ! Comment pouvez-vous…

— Ta mère, cette chienne, m'a trompé avec un étranger, un vulgaire guerrier de passage. Tu n'as rien de moi. Rien ! Alors, oui, tu peux quitter cette maison. Et n'y reviens jamais !

Blanc comme un linge, Hegon demanda :

— Qu'est-il arrivé à ma mère ? Vous m'avez toujours dit qu'elle était morte en me mettant au monde.

— Ta mère t'a enfanté normalement. C'est plus tard que j'ai appris qu'elle m'avait trompé. Alors, elle a subi le châtiment des femmes adultères. À présent, va-t'en ! Disparais de ma vue !

Hegon était comme frappé par la foudre. Le châtiment des femmes adultères... Il le connaissait. C'était l'une des pires tortures que l'on pouvait infliger à un être humain. La pauvre Dreïnha avait connu une mort abominable, que rien, aucun crime ne justifiait.

Il fit un pas en arrière.

— Prenez garde, Maldaraàn d'Eddnyrà, grinça-t-il d'une voix blanche. À présent que vous avez avoué que nous n'avons pas de sang commun, rien ne peut m'empêcher, si je le décide, de vous lancer un défi, ainsi que la loi des warriors m'en donne le droit. Vous avez sur les mains le sang de ma mère. Et jamais je n'oublierai ça !

Pétrifié par la colère et la haine, Maldaraàn voulut répliquer. Mais Hegon avait déjà quitté le bureau en claquant la porte avec une telle force que plusieurs bibelots chutèrent de leur socle et se brisèrent, comme si une bourrasque soudaine les avait projetés sur le sol. Pour la première fois de sa vie, Maldaraàn avait un court instant éprouvé ce qui ressemblait à de la peur. Il émanait de ce bâtard une puissance effrayante, qui puisait sans doute son origine dans sa mystérieuse ascendance.

Il mit de longues secondes avant de réorganiser ses pensées en déroute. Sans doute eût-il été plus raisonnable de se faire un allié d'Hegon. Si la prophétie disait vrai, rien ne prévaudrait contre lui et il vaudrait mieux faire partie de ses amis. Cependant, malgré les années écoulées, jamais il n'avait oublié la terrible humiliation que lui avait fait subir cette femme extraordinaire, qu'il avait aimée à la folie avant de lui vouer une haine absolue, au point d'avoir trouvé le courage de la regarder mourir dans des conditions atroces. Un spectacle ignoble qui encore aujourd'hui hantait ses nuits. Parce qu'une partie de lui était morte avec elle ce jour-là.

En quittant Maldaraàn, Hegon s'était rendu immédiatement dans ses appartements, où il retrouva Dennios et Jàsieck.

— Nous partons ! dit-il sèchement.

Quelques instants plus tard, ils étaient sortis du palais de Maldaraàn d'Eddnyrà. Après avoir envoyé le jeune maraudier à la recherche d'une auberge sur la rive nord, Hegon attaqua le myurne.

— Tu le savais, Dennios ! Tu savais que Maldaraàn n'était pas mon vrai père.

Le conteur acquiesça d'un hochement de tête.

— Ainsi, il t'a parlé, dit-il doucement.

— Il m'a parlé, oui ! explosa Hegon. Il m'a dit que ma mère l'avait trompé avec un guerrier de passage. Il m'a dit que j'étais un bâtard, et qu'elle avait subi le supplice réservé aux femmes infidèles. J'ai dû me faire violence pour ne pas le tuer sous le coup de la colère. Je le ferai peut-être. Mais je veux d'abord savoir ce qui s'est passé.

Dennios laissa passer un silence. Enfin, il répondit :

— La vérité est beaucoup plus complexe, seigneur. Maldaraàn ne t'en a dit qu'une partie. Je vais tout te révéler. Mais il me faut commencer par le début. Ta mère, dame Dreïnha, venait de mon pays, la Francie. Et toi, d'une certaine manière, même si tu as vu le jour ici, tu n'es pas vraiment de la Vallée.

— Comment ça ?

— Pour comprendre, il faut que je te parle de l'état dans lequel se trouve le monde. Ta mère n'est pas venue ici sans raison. Tu dois savoir que Medgaarthâ n'est qu'un pays parmi beaucoup d'autres. Le monde est bien plus vaste que tu ne peux l'imaginer. Lorsque la civilisation des Anciens s'est effondrée, il y a environ mille cinq cents ans, les hommes ont régressé à un point tel qu'il s'est ensuivi une longue période de chaos qui a duré de nombreux siècles. Certains se sont réfugiés dans des abris et ont fondé des villes souterraines destinées à les protéger. On les appelle les cités interdites. Leurs habitants, les Surves, comme ils se nomment eux-mêmes, ne sortent presque jamais parce qu'ils redoutent d'être frappés par les fléaux qui ont ravagé le vieux monde. Cependant, certaines de ces villes ont établi des relations commerciales avec ceux de la surface.

« Hors de ces cités interdites, les habitants du vieux monde ont survécu comme ils pouvaient. Certains ont été touchés par des maladies terrifiantes. Peu à peu, ils ont dégénéré et sont devenus ceux que l'on nomme werhes, ou garous. Au début, ils constituaient la majorité des survivants. Avec le temps, leur nombre a diminué, à cause des épidémies, des malformations, de la dégénérescence. Les autres, ceux qui ont résisté aux maladies, se sont adaptés à un monde livré à la barbarie la plus totale. La Francie a connu elle aussi cette barbarie. Mais il y a deux siècles est apparu là-bas un homme extraordinaire. Il avait nom Charles Commènes, et il vivait dans une cité appelée Rives. Pendant sa jeunesse, il parcourut l'Europannia, visitant les cités interdites et les différentes communautés humaines. Au fil du temps, la plupart des sociétés s'étaient stabilisées et avait recouvré un semblant de civilisation, même si beaucoup vivaient en autarcie et sous la menace permanente de leurs ennemis.

« Lorsque Charles Commènes est revenu à Rives, il en est devenu le gouverneur. Il a estimé que seule une religion nouvelle et puissante pouvait redonner aux hommes assez de force pour reconstruire le monde, et il l'a créée. Alors sont apparus les amanes, des prêtres chargés d'instruire les peuples en leur offrant un nouvel idéal. Ces amanes ont commencé à visiter les cités de l'Europannia occidentale puis, petit à petit, ils se sont aventurés plus loin. Pour les escorter dans leurs voyages, Charles Commènes a fondé une armée constituée de soldats spécialement entraînés, les dramas.

«Cependant, avant l'arrivée des amanes dans une nouvelle contrée, on envoyait des conteurs, chargés de répandre les légendes de la religion amanite. Leur but était de faire connaître cette religion, et aussi d'évoquer les avantages qu'elle pouvait apporter. J'étais l'un de ces conteurs. Ma tâche consistait, en outre, à parler du monde d'où je venais, des possibilités qu'il offrait. Car les gens de Rives ont conservé une grande partie de la Connaissance détenue par les Anciens. Dans certains domaines, ils l'ont même fait fructifier. Ainsi, ils sont capables de guérir toutes sortes de maladies, mortelles dans la plupart des pays. Ils peuvent améliorer grandement le rendement de l'agriculture, accroître les troupeaux, redonner des connaissances technologiques oubliées, enseigner de nouvelles manières de combattre, pour aider nos alliés à se défendre contre leurs ennemis.

Hegon eut un rire désabusé.

— Pour ça, nous n'avons besoin de personne. Tes dramas ne pèseraient pas lourd face à nos guerriers.

Dennios eut un léger sourire.

— Le crois-tu vraiment, seigneur ?

— Présente m'en un, et je te le prouverai.

— Tu en as un devant toi. J'ai subi l'entraînement des dramas. Tu es un guerrier redoutable, je le sais. Mais sache que, malgré mon âge et ma taille modeste, je suis encore capable de te vaincre.

— Te moquerais-tu de moi ?

Dennios regarda autour de lui. Ils avaient retrouvé leur refuge désert sur les rives du Donauv.

— Ici, nous ne risquons pas d'attirer l'attention. Si tu le souhaites, joutons !

Hegon, désarçonné par l'assurance du conteur, eut un petit ricanement.

— Sois raisonnable, Dennios. Nous avons déjà combattu l'un contre l'autre, à l'entraînement. Je t'ai toujours désarmé.

— Parce que je n'ai pas utilisé la science dramas, seigneur. Il vaut mieux qu'elle ne soit pas connue en Medgaarthâ. Pas encore, du moins.

Hegon hésita.

— Eh bien soit, dit-il. Montre-moi ce que vaut cette science.

Le myurne se leva et attendit.

— Eh bien, dégaine ton sabre ! s'impatienta Hegon.

— Je n'ai pas besoin de sabre, seigneur. Attaque-moi, et je vais te désarmer.

— Mais je ne veux pas te faire de mal !

— Attaque-moi, seigneur ! insista Dennios.

Hegon hocha la tête, puis porta une estocade peu convaincante en direction de l'épaule du conteur. L'instant d'après, il ne comprit pas ce qui lui arrivait. Son sabre ne rencontra que le vide, comme si son adversaire avait disparu en une fraction de seconde. Puis une poigne solide lui saisit le bras et lui imprima un mouvement imparable qui le contraignit à lâcher son arme. Stupéfait, il se retrouva sur le sol, immobilisé par une prise irrésistible. Furieux de s'être laissé ainsi surprendre, il tenta de se redresser, en vain.

— Comment as-tu fait cela, maudit myurne ? grondat-il.

— Tu n'as pas attaqué très fort. Mais même dans le cas contraire, tu aurais perdu.

— Laisse-moi recommencer !

Dennios le lâcha. Hegon renouvela plusieurs fois la tentative, augmentant sa précision à chaque fois. À chaque fois, il mordait la poussière. Enfin, il se releva et accepta sa défaite. Le souffle court, il déclara :

— Par les tripes de Lookyâ! Qui aurait cru ça? Tu avais tout loisir de me tuer.

Dennios éclata de rire. Il était à peine essoufflé.

— Mais je ne veux pas ta mort, seigneur. Bien au contraire.

Hegon reprit sa respiration et hocha la tête, abasourdi.

— Je comprends à présent ce que tu voulais dire par « me défendre ».

— En effet, seigneur. J'espère que ceci t'a prouvé que les dramas sont, eux aussi, des guerriers redoutables. Il fallait qu'ils le soient pour affronter les hordes de werhes et de maraudiers qui hantent les terres sauvages d'Europannia. Mais peu à peu, grâce aux conteurs et aux dramas, les amanes ont pu pénétrer plusieurs pays, qu'ils ont amenés à se développer. Les amanes n'essaient pas d'imposer leur religion. Ils la proposent, en montrent les bienfaits. Bien souvent, les peuples isolés ne conservaient que de vagues souvenirs des anciennes croyances, et ils se sont ouverts facilement aux idées de Charles Commènes.

— En quoi consiste cette religion?

Dennios hésita.

— En vérité, ce n'est pas vraiment une religion, mais plutôt une manière de vivre. Disons qu'elle enseigne aux hommes à vivre ensemble et à se respecter.

— Quels sont ses dieux?

— Il n'y a pas de dieu. Seulement la nature et la vie. Les hommes ont autrefois commis de très graves erreurs en ne respectant pas leur planète. On pourrait penser que celle-ci s'est vengée, mais ce n'est pas la vérité. En réalité, les hommes ont créé des déséquilibres tels qu'ils ont provoqué de terribles cataclysmes. C'est la somme de toutes ces catastrophes qui a déclenché ce que vous appelez Raggnorkâ. Les amanes parlent du « Jour du Soleil ».

Hegon médita les paroles du conteur. Enfin, il demanda:

— Que vient faire ma mère dans tout ça?

— J'y viens. Les amanes estiment que l'on ne peut rien obtenir en brusquant les peuples livrés au chaos. Ils ne mènent pas une guerre de conquête. Leur objectif au contraire est de convaincre les hommes qu'ils ont intérêt à se rassembler, à partager leurs connaissances pour se développer. C'est pourquoi, outre les conteurs et les prêtres enseignants, ils ont formé des femmes destinées à épouser les dirigeants des communautés contactées. Un homme amoureux est sensible à ce que lui dit son épouse. Ces femmes sont les léphénides. Ta mère en faisait partie. Il y a un peu plus de vingt ans, les amanes ont pris contact avec le Dmaârh de Medgaarthâ. Il s'agissait d'une délégation diplomatique dont je faisais partie, avec ta mère et un chevalier chargé de commander l'unité de dramas. Cela faisait déjà quelques années que Rives connaissait l'existence de cette vallée remarquable, où s'était installée une civilisation puissante et redoutée. Conclure une alliance avec elle représentait un élément majeur dans l'expansion du Réseau amanite. Mais il fallait amener les dirigeants de Medgaarthâ à prendre conscience que leur politique était néfaste.

— Comment ça?

— Les nobles de la Vallée exploitent leur peuple d'une manière scandaleuse.

— C'est vrai, admit Hegon.

— Nous savons par expérience que cela ne durera pas. Actuellement, leur domination repose sur la puissance de l'armée. Mais le peuple est nombreux. S'il se révolte un jour, mené par un chef charismatique, il est possible qu'une partie de cette armée le suive, remettant ainsi en question la suprématie des nobles, et livrant Medgaarthâ au chaos. Ta mère devait influencer son mari de manière à faire évoluer les choses en douceur.

— Je ne crois pas que le Dmaârh et les maârkhs accepteront de lâcher leurs privilèges, objecta Hegon. Quant aux Medgaarthiens, ils n'abandonneront pas leurs dieux si facilement.

— Qui te parle d'abandonner leurs croyances? Les amanes savent s'adapter aux religions locales. Ils ne les combattent pas, mais les intègrent et les modifient peu à peu afin de développer certaines valeurs, comme le respect mutuel. Ils savent prendre le temps de faire les choses. Ta mère, Dreïnha, avait un rôle important à jouer dans cette démarche. C'était une femme remarquable, d'une grande beauté, mais qui était prête aussi à sacrifier sa propre vie pour le succès des idées amanites. Le Dmaârh Guynther a reçu la délégation avec méfiance, comme tout ce qui venait de l'étranger. Mais il s'est montré intéressé lorsque les amanes ont parlé des bienfaits que pouvaient apporter des relations commerciales suivies avec Rives. Maldaraàn faisait partie des membres du Conseil supérieur qui avait reçu la délégation. Il venait de perdre sa première épouse dans des circonstances tragiques qui n'ont jamais été élucidées. Je pense aujourd'hui qu'il l'a tuée dans un mouvement de colère, mais bien sûr, l'affaire a été étouffée. La vie d'une femme n'a pas grande valeur dans la Vallée. Maldaraàn a été attiré par la beauté de Dreïnha. Il était prévu qu'elle devait épouser l'un des dirigeants de la Vallée si l'occasion s'en présentait. Et Maldaraàn était le plus puissant personnage de Medgaarthâ après le Dmaârh.

Dennios se tut un instant, médita, puis poursuivit:

— La seule chose que nous n'avions pas prévue, ce sont les sentiments qui étaient nés au cours du voyage entre Dreïnha et le chevalier commandant les dramas, Pier d'Entraghs. Ils sont tombés amoureux l'un de l'autre. Cependant, tous deux étaient conscients de l'importance de leur mission et ils ont refusé de céder à leur amour. Je fus le témoin involontaire de ces liens hors du commun, car ils m'avaient pris pour confident. Ils ont fait preuve d'une grande volonté et ils en ont souffert. Mais ils mettaient un point d'honneur à faire passer leurs engagements avant leur vie propre. Tous deux étaient dignes de la noble tâche que les amanes leur avaient confiée. Aussi, lorsque Maldaraàn manifesta ses sentiments, Dreïnha fit abstraction des siens et répondit aux avances du seigneur d'Eddnyrà. Il l'épousa et ce mariage fut le symbole de l'alliance qui devait réunir Medgaarthâ et le monde des amanes.

« Malheureusement, nous ignorions le caractère violent et dominateur de Maldaraàn. Cet homme souffre d'un complexe terrible, car jamais il n'a pu avoir d'enfant. Ni avec sa première femme, ni avec les concubines qu'il a fait entrer dans son lit. C'est ce qui explique sa dureté. Il n'a jamais voulu admettre que l'infertilité venait de sa part. Aussi, il battait ses compagnes lorsqu'elles ne pouvaient pas lui donner de descendance. Ta mère n'a pas fait exception à la règle. Mais avec elle, c'était encore pire, car il était fou amoureux d'elle. C'était un amour passionnel… et non partagé. Maldaraàn était prêt à tout pour elle. Il l'a comblée de cadeaux, de robes, de bijoux somptueux. Sans le vouloir, en raison de sa grande beauté, de son intelligence et de la finesse de son esprit, Dreïnha était devenue la Dame de Medgaarthâ. Maldaraàn l'emmenait partout. À la cour du Dmaârh Guynther, on se disputait une place auprès d'elle, pour partager sa conversation. On imitait sa manière de s'habiller, sa façon de parler, car elle était d'une élégance raffinée, et d'un charme inégalable.

« Cependant, malgré tous ses efforts, Maldaraàn ne parvenait pas à lui donner d'enfant. Alors, ivre de fureur, il la battait. Un jour, Dreïnha a estimé qu'elle ne pouvait plus supporter une telle brute, et elle s'est enfuie. Elle a trouvé refuge auprès de la délégation amanite, et surtout auprès de Pier d'Entraghs. Et cette fois, elle s'est donnée à lui. Maldaraàn l'a fait chercher partout. Il se sentait honteux. Les amanes ont été inquiétés. Ils ont encouragé Dreïnha à respecter ses engagements. Ils ont convaincu Pier d'Entraghs de quitter Gwondà, sous peine de créer un incident diplomatique. Il a fini par céder. Dreïnha l'a regardé partir la mort dans l'âme. Maldaraàn s'est confondu en excuses, l'a suppliée de lui pardonner. Elle est revenue près de lui. Mais la nuit passée avec Pier d'Entraghs avait porté ses fruits. Dreïnha est tombée enceinte. Maldaraàn a cru qu'il était le père, et que ses efforts avaient enfin été récompensés. Dreïnha est devenue une reine à ses yeux. Elle portait son enfant.

« Il fut baptisé Hegon. Personne, hormis les amanes, ne se doutait que cet enfant n'était pas de Maldaraàn. Mais, peu de temps après ta naissance, le caractère mauvais du seigneur d'Eddnyrà a repris le dessus. Il a de nouveau frappé Dreïnha. Alors, elle s'est révoltée. Elle t'a pris avec elle et elle s'est enfuie. Elle a rejoint Pier d'Entraghs, qui n'avait pas voulu quitter la Vallée et s'était installé à Brahylà. J'avais gardé des contacts avec lui. Il n'avait pu se résoudre à abandonner complètement ta mère. Lorsqu'il a vu les marques qu'elle portait, il a pensé défier Maldaraàn. Mais c'était courir au suicide. Ils ont préféré s'enfuir. Lorsqu'il l'a appris, Maldaraàn est entré dans une fureur noire. Il a lancé ses troupes à leur poursuite.

Dennios marqua un nouveau silence.

— Que s'est-il passé ensuite ? demanda Hegon d'une voix sourde.

Le visage du conteur était devenu sombre, marqué par la haine.

— Ils ont été rattrapés. Ton père — ton vrai père — a été tué en défendant ta mère. Quant à elle, elle a subi le châtiment réservé aux femmes adultères : la mort par noyade dans un bain de plumes d'eider.

Une onde glaciale parcourut l'échine d'Hegon. Il imaginait à présent ce que sa mère avait subi. Maldaraàn n'avait jamais pardonné, et il s'était montré impitoyable. À cause de lui, Dreïnha avait subi un supplice atroce, d'une cruauté effrayante. Hegon avait l'impression de sentir dans sa gorge, dans ses poumons, la brûlure des plumes minuscules qui pénétraient inexorablement ses bronches, l'empêchant de respirer, il ressentait l'affolement, la panique de sa mère à la recherche d'un air qui ne pouvait plus apporter le moindre salut. Et la mort pour finir, après une longue agonie ponctuée de quintes de toux sanglantes[1].

— Je vais le tuer ! gronda Hegon d'une voix sourde.

— Maldaraàn ne s'arrêta pas là, continua Dennios. Il voulut s'en prendre aux amanes. Mais ceux-ci, écœurés par le comportement des Medgaarthiens, avaient déjà quitté Gwondà. Maldaraàn parla alors de te faire mettre à mort, car tu étais le fruit de la trahison de ta mère. Mais la Baleüspâ est intervenue. Elle avait interrogé les pierres sacrées et elle s'est opposée avec fermeté à ton exécution. Elle disait que si l'on te sacrifiait, de terribles catastrophes s'abattraient sur Medgaarthâ. D'après les visions qu'elle avait eues, tu devais amener de grands bouleversements dans la Vallée. Et surtout, tu étais ce guerrier que l'on attendait depuis toujours et qui devait tuer le Loos'Ahn. Le Dmaârh lui-même ne remet jamais en question les prophéties de la Baleüspâ. Maldaraàn fut obligé de s'incliner. Il accepta donc de te garder dans sa maison. Après tout, lui seul mettait sa paternité en cause. Les autres l'ignoraient, même si l'on murmurait dans son dos. Aux yeux de tous, il demeurait ton géniteur. Mais il conçut pour toi une haine féroce qui ne s'est jamais démentie.

— Toi-même, tu ne fus pas inquiété ?

— Officiellement, je n'avais pas de rapport direct avec les amanes. J'étais censé venir de Brastyà. Les amanes l'avaient voulu ainsi. J'étais arrivé plusieurs mois avant eux et il était difficile d'établir un lien entre eux et moi. J'ai réussi à rencontrer les fuyards peu avant

---

1. Ce châtiment épouvantable n'est pas une invention. Tel était le sort réservé aux femmes adultères dans la civilisation viking, dont celle de Medgaarthâ est largement inspirée.

leur départ, en un lieu dont nous étions convenus. L'amane qui menait la délégation, Hariostus, était bouleversé. Il était marqué par la violence des gens de la Vallée et il estimait qu'ils n'étaient pas encore prêts à recevoir la civilisation amanite. Il avait décidé de quitter Medgaarthâ et de ne plus y revenir. Je lui fis remarquer qu'il existait une raison de rester : toi. Tu étais le fils de Pier d'Entraghs et de Dreïnha. Les chevaliers, tout comme les femmes destinées aux princes régnants, sont dotés de capacités supérieures à la normale, comme cette sensation que tu as de percevoir les sentiments de tes interlocuteurs. Cela s'appelle le shod'l loer. Hariostus n'était pas convaincu que ces particularités apparaîtraient chez toi. Moi, j'étais persuadé du contraire. Et puis, j'avais été le témoin des sentiments qui avaient lié ton père et ta mère et, par respect pour leur mémoire, je devais veiller sur toi. J'ai donc décidé de rester. C'est pourquoi je suis encore ici aujourd'hui. Et je ne le regrette pas. Ton père aurait été fier de toi. Tu as hérité de toutes ses qualités de noblesse et de cœur.

Hegon secoua la tête.

— Tout cela ne signifie plus rien à présent. Les tiens t'ont abandonné. Quant à moi, je viens de découvrir que je ne suis même pas de la Vallée.

Il serra les poings.

— Je devrais venger ma mère en tuant ce chien de Maldaraàn.

Dennios posa la main sur le poignet du jeune homme.

— Ne fais pas ça, Hegon. Tes ennemis n'attendent qu'un faux pas de ta part. Si tu défies Maldaraàn, ils te tendront un piège. Tu ne peux plus rien pour ta mère. En revanche, tu peux encore tout pour Medgaarthâ.

Hegon ricana.

— Tout, dis-tu ? Je ne sais même plus qui je suis. À part toi et Roxlaàn, je suis seul. Que veux-tu que je fasse ?

— Tu viens de découvrir tes véritables origines. Et à

présent, tu es libre. Tu ne dépends plus de personne, puisque tu as rompu avec Maldaraàn. Tu possèdes ta propre fortune, gagnée sur les champs de bataille.

— Mais je suis et je resterai l'alwarrior Hegon, attaché au service de Pheronn de Mahagür, répliqua Hegon. Je ne peux même plus dire que je suis le fils du maârkh d'Eddnyrà. On me témoignait de la considération à cause de cela. À présent, je ne suis plus qu'un petit capitaine parmi d'autres. Je ne me vois pas provoquer des bouleversements formidables dans ces conditions-là !

— Tu oublies ta réputation de guerrier. Elle seule te vaut le respect.

— Lorsqu'on va savoir que Maldaraàn m'a renié pour son fils, je risque de voir se multiplier les provocateurs désireux de m'affronter en duel. Et un jour, il s'en trouvera un pour me tuer.

— Ne doute pas de toi, Hegon. Tu es probablement aujourd'hui le plus grand guerrier de Medgaarthâ. Je vais t'enseigner l'art du combat dramas. Tu posséderas ainsi une arme supplémentaire qui te rendra quasi invincible. Mais nous devons faire aussi autre chose.

— Et quoi ?

— Je vais essayer de reprendre contact avec le monde amanite. Je dois leur faire savoir que tu es vivant, et les convaincre de venir nous chercher.

— Pourquoi ?

— Parce que tu possèdes toutes les qualités pour devenir chevalier, comme l'était ton père.

12

Dennios avait disparu. Le lendemain de leur discussion sur les rives du Donauv, il avait recommandé à Hegon de se montrer prudent, précisant qu'il serait absent quelques jours. Hegon supposait que, comme il l'avait dit, il allait tenter de trouver un moyen de reprendre contact avec le monde amanite. Le jeune homme ne savait s'il devait s'en réjouir. Il ignorait tout de ces prêtres et de leurs idées. Il n'avait pas eu le temps d'en reparler avec Dennios. Cependant, la Francie était aussi le pays de ses parents. Au fond de lui, il avait envie de le connaître.

Le myurne lui manquait. Cela faisait à peine une journée qu'il était parti et Hegon se rendait compte qu'il avait toujours été là, près de lui, en toutes circonstances. Pas une fois il n'avait soupçonné son secret. Dennios avait joué près de lui le rôle d'un père. Il avait connu Pier d'Entraghs et Dreïnha, il avait été leur confident, le lien qui avait continué de les unir lorsqu'ils avaient été séparés.

Hegon tenta de les imaginer. « La plus belle femme de Medgaarthâ », avait dit Dennios. Sans doute avait-il été, lui aussi, un peu amoureux d'elle. Comme tous les hommes de la Cour. Mais il ne restait rien d'elle, pas un portrait, pas un seul objet. Maldaraàn avait tout effacé, jusqu'à son souvenir. Une bouffée de haine l'envahit à

l'évocation du maârkh d'Eddnyrà. Ses poings se ser-
rèrent. L'envie de le tuer remonta à la surface. Mais
comment l'atteindre à présent ? Le palais de Gwondà lui
était interdit. Il pouvait peut-être lui lancer un défi. Il
secoua la tête. C'était une idée idiote. Maldaraàn ne
commettrait pas l'erreur de combattre lui-même. Il enga-
gerait un *gladiâs*, un tueur professionnel. Contre ces
machines à tuer, lui-même n'était pas sûr de triompher.
Il ne possédait pas encore l'art du combat dramas. Il
poussa un grondement de rage.

Il se retrouvait seul avec Jàsieck et Roxlaàn. Il avait
hésité à avouer la vérité à ses compagnons. Il avait
renoncé. Il avait parlé de la dispute, expliqué qu'il avait
renié son père parce que celui-ci l'avait déshérité au profit de son neveu. Lorsque Roxlaàn lui avait demandé la
raison de leur haine réciproque, Hegon avait répondu ce
qu'il avait longtemps cru lui-même : Maldaraàn ne lui
avait jamais pardonné la mort de sa mère. Roxlaàn avait
accepté cette explication sans sourciller. Il serait toujours
temps de lui dire la vérité plus tard.

Un autre point intriguait Hegon. Dennios lui avait dit
qu'il possédait les qualités pour devenir chevalier. Il
n'avait rien ajouté. Il savait seulement que Pier
d'Entraghs, son vrai père, était lui-même chevalier. Mais
qui étaient donc ces chevaliers dont Dennios avait parlé
avec tant de respect ?

Jàsieck leur avait trouvé une auberge située sur la rive
nord, non loin des quartiers commerçants. Hegon y
attendit avec impatience les jeux du cirque, qui devaient
avoir lieu deux jours plus tard. Ce n'était pas tant le spectacle qui l'attirait que la perspective de revoir Myriàn, ne
fût-ce que de loin. Car les émyssârs avaient le droit
d'assister aux jeux. Il n'avait pas renoncé à la soustraire à
son destin.

Le surlendemain, en tout début d'après-midi, Hegon gagna la caserne où logeaient ses warriors. Selon la tradition, les jeux ouvraient par l'hommage au Dmaârh des guerriers qui avaient convoyé les émyssârs. Après avoir formé son escorte, il se rendit au Temple, où il retrouva les autres alwarriors et leurs cohortes. Ils furent accueillis par un adoronte aux yeux profondément enfoncés dans les orbites, au regard inquisiteur. Près de lui se tenait Klydroos. Pourtant, contrairement à ce qu'il craignait, l'oronte de Mahagür ne lui accorda aucune attention particulière. Il fit même comme s'il ne le connaissait pas, ce qui mit Hegon sur ses gardes.

Lorsque les émyssârs quittèrent le Temple, il aperçut enfin Myriàn. Il la trouva plus belle que jamais. On l'avait revêtue, comme les autres filles, d'une longue robe blanche largement échancrée, serrée par une ceinture de cuir tressé. Ses cheveux blonds s'ornaient d'une couronne de fleurs bleues, symbole de la pureté en Medgaarthâ.

Selon la tradition, les émyssârs accomplirent à pied le trajet du Temple au Valyseum, acclamés par la foule, et escortés par les alwarriors qui les avaient convoyés jusqu'à la capitale. Hegon n'avait d'yeux que pour Myriàn, qui marchait près de lui. À l'inverse des autres, elle gardait la tête haute, même si son regard d'animal traqué trahissait sa peur et sa résignation. Le cœur d'Hegon se serra. Il devinait, sous le drapé fluide de la robe, les courbes fines et souples de son corps, sa démarche élégante. Il eut envie de la saisir et de l'emporter sur son cheval. Loin, très loin de cet enfer. Mais il n'aurait pu accomplir cette folie. Ses propres hommes, sur un ordre des orontes, l'auraient criblé de traits mortels. Le cortège poursuivit son chemin au rythme du pas lent des futurs sacrifiés.

Chaque année, il avait assisté à ce spectacle pendant les neuf ans passés au Prytaneus. Il gardait en souvenir les visages tristes et résignés des émyssârs, malgré les acclamations dont ils étaient l'objet. Cette année pourtant, les acclamations lui semblaient plus importantes que dans sa mémoire. Il songea tout d'abord que cette impression était due au fait qu'il se trouvait cette fois au milieu du cortège, où le bruit était plus fort. Puis il se rendit compte que la plupart des applaudissements s'adressaient à lui. Les Gwondéens le saluaient, l'interpellaient. On se le désignait du doigt. À ses côtés, Roxlaàn s'étonna lui aussi. Il se pencha vers Hegon.

— On dirait que la décision de renier Maldaraàn te vaut une certaine notoriété, mon frère, dit-il. Il ne doit pas être très aimé ici.

— Je doute que cela ait un rapport.

La saynète de la veille, sur son combat dérisoire contre le Loos'Ahn, lui revint en mémoire. Se pouvait-il que cet exploit hasardeux fût à l'origine de cette célébrité soudaine ? Il en doutait, mais il ne voyait pas d'autre explication.

À mesure que l'on approchait de la masse colossale du cirque, les ovations s'accentuaient. Il entendait nettement crier son nom : Hegon d'Eddnyrà. C'était donc bien lui qui était le héros de ce succès. Il n'obtint confirmation de la raison de cette popularité qu'au moment de pénétrer dans le Valyseum. Brehn, l'alwarrior de Pytessià, qu'il n'avait pas revu depuis son arrivée dans la capitale, vint le trouver.

— Le récit de ton exploit a fait le tour de Gwondà, compagnon. Tous nos hommes ont parlé de ton courage face au Loos'Ahn. Il confirme la prophétie selon laquelle un puissant guerrier viendra et vaincra le Grand Dragon. Tout le monde pense maintenant qu'il s'agit de toi. C'est pourquoi la foule est si nombreuse.

— C'est de la folie, répliqua Hegon. J'ai seulement eu de la chance !

— Ce n'est pas ce que pensent les Gwondéens. Pour eux, tu es devenu un héros.

Hegon secoua la tête.

— Tout cela n'a aucun sens, compagnon. Si j'avais la moindre idée de la manière d'abattre le Grand Dragon, je lutterais contre lui, quitte à y laisser ma vie. Mais j'ignore comment le tuer. On ne sait même pas s'il s'agit d'un dieu, d'un être vivant, d'un animal, d'un esprit, ou d'autre chose. Comment pourrais-je le vaincre ?

— Le Destin seul en décidera. Mais la prophétie a été émise par la Baleüspâ elle-même. Personne ne doute qu'elle soit vraie, d'autant plus que ta réputation t'a précédé. On dit de toi que tu es le plus puissant guerrier de Medgaarthâ, que les maraudiers te surnomment « la Lame de Braâth », que tu as occis une vingtaine d'entre eux à toi tout seul pour arracher une émyssâr à leurs griffes.

— C'est ridicule. D'abord, ils n'étaient que douze. Et il y a deux « Lames de Braâth » : Roxlaàn et moi.

— Ils ne voient que toi, compagnon. Ce jour est un grand jour pour toi.

Un grand froid envahit Hegon. Il aurait préféré rester dans l'anonymat. À présent, Braâth seul savait jusqu'où pouvait le mener cette folie. Myriàn aussi avait remarqué qu'on l'acclamait. Avant de pénétrer dans l'arène, en pleine lumière, elle lui adressa un sourire discret et complice.

Une foule avide de curiosités et de sensations fortes se pressait pour accéder au Valyseum. Il se situait sur la rive sud, entre le Pont central et le Pont-aux-Maârkhs. Une vaste esplanade cernait sa masse gigantesque, de forme ovale, capable d'accueillir jusqu'à dix mille spectateurs. Des gradins de pierre s'étageaient sur une trentaine de niveaux, qu'un ingénieux système pouvait protéger du soleil par de larges bandes de toile bleu foncé. La tribune du Dmaârh, destinée à recevoir les plus hauts personnages de Medgaarthâ, se situait au milieu, sur la partie sud. Cette tribune était subdivisée en loges, la plus importante étant réservée au souverain Guynther de Gwondà. Chacun tenait pour un grand honneur d'assister aux jeux près de lui, et ces places donnaient lieu à toutes sortes d'intrigues et de mesquineries. L'une des loges était réservée aux émyssârs. Considérés comme les messagers de Medgaarthâ auprès des dieux des marais, ils étaient traités avec certains égards. Dans l'esprit de la religion, ils n'étaient pas destinés à mourir, mais à rejoindre le monde divin.

Lorsque le cortège des émyssârs pénétra sur le sable de l'arène, le Dmaârh avait déjà pris place, entouré de ses plus fidèles courtisans, parmi lesquels Hegon reconnut Maldaraàn d'Eddnyrà et Roytehn de Varynià. Les warriors étaient restés à l'extérieur. Seuls leurs capitaines devaient escorter les sacrifiés à l'intérieur du cirque.

Lorsqu'ils s'avancèrent au-devant de la loge dmaârhiale, une ovation formidable les salua, puis une seconde suivit, non moins impressionnante, qui scandait le nom d'Hegon. Il en éprouva un véritable malaise. Ce genre de triomphe n'était pas une nouveauté, mais il était en général accordé à un général qui avait remporté une grande bataille, ce qui n'était pas son cas. Il n'avait pas vaincu le Loos'Ahn. Il n'avait fait que le défier, dans un moment de folie et de désespoir. Il ne devait qu'à un miracle d'être encore vivant. Mais Dennios avait raison. Les prophéties de la Baleüspâ avaient une portée qu'il n'aurait jamais imaginée. La devineresse de Gdraasilyâ avait parlé, et personne, pas même le Dmaârh, n'aurait songé à remettre ses prédictions en cause. Si elle avait affirmé qu'il était le guerrier qui vaincrait le Loos'Ahn, le peuple entier la croyait. Une sorte de vertige s'empara d'Hegon. Tout cela était stupide, mais il ne pouvait plus y échapper.

Enfin, le cortège parvint devant la loge du souverain. Celui-ci était un homme dans la pleine force de l'âge, d'une nature portée sur la bonne chère, ce qui se traduisait par un certain embonpoint. Il était vêtu de la tunique pourpre et de la cape noire incrustées d'ors et de pierres de sa fonction, et coiffé de la couronne d'or dmaârhiale, ornée de neuf symboles, eux aussi en or, différents pour chacune des cités représentées. Près de lui se tenait un homme au visage émacié, dont la silhouette d'ascète contrastait avec celle du souverain. L'Achéronte Ashkaarn était le maître absolu de la religion de Braâth, le grand prêtre avec lequel Guynther partageait le pouvoir sur Medgaarthâ. Tous deux se levèrent pour accueillir les émyssârs. Le silence se fit aussitôt.

— Soyez les bienvenus, dit le Dmaârh d'une voix grave, semblable au grondement du tonnerre. Ainsi que le veut la tradition, vous allez prendre place près de moi pour assister aux jeux. Vous devez avoir conscience de la mission qui est la vôtre. Vous avez été choisis parmi les plus beaux des enfants de la Vallée pour représenter chaque cité auprès des Hâses[1] que vous allez rejoindre bientôt. Vous pourrez ainsi leur parler de la grandeur de notre peuple, de sa puissance, et du respect qu'il nourrit envers les dieux des marais. À présent, venez rejoindre la loge qui vous est réservée, avec les alwarriors qui vous ont accompagnés dans votre voyage, car l'un d'eux a accompli un grand exploit au cours de ce voyage.

Le Dmaârh marqua un temps. Hegon frémit.

— Approche, Hegon d'Eddnyrà.

Le jeune homme s'avança, étonné que le souverain lui donne un titre qu'il n'avait plus.

— Le bruit s'est répandu que tu avais osé défier le Loos'Ahn en te plaçant sur son chemin, et que celui-ci s'est arrêté à quelques pas de toi.

Dans le cirque, l'acoustique était étudiée de telle manière que la voix portât sans aucun effort. Hegon fut surpris d'entendre, en écho, ses paroles résonner à l'intérieur de la gigantesque enceinte.

— C'est exact, sire.

Il aurait eu envie de dire que tout cela n'était qu'une

1. Hâses : autre nom des dieux, dans la mythologie medgaarthienne.

coïncidence, qu'il avait bénéficié d'une chance extraordinaire, mais il prit conscience que cela lui était désormais impossible. Il ne pouvait mettre en question la prédiction de la Devineresse. Le peuple entier avait les yeux braqués sur lui. On ne l'aurait pas cru.

— Voilà un fort bel exploit en vérité, poursuivit le suzerain, qui confirme la prophétie émise par la Baleüspâ.

Hegon trouva la force de répondre :

— Je ne suis pas sûr qu'il s'agisse de moi, seigneur.

— Elle t'a nommément désigné, Hegon d'Eddnyrà. Elle a été très claire sur ce point. Tu es le guerrier qui tuera le Grand Dragon.

— Sans doute a-t-elle raison, sire, mais ce que j'ai vu du Loos'Ahn ne m'a donné aucune idée sur la manière de le tuer.

— Seul Braâth connaît l'avenir. Le moment venu, les dieux se chargeront de te montrer le moyen de le combattre. Puissent-ils te garder ce courage dont tu as fait preuve.

Sur un signe du Dmaârh, les gardes ouvrirent les escaliers permettant de rejoindre la loge. Les émyssârs s'y engagèrent, suivis par les alwarriors. Près d'Hegon, Roxlaàn exultait :

— Nous ne pouvions rêver meilleur endroit pour assister aux jeux, mon frère. Grâces te soient rendues d'avoir accompli cet exploit.

Cependant, Hegon ne partageait pas son enthousiasme.

— Je m'étonne, dit-il. C'est la première fois que l'on invite les alwarriors à assister aux jeux en compagnie des émyssârs. D'habitude, ils sont relégués sur les gradins.

— Ne sois pas si méfiant, le rabroua son ami. C'est à toi que nous devons cet honneur.

— Oui, tu as sans doute raison.

Hegon ne songeait certes pas à s'en plaindre, puisqu'il allait pouvoir se rapprocher un peu de Myriàn. Mais c'était justement ce point qui le troublait. Klydroos n'avait probablement pas omis de parler de ce qui s'était passé au cours de l'enlèvement de la jeune femme. Il l'avait aussi certainement accusé de l'avoir menacé. Hegon s'était attendu à être convoqué au Temple pour fournir des explications et se voir signifier une condamnation. Mais il ne s'était rien passé, et on le conviait même à présent à assister aux jeux aux côtés de Myriàn. Peut-être Roxlaàn avait-il raison : le défi lancé au Loos'Ahn, renforcé par la prophétie, avait-il amené les orontes à lui éviter des ennuis sous peine de se rendre impopulaires.

Tandis que les gradins finissaient de se remplir, le prêtre qui escortait les émyssârs les installa sur les sièges confortables qui garnissaient les loges dmaârhiales. Était-ce un hasard, Myriàn fut placée à proximité des sièges réservés aux alwarriors. Lorsque Hegon, bouleversé, s'assit sur le siège voisin, il guetta la réaction de l'oronte. Mais celui-ci ne regarda même pas dans leur direction.

Myriàn jeta un regard étonné à Hegon, qui lui adressa un sourire rassurant. Puis leur attention fut attirée par les jeux qui débutaient.

13

Cela commença par une fantasia endiablée opposant des groupes de cavaliers choisis parmi les meilleurs des neuf cités. Hegon avait été souvent sollicité pour participer à cette épreuve. Il avait toujours refusé, car les affrontements étaient si violents que les chevaux eux-mêmes pouvaient être tués. Or, il nourrissait une affection particulière pour Padrahn, sa fidèle monture, qui l'avait accompagné pendant toute la durée de son éducation militaire. Padrahn était le seul présent que lui ait jamais fait Maldaraàn, un peu par obligation. Il eût été malvenu que le fils d'un maârkh ne possédât même pas un cheval.

Par tradition, les huit cités de l'Aval et de l'Amont s'affrontaient deux à deux, au hasard d'un tirage au sort. Chaque ville présentait un escadron de neuf ekwarriors portant les couleurs de sa cité d'origine. Le combat s'arrêtait lorsque cinq au moins des cavaliers d'un camp étaient éliminés. Les vainqueurs étaient ensuite opposés aux vainqueurs d'une autre joute, jusqu'à ce qu'il ne reste plus en lice qu'une seule des huit cités. Celle-ci était alors opposée à l'escadron de Gwondà, qui bénéficiait de la fraîcheur, n'ayant livré aucun combat. Cependant, chaque cité prévoyait un nombre suffisant de cavaliers afin de remplacer les blessés ou les morts. Une stratégie consistait à ne présenter au début que les cavaliers les moins puissants afin de préserver les autres pour les combats futurs. Cependant, cette stratégie pouvait se révéler désastreuse si l'adversaire décidait au dernier moment de jeter ses meilleurs ekwarriors dans la bataille. Il fallait donc équilibrer les équipes et espionner discrètement les adversaires afin de tenter d'obtenir des renseignements sur leurs intentions. La cité orientale de Ploaestyà disposant des meilleurs élevages de chevaux de la Vallée, elle possédait un réel avantage sur ses concurrentes.

Cette fantasia avait été instituée à une époque lointaine où les neuf cités n'étaient pas encore unifiées et où des guerres sporadiques les opposaient les unes aux autres. Gwondà avait imposé sa suprématie par la force et établi la paix. Mais on avait conservé le souvenir de ces guerres passées par le biais de cette féroce joute cavalière.

La foule s'enthousiasmait pour ces combats violents, qui voyaient les ekwarriors s'affronter deux à deux au sabre et au poignard. Ils étaient l'occasion pour les cavaliers de prouver leur adresse en multipliant les feintes. Les plus adroits faisaient mine de tomber, puis rebondissaient en selle pour surprendre l'adversaire. D'autres passaient sous le ventre de leur cheval en plein galop, chevauchaient debout sur la selle, effectuaient des pirouettes étourdissantes. La règle voulait qu'un cavalier fût éliminé au premier sang versé. Mais la rage de vaincre était telle que beaucoup ne s'arrêtaient pas à ce détail et poursuivaient le combat jusqu'à être grièvement navrés.

La suprématie de Ploaestyà s'affirma une nouvelle fois, dont l'escadron triompha de tous ses adversaires sans coup férir. Malgré la fatigue due aux combats précédents, les cavaliers ploaestyens avaient conservé encore assez d'énergie pour vaincre ceux de Gwondà. Bon enfant, la foule acclama les vainqueurs de leur cité, éblouie par leur étourdissante prestation.

Hegon n'avait pas vu grand-chose des combats. Il ne

cessait de veiller sur Myriàn, laquelle restait de marbre Elle regardait en direction des orontes, redoutant, si elle se rapprochait trop d'Hegon, de se voir rappeler à l'ordre. Mais les prêtres étaient accaparés par la fantasia et ne leur accordaient aucune importance. Lorsqu'elle sentit la main d'Hegon s'emparer de la sienne, elle frémit, mais le laissa faire. Le contact des doigts de la jeune fille fit couler une liqueur de feu dans les veines d'Hegon. La robe blanche et la couronne de fleurs lui conféraient l'aspect d'une *dryàne*, ces divinités féminines bénéfiques qui hantaient les forêts, près des étangs ou des rivières.

Le spectacle suivant exigea une longue préparation. Après l'évacuation des blessés et des morts, l'arène s'emplit d'une eau directement amenée du Donauv par un canal souterrain. En moins d'une heure, elle fut transformée en une sorte de petit lac intérieur. Puis de grandes portes de bois s'ouvrirent sur un autre canal, et quatre galères à une rangée de rameurs apparurent, surchargées de combattants vociférants. Chacune portait une couleur différente. Dans un premier temps, elles vinrent se ranger devant la loge dmaârhiale pour saluer le souverain. Une ovation formidable salua leur arrivée. Puis elles rejoignirent chacune un point désigné à l'avance par un étendard de la même couleur. Sur un signe du Dmaârh, le combat commença. Hegon avait déjà plusieurs fois assisté à ces combats navals. Chacune des galères comportait le même nombre de combattants, pour la plupart des gladiâs qui gagnaient ainsi leur vie. Les rameurs étaient des werhes choisis pour leur force exceptionnelle. Chaque navire était également équipé d'une catapulte capable de tirer des projectiles incendiaires.

Le capitaine de la galère triomphante recevait une récompense suffisamment importante pour lui permettre de se faire construire sa propre galère. Aussi les candidats à cette joute étaient-ils nombreux. Mais nombreux aussi étaient ceux qui perdaient la vie au cours de l'affrontement. Car, comme pour la fantasia, la pitié n'était pas de mise.

L'enjeu était tel qu'il suscitait même parfois des accords secrets entre certains capitaines, qui s'entendaient pour ne pas s'opposer dans un premier temps, afin d'éliminer les autres plus facilement, après s'être mis d'accord sur une tactique. Mais ces accords pouvaient être démentis par d'autres accords encore plus secrets, qui provoquaient des trahisons, des contre-attaques, des coups de théâtre rendant le spectacle plus surprenant.

Cette joute-là ne dérogea pas à la tradition. Dans un premier temps, on comprit qu'il existait un accord entre la galère bleue et la galère verte. Toutes deux se mirent en chasse de la rouge, qui fut contrainte de fuir pour ne pas être prise en tenaille. Mais tout à coup, la quatrième galère, à l'étendard jaune, prit la verte par surprise. Son éperon s'enfonça dans le flanc de sa victime avec une rare violence. Sous les hurlements des spectateurs excités, la galère bleue abandonna alors son alliée, fit mine de se lancer à la poursuite de la rouge, puis revint à la charge. Sur le kastron, les servants armèrent la catapulte. On imagina un instant qu'ils allaient venir en aide à l'allié vert en prenant les jaunes pour cible. Mais les projectiles tombèrent sur la galère verte, qui s'embrasa. On hurla à la trahison. Puis ce fut l'abordage. Braillant et vociférant, les gladiâs bondirent sur le pont de la galère verte, dont plusieurs guerriers avaient été mis hors de combat.

Ce fut le moment que choisit la galère rouge pour revenir. À pleine vitesse, elle fonça sur la galère bleue, dont les rameurs eurent à peine le temps de réagir. Mais l'habileté de son capitaine lui évita le désastre. Manœuvrant avec intelligence, il sut reculer à temps et passer derrière la galère verte en difficulté. La rouge ne réussit qu'à percuter sa poupe, ne causant que de légers dégâts. Pendant ce temps, les verts étaient parvenus à contenir l'attaque des jaunes. Et la bataille se poursuivit dans une atmosphère survoltée.

Parmi les spectateurs, certains s'égosillaient, tendaient le poing, et semblaient prêts à rejoindre les combattants pour défendre leur couleur. Car ces joutes donnaient lieu à des paris où de grosses sommes étaient mises en jeu.

Finalement, contre toute attente, et grâce à la résistance de ses guerriers, ce fut la galère verte qui remporta le combat, ayant réussi à se défaire de son assaillant jaune. L'adresse des servants de sa catapulte lui permit aussi d'embraser les ponts des deux autres galères, qui finirent par couler alors qu'elles se livraient un combat sans merci. Cependant, lorsque la galère triomphante rejoignit le canal, elle avait perdu plus de la moitié de son effectif. Ce fut un capitaine blessé et couvert de sang qui fut reçu par le Dmaârh en sa loge. Le prix de cent mille couronnes allait lui permettre de se faire construire un dromon de belle taille et d'engager un nouvel équipage.

Tandis que le capitaine recevait la somme des mains du souverain, Myriàn se tourna vers Hegon et lui adressa un sourire triste.

— Je n'aime pas ces jeux, dit-elle doucement. Comment peut-on se réjouir ainsi de la mort ?

À plusieurs reprises, le jeune homme avait senti la main de la jeune fille se serrer dans la sienne, tremblant de peur. Les hurlements de douleur des combattants ne la réjouissaient pas. Hegon, qui avait toujours pris plaisir à ces joutes, se rendit alors compte de leur cruauté. Des hommes mouraient sous ses yeux, pour le seul plaisir des spectateurs. Ainsi était le monde de Medgaarthâ, depuis toujours. La guerre, la violence et la mort faisaient partie du quotidien. On ne s'en offusquait pas. Mais la réaction de Myriàn lui faisait voir ces jeux du cirque sous un jour différent. Furtivement, il se pencha sur ses lèvres et y déposa un baiser rapide, s'étant assuré que les prêtres ne regardaient pas dans leur direction. Mais ils étaient trop absorbés par la bataille.

Après celle-ci, un système ingénieux chassa l'eau de l'arène, qui retrouva son sol de sable, quelque peu transformé en marécage. Çà et là traînaient encore quelques cadavres. Il fallut encore une heure pour nettoyer. Pendant ce temps, les spectateurs déjeunèrent, chacun ayant apporté des victuailles et des flacons de vin ou de bière. Les émyssârs et les alwarriors ne furent pas oubliés. Des domesses leur apportèrent de quoi se restaurer. Myriàn partagea ainsi le repas d'Hegon et de Roxlaàn, sous le regard indifférent des prêtres.

— Les remontrances de notre ami Klydroos me manquent, remarqua Roxlaàn. Qu'est-ce qui lui prend aujourd'hui ?

— Je ne sais pas. Mais je n'aime pas ça.

Bientôt, l'attention des spectateurs fut attirée par la suite des jeux. Avec la fin de l'après-midi, le jour commença à décroître, et l'on alluma d'innombrables torches sur toute la surface de l'arène. Une lumière dorée se répandit sur les lieux. Des taches sanglantes subsistaient sur le sable.

Vint le moment que les spectateurs attendaient avec la plus grande impatience : l'exécution des condamnés à mort. D'ordinaire, ceux-ci étaient livrés en pâture à des meutes de danobes, les chiens sauvages des montagnes du nord. Chaque condamné recevait une arme avec laquelle il pouvait se défendre. Tout au moins en théorie, car il n'avait guère de chance de résister face à une meute déchaînée, que l'on privait de nourriture pendant trois jours afin de la rendre encore plus féroce. Parfois, les condamnés devaient affronter des *migas*. Les migas ressemblaient à des ours, mais avaient la tête d'un lézard géant. Leur fourrure se transformait en écailles sur les épaules et les flancs, et ils avaient la réputation de pouvoir vivre impunément près des Terres Bleues. Il arrivait aussi que l'on utilisât des *carrasauges*, des mammifères carnivores vivant dans les arbres, et qui avaient la particularité de se dissimuler adroitement dans les branches, à tel point qu'il était difficile de les repérer. Au moment où l'on s'y attendait le moins, elles se laissaient tomber sur leur proie qu'elles déchiquetaient à l'aide de leurs dents coupantes comme des rasoirs.

Mais la rumeur affirmait que cette fois l'exécution serait encore plus spectaculaire. On murmurait en effet que les fournisseurs avaient réussi à capturer des dragons de Kômôhn. Lorsque le héraut annonça la suite du spectacle, il confirma la présence d'une douzaine de ces bêtes. Dans le cirque, ce fut le délire. Il était très rare de voir de tels monstres.

— Qu'est-ce que c'est ? demanda Myriàn, effrayée par le visage grave d'Hegon.

— Tu vas le savoir assez tôt, répondit-il d'une voix sourde.

Lorsque les applaudissements se furent un peu calmés, des hommes furent poussés dans l'arène l'un après l'autre. Tandis qu'on leur fournissait à chacun un sabre et une trive, le héraut annonçait les crimes qu'ils avaient commis, vols, meurtres, viols, blasphèmes. Soudain, l'un d'eux retint l'attention d'Hegon.

— Enfin, clama la voix du héraut, le dernier condamné est un alwarrior de Medjydà, accusé d'avoir entretenu des relations sexuelles avec l'émyssâr de sa cité, au mépris de toutes les lois de Braâth. Il a fallu choisir une nouvelle fille, car celle-ci avait perdu la pureté qui devait être la sienne au moment de rejoindre les dieux des marais. Elle aurait dû être exécutée sur-le-champ, mais l'Achéronte Ashkaarn, informé du crime, l'a condamnée à partager le sort de son amant.

Sous les regards enfiévrés des spectateurs, les gardes poussèrent une jeune fille dans l'arène. Hegon sentit les doigts de Myriàn s'enfoncer dans sa paume. Puis elle retira vivement sa main, de peur qu'on les surprît. Tous deux avaient commis le même « crime » que ces malheureux, mais ils n'avaient pas été accusés. Ils auraient pourtant pu se retrouver à leurs côtés dans l'arène. Il aurait

163

suffi que Klydroos se montrât un peu plus curieux, en vérifiant, par exemple, la virginité de Myriàn. Bien sûr, il n'aurait pu prouver qu'elle n'avait pas perdu cette virginité auparavant, mais il aurait pu leur créer de très graves ennuis. Curieusement, il ne l'avait pas fait. Hegon sentit un malaise l'envahir. Cela ne ressemblait pas au personnage et à l'acharnement qu'il avait manifesté tout au long du voyage. Les avertissements de Dennios lui revinrent en mémoire. On lui avait permis un peu trop facilement de prendre place près de Myriàn. Et les orontes n'avaient pas fait preuve d'une grande vigilance à leur égard. Mais peut-être leur était-il difficile de s'attaquer à lui en raison de son « exploit » face au Loos'Ahn. Il était devenu trop populaire.

Il n'avait pas renoncé à la sauver. Plus que jamais il désirait l'arracher à son sort funeste. Mais ses ennemis devaient s'en douter. Là était le piège ! On lui avait permis de la revoir afin de renforcer sa volonté de la sauver ! Pour mieux l'accuser et le faire condamner ensuite..

Il serra les mâchoires. Si au moins il avait pu savoir qui étaient réellement ses ennemis. Maldaraàn en faisait probablement partie, mais il n'était pas le seul. Qui étaient les autres ?

En contrebas, les condamnés s'étaient avancés vers une sorte de petit fortin de bois hâtivement monté par les esclaves, au centre de l'arène. Il devait leur offrir un semblant de sécurité face aux monstres. L'alwarrior et sa compagne coururent s'y réfugier, suivis par les autres. En d'autres endroits s'érigeaient des plates-formes censées permettre aux condamnés de se placer hors d'atteinte, ou tout au moins leur accorder un répit. Il ne fallait pas qu'ils meurent trop vite.

Soudain, une immense clameur retentit. À l'extrémité orientale de l'arène venait de s'ouvrir une porte métallique, qui livra passage à une douzaine de créatures impressionnantes.

— Les dragons de Kômôhn ! murmura la voix d'un émyssâr bouleversé.

On disait qu'il y en avait dans les marais du Sud. Peut-être les divinités s'incarnaient-elles sous cette forme pour s'attaquer aux sacrifiés. Myriàn jeta un regard angoissé à Hegon. Puis elle détourna la tête. En bas, la fille hurla de terreur.

Les dragons ressemblaient à des varans géants, dont le plus petit devait peser dans les deux cents kilos. Leur épine dorsale se hérissait d'une courte crête épineuse qui renforçait leur aspect effrayant. La particularité de ces monstres était leur extraordinaire voracité. Énervés par le vacarme, les dragons coururent d'abord en tous sens, se jetant parfois sur les gradins les plus bas, heureusement hors de portée. Des spectateurs couinèrent de peur en découvrant les mâchoires aux crocs acérés, les regards noirs et glacés. Les monstres poussaient des cris caractéristiques, qui rappelaient un peu la voix humaine. Enfin, ils repérèrent leurs proies, abritées dérisoirement dans le fortin. Aussitôt, comme s'ils s'étaient concertés mentalement, les dragons opérèrent un encerclement rapide du fragile édifice, tandis que les condamnés poussaient des hurlements de terreur. On ne voyait pas comment ils pourraient avoir une chance d'échapper à ces créatures pesant presque trois fois leur poids. Enfin, avec un ensemble effrayant, les dragons foncèrent sur le petit bastion. Celui-ci n'était pas fait pour résister à semblable assaut. Les condamnés, avec l'énergie du désespoir, tentèrent bien de repousser les bêtes, mais les lances glissaient sur leurs écailles sans même les blesser. Bouleversée, Myriàn détourna les yeux et se boucha les oreilles pour ne plus entendre les hurlements des condamnés. Il s'ensuivit un carnage effroyable. Certains malheureux parvinrent à s'enfuir pour gagner les plates-formes les plus proches. Mais ils n'obtinrent ainsi qu'un maigre sursis. Les monstres se disputaient leurs proies, puis engloutissaient les morceaux grâce à de vifs mouvements de la tête. La vue de ce spectacle effrayant décuplait les hurlements de terreur des condamnés et les cris de joie des spectateurs excités par la cruauté de la scène. Sitôt leurs victimes dévorées, les dragons se ruaient sur les survivants, pulvérisaient les bases fragiles, puis poursuivaient leur carnage avec une férocité inouïe. En moins d'une heure, il ne resta rien des condamnés, sinon des traces sanglantes et des reliefs indéfinissables sur le sable de l'arène. Les os eux-mêmes avaient été broyés et avalés par les dragons. Les spectateurs applaudissaient à tout rompre. Une bouffée de haine envahit Hegon envers ce peuple imbécile.

Dès le début de la boucherie, Myriàn avait trouvé refuge dans ses bras, secouée par des sanglots incoercibles. À la fin, l'oronte s'avisa de leur attitude et apostropha sèchement le jeune homme.

— Que fais-tu, alwarrior ?

Hegon se redressa.

— Vous n'auriez jamais dû leur montrer ça ! grondat-il.

— Ces gens étaient des condamnés à mort ! répliqua le prêtre. Ils ont mérité leur sort.

— Et la fille aussi ? Parce qu'elle a commis le crime d'aimer un homme ?

— Elle était promise aux dieux ! Comme celle que tu tiens dans tes bras en ce moment ! Veux-tu que nous fassions revenir les dragons de Kômôhn pour vous deux ?

Aussitôt, Myriàn recula et s'écarta d'Hegon.

— Non, bater ! Pitié ! Le seigneur Hegon n'a fait que me consoler. Rien de plus !

Le prêtre la contempla longuement, puis hocha la tête.

— Je l'espère bien.

Puis il se détourna et donna l'ordre aux gardes de faire sortir les émyssârs. Hegon voulut reprendre Myriàn contre lui une dernière fois, mais elle lui fit signe de n'en rien faire. Pétrifié, refoulant au prix d'un violent effort son envie d'étrangler ce maudit oronte, le jeune homme resta sur place tandis qu'on emmenait Myriàn et ses compagnons. Roxlaàn lui posa la main sur l'épaule.

— Tu n'y peux rien, mon frère, dit-il. Elle appartient aux dieux. Ne va pas risquer de te retrouver face à ces charmantes bestioles pour une fille, si belle soit-elle.

Hegon ne répondit pas. Mais sa décision était prise. Quels que fussent les risques, et même s'il y avait un piège, il sauverait Myriàn.

14

Deux jours plus tard, Hegon reçut l'ordre de se présenter au Temple. Un malaise mêlé de colère l'envahit. Les orontes s'étaient sans doute décidés à le punir de son « crime ». Il se rendit à la convocation fermement résolu à ne pas se laisser faire sans combattre.

Anxieux et méfiant, il fut reçu dans une salle sombre par l'Achéronte Ashkaarn en personne. Le grand prêtre était un homme de haute stature, au crâne dépourvu de la moindre pilosité ainsi que le voulait la religion, mais qui portait une longue barbe taillée, dont la pointe descendait sur son ventre ascétique. Comme l'adoronte de Mahagür, le maârkh Roytehn de Varynià et nombre d'autres, il ne paraissait pas plus de cinquante ans, bien qu'il fût à la tête de l'église medgaarthienne depuis à peu près autant d'années.

Après avoir fait sortir ses acolytes, Ashkaarn le contempla longuement sans parler. La lueur des lampes à huile faisait briller son regard pénétrant. Mais Hegon avait cessé de redouter les orontes. Il supporta l'examen inquisiteur sans faiblir. Enfin, l'Achéronte se décida.

— Sais-tu pourquoi tu es ici, Hegon ? demanda-t-il.

— Vous allez me le dire, albater.

C'était presque une provocation. Le grand prêtre cilla imperceptiblement, mais ne releva pas.

— Tu vas escorter les émyssârs au pied de Gdraasilyâ.

Là, ils assisteront au baptême du petit-fils du Dmaârh et à l'Hârondà de ton cousin Rohlon. Ensuite, tu commanderas la cohorte qui escortera les sacrifiés au cœur des marais. La Baleüspâ nous accompagnera, comme le veut la tradition. Il n'existe qu'une route pour s'y rendre. Je suis seul à la connaître avec elle.

— Sera-ce ma propre cohorte, albater?

— Non, bien sûr. Tu dirigeras les warriors du Temple.

— Mais ce rôle prestigieux ne devrait-il pas revenir à un alwarrior du Temple, précisément?

Un vague sourire éclaira le visage émacié d'Ashkaarn.

— C'est vrai en principe. Mais tu as accompli dernièrement un exploit qui a soulevé l'enthousiasme du peuple. Après consultation avec le Dmaârh, il nous a semblé normal de t'offrir cette récompense.

Hegon inclina la tête.

— Soyez-en remercié, albater.

Il n'en pensait pas un mot. Cette « récompense » ressemblait trop bien à un piège. On l'avait volontairement rapproché de Myriàn. Cela expliquait l'indifférence de Klydroos pendant les jeux. Sans doute avait-il reçu des ordres.

Ashkaarn faisait donc partie de ses ennemis. Ainsi que le Dmaârh Guynther, sans doute. La raison en était évidente : ils estimaient qu'il menaçait leurs privilèges. Il devait donc disparaître. Cependant, compte tenu de sa popularité, et surtout à cause de la prophétie, ils ne pouvaient le condamner directement. Il fallait l'amener à commettre une faute grave. Dans ces conditions, il ne serait pas facile de sauver Myriàn.

Pourtant, rien ne l'arrêterait.

Un peu plus tard, ayant réuni la cohorte du Temple, il gagna le Palais, suivi par deux lourdes voitures. L'une transportait l'Achéronte et ses acolytes, l'autre les émyssârs. Le cœur d'Hegon se serra lorsqu'il aperçut Myriàn. Comme à son habitude, elle gardait la tête haute, mais ses yeux étaient rougis par les larmes. Il réprima l'envie de la serrer dans ses bras, de l'emporter. Les regards des warriors et des orontes ne le quittaient pas. Sur son ordre, le cortège se mit en route.

Arrivé devant le Palais, il rejoignit deux ennéades de guerriers directement inféodés au souverain. Guynther de Gwondà et la Cour suivaient dans un convoi de voitures luxueuses, chacune escortée par des gardes montés. Parmi les courtisans, Hegon aperçut Maldaraàn, son cousin Rohlon et son père, Mahdrehn.

De part et d'autre de la large avenue qui menait à la porte du Sud, une multitude enthousiaste composa une haie d'honneur au souverain. Les acclamations qui montaient de la foule ne laissaient pas d'étonner Hegon. Comment ces gens pressurés par des taxes exorbitantes trouvaient-ils le moyen d'applaudir ces nobles qui leur prenaient tout et les méprisaient ? Ses propres sentiments le surprenaient. Lui-même appartenant à la noblesse, il aurait dû trouver normale cette exploitation du peuple par ceux qui possédaient la puissance. Or, il n'en était rien. Depuis toujours, il détestait l'injustice et estimait que nombre des souverains de Medgaarthâ n'étaient pas à leur place. À ses yeux, ils n'étaient que de gros porcs qui s'engraissaient sur le dos du peuple. La plupart ne combattaient jamais eux-mêmes, comme leur rang l'aurait exigé. Ils passaient leur temps à donner des fêtes toutes plus fastueuses les unes que les autres, et toutes payées par les impôts de leurs sujets.

Cependant, une nouvelle fois, il se rendit compte que les acclamations les plus chaleureuses lui étaient adressées. Il n'avait pourtant pas accompli un très grand exploit en défiant le Loos'Ahn. C'était plutôt une réaction de désespoir qui avait connu une issue inattendue. Se pouvait-il que sa gloire y prît ses racines ? Bien sûr, il y avait aussi la prophétie... Mais il ne put s'empêcher de penser que ce peuple de Gwondà se contentait de peu pour se choisir un héros. Il eût aimé que Dennios fût à ses côtés. Le conteur aurait sans doute pu l'éclairer sur ces mystères. Il était de bon conseil. Mais Dennios n'avait plus donné signe de vie depuis plusieurs jours.

De la porte du Sud partait la route menant jusqu'à la forêt sacrée de Gdraasilyâ. Il fallut près d'une heure pour y parvenir.

De près, l'arbre colossal était encore plus impressionnant. Solidement planté, son tronc unique se séparait au sol en trois racines monumentales, dans lesquelles on voyait les passages vers les mondes souterrains. Ses branches les plus basses se situaient à près de quarante mètres de hauteur. Sa masse gigantesque paraissait écraser tout ce qui l'entourait, y compris les autres arbres géants qui vivaient aux alentours, et dont la légende prétendait qu'ils étaient, eux aussi, des divinités sylvestres au service de l'arbre-dieu.

Plus loin, à moins d'une marche vers le sud, commençaient les marais de Gwondà. Mais autour de Gdraasilyâ s'étendait une forêt magnifique, au sol couvert d'herbe et de mousse, composée de pins, de chênes, de marronniers et surtout de frênes. Car Gdraasilyâ était un frêne, tout comme l'arbre cosmique de la religion de Braâth. Gdraasilyâ avait, selon la tradition, survécu à Raggnorkâ et à la mort des dieux anciens. Pour les orontes, il était la preuve vivante que leur religion était la seule véritable.

De par sa taille, Gdraasilyâ s'étendait sur les trois mondes et les reliait entre eux. Sous ses racines s'étendaient Ktaunyâ, le monde souterrain. Son tronc et ses branches basses dominaient Medgaarthâ, le monde du milieu où vivaient les hommes, et sa cime touchait le monde du ciel, Ashgaardthâ.

Le monde souterrain, Ktaunyâ, était divisé lui-même en trois parties, correspondant aux trois racines partant de la base du tronc de l'arbre sacré. Près de chaque racine coulait une source différente, invisible pour les hommes. La première plongeait dans le séjour souterrain des dieux, Oeysiâ. C'était là que venaient se réfugier les Hâses durant l'hiver, la saison des Grands Froids. On disait que, à l'image de la nature, ils entraient en hibernation, abrités dans leurs palais souterrains dont les murs étaient « de jade et de porphyre ». Au cœur d'Oeysiâ vivaient les *Veillants*, les nains serviteurs des dieux, et ennemis jurés du serpent Nyoggrhâ. Les cavernes constituaient les entrées de leur monde. Bien qu'ils n'apparussent jamais aux hommes, ils les pourvoyaient en métaux et en pierre rares. Mais leur caractère était changeant, et malheur à celui qui s'attirait leur colère. Parfois serviables, parfois désagréables avec les humains, ils étaient à l'origine de multiples légendes. On les appelait aussi les *Hkrolls*.

Sous la première racine jaillissait une source extraordinaire, une fontaine que les yeux humains ne pouvaient bien sûr pas voir. Seuls les prêtres, les orontes, en état de transe, pouvaient parfois l'apercevoir. Mais il leur était interdit de s'en approcher. Elle avait la particularité de redonner la pureté première à tout être vivant et à tout objet qui y était plongé. Réservée aux dieux, elle leur assurait l'immortalité. Lorsque revenait le printemps, les dieux se plongeaient dans la source, puis regagnaient leur royaume des cieux en suivant les branches de l'Arbre.

La deuxième racine plongeait dans les Demeures de Cristal, le niveau le plus profond du monde souterrain. Là survivaient les âmes des ancêtres des hommes et des dieux, des êtres nés de l'eau, mais transformés en glace par le temps. En cet endroit mythique coulait la source de la Connaissance, Hvelgar. C'est d'elle que provenaient toutes les énergies cachées qui régissaient l'univers.

Enfin, la troisième racine s'enfonçait dans l'Empire des Morts, Hadvalhâ, gouverné par la déesse de la Mort, Haylâ.

Trois fleuves parcouraient l'Empire des Morts. Le Chteraun, le fleuve de feu, était si vaste qu'il couvrait toute la surface du monde. Parfois, l'esprit du Chteraun se mettait en colère et faisait trembler la terre, allant même jusqu'à déborder. Ainsi les Gwondéens expliquaient-ils les séismes et les volcans. Le Laïethâ, au contraire, était un fleuve aux eaux lentes et sombres, où les morts oubliaient leur vie précédente. Enfin, le Staïksyâ était réservé aux dieux, qui buvaient son eau et s'y baignaient. Nulle âme humaine n'y avait accès. En revanche, les morts avaient le droit de s'en approcher lorsque les dieux étaient présents. Ceux-ci se montraient alors bienveillants et les morts pouvaient converser avec eux et obtenir le droit de revenir à la vie, dans un autre corps. Car les Medgaarthiens estimaient que les morts ignoraient l'éternité. Selon les orontes, la mort n'était qu'un passage plus ou moins long, qui aboutissait à la résurrection, y compris pour les morts du Haâd. Après avoir soit subi des châtiments, soit connu la félicité extrême dans le Valhysée, les morts étaient emportés par le fleuve Laïethâ, où ils oubliaient tout de leur vie précédente. Leur âme se réincarnait alors dans le corps d'un bébé, et le cycle recommençait.

Au pied de la troisième racine coulait la troisième source, elle aussi invisible pour les yeux humains. Provenant de la réunion des trois fleuves souterrains, elle était la mère de toutes les eaux. Elle avait nom Hvelgermyâ, l'eau primordiale, l'origine de toute vie. Symbole de la vie et de la résurrection, l'eau était grandement vénérée par les Gwondéens. Aussi entrait-elle largement dans le rituel du baptême qui devait marquer le petit Dwaârgh, fils de Brenhir, et petit-fils du Dmaârh Guynther.

À proximité de Gdraasilyâ s'étendait un lac aux eaux limpides, dans lequel les orontes avaient situé l'exsurgence de Hvelgermyâ. Ce fut en cet endroit que commença la cérémonie du baptême. Tandis que les émyssârs demeuraient à l'écart sous la garde des cohortes, la Cour prit place sur les rives, entourant le souverain et l'Achéronte Ashkaarn, qui devait procéder lui-même au baptême, ainsi qu'il le faisait pour tous les enfants mâles des maârkhs. Pour les nobles de rang inférieur, l'un de ses acolytes suffisait. Mais le petit Dwaârgh était un jour destiné à régner sur la Vallée, ce qui expliquait que la quasi-totalité de la Cour fût présente.

Lorsque les nombreux invités du souverain furent enfin installés, au prix de multiples querelles de préséance, la cérémonie commença. Selon la tradition, un prêtre versa dans un petit gobelet d'or une substance huileuse et noirâtre conservée dans une cruche, elle aussi d'or ciselé. Cette substance était obtenue à partir d'une décoction de champignons hallucinogènes. Seul l'Achéronte pouvait en absorber afin d'entrer en communication avec le monde invisible. D'un geste sec, Ashkaarn avala le liquide mystérieux. L'instant d'après, il fut pris d'une sorte de convulsion, puis se ressaisit.

La cérémonie débuta. Une jeune femme aux longs cheveux blonds prit l'enfant et le déshabilla entièrement. En raison de la fraîcheur, il se mit à piailler, mais les mains apaisantes de la femme eurent tôt fait de le calmer. Cependant, il se remit à pleurer lorsque son père, le prince Brenhir, l'éleva vers le ciel, puis vers les quatre points cardinaux afin de le présenter aux dieux, et surtout au plus grand de tous, Braâth l'Unique. Il remit ensuite l'enfant entre les mains de l'Achéronte, dont les yeux, tournés vers l'intérieur, ne laissaient plus voir que le blanc. Sa respiration rauque et saccadée effraya le bébé qui se mit à hurler. Une pression des doigts du prêtre suffit à le faire taire.

Un silence lourd pesa sur l'assistance. Selon la croyance medgaarthienne, c'était le moment le plus délicat et le plus dangereux, celui où le grand prêtre, en communication avec les dieux, allait donner ses deux noms au bébé. On pensait que le serpent Nyoggrhâ, divinité du Néant, se tenait toujours en embuscade à ce moment-là pour tenter d'entendre le nom secret, afin de pouvoir s'emparer de son âme lorsque le temps serait venu pour l'enfant de rejoindre le royaume des morts.

Tenant le bébé devant lui comme une offrande, l'Achéronte entra dans les eaux du lac sacré jusqu'à mi-cuisse. On l'entendit alors murmurer des paroles très rapides, dans une langue inconnue. Puis il plongea soudain l'enfant entièrement sous l'eau. Lorsqu'il le ressortit, le bébé se mit à hurler et à tousser de belle manière, furieux d'avoir été traité aussi brutalement. Mais, une nouvelle fois, les mains de l'Achéronte l'apaisèrent. Le grand prêtre souffla alors sur le petit corps nu, puis se mit à parler :

— Pour tous, tu porteras le nom de Dwaârgh, fils de Brenhir, et petit-fils du grand Dmaârh Guynther de Gwondà.

Puis il se mit à souffler de nouveau sur le bébé, le prit contre lui et se pencha sur son oreille. La tension était presque palpable. Chacun vit que le prêtre murmurait quelque chose au bébé. Mais personne n'entendit prononcer le nom secret que lui avaient inspiré les Dyornâs, les trois divinités de la vie, le nom mystérieux par lequel il serait connu des dieux. Enfin, le grand prêtre ressortit des eaux et redonna le bébé à son père.

Les regards se tournèrent alors vers le pied de l'arbre géant. Une silhouette étrange venait d'apparaître, celle d'une vieille femme marquée par les ans, aux longs cheveux gris qu'elle laissait librement couler sur ses épaules. Elle avançait en s'appuyant sur un long bâton, d'un pas lent, mais assuré, prenant son temps, en harmonie avec la sérénité majestueuse du lieu. Elle était vêtue d'une longue robe grise qui s'accordait à ses yeux très pâles, au regard vif et pénétrant. Malgré les rides qui striaient son visage, on découvrait qu'elle était encore très belle La Baleüspâ.

Quoique le pouvoir fût pour l'essentiel exercé par les hommes en Medgaarthâ, il existait cependant un collège de femmes, le Gyneesthâ, dont les membres se transmettaient des connaissances particulières, comme la médecine, et tout ce qui avait trait à l'accouchement. Directement inspirées par Hvelgermyâ, la mère des eaux, et par la très belle Odnyyrhâ, déesse des Rêves et épouse de Braâth, ces femmes, qu'on appelait les *Neesthies*, constituaient le corps médical officiel de Gwondà. Curieusement, c'était un métier plutôt délaissé par les hommes. Peut-être parce qu'il répugnait à un guerrier gwondéen de montrer sa faiblesse à un autre guerrier. Ces femmes étaient, elles, considérées comme des «mères», et il n'était pas déshonorant de recevoir leurs soins. Il existait cependant un corps médical masculin, les médikators, dont la fonction consistait surtout à effectuer la spoliation et les scarifications rituelles des warriors.

C'était parmi ces neesthies qu'était choisie la Baleüspâ. Il n'en existait qu'une seule dans toute la vallée. Après avoir été intronisée par le collège supérieur du Gyneesthâ en raison de ses dons médiumniques particuliers, cette devineresse quittait Gwondà pour s'installer à proximité de Gdraasilyâ, où elle vivait comme une recluse, passant son temps en méditation afin de mieux communiquer avec les dieux. Elle abandonnait alors son nom pour devenir simplement «la» Baleüspâ. Elle n'était plus une femme, mais le porte-parole du monde invisible. Lorsqu'elle sentait ses forces l'abandonner, elle transmettait ses connaissances à une neesthie plus jeune qu'elle, et lorsqu'elle mourait on considérait qu'elle continuait à vivre dans le corps de celle qui lui succédait, qui conservait sa mémoire, et la mémoire de toutes celles qui l'avaient précédée. Pour cette raison, nombre de Medgaarthiens considéraient qu'elle était immortelle.

Lorsque la Baleüspâ arriva sur la rive, toute la Cour, les maârkhs, le Dmaârh lui-même inclinèrent la tête avec respect. D'une certaine manière, elle était considérée comme une divinité, et ses dons de prophétie effrayaient jusqu'aux orontes eux-mêmes.

Selon la tradition, elle intervenait après chaque baptême, pour s'imprégner de l'âme de l'enfant et tenter de discerner quel avenir lui réservaient les dieux. Lorsqu'elle avait parlé, personne n'aurait osé mettre ses paroles en doute.

Impressionné par la silhouette majestueuse de la Dame de l'Arbre, ainsi qu'on la surnommait parfois, Hegon se fit la réflexion que c'était grâce à son intervention qu'il était encore en vie. Maldaraàn lui-même avait dû céder devant elle, alors qu'il voulait le faire mettre à mort.

Dans un silence total, Brenhir tendit le petit Dwaârgh à la vieille femme. Lorsque la Baleüspâ le recueillit contre elle, l'enfant, qui s'était remis à pleurer, se calma instantanément, scrutant avec curiosité le visage ridé et les yeux gris qui l'observaient intensément. Cette observation dura un long moment. Enfin la voix de la Baleüspâ retentit, légère et claire comme celle d'une jeune femme, mais marquée par une étrange intensité.

— Ton fils sera un redoutable guerrier, Brenhir. Mais il ne régnera pas.

Le visage du père blêmit. Il eut un mouvement pour contredire la vieille femme, mais il suffit d'un regard de celle-ci pour qu'il demeurât muet. La Baleüspâ rendit alors le bébé à son père. Ashkaarn n'avait pas bronché à l'énoncé de la prophétie. En revanche, les traits du Dmaârh Guynther s'étaient décomposés. Une fraction de seconde, Hegon eut l'impression qu'il regardait dans sa direction et lui jetait un regard de haine. Mais il avait dû se tromper.

Soudain, un incident détourna son attention. Un garde se mit à hurler :

— Une guesche ! Une guesche !

L'assistance poussa des cris de frayeur. Les guesches représentaient la hantise des baptêmes.

C'était un usage répandu que de tenter de connaître le nom secret d'un ennemi, afin de le hurler au cours d'un combat. L'autre éprouvait alors une terreur si grande qu'il en perdait ses moyens et devenait vulnérable, car il savait que, même s'il triomphait, Nyoggrhâ avait entendu son nom, et l'attendrait sur le chemin de l'Empire des Morts. Certaines femmes s'étaient spécialisées dans les incantations aux Dyornâs, pour tenter de surprendre le nom secret des guerriers. Comme les orontes, elles entraient en transe, et dévoilaient ce fameux nom, contre des sommes d'autant plus importantes que la victime était de haute noblesse. Elles vivaient dans les bas-fonds des cités. Les orontes ne les toléraient pas, et leur livraient une traque sans merci. Mais elles étaient nombreuses, car leur commerce rapportait beaucoup.

Apparemment, l'une d'elles était parvenue à s'infiltrer dans la foule de courtisans, dans le but de surprendre le nom secret de l'héritier du trône, que seuls connaissaient l'Achéronte et le prêtre chargé de tenir le registre sacré des baptêmes. Mais ce dernier se serait fait hacher menu plutôt que de révéler ce qu'il savait. On ignorait leur manière de procéder, mais on les soupçonnait de savoir lire sur les lèvres. Et le nom secret de l'héritier valait une fortune.

Malheureusement pour la guesche, la garde avait été renforcée en prévision d'une telle intrusion, et elle avait été repérée alors qu'elle essayait de s'enfuir subrepticement. La foule s'écarta, et l'on amena une femme vêtue de riches habits, mais dont le visage trahissait l'abus de certaines drogues censées augmenter les facultés de perception. Elle avait beau hurler son innocence, personne ne la croyait. La foule des courtisans, épousant la colère du souverain, se mit à la frapper, des femmes saisirent en braillant les cheveux de la guesche à pleines poignées et les arrachèrent, des hommes la frappèrent. Lorsqu'elle arriva enfin devant le Dmaârh, son visage était en sang et ses vêtements n'étaient plus que des lambeaux. Le souverain, ivre de fureur, s'avança jusqu'à elle et la gifla à toute volée.

— Tu as voulu voler le nom du prince héritier, misérable ! Tu connais le sort qui t'attend ! Que la sentence soit exécutée sur-le-champ !

La punition réservée aux guesches était toujours la même : la purification par le feu après avoir eu la langue tranchée. Un alwarrior s'approcha, saisit la femme et la contraignit avec une violence inouïe à ouvrir la bouche. Tandis qu'un soldat la frappait sauvagement, le capitaine lui attrapa solidement la langue et la coupa d'un seul coup de poignard. La femme hurla et cracha un flot de sang. Cette torture avait pour but de l'empêcher, par ultime vengeance, de prononcer tout haut le nom secret de l'enfant avant sa mise à mort. Ces cris de supplication se transformèrent en gémissements désespérés et incompréhensibles. Mais personne ne fit preuve pour elle de la moindre compassion.

Tandis que la Baleüspâ se retirait et disparaissait au pied du grand arbre, la Cour se porta à un autre endroit, plus loin sur les rives du lac. Hegon, toujours suivi de son escorte de warriors du Temple, dut suivre le mouvement en encadrant les dix-huit émyssârs. Il vit Myriàn lui jeter quelques regards à la dérobée. Il aurait voulu lui sourire, la rassurer, lui faire savoir qu'il n'avait pas renoncé à la sauver. Mais plus que jamais il ressentit la suspicion des orontes, qui ne le quittaient pas des yeux.

Tout à coup, il ressentit un malaise inexplicable. C'était plus une souffrance intérieure informulée qu'une véritable douleur. Le Dmaârh et la Cour s'étaient approchés d'un lieu étrange, une sorte de cuvette creusée dans le sol à proximité du lac, et dont le fond était dallé de grosses pierres. Dans cette arène minuscule, les gardes eurent tôt fait de dresser un bûcher sur lequel ils plantèrent un poteau. La guesche y fut rapidement liée malgré ses hurlements. Hegon se demanda si elle était innocente. Et soudain, une vision se superposa au bûcher. C'était comme un rêve éveillé. Dans la fosse avaient été entassées des plumes en abondance. De minuscules plumes d'eider. Une foule identique de courtisans se tenait sur les bords, qui hurlait de manière hystérique. Au premier rang, Hegon reconnut Maldaraàn, et derrière lui Ashkaarn, Guynther de Gwondà et le grand maître Xanthaàr.

La foule s'écarta et des gardes vêtus de longues capes noires amenèrent une jeune femme blonde à la beauté radieuse. Elle semblait terrorisée. Xanthaàr lut quelque chose qu'Hegon n'entendit pas. Puis l'un des gardes bascula la jeune femme dans la fosse, au milieu des plumes. Un nuage s'éleva, qui environna la malheureuse d'une brume mortelle. La jeune femme se mit à tousser, tenta de se dégager, de quitter la fosse létale. Mais les gardes la frappèrent pour la faire retomber. Son agonie dura longtemps, sous l'œil impassible de ses bourreaux.

Lorsque tout s'estompa, Hegon tremblait. Le malaise avait disparu, remplacé par une colère noire. C'était dans cette fosse que sa mère avait péri. Il avait même pu distinguer ses traits, alors qu'il ne les connaissait pas. Il ne s'interrogea pas plus avant sur l'étrangeté du phénomène. Il ne retenait de cela qu'une seule chose. Il savait désormais qui étaient ses ennemis. Il se jura qu'un jour viendrait où il les tuerait. Tous les quatre.

Personne ne semblait avoir remarqué son absence mentale. Lorsqu'il reprit pied dans la réalité, la guesche avait été couverte de poix. Un comwarrior alluma une torche, mais le Dmaârh, toujours aussi furieux, embrasa lui-même les branchages. Les gémissements de la femme se muèrent en hurlements de douleur. Tandis qu'une fumée noire envahissait les lieux, une odeur de chair grillée empuantit l'air, ce qui n'empêcha pas la foule d'applaudir devant la torture ignoble imposée à la malheureuse.

Hegon serra les mâchoires. Jusqu'à présent, il n'avait jamais songé à mettre en question les principes et les lois de Medgaarthâ. Il avait lui-même donné la mort aux ennemis de la Vallée, y prenant un véritable plaisir. Désormais, il se sentait étranger à cette barbarie, étranger à ce pays.

La femme qui se tordait dans les flammes n'avait même pas eu le droit de se défendre. On l'avait accusée, frappée, condamnée et exécutée sur le simple fait qu'un garde avait reconnu une guesche en elle. Bien sûr, nombre d'entre elles tentaient d'assister à chaque baptême. Mais il existait aussi des femmes qui trouvait le moyen de s'introduire dans la foule des courtisans pour le simple plaisir d'assister à un baptême princier. Ce n'était pas un crime passible de la mort, et c'était peut-être le cas de celle-ci.

Une incoercible envie de vomir le saisit. Ce monde n'était pas bon. Les hommes n'étaient pas faits pour vivre de telles violences.

Autour de lui, les femmes des nobles poussaient des petits jappements de joie en entendant les cris de la suppliciée. Ces femelles méprisables se réjouissaient de la souffrance terrible imposée à la guesche. Il aurait voulu les voir toutes griller à sa place. Lorsque les cris de la condamnée cessèrent, le Dmaârh décida qu'il était enfin temps de passer à la deuxième partie de la cérémonie, l'Hârondà de Rohlon.

La foule revint vers l'arbre géant, ou des guerriers avaient amené un groupe de klaàves combattants. D'ordinaire, l'Hârondà était subie par plusieurs adolescents. Mais Maldaraàn avait demandé à ce que son neveu fût seul. Hegon savait à présent qu'il avait prévu d'attendre la fin des épreuves pour annoncer son intention de faire de Rohlon son héritier. Au cas où ce dernier aurait échoué… Maldaraàn ne laissait jamais rien au hasard.

Mais Rohlon avait la réputation d'être un excellent guerrier.

La première épreuve concernait le maniement des armes. Après que la foule des courtisans eut formé un cercle autour de l'arbre, Rohlon fut harnaché pour livrer différentes formes de combat, à mains nues, puis armé d'un sabre, d'un poignard, d'une trive à trois lames et d'une masse d'armes hérissée de pointes. À chaque combat, il devait affronter deux ou trois adversaires simultanément. Hegon se demanda s'il aurait aimé voir son cousin échouer. Il se rendit compte qu'il se moquait totalement du résultat. À Maldaraàn, qui lui jetait de temps à autre des regards chargés de haine, il répondit par un masque d'indifférence, même s'il bouillonnait intérieurement. Ce n'était pas tant la décision de son ex-père qui l'écœurait que ce qu'il avait entrevu quelques instants plus tôt.

Rohlon triompha l'un après l'autre de tous ses adversaires, dont la plupart périrent sous la précision et la puissance de ses coups. Une ovation salua son exploit, qu'il accepta en se pavanant comme à son habitude, le corps couvert du sang de ses victimes.

La seconde épreuve consistait à résister à la douleur. Cette fois, Hegon s'intéressa de plus près au spectacle. Un oronte spécialisé contraignit Rohlon à s'asseoir sur un siège. Puis on lui lia les mains dans le dos. Ensuite, le prêtre, sous les regards médusés de l'assistance, introduisit d'un coup sec des lames de métal dans les pectoraux du jeune homme. Le visage de celui-ci marqua la douleur par une grimace, mais pas un gémissement ne sortit de ses lèvres. Tandis que du sang se mettait à ruisseler sur son torse, il dut se lever et faire jouer ses membres, toujours sans lâcher un cri. La blessure était faite de telle manière qu'elle n'empêchait pas la victime de se servir de ses mains et de ses bras. Car ensuite venait la plus périlleuse des épreuves : l'ascension de Gdraasilyâ à l'aide de quatre poignards, jusqu'à la branche la plus basse, ce qui représentait près de quarante mètres. De nombreux aspirants avaient péri ainsi, trahis par leurs forces, alors même que certains avaient presque atteint leur but. Ceux qui y parvenaient devaient ensuite redescendre par leurs seuls moyens. Ils avaient cependant la possibilité de s'aider d'une corde de rappel qu'ils installaient eux-mêmes.

Cependant, si Rohlon avait certains défauts, il possédait une redoutable résistance. Malgré la souffrance, il entreprit l'ascension périlleuse qu'Hegon avait réussie quatre ans plus tôt en compagnie de Roxlaàn. Il en gardait encore des cicatrices sur les pectoraux. L'exercice était extrêmement pénible, mais l'écorce épaisse de l'arbre gigantesque offrait de nombreux points d'appui où il était loisible de reprendre des forces. Enfin, après une heure d'efforts démesurés, le jeune Rohlon se hissa, loin au-dessus de la foule, sur la branche la plus basse. Il prit le temps de souffler, puis installa la corde qui allait l'aider pour la descente.

Une foule de souvenirs revint à Hegon. À partir de cet endroit, l'ascension de Gdraasilyâ devenait plus facile. Il l'avait réalisée lui-même, peu de temps après l'Hârondâ. Il était revenu et avait tenté pour lui seul l'escalade. Dans les branches du géant s'étendait un autre monde. Car Gdraasilyâ était habité. Tout un peuple d'oiseaux, de mammifères, d'insectes logeait dans les frondaisons titanesques. Se hisser d'un niveau à l'autre n'était guère difficile une fois le premier atteint. Hegon avait passé trois jours dans l'arbre, l'explorant minutieusement, émerveillé à chaque instant par ce qu'il découvrait. Gravissant avec opiniâtreté chaque étage, il était parvenu au sommet de l'arbre sacré, d'où il avait bénéficié d'un spectacle à la dimension des dieux. Les vents parfumés et puissants balançaient la cime et il avait dû s'accrocher pour ne pas retomber. De là-haut, on avait l'impression que la terre elle-même se mouvait dans un irrésistible mouvement de balancier. Il avait eu l'impression de pouvoir toucher les montagnes à l'horizon. Et la nuit venue un ciel d'une pureté de cristal avait déployé une draperie d'étoiles comme on n'en voyait jamais depuis la surface. Roxlaàn avait voulu l'accompagner dans son aventure, mais il s'était arrêté aux premiers niveaux, impressionné par la majesté de ce monde vertical couleur d'émeraude. Redoutant de voir surgir quelque divinité sylvestre, il avait préféré redescendre et attendre son ami au sol.

Hegon aimait Gdraasilyâ, comme il aimait tous les arbres. Mais celui-ci sans doute un peu plus. Il rêvait de renouveler l'expérience, pourtant interdite par les orontes. Il ne voyait pas en lui un dieu, mais seulement un arbre exceptionnel, dont il n'existait sans doute pas d'équivalent dans le monde. Alors qu'il l'escaladait, une curieuse sensation lui était venue, qui le marquait chaque fois depuis lorsqu'il revenait. Si pour les orontes Gdraasilyâ représentait l'arbre cosmique, pour lui, Hegon, il était comme un hymne à la vie, une revanche prise par la nature méprisée et détruite par les Anciens. Et il était persuadé que si les hommes savaient profiter avec sagesse de cette deuxième chance que leur avaient accordée les dieux, ceux-ci se montreraient généreux et leur offriraient une vie meilleure.

Là-bas, Rohlon avait remis le pied à terre, après une descente facilitée par la corde. La foule lui réserva un triomphe, et, comme Hegon s'y attendait, Maldaraàn profita de l'occasion pour présenter son neveu comme son futur hériter. Il y eut quelques murmures de stupéfaction dans l'assistance, des regards se tournèrent vers Hegon, qui demeura de marbre. Puis on salua le nouvel héritier avec enthousiasme et une belle hypocrisie. La puissance du seigneur Maldaraàn était telle qu'il valait mieux se compter au rang de ses amis.

Enfin, on se tourna vers les émyssârs, qui avaient patienté à l'écart, sous la garde des warriors. L'Achéronte s'avança vers eux. L'heure du sacrifice avait sonné.

Monté sur son cheval, Hegon regarda une nouvelle fois l'arbre géant. Il sut alors comment il allait procéder pour arracher Myriàn à son sort funeste.

15

Un vent frais s'était levé, apportant les fétides relents de décomposition des marais proches. Hegon frémit. Son plan relevait de l'audace la plus folle, mais c'était le seul qu'il pouvait appliquer. L'image des dragons de Kômôhn déchiquetant les malheureux condamnés restait incrustée dans sa mémoire. Il ne pouvait supporter l'idée de savoir que Myriàn allait bientôt subir le même sort. Tant pis pour ceux qui lui tendaient un piège, il les tuerait tous. Son idée était simple : il ne pourrait éviter que Myriàn soit abandonnée avec ses compagnons dans les marais. Mais au retour, il simulerait son départ pour la capitale. Mêlé à la foule des courtisans, il lui serait possible de s'esquiver. Il reviendrait ensuite près de l'arbre géant par un chemin détourné qu'il connaissait et repartirait. Il fallait seulement espérer que les dieux — ou quoi que ce fût qui se cachait dans les marais — n'auraient pas encore emporté les émyssârs. Il les délivrerait et ramènerait Myriàn à l'arbre. Et s'il devait affronter les dieux maudits, il le ferait !

Il était probable que le Dmaârh le ferait rechercher aussitôt qu'on se serait aperçu de sa disparition. On penserait qu'il aurait fui et des troupes seraient lancées à sa recherche en amont et en aval de Gwondà. Mais il existait un endroit où on ne songerait pas à le rechercher : Gdraasilyâ lui-même. L'arbre géant était un monde à lui seul. Là-haut, ils trouveraient de quoi se nourrir et boiraient dans les trous d'eau creusés aux embranchements. Il avait assez de force pour les hisser tous deux à l'abri. Ils attendraient quelques jours, puis ils quitteraient Medgaarthâ pour toujours en suivant les pistes du Sud. Ensuite, il verrait. L'important était d'abord de sauver Myriàn.

Sur l'ordre de l'Achéronte, il prit la tête de la cohorte du Temple. On avait abandonné les chevaux, trop exposés dans les marais à cause des sables mouvants. L'Achéronte marchait en tête d'un pas vif malgré son âge. Derrière, quatre warriors portaient une chaise sur laquelle était installée la Baleüspâ. Ensuite venaient les émyssârs, fermement encadrés par les guerriers du Temple, au cas où l'un d'eux aurait voulu profiter de l'occasion pour s'enfuir. Hegon restait à côté de Myriàn, sans toutefois lui parler, afin de ne pas attirer l'attention.

Le trajet se déroula sans incident, malgré l'étrangeté des lieux. Moins d'une marche plus loin en direction du sud, le plateau s'affaissait, dévoilant un univers différent et inquiétant, illuminé par le soleil déclinant. À perte de vue s'étendait un marécage alternant des étendues d'eau boueuse et des îlots couverts d'arbres morts, desquels coulaient des cascades de lianes. Des nuées d'oiseaux noirs tournoyaient au-dessus de cette sylve glauque et impénétrable. Les marais s'étiraient ainsi d'est en ouest sur plusieurs marches.

Hegon se demanda comment ils allaient pouvoir s'enfoncer dans ces marais d'où sourdaient des cris d'animaux inconnus et probablement dangereux. Comment pouvait-on envisager d'abandonner les jeunes dans cet univers effrayant ? Il resserra sa prise sur la garde de son sabre.

Il ne distinguait aucun passage. Pourtant, l'Achéronte dévala d'un pas alerte la pente amenant au niveau des eaux et s'engagea sur une sorte de langue de terre barrée plus loin par un épais rideau de végétation dans lequel il s'enfonça. La colonne le suivit. Hegon se hâta de prendre quelques repères visuels, puis pénétra à son tour dans les marais. Contrairement à ce que l'on aurait pu croire, un sentier existait bel et bien dans cet univers bouillonnant. Par endroits, il fallait dégager la piste à coups de sabre. Serpentant entre les étangs et les mares de boue, la sente étroite plongeait au cœur des marécages, contournant parfois de véritables étendues de sables mouvants où grouillait une faune inquiétante. Des formes sombres et imprécises glissaient en silence sur la surface boueuse.

Hegon jetait de fréquents regards à Myriàn. Elle conservait la tête haute, mais tout dans son visage et son attitude traduisait l'angoisse qu'elle tentait de maîtriser. D'autres émyssârs avaient moins de dignité, qui pleuraient à chaudes larmes, les garçons comme les filles. Parfois, l'un d'eux tombait à genoux sur le sol fangeux. Les warriors le relevaient alors sans ménagement.

Enfin, au bout d'une heure de marche, alors que le soleil était à présent très bas sur l'horizon, on arriva sur l'île mystérieuse où les sacrifiés devaient être « présentés » aux dieux des marais, ainsi que l'indiqua l'Achéronte. Là se dressaient dix-huit pierres hautes comme deux hommes, disposées en cercle. Sur l'ordre d'Ashkaarn, les émyssârs furent liés chacun à un monolithe. Ashkaarn donna à Hegon l'ordre d'attacher Myriàn lui-même. Un raffinement de plus dans le piège qu'il lui tendait. Mais tant pis. Tandis qu'il la tenait contre lui, il glissa à l'oreille de la jeune femme :

— Ne perds pas espoir ! Je vais revenir te sauver.

— Non ! chuchota-t-elle avec force, le regard rivé sur le sien. Ne risque pas ta vie pour moi, seigneur. Tu es celui qui doit tuer le Loos'Ahn. Medgaarthâ a besoin de toi. Je connais la prophétie. Ne tente rien, je t'en supplie !

Il ne répondit pas. L'odeur chaude qui se dégageait de sa peau le bouleversa. Il dut lutter de toutes ses forces pour ne pas la prendre dans ses bras et l'embrasser une dernière fois.

Au centre du cercle de pierre, l'Achéronte s'était lancé dans des psalmodies incompréhensibles d'une voix hachée. À ce moment, la Baleüspâ s'approcha d'Hegon et l'invita à la suivre à l'écart. Il ne l'avait jamais vue de si près et fut impressionné par la régularité de ses traits et la dignité qui se dégageait d'elle. Cette femme avait dû être très belle autrefois. Lorsqu'ils furent suffisamment éloignés, elle fixa son regard gris dans le sien et dit :

— Cette petite a raison, Hegon. Je sais que tu es amoureux d'elle et que tu es prêt à tout pour la sauver. Mais ne commets pas de folie. Quel que soit ton plan, tu tomberais tête baissée dans le piège tendu par tes ennemis.

Hegon ne sut comment réagir. L'autorité qui émanait de la vieille femme n'était pas de celles que l'on met en cause. Mais sa réaction confirmait qu'elle ne faisait pas partie de ses ennemis.

La cérémonie n'avait guère duré. Bientôt, Ashkaarn ordonna aux guerriers de reprendre le chemin du retour. Hegon jeta un dernier regard à Myriàn, qui lui répondit d'un sourire, puis il suivit la colonne. Derrière eux retentissaient les gémissements de terreur des jeunes. Jusqu'au moment où Hegon entendit clairement la voix de Myriàn clamer :

— Taisez-vous tous ! Ayez au moins le courage de mourir dignement !

Le cœur d'Hegon se serra. Il apostropha l'Achéronte :

— Les dieux vont être satisfaits, albater : nous leur avons offert une reine !

Le grand prêtre lui lança un regard sombre, mais ne répondit pas.

Il faisait presque nuit lorsque la colonne rejoignit Gdraasilyâ. La foule des courtisans avait disparu. Seuls restaient les warriors et les voitures du Temple. Roxlaàn avait gardé les chevaux. Hegon, qui n'avait plus décroché un mot pendant le retour, se hissa en selle et piqua des deux en direction de Gwondà, abandonnant le grand prêtre et ses guerriers sans un mot. Étonné, Roxlaàn le suivit. Il avait bien l'intention de se faire raconter l'expédition. Il pouvait comprendre sa déception, mais après tout, des filles, il y en avait bien d'autres !

Cependant, très vite, Roxlaàn se rendit compte qu'Hegon ne prenait pas la direction de la capitale. La nuit était tombée à présent, et la pleine lune inondait la plaine d'une lumière bleutée. Un vent frais s'était levé, qui faisait frémir les branches des grands arbres. Le ciel restait dégagé, déployant sa draperie d'étoiles.

— Mais où vas-tu ? demanda soudain Roxlaàn. Gwondà n'est pas par là !

Hegon arrêta sa monture.

— Je retourne la chercher.

— Quoi ? Tu es fou ! Tu vas te faire tuer.

— Peut-être, mais je ne peux pas l'abandonner. J'espère seulement que je n'arriverai pas trop tard. Si c'est le cas, je reviendrai et je tuerai le Dmaârh et l'Achéronte.

— C'est bien ce que je dis ! Tu es complètement fou, Hegon. Ne fais pas ça ! Ça ne sert à rien. Elle est sans doute déjà morte. Cela fait combien de temps que vous les avez abandonnés ?

— Pas plus de deux heures.

— Il te faut donc au moins deux heures pour retourner là-bas. Et que feras-tu si tu te trouves face à un dieu des marais ? Tu te sens de taille à combattre contre lui ?

— Et comment !

Roxlaàn écarta les bras en signe d'impuissance.

— Allez faire entendre raison à une pareille tête de mule ! Tu vas te faire tuer pour rien !

— Tu n'es pas obligé de venir avec moi.

— Parce que tu crois que je te laisserai seul ? C'est par où, tes marais ?

Ils se remirent en route. Après un détour pour éviter la route directe de la capitale, ils furent bientôt de retour auprès de Gdraasilyâ. L'Achéronte et ses cohortes étaient repartis. Après s'être assurés que les lieux étaient déserts, Hegon se dirigea vers le chemin menant aux marécages. Ils avaient à peine contourné Gdraasilyâ qu'une silhouette se dressa devant eux. La Baleüspâ. La vieille femme semblait s'être matérialisée au cœur de la nuit.

— Où vas-tu, Hegon d'Eddnyrà ? demanda-t-elle de sa voix claire. N'as-tu pas compris mon avertissement ?

Le jeune homme s'immobilisa, mais ne répondit pas. Il s'était attendu à se trouver face à des warriors, mais il n'avait pas pensé à la devineresse.

— Descends de ton cheval, Hegon, ordonna-t-elle.

Il eut un réflexe pour passer outre, mais on ne désobéissait pas à la Baleüspâ. Elle n'avait pourtant pas élevé la voix d'un iota. Il mit pied à terre, aussitôt imité par Roxlaàn. La silhouette pâle de la vieille femme se tenait devant eux tel un fantôme. Elle pointa le doigt sur Roxlaàn.

— Tu vas rester ici, warrior. Je dois parler à ton ami.

Le jeune homme acquiesça. Il ne décelait aucune hostilité dans les paroles de la devineresse. Sans un mot, elle se mit en marche. Hegon comprit qu'il n'avait d'autre choix que de la suivre. Une douleur lourde lui broya les entrailles. Chaque seconde perdue pouvait être fatale à Myriàn. Mais au fond de lui, il savait déjà qu'il ne la rejoindrait pas. Car Roxlaàn avait raison : son expédition était vouée à l'échec. Elle avait probablement déjà péri. Il aurait dû agir plus tôt ! Mais que pouvait-il faire contre les warriors du Temple ? Ce n'était pas pour rien qu'on avait écarté sa propre cohorte. Celle-ci se serait rangée à ses côtés.

La vieille femme se dirigea vers un autre arbre, un chêne de grande taille situé non loin de Gdraasilyâ. Hegon eut l'impression de n'être qu'une fourmi face aux géants sylvestres. Malgré la clarté blafarde de la lune, on n'y voyait plus guère. Pourtant, la Baleüspâ se dirigeait sans aucune hésitation. Elle contourna l'arbre. Une faille vaguement lumineuse apparut dans le tronc du colosse. Elle l'invita à entrer. Avec stupéfaction, il découvrit à l'intérieur une sorte de masure nichée entre les énormes racines. Des lampes à huile diffusaient une lumière parcimonieuse. Les lieux ne contenaient qu'un lit, une table et un coffre. Dans les racines avaient été creusées des logements abritant des livres, des parchemins et des fioles de tailles diverses. Dans un coin, un brasero diffusait une douce chaleur.

— Assieds-toi ! intima la vieille femme à Hegon en lui montrant un tabouret à trois pieds près de la table.

Mal à l'aise, il obéit. Elle-même resta debout et le contempla de son regard pâle qui luisait étrangement à la lueur des lampes.

— Il est déjà trop tard pour Myriàn, déclara la Baleüspâ d'une voix calme. Tu ne trouverais plus rien, sinon la mort.

— Je ne crains pas la mort ! riposta-t-il, partagé entre la crainte et la colère.

— Je sais, répondit-elle. Mais il serait stupide de mourir inutilement, tombé dans le guet-apens que te tendent tes ennemis.

Il se figea. Elle poursuivit, confirmant tout ce qu'il avait soupçonné :

— Pourquoi crois-tu qu'on t'a laissé aussi facilement approcher cette fille ? Ils savent parfaitement ce qui s'est passé entre elle et toi lorsque tu l'as délivrée. Ils estimaient que tu ferais tout pour la sauver. Il leur était difficile de t'accuser directement. Il fallait te prendre en flagrant délit de crime contre les lois de la religion.

— Mais vous-même, vous ne me condamnez pas ! Vous représentez pourtant aussi la religion.

Elle eut un sourire énigmatique.

— C'est vrai. Mais je suis beaucoup moins rigide que les orontes, car je vois des choses qu'ils ne peuvent même pas imaginer.

Elle se dirigea vers le fond de sa masure, ramena un coffret de bois précieux. Elle en sortit des cristaux mystérieux, de couleurs différentes, qui reflétaient la lumière des lampes. Elle prit ensuite, dans un sac de cuir, une poudre argentée dont elle jeta une pincée dans le brasero. Une fumée verte et épaisse aux senteurs âcres envahit la cahute.

— Prends une poignée de cristaux et jette-les sur la table, ordonna-t-elle.

Intrigué, il obéit. Les gemmes glissèrent sur le bois sombre, formant des constellations improbables, au-dessus desquelles la fumée vint planer, attirée par un phénomène inexplicable. Soudain, ils se mirent à luire avec une intensité accrue, comme s'ils produisaient eux-mêmes leur luminescence. La Baleüspâ s'assit et étudia les constellations avec attention.

— Oui, oui, murmura-t-elle, tout se confirme. Tu es celui qui doit tuer le Loos'Ahn.

— Le Loos'Ahn, mais…

— Chut, fit-elle en levant la main.

Les yeux de la vieille femme brillaient d'une lumière intérieure, reflétant l'éclat des cristaux.

— Avance la main gauche au-dessus des pierres sacrées, ajouta-t-elle.

Il s'exécuta, impressionné par l'atmosphère surnaturelle qui avait à présent envahi la masure. Tout à coup, il lui sembla que ses sens se développaient d'une manière ahurissante, comme s'il avait pu percevoir ce qui se passait au-dehors, comme s'il avait réussi à s'extraire de son corps. L'arbre, la forêt tout autour, et surtout la masse formidable de Gdraasilyâ lui apparaissaient à présent aussi clairement que s'ils avaient fait partie de lui. Il sentait vibrer la vie en eux, une vie fantastique, grouillante, innombrable. Il éprouvait l'extraordinaire montée de la sève dans les fibres des arbres colossaux, par un phénomène que l'on ne rencontrait pas chez les autres espèces. La puissance fabuleuse qui émanait de l'arbre-dieu le pénétra intimement. Une sorte de plénitude l'envahit. Quelque part au fond de lui, une douleur vive ne voulait pas s'éteindre, la sensation qu'il ne pouvait plus rien faire pour sauver Myriàn, l'idée qu'elle était perdue à jamais et qu'il l'avait trahie.

— Elle t'a dit de ne pas risquer ta vie pour elle, chuchota la voix de la Baleüspâ, à la fois proche et lointaine.

Mais cette souffrance s'effaçait devant la puissance qu'il sentait monter en lui. Les cristaux s'étaient mis à luire encore plus intensément, illuminant l'intérieur de la cabane tel un soleil polychrome. Sur les étagères, les fioles se mirent à vibrer. Le visage de la devineresse s'était étiré sur un sourire mystérieux, une sorte d'extase. Sa voix poursuivit, animée à présent par l'exaltation. Elle ne quittait pas les cristaux des yeux.

— C'est inéluctable. De grands bouleversements vont se produire, qui vont marquer Medgaarthâ à jamais. Ses habitants ne le savent pas encore, mais leur monde va disparaître. Puis renaître de ses cendres. Tout au moins si tu sais rester en vie, car c'est sur toi que repose la résurrection de la Vallée. À cause de cela, tes ennemis sont nombreux.

— Qui sont-ils ?

— Ils se regroupent sous le nom de Baï'khâl. C'est une société secrète qui rassemble tous ceux qui ne veulent pas voir leurs privilèges disparaître. Mais ils disparaîtront de toute manière, car on ne peut aller contre la volonté des dieux. Or, c'est bien leur volonté qui va s'exprimer une nouvelle fois. Raggnorkâ va frapper ces lieux. Et d'après ce que j'ai vu dans les pierres sacrées, une seule personne peut sauver le peuple de cette vallée de l'anéantissement : cette personne, c'est toi, Hegon d'Eddnyrà.

— Mais je ne suis qu'un alwarrior, Baleüspâ. Je ne suis même plus le fils de Maldaraàn. D'ailleurs, je ne l'ai jamais été.

— Aucune importance. Les dieux se soucient peu de

ce genre de détail. Dans ce monde en plein chaos, on peut voir des domesses assis sur des trônes, commandant à des princes marchant les pieds nus. Tu avais raison, Myriàn était une reine. Elle en avait les qualités. C'est aussi pour te montrer digne de son courage que tu dois suivre ton destin. Si en repartant tu te jettes dans le piège de tes ennemis, tu y laisseras la vie et elle sera morte pour rien.

Elle passa lentement la main au-dessus des cristaux, puis ajouta :

— Prends garde cependant. Des forces obscures et aveugles vont tout faire pour te détruire. Si elles y parviennent, Medgaarthâ est perdue.

— Mais vous-même, ne risquez-vous pas de voir mes ennemis se retourner contre vous après m'avoir averti ?

Elle secoua la tête.

— Ils n'oseront pas s'en prendre à moi. D'ailleurs, ce serait inutile. Ma vie n'a pas grande valeur. S'ils me tuaient, une autre me remplacerait, qui posséderait les mêmes connaissances. Et ils provoqueraient alors la colère des dieux. Même l'Achéronte ne s'y risquera pas.

Hegon acquiesça silencieusement. Peu à peu, la fumée se dissipait et la luminosité diminuait d'intensité. Mais la sensation de plénitude ne l'avait pas quitté. Seul demeurait le pincement douloureux lié à Myriàn. Il l'avait abandonnée à son sort. Jamais il ne se le pardonnerait. La devineresse lui posa la main sur l'épaule.

— J'ai vu autre chose, Hegon. Bientôt, d'autres ennemis se dresseront sur ta route. Une guerre se prépare, et tu devras combattre sur deux fronts. Et là, les signes se brouillent, car je t'ai vu disparaître.

Hegon s'étonna :

— Si je meurs dans ces combats, comment pourrai-je sauver la Vallée ?

— Je l'ignore, car ton image apparaît toujours au cœur de ces changements. Je n'ai pu en voir plus. Cependant, la déesse Odnyyrhâ m'a envoyé plusieurs rêves. Ils confirment les signes indiqués par les pierres sacrées : toi seul peux sauver Medgaarthâ de l'anéantissement. Tu régneras sur ce pays et ton nom perdurera bien après que Gwondà elle-même aura disparu. Ainsi parlent les dieux. Cependant, souviens-toi que l'avenir n'est jamais écrit. Tes ennemis sont très puissants et nombreux, et tu es seul.

— Je vous promets d'être prudent. Cependant, pourriez-vous m'en dire plus ? Je peux combattre des hommes, mais comment tuer le Loos'Ahn ? Comment détruire une chose qui n'a aucune forme, aucune présence physique, et qui n'apparaît que tous les neuf ans ?

La devineresse secoua lentement la tête.

— Je ne peux pas t'aider, malheureusement. J'ignore ce qu'est le Loos'Ahn. D'ailleurs, personne ne sait rien de lui.

— Et les dieux des marais ? Qui sont-ils ? Pourquoi n'ont-ils pas de nom ?

Cette fois, la Baleüspâ se tut. Malgré le calme de marbre affiché par la vieille femme, Hegon sentit qu'elle n'était pas à l'aise.

— Vous savez ce qu'il y a là-bas, n'est-ce pas ? insista-t-il. Ce ne sont pas des dieux.

— Il est des choses que tu ne dois pas savoir, répondit-elle. Pas encore.

— Dites-moi que je combattrai un jour ce qu'il y a dans les marais.

Elle ne répondit pas immédiatement.

— Si tu survis, tu combattras les dieux des marais. Mais tu ne pourras pas le faire seul. Quelqu'un t'apportera son aide.

— Qui ?

— Je sais seulement qu'il s'agit d'un homme extrêmement puissant, qui ne vit pas dans la Vallée.

— Je vais donc devoir quitter Medgaarthâ pour le trouver.

— Oui.

— Où irai-je ?

— Je ne peux pas te répondre. Les signes sont troubles. Car tu devras d'abord survivre à l'épreuve qui t'attend dans les jours qui viennent.

La Baleüspâ avait l'air épuisée. Sa respiration s'était accélérée. Inquiet, il se leva et vint à elle.

— Ça ne va pas ?

Elle lui adressa un sourire crispé en retour.

— Ne t'en fais pas, le rassura-t-elle. Jamais je n'étais allé aussi loin dans le domaine des forces cachées de l'univers. Il y a en toi une puissance dont tu n'as même pas idée. Mais tu n'as pas appris à la maîtriser. Aussi, prends garde qu'elle ne t'entraîne vers ta perte, comme tu as failli le faire ce soir. Va à présent ! Oublie cette fille, comme elle te l'a demandé elle-même. Retourne à Gwondà et sache écouter les signes que t'adresseront les dieux.

Quelques instants plus tard, Hegon retrouvait Roxlaàn, vivement inquiet.

— Par les tripes de Lookyâ, j'ai cru que tu ne reviendrais jamais.

— Je n'ai pas été absent longtemps ! remarqua Hegon.

— Longtemps ? Ça fait au moins cinq ou six heures que tu as disparu ! Le soleil va bientôt se lever.

Hegon observa les constellations ainsi qu'il le faisait pour déterminer l'heure la nuit.

— Par Braâth, tu as raison. J'ai dû rester inconscient un moment.

Il n'avait pourtant pas l'impression d'avoir perdu contact avec la réalité. Mais à présent, il se rendait compte que le temps s'était écoulé différemment dans la demeure de la Baleüspâ.

Ils reprirent la route de Gwondà. Lorsqu'ils arrivèrent à la porte sud, le ciel pâlissait à l'orient. Les gardes se montrèrent plus circonspects qu'à l'accoutumée, et Hegon eut la sensation qu'ils avaient reçu des ordres particuliers le concernant. Mais ils finirent par le laisser passer.

Quelques heures plus tard, des coups impatients retentirent sur la porte de l'auberge dans laquelle ils avaient élu domicile. Ils avaient à peine eu le temps de dormir un peu. Le patron vint les trouver aussitôt, visiblement terrorisé.

— Seigneur ! Seigneur ! Il y a là un comwarrior qui exige de vous voir immédiatement. Il semble très en colère.

Hegon et Roxlaàn s'habillèrent à la hâte et descendirent. Ils reconnurent aussitôt Vrehnus, le commandant de la cohorte du Temple.

— Où étais-tu cette nuit ? aboya-t-il.

— En quoi cela te regarde-t-il ? riposta Hegon. Je n'ai pas de compte à te rendre, que je sache.

Il devinait chez l'autre une profonde déception. Sans doute dirigeait-il les troupes qui devaient l'attendre dans les marais. Il avait passé une nuit blanche pour rien. Hegon n'était pas venu, contrairement à ce qu'espéraient ses ennemis.

— Ne le prends pas de haut avec moi ! Je suis ton supérieur !

— Tu dépends du Temple. Pas moi. Tu n'as donc aucun ordre à me donner !

S'approchant de lui, menaçant, Hegon ajouta :

— Et ton grade ne te met pas à l'abri d'un duel, comwarrior ! grinça-t-il en insistant avec mépris sur le dernier mot.

L'autre, qui mesurait une tête de moins que lui, et qui connaissait la réputation d'Hegon, fit aussitôt marche arrière.

— C'est que… on m'a dit que tu étais rentré très tard cette nuit.

— J'avais besoin de me changer les idées. Je n'aime

pas voir Medgaarthâ sacrifier ainsi dix-huit de ses jeunes pour satisfaire des dieux invisibles.

— Tu n'es donc pas allé dans les marais ?

— Qu'aurais-je été y faire ? répliqua Hegon sèchement. Les dieux n'ont-ils pas obtenu satisfaction ?

— Je… je ne sais pas.

— Et c'est pour me poser tes stupides questions que tu as interrompu mon sommeil ?

L'autre accusa le coup, mais n'osa réagir, de peur de se retrouver avec un duel sur les bras.

— Non, dit-il d'une voix plus conciliante. Je suis venu te prévenir de te mettre à la disposition de l'armée du Dmaârh. Nous venons de recevoir un signal d'Eddnyrà : les Molgors se préparent à attaquer Mora.

16

Hegon n'eut que le temps de repasser à l'auberge pour prévenir Jàsieck. Il retrouva le jeune maraudier plus mort que vif.

— Seigneur Hegon, quelle joie de te revoir vivant ! J'ai craint pour toi toute la journée d'hier. J'avais peur que tu tentes une folie !

Hegon eut un sourire qui ressemblait à une grimace. Jàsieck avait pressenti le piège, lui aussi.

— Je suis revenu. Tu n'as plus lieu de t'inquiéter. Dennios a-t-il donné de ses nouvelles ?

— Non pas, seigneur !

— Ce n'est pas normal, grommela le jeune homme pour lui-même. Comment fera-t-il pour nous retrouver lorsque nous aurons quitté Gwondà ?

Mais il était impossible d'attendre. Les ordres de Vrehnus étaient formels. Roxlaàn et lui devaient rejoindre le casernement au plus vite.

— Tu vas rester ici, dit-il à Jàsieck. Dennios sait que nous avons élu domicile dans cette auberge. Lorsqu'il reviendra, il y passera sûrement.

La perspective d'éviter de se trouver plongé dans un conflit qui ne le concernait pas enchanta le garçon. D'autant plus qu'Hegon lui remit une somme rondelette afin de payer la chambre, de se nourrir et de poursuivre ses recherches.

Bouleversé par la mort de Myriàn et sa rencontre avec la Baleüspâ, Hegon avait oublié le phénomène de popularité dont il était l'objet, et auquel il n'avait pas vraiment accordé d'importance. Mais lorsqu'il arriva à la caserne où se rassemblait l'ost du Dmaârh Guynther, une foule impatiente l'attendait, qui l'acclama avec chaleur dès qu'il fit son apparition. Stupéfait, il ne sut d'abord comment réagir.

— Qu'est-ce que ça veut dire ? demanda-t-il à Roxlaàn.

— Tu es celui qui doit tuer le Loos'Ahn, souviens-toi. On ne parle que de toi dans les tavernes de Gwondà. Les récits de tes exploits sont sur toutes les lèvres : comment tu as occis une douzaine de maraudiers à toi seul. Tu es « la Lame de Braâth », celui qui va pourfendre bientôt les Molgors. J'avoue que je suis un peu jaloux de ta popularité. Car les maraudiers, eux, disent « *les* Lames de Braâth » ! Et moi alors ?

Hegon haussa les épaules.

— C'est ridicule ! Tout ça parce que j'ai eu la chance de ne pas me faire tuer.

— Dans l'esprit des Gwondéens, tu *as* fait reculer le Grand Dragon. Il a eu peur de toi, mon frère ! exulta Roxlaàn.

Il était plutôt ravi de montrer qu'il était l'ami du héros. Les dames étaient très sensibles à ce genre de relation. Les apercevant, Vrehnus accourut, visiblement perturbé.

— Te voilà enfin ! s'exclama-t-il. Ils te réclament depuis ce matin. Il y a même plusieurs centaines de jeunes khadars qui veulent s'engager pour servir sous ta bannière ! Nous ne savons pas quoi en faire. Ils ne sont pas formés. Et nous n'avons pas le temps ! Les Molgors se regroupent non loin de Mora.

Soudain, un autre homme apparut : le prince Brenhir, fils du Dmaârh Guynther. Il marcha sur Hegon, l'air furieux.

— Ton prétendu exploit nous flanque une belle pagaille ! rugit-il. Mais ne va pas te mettre de fausses idées en tête. C'est moi qui commande cette armée, et tu devras te contenter d'occuper le rang qui est le tien, c'est-à-dire alwarrior ! Tu n'es même plus le fils du maârkh d'Eddnyrà. Maldaraàn t'a renié. Aussi, tu vas m'obéir au doigt et à l'œil.

Hegon ne répondit pas. Il percevait derrière son attitude haineuse une intention funeste et déloyale. Brenhir faisait probablement partie de ses ennemis. Mais son attitude autoritaire déplut profondément aux warriors présents. Bientôt, un grondement hostile se fit entendre, ponctué d'exclamations favorables à Hegon. Hors de lui, Brenhir se retourna et se mit à hurler :

— Je vous ordonne de vous taire ou je supprime vos parts !

Après quelques instants de flottement, le grondement s'apaisa quelque peu. Le prince fit quelques pas, défiant certains meneurs du regard. L'autorité dmaârhiale était telle que tous finirent pas baisser les yeux. Hegon restait de marbre. Il présageait mal de cette guerre. Brenhir n'éprouvait que mépris pour les soldats et ne s'en cachait pas. Seuls certains comwarriors lui étaient fidèles car ils constituaient sa petite cour personnelle. Mais il n'était pas apprécié des warriors, ce qui était une erreur. Quel que fût son grade, un chef devait se faire apprécier de ses hommes, savoir écouter chacun. Hegon était aimé par ses warriors, qui tous se seraient fait tuer pour lui. Même s'il exigeait une discipline rigoureuse, il avait du respect pour chacun d'eux et tâchait de les préserver au maximum. En quatre années de combats féroces, il n'avait ainsi perdu que deux warriors.

Soupçonnant un nouveau traquenard, il estima plus prudent de ne pas réagir aux provocations du prince. Il se contenta de hocher la tête pour acquiescer aux ordres. L'autre, qui s'était attendu à une riposte, se trouva décontenancé et poussa un grognement de dépit.

L'ost avait été constitué à la hâte. Brenhir avait pris le commandement d'une vingtaine d'ennéades, comportant chacune neuf cohortes. À Eddnyrà, l'ost dmaârhial devait faire sa jonction avec douze nouvelles ennéades, ce qui, avec les capitaines, porterait l'armée à près de huit mille cinq cents hommes. On se mit en route, sous les acclamations de la population de Gwondà.

Sur ordre de Brenhir, et par brimade, Hegon avait été relégué en queue de convoi. Très vite cependant, le jeune homme vit converger vers lui nombre d'officiers, dont beaucoup avaient un grade supérieur au sien. L'un d'eux, un homme d'un certain âge, déclara :

— Honneur à toi, Hegon d'Eddnyrà. Nous sommes fiers de te compter dans nos rangs.

Hegon inclina la tête pour remercier le nouveau venu. Il ne décelait chez lui aucune trace d'hostilité, mais au contraire une marque de grande estime. Cet homme-là était prêt à se ranger sous sa bannière le cas échéant. L'homme poursuivit :

— Notre prince n'a pas la réputation d'être un fin stratège. Il envisage de courir sus à la vermine molgore, mais beaucoup pensent que c'est une erreur. Ce sont des guerriers redoutables et il serait plus prudent de les attaquer sur notre terrain plutôt que de s'aventurer sur leur territoire.

— C'est aussi mon avis, répondit Hegon.

Encouragé par l'assentiment du jeune homme, l'autre renchérit :

— Il est tellement confiant qu'il n'a même pas pris le temps d'équiper l'ost de balistes et de catapultes. Rien ! Or les Molgors, eux, possèdent des machines de guerre. Nous allons nous faire massacrer.

— C'est de la folie ! Que pouvons-nous faire ?

— Je ne sais pas, Hegon, mais les hommes ont confiance en toi. Tu as déjà remporté de rudes batailles à Mahagür. Tes warriors ont parlé. Ils disent que tu es le meilleur chef qu'ils aient jamais eu, et qu'ils te suivraient jusqu'au cœur du Haâd.

— Je ne suis qu'un alwarrior. Je ne suis même plus le fils de Maldaraàn d'Eddnyrà. Je n'ai aucun pouvoir. Et Brenhir m'a prévenu. À la moindre initiative, il me fera arrêter et condamner.

L'autre prit l'air abattu.

— Alors, que Braâth nous vienne en aide.

— Quel est ton nom, comwarrior ?

— Serrith de Varynià. Notre maârkh, Heegh le Brave, te porte beaucoup d'estime. Tous les officiers que tu vois ici sont de Varynià ou de Pytessià. Ils n'aiment pas le prince Brenhir. Il y en a d'autres, de Gwondà, qui sont prêts à marcher à tes côtés. Et aussi tous les jeunes qui se sont engagés parce qu'ils savaient que tu serais là.

— Je te l'ai dit, Serrith, je ne suis que capitaine. Ton grade est plus élevé que le mien. Mais laissons Braâth agir. S'il a décidé que je commanderais cette armée, nous devons lui faire confiance.

La réponse donna satisfaction à Serrith, qui hocha la tête et s'éloigna pour la porter aux autres. Peu à peu, Hegon vit les chefs des différentes cohortes se placer derrière lui. Tacitement, ils l'avaient reconnu pour chef. Ni son jeune âge ni son grade modeste n'y faisaient rien. La Baleüspâ l'avait clairement désigné et ses prophéties s'étaient toujours réalisées.

Trois jours plus tard, l'ost arrivait à Eddnyrà, où il reçut le renfort des douze ennéades prévues. Hegon éprouva un petit pincement au cœur en retrouvant cette cité qu'il avait quittée douze ans plus tôt, et dans laquelle il n'était jamais retourné. Il y avait passé toute son enfance, à l'ombre rassurante du conteur Dennios, et il en conservait de bons souvenirs, malgré l'indifférence dont il était l'objet de la part de Maldaraàn. Eddnyrà était l'une des plus belles cités de la Vallée, avec son architecture élégante et ses marchés animés.

Tandis que le prince Brenhir était accueilli par Maldaraàn, qui avait suivi l'ost, Hegon, Roxlaàn et plusieurs officiers profitèrent du court repos qui leur était accordé pour se plonger dans l'atmosphère bouillonnante de la cité. Eddnyrà ne le cédait en rien à Gwondà sur le plan de la richesse. Avec près de quarante mille habitants, elle était la seconde ville de la Vallée. Sa rive méridionale, tout comme celle de la capitale, multipliait les demeures luxueuses, au milieu desquelles trônait le palais du maârkh, aussi vaste que celui du Dmaârh Guynther. N'ayant aucune envie de croiser son ex-père, Hegon entraîna ses compagnons dans le dédale de la partie nord, qui s'étageait sur les flancs de deux collines jumelles. Après avoir traversé une plaine si large qu'on n'en voyait plus les limites, le fleuve semblait venir buter contre ces deux épaulements qui servaient d'écrin à la cité, et décrivait à cet endroit une boucle au cœur de laquelle s'inscrivait le port.

Hegon se rendit compte très vite que sa popularité s'était étendue jusqu'à Eddnyrà. Dans les rues, les badauds le regardaient, se le désignaient. Certains lui adressaient des signes d'amitié, l'interpellaient parfois familièrement par son nom. On n'oubliait pas qu'il était né dans la cité. Cependant, Hegon discerna une certaine réserve dans cet accueil chaleureux. Sans doute la garde omniprésente de Maldaraàn n'était-elle pas étrangère à ce comportement. On devait savoir que le père et le fils avaient rompu toute relation.

Par ailleurs, un point tracassait Hegon. Le moral de ses compagnons fléchissait d'heure en heure. Les conversations qu'il avait eues avec eux lui avaient confirmé la mégalomanie du prince Brenhir. Ce dernier était tellement imbu de lui-même qu'il était intimement persuadé que sa présence seule suffirait à mettre les Molgors en déroute.

— Il est fou! grommelait Serrith. Nous courons à la défaite à cause de cet imbécile.

Ils étaient à présent arrivés sur le port. Le long des quais s'alignaient de puissants dromons. Tout à coup, un homme interpella Hegon.

— Seigneur Hegon ! Que les dieux te protègent !

— Capitaine Hafnyr !

— Tes amis et toi, me ferez-vous l'amitié de partager une chope de bonne bière aux fruits avec moi ?

Comment refuser pareille invitation ? Hegon et ses compagnons montèrent à bord de la galère et l'on servit la bière promise, bien fraîche et parfumée. Le moral des officiers remonta aussitôt d'un cran.

— Comment se fait-il que tu sois à Eddnyrà ? demanda Hegon.

— Une cargaison de bois fin à livrer. Bien payé. Les ébénistes d'Eddnyrà sont les meilleurs de la Vallée, mais ils sont aussi les plus exigeants pour la qualité.

Hegon contempla avec envie les catapultes et les balistes qui équipaient le dromon d'Hafnyr. Enfin, il déclara :

— Il y a ici les meilleurs chantiers navals de la Vallée. Penses-tu que je pourrais me procurer de telles armes rapidement ?

Les officiers contemplèrent Hegon avec étonnement.

— On construit beaucoup de galères à Eddnyrà, répondit Hafnyr. Et donc beaucoup de machines de guerre. Peut-être pourrais-tu t'arranger avec un constructeur.

— Si je parviens à en acheter, combien de temps te faudrait-il pour les amener à Mora ?

— Pas plus de trois jours une fois qu'elles sont à bord. Mais comment les paierais-tu ?

— Sur mon compte. Ne t'inquiète pas. Mes batailles m'ont rapporté suffisamment. Je connais le prix de ces machines. Il me faudrait une dizaine de balistes et deux ou trois catapultes.

— Je pourrais te mettre en relation avec celui qui a fabriqué les miennes. C'est un homme efficace. Mais je ne comprends pas. Le prince Brenhir doit déjà posséder...

— Rien du tout. Il n'a prévu aucune machine de guerre. Il pense que les Molgors sont des brutes épaisses sur lesquelles il va remporter une victoire facile et rapide.

Hafnyr fit la moue. Il répondit avec diplomatie pour ne pas froisser un éventuel fidèle de Brenhir.

— Je sais que le prince est jeune et courageux, mais il se trompe. Les Molgors sont de redoutables combattants.

— Le Dmaârh a voulu lui fournir l'occasion de prouver sa valeur en lui confiant le commandement de l'ost, précisa Serrith. Mais il n'a encore jamais livré de combat véritable.

— Il aurait dû le faire seconder par un comwarrior expérimenté, remarqua Hafnyr. Cela n'a rien de déshonorant.

— Brenhir a refusé. Il dit qu'il faut frapper vite et fort pour exterminer les Molgors.

— Dans ce cas, il risque d'avoir une mauvaise surprise.

— C'est pourquoi je me dois de compléter mon armement moi-même, reprit Hegon. Aucune loi ne m'interdit d'équiper ma cohorte de machines de guerre, surtout si c'est moi qui les paye.

— Ce n'est pas très normal, objecta Serrith.

— Peut-être, mais il faut bien tenter de compenser l'incompétence de Brenhir. Peux-tu m'amener chez ton fabricant, Hafnyr?

Un peu plus tard, Hafnyr et Hegon, toujours suivi par son groupe de fidèles, se présentèrent à maître Feder, constructeur de bateaux et d'armes lourdes.

— C'est un honneur pour moi de te servir, seigneur Hegon.

— Quelles armes peux-tu me fournir? demanda-t-il.

— J'ai deux catapultes prêtes à être montées sur un navire que m'a commandé un armateur de Medjydà. Mais étant donné la guerre qui se prépare, je te donne la priorité.

Évidemment, si Medjydà tombait sous les coups des Molgors, il ne serait pas payé.

— Et les balistes ?

— J'en ai seulement six. Mais elles sont très puissantes.

— C'est d'accord. Le capitaine Hafnyr va en prendre livraison dès ce soir. Elles doivent être à Mora dans trois jours au plus tard.

— Tes désirs sont des ordres, seigneur, répondit l'autre en se pliant en deux.

— Tu es malade ! s'exclama Roxlaàn. Jamais le prince Brenhir ne te permettra d'utiliser ces armes.

— Il ferait beau voir ! s'exclama Serrith. Nous ne lui demanderons pas son avis.

L'initiative d'Hegon avait profondément marqué les officiers. Après s'être concertés, ils décidèrent d'apporter eux aussi leur contribution et passèrent le reste de la journée à écumer les chantiers navals pour réquisitionner toutes les machines de guerre disponibles. Le soir venu, ils avaient réuni trois nouvelles catapultes de grande puissance et une douzaine de balistes.

— Nous avons enfin de quoi nous défendre ! déclara Serrith. Et nous nous rembourserons sur les prisonniers capturés.

La difficulté fut de démonter les lourdes machines pour les charger à bord du *Cœur de Braâth*. On fit alors appel aux jeunes recrues qui s'étaient engagées au côté de l'armée régulière par admiration pour Hegon. Et, tandis que le prince Brenhir fanfaronnait à la cour de Maldaraàn, ses hommes préparaient leur propre guerre en secret.

Les officiers avaient des raisons de se faire du souci quant aux qualités stratégiques de Brenhir. Caracolant à la tête de ses ennéades, il contemplait d'un œil suffisant la belle ordonnance des chevaux qui avançaient à présent en direction de Mora. Une telle armée ne pouvait être vaincue. Les éclaireurs avaient signalé que Mora était à présent directement menacée. L'ennemi regroupait ses forces autour d'un petit village situé à la frontière septentrionale de la Vallée. Il fallait craindre une attaque d'envergure dans une dizaine de jours. Mais on n'allait pas attendre ! L'ost avait largement le temps de prendre ses positions et de lancer une offensive qui balaierait ces chiens pour toujours.

L'armée arriva à Mora deux jours plus tard. Le prince et les officiers furent reçus par le maârkh Staïphen. C'était un homme d'une quarantaine d'années qui gouvernait sa petite cité avec sagesse et clairvoyance. Il était aimé de son peuple pour son sens aigu de la justice. Malheureusement, la situation géographique de Mora en faisait la cible privilégiée des attaques molgores. Depuis une douzaine d'années, la paix fragile conclue avec eux avait été respectée. Quelques relations commerciales avaient même été établies. Mais l'arrivée d'un nouveau chef dévoré par l'ambition, Haaris'khaï, avait modifié l'équilibre des forces. Venu des lointaines plaines de l'Est, cet Haaris'khaï travaillait depuis quelque temps à rassembler les tribus éloignées en vantant la richesse de Medgaarthâ. Il n'avait jamais digéré la défaite molgore, douze ans plus tôt. Depuis toujours, une haine ancestrale avait existé entre les deux nations, dont la cité de Mora avait souvent fait les frais. Même si, depuis douze ans, quelques liens s'étaient créés entre les Moréens et les Molgors des villages proches de Galaty et Brety, il ne s'agissait pas d'une franche amitié. Le sang des morts criait encore vengeance. Toutefois, l'alerte avait été donnée par le chef du village de Galaty, dont la fille avait épousé un Medgaarthien et vivait à présent à Mora.

Hegon, que Staïphen de Mora avait connu plus jeune, fut également invité au palais, au grand déplaisir du prince Brenhir, qui fit aigrement remarquer que le jeune homme n'était qu'alwarrior.

— Ce n'est pas en tant que guerrier que je le reçois, riposta le maârkh Staïphen, mais au titre de fils de mon ami Maldaraàn.

— Il n'est plus le fils de Maldaraàn, s'emporta Brenhir. Il l'a renié.

La nouvelle n'eut pas l'air d'embarrasser le gouverneur outre mesure. Sans doute la connaissait-il déjà.

— Alors, je recevrai avec plaisir celui dont la Baleüspâ a affirmé qu'il tuerait le Loos'Ahn. Il nous a épargné cette année, mais son précédent passage avait coûté la vie à plus d'une centaine de mes sujets, seigneur Brenhir.

— Rien ne prouve qu'il tuera le Loos'Ahn ! répliqua Brenhir. Ce n'est qu'une prophétie. D'ailleurs, comment un homme pourrait-il venir à bout du Grand Dragon ?

Staïphen le fixa dans les yeux.

— La prophétie fut émise par la Baleüspâ, prince Brenhir. Oserais-tu la remettre en cause ?

Le fils du Dmaârh serra les mâchoires. Il n'appréciait pas du tout d'être rappelé à l'ordre. Personne, même le Dmaârh, ne se permettait de douter des prédictions de la devineresse. Le faire lui-même représentait une certaine forme de blasphème. Il préféra changer de sujet.

— Que l'on apporte les plans. Je vais donner mes ordres.

Ses aides de camp déplièrent sur une grande table les cartes de la région de Mora.

— Voilà, dit Brenhir. Nos forces sont à présent concentrées devant la cité. Les Molgors sont regroupés près de Galaty. Ils sont stupides. Regardez !

Il désigna, sur la carte, la vallée qui reliait Mora au village en question. En son milieu coulait un affluent du Donauv.

— Il suffit de suivre cette vallée pour leur tomber

dessus et les éliminer jusqu'au dernier. Que tout le monde se prépare ! Nous allons exterminer ces cafards !

Staïphen leva la main.

— Prince Brenhir, je ne suis pas sûr que ce plan soit aussi judicieux que tu le penses. Cette vallée est un véritable piège. La piste qui la traverse est peu empruntée et cahoteuse. Par endroits elle se rétrécit tellement que trois chevaux ne peuvent y avancer de front. Elle multiplie les surplombs et les promontoires du haut desquels quelques hommes courageux pourraient tenir une armée en échec. Si l'ennemi apprend tes intentions et se déploie sur les hauteurs, il peut prendre tes cohortes en tenaille et les anéantir.

Les officiers approuvèrent.

— Je connais cette vallée, seigneur, renchérit Serrith. C'est un véritable coupe-gorge.

— Nous sommes nombreux, répliqua sèchement le prince. L'ennemi fuira lorsqu'il verra l'armée que nous avons réunie !

— Les Molgors sont aussi nombreux que nous, précisa Staïphen de Mora. Et ils savent se battre.

— Allons donc ! Nous disposons de l'ost le plus puissant qui ait jamais été rassemblé. Ces bouffeurs d'excréments s'enfuiront dès que nous avancerons, et nous n'aurons plus qu'à leur tailler des croupières. Vous verrez !

Hegon poussa un soupir. Brenhir était encore plus bête qu'il ne le pensait. Comment le Dmaârh avait-il pu confier le commandement de l'armée à un être aussi borné ?

— Je refuse d'envoyer mes hommes dans un piège aussi grossier ! déclara-t-il d'un ton ferme.

Le prince se tourna vers lui.

— Tu oses désobéir à mes ordres ?

— Oui, seigneur ! C'est le droit de tout alwarrior de désobéir à un ordre qu'il juge dangereux pour la sécurité de ses guerriers !

— Le droit ? Devant moi, tu n'as que des devoirs, Hegon de « nulle part » ! Et surtout celui de m'obéir sans discussion. C'est toi qui marcheras en tête de l'ost. Je suis sûr que tu auras plaisir à te faire occire pour la plus grande gloire de ton seigneur !

Un silence de mort avait pris possession de la grande salle du palais.

— Je refuse ! répliqua Hegon. D'ailleurs, il existe une autre tactique.

On crut que Brenhir allait s'étouffer sous l'effet de la fureur.

— Je me moque de ton avis ! explosa-t-il. Puisque tu contestes mes ordres, je te retire ton titre d'alwarrior et le commandement de ta cohorte. Je t'accuse de lâcheté devant l'ennemi et de traîtrise envers moi et envers mon père, le Dmaârh Guynther de Gwondà. Gardes ! Emparez-vous de cet homme !

Le sang d'Hegon ne fit qu'un tour.

— Moi, lâche ? Tu vas me rendre raison de cet affront, prince Brenhir ! Je te lance un défi en combat singulier !

L'autre éclata de rire.

— Un défi ? Mais pour me lancer un défi, il faudrait que tu sois encore alwarrior. Or, tu ne l'es plus à partir de cet instant.

— Maudit sois-tu !

— Gardes ! Avez-vous entendu ce que j'ai dit ? Arrêtez cet homme ! Qu'il soit mis au cachot. Demain, il sera décapité en place publique ainsi qu'on le fait pour les traîtres et les lâches !

Un grondement de réprobation parcourut la salle. Staïphen de Mora voulut intervenir :

— Permets, seigneur Brenhir ! L'alwarrior Hegon n'a pas refusé le combat. Il a seulement suggéré qu'il existait une autre tactique. Ne pourrais-tu pas lui demander laquelle ?

— On ne discute pas mes ordres, seigneur Staïphen ! clama l'autre. Il y a eu acte d'insoumission caractérisée devant un prince de sang dmaârhial et une fuite devant l'ennemi. N'oublie pas que j'ai droit de vie et de mort sur tous les guerriers de l'ost, quel que soit leur grade. Le bâtard Hegon sera décapité demain matin à l'aube. Et j'assisterai personnellement à l'exécution de la sentence.

17

La nouvelle de la condamnation d'Hegon fit l'effet d'une bombe dans le campement, établi à proximité de Mora. Une partie de l'armée restait fidèle à Brenhir. Il n'était pas dans la nature des warriors de désobéir aux ordres. Brenhir était le fils du Dmaârh Guynther et l'héritier du trône de Gwondà. Mais la grande majorité des cohortes refusait de croire que le prince avait pris une telle décision, et un vent de fronde soufflait sur l'ost. Hegon était le héros de la prophétie. Comment le prince pouvait-il envisager de le faire mettre à mort ? Personne ne comprenait.

Le repas offert par le maârkh dans la soirée s'était déroulé dans une ambiance tendue. Tandis que Brenhir affichait une grande satisfaction, les officiers présents, pour la plupart, observaient un silence glacial. Seuls les fidèles du prince calquaient leur attitude sur celle de leur seigneur et plastronnaient, à son image. Les autres se firent un devoir de ne pas répondre à leurs provocations.

À deux reprises, Staïphen de Mora tenta d'infléchir Brenhir, mais celui-ci n'accepta même pas de discuter. Au contraire, Staïphen eut l'impression qu'il lui plaisait d'imposer ainsi sa tyrannie. Brenhir aimait qu'on le déteste. Il était le maître incontesté de l'armée et il désirait le faire savoir par des actions d'éclat.

Staïphen prit prétexte d'un surcroît de travail pour prendre congé très tôt de son invité. Il n'avait plus envie de supporter ce personnage infatué et sa cour de flagorneurs qui tous avaient reçu des postes importants sans être capables de les assumer. Ces nominations hâtives, qui avaient eu lieu juste avant le départ, agaçaient les officiers plus anciens, qui avaient l'expérience des combats.

Dans ses appartements, Staïphen retrouva son épouse, dame Feonà, et sa fille, la petite Elvynià, âgée de neuf ans, qui refusait de dormir. La fillette avait les yeux rougis par les larmes.

— As-tu réussi à faire entendre raison à cet âne bâté, père ? demanda-t-elle.

Staïphen, qui ne savait rien refuser à sa fille, se trouva fort embarrassé. Il serra les dents pour ne pas laisser la colère exploser.

— Hélas non, ma fille. Ce prince est plus buté qu'un régiment de bourriques et cent fois plus méchant qu'un boisseau de frelons.

Elvynià éclata en sanglots.

— Mais ce n'est pas possible ! Tu ne peux pas laisser faire ça. Le seigneur Hegon est notre héros. Il ne faut pas qu'il meure. Tu es le maârkh de Mora. Tous te doivent obéissance, père ! Même lui ! Tu es chez toi !

— Je ne peux rien faire, Elvynià. Le prince Brenhir représente le Dmaârh, qui est le seul homme devant qui je doive courber la tête. Ainsi est la loi de Medgaarthâ. Si je me dresse contre sa volonté, le Dmaârh peut décider d'investir Mora pour me destituer. Il nommera alors l'un de ses proches comme gouverneur, et nos pauvres Moréens seront pressurés d'impôts. Je ne peux pas permettre ça.

Elvynià n'avait pas sa langue dans sa poche, et ce n'était certainement pas cette fois qu'elle allait se taire.

— Je vais aller le trouver, moi, cet imbécile !

— Surtout n'en fais rien, ma fille ! Il a agi sous le

coup de la colère. Peut-être aura-t-il meilleur caractère demain matin.

– Ça m'étonnerait. C'est un idiot !

Elvynià ne se trompait pas. Le lendemain, Brenhir était d'excellente humeur lorsqu'il se réveilla. Son père serait satisfait : il avait trouvé le moyen légal de les débarrasser d'Hegon d'Eddnyrà, ainsi qu'il le souhaitait. La Baleüspâ ne pourrait rien trouver à redire. Ce chien d'Hegon avait commis une trahison en refusant d'obéir à ses ordres. Il allait payer.

Aussitôt habillé, il se fit conduire sur la place principale de Mora dans une voiture luxueuse tirée par quatre hyppodions. C'était là que devait avoir lieu la décapitation. Lorsqu'il arriva, sa belle humeur se renforça. Une foule hostile l'accueillit par un silence glacial. Il s'en réjouit. À la moindre tentative de rébellion, il ferait charger ses troupes et prononcerait de nouvelles condamnations. Le bourreau avait été choisi par lui-même parmi ses plus fidèles guerriers. S'il fallait décoller quelques autres têtes pour affirmer son autorité, cela ne posait aucune difficulté, bien au contraire. Il était temps que cette armée indocile fût reprise fermement en main par un chef digne de ce nom. Mais une inquiétude soudaine s'empara de lui lorsqu'il chercha le condamné. Il aurait déjà dû être présent. Or, il n'était pas là.

— Où est ce misérable ? demanda-t-il à son aide de camp.

— Justement, seigneur. Il était enfermé dans la prison de la caserne. À présent, les comwarriors refusent de le rendre.

— Comment ça, ils refusent ? s'indigna Brenhir.

— Ils disent que votre décision est injuste et indigne d'un prince.

Brenhir faillit s'étouffer de fureur. Une rébellion ! Il l'avait pressenti la veille. Ces rats allaient voir de quel bois il se chauffait !

— Qu'on arrête tous les meneurs séance tenante ! rugit-il. Je veux voir leurs têtes tomber ici même.

L'aide de camp baissa le nez.

— Eh bien quoi ? Qu'y a-t-il ?

— C'est que… seigneur… qui va les arrêter ?

— Mais, toi, bien sûr ! Prends les hommes qu'il te faut et massacre-moi ces chiens si besoin est.

— Seigneur, nous ne sommes pas assez nombreux. C'est presque la totalité de l'ost qui s'est dressé contre vous.

— Quoi ?

Ivre de rage, Brenhir se tourna vers la foule. Il s'apprêtait à cracher son venin lorsque la colère fit place à la peur. Un grondement sourd montait de la multitude, qui rassemblait aussi bien des guerriers que des citoyens de Mora. Il vit des poings se tendre dans sa direction, le vacarme enfla. Pris de panique, Brenhir recula. Des pierres et des fruits trop mûrs volèrent vers lui. Il n'eut que la ressource de se cacher derrière ses guerriers demeurés fidèles.

À ce moment, il y eut une agitation nouvelle à l'autre bout de la place. La foule s'écarta en scandant quelque chose que Brenhir ne comprit pas immédiatement. Puis il se rendit compte qu'il s'agissait du nom de l'homme auquel il voulait couper la tête. Il serra les poings avec rage. L'armée avait libéré le traître.

Un cortège composé des officiers séditieux se présenta devant l'estrade où il avait pris place. Le traître était à sa tête, entouré par une véritable marée humaine. L'un des comwarriors prit la parole. Il ne savait même pas son nom.

— Prince Brenhir, clama-t-il d'une voix forte, pour les erreurs que tu as commises, nous te dénions le droit de commander l'ost. Suivre ton plan reviendrait à nous envoyer à une défaite certaine. Tous les officiers que tu vois ici ne veulent plus de toi pour commandant suprême.

— Vous n'en avez pas le droit ! explosa Brenhir, dominant sa peur. Mon père vous fera tous brûler vifs pour rébellion !

— Détrompe-toi ! La loi dmaârhiale stipule que nous avons le droit, et même le devoir de désobéir à un ordre dangereux et irresponsable. Nous avons tenu assemblée cette nuit et pris notre décision à l'unanimité. À l'unanimité aussi, nous confions le commandement de l'armée à Hegon d'Eddnyrà. Nous ferons savoir les raisons de cette décision au Dmaârh Guynther par une lettre que nous signerons tous.

Hegon avait passé une nuit difficile où il n'avait pas réussi à trouver le sommeil. Brenhir n'avait même pas cherché à l'écouter. Il avait sauté sur l'occasion pour l'accuser de trahison, un acte passible de la décapitation ou du bûcher. Sans doute avait-il reçu, de la part de son père, la consigne de se débarrasser de lui par tous les moyens. Son refus d'obéissance lui avait fourni une occasion toute trouvée.

Les gardes de la prison, tous fidèles au prince, l'avaient tourmenté une partie de la nuit en lui lançant des quolibets et en le privant de nourriture. Il avait accueilli tout cela d'un front égal, se promettant de les retrouver plus tard… s'il parvenait à se tirer de ce mauvais pas. Cependant, il ne voyait pas comment il pourrait empêcher la hache du bourreau de lui trancher le col le lendemain matin. Brenhir ne lui laisserait pas la plus petite chance d'échapper à la mort.

Mourir ne l'effrayait pas. Il avait frôlé la mort suffisamment de fois au cours des batailles. Mais il avait encore beaucoup d'années à vivre et il ne désespérait pas de réussir un jour à venger Myriàn et ses compagnons en détruisant les divinités des marais. Et voilà qu'il venait de donner tête baissée dans le piège grossier tendu par Brenhir. Il ne pouvait pourtant pas rester sans réaction face à l'ineptie du plan imposé par cet imbécile ! Un plan qu'il allait suivre, de toute façon, et qui conduirait l'ost au désastre.

Vers le matin, il avait fini par céder à un sommeil peuplé de cauchemars. Puis il y avait eu ce vacarme inattendu dans la caserne, les hurlements des gardes affolés, un court bruit de bataille, et la porte s'était ouverte sur Serrith et Roxlaàn. Au-dehors, une assemblée innombrable d'officiers l'attendait, qui l'avait acclamé.

— Nous voulons te confier le commandement de l'armée, avait déclaré Serrith. Brenhir est un incompétent et un fou imbu de lui-même. Si nous lui obéissons, nous courons droit au désastre. D'après les dernières informations apportées par les éclaireurs, les Molgors sont trois fois plus nombreux que nous. Rien ne les empêchera de s'emparer de Mora une fois qu'ils nous aurons exterminés. Le maârkh Staïphen a raison, la vallée de Galaty est un véritable traquenard. Et après, c'est Eddnyrà qui tombera, et peut-être Gwondà, si les Molgors reçoivent des renforts.

Posant la main sur l'épaule d'Hegon, il avait ajouté :

— C'est ici que la guerre se gagne ou se perd, compagnon. Nous t'avons choisi pour chef.

— Mais je ne suis qu'alwarrior.

— Nous te faisons confiance, Hegon. Tu as un plan, celui que Brenhir t'a empêché de dévoiler hier.

— C'est vrai.

— Alors, acceptes-tu de nous commander ?

Hegon avait pris une profonde inspiration. Malgré son jeune âge, il savait déjà, par expérience, l'importance que peut avoir la foi d'une armée en son chef. Et les Medgaarthiens croyaient dur comme fer à la prophétie émise par la Baleüspâ. Si elle l'avait désigné, elle ne pouvait s'être trompée. Le Dmaârh et l'Achéronte eux-mêmes ne pouvaient aller contre cela. Les warriors refusaient désormais d'obéir à Brenhir. Si personne ne prenait le commandement — et aucun des comwarriors présents ne semblait vouloir le faire — l'ost courait à sa perte. Hegon avait étudié la stratégie au Prytaneus. C'était même une de ses matières préférées. Il possédait sans doute les qualités requises pour occuper le poste qu'on lui proposait. Enfin, il l'espérait. De toute façon, il n'avait guère le choix. S'il refusait, tout était perdu.

— J'accepte, avait-il dit. Nous allons donner aux Molgors une leçon dont ils se souviendront.

Une formidable ovation avait accueilli sa décision. Puis on était sorti de la caserne pour gagner la place principale, où devait avoir lieu l'exécution.

Lorsque Brenhir vit Hegon approcher, il blêmit. La foule s'était retournée contre lui et il commençait à trembler pour sa sécurité. Si ces chiens enragés décidaient de le tuer…

Hegon inclina la tête devant lui.

— L'armée m'a confié le commandement à ta place, seigneur. Tu n'as donc plus à intervenir. Tes amis et toi avez ordre de rester enfermés dans le palais jusqu'à la fin de la bataille. Si vous tentez d'en sortir, vous serez menés dans les geôles de la caserne maârkhale pour désobéissance.

— Mon père te fera châtier pour cette traîtrise !

— Nous n'en sommes pas encore là, prince Brenhir. Peut-être serai-je tué au cours de cette bataille. Mais j'ai bien l'intention de la remporter.

Il adressa un signe à ses officiers, qui s'emparèrent sans ménagement du prince et de ses courtisans.

Quelques instants plus tard, Hegon et son état-major retrouvaient Staïphen dans la grande salle du palais.

— Mon cœur se réjouit de te revoir, seigneur Hegon. J'ai essayé de faire entendre raison au prince Brenhir, mais il n'a rien voulu savoir.

— Je te remercie de ton aide, seigneur.

Le maârkh eut un sourire entendu.

— Ma fille ne m'aurait jamais pardonné de ne pas te

soutenir. Elle envisageait d'aller demander ta libération elle-même. Et telle que je la connais, elle aurait été capable d'arracher les yeux du prince en cas de refus.

Ils éclatèrent de rire.

On se mit au travail. À nouveau les cartes furent étalées sur la grande table. Il était évident que la tactique grossière de Brenhir ne pouvait que déboucher sur une catastrophe. Il suffisait aux Molgors de placer leurs hommes sur les hauteurs pour pilonner les forces de Medgaarthâ sans risque de pertes importantes pour eux.

— En revanche, dit Hegon, cette carte montre qu'il existe, entre Mora et l'entrée de la vallée, deux collines sur lesquelles on peut installer des catapultes. Les Molgors sont en nette supériorité numérique. En terrain découvert, nous sommes vaincus. Nous devons donc renforcer les défenses de la cité en préparant une contre-attaque qui les prendra par surprise depuis ces collines. Quand seront-ils prêts à attaquer ?

— D'après nos espions, ils ne pourront pas être là avant au moins six à huit jours. Ils attendent encore d'autres tribus.

— Parfait ! Cela nous laisse le temps d'installer nos troupes sur ces collines. Mais ils ne doivent pas s'en douter. Il faut donc traquer leurs espions et les éliminer. Il faut aussi transporter les catapultes de nuit, afin de ne pas attirer l'attention.

— Nous avons aussi deux mangonneaux, précisa Staïphen. Ces engins peuvent projeter des charges de plus d'une tonne.

— Nous les utiliserons.

Le surlendemain, le capitaine Hafnyr livrait les catapultes et les balistes achetées par les officiers. Hafnyr refusa de se faire payer le voyage.

— C'est ma participation à la guerre, seigneur. Je vais même te prêter mes propres catapultes et mes servants. Ils seront plus utiles qu'à dormir sur mon navire.

Hegon se rendit ensuite sur les deux collines gardant l'entrée de la vallée du Donauv. Ces épaulements rocheux se couvraient d'une végétation arbustive épaisse dans laquelle il était possible de dissimuler une petite armée. Ils étaient reliés au relief élevé qui bordait la vallée au nord par une série de méplats, il serait donc possible d'effectuer une retraite en bon ordre le cas échéant. Car Hegon s'attendait à une riposte féroce des Molgors.

Trois jours plus tard, les sommets des deux collines étaient transformés en camps retranchés, équipés chacun d'un mangonneau, de catapultes et de balistes, servis par des maîtres de machine chevronnés. Une ennéade protégeait les servants de chaque côté, prête à repousser une riposte de l'ennemi. On passa ensuite du temps à régler la portée et la précision des tirs de chaque engin. Lorsque les essais furent terminés, Hegon eut une nouvelle idée. Ayant réuni son état-major, il déclara :

— Nous allons réserver une mauvaise surprise aux Molgors.

Lorsqu'il eut exposé son plan aux officiers, ceux-ci exultèrent. Il ne faisait plus aucun doute à présent que la bataille serait une victoire.

Afin de garantir le secret des machines de guerre des collines, on avait livré une traque effrénée aux espions et arrêté une douzaine d'individus infiltrés dans la cité. Des patrouilles parcouraient sans relâche les alentours du défilé de Galaty afin d'éviter toute fuite.

Commença une attente angoissante. Les habitants de Mora savaient que les Molgors étaient en nombre supérieur. Depuis douze ans, ils avaient apprécié de vivre en paix avec leurs turbulents voisins. Quelques filles molgores avaient même épousé des Moréens. Certains avaient demandé qu'elles fussent renvoyées à Galaty, car on pouvait les soupçonner d'espionnage. Mais Staïphen s'y était opposé. Les éclaireurs avaient signalé que plusieurs habitants du village avaient été massacrés par les troupes d'Haaris'khaï, sans doute sous l'accusation de commerce avec l'ennemi.

Hegon mit son temps à profit pour former le plus efficacement possible les jeunes hommes de Gwondà spontanément ralliés à lui. Afin de ne pas les exposer inutilement, il leur enseigna le maniement des arbalètes, avec pour mission de se poster sur les remparts sous les ordres de warriors plus expérimentés. De même, on consolida les faiblesses des murailles. Les landwoks vivant dans les fermes alentour gagnèrent la cité. En prévision des futurs soins, on fabriqua de la charpie et des salles furent réquisitionnées.

Brenhir reçut l'autorisation de visiter les fortins des collines, et ne se priva pas de critiquer les initiatives d'Hegon. Tant et si bien que celui-ci lui donna ordre de quitter la cité.

— Nous n'avons aucun besoin de combattants inutiles et incompétents, déclara-t-il. Tes amis et toi êtes libres. Cependant, je garde tes cohortes.

Brenhir blêmit.

— Mon père saura quelle fut ton attitude, grinça-t-il. Attends-toi à affronter sa colère, même si tu es vainqueur, ce dont je doute. Mon père ne te pardonnera jamais d'avoir laissé envahir Medgaarthâ.

— Nous verrons ça en temps utile.

Le lendemain, Brenhir quittait Mora pour la capitale.

Enfin, un matin, une rumeur inquiétante se fit entendre vers le nord. Aussitôt prévenu, Hegon se porta sur les remparts. Au-delà de la passe des deux collines, l'horizon était noir d'une marée humaine mouvante qui convergeait vers Mora. La bataille était imminente.

18

Cela faisait douze jours à présent que l'ost avait pris ses positions à Mora. On avait cru un moment que les Molgors avaient renoncé à attaquer. Mais les espions infiltrés dans les rangs ennemis avaient fait savoir par pigeons voyageurs qu'ils attendaient seulement de nouveaux renforts. Haaris'khaï semblait décidé à envahir la Vallée.

Équipé d'une longue-vue, Hegon observa l'avancée des troupes ennemies. Visiblement, Haaris'khaï comptait sur son avantage numérique pour submerger les défenses de Mora. Il disposait lui aussi de machines de guerre.

— Il faut empêcher qu'ils les mettent en place, dit-il à Serrith. Mais avant, ils doivent croire que nous avons pris peur et que nous nous sommes réfugiés dans la cité. Laissons-les avancer au-delà des collines.

Il fallait seulement espérer qu'Haaris'khaï ne songerait pas à explorer les deux éminences rocheuses. Les machines de guerre demeuraient invisibles depuis la plaine, mais une poignée d'hommes qui s'aventureraient sur les flancs des collines auraient eu tôt fait de les repérer. Il faudrait alors déclencher l'attaque plus tôt que prévu. Or la chance était du côté des Moréens. Communiquant par signaux optiques, les tenants des fortins signalèrent que l'ennemi continuait sa progression en direction de la ville. Les Molgors ne soupçonnaient apparemment pas la présence des catapultes. Ils semblaient pressés d'en découdre. Les guerriers couraient à petites foulées, formant une vague humaine d'où sourdait un grondement menaçant. Un vent d'inquiétude souffla sur les rangs moréens. Avait-on bien fait de choisir un général aussi jeune ? Pourquoi ne donnait-il pas aux catapultes l'ordre de tirer ?

Autour d'Hegon, ses lieutenants ne s'affolaient pas. On avait mis à profit les jours précédents pour ajuster avec la plus grande précision les tirs des machines de guerre. On avait calculé la masse des contrepoids des mangonneaux, la tension idéale des cordes et des arcs de métal, l'inclinaison et l'assise des engins, répété le rôle des servants. Dès qu'il en donnerait le signal, les machines tireraient chacune à leur tour, selon un programme établi à l'avance. Et si tout se déroulait comme il l'avait prévu, les Molgors allaient effectivement au-delà d'une terrible déconvenue.

Haaris'khaï comprit que quelque chose n'allait pas lorsqu'il vit que les Moréens ne tentaient pas d'arrêter sa progression par des tirs de catapultes. Il apercevait pourtant quelques machines sur les remparts et sur les tours. Puis un rictus de satisfaction étira ses lèvres minces sur des dents taillées en pointe pour les rendre encore plus effrayantes. La terreur qu'il inspirait à ces chiens de Medgaarthiens était telle qu'ils n'osaient même pas se défendre !

Mora était la cité la plus faible de la Vallée ennemie. Il se réjouit. C'était de là, après une victoire écrasante et fulgurante, qu'il lancerait sa conquête de Medgaarthâ, un projet dans lequel ses ancêtres avaient toujours échoué. Certains traîtres de Galaty avaient même pactisé avec les Medgaarthiens. Ils avaient payé, et leurs cadavres empalés sur de longues piques nourrissaient à présent les charognards sur les hauteurs.

Les autres avaient failli. Mais il était sûr, lui, de réussir.

Jamais auparavant les Molgors n'avaient réuni une armée aussi importante. Plus de dix-huit mille guerriers assoiffés de massacre et de pillage allaient déferler sur la Vallée. Ils n'allaient faire qu'une bouchée de ces couards qui n'avaient pas osé attaquer les premiers. Toutefois, cela l'étonnait un peu. Les Medgaarthiens étaient connus pour leur agressivité. Sans doute ceux-là pissaient-ils de trouille dans leurs pantalons en voyant la vague molgore déferler sur eux. Il poussa un rugissement de satisfaction.

Soudain, des sifflements insolites se firent entendre derrière lui. Deux paraboles de feu se dessinèrent dans le ciel limpide de l'aube, jaillissant des sommets jumeaux entre lesquels il avait fait passer son armée. Il lâcha un hurlement de rage. Ces chiens avaient placé des troupes derrière lui. Il cracha une bordée de jurons tous plus verts les uns que les autres. Il n'avait pas imaginé un seul instant qu'on ait pu lui tendre un piège. Il ne s'était pas assez méfié lorsqu'il avait compris que l'ennemi n'attaquerait pas le premier. Il aurait dû prendre garde à ces deux élévations enserrant le passage. Mais ce n'était pas quelques bombes qui pourraient arrêter ses guerriers.

Il changea d'avis lorsqu'elles atteignirent le sol. Au début, il n'y eut rien qu'un jaillissement de flammes, qui ne toucha que quelques hommes. Il faillit éclater de rire. L'instant d'après, l'air s'embrasa autour des points d'impact et deux explosions formidables désintégrèrent plusieurs dizaines de guerriers et de chevaux. Une onde de chaleur le submergea, tandis qu'une infecte odeur de chair grillée lui empuantissait les narines. Avant qu'il ait pu réagir, de nouveaux projectiles jaillissaient des cimes et provoquaient de nouvelles explosions à d'autres endroits.

Haaris'khaï se mit à bramer pour galvaniser ses troupes. Il ne comprenait pas comment de simples bombes pouvaient provoquer des dégâts aussi importants. Et les projectiles continuaient de tomber, sans que l'on puisse déterminer à l'avance où ils allaient frapper.

Un mouvement de panique s'empara de son armée. Il voulut réagir, mais il était trop tard. Les guerriers, provenant d'horizons différents, à qui il avait fait miroiter un pillage facile, comprenaient que l'ennemi disposait d'armes inconnues et extrêmement dangereuses. Une partie commençait à refluer. Il hurla pour rassembler ses hordes désorientées, mais l'enthousiasme s'était évanoui. D'autant plus que les catapultes de la cité s'étaient mises, elles aussi, à tirer. De longs épieux à pointes de métal, projetés par les scorpions, effectuaient des coupes claires dans ses rangs, embrochant parfois plusieurs hommes d'un coup tant la presse était forte dans la plaine.

— Dispersez-vous ! hurla Haaris'khaï.

Une bombe explosa non loin de lui, le désarçonnant. Il se releva en toussant et en éructant des injures, tandis que ses hommes fuyaient en tous sens.

Sur les remparts, l'enthousiasme était à son comble. Hegon avait démontré qu'il savait utiliser les catapultes avec une rare efficacité. Calculant la puissance exacte de chacun des engins, il les avait fait placer de manière à atteindre des points précis du terrain. En ces points, des réserves de poudre et de liquides inflammables avaient été dissimulées sous des bâches de toile grise, et recouvertes de terre et d'herbe pour faire illusion. Vu de l'extérieur, elles avaient l'aspect de gros monticules de terre inoffensifs. Mais dès qu'un projectile incendiaire les touchait, elles explosaient.

Quelques Molgors plus vindicatifs se lancèrent à l'assaut des deux collines. Mais Hegon avait aussi prévu cette réaction. Les assaillants furent accueillis par des volées de traits meurtriers. Prise en tenaille, l'armée d'Haaris'khaï ne pouvait plus ni avancer ni reculer. Dans la confusion la plus totale, il ordonna de monter ses propres catapultes. Il n'y parvint jamais. Quatre trébuchets positionnés sur les tours des murailles les pulvérisèrent avant qu'elles fussent opérationnelles.

Ivre de fureur, Haaris'khaï ordonna à ses guerriers de foncer vers les remparts. Des volées de flèches, lâchées par les arrioks placés le long du chemin de ronde sur trois rangs, les accueillirent. Elles retombaient en pluie sur les attaquants, les clouant au sol. En raison du nombre de blessés et d'agonisants, la supériorité numérique des Molgors ne fut bientôt plus qu'un souvenir, d'autant que près d'un tiers s'étaient déjà enfuis sans demander leur reste.

Malgré cela, le nombre des assaillants demeurait encore impressionnant. Les catapultes avaient fait exploser toutes les réserves de poudre, et même si elles avaient occasionné de lourdes pertes dans les rangs ennemis, il restait encore beaucoup de Molgors en état de combattre. Se protégeant derrière d'épais boucliers en cuir de *migas*, ils avancèrent en direction des murailles, malgré les pluies de flèches qui continuaient de les harceler.

Bientôt, les Molgors réussirent à atteindre les murailles. Des échelles se dressèrent, auxquelles s'agrippèrent des grappes humaines brandissant des massues et des sabres aux formes inquiétantes. Ce fut le moment que choisit Hegon pour riposter. Depuis un bon moment, les cavaliers piaffaient d'impatience derrière les battants. Des escadrons armés de longues lances à trois lames se mirent en place avec un ensemble parfait.

Hegon prit place lui-même à la tête des cavaliers, en compagnie de Roxlaàn. Il brandit son sabre et hurla :

— Warriors, cette journée est à vous ! Ne faiblissez pas et vous emporterez la victoire !

Une clameur formidable lui répondit.

— Que l'on ouvre les portes !

L'instant d'après, les deux portes monumentales qui commandaient l'entrée de la cité au nord s'ouvrirent, livrant passage à plus de deux mille cavaliers pressés d'en découdre. Hegon savait que c'était sur cette initiative audacieuse que la bataille se gagnait ou se perdait. L'ennemi restait supérieur en nombre et il ne fallait pas lui laisser le temps de prendre pied sur le chemin de ronde.

Déconcertés par cette riposte à laquelle ils ne s'attendaient pas, les Molgors connurent quelques moments de flottement. Puis ils se reprirent et firent face. Mais il n'était guère aisé d'arrêter les puissantes montures, des chevaux lourds de Ploaestyà. Le choc fut terrible. L'adresse et le courage des cavaliers de Medgaarthâ étaient légendaires et le vacarme produit par les milliers de sabots désorienta les Molgors. Cependant, ils étaient, eux aussi, de redoutables guerriers, et les pertes qu'ils venaient de subir renforçaient leur hargne. Une bataille terrible s'engagea, où les actions les plus courageuses côtoyaient les gestes les plus vils, d'un côté comme de l'autre. Pendant un long moment, la mêlée fut indécise. Hegon, toujours secondé par un Roxlaàn survolté, frappait de taille et d'estoc, culbutant les ennemis l'un après l'autre. Sa fougue galvanisait ses troupes. Mais il n'y avait qu'une manière d'arrêter cette boucherie au plus vite : trouver le roi molgor et le vaincre en combat singulier.

Tout à coup, il aperçut le chef ennemi, qui s'égosillait pour tenter de rameuter ses troupes. Hegon bouscula quelques guerriers plus teigneux que les autres pour se rapprocher de lui. Enfin, il se retrouva devant Haaris'khaï. Celui-ci ne vit face à lui qu'un grand guerrier blond. Un adversaire à sa mesure, jugea-t-il, car lui-même était aussi un colosse. Il ne soupçonna pas une seconde qu'il avait affaire au chef de l'armée de Medgaarthâ, car Hegon avait conservé son uniforme d'alwarrior. Haaris'khaï se rua sur lui, brandissant une lourde hache à lame double qu'il maniait avec une étonnante habileté. Il s'ensuivit un affrontement furieux, dans lequel le chef molgor jeta toutes ses forces. La mort de ce guerrier inconnu pouvait retourner le sort des armes en sa faveur, car les autres semblaient vouloir le protéger. Haaris'khaï avait encore assez de guerriers autour de lui. Et le sabre de l'ennemi ne pouvait rivaliser avec sa hache.

Hegon s'en aperçut très vite. Malgré son adresse, il avait peine à parer les coups rudes de son adversaire. Soudain, une impression étrange l'envahit, comme si l'esprit du Molgor lui apparaissait clairement. Il pouvait ainsi « voir » à l'avance les coups qu'il se préparait à porter. C'était une sensation subtile, comme un état de grâce, qui lui permit d'éviter comme par magie les attaques d'Haaris'khaï. L'autre crachait des jurons furieux. Peu à peu, il sembla à Haaris'khaï que l'air, autour de lui, se faisait plus lourd, que ses gestes ralentissaient. Il avait peine à soulever sa hache. Il pesta contre cet engourdissement incompréhensible. Tout à coup, un défaut s'ouvrit dans sa garde, en raison de la lenteur nouvelle et inexplicable de ses attaques. Il vit l'autre feinter et lui porter très vite un coup imparable en direction de l'abdomen. Malgré l'épaisseur de sa cuirasse en écaille de migas, Haaris'khaï sentit son ventre s'ouvrir, une douleur fulgurante lui vrilla le ventre. Il poussa un hurlement de dépit. Puis ses forces l'abandonnèrent. Sa lourde hache lui échappa des mains et tomba sur le sol. Il regarda son adversaire avec incompréhension. Pourquoi n'avait-il pas pu le toucher ? Pourquoi semblait-il prévoir tous ses coups ? Qui était-il ? Il n'eut pas le temps de se poser d'autres questions. Un flot de sang jaillit de sa bouche, un voile rouge lui obscurcit les yeux et il bascula de son cheval. Mort.

La défaite de son chef sonna le glas de la résistance molgore. En quelques instants, ce fut la débandade. Les assaillants abandonnèrent les murailles et détalèrent en direction de la vallée de Galaty, seule échappatoire possible. Les cavaliers moréens se lancèrent à leur poursuite. Il fallait capturer le plus grand nombre possible de prisonniers.

Au soir de cette journée, près de six mille Molgors avaient été tués ou blessés. Les plus gravement touchés furent achevés sans autre forme de procès. Les autres rejoignirent les geôles de Mora, promis à la spoliation. Avec la mort d'Haaris'khaï, aucune menace ne pesait plus désormais sur la petite cité. La victoire était totale. Grâce à la stratégie d'Hegon, et malgré la supériorité numérique de l'ennemi, les Medgaarthiens avaient perdu moins de trois cents hommes, ce qui n'aurait certainement pas été le cas si l'on avait suivi le plan absurde de Brenhir.

La population de la ville réserva un accueil triomphal à Hegon lorsqu'il revint du champ de bataille. De partout surgissaient des citadins qui lui criaient leur joie et leur soulagement, scandant son nom avec enthousiasme. Staïphen de Mora l'accueillit à bras ouverts, de même que la petite Elvynià, qui lui sauta au cou, les yeux brillants.

— Eh bien, jeune fille ! J'espère que tu n'as pas eu trop peur.

— Moi, jamais de la vie ! Enfin si, j'ai eu peur pour toi. Si j'avais été plus grande, j'aurais combattu à tes côtés.

Elle se serra encore plus contre lui et lui glissa à l'oreille :

— Tu ne m'oublies pas, hein ? Il ne faut pas que tu te maries, Hegon ! Parce que c'est moi que tu épouseras quand je serai grande ! C'est d'accord ?

— C'est d'accord, petite princesse ! Mais nous attendrons un peu, n'est-ce pas ?

— Ben oui ! Je suis encore trop jeune.

Tandis que l'on débouchait flacons et tonnelets afin de célébrer la défaite des Molgors, Staïphen vint trouver Hegon.

— Sois remercié, mon ami. Sans toi, et sans les officiers courageux qui t'ont choisi pour chef, ma pauvre cité serait peut-être détruite. Aussi, je vais t'accompagner à Gwondà pour t'apporter mon soutien. Car je crains que le prince Brenhir n'habille cette histoire à sa manière. Il voudra te faire payer. Même après avoir remporté cette magnifique victoire, le Dmaârh risque de te tenir rigueur de ton comportement. Je pressens une grande menace sur toi.

19

Hegon s'était montré généreux au cours de la répartition du butin de guerre. Les officiers lui en étaient reconnaissants. Les graâfs avaient toujours tendance à léser les combattants alors qu'eux-mêmes ne participaient pas aux batailles. Même si l'on savait qu'il s'était brouillé avec son père, Hegon restait fils de maârkh aux yeux de tous. Ceux-ci n'avaient pas coutume de mener eux-mêmes leurs hommes à la bataille, surtout en chargeant en tête. L'attitude courageuse du jeune homme avait encore renforcé la sympathie dont il bénéficiait, s'il en était besoin. On l'avait vu diriger ses cavaliers, pourtant nombreux, depuis le cœur des combats. On l'avait vu culbuter plusieurs ennemis à lui seul. Et surtout, on l'avait vu vaincre le roi molgor. Jamais encore on n'avait assisté à un combat aussi surprenant. Malgré la puissance de sa hache, Haaris'khaï n'avait pas réussi à toucher Hegon une seule fois. Comme si un esprit supérieur le protégeait et lui permettait d'anticiper les frappes de son adversaire. Il y avait quelque chose de magique dans la manière dont il combattait.

Les témoignages se multipliaient, se renforçaient les uns les autres. Ceux qui l'avaient délivré et placé à leur tête se persuadaient peu à peu d'avoir agi sous l'influence directe des dieux. Braâth lui-même avait dicté leur conduite. Pour cette raison, ils ne redoutaient rien de la colère du Dmaârh. Et si ce crétin de Brenhir osait créer des difficultés à leur héros, ils se rangeraient tous derrière lui. Sous l'impulsion de Serrith et de plusieurs autres, on avait rédigé une lettre adressée à Guynther de Gwondà, dans laquelle les officiers expliquaient leur décision de rejeter le prince Brenhir. D'un commun accord, ils l'avaient remise au maârkh Staïphen de Mora.

Celui-ci chevauchait en compagnie d'Hegon. Dans une voiture confortable suivait son épouse, dame Feonà, une jolie femme à la longue chevelure brune, au visage doux et bienveillant. À ses côtés se tenait la petite Elvynià, ravie de ce voyage décidé au dernier moment. Elle ne s'était encore jamais rendue dans la capitale.

La fillette amusait beaucoup Hegon. Elle débordait de vie, se passionnait pour tout ce qu'elle découvrait, posait mille questions sur tous les sujets, donnait son avis sur tout, et notamment sur les orontes, qu'elle n'aimait pas beaucoup. Très fine, elle avait vite compris que c'était aussi le cas d'Hegon. Elle multipliait les exercices de charme pour attirer son attention, ce qui ne lui était guère difficile. La présence de la fillette évitait à Hegon de trop penser à Myriàn, que les circonstances l'avaient empêché de secourir. Par moments, Elvynià se débrouillait pour se hisser sur le cheval du jeune homme, et pouvait ainsi lui poser ses innombrables questions.

Hegon appréciait beaucoup la présence de la petite. Protégée par l'amour que lui portaient ses parents, elle avait bénéficié d'une éducation beaucoup plus libre que celle que l'on accordait généralement aux filles en Medgaarthâ. Staïphen et Feonà n'avaient pas eu d'autres enfants et cédaient facilement à ses volontés. Dotée d'une grande intelligence, Elvynià avait parfaitement compris qu'elle jouissait d'un statut bien particulier. D'une nature généreuse, elle s'insurgeait contre le sort fait aux femmes.

— Nous, les filles, nous sommes aussi capables que les hommes. Si tu m'apprenais, je suis sûre que je saurais me battre, moi aussi.

— Les combats ne sont pas très beaux à voir, damoiselle. On donne la mort, et ce n'est pas un spectacle très plaisant. Je ne crois pas que les hommes soient faits pour s'entretuer ainsi. Il existe sans doute une autre manière de vivre.

— Tu veux dire que l'on pourrait vivre en paix avec les Molgors ?

— Pourquoi pas ?

— Mais ce sont des ennemis ! s'étonna-t-elle. Il faut les tuer, sinon, ils nous tueront.

— Avec un peu de bonne volonté, il doit être possible de s'en faire des alliés, et peut-être des amis. La décision qu'ils ont prise d'attaquer Mora est venue d'un seul homme, cet Haaris'khaï que j'ai tué.

— Mais les autres l'ont suivi !

— Tout comme nos warriors me suivent. Sans doute les hommes ont-ils besoin d'un chef, pour les aider à prendre des décisions. Si celui-ci est un homme belliqueux, il va les entraîner dans la guerre. Un chef empreint de sagesse, au contraire, les guidera vers la paix. Si Haaris'khaï avait été sage, il serait venu voir ton père, et il aurait proposé une alliance durable avec lui. Et nombre d'hommes auraient évité la mort.

Elle réfléchit.

— C'est vrai, dit-elle enfin. Les Molgors de Galaty n'étaient pas méchants. Ils parlaient d'une drôle de manière, mais ils avaient de très jolies pierres. Père m'en a offert. J'en ai toute une collection au palais. Je te les montrerai quand tu reviendras. Parce que tu reviendras, hein ?

— Bien sûr !

La mine de la petite s'assombrit.

— Je connaissais aussi une fille molgore. Son nom était Mahya. C'est joli, n'est-ce pas ? Elle était très gentille. Elle avait épousé l'un des alwarriors du palais. Ses parents vivaient toujours à Galaty. Mais les éclaireurs ont dit qu'ils ont été tués par les guerriers d'Haaris'khaï parce qu'ils faisaient du commerce avec nous. Alors, comment peut-on faire la paix avec des barbares pareils ? Et d'abord, pourquoi veulent-ils nous envahir ?

— Parce que leur pays est moins riche que le nôtre.

— Ils pourraient travailler au lieu de piller.

— Sans doute ne savent-ils pas produire toutes les richesses que l'on trouve en Medgaarthâ. Si nous faisions la paix avec eux, nous pourrions leur enseigner ce que nous savons.

— Et eux ? Que nous donneraient-ils en échange ?

— Leur savoir. Je suis persuadé que chaque peuple possède ses propres secrets. Les Molgors savent des choses que nous ne connaissons pas, ou que nous avons oubliées.

Elvynià hocha la tête.

— Oui, tu as peut-être raison. Mais ce n'est pas avec des imbéciles comme cet Haaris'khaï qu'on fera la paix avec les Molgors.

— Je n'ai jamais dit que ce serait facile. Mais je pense qu'il serait plus intelligent d'envoyer une délégation aux survivants pour leur proposer de conclure une nouvelle trêve. Malheureusement, cette décision ne dépend pas de moi.

Elvynià avait parfois des verdeurs de langage, peu communes dans la bouche d'une fillette, qui amusaient son entourage et scandalisaient les orontes.

— Après la déculottée que tu leur as flanquée, je doute qu'ils la reçoivent gentiment. Ils vont nous renvoyer leurs têtes.

— Pas si c'est moi qui la dirige.

— Tu es fou ! Tu vas te faire tuer !

— Je n'irai pas seul. Mais il faut d'abord que j'obtienne l'accord du Dmaârh.

Elvynià fit de nouveau la moue.

— Il ne sera sans doute pas très facile à convaincre. Son fils n'a pas dû digérer la claque que tu lui as collée.

La petite avait raison. Ce retour vers Gwondà n'était pas sans risques. Guynther lui en voudrait sûrement d'avoir évincé Brenhir, et l'on pouvait compter sur l'héritier du trône pour présenter les choses à sa manière, c'est-à-dire comme une véritable révolte pour l'empêcher de remporter la victoire lui-même.

À Eddnyrà, l'ost, toujours commandé par Hegon, fut reçu par Maldaraàn. Contrairement à la coutume en cas de victoire, il n'y eut pas de grandes festivités organisées pour saluer les vainqueurs. Maldaraàn se contenta de convoquer Hegon dans son palais pour lui livrer le fond de sa pensée :

— J'espère que tu as conscience que tu as volé une victoire qui revenait au prince Brenhir, déclara-t-il.

— Seigneur, répliqua Hegon aussi sèchement, et refusant de lui donner le nom sous lequel il l'avait toujours appelé auparavant, je n'ai jamais voulu prendre le commandement de l'ost. J'ai été placé à sa tête le plus légalement du monde, parce que les comwarriors ont estimé, dans leur grande majorité, que la stratégie du prince était stupide ! Ce n'est qu'ensuite qu'ils m'ont choisi.

— Je ne te ferai pas de procès ici ! Mais attends-toi à encourir la colère du Dmaârh, qui a mon soutien le plus entier. Je vais d'ailleurs me rendre dans la capitale pour veiller à ce que tu sois condamné le plus sévèrement possible.

— Je n'en attendais pas moins de toi, seigneur ! Mais de ton côté, sache que je n'oublie pas que tu es responsable de la mort de ma mère. Et comme tu n'es pas mon vrai père, rien ne m'empêche de te défier si je m'estime offensé ! Aussi, je te conseille vivement d'éviter de me provoquer. Si tu n'avais que ça à me dire, il était inutile de me faire perdre mon temps à venir dans ce palais.

Maldaraàn blêmit sous l'effet de la colère.

— J'ai voulu te prévenir ! Ta victoire ne te met pas à l'abri du courroux du Dmaârh.

— Je le sais déjà. Mais je suis curieux de savoir ce que le peuple va en penser.

— Je m'en doutais. Tu te prépares à renverser le Dmaârh !

— Alors prends garde de ne jamais te trouver en travers de mon chemin !

Maldaraàn voulut répliquer, affirmer sa supériorité, mais, pour la première fois de sa vie, quelque chose qui ressemblait à de la peur l'en empêcha. Il ne put que dire d'une voix mal assurée :

— Quitte ce palais ! Et n'y reviens plus jamais !

— Avec le plus grand plaisir !

Pour brève qu'elle ait été, l'entrevue avait ébranlé Hegon. Il ne pouvait reculer. Il était obligé de revenir à Gwondà. Or, son coup de maître et sa victoire ne tenaient que parce qu'il était soutenu par ses compagnons warriors, commandants et simples soldats. Il leur faisait confiance. Mais s'ils pliaient devant la colère du souverain, c'en était fait de lui.

L'ost arriva dans la capitale quelques jours plus tard.

20

En raison de l'hostilité de Brenhir et de son père, Hegon ne s'attendait pas à un accueil triomphal. Cependant, l'enthousiasme des Gwondéens n'avait pas faibli depuis son départ. Dès que l'ost fut en vue, des centaines de citadins sortirent de la ville pour venir l'accueillir et acclamer Hegon. Il en eut très vite l'explication. Bien sûr, le prince avait fait courir toutes sortes de billevesées sur lui. À l'en croire, Hegon avait fomenté un complot pour s'emparer de l'armée avec quelques officiers séditieux et remporter une victoire facile sur des Molgors qui n'étaient que des brutes sauvages et incapables de s'organiser. Mais des marchands arrivés dans la capitale par navire trois jours plus tôt avaient rétabli la vérité. Le peuple de Gwondà, qui, lors des jeux précédents, avait déjà acclamé en Hegon le futur tueur du Loos'Ahn, avait très vite fait son choix. Malgré les avertissements de la garde dmaârhiale, une haie d'honneur se forma sur le passage d'Hegon et de ses fidèles. Tandis qu'ils franchissaient la monumentale porte de l'orient sous les acclamations survoltées de la foule, Serrith se pencha vers Hegon et lui dit :

— Il est probable que le Dmaârh ne t'accueillera pas de la même manière, compagnon. Mais nous ne t'abandonnerons pas. Nous assumerons notre décision. Si un jour ce crétin de prince doit monter sur le trône, c'en est fait de Medgaarthâ. C'est toi le chef qu'il nous faut.

— Je ne veux pas provoquer un affrontement entre l'ost et la garde dmaârhiale. C'est ce qui risque de se produire si le Dmaârh prend la défense de son fils.

— Personne n'a intérêt à cela. Le Dmaârh va être averti de la réception que t'a réservée le peuple. Il ne pourra risquer de provoquer sa colère si une partie de l'armée est de ton côté. Il connaît lui aussi la prophétie. Celle-ci prédit que nombre de grands personnages tomberont. Il doit craindre d'en faire partie. Ce ne sera pas la première fois qu'une dynastie est remplacée par une autre.

— Je n'ai pas l'intention de m'emparer du trône de Medgaarthâ, Serrith. Je ne veux pas devenir comme eux. Le peuple de Medgaarthâ n'est pas heureux.

— Justement, c'est peut-être pour cela que les dieux t'ont choisi, pour que tu rétablisses la justice.

— Mais je ne sais pas gouverner, compagnon. Je n'ai pas été formé pour ça.

— Crois-tu que Brenhir soit capable de succéder un jour à son père ?

— Il est le prince héritier. Les Medgaarthiens ne doivent pas se battre entre eux pour ma seule gloire.

— Ils croient en toi, Hegon. Pour eux, pour nous, tu représentes l'espoir.

Le jeune homme ne répondit pas. Il ne se sentait pas prêt à diriger un pays et n'avait aucune envie de provoquer une guerre civile. Cependant, un peu plus tard, il reçut aussi le soutien inconditionnel du maârkh Staïphen.

— Je parlerai au Dmaârh, mon neveu. Je lui confirmerai que son fils ne m'a pas semblé un fin stratège et qu'il risquait de conduire l'ost à sa perte. Il ne pourra nier que tu as remporté une victoire totale.

Malheureusement, la colère du souverain s'exprima dès qu'Hegon eut pénétré dans la salle du trône, où Guynther l'attendait en compagnie de la Cour. Le jeune homme, accompagné par le maârkh Staïphen de Mora et par ses principaux comwarriors, s'avança d'un pas décidé jusqu'à l'estrade où, selon la tradition, il posa un genou à terre. Il remarqua aussitôt la présence de Maldaraàn et de Brenhir. Le seigneur d'Eddnyrà affichait comme toujours un visage de marbre. Quant au prince, il se réjouissait à l'avance des sanctions que son père avait promis de prendre à l'encontre du traître. Près d'eux se tenaient le seigneur Xanthaàr, l'éminence grise du pouvoir dmaârhial, et l'Achéronte Ashkaarn.

Un silence glacial tomba sur la salle lorsque Guynther se leva du siège royal.

— Une grande victoire a été remportée à Mora contre les Molgors, m'a-t-on rapporté, commença-t-il d'un ton doucereux.

Hegon acquiesça sans mot dire. La voix du monarque enfla soudainement et tonna :

— Sache pourtant que je ne te considère pas comme le vainqueur de cette bataille. Car il y a eu acte de rébellion. Toi, Hegon, tu as osé refuser d'obéir aux ordres que te donnait mon fils ! Tu seras châtié pour cela.

— Seigneur, répliqua sèchement Hegon en se relevant, j'en avais le droit de par le code des warriors, qui dit clairement qu'un capitaine ou un commandant peut refuser d'exécuter un ordre si celui-ci lui semble mettre ses guerriers en trop grand danger, ce qui était le cas dans la décision du prince Brenhir.

— Silence ! clama le souverain. Non seulement, tu as bafoué sciemment son autorité en refusant de te plier à sa volonté, mais tu as poussé le crime jusqu'à le faire enfermer afin de prendre le commandement de l'ost. La victoire remportée par mon armée ne t'appartient en aucune manière. Elle n'est due qu'à la qualité des warriors qui la composent, et...

Guynther laissa passer un court silence, puis poursuivit :

— Et qui seront récompensés comme ils le méritent.

Une rumeur courut dans l'assemblée des officiers qui avaient accompagné Hegon. Celui-ci comprit que Guynther manœuvrait habilement pour les désolidariser. La punition pour lui, les récompenses pour eux.

Lè maârkh Staïphen intervint.

— Si mon seigneur le permet, j'aimerais prendre la parole, ainsi que me l'autorise mon rang.

Le Dmaârh se tourna vers lui et lui jeta un regard noir. Staïphen le soutint bravement et poursuivit :

— Je crois important d'ouvrir les yeux de mon seigneur Guynther sur les faits tels qu'ils se sont déroulés. Il est vrai que le seigneur Hegon a refusé d'exécuter l'ordre donné par le prince. Mais, ce faisant, il a agi avec sagesse et clairvoyance. Le plan proposé par le seigneur Brenhir aurait conduit l'ost au désastre. Tous ses officiers ont tenté de le lui faire remarquer, il n'a rien voulu savoir. Il a, de plus, condamné le seigneur Hegon à mort, ce qui était parfaitement injustifié, et constitua une nouvelle erreur. La grande majorité des comwarriors n'ont pas accepté cette décision. Ce sont eux qui ont libéré le seigneur Hegon et l'on nommé à leur tête après qu'il leur a expliqué son plan. Celui-ci fut approuvé par tous. On ne peut donc l'accuser de rébellion. Le fait que la victoire fut remportée avec très peu de pertes prouve ses grandes qualités de stratège et de meneur d'hommes. De plus, le butin est important et le danger des Molgors est écarté pour longtemps. Tous les officiers que tu vois l'ont suivi et lui sont attachés. L'accueil réservé par le peuple de Gwondà à leur arrivée fut à la hauteur de l'exploit que ces hommes ont accompli.

Le visage du Dmaârh avait pâli. Il n'avait jamais aimé Staïphen de Mora, qu'il considérait comme un gouverneur trop faible en raison de sa proximité avec le peuple.

Puis ce fut au tour de Serrith d'intervenir. Il posa un genou en terre pour s'adresser au suzerain et déclara :

— Le maârkh Staïphen de Mora a dit la vérité, seigneur. Les choses se sont passées ainsi, et l'on ne peut accuser le seigneur Hegon d'avoir écarté le prince Brenhir de la tête de l'ost. Nous, comwarriors, sommes responsables de cette décision, tous ici autant que nous sommes. Et nous ne le regrettons pas. Jamais on ne vit plus brillant stratège que le seigneur Hegon. Il a mené lui-même la charge finale contre les Molgors, dont il a tué le roi en combat singulier. Nous te rapportons sa tête. Grâce au seigneur Hegon, Mora fut sauvée et nos pertes furent faibles, ce qui n'aurait pas été le cas si nous avions obéi aux ordres du prince. S'il faut punir quelqu'un, seigneur, tu dois nous punir tous pour cette victoire !

Un murmure d'approbation émana aussitôt des autres comwarriors. Un grondement courut dans la salle du trône, parmi les courtisans zélés. Ces warriors en prenaient trop à leur aise ! Mais le Dmaârh ne s'y trompa pas. La détermination avec laquelle les officiers soutenaient ce chien d'Hegon prouvait qu'il ne serait pas facile de le faire arrêter et exécuter pour trahison à présent. Cette décision risquait de provoquer une révolte du peuple et d'une bonne partie de l'armée. La ville plongerait dans le chaos…

La prophétie hantait l'esprit du souverain. Elle disait clairement que cet Hegon serait la cause de sa disparition. Un malaise saisit Guynther. Et si ce jour était arrivé ? Il prit sur lui de ne pas insister, au prix d'un violent effort.

— C'est bien, dit-il enfin d'une voix plus conciliante. Voici qu'il y a maintenant deux versions des faits, et je ne sais laquelle croire. Comment penser que mon fils ait pu commettre une erreur qui aurait mené l'ost au désastre ? Il a reçu une excellente éducation guerrière au Prytaneus. Il était, lui aussi, capable de remporter cette bataille. Mais les faits sont là. Ce fut une grande victoire. Nous en resterons donc là.

— Père ! clama Brenhir. Ce chien s'est rebellé contre nous ! Il doit payer pour ce crime.

— Il s'est rebellé contre toi, mon fils, rectifia doucement le souverain. Ces hommes prétendent que tu les aurais conduits à la catastrophe. Qui dois-je croire ?

— Mais je suis votre fils, seigneur ! En se dressant contre moi, c'est vous qu'ils ont défié !

— Alors, il existe un moyen de prouver que tu avais raison. Provoque-le en duel et combats-le dans l'arène.

Il y eut un instant de flottement dans la salle. Hegon eut immédiatement l'impression que cette scène avait été préparée à l'avance. Le Dmaârh avait prévu la réaction des officiers. Et Brenhir n'avait pas paru le moins du monde surpris lorsque son père lui avait lancé cette suggestion. Comme s'il l'attendait.

Les duels entre graâfs étaient monnaie courante. Très chatouilleux sur le plan de l'honneur, les jeunes nobles n'hésitaient pas à se battre pour laver un affront. Toutefois, Hegon pressentit un nouveau piège derrière la proposition du Dmaârh. Aussi ne fut-il pas étonné lorsque le prince s'approcha de lui et cracha d'une voix haineuse :

— Hegon de « nulle part », si vil que son propre père l'a rejeté, j'estime toujours que tu m'as trahi et que tu m'as volé cette victoire ! Aussi, je te défie dans un combat singulier dans un délai de neuf jours à compter d'aujourd'hui. Nous nous rencontrerons au Valyseum, devant le peuple de Gwondà.

Il laissa passer un court silence, puis ajouta d'une voix plus forte :

— Et nous combattrons selon la loi d'Haylâ !

Un murmure de stupéfaction parcourut la salle. Les comwarriors se regardèrent, incrédules. Ce Brenhir était tombé sur la tête ! Il n'avait aucune chance de vaincre Hegon. Et pourtant, il invoquait la loi d'Haylâ, déesse de la Mort. Les duels avaient provoqué tant de morts que les dmaârhs y avaient mis bon ordre en imposant l'arrêt du combat à la première blessure sérieuse. Les impulsifs guerriers n'y avaient pas trouvé leur compte, estimant que l'honneur ne pouvait être vengé que par la mort de l'offenseur. Mais il était hors de question de mettre l'autorité du souverain en question. Ceux qui s'y étaient risqués l'avaient payé de la « déchéance », qui leur ôtait tous les privilèges dont bénéficiaient les graâfs. Et puis, il y avait toujours moyen d'occasionner de belles blessures sans pour autant tuer son adversaire Cependant, s'il estimait que la dette d'honneur était trop grande, un noble pouvait demander un « combat d'Haylâ ». Dédié à la déesse, il ne pouvait s'achever que par la mort de l'un des duellistes. Il fallait toutefois obtenir l'accord du Dmaârh.

Hegon contempla longuement Brenhir. Le prince était moins bon combattant que lui et le savait. Il pouvait toujours tenter de faire croire que ce défi avait été lancé sous l'effet de la colère, Hegon n'était pas dupe. Brenhir ne se serait jamais attaqué à lui dans un combat à mort s'il n'était pas sûr de survivre. Tout cela puait le traquenard à plein nez. Ceux de la Baï'khâl ne pouvaient l'éliminer d'une manière directe. Ils auraient pu le faire assassiner, mais un tel crime aurait déclenché une émeute. Il fallait donc trouver un autre moyen de le tuer, tout en faisant croire au peuple qu'il s'agissait d'un accident. Une fois mort, sa légende retomberait d'elle-même.

Hegon n'était pas décidé à tomber tête baissée dans le piège. Il allait rester sur ses gardes. Cependant, il ne pouvait refuser le défi.

— J'accepte, répondit-il d'une voix sombre, le regard planté dans celui du prince.

Celui-ci, décontenancé par la dureté de ce regard, perdit un peu de sa superbe. Puis il se reprit et clama :

— Alors, prépare-toi à mourir !

À nouveau, une foule importante entoura Hegon à sa sortie du palais dmaârhial. Par un mystère qu'il ne s'expliquait pas, les badauds étaient déjà au courant du défi lancé par Brenhir. Et l'on voyait d'un bon œil qu'il pût occire ce prince détestable et plein de morgue. Des interpellations familières le saluèrent.

Suivi de Roxlaàn, de Serrith et de ses plus fidèles compagnons, il se rendit d'abord à l'auberge où il avait élu domicile, pour y retrouver un Jàsieck anxieux. Il avait entendu des rumeurs selon lesquelles le Dmaârh allait prononcer une peine terrible contre son maître, et il s'angoissait pour son avenir. Il accueillit Hegon avec un vif soulagement.

— Je me réjouis de te revoir, maître. J'étais tellement inquiet ces derniers jours.

— Dennios est-il revenu ? s'enquit le jeune homme.

Le jeune maraudier secoua la tête négativement.

— Aucune nouvelle, seigneur. Je l'ai cherché dans tout Gwondà. J'ai interrogé d'autres myurnes. Personne ne l'a vu.

Un malaise obscur broya les entrailles d'Hegon. Dennios ne l'avait pas tenu au courant de ses intentions exactes. Il savait seulement qu'il devait tenter de reprendre contact avec les gens de son pays. Mais il ignorait comment il allait s'y prendre. S'il n'était plus à Gwondà, cela voulait-il dire qu'il avait quitté la cité ? Mais pour aller où ? Voyager seul était déjà très dangereux à Medgaarthâ. Là-bas, dans les montagnes de l'Extérieur, c'était du suicide. Un mauvais pressentiment saisit Hegon.

Peu désireux de rester à l'auberge, Hegon décida, avec sa fortune personnelle soudainement accrue depuis la victoire de Mora, d'acheter une belle demeure sur la rive sud du Donauv. Il était temps de placer ses économies. Gwondà comptait nombre de doméas inoccupées. En moins de trois jours, il se retrouva ainsi propriétaire d'une maison entourée d'un parc de dimensions modestes, mais agrémenté d'arbres et de massifs de fleurs. Au centre s'étendait un étang alimenté par les eaux du fleuve. La bâtisse ne comptait pas moins de douze pièces, dont une vaste salle où il allait enfin pouvoir offrir à ses amis une réception pour célébrer leur victoire.

Celle-ci eut lieu trois jours avant le duel. Pour la circonstance, Hegon avait engagé un intendant et une douzaine de domesses libres. Ce fut une belle fête, où le vin et la bière coulèrent à flots, ainsi que le voulait la tradition. On avait recruté quantité de «demoiselles» afin d'égayer la solitude des warriors célibataires, et, la nuit aidant, il s'ensuivit une joyeuse bacchanale.

Cependant, malgré l'ambiance chaleureuse, l'inquiétude ne quittait pas Hegon. Plusieurs filles avaient tenté d'attirer son attention. En vain. Il ne pouvait oublier le regard clair de Myriàn. Le remords le taraudait. Il s'était promis de la sauver, et il avait renoncé. Il s'angoissait aussi pour Dennios. Il était certain à présent qu'il était arrivé quelque chose au conteur. Dans le cas contraire, il aurait au moins transmis un mot par l'intermédiaire de Jàsieck.

Le malaise ne le quitta pas le lendemain. Mais il n'était plus sûr de son origine. Il sentait en lui bouillonner des forces étranges qu'il ne parvenait pas à contrôler. L'idée du défi ne l'inquiétait pas outre mesure. Brenhir l'avait peut-être attiré dans un guet-apens, mais il saurait le déjouer. Mais l'obscur pressentiment qui l'avait assailli à son arrivée à Gwondà refusait de s'effacer, comme si un grand malheur allait le frapper.

Il passait beaucoup de temps en compagnie de Staïphen de Mora, avec lequel il avait noué de solides liens d'amitié. La petite Elvynià, ravie, ne le quittait pas. Amusé par son enthousiasme, il avait entrepris de lui faire visiter la cité, lui expliquant la fonction des grands bâtiments qui se dressaient sur la rive nord, comme les abattoirs, les ateliers où l'on construisait les chariots, les grands entrepôts du port. Il l'entraîna dans les différents quartiers consacrés aux métiers, tailleurs, fabricants d'armes, tisserands, ébénistes, sculpteurs sur pierre ou sur bois. Les portes de chaque riche demeure étaient ornées de motifs représentant des personnages ou des animaux censés protéger les habitants. Ils incarnaient des divinités bénéfiques, et il fallait des artisans habiles pour les sculpter.

La petite Elvynià posait d'innombrables questions, comme à son habitude, sans lâcher la main d'Hegon. Bien qu'elle ne fût âgée que de neuf ans, elle usait déjà de toutes ses armes pour le séduire, comme pouvait le faire une fillette de cet âge, en se montrant coquette, parfois jalouse. Même s'il n'accordait pas grande importance à ses sentiments enfantins, Hegon lui trouvait beaucoup de charme. Le bavardage abondant de la fillette lui évitait de trop penser.

C'est en rentrant un soir d'une journée passée avec Elvynià et ses parents que son pressentiment affreux se concrétisa dans toute son horreur. Jàsieck revint en même temps que lui. Hegon se souvint qu'il l'avait envoyé le matin même à la recherche de nouvelles informations sur Dennios.

Il n'y avait personne dans la grande demeure, hormis Roxlaàn, qui profitait de sa liberté actuelle pour accumuler les conquêtes. Hegon pénétra dans la maison et appela son ami. Personne ne réagit. Un sentiment de malaise l'envahit. D'ordinaire, Roxlaàn, même occupé avec une fille, lui répondait d'un appel joyeux. Mû par une angoisse soudaine, Hegon se précipita dans ses appartements, suivi par un Jàsieck plus mort que vif.

Roxlaàn était là, en compagnie d'une fille, étroitement emmêlés. Tous deux avaient la gorge et le ventre ouverts.

21

Hegon poussa un cri d'animal blessé. Il s'agenouilla près de Roxlaàn, se pencha sur lui, prit son visage entre ses mains, désemparé. Il tenta de le secouer, espérant contre toute attente qu'il lui restait encore un souffle de vie. Mais il avait trop souvent croisé le masque de la mort pour ignorer qu'il était trop tard.

Il éprouva une violente douleur dans la poitrine, semblable à un coup de poignard. Roxlaàn ne pouvait avoir été tué ! C'était impossible ! Il était comme son frère. Il lutta de toutes ses forces pour contenir les larmes qui lui brûlaient les paupières. Puis il se redressa et examina les corps des victimes.

Roxlaàn avait lutté avant de mourir. Mais il était flagrant qu'il avait été pris par traîtrise. Plusieurs coups de poignard marquaient son dos. Il était visible aussi que les criminels s'étaient acharnés sur lui après sa mort. Quant à sa compagne, elle avait été égorgée avec une telle violence que sa tête avait été à demi tranchée. À la douleur succédait peu à peu une colère sourde.

Il se releva, blême. Jàsieck, affolé, tournait en rond.

— Ils n'étaient pas seuls, dit Hegon d'une voix blanche. Où sont les serviteurs ?

Il n'eut pas à chercher bien loin. Dans les cuisines, les corps de l'intendant et des deux domesses qu'il avait définitivement engagés gisaient dans une mare de sang, également égorgés et éventrés. Le jeune maraudier se mit à trembler rétrospectivement à l'idée qu'il aurait pu se trouver là lui aussi. Si le maître ne l'avait pas envoyé à la recherche du conteur...

— Mais qu'est-ce qui a pu se passer ? gémit-il.

— Ils ont été assassinés. Tu vas aller quérir le juge de quartier. Je veux qu'on retrouve ceux qui ont commis ce crime.

Le gamin sortit en courant. Resté seul, Hegon fouilla la demeure de fond en comble, mais ne trouva aucun indice. La maison était isolée et donnait sur un petit bras du Donauv. Si les assassins s'étaient introduits par le rivage, personne n'avait pu les repérer. Il ne serait pas facile de les démasquer. Mais qui étaient-ils ? Et pourquoi avaient-ils commis ces crimes ?

Bouleversé, Hegon se laissa tomber sur un siège. Il ne parvenait pas à admettre la mort de Roxlaàn.

Et Dennios qui n'était toujours pas là ! Une nouvelle fois, Jàsieck l'avait cherché dans tous les lieux où l'on rencontrait des myurnes : tavernes, auberges, relais de poste où ils attendaient le départ des caravanes pour les autres villes. Il avait même écumé le port. Dennios était connu partout. Mais personne ne l'avait vu à Gwondà depuis quelque temps.

Bientôt, le jeune maraudier revint en compagnie d'un homme vêtu d'une longue robe noir et gris, et suivi de deux assistants en uniforme. Des gardes de la police du Dmaârh. Comme toutes les cités de Medgaarthâ, Gwondà était dotée d'un corps de policiers chargés des enquêtes. Les juges de quartier avaient pour fonction de constater les faits, depuis les délits les plus modestes jusqu'aux crimes les plus graves. Ayant prêté serment devant le Dmaârh lui-même, ils intervenaient également dans les tribunaux, au cours des procès. Dans le cas d'assassinats, ils avaient tout pouvoir pour diligenter une enquête. Celle-ci était alors menée par des policiers spécialisés, qui dépendaient directement d'un ministère placé sous les ordres du souverain.

Le juge de quartier, qui tenait beaucoup à son titre de « master », étudia chacun des cadavres, puis repéra des traces de sang sur le sol.

— Votre ami s'est battu avec courage, déclara-t-il enfin. Il a dû blesser ou tuer un ou plusieurs de ses agresseurs. Mais les autres ont emporté les corps.

Hegon approuva. Les marques sanglantes menaient jusqu'au parc, en direction du rivage. Les criminels étaient bien arrivés par le Donauv.

— Pourquoi ont-ils assassiné mon ami ? demanda Hegon.

Il n'espérait pas une réponse claire. Si le meurtre avait été commandité par Brenhir, le petit juge ne pourrait rien faire, et l'enquête n'aboutirait jamais. Il avait l'air honnête. Il déclara :

— Je ne peux avoir de certitude, seigneur. Il est probable qu'il s'agisse de voleurs. Ils sont nombreux dans le quartier de la Fange, et ces villas isolées sont des proies faciles. C'est pourquoi la plupart d'entre elles possèdent leurs propres milices. Vous n'aviez pas pris une telle précaution, seigneur.

— Je viens juste d'acheter cette maison. J'ignorais qu'il fallait payer des gardes en plus des domesses.

Le juge écarta les bras.

— Évidemment, on n'y pense pas toujours. Et ces scélérats ont vite fait de repérer les maisons mal défendues. Ils ont dû vous dévaliser.

— Non. Ils n'ont presque rien pris. Une cassette dans laquelle je conservais de l'argent. Mais ils n'ont pas touché à mes vêtements ou à mes armes.

— Cela n'a rien d'étonnant. Souvent, ils ne prennent que les couronnes. Les objets personnels les feraient vite repérer au moment de la revente. Je crains que votre ami soit mort pour quelques pièces, seigneur. J'en suis sincèrement désolé.

Tandis que le juge faisait emporter les corps de la pauvre fille et des domesses pour les rendre à leur famille, Hegon installa lui-même Roxlaàn sur une table de la grande salle, aidé du seul Jàsieck qui ne savait que faire pour consoler son maître.

Une douleur vive broyait Hegon. Roxlaàn avait remplacé pour lui le frère qu'il n'avait jamais eu. Il se reprochait amèrement de n'avoir pas pensé à faire protéger sa doméa. Cela eût pourtant été facile en invitant sa cohorte à y résider. Mais comment aurait-il pu deviner que le risque était si grand ?

Bien sûr, il pouvait s'agir de scélérats qui s'en prenaient aux riches doméas et n'hésitaient pas à tuer pour s'emparer de quelques biens. La cassette disparue tendait à renforcer cette hypothèse. Mais il subsistait un doute. Il ne fallait pas oublier la menace qui pesait sur lui. Il était possible que l'on ait payé des assassins pour le tuer, lui, mais ils avaient commis une erreur sur la personne. Dans ce cas, inutile de chercher très loin : les commanditaires de cet acte répugnant n'étaient autre que les membres de cette mystérieuse Baï'khâl dont avait parlé la Baleüspâ.

Il pouvait s'agir d'un avertissement ou d'une vengeance. Sa victoire lui avait valu beaucoup d'ennemis, dont le Dmaârh lui-même. Il avait perdu la face devant sa propre cour lorsque les officiers avaient ouvertement soutenu leur chef. On avait un moment pu craindre une nouvelle bataille opposant la garde dmaârhiale et les comwarriors victorieux. L'issue de cette bataille eût été incertaine. Guynther avait hésité parce qu'il sentait bien que le peuple de Gwondà se rangerait derrière Hegon. Et la Baleüspâ n'avait-elle pas dit qu'il serait la cause de grands bouleversements ? Guynther avait pu vouloir se venger en frappant Hegon à travers Roxlaàn. Mais cette hypothèse était hasardeuse. Hegon était un guerrier. Le

Dmaârh devait se douter que ce crime ne l'affaiblirait pas. Au contraire, elle renforcerait sa colère.

À moins qu'il ne s'agît d'une action du prince Brenhir, effrayé à l'idée de devoir l'affronter dans l'arène ? Peut-être avait-il regretté son audace après coup, sachant qu'il n'était pas à la hauteur. C'était bien possible. Dans tous les cas, il serait très difficile d'en obtenir la preuve.

Un élément choquait Hegon. Son visage était connu. Si lui-même était visé, comment les assassins avaient-ils pu commettre une telle méprise ?

Il veilla Roxlaàn toute la nuit, se remémorant les bons moments qu'ils avaient partagés, les batailles féroces au cours desquelles ils avaient repoussé les maraudiers et les werhes qui mordaient les frontières de la Vallée. Il revécut aussi les longues soirées à deviser en buvant le vin des coteaux de Brahylà. Il évoqua leurs difficiles années d'apprentissage au Prytaneus, où ils avaient d'abord été rivaux, accumulant les conflits comme deux chiots enragés. De cet affrontement vigoureux était née une amitié solide, une fraternité que rien désormais ne pourrait remplacer. Alors, dans le secret de sa nuit solitaire, Hegon laissa ses larmes couler. Il espérait presque par moments que d'autres voleurs revinssent pour les combattre et les exterminer. Il sortit même dans le parc, se rendit sur la rive, armé de son sabre et de son poignard. Longtemps, il guetta les rives, à s'en user les yeux.

Mais personne ne se manifesta.

Le lendemain, de lourds nuages sombres couraient dans un ciel bas, balayé par des vents froids. Le temps reflétait le désarroi d'Hegon.

Roxlaàn n'ayant plus de famille, puisque ses parents avaient été emportés par une épidémie à la fin de sa formation au Prytaneus, Hegon était son seul proche. Cela n'empêcha pas une foule importante d'accourir le matin suivant. Dès qu'ils avaient appris la nouvelle, les vainqueurs de Mora s'étaient présentés, Serrith en tête.

Puis vinrent le maârkh Staïphen, dame Feonà et la petite Elvynià, suivis par leur cour. Hegon entendit à peine les paroles de consolation de chacun. Il lui semblait qu'on lui avait arraché une partie de lui-même. Il lui arrivait de chercher Roxlaàn des yeux, pour quêter son avis sur ce qui se passait, lui demander conseil, ou plus simplement sourire avec lui de l'allure d'un courtisan. Comme ils avaient coutume de le faire.

Lorsque la petite main d'Elvynià se glissa dans la sienne, une vive émotion le saisit. La fillette, d'ordinaire si bavarde, ne disait mot. Ses yeux rougis trahissaient sa peine. Elle n'oubliait pas non plus la gentillesse de Roxlaàn à son égard.

— Tu vas retrouver ceux qui ont fait ça, n'est-ce pas ? dit-elle seulement.

— Oui, répondit-il d'une voix sourde.

Après que le commissaire aux morts eut légalement constaté le décès de Roxlaàn et procédé aux derniers détails administratifs, le corps de Roxlaàn fut porté sur un bûcher funéraire que les warriors avaient édifié dans le parc. Une délégation d'orontes célébra une cérémonie religieuse — dûment payée par Hegon — afin de protéger l'esprit du défunt pendant son voyage dangereux vers Hadvalhâ. Des chants funèbres, repris par l'assemblée des guerriers, étaient censés écarter le terrible serpent Nyoggrhâ.

La mort dans l'âme, Hegon plongea lui-même la torche dans le bois sec imprégné de résine. Bientôt, de hautes flammes s'élevèrent, qui brûlèrent pendant de longues heures. Tous les guerriers demeurèrent auprès du brasier, ainsi que le voulait la coutume, pour saluer la disparition de leur compagnon.

Au cours de cette journée étrange, Hegon mesura toute sa popularité. Au-dehors, une foule silencieuse se relaya jusque tard dans la nuit. D'innombrables gerbes de fleurs furent déposées à l'entrée, en témoignage de la compassion pour Roxlaàn et pour lui faire savoir l'affection du peuple de Gwondà. Les habitants de Medgaarthâ attachaient une grande importance aux choses de l'invisible. Il avait été désigné par la Baleüspâ et cela suffisait pour faire de lui un héros. Il l'avait prouvé en remportant une grande victoire à Mora. Le deuil qui le frappait touchait aussi les Medgaarthiens.

Jamais Hegon ne se serait douté de cela. Lui-même ne croyait guère à ce que racontaient les orontes. Il avait reçu l'éducation d'un jeune noble, mais n'avait jamais accordé au domaine religieux une très grande valeur. Il se rendait compte désormais qu'il avait subi l'influence de Dennios. Le conteur avait développé à son insu son sens de l'analyse et lui avait donné une autre vision du monde. Son absence pesait à Hegon. Lui aurait su le rassurer, le guider, l'aider à surmonter cette épreuve douloureuse. Il avait toujours su trouver les mots justes.

La nuit suivante, de nombreux officiers demeurèrent près de lui, afin de l'assurer de leur soutien et de leur confiance. Tout le monde avait en tête le duel qui devait avoir lieu deux jours plus tard. Personne ne comprenait comment le prince avait osé lancer un défi ouvert à Hegon. Même s'il était lui-même un redoutable guerrier, il ne possédait pas les qualités exceptionnelles de son adversaire. Il avait même demandé un duel selon la loi d'Haylâ. Beaucoup estimaient qu'il avait agi sur un coup de tête en voyant que son père ne pouvait pas le soutenir face à l'assemblée des comwarriors. Brenhir était un écervelé. Mais il risquait fort de le payer de sa vie.

Pourtant, peu avant son départ, Serrith tint à avertir Hegon.

— Écoute, mon ami. Je n'aime pas ce qui se prépare. Je sais que tu es protégé par les dieux, mais tes ennemis sont puissants, et ils n'osent pas t'attaquer loyalement. Je suis certain que la mort de Roxlaàn n'est pas le fait de voleurs. Cela fait partie d'un méchant piège, j'en donnerais ma tête à couper. Aussi, méfie-toi de ce mauvais duel. Le Dmaârh Guynther ne peut te faire condamner, puisque tu as le soutien de l'ost et du peuple de Gwondà. Mais il n'est pas homme à renoncer ainsi devant un ennemi. Je connais la prophétie. Il n'a aucun intérêt à te laisser en vie, et il fera tout pour te détruire.

— Merci, Serrith. Je te promets de rester sur mes gardes.

L'analyse du comwarrior confirmait la sienne. Mais de quel ordre pouvait être le piège ?

Pendant la journée suivante, Hegon parcourut la ville en compagnie de Jàsieck afin de tenter de retrouver la trace de Dennios. En vain.

Le soir, Hegon en était arrivé à la conclusion qu'il était arrivé malheur au conteur. Peut-être avait-il été victime, lui aussi, du complot sournois dirigé contre lui. On avait voulu l'atteindre en éliminant ses proches amis. Il se coucha avec une colère sourde dans le cœur, bien décidé à ne laisser aucune chance à son adversaire.

22

Les duels entre graâfs faisaient l'objet de paris acharnés de la part des autres nobles, mais aussi du peuple, qui choisissait ses champions. Les sommes engagées étaient parfois si considérables que plus d'un y avait perdu sa fortune. Le vainqueur touchait une part sur les paris, et certains guerriers, nobles ou non, avaient fait métier de ces duels. Ces professionnels, appelés gladiâs, pouvaient également remplacer un duelliste si celui-ci était trop âgé ou, cela arrivait, trop lâche. En gagnant le Valyseum, où le duel devait avoir lieu, Hegon se demandait si Brenhir aurait recours à l'un de ces tueurs redoutables. Auquel cas il se discréditerait auprès du peuple de Gwondà. Mais peut-être était-ce là le piège. Brenhir avait déniché un gladiâs de première force et l'avait payé pour le tuer...

Après les orages qui avaient éclaté la veille, un soleil de plomb inondait l'arène. Une foule innombrable se pressait sur les gradins. La nouvelle du défi lancé par le prince Brenhir au nouveau héros de Medgaarthâ avait fait le tour de la cité, et chacun voulait assister à ce combat de titans. Afin de s'attirer la sympathie d'un peuple qui se révélait quelque peu rebelle, le Dmaârh avait profité de l'occasion pour organiser des combats de klaàves, ainsi que quelques mises à mort spectaculaires destinées à rappeler à ceux qui auraient manifesté des velléités de résistance qu'il n'était pas bon de défier la puissance du souverain.

Cependant, ce spectacle digne de choix n'obtint pas le succès habituel, ce qui n'arrangea pas l'humeur de Guynther. Maldaraàn, à ses côtés, ne cachait pas son pessimisme.

— Ton fils a pris de très gros risques, seigneur, dit-il. Ce chien d'Hegon est un combattant dangereux.

— Toutes les précautions ont été prises, Maldaraàn. Ne t'inquiète pas. Il ne sortira pas de l'arène vivant.

Le silence se fit dans les gradins. Puis les deux adversaires s'avancèrent sur le sable. Une clameur formidable jaillit des gradins dès qu'Hegon fit son apparition. Le souverain lâcha un cri de mécontentement. Le peuple avait clairement choisi son champion. Mais bientôt un sourire mauvais éclaira sa face. Après tout, il n'était pas plus mauvais que cette populace indisciplinée voie périr son héros. La légende serait ainsi étouffée dans l'œuf. Il se renfonça sur son siège et afficha un visage confiant.

Hegon constata que son hypothèse était fausse. Le prince Brenhir était bien présent et allait le combattre personnellement, sans avoir recours aux services d'un gladiâs. S'estimant l'offensé, il avait choisi les armes : le sabre et là hache.

Hegon observa son adversaire. Il ne pouvait s'empêcher de penser qu'il était peut-être responsable de la mort de Roxlaàn, même s'il n'y avait aucune preuve. L'autre s'avança vers lui, en fanfaronnant comme à son habitude.

« Il est outrageusement confiant », songea Hegon. Plus que jamais, il pressentit le piège.

Un troisième homme était présent sur le sable : le grand maître Xanthaàr, alter ego du Dmaârh. Ce fut lui qui donna le signal du combat.

— Messeigneurs, cette journée vous appartient. Combattez avec courage et loyauté. Ainsi que l'a voulu le prince Brenhir, comme son rang le lui permet, le combat ne s'arrêtera pas au premier sang versé. Vous combattrez suivant la loi d'Haylâ. L'un de vous ne quittera pas l'arène vivant. Que la volonté de Braâth s'accomplisse !

Puis il leva son propre sabre et, après le signal adressé par le Dmaârh, le laissa retomber d'un coup. Le combat s'engagea.

Brenhir fonça aussitôt sur Hegon, frappant à coups redoublés de la hache et du sabre. Peut-être escomptait-il le prendre de vitesse. Hegon n'avait jamais eu l'occasion de jouter contre lui. Brenhir bénéficiait d'une réputation de bretteur puissant, qui ne laissait pas une chance à ses adversaires et prenait plaisir à les humilier. Il aimait à affronter les plus grands gladiâs, avec qui il faisait jeu égal. Il n'était pas un adversaire négligeable, même si la réputation d'Hegon lui était supérieure. Méfiant, le jeune homme se contenta dans un premier temps de parer les coups furieux de l'autre.

Mais, très vite, il comprit qu'il se passait quelque chose d'anormal. Son sabre ne réagissait pas de la manière habituelle. Il lui semblait plus rigide, plus lourd. De même, la hache, qu'il utilisait pour arrêter les frappes puissantes de Brenhir ne tenait pas à sa main comme de coutume. Soudain, sous un coup plus fort que les autres, la lame de la hache se brisa. Une angoisse soudaine s'empara d'Hegon. Il voulut riposter avec le sabre, mais Brenhir redoubla ses attaques. Hegon constata qu'il frappait surtout sur les armes, sans vraiment chercher à le toucher. Et il comprit : ce n'était pas ses propres armes qu'il avait en main ! On les lui avait échangées, vraisemblablement au moment où Roxlaàn avait été assassiné. Ce n'étaient pas des voleurs qui l'avaient tué, mais des spadassins à la solde du prince. Le but n'était pas de voler la cassette, mais de changer ses armes pour d'autres, dont le métal avait été sans doute travaillé au sable pour se briser sous les chocs.

Il en eut la confirmation lorsque la lame du sabre se rompit à son tour, le laissant désarmé face à Brenhir, qui poussa un rugissement de triomphe. Sur les gradins retentit une clameur de stupeur. Comment un sabre pouvait-il se briser ainsi ? La foule commença à trembler pour son champion.

Dans la tribune dmaârhiale, Guynther exultait. Avec deux moignons d'arme, Hegon n'avait plus aucune chance. Le Dmaârh faillit éclater de rire devant les efforts désespérés qu'il faisait pour parer les coups de son fils. Dans la foule, on se mit à hurler. Le combat était truqué !

Pourtant, malgré sa fougue, Brenhir ne parvenait pas à toucher Hegon, qui continuait de dévier les attaques à l'aide du seul tronçon de sabre qui lui restait en main. Face à lui, le prince crachait des injures. Rompant soudain le combat, il recula et aboya :

— Je t'avais dit que tu périrais aujourd'hui, Hegon. Mais ta mort sera bien pire que ce que tu pouvais imaginer, car je te réserve une petite surprise !

— Laquelle ? demanda Hegon, désormais prêt à toutes les traîtrises.

— Ton nom secret ! Je connais ton nom secret ! hurla Brenhir.

Puis il relança ses attaques furieuses tout en continuant de brailler.

— Nyoggrhâ ! Entends ma voix ! Écoute le nom secret de l'âme de ce chien : il s'appelle Làkhor. Retiens bien ce nom : Làkhor ! Prépare-toi à l'emporter dans ton repaire, car je vais le tuer !

Escomptant avoir déstabilisé son adversaire, il redoubla d'efforts.

Sur les gradins, on avait compris. Le prince avait payé les services d'une guesche pour obtenir le nom secret du héros. Certains regardèrent autour d'eux, redoutant de voir surgir le terrible serpent du néant. Puis le peuple réagit. Afin de rendre sourd le dieu maudit, on commença à clamer le nom d'Hegon. Il résonna ainsi de plus en plus fort dans l'arène, couvrant la voix du prince.

Malgré tout, on s'attendait d'un instant à l'autre à voir Hegon s'écrouler sous les coups furieux de son adversaire. Pourtant, celui-ci, malgré sa détermination, ne réussissait pas à le toucher. Brenhir pestait et hurlait sa hargne. Une force inconnue paraissait protéger son ennemi, qui semblait anticiper tous ses coups. Aucune de ses attaques ne parvenait à le toucher. Soudain, il éprouva une sensation bizarre. Il avait l'impression à présent que son sabre et sa hache pesaient de plus en plus lourd. Il voulut s'acharner, mais ses bras ne répondaient plus. Prenant conscience que quelque chose n'allait pas, il rompit l'engagement.

— Qu'est-ce que tu m'as fait ? chuinta-t-il d'une voix geignarde.

Peu à peu, la rage fit place à l'angoisse. Hegon recula. Brenhir tenta de le suivre, de frapper de nouveau, mais il était comme pétrifié sur place. À présent, c'était à peine s'il pouvait respirer, comme si une gigantesque main invisible lui comprimait les poumons.

Parvenu à quelques pas, Hegon lui jeta un regard dur. Le jeune homme ne comprenait pas exactement ce qui se passait, sinon qu'une force nouvelle, venue du plus profond de son être, l'investissait inexorablement. Elle semblait apparentée à cet étrange pouvoir qui lui permettait de percevoir l'esprit de ses interlocuteurs. Il l'avait déjà éprouvée lors de son combat contre Haaris'khaï. Il la ressentait encore mieux face à Brenhir. Brenhir, qui avait envoyé des hommes pour échanger ses armes, Brenhir, qui était responsable de la mort de Roxlaàn, Brenhir le traître, qui n'avait jamais eu l'intention et le courage de l'affronter loyalement.

— Maudit sois-tu ! gronda Hegon sans relâcher sa

pression mentale. Assassin tu es ! Lâche tu es ! C'est toi que Nyoggrhâ emportera en ce jour !

Sur les gradins, la foule s'était tue, stupéfiée par la tournure incompréhensible que le duel avait prise. Le Dmaârh profita de ce silence pour reprendre le nom secret d'Hegon.

— Làkhor ! Làkhor ! clamèrent les officiers fidèles au suzerain.

Mais leur écho fut bien moins important que la clameur formidable poussée par la foule qui, en réponse, scanda de nouveau le nom d'Hegon.

À présent, Brenhir était presque paralysé, comme s'il était englué dans de la poix. Sabre et hache pendaient, inutiles, au bout de ses bras devenus trop pesants. Poussé encore par la haine et la rage, il tituba en direction de son ennemi. Un ennemi qui lui jeta un regard glacial. Puis Hegon leva les bras. Le silence se fit, même dans la tribune dmaârhiale.

Le jeune homme pointa le doigt sur son adversaire.

— Tu m'as appelé par mon nom secret, prince Brenhir. Eh bien, qu'il en soit ainsi ! Désormais, je ne m'appellerai plus Hegon, mais bien Làkhor. Ce nom secret, je le revendique et je le porterai au grand jour, face au serpent maudit, et face à tous mes ennemis ! Et le jour de ma mort, il faudra que Nyoggrhâ m'affronte comme j'ai affronté aujourd'hui Brenhir le lâche, qui a fait tuer mon compagnon d'enfance Roxlaàn pour remplacer mon sabre par une arme truquée.

Il s'approcha du prince et le bouscula d'un geste brusque. L'autre bascula sur le sol sans même pouvoir réagir. Les gestes ralentis, le souffle rauque, il paraissait prisonnier d'une gangue poisseuse dont il ne parvenait pas à s'extraire.

Hegon pointa le tronçon de son sabre dans sa direction.

— Regardez bien cet homme ! poursuivit-il. Il n'a pas eu le courage de me combattre loyalement. Il est responsable de la mort de mon ami Roxlaàn, qui fut pour moi comme un frère. Car c'est lui qui l'a fait tuer ! Pour pouvoir échanger mes armes !

L'acoustique parfaite du Valyseum fit éclater ses paroles comme un coup de tonnerre. En réponse, une rumeur sourde monta de la foule. Sans pouvoir l'expliquer, on comprenait peu à peu ce qui se passait. Par un phénomène incompréhensible, Hegon tenait le prince en respect grâce à des pouvoirs mystérieux. On vit dans ce miracle une nouvelle preuve qu'il était bien le guerrier de la prophétie. Alors, une clameur s'éleva, qui reprit cette fois le nom de Làkhor, puisqu'il avait choisi d'être appelé ainsi à présent.

Hegon se tourna vers Brenhir, qui tentait de se libérer du carcan invisible que la puissance mentale de son adversaire faisait peser sur lui. Mais il ne parvenait même pas à se relever.

— Redoute celui vers qui tu comptais m'envoyer, Prince, car moi, je n'ai pas besoin dès services d'une guesche pour deviner quel est ton nom secret : tu t'appelles Brenhir le lâche ! Brenhir le fourbe ! Alors reçois à présent le prix de ta trahison et de ta lâcheté !

D'un coup, il relâcha sa pression mentale. Un instant décontenancé, le prince se releva. Comprenant qu'il était libre, il leva son sabre et frappa de toutes ses forces. Son arme ne rencontra que le vide. Feintant habilement, Hegon s'était effacé au dernier moment. D'un geste imparable, il saisit le bras de Brenhir, le tordit et s'empara de son sabre, qu'il projeta au loin. Dans un même mouvement, il effectua un rapide demi-tour et plongea ce qu'il restait de son sabre truqué dans la gorge de Brenhir. Il en restait assez de longueur pour ressortir derrière la nuque. Sous la force du coup, le corps du prince décolla de terre, et retomba lourdement. Il n'eut que quelques soubresauts, puis s'effondra définitivement, inondant de son sang le sable de l'arène.

Un silence lourd s'installa sur le Valyseum. Le Dmaârh

se leva, aussitôt imité par ses courtisans. Malgré le piège tendu, ce chien avait triomphé. Il avait tué Brenhir. Maldaraàn était blême. Le Dmaârh chancela. L'idée de ce duel truqué était de lui. Il avait envoyé lui-même son fils à la mort.

— Qu'il… soit… maudit ! réussit-il à articuler.

— Il est bien protégé par les dieux ! déclara Ashkaarn. Je ne sais pas si nous pourrons faire quelque chose contre lui.

Sur les gradins, on comprenait que, malgré le guet-apens odieux tendu par le prince, Hegon, ou plutôt Làkhor, avait fini par triompher. Il y eut un moment de flottement, puis ce fut l'hystérie. La foule se remit à clamer ce nom secret qu'il revendiquait désormais pour nom officiel.

Abasourdi, Guynther comprit qu'il ne pouvait rien faire. Par précaution, il avait fait placer des archers à des endroits stratégiques. Il eût été facile à l'un d'eux d'atteindre ce chien. Mais il eût ainsi donné le signal d'une révolte qui risquait de lui coûter et son trône et sa vie. Car nombre des officiers se rangeraient désormais derrière Hegon.

— Personne ne pourra donc arrêter ce misérable ? grinça-t-il d'une voix sourde.

Maldaraàn se pencha vers lui.

— N'oublie pas qu'il n'est toujours, officiellement, qu'un simple alwarrior, inféodé au maârkh de Mahagür Il te doit obéissance. Si tu le renvoies là-bas, il ne pourra pas s'y opposer.

— Mais il vivra…

Maldaraàn eut une grimace qui pouvait passer pour un sourire.

— N'en soyons pas si persuadés, seigneur. Les pistes de la Vallée ne sont pas sûres.

23

Contrairement à la coutume qui voulait que le vainqueur fût félicité par le Dmaârh, Guynther quitta très vite le Valyseum, suivi par la Cour. Alors qu'Hegon s'avançait vers la loge princière, celle-ci se vidait, comme si les grands personnages le fuyaient. Sur les gradins, la foule ne cessait de scander le nom de Làkhor. Tandis que les médikators enlevaient le corps de Brenhir, des individus sautèrent dans l'arène pour venir le féliciter. Il se retrouva bientôt hissé sur des épaules enthousiastes, acclamé par un peuple en liesse, auquel se joignirent ses compagnons warriors, qui n'auraient manqué le duel pour rien au monde. Il ne lui fut pas facile de quitter le cirque.

Bien plus tard, il retrouva Staïphen de Mora dans la doméa de ce dernier. C'était une demeure plutôt modeste. Staïphen préférait consacrer sa fortune à ses sujets, ce qui était très rare chez les maârkhs, et lui valait une certaine inimitié de la part des autres gouverneurs. Il reçut Hegon sur la terrasse dominant les eaux houleuses du Donauv, en compagnie de dame Feonà et d'Elvynià. Un vent froid s'était levé, qui agitait les branches des grands arbres du parc. Staïphen affichait un visage soucieux.

— Tu as vaincu, mon neveu, dit-il. Ta popularité

te rend intouchable désormais. Quiconque s'en prendra à toi déclenchera la colère des khadars et d'une
grande partie de l'armée. Cependant, je suis inquiet. Les
maârkhs te redoutent. Ils craignent que tu ne profites
de ta position pour provoquer un soulèvement du peuple
contre eux.

— C'est stupide. Je n'en ai pas l'intention.

— Il y a autre chose. Tu as vaincu le prince Brenhir
d'une manière stupéfiante. Tu sembles posséder le pouvoir de paralyser tes adversaires. Les orontes crient à la
sorcellerie. Quant au Dmaârh Guynther, il ne te pardonnera jamais d'avoir tué son fils.

— C'est compréhensible. Mais il doit pourtant savoir
que je ne suis pas à l'origine de ce duel.

— Il refusera de s'en souvenir. Pour lui, tu resteras
l'assassin de son fils et de l'héritier du trône. Il serait
peut-être plus prudent de prendre tes distances avec le
Palais.

— Je n'ai pas l'intention de rester dans la capitale. Je
vais revendre ma doméa. Elle a vu mourir mon meilleur
ami. J'ai aussi perdu la femme que j'aimais.

— Oui, cette petite khadar, Myriàn.

— Je l'ai menée moi-même à la mort, dit Hegon d'une
voix lugubre.

— Phrydiâ se montre parfois bien cruelle, lorsqu'elle
inspire un amour impossible à un homme et une femme.
Mais tu ne pouvais agir autrement. Que comptes-tu faire
à présent ?

— Je vais repartir pour Mahagür. Officiellement, je
dépends encore du maârkh Pheronn. Si je reste ici, je
crains que ma popularité ne crée des tensions qui
risquent de déboucher sur une guerre civile. Les ennemis de Medgaarthâ pourraient mettre ce chaos à profit.

— C'est une sage décision. Mais si tu t'ennuies à
Mahagür, sache qu'il y aura toujours une place pour toi
à Mora.

— Sois remercié, seigneur.

Le lendemain, Hegon estima qu'il devait tout faire pour calmer les esprits. Tandis qu'un merkàntor se chargeait de vendre la doméa, il se rendit au palais du Dmaârh, à qui il demanda audience. Guynther le reçut dans la grande salle du palais, entouré de ses courtisans. Hegon comprit qu'il agissait ainsi afin de bien lui montrer qu'il était toujours le souverain de Medgaarthâ et qu'il entendait le rester.

— Tu voulais me voir? demanda le Dmaârh d'une voix glaciale.

Derrière lui se tenaient Maldaraàn, Ashkaarn et Xanthaàr. Tous fixaient Hegon d'un regard dur. Il devinait chez eux le désir de le détruire, et la frustration de ne pouvoir le faire officiellement sans encourir la fureur du peuple, et surtout de l'armée. Lui-même ne pouvait s'empêcher de penser qu'il avait face à lui les commanditaires du meurtre de Roxlaàn. Il dut faire un effort pour dominer sa colère.

— C'est exact, seigneur, répondit-il d'un ton posé. Je suis venu t'informer que j'allais repartir pour Mahagür.

Guynther jeta un coup d'œil rapide à Maldaraàn. Hegon nota que cette décision semblait lui convenir parfaitement. Il continua :

— Je comprends que tu puisses avoir du ressentiment envers moi, seigneur. Mais ce n'est pas moi qui ai provoqué ce duel. J'ai perdu un ami à cause de ce combat stupide. Ton fils a payé des gladiâs pour investir ma doméa et échanger mes armes contre un sabre et une hache truqués, à la ressemblance des miens.

— Comment oses-tu…

— Il s'en est vanté au cours du duel, le coupa Hegon en élevant le ton. Il n'a pas combattu loyalement. Il en est mort. Il a donc eu ce qu'il méritait. Quant à toi, je sais que tu redoutes la prophétie. Tu t'imagines que je songe à renverser ta dynastie. C'est faux ! Je n'en ai jamais eu l'intention. C'est pourquoi je vais repartir dès que ma demeure sera revendue. Nous devons apaiser les tensions. Je n'ai jamais eu d'autre but que de protéger Medgaarthâ contre ses ennemis extérieurs.

Guynther hocha la tête.

— J'allais t'ordonner de partir, de toute façon. Ta présence n'est pas souhaitée à Gwondà. Car rien n'est changé. Tu es toujours alwarrior, même si certains te considèrent encore comme le chef des armées.

— Je ne l'ai été que durant la bataille de Mora, pour défendre cette cité, parce que mes pairs me l'ont demandé. Ils avaient confiance en moi.

D'un ton insidieux, l'Achéronte Ashkaarn demanda :

— Nous savons que tu as fait preuve de grandes qualités de stratège. Mais pourquoi cette décision de repartir pour Mahagür ? Tu as le peuple derrière toi, et surtout la caution de la prophétie. Tu aurais pu fomenter une révolte. Bien sûr, nous sommes prêts à réprimer tout soulèvement avec la plus extrême sévérité, mais tu risques, en repartant, de mécontenter tes partisans.

— Albater, la prophétie évoque de grands bouleversements, sans préciser lesquels. Jamais la Baleüspâ n'a prétendu que je prendrais les armes contre le Dmaârh. Ce serait une erreur. Nous avons bien assez à faire pour repousser nos ennemis sans nous battre les uns contre les autres. Trop de Medgaarthiens perdraient la vie dans cet affrontement fratricide. Voilà pourquoi je vais repartir. Mais si vous avez besoin à nouveau de moi, je serai là. Même si vous me haïssez et que votre aveuglement vous a amenés à tenter de me faire tomber à plusieurs reprises dans des pièges.

— Quelle insolence ! explosa Maldaraàn. Sais-tu bien à qui tu parles ?

— À ceux qui ont tenté de me tuer, seigneur Maldaraàn. Je ne suis pas dupe. Mais j'estime que le sang a assez coulé. Il est inutile d'en verser plus. Nous devons pardonner. J'ai perdu mon meilleur ami. Tu as perdu ton fils, seigneur Guynther. Il faut que cela cesse.

Je combattrai encore à vos côtés si une menace pèse sur la Vallée. Mais elle viendra de l'Extérieur, et non de moi. Cela aussi fait partie de la Prophétie.

Maldaraàn ironisa :

— Quelle générosité et quelle magnanimité de la part d'un officier de bas étage !

— Un officier de bas étage que vous continuez à redouter, messeigneurs. Mais ne vous y trompez pas ! Ce n'est pas pour vous que je le ferai. En tant que warrior, c'est à la protection des habitants de la Vallée que j'ai voué ma vie. C'est donc pour eux que je combattrai. Non pour défendre vos privilèges !

Il pointa le doigt sur Guynther et déclara :

— Ne tentez plus jamais rien contre moi, seigneur. Vous avez pu constater que les dieux me protègent. Redoutez qu'ils ne prennent ombrage de votre obstination à vouloir me supprimer ! Et souvenez-vous de la manière dont j'ai tué Brenhir !

Un murmure hostile parcourut la Cour. Sur quel ton ce petit chef de cohorte osait-il parler au Dmaârh ! Hegon haussa la voix :

— Prenez garde ! Qui, sinon Braâth lui-même, a pu me donner la force d'immobiliser un homme comme je l'ai fait ?

Il y eut un moment de flottement. La crainte des dieux était très ancrée dans l'esprit des Medgaarthiens, quel que fût leur rang. Chacun avait en mémoire la silhouette titubante du prince, emprisonné par un sortilège inconnu. Parmi les nobles, certains ne pouvaient s'empêcher d'admirer Hegon. Il était seul face au souverain tout-puissant de Medgaarthâ. Une centaine de gardes étaient présents, à qui l'on aurait pu ordonner de l'occire sur-le-champ. Malgré cela, il n'hésitait pas à défier Guynther, comme si des forces surnaturelles restaient prêtes à jaillir pour foudroyer quiconque aurait tenté quoi que ce fût contre lui. Xanthaàr prit la parole.

— Seigneur Guynther, dit-il, je pense que nous

devrions écouter favorablement les paroles de Làkhor, puisqu'il se fait appeler ainsi maintenant. Il est venu nous faire une proposition de paix, et nous a fait remarquer, avec lucidité, que l'ennemi ne venait pas de l'intérieur de Medgaarthâ, mais de l'extérieur. Son départ devrait calmer les esprits.

Il s'adressa ensuite à Hegon.

— Il est possible que le prince Brenhir ait essayé de te vaincre par des moyens déloyaux. Mais tu dois savoir que ni le Dmaârh ni les membres de son conseil n'ont une quelconque responsabilité dans cette manœuvre, si toutefois elle est avérée.

Hegon eut un léger sourire. Malgré toute la sincérité que Xanthaàr avait pu mettre dans ses paroles, le jeune homme savait qu'il mentait de manière éhontée.

— J'en suis très heureux, seigneur, répondit-il d'une voix sereine. La mort de Brenhir a racheté sa faute. Il n'y a donc plus d'ennemis en Medgaarthâ.

. En ressortant du palais, il savait qu'il devait, plus que jamais, se montrer méfiant.

Deux jours plus tard, la doméa était vendue. Désireux de s'en débarrasser au plus vite, Hegon l'avait cédée à une valeur moindre qu'à son achat.

Pendant trois jours, il tenta encore une fois de retrouver la trace de Dennios. Sans obtenir plus de résultat. Il finit par se rendre à l'évidence : il était arrivé malheur au conteur. Il ne serait jamais resté si longtemps sans donner de ses nouvelles. La nuit suivante, Hegon dormit très mal. Il se reprochait de l'avoir laissé partir. Dennios avait voulu trouver un moyen de reprendre contact avec les siens. Mais cette démarche était vouée à l'échec. Cela faisait plus de vingt ans qu'il avait coupé les liens avec l'Extérieur. Qui se souciait de lui désormais en Francie ?

Il lui semblait que son univers s'effondrait inexorablement. Roxlaàn et Dennios avaient disparu. Il ne lui restait plus personne, hormis Jàsieck. Mais il n'avait guère partagé de souvenirs avec lui.

Ses pensées revenaient aussi sur Myriàn. Il ne se pardonnait pas de l'avoir abandonnée. En vérité, la Baleüspâ l'avait endormi avec ses sortilèges. Peut-être lui avait-elle permis d'éviter de tomber dans un piège, mais il ne pouvait chasser de son esprit l'image de crocs féroces se refermant sur la chair de la jeune femme.

Il avait hâte de retrouver les murailles de Mahagür, et les batailles contre les maraudiers. Il ne voulait plus penser, seulement agir, chevaucher, combattre pour oublier.

La veille du départ, un homme se présenta à l'auberge où il avait élu domicile pour le rencontrer. Il avait l'allure d'un marchand, mais son accent trahissait une origine étrangère. Curieusement, il ne parvenait pas à sonder son esprit. Il se tint aussitôt sur ses gardes.

— Je parle bien au seigneur Hegon d'Eddnyrà ? demanda l'inconnu.

— C'est moi. Encore que je ne sois plus le fils de Maldaraàn d'Eddnyrà, précisa Hegon.

— Pardonne-moi, seigneur. Je m'appelle Sandro Martell, je suis négociant, et je viens de Brastyà. Mes compagnons et moi devons aller jusqu'à Mahagür. J'ai appris incidemment que tu devais repartir vers l'Ouest, et je souhaitais me placer sous la protection de ta cohorte.

— Comment as-tu appris cela ?

— Par tes warriors. Je me suis rendu à leur casernement. Je voulais savoir si je pouvais bénéficier d'une escorte. On m'a répondu que la cohorte du seigneur Hegon d'Eddnyrà, désormais connu sous le nom de Làkhor, devait partir incessamment. J'ai rencontré ton lieutenant, Thoraàn. Il me l'a confirmé. C'est pourquoi je me suis permis cette visite.

Hegon hésita. La démarche de l'individu n'avait rien d'anormal en elle-même. Il était fréquent que des merkàntors demandent à bénéficier d'une protection

270

militaire. Mais la menace imprécise qui pesait sur lui l'incitait à faire preuve de prudence.

— Combien êtes-vous ?

— Une vingtaine, seigneur. Avec un chargement de tissus précieux que nous devons livrer à Pytessià et à Mahagür.

Quelque chose lui soufflait de refuser, mais cela lui était difficile.

— C'est bon, dit-il enfin. Trouvez-vous dans deux jours, à l'aube, à la porte de l'Ouest. Nous suivrons la piste de Brahylà.

Le marchand remercia d'un signe de tête et se retira. Pas un instant Hegon n'avait réussi à percer ses défenses. Peut-être cette faculté que Dennios avait appelée le shod'l loer, le pouvoir de l'âme, n'agissait-elle pas sur les étrangers. Cependant, il se demanda si l'arrivée inopinée de ces merkàntors ne constituait pas un nouveau piège Le Dmaârh et ceux de la Baï'khâl n'avaient certainement pas renoncé à le supprimer.

Le lendemain, Staïphen de Mora quittait Gwondà. Hegon vint lui faire ses adieux sur le port. Le maârkh était inquiet.

— On m'a fait comprendre que je ne suis plus le bienvenu dans la capitale. Le Dmaârh n'a guère apprécié le soutien que je t'ai apporté. Fassent les dieux que cela n'aille pas plus loin qu'une simple réprimande.

— Redoutes-tu que l'on s'en prenne à toi ?

— J'espère que non. Mais il n'est jamais bon pour un noble de se dresser contre le pouvoir dmaârhial. Guynther a la mémoire longue. Il n'oublie jamais un affront. Parfois, bien longtemps après qu'un incident les a opposés au souverain, certains hommes connaissent de grandes difficultés. On porte contre eux des accusations non fondées, et ils se retrouvent ruinés, quelquefois ramenés au rang de schreffe. Parfois, ils disparaissent sans laisser de traces, et leurs biens reviennent à la couronne dmaârhiale.

— Mais tu es le maârkh de Mora !

— Ce ne serait pas la première fois qu'un gouverneur serait destitué…

— Je suis désolé. Je ne voulais pas…

— Tu n'y es pour rien, mon neveu. Je savais ce que je faisais en prenant ton parti. Ce n'est pas pour moi que je m'inquiète. Mais je ne voudrais pas qu'il arrive quelque chose à Feonà et Elvynià.

Hegon serra longuement Staïphen dans ses bras. Puis ce fut le tour de dame Feonà et d'Elvynià. La petite avait les yeux rouges.

— Tu ne veux vraiment pas venir avec nous ? demanda-t-elle.

Il lui prit les mains et s'accroupit pour être à sa hauteur.

— Je suis encore inféodé au seigneur Pheronn de Mahagür, jeune damoiselle. Cette cité a besoin de moi. Et puis, je crois qu'il faut laisser passer un peu de temps, pour que les choses se calment. Si je me rendais à Mora, cela risquerait de porter préjudice à ton père.

— Mais tu viendras nous voir, n'est-ce pas ?

— Je te le promets.

La fillette lui adressa un sourire triste. Il lui pressa les mains avec affection. Les pensées de la petite étaient limpides : elle redoutait de ne jamais le revoir. Ce n'était pas une pensée formulée clairement, mais plutôt une sorte d'intuition, de pressentiment, qu'elle-même ne percevait pas distinctement.

Le lendemain, le soleil se levait à peine lorsque Hegon et Jàsieck gagnèrent la caserne, où ils retrouvèrent Thoraàn et les guerriers de la cohorte.

— Honneur à toi, seigneur ! dit le lieutenant pour le saluer.

Le salut fut repris par tous. Hegon passa ses vingt-sept

warriors en revue. Durant son séjour dans la capitale, il leur avait laissé quartier libre. Cependant, trois de ses hommes ayant péri au cours de la bataille de Mora, il avait dû en recruter trois autres. Il avait confié ce recrutement à Thoraàn. Il ne connaissait pas les nouvelles recrues. On les lui présenta. Il se rendit compte que celles-ci n'étaient pas très bien acceptées dans la cohorte. Cela s'expliquait : elles n'avaient pas encore fait leurs preuves.

Le paquetage bouclé, les guerriers se dirigèrent vers la porte de l'Ouest, où attendaient les marchands brastyens.

Ils étaient bien une vingtaine, montés sur des chevaux. C'étaient tous des individus jeunes, vêtus de la longue cape des merkàntors. Quatre lourds chariots tirés par des hyppodions transportaient leurs marchandises. Sandro Martell fit admirer à Hegon la qualité de leurs pièces de tissus.

— Les meilleures soies de Brastyà, seigneur.

Hegon ne connaissait pas grand-chose en étoffe, mais dut convenir que celles-ci étaient belles. Cependant, il resta sur ses gardes. Quelque chose l'intriguait chez ces individus, sans qu'il pût définir ce que c'était.

On se mit en route, suivant la piste parallèle au Donauv. Elle longeait la vallée à une demi-marche des rives du fleuve, traversant parfois de modestes bourgades de landwoks.

À environ trois marches de Gwondà, elle remontait vers le nord pour contourner une région marécageuse et inhabitée. On se rapprocha alors des contreforts des montagnes qui bordaient la Vallée. C'était là un endroit particulièrement exposé aux attaques des maraudiers, et Hegon ordonna de se montrer vigilant.

Le brave Thoraàn lui tenait compagnie, relatant ce qui se disait sur son compte dans la capitale. Thoraàn était un warrior efficace et dévoué, le plus ancien guerrier recruté par Hegon, quatre ans plus tôt. La place de

Roxlaàn lui revenait de droit, et il la méritait. Cependant, Hegon ne pouvait partager avec lui la complicité qui l'avait lié à son ami. Il n'y avait entre eux que des souvenirs de bataille, et des rapports de capitaine à soldat.

Pourtant, il sentit très vite que Thoraàn n'était pas très à l'aise.

— Dis-moi ce qui te tracasse, compagnon.

Le lieutenant fit une grimace embarrassée.

— Je sais bien que ces Brastyens nous ont grassement payé leur protection, seigneur, mais il y a quelque chose d'étrange chez eux. Ils ne ressemblent pas à des marchands. D'ordinaire, ils sont plutôt bien en chair, ce qui n'est pas étonnant, avec l'argent qu'ils volent aux chalands. Mais regardez ceux-ci. Ils sont minces et musclés. Ils sont trop jeunes pour être des merkàntors. Ils ressemblent plutôt à des guerriers. Avec les menaces qui pèsent sur toi, nous ferions bien de nous méfier.

— J'avais déjà remarqué. Ils ne se sont pas montrés hostiles jusqu'à présent, mais nous devons rester prudents. Garde un œil sur eux.

— Bien seigneur.

Hegon surveilla les Brastyens lui aussi. S'ils venaient réellement de Brastyà. La seule manière de s'introduire en Medgaarthâ pour des étrangers consistait à prétendre venir de cette cité alliée. Ils restaient entre eux, se mêlant à peine aux guerriers. C'était assez courant chez les merkàntors, qui n'aimaient guère que l'on vienne se mêler de leurs affaires.

Cependant, Thoraàn avait probablement raison. Ces hommes étaient des guerriers. Ils en avaient le comportement. Ils scrutaient eux aussi les sommets des collines. Guettaient-ils une possible attaque de maraudiers, ou bien la présence de complices.

Il n'y eut pourtant aucun incident de la journée. Le soir venu, Hegon décida d'établir le bivouac dans une zone à la végétation basse, d'où il serait plus facile de voir un éventuel ennemi arriver.

Il demanda à Thoraàn d'affecter discrètement deux guerriers à la surveillance des Brastyens. Ceux-ci installèrent leur camp à peu de distance de la cohorte. Bizarrement, même s'il ne parvenait pas à capter leurs sentiments, Hegon ne ressentait aucune hostilité de leur part. Ils continuaient à surveiller les alentours, mais c'était une attitude normale lorsqu'on prenait la piste.

Tout à coup, une dispute éclata entre deux de ses warriors. Il intervint immédiatement.

— Eh bien ! Que se passe-t-il ?

L'un de ses plus anciens guerriers, Hodjynn, était aux prises avec l'un des nouveaux, un nommé Waddeck. Tous deux se battaient comme des chiens enragés. On dut les séparer.

— Seigneur ! clama Hodjynn, cet homme est un traître ! Je l'ai vu s'éloigner du camp et adresser des signaux en direction des collines, là-bas.

Il désignait, vers le nord, un épaulement rocheux couvert d'une végétation épaisse, fort capable de dissimuler un groupe armé. Mais l'incriminé s'insurgea :

— C'est faux seigneur ! Je croyais que mon lûmyr était brisé.

Chaque warrior possédait un petit miroir appelé lûmyr, qu'il utilisait pour communiquer à l'aide de signaux lumineux en réfléchissant la lumière du soleil.

— Montre-le ! demanda Hegon.

L'homme lui tendit l'objet.

— Il n'a rien, constata le jeune homme.

— J'ai entendu un craquement dans ma bandoulière tout à l'heure. J'ai cru qu'il était cassé.

— Et tu avais besoin de t'éloigner du camp pour ça ? explosa Hodjynn. Je t'ai vu passer la main devant ton lûmyr.

C'était de cette manière que l'on formait des mots codés.

— C'est faux ! répliqua vertement Waddeck, je voulais seulement faire quelques pas.

— Quelques pas hors de vue de la cohorte ! À qui adressais-tu tes signaux ?

— À personne ! Il n'y avait pas de signaux.

Hegon leva la main.

— Silence, tous les deux ! Waddeck, donne-moi ce lûmyr.

L'homme lui donna le miroir.

— Seigneur, dit-il, les autres warriors ne nous acceptent pas parce que nous sommes nouveaux. Ils nous tiennent à l'écart. C'est pour ça que je m'étais éloigné. Pour être tranquille.

Hegon hocha la tête sans répondre. Il prit Thoraàn à part.

— Interdiction pour les trois nouveaux de monter la garde cette nuit. Ils ne sont peut-être pas dangereux, mais nous devons nous montrer prudents.

— Tu redoutes une attaque de maraudiers, seigneur ?

Il regarda en direction des collines.

— Non. Pas les maraudiers. Tu vas tripler le nombre des sentinelles.

Hegon dormit très peu la nuit suivante. Il lui semblait qu'un ennemi invisible rôdait aux alentours, tandis qu'un autre, plus sournois, se tenait à l'affût dans son propre camp.

Cependant, la nuit fut calme.

Le soleil revenu apaisa un peu ses craintes. Il jeta un coup d'œil aux Brastyens. Ils s'affairaient fébrilement autour de leurs chariots, s'interpellaient dans leur curieuse langue chantante. Intrigué, il s'approcha d'eux, remarqua le visage soucieux de Sandro Martell. Et soudain, il vit apparaître dans leurs mains des armes inconnues, qu'ils avaient dissimulées à l'intérieur même des pièces de tissu.

Hegon poussa un juron. Il s'était fait piéger.

Au même moment, une rumeur inquiétante se fit entendre au loin. Vers le sud et l'est, un nuage de poussière trahissait la présence d'une troupe importante de cavaliers.

— Aux armes ! hurla-t-il à ses warriors.

Mais comment faire face à une armée comportant au moins deux ennéades, soit plus de cinq cents guerriers, alors même que l'ennemi est déjà dans vos rangs ?

24

Pris entre deux feux ! Au loin, des nuées de cavaliers se déployaient pour les encercler. Il était impensable de les affronter. Le seul salut résidait dans la fuite, mais il fallait d'abord éliminer les faux Brastyens. Hegon dégaina son sabre et fit face. Pourtant, contre toute attente, ceux-ci ne se montrèrent pas hostiles. Sous ses yeux stupéfaits, ils rejetèrent leurs manteaux de marchands, dévoilant, au-dessous, d'étranges cuirasses grises. Tandis que ses compagnons renversaient les chariots pour établir un barrage, Sandro Martell vint à lui.

— Seigneur, l'ennemi arrive, il vous faut partir !

Le jeune homme ne comprenait plus rien.

— Mais qui êtes-vous ? demanda-t-il.

— Nous en parlerons plus tard. Rassemblez vos guerriers et partez en direction du nord. Des amis nous attendent plus loin. Nous allons essayer de retenir ceux-là.

Hegon se demanda comment il comptait arrêter plusieurs centaines de guerriers avec seulement vingt hommes, mais cette perspective n'avait pas l'air d'effrayer Sandro Martell. Désemparé, il se tourna vers ses warriors. L'un d'eux gisait sur le sol, cloué par quelques carreaux bien ajustés, qui n'avaient pas été tirés par l'ennemi.

— Waddeck était bien un traître, seigneur ! clama

Hodjynn en rechargeant son arbalète. C'est lui qui a averti l'ennemi de notre présence. Il a tenté de s'enfuir. Il a payé !

Hegon hocha la tête en silence. On ne pardonnait jamais la trahison en Medgaarthâ. Il leva les bras et s'adressa à ses hommes.

— Compagnons, cette fois, nous allons devoir combattre contre les Medgaarthiens eux-mêmes. C'est à moi qu'ils en veulent. Si certains d'entre vous refusent de combattre, je le comprendrai. Vous êtes donc libres de partir si vous le souhaitez.

— Seigneur, c'est à toi que nous avons juré fidélité, répondit Thoraàn. Nous mourrons à tes côtés.

Les autres approuvèrent vigoureusement. Hegon constata que les deux nouveaux s'étaient joints aux anciens. Ils n'avaient donc rien à voir avec Waddeck.

— Merci, compagnons. Nous allons tenter d'échapper à ce guet-apens en fuyant vers le nord. À vos chevaux.

Abandonnant tout ce qui était inutile, les warriors bondirent en selle. Hegon examina rapidement la situation. L'ennemi serait sur eux dans moins d'une minute. Un vacarme assourdissant envahissait la plaine tandis qu'un épais nuage de poussière s'élevait en direction des attaquants. D'un bord à l'autre de l'horizon, la vallée était couverte de cavaliers vociférants. De leur côté, les Brastyens, puisqu'il fallait bien les appeler ainsi faute de mieux, se mettaient en place, prêts à repousser un ennemi pourtant bien supérieur en nombre.

— Mais que font-ils ? demanda Hodjynn en désignant les faux marchands.

— Ils vont se battre à nos côtés. Tu ne t'étais pas trompé, Thoraàn : ces Brastyens sont bien des guerriers. Je ne sais pas qui ils sont ni d'où ils viennent, mais ce sont nos alliés, même si j'ignore pourquoi.

— Et ils restent là ? Ils vont se faire massacrer ! Ils ne pensent tout de même pas combattre à un contre dix ! Il faut ficher le camp d'ici, et vite !

— Qu'est-ce que c'est que ces armes ? demanda un warrior.

Sandro revint vers eux, équipé d'une arme de poing métallique.

— Ils sont trop nombreux, dit-il. Nous allons abandonner les chariots et fuir vers le nord. Passez devant, nous couvrirons votre retraite.

Tout à coup, une nouvelle ennéade surgit du Nord, leur barrant la route.

— Les chiens ! explosa Hegon. Ils avaient tout prévu.

Il brandit son sabre.

— Compagnons ! Il nous reste encore à vendre chèrement nos vies. À vos arbalètes !

Ils obéirent et se placèrent en trois rangs pour faire face à l'assaillant, vingt fois plus nombreux.

Sandro Martell insista :

— Seigneur, ne vous exposez pas inutilement. Votre vie est trop précieuse. Nous allons forcer le passage à travers les troupes qui viennent du nord. Nous avons de quoi les tenir en respect. Mais je vous en conjure, restez au centre avec vos hommes ! Nous sommes moins vulnérables que vous.

Sans attendre de réponse, il ordonna à ses hommes de se mettre en selle. En quelques instants, ceux-ci formèrent une double ligne de cavaliers qui constituait un bouclier devant Hegon et ses warriors. Puis, sous les yeux éberlués de ces derniers, les Brastyens chargèrent en direction du nord. Des armes inconnues jaillirent des lames de feu qui frappèrent les assaillants de plein fouet. À l'arrière, quatre soldats portaient des tubes noirs plus importants, qu'ils pointèrent sur les cavaliers venant du sud. Les tubes crachèrent des sphères de lumière, qui allèrent exploser au milieu des cavaliers medgaarthiens, provoquant des nappes de feu aveuglantes. On eût dit que le soleil lui-même s'était posé sur la plaine. Une nouvelle salve suffit à ralentir la charge des Medgaarthiens, décontenancés par les armes inconnues. Même les plus grands mangonneaux ne pouvaient lancer de sphères incendiaires aussi puissantes.

Les explosions avaient également ralenti les cavaliers du Nord. Sans perdre un instant, les Brastyens tournèrent les tubes noirs vers eux et projetèrent de nouvelles boules de feu. Celles-ci ouvrirent une large brèche dans les rangs de l'ennemi. Des torches humaines se débattaient en hurlant, puis s'écroulaient sur le sol. Remarquablement maniables, les petites armes de poing causaient des ravages, achevant de semer la panique au sein de l'ennéade. En quelques instants, plusieurs dizaines de combattants furent mis hors d'état de nuire. Les autres ne songeaient même pas à riposter. Abasourdis, Hegon et ses guerriers se sentaient un peu inutiles. L'allié providentiel possédait un armement bien supérieur au leur. Les warriors ne pouvaient même pas lâcher leurs carreaux, de peur de blesser l'un des Brastyens.

Affolés, les Medgaarthiens ne purent s'opposer à la charge furieuse des soldats en gris et, malgré leur supériorité numérique, ils s'écartèrent dans la plus grande confusion. Ceux qui tardaient à le faire étaient impitoyablement abattus d'un tir de lumière en pleine tête ou dans la poitrine.

Au sud, les Medgaarthiens s'étaient ressaisis et entamaient la poursuite. Malheureusement, il était trop tard. Hegon et ses guerriers, protégés par les guerriers étrangers, franchirent les lignes de cavaliers du Nord sans rencontrer de résistance. Décontenancés, les Medgaarthiens firent leur jonction. Leur commandant en chef, un dénommé Ganhir, cracha une bordée de jurons. Son piège avait échoué. Mais les ordres étaient formels : Hegon d'Eddnyrà devait être éliminé, quel que fût le prix à payer. Ce chien avait noué une alliance avec des guerriers possédant des armes inconnues et puissantes. Par chance, ceux-ci n'étaient guère nombreux. Ganhir leva la main et ordonna la poursuite de la traque.

Profitant du désarroi des Medgaarthiens, Hegon et ses compagnons avaient pris de l'avance. À ses côtés, Jàsieck exultait :

— Nous les avons roulés, seigneur ! Nous sommes sauvés.

Il était quelque peu optimiste. Derrière eux, les Medgaarthiens s'étaient lancés à leurs trousses, indifférents à leurs camarades dont les cadavres brûlaient autour d'eux. Sans doute s'agissait-il de warriors dépendant du Temple, les seuls capables de combattre sans aucun souci de leur propre vie. Malgré les tirs meurtriers des soldats étrangers, ils n'abandonnaient pas.

Sandro Martell rejoignit Hegon en tête de l'escouade.

— Nous sommes attendus plus loin, seigneur. Là, nous pourrons résister. Mais il faut nous hâter.

Hegon acquiesça. Il ne regrettait pas d'avoir choisi des montures de Ploaestyà pour ses guerriers. Elles étaient plus onéreuses, mais plus rapides et plus résistantes. Peu à peu, les poursuivants perdirent du terrain. Martell semblait parfaitement savoir où il allait. On franchit bientôt la frontière imprécise entre la Vallée et l'Extérieur. Plus loin, on traversa à bride avalée une sorte de dépression tout en longueur. Au-delà s'étendait une forêt magnifique, dominée par la masse gigantesque d'un mont isolé. Au côté d'Hegon, Jàsieck désigna l'éminence rocheuse.

— On l'appelle la Sentinelle, seigneur ! On dit qu'elle est habitée par les esprits.

Hegon n'eut guère le temps de demander pourquoi. L'ennemi n'avait pas renoncé et s'engageait à son tour dans la cuvette. Les fuyards prirent la direction de la montagne, dont les pentes abruptes ralentirent la progression des chevaux. Tout à coup, un campement apparut, installé sur une plate-forme en surplomb. D'autres soldats équipés des mêmes armes à énergie les attendaient, retranchés derrière un rempart naturel de rochers. Dès que le dernier warrior eut rejoint l'abri du campement, les Medgaarthiens surgirent en contrebas.

Les armes noires crachèrent leurs étranges nappes de feu en direction de la végétation arbustive qui s'embrasa. Une barrière de flammes interdit bientôt le passage. Déconcertés, les Medgaarthiens marquèrent le pas, ralentis par la déclivité. Des lames de feu les frappèrent de plein fouet. Des hurlements de douleur jaillirent de leurs rangs.

Ganhir lâcha un chapelet de jurons et ordonna à ses hommes de poursuivre, malgré les pertes. Mais il se rendit bien vite compte qu'il sacrifiait ses hommes pour rien. Leur assaut se brisait sur le tir de barrage des hommes en gris. Fou de rage, il ordonna aux survivants de mettre pied à terre et de riposter par des tirs d'arbalète. Les arrioks se placèrent à l'arrière et tirèrent en hauteur, de manière à faire retomber flèches et carreaux en pluie sur les défenseurs. Cependant, l'imprécision des tirs, provoquée par l'épaisse fumée qui s'élevait à présent, compromettait gravement l'efficacité de cette stratégie. Parfois, sur la plate-forme, un warrior ou un soldat s'écroulait, touché par un carreau. Mais les nappes de feu faisaient des ravages dans les rangs ennemis.

Hegon et ses guerriers avaient pris place aux côtés de leurs alliés imprévus. Les Medgaarthiens ayant échappé aux tirs meurtriers des armes à énergie étaient irrémédiablement fauchés par les flèches et les carreaux des warriors. La situation en surplomb offrait un avantage certain aux défenseurs.

Ivre de rage, Ganhir s'acharnait. Pourtant, en dépit de leur nombre, les Medgaarthiens ne pouvaient rivaliser avec le puissant armement des soldats inconnus. Chaque nuée de lumière éliminait dix hommes et plus. Les pentes de la Sentinelle se couvraient de torches humaines qui s'écroulaient en hurlant. Des chevaux affolés s'enfuyaient en piétinant les survivants. Enfin, les guerriers medgaarthiens finirent par comprendre qu'ils ne parviendraient jamais à approcher la plate-forme. Peu à peu, malgré leur conditionnement, ils prirent peur. Ils ne combattaient pas des êtres humains, mais des démons, sans doute échappé du Haâd. Malgré les exhortations de leurs supérieurs, des dizaines de warriors commencèrent à reculer avant de s'enfuir en hurlant, terrorisés. Devant cette débandade, les arrioks situés à l'arrière décrochèrent à leur tour. Les pluies de carreaux et de flèches cessèrent. Au pied de la Sentinelle, Ganhir et ses lieutenants virent leurs troupes redescendre, en proie à la panique. Il hurla des ordres, mais plus personne ne l'écoutait. Il comprit que tous ses efforts n'aboutiraient jamais qu'à envoyer inutilement ses troupes à l'extermination. Alors, il donna le signal de la retraite. Il était vaincu.

— Ils s'en vont ! s'écria soudain Jàsieck, grimpé au sommet d'un arbre agrippé à la paroi rocheuse.

Sandro Martell ordonna l'arrêt des tirs. Une fumée épaisse noyait la forêt, mais, en raison des pluies récentes, l'incendie ne se propageait pas.

Hegon se redressa. Les volutes noirâtres s'éclaircirent lentement, dévoilant un spectacle de désolation. Sur les pentes rocheuses gisaient des monceaux de cadavres calcinés, au milieu desquels des dizaines de blessés ou de mourants gémissaient. Tout en bas, une troupe réduite s'éloignait vers le sud, que la brume épaisse eut tôt fait d'avaler.

Deux jours plus tard, le comwarrior Ganhir se présenta au palais du Dmaârh. Celui-ci le reçut aussitôt, en compagnie d'Ashkaarn et de Xanthaàr. Le commandant mit un genou à terre, mal à l'aise.

— Alors, est-il mort ? l'apostropha le souverain.

— Je... je l'ignore, sire.

— Comment ça, tu l'ignores ?

— Il s'est passé quelque chose d'incompréhensible, sire. J'avais réuni trois ennéades, soit près de huit cents warriors. Il n'avait qu'une cohorte avec lui. Nous avons attaqué à l'aube, comme prévu.

Il hésita, puis poursuivit :

— Tout aurait été rapidement réglé s'il n'avait reçu le secours des dieux.

— Que me chantes-tu là ? Quel secours des dieux ?

— Il avait avec lui des guerriers dont les armes crachaient des éclairs. Dès le début, mes hommes sont tombés comme des mouches, transformés en torches vivantes. Hegon et les démons se sont réfugiés hors de la Vallée. Malgré nos pertes, nous les avons poursuivis avec courage. Ils ont trouvé refuge sur une montagne maudite et ils ont fait couler des torrents de feu sur mes warriors. J'ai essayé de riposter avec des tirs d'arbalète. Je ne sais même pas si nous avons réussi à en toucher un. Je n'ai rien pu faire. Ces guerriers sont des démons issus du Haâd, seigneur.

— Tu te moques de nous ! s'écria Ashkaarn. On n'a jamais entendu parler de tels prodiges !

— Vous connaissez mon courage et mon dévouement, seigneur, se lamenta Ganhir. Mais j'ai perdu plus de cinq cents hommes. Vous pouvez interroger les survivants. Ils n'osent même plus quitter le Temple à présent. Ils ont peur que les démons ne reviennent en force. Si c'est le cas, nous serons incapables de leur résister, même avec la totalité de l'ost.

Le Dmaârh blêmit.

— Crois-tu qu'ils se préparent à attaquer la Vallée ?

— Je ne sais pas. J'ai posté une cohorte en sentinelle à la frontière de l'Extérieur. Jusqu'à présent, ils n'ont rien vu. Il semble que les démons aient disparu.

— Et Hegon ? s'informa Xanthaàr.

— Nous l'avons peut-être touché, seigneur. Mais ce n'est pas sûr.

— Ce chien a passé une alliance avec une armée étrangère ! cracha le Dmaârh. Voilà la signification des bouleversements annoncés par la Baleüspâ ! Malgré ce qu'il a dit, il veut s'emparer de mon trône. Et il sera aidé par des guerriers possédant des armes supérieures aux nôtres. Qu'il soit maudit à jamais !

— Mais d'où sortent ces guerriers ? s'inquiéta Xanthaàr. Nous ne connaissons aucun peuple disposant d'un tel armement.

Ganhir prit un ton lugubre.

— J'y ai réfléchi, seigneur. Ce que je vais vous dire va vous sembler étrange, mais les légendes affirment que les Anciens, eux aussi, possédaient des armes effrayantes. Peut-être les portes du Haâd se sont-elles ouvertes pour livrer passage à des hordes de guerriers de l'ancien temps.

Le Dmaârh ne répondit pas. Rien ne pouvait expliquer une telle chose. Mais les paroles d'Hegon lui revinrent. Il avait affirmé que les dieux le protégeaient. Il ne l'avait pas vraiment cru sur le moment, mais à présent... Si les démons surgissaient de terre pour combattre à ses côtés, si même trois ennéades n'étaient pas capables de venir à bout de ce chien et de sa cohorte et s'il avait vraiment l'intention de s'emparer de la Vallée, il était impossible de s'opposer à lui.

— Il faut nous préparer à la guerre ! gronda sourdement Xanthaàr. Nous ne devons pas céder à ce misérable !

Guynther acquiesça d'un hochement de tête.

Durant les jours qui suivirent, ordre fut donné aux cohortes de chaque cité de patrouiller sur les frontières septentrionales, afin de prévenir une invasion possible de guerriers puissamment armés dont on ne savait rien. Cependant, au bout d'un mois, hormis quelques partis de maraudiers qui s'étaient enfuis à la première alerte, aucun ennemi ne s'était manifesté. Plus singulier encore, Hegon n'avait pas reparu. Ganhir commença à reprendre confiance. Et si un carreau l'avait cloué au sol ? Peut-être cette vermine était-elle morte... Il s'en ouvrit au Dmaârh.

— Je vous l'ai dit, seigneur, nous avons combattu avec

courage. Nos arrioks ont lâché des centaines de flèches et de carreaux sur le camp des démons. Il est très possible que nous l'ayons touché. S'il n'est pas encore revenu, c'est sans doute que nous l'avons tué.

Le Dmaârh resta sceptique. Mais les jours passaient et Hegon ne se manifestait toujours pas. Le souverain finit par y croire à son tour. Cet imbécile de comwarrior avait peut-être réussi sa mission, après tout. Pheronn de Mahagür avait signalé qu'Hegon n'était jamais arrivé dans sa ville. On ne l'avait pas vu non plus dans les autres cités de l'Amont.

— Il est mort ! conclut enfin Guynther au bout de deux mois. Sinon, on aurait retrouvé sa trace.

— Peut-être s'est-il réfugié ailleurs, chez ces guerriers inconnus, suggéra Xanthaàr.

— Si c'est le cas, il ne reviendra pas, répondit Ashkaarn. Il sait ce qui l'attend ici.

— Le peuple commence à murmurer, continua le grand maître du Conseil. Des rumeurs circulent selon lesquelles il a été attaqué sur la piste de Mahagür.

— Les warriors ont-ils parlé ? demanda le Dmaârh.

— Ce sont des guerriers d'élite appartenant au Temple, répondit l'Achéronte. Ils se feraient tuer plutôt que de révéler ce qu'ils savent.

— Mais comment expliquer que plusieurs centaines d'entre eux soient manquants ?

— Un accrochage violent avec une armée de maraudiers qu'ils ont réussi à repousser hors des frontières. Ce n'est pas la première fois que cela se produit. Ils doivent croire qu'ils ont réussi leur mission. Je vais m'en charger.

— C'est parfait. Dans ce cas, nous allons annoncer la nouvelle de la mort d'Hegon, au cours d'une attaque de maraudiers entre Gwondà et Brahylà.

— Le peuple va se demander pourquoi nous n'avons rien dit plus tôt, objecta Xanthaàr.

— Nous dirons que nous avons envoyé des cohortes

à sa recherche, mais qu'elles n'ont rien trouvé, jusqu'à aujourd'hui, où des warriors ont reconnu son cadavre.

Ashkaarn approuva.

— Nous allons même organiser des funérailles officielles en utilisant le corps d'un homme de sa taille, que nous prendrons soin de rendre méconnaissable auparavant.

— Excellente idée. Ainsi, en même temps que son corps, nous brûlerons sa légende.

— Et s'il revient ? insista Xanthaàr.

— Nous pourrons toujours dire que les warriors se sont trompés, répondit Ashkaarn. Mais je pense qu'il ne reviendra plus à présent. La prophétie va disparaître d'elle-même. Nous attendrons ensuite un mois ou deux, puis nous punirons comme il convient ceux qui ont soutenu ce misérable.

Il hésita, puis ajouta :

— Y compris la Baleüspâ.

Le Dmaârh s'alarma.

— La Baleüspâ ? Mais sa personne est sacrée.

— Elle ne doit plus jamais parler de cette prophétie, déclara Ashkaarn. Elle ne nous a pas soutenus. Une autre sera nommée, dont nous ferons en sorte qu'elle nous soit plus favorable.

Après une brève hésitation, Guynther approuva.

— C'est bien ! Qu'il en soit fait ainsi.

Le jour même, la nouvelle se répandait dans les rues de Gwondà, colportée par les myurnes. De là, elle gagna les cités de l'Amont et de l'Aval. Partout, le désespoir s'installa, aussi bien parmi les khadars et les artisans que parmi les warriors qui avaient combattu aux côtés d'Hegon pendant la bataille de Mora.

Quelques jours plus tard, une grande cérémonie funèbre fut organisée au Valyseum, au cours de laquelle son corps embaumé fut brûlé au milieu de l'arène. Le Dmaârh et plusieurs maârkhs assistèrent au dernier hommage rendu au vainqueur de Mora. Une foule de plusieurs milliers de personnes se pressa dans le cirque pour contempler une dernière fois la dépouille du héros. Lorsque le feu purificateur enveloppa le cadavre revêtu d'un magnifique uniforme d'alwarrior, beaucoup ne purent retenir leurs larmes.

La petite Elvynià, venue à Gwondà avec ses parents pour le dernier hommage, refusait de croire à la nouvelle. Son père ne savait que faire pour la consoler.

— Ce n'est pas possible, sanglota-t-elle. Hegon ne peut pas mourir, n'est-ce pas, père ? Il doit sauver la Vallée en détruisant le Loos'Ahn. Je suis sûre que ce n'est pas lui qu'on a brûlé !

Staïphen serra sa fille contre lui. Il n'osa pas lui avouer qu'il avait reçu, de la part du Dmaârh, une convocation très sèche qui n'augurait rien de bon.

Pourtant, malgré les efforts de la Baï'khâl pour enterrer la légende du vainqueur de Mora, les sceptiques doutaient.

— Nous n'avons pu voir ce corps de près, disaient-ils. Rien ne prouve qu'il s'agissait du sien. On veut nous faire croire à sa mort, mais c'est une supercherie ! La Baleüspâ ne s'est jamais trompée.

Peu à peu, une rumeur se répandit selon laquelle « Làkhor » était toujours vivant et reviendrait un jour pour renverser le Dmaârh et ses complices. On supportait de plus en plus mal la tyrannie et l'oppression exercées par le souverain et certains maârkhs. Il était parti ? Mais ne disait-on pas que le Loos'Ahn serait détruit lors de son neuvième passage ? Le précédent n'était que le huitième !

Quelques jours plus tard, une ombre se glissa, à la nuit tombée, au pied de Gdraasilyâ. La main crispée sur un long poignard courbe, elle se dirigea furtivement jusqu'à la masure sylvestre de la Baleüspâ. Silencieux comme un chat, l'assassin s'introduisit dans la modeste demeure. La vieille femme lui tournait le dos, penchée sur des pierres cristallines sur lesquelles planait une fumée verdâtre aux senteurs alliacées.

— Entre, Ganhir, dit la voix douce de la devineresse.

Le comwarrior sursauta. Peut-être avait-elle entendu quelque chose. Mais comment avait-elle pu le reconnaître sans le regarder ? Puis il se rappela à qui il avait affaire et son estomac se noua. Il avança, mal à l'aise.

— Je sais que tu es venu me tuer.

Furieux d'avoir été si vite démasqué, il voulut la frapper, mais elle l'arrêta d'un geste de la main, sans même lui faire face. Elle se tourna vers lui et le fixa de ses yeux d'un bleu-gris très pâle. Vaincu par l'autorité qui se dégageait de ce regard, il suspendit son geste.

— Peu m'importe de mourir. La mort n'est qu'un passage. Une autre me remplacera, qui connaît déjà tout mes secrets, y compris ceux que tes maîtres voudraient étouffer. Les Neesthies ne sont pas stupides, Ganhir. Elles savent. Aussi, avant que tu ne m'élimines, écoute bien ce que je vais te dire, et que tu rapporteras à ceux qui t'ont envoyé.

Décontenancé, le guerrier ne sut quelle attitude adopter. Le regard vif de la vieille femme le tenait en respect. Et ne trahissait aucune peur, comme il l'aurait espéré. Il aimait sentir cette puissance que procure la faculté de tenir la vie des autres entre ses mains. Il éprouvait toujours un plaisir exaltant à donner la mort, à contempler les yeux suppliants, les expressions terrifiées. Mais cette femme le dominait. Il savait qu'il allait commettre là un crime abominable. Jamais la Baleüspâ n'avait été assassinée jusqu'à présent. Bien sûr, on ferait croire à l'œuvre d'un voleur. Mais qui serait dupe ? Et les dieux n'allaient-ils pas lui tenir rigueur de commettre un tel acte ? Il frissonna en songeant que le terrible Nyoggrhâ rôdait peut-être aux alentours.

Un léger sourire étira les lèvres de la vieille femme. Elle l'accueillait presque comme un ami et semblait lire dans son esprit. Le malaise de Ganhir s'accentua.

— Je savais que tu allais venir ce soir, dit-elle de sa voix sereine. C'est pourquoi j'ai interrogé les pierres sacrées une dernière fois. Le Dmaârh, l'Achéronte et leurs complices ont beau penser qu'en me tuant ils effaceront la prophétie, ils se trompent. Hegon est toujours vivant, malgré le mensonge que vous avez répandu sur sa mort, et malgré ce cérémonial trompeur organisé pour brûler sa légende. Il est toujours vivant, et il reviendra. Tu diras à tes maîtres qu'ils auraient pu éviter la fureur des dieux en passant une alliance avec lui plutôt que de le combattre. Ils ont tenté par tous les moyens de se débarrasser de lui, et ils ont échoué. Il n'avait pourtant aucune intention de renverser la dynastie de Guynther. Mais il est trop tard à présent. À son retour, il n'aura pas oublié.

— Il se vengera, bredouilla Ganhir.

— Lui seul en décidera à ce moment-là. Mais n'oublie surtout pas une chose : priez tous les dieux pour qu'il revienne. Car s'il ne revenait jamais, Medgaarthâ serait condamnée. Les pierres sacrées sont formelles sur ce point. Des forces destructrices en gestation s'uniront bientôt contre la Vallée, et il sera le seul à pouvoir s'opposer à elles.

DEUXIÈME PARTIE

LE FONDATEUR

25

Frontière de l'Extérieur, quelques semaines plus tôt…

Grâce à la supériorité des armes de ses alliés inattendus, la cohorte d'Hegon n'avait pas subi de trop lourdes pertes. Deux de ses warriors avaient été tués et quatre autres touchés aux membres par les pluies de carreaux et de flèches. Malgré la solidité de son armure de métal tressé, l'un des guerriers étrangers avait succombé. Deux autres avaient eu les bras transpercés. Mais c'était peu au regard de la différence d'effectifs. Dès que l'ennemi eut quitté les lieux, on soigna les blessés.

Hegon s'adressa alors à Sandro Martell.

— Messire, je dois vous remercier pour votre aide inespérée. Sans vous, mes hommes et moi serions morts à l'heure qu'il est. Cependant, m'expliquerez-vous enfin qui vous êtes et à quoi je dois cette alliance ?

— Bien sûr, seigneur. Mais quelqu'un le fera sans doute mieux que moi.

Il désigna, parmi les combattants, une silhouette qui parut immédiatement familière à Hegon.

— Dennios ?

Le conteur s'avança, le visage éclairé par un large sourire.

— C'est bien moi, seigneur.

Hegon lui ouvrit les bras. Les deux hommes s'étreignirent longuement avec émotion.

— Par les dieux, déclara Hegon, je croyais ne jamais plus te revoir, mon cher compagnon ! Dois-je comprendre que tu as réussi à renouer le contact avec le monde amanite ?

— Exactement. Et les guerriers que tu vois là ne sont autres que des dramas.

— Des dramas…

— Je t'en ai déjà parlé.

— C'est vrai, je me souviens. Mais pourquoi es-tu resté si longtemps sans donner de nouvelles. Je t'ai cru mort.

— Il m'a fallu du temps pour joindre Rives. J'ai dû quitter Gwondà sous le déguisement d'un marchand, afin de ne pas attirer l'attention. Je me suis rendu à Brastyà. Il existe là-bas ce que nous appelons un «poste d'observation», chargé d'étudier l'évolution de la cité, et de déterminer s'il est opportun de proposer une alliance. Ce poste est dirigé par un amane voyageur, de ceux que l'on appelle les trekamanes. Par son intermédiaire, j'ai pu contacter Rives. J'ai expliqué que tu étais toujours vivant, et que tu avais hérité des qualités de tes parents. Les amanes ont eu peine à me croire. Ils ont proposé de te faire découvrir notre monde.

— Ils veulent que je me rende en Francie ?

— C'est à toi d'en décider. Les amanes ne forcent jamais personne. Cependant, ils aimeraient que tu deviennes un chevalier du monde amanite, comme l'était ton père. Tu pourrais apprendre beaucoup à leur contact. Ils ont donc envoyé une escouade de guerriers dramas. Quand ils furent arrivés à Brastyà, je voulus revenir à Gwondà pour te transmettre la proposition des amanes. Mais il s'était passé beaucoup de choses depuis mon départ. J'avais envoyé des observateurs pour me tenir au courant de ce qui t'arrivait et, au besoin, te protéger. Par eux, j'ai suivi tes aventures, la bataille de

Mora, ta nomination à la tête de l'ost au détriment du prince, ta victoire, la colère du Dmaârh Guynther et le duel qui t'a opposé à Brenhir. Malheureusement, mes envoyés n'ont pu empêcher la mort de Roxlaàn.

« J'étais très inquiet. La prophétie de la Baleüspâ te protégeait… en partie. Elle interdisait au Dmaârh de t'éliminer directement. Mais il ne pouvait pas te laisser vivre, parce que tu représentais un trop grand danger pour la Baï'khâl. Et il ne te pardonnait pas la mort de son fils. Il lui fallait donc trouver un moyen de te faire disparaître sans risquer d'encourir une révolte. Mes espions se sont introduits dans le Palais. C'est ainsi que nous avons appris que Guynther projetait de faire attaquer ta cohorte sur la piste de Brahylà, par des troupes d'élite appartenant au Temple. Ces warriors sont formés pour obéir quelles que soient les circonstances. Tu n'avais aucune chance de t'en sortir. Ils auraient ensuite fait croire que tu avais été tué par des maraudiers, et ta légende se serait éteinte d'elle-même. Nous avons donc décidé de te venir en aide. Mais nous devions faire croire au Dmaârh que son plan allait réussir. C'est pourquoi tu devais quitter la capitale en direction de Brahylà. Nous possédions les armes capables de repousser leur attaque, mais nous ne savions pas quand ils allaient agir. Nous ne pensions pas qu'ils allaient opérer si tôt. Sandro Martell devait te révéler son identité aujourd'hui et te proposer de me rejoindre avant l'attaque des guerriers du Temple. Mais les Medgaarthiens ont pris le risque d'intervenir à peu de distance de la capitale, malgré la présence possible d'autres voyageurs. Si vous aviez croisé une autre caravane, ils auraient été contraints d'en massacrer tous les membres pour éliminer les témoins gênants.

— Ce n'est pas ça qui les aurait embarrassés, soupira Hegon.

Dennios poursuivit :

— Les amanes ne peuvent envisager de négocier une alliance avec Guynther de Gwondà. Le Dmaârh et la plupart des nobles exploitent ce pays pour leur seul profit, sans lui permettre de se développer. Les khadars sont écrasés par les taxes, les schreffes ne valent pas mieux que des esclaves, et il en est ainsi depuis des siècles.

Il posa sa main sur celle d'Hegon.

— Tu peux changer tout ça, seigneur. C'est toi qui représentes l'avenir de Medgaarthâ. Ton cœur est juste et généreux. Tu possèdes tous les atouts pour devenir chevalier. Les dirigeants de Rives aimeraient te rencontrer. Tu as beaucoup de choses à apprendre de notre monde. Plus encore que tu ne peux l'imaginer. J'aurais préféré te retrouver dans des circonstances plus... sereines, seigneur. Et surtout en compagnie de notre pauvre Roxlaàn. Mais tu as fait trop peur au Dmaârh Guynther. Si tu restes dans la Vallée, il n'aura de cesse de t'avoir occis. Je pense qu'il vaudrait mieux qu'il te croie mort, au moins pour l'instant.

— Et mes warriors ? Que vont-ils devenir ?

— Chaque homme est libre de sa destinée. S'ils veulent te suivre en Francie, ils y seront les bienvenus. C'est d'ailleurs souhaitable pour eux. S'ils retournent à Mahagür, leur vie sera en danger. Voyant que tu ne reparais pas, le Dmaârh fera probablement courir le bruit de ta mort. Si tes hommes prétendent que tu es toujours vivant, ils seront éliminés par les guerriers de la Baï'khâl.

— Certains ont de la famille.

— Nous pouvons informer les leurs qu'ils sont en vie, et qu'ils vont rester un long moment absents. À charge pour eux de taire ce qu'ils savent.

Hegon acquiesça.

— Je vais leur en parler. Mais... tu as évoqué la Baï'khâl. D'où connais-tu ce nom ?

— C'est à cause de cette organisation secrète que notre premier contact avec Medgaarthâ a échoué il y a vingt ans.

— Que sais-tu exactement ?

— Pas grand-chose, malheureusement. La Baï'khâl

regroupe les intérêts des plus puissants seigneurs de Medgaarthâ et de certains orontes parmi les plus haut placés. Mais au-delà de leurs privilèges, elle protège un secret que je n'ai pas réussi à percer. Un secret qui les lie tous

26

Peu après, Hegon réunit ses warriors et leur exposa la situation.

— Nous serons peut-être absents plusieurs années, dit-il. Si certains d'entre vous préfèrent retourner à Mahagür, ils sont libres de le faire. Il ne s'agit pas cette fois d'une expédition au service de Medgaarthâ, mais d'un voyage long et dangereux, dont nous ne sommes pas sûrs de revenir.

Thoraàn prit la parole au nom de tous.

— Nous en avons déjà parlé entre nous, seigneur. C'est à toi que nous avons juré fidélité. Le Dmaârh nous a trahis. Deux de nos compagnons sont morts, tués par les guerriers du Temple. Si nous retournons à Mahagür, ils nous massacreront. Nous ne nous sentons plus liés à la couronne de Gwondà. Aussi, nous sommes prêts à te suivre, où que tu ailles. Parce que nous croyons que la prophétie de la Baleüspâ continue de s'accomplir. Alors, tu penses bien que nous n'allons pas rater ça !

Une ovation enthousiaste salua les paroles du lieutenant. Hodjynn et les autres vinrent entourer Hegon pour lui confirmer leur fidélité. Chacun escomptait, non sans raison, un voyage exceptionnel et quelques affrontements musclés.

Hegon s'attendait à partir immédiatement, mais Dennios lui expliqua qu'il fallait attendre l'arrivée de l'amane de Brastyà, Hariostus, qui désirait profiter de l'occasion pour regagner la Francie.

— Un autre prêtre est arrivé avec le groupe de dramas, qui doit lui succéder. Hariostus a dû rester pour lui transmettre sa fonction. Son escorte devrait nous rejoindre d'ici à deux ou trois jours.

Une puanteur infernale se dégageait du champ de bataille, où gisaient plusieurs centaines de corps calcinés. Très vite, les charognards survinrent, qui se jetèrent sur les cadavres : rapaces, vautours, aiglesards, ours, migas, loups et chiens sauvages géants. De furieuses bagarres éclatèrent çà et là. Il était impensable d'offrir une sépulture à tous ceux qui avaient péri. Comme bien souvent sur les champs de bataille, la nature allait se charger de faire disparaître le carnage. Afin d'éviter ce spectacle macabre, le campement fut déplacé sur le flanc septentrional, une demi-marche plus loin.

Ce mont isolé que l'on appelait la Sentinelle intriguait beaucoup Hegon. Sa partie supérieure était presque dépourvue de végétation, et faisait face aux chaînes montagneuses du Nord. Le lendemain, il décida de grimper jusqu'au sommet en compagnie de Dennios. Il avait envie de contempler une dernière fois Medgaarthâ.

L'ascension se révéla plus difficile qu'il ne l'aurait cru. Seuls des sentiers escarpés, tracés par les animaux, permettaient d'accéder à la cime. Ils aperçurent, au loin, quelques chamois. Plus haut encore, ils assistèrent à un spectacle rare : un petit groupe de *boufflons*, appelés aussi *licornes de montagne* à cause de leurs cornes qui se réunissaient en une seule, bondissaient de rocher en rocher avec une agilité aérienne. Les deux hommes restèrent un long moment à les contempler, car cet animal était tellement farouche que jamais les hommes n'avaient réussi à les approcher. Certains pensaient même qu'il ne s'agissait que d'une légende. Mais les boufflons durent sentir leur présence, car ils disparurent soudain, en un clin d'œil. Ils reprirent l'ascension, franchissant parfois des à-pics vertigineux. Dennios avait peine à reprendre sa respiration.

— Quelle idée de grimper sur ce tas de cailloux ! grommelait-il, essoufflé. Il y a au moins huit cents mètres de dénivellation.

— Mais la vue doit être magnifique ! répondit Hegon avec bonne humeur.

Enfin, ils parvinrent au sommet, une plate-forme inégale, à la végétation rase et au relief chaotique, qui multipliait les renfoncements, les creux où s'agrippaient des arbustes chétifs aux branchages tordus par les vents. Le soleil avait dissipé les brumes diaphanes qui noyaient souvent la cime de la Sentinelle, comme si le lieu n'était réservé qu'aux divinités. Un air frais et chargé d'odeurs diverses leur emplit les poumons.

Hegon ne s'était pas trompé. De là-haut, on bénéficiait d'un point de vue exceptionnel. Au loin vers le sud, on devinait l'affaissement de la vallée du Donauv. À l'est et à l'ouest s'étiraient des fourrures forestières éclaircies çà et là par des prairies. Au nord, une longue barrière rocheuse bleutée menait, quelques dizaines de marches plus loin, jusqu'à la citadelle de Brastyà, édifiée sur son piton rocheux cerné de solides murailles.

Une sérénité apaisante se dégageait de l'endroit. Hegon eut l'impression de percevoir la présence d'entités invisibles qui l'accueillaient avec un sentiment d'amitié. Il eut soudain la certitude qu'il n'était pas monté ici pour rien. Dennios, épuisé et hors d'haleine, s'était laissé tomber lourdement sur un rocher couvert de mousse.

— Par les tripes de Lookyâ, gronda-t-il, ce genre d'exercice n'est plus de mon âge. J'ai failli me rompre les os au moins vingt fois. Quel plaisir peut-on prendre à grimper ainsi comme des chèvres ?

Hegon ne l'écoutait pas. Il fit quelques pas sur la plate-forme rocheuse. En contrebas, il distingua le campement, où ses warriors s'affairaient à réparer leurs armes ou à collecter de la nourriture pour le voyage qu'ils allaient entreprendre. Dix d'entre eux étaient partis chasser dans la forêt. Au sud, le champ de bataille grouillait toujours de charognards à plume ou à poil. Des grognements féroces et angoissants montaient du charnier, étouffés par la distance.

Au-delà s'étendait une plaine vaste, couverte d'une forêt luxuriante qui alternait toutes les nuances du vert, du brun et de l'ocre. Il distingua le dessin formé par la dépression qu'ils avaient traversée, poursuivis par les guerriers du Temple. Elle s'éloignait vers l'est, en direction du Donauv, qu'elle rejoignait peut-être plusieurs marches en aval. On eût dit l'ancien lit d'un fleuve.

L'ancien lit d'un fleuve...

Tout à coup, une sensation étrange s'empara de lui. À la vision de la dépression se superposaient les silhouettes imprécises de bâtiments à l'architecture inconnue. Des ponts franchissaient la cuvette où s'écoulait une eau tumultueuse. Une foule innombrable hantait des artères larges et animées. Un vertige le saisit. La vision revêtait une précision étonnante, comme une image échappée d'un autre temps. Une cité s'était-elle dressée sur les rives de cette dépression, aujourd'hui désertée par le fleuve qui la baignait ? Mais il n'avait pas aperçu la moindre ruine, la plus petite trace d'une cité antique... Alors, s'agissait-il d'une prémonition, d'une cité qui n'existait pas encore ?

Quelques secondes plus tard, tout s'estompa. Il reprit son souffle avec difficulté. Inquiet, Dennios vint aussitôt près de lui.

— Ça ne va pas, seigneur ?

— Ce n'est rien. L'altitude, sans doute. J'ai cru... j'ai cru apercevoir une ville là-bas, le long de cette cuvette. J'ai même vu un fleuve y couler. C'est ridicule, il n'y a rien.

Dennios se frotta le menton.

— Ce n'est pas ridicule, seigneur. Il arrive parfois que, chez certains chevaliers, le shod'l loer soit suffisamment développé pour leur accorder de percevoir des tranches d'avenir.

— Un peu comme la Baleüspâ, tu veux dire… Mais je ne vois pas comment un fleuve pourrait soudain se remettre à couler dans cette cuvette.

Dennios observa longuement les lieux.

— C'est vrai, il n'y en a pas. Mais cette dépression s'étire d'ouest en est, sur une grande distance. Si un fleuve coulait ici, l'endroit serait idéal pour fonder une cité.

— Après en avoir chassé les hordes de maraudiers qui y ont élu domicile. Je ne serais pas étonné qu'il y ait aussi des bandes de werhes dans la forêt. Mooryandiâ n'est pas très loin vers le nord.

Pourtant, au moment même où il prononçait ces mots, il savait que la présence de ces ennemis naturels n'avait aucune importance. La vision le hantait encore d'une manière étonnante. Il avait nettement distingué ce qui ressemblait à un palais, une enceinte puissante, un port florissant, avec des quais, des navires, des artères bien dessinées, et même un vaste parc aux étangs en cascade bordés de rochers, dominés par de grands arbres. Et au milieu du parc dansait une femme à la beauté et à la grâce surnaturelles…

Soudain, des criaillements le tirèrent de sa contemplation. Il se retourna. De l'autre côté de la plate-forme, un couple d'aigles était aux prises avec une demi-douzaine d'aiglesards. Les rapaces défendaient leur aire où piaillaient des petits. Hegon détestaient cordialement les aiglesards, qui s'attaquaient aux troupeaux et parfois aux jeunes enfants de la Vallée. Il tira son sabre et bondit à la rescousse des aigles. Dennios le suivit. Les aiglesards pouvaient se montrer dangereux lorsqu'ils étaient en bande.

Malheureusement, Hegon et son compagnon arrivèrent trop tard. Malgré le courage dont les aigles avaient fait preuve, ils n'avaient pu résister à l'assaut des reptiles volants. Hegon frappa à coups redoublés sur les monstres pour leur faire lâcher prise, tranchant les têtes hideuses, déchiquetant les ailes. Le dernier s'était attaqué à l'aire, où il faisait un carnage. Le jeune homme se rua sur la bête, dont la tête sauta d'un coup. Les deux amis s'approchèrent du nid.

— Il n'y a plus rien à faire, déclara Dennios. Les parents sont morts. Quant aux petits...

Ils allaient repartir quand un piaillement retint leur attention. Au milieu de ses frères massacrés, un aiglon survivait. Hegon s'approcha et prit le petit rapace dans ses mains. Il était couvert de sang et de plumes arrachées, mais paraissait néanmoins vigoureux.

— Il n'est pas blessé, dit-il. C'est le sang de ses frères qu'il a sur lui.

Il le nettoya tant bien que mal. L'oison se débattit un peu, puis se résigna.

— Si nous le laissons ici, il est condamné, ajouta Hegon. Il est incapable de se défendre seul. Je vais l'emmener. Je pourrai peut-être le dresser pour la chasse.

En Medgaarthâ, l'un des passe-temps préférés des nobles était la fauconnerie. On utilisait le plus souvent des faucons ou des autours, mais certains privilégiés avaient réussi à former des aigles. Hegon examina l'aiglon avec attention.

— Regarde ces plumes, remarqua Hegon. Elles sont si claires qu'on dirait de l'or.

— C'est son plumage de bébé, seigneur. Il est probable qu'il foncera avec le temps.

— C'est dommage. Ce petit est magnifique. Et on dirait qu'il a faim.

Posant l'oiseau sur le sol, il trancha quelques morceaux de la chair de l'aiglesard qui avait tué ses frères et les lui glissa dans le bec. L'aiglon les avala sans difficulté.

— Il a envie de vivre ! déclara Hegon en éclatant de rire.

L'aiglon fut immédiatement adopté comme mascotte par les warriors. Hegon l'avait appelé Skoor. Dans les légendes de Medgaarthâ, c'était le nom que l'on donnait aux esprits de l'air, cette région intermédiaire qui séparait le monde des hommes de celui du ciel, où vivaient les dieux. Ces esprits aériens étaient souvent représentés sous la forme d'oiseaux, parfois avec un buste et une tête de femme. On prétendait qu'ils avaient le pouvoir de transporter les âmes des défunts vers le séjour des morts. À ce titre, ils étaient bénéfiques et les Medgaarthiens les respectaient beaucoup.

Au soir du troisième jour après la bataille, une sentinelle signala l'arrivée de l'amane Hariostus.

27

Avant de l'avoir vu, Hegon éprouva une sorte de
méfiance envers le nouveau venu. Il ne conservait pas
un excellent souvenir des prêtres de la Vallée. Mais ses
préventions se dissipèrent très vite. Hariostus était un
homme âgé, au regard bienveillant et malicieux. Tout le
monde ploya le genou devant lui, Dennios comme les
dramas, aussitôt imités par les warriors. Décontenancé,
Hegon finit par s'incliner à son tour.

L'amane était vêtu un peu à la manière des orontes,
d'une longue toge de laine noire, serrée d'une ceinture
de cuir de même couleur, et frappée à l'épaule d'un symbole représentant une comète. Il apprendrait plus tard
qu'il s'agissait du signe particulier des trekamanes, les
prêtres voyageurs. Hegon observa l'arrivant. Son sourire
chaleureux n'avait rien à voir avec la condescendance
méprisante affichée par les prêtres de Braâth. Le regard
d'Hariostus reflétait la sagesse de celui qui a beaucoup
voyagé et vu beaucoup de choses.

Sandro Martell lui fit apporter un siège. Le vieil
homme s'y laissa tomber avec un soupir de satisfaction.

— Mes pauvres enfants, dit-il d'un air espiègle, j'ai les
fesses en compote. Je crois qu'il est grand temps que je
regagne la Francie. Ces voyages à cheval ne sont plus de
mon âge.

Hariostus avait sans doute dépassé les soixante-dix

ans, mais son allure souple et alerte lui conférait une sorte de jeunesse. Il leva les yeux vers Hegon et le contempla longuement. Puis une vive émotion se peignit sur son visage.

— Par les dieux de bienveillance, murmura-t-il. Ainsi, tu es le fils de Pier d'Entraghs et de la douce dame Dreïnha. Quelle étrange impression ! Tu as hérité la couleur de cheveux de ta mère, et la carrure puissante de ton pauvre père. Approche, Hegon.

Le jeune homme s'exécuta, partagé entre une intense curiosité et un reste de défiance.

— C'est extraordinaire, poursuivit l'amane. Je crois rajeunir de vingt ans.

Mais son visage s'assombrit.

— Hélas, cela me ramène à des souvenirs bien pénibles. J'avais beaucoup d'affection pour tes parents. Ta mère avait accepté sa mission avec un grand courage. Il en fallait beaucoup pour se résoudre à épouser un homme qu'elle ne connaissait pas afin de servir la cause du monde amanite. Nous n'avions pas imaginé que Pier d'Entraghs tomberait amoureux d'elle. Cependant, ils ont su résister à leur attirance mutuelle. Là encore, il leur a fallu de la volonté. Mais ce Maldaraàn d'Eddnyrà portait la méchanceté en lui. Nous n'avons rien pu faire pour sauver Pier et Dreïnha. Nous avons même dû quitter le pays précipitamment.

Hariostus soupira :

— Sans doute avons-nous commis une erreur. Medgaarthâ n'était pas mûre pour recevoir l'enseignement de notre maître, Charles Commènes. Nous avons été contraints de fuir, sans rien pouvoir faire pour toi. J'aurais voulu te récupérer et t'emmener, mais il nous était impossible de t'approcher. Nous étions sûrs que Maldaraàn te ferait tuer. Tu étais la preuve vivante de son incapacité à avoir des enfants, une insulte à sa virilité bafouée.

— Il ne me l'a jamais pardonné, heu... bater.

— Sehad ! C'est le titre que l'on donne aux amanes.

— Bien, sehad.

— Mais pour finir, continua le prêtre, ce maudit Maldaraàn t'épargna, grâce à l'intervention de la devineresse du Grand Arbre. À cette époque, je n'y croyais plus, et j'ai connu un grand moment de désespoir et de tristesse. Un peuple capable de traiter ainsi une femme ne méritait pas que l'on s'y intéresse. Nous sommes donc revenus à Brastyà. Seul Dennios croyait encore que les sacrifices de Dreïnha et de Pier d'Entraghs n'avaient pas été inutiles. Il resta à Medgaarthâ, pour veiller sur toi. J'étais persuadé, quant à moi, que Maldaraàn finirait par te tuer, et que les efforts de notre conteur se révéleraient vains. Mais j'avais sous-estimé la puissance de la parole de la Baleüspâ. Sa prophétie t'a protégé efficacement. Tout au moins jusqu'à présent. Car aujourd'hui, tu es devenu trop dangereux pour eux.

Le vieil homme marqua un silence.

— Guynther redoute que tu ne renverses sa dynastie. Mais celle-ci s'effondrera inévitablement. Ce régime tyrannique ne peut durer éternellement. Nous estimons que les nobles doivent protéger les peuples qu'ils gouvernent et non les exploiter. Tôt ou tard, la colère explose et nul ne peut prévoir où s'arrête la vengeance d'un peuple bafoué. Elle peut dégénérer en une guerre civile qui provoquera la mort d'un grand nombre de personnes et affaiblira le pays, le livrant à la merci de ses ennemis extérieurs.

— C'est pour cela que je n'ai pas eu envie de provoquer cette guerre, sehad. Mais il est vrai que le peuple de Medgaarthâ est prêt à se rebeller contre l'autorité du Dmaârh. Il aurait suffi de peu de chose pour qu'il prenne les armes. Une grande partie de l'armée était prête à me suivre.

— Tu as agi avec sagesse en évitant de les entraîner, Hegon. Tu n'aurais fait que déclencher un massacre. Cependant, cette révolte se produira, tôt ou tard. Il vaudrait mieux qu'il y ait à ce moment-là un homme fort pour prendre les rênes de Medgaarthâ en main. La devineresse a compris que tu étais cet homme. Certaines personnes possèdent le don de voir l'avenir. Cela ne signifie pas que les événements se dérouleront infailliblement tels qu'ils sont prévus, mais leur probabilité est très grande. Nous partageons aussi ce point de vue. Un jour, le régime du Dmaârh s'effondrera, et tu le remplaceras.

— Vous pensez que je renverserai Guynther ?

— Pas forcément. Mais des événements se produiront qui mettront Medgaarthâ en grand danger. Tu seras alors le seul homme capable de lutter contre les menaces qui pèseront sur la Vallée. C'est pourquoi nous souhaiterions te donner toutes les armes possibles pour t'aider dans cette tâche. Sans que tu le saches, Dennios a déjà commencé ta formation. Tu ne raisonnes pas comme la plupart des warriors medgaarthiens. Tu as le souci de tes guerriers, tu ne donnes la mort que lorsque tu y es contraint. Et surtout, tu as parfaitement conscience de ton rôle de protecteur. Afin de compléter cette formation, nous aimerions faire de toi un chevalier. Comme l'était ton père.

— Dennios m'en a déjà parlé. En quoi cela consiste-t-il ?

— Il a dû t'expliquer que nous essayons de reconstruire le monde à partir des différentes communautés que nous découvrons. Celles-ci vivent le plus souvent en autarcie et sont en guerre les unes contre les autres. Ainsi, Medgaarthâ n'a jamais réussi à nouer des relations commerciales avec ses voisins, si l'on excepte Brastyà, sans doute à cause d'ancêtres communs. Les chevaliers sont destinés à devenir les princes régnants de ces pays que nous ouvrons au monde amanite. Nous leur offrons les avantages de nos connaissances technologiques. En contrepartie, elles développent les échanges avec les autres cités-États de notre réseau. Je dis bien réseau. Il n'est pas question pour nous de construire un empire par la conquête.

— Pourtant, avec les armes dont disposent les dramas, aucune armée ne pourrait vous résister.

— Ce serait possible, en effet. Mais une telle attitude est contraire à nos principes. Les dramas n'ont qu'une fonction défensive. Ils sont formés dans ce but. La plupart des communautés humaines issues de l'ancien monde ont perdu le secret de fabrication de ces armes, comme bien d'autres choses. Dans certains lieux ces connaissances ont subsisté. Ce fut le cas à Rives, ce qui nous donna un énorme avantage. Toutefois, ces armes ne doivent être utilisées qu'en dernier recours, comme ce fut le cas pour te protéger. Mais nous refusons d'asservir les peuples rencontrés par la guerre. Nous préférons les « apprivoiser » en leur montrant les avantages proposés par le monde amanite.

— Vous leur imposez tout de même votre religion.

L'amane sourit.

— Détrompe-toi. Ils peuvent conserver leurs croyances s'ils le désirent. Une religion n'a de valeur que si elle est librement acceptée. Nous n'avons rien à voir avec les religieux fanatiques qui existaient au temps des Anciens. D'ailleurs, tu te rendras compte très vite que l'amanisme est plus une manière de vivre qu'une religion. Il est compatible avec d'autres formes de croyances. Mais nous aurons le temps de t'expliquer tout cela si tu acceptes de devenir chevalier.

— Je le souhaite, sehad. Je vous suivrai en Francie.

— Mon cœur s'en réjouit.

Le vieil homme fit alors un signe en direction des dramas arrivés avec lui. Ils étaient une trentaine, vêtus de longues capes grises. L'un d'eux s'approcha et fit glisser son capuchon, dévoilant le visage d'une jeune femme, qui devait à peu près avoir l'âge d'Hegon. Le jeune homme demeura muet de stupeur. Rarement il avait contemplé une aussi belle femme. Malgré le voyage qu'elle venait d'accomplir, ses traits conservaient une fraîcheur juvénile et un grain de peau parfait. Son regard profond, aux yeux d'un bleu turquoise, témoignait d'une grande intelligence. Mais surtout, elle lui rappelait la femme dont il avait eu la vision au sommet de la sentinelle, celle qui dansait au milieu du parc aux bassins en cascade. Il secoua la tête, vivement troublé.

— Voici dame Arysthée Faryane, la présenta Hariostus, visiblement satisfait de l'effet que la belle provoquait sur Hegon. Elle est l'une de nos plus brillantes techniciennes.

— Technicienne ?

— Dame Arysthée a pour tâche d'étudier toutes les formes de connaissance des Anciens, à partir des documents retrouvés dans les ruines des cités antiques, et aussi à partir de ceux que nous détenons à Rives. C'est un travail de longue haleine, car les domaines sont variés. Mais Arysthée possède une mémoire phénoménale et des talents innombrables. Je serais heureux que vous fassiez connaissance.

Arysthée adressa à Hegon un sourire un peu protocolaire. Il comprit que cette perspective ne paraissait pas l'enchanter outre mesure. Instinctivement, il essaya de la sonder grâce au shod'l loer. Il se heurta aussitôt à une barrière infranchissable, et elle répondit à sa tentative avec un petit air agacé. Visiblement, la dame n'était pas d'un abord facile. Il en conçut un certain dépit. Mais sans doute n'appréciait-elle pas le manège de l'amane, qui semblait vouloir la pousser dans ses bras.

Hariostus fit mine de ne pas avoir remarqué la réaction de l'un et de l'autre. Sur un ton bonhomme, il ajouta :

— Nous aurons du temps pour bavarder. Le chemin est long d'ici à Rives.

28

Dès le lendemain, on se mit en route. Malgré son âge, Hariostus montait un jeune cheval, qu'il dirigeait d'une main ferme.

— C'est excellent pour ma santé, expliqua-t-il à Hegon, que le personnage fascinait.

Il chevauchait souvent près du vieil homme, dont il appréciait la compagnie. Hariostus offrait un curieux mélange de sagesse et de passion. Il s'intéressait à tout avec enthousiasme, s'émerveillait d'un rien, une belle fleur croisée sur le chemin, le vol d'un essaim d'oiseaux, la majesté d'un arbre, la beauté d'un paysage, une pierre curieuse ou un rocher de forme insolite. Il se dégageait de lui une grande sérénité, ainsi qu'un immense plaisir de vivre. Hegon avait appris avec stupéfaction son âge réel. S'il en paraissait à peine soixante-dix, Hariostus avait en réalité cent cinq ans. Le jeune homme songea à certains maârkhs et orontes de la Vallée qui, eux non plus, ne paraissaient pas leur âge. Il se demanda s'il existait, parmi les humains, des individus dont la longévité était plus importante que chez les autres, peut-être en raison des mutations subies après Raggnorkâ. Il naissait moins d'enfants, mais, en compensation, on vivait plus long-temps. Son grand âge n'inquiétait pas Hariostus outre mesure. En fait, il n'y accordait guère d'importance et continuait à faire des projets pour son retour à Rives. Il envisageait, par exemple, de rédiger un ouvrage sur les voyages qu'il avait effectués pour le compte de la religion amanite, afin, disait-il, que ses successeurs puissent bénéficier de son expérience.

Et surtout, il comptait bien poursuivre une aventure qu'il avait eue avec une femme de Rives, dont il avoua à Hegon qu'elle avait cinquante ans de moins que lui.

— Je l'ai rencontrée il y a deux ans, lors de mon dernier voyage dans notre belle capitale, confia-t-il. C'est une szilove. Les sziloves sont les épouses des amanes. Certaines sont d'ailleurs prêtresses elles-mêmes, car notre religion accepte aussi les femmes dans ses rangs.

Suffoqué, Hegon demanda :

— Et cette… différence d'âge ne vous inquiète pas ?

Hariostus eut un sourire amusé.

— Pas du tout. Nous avons passé de très beaux moments ensemble. Malheureusement je devais repartir pour Brastyà et nous avons dû nous séparer. Nous avons correspondu souvent pendant ces deux années. C'est pour elle que j'ai décidé de quitter mon poste.

Il se tourna vers Hegon.

— L'amour, jeune homme ! Voilà une chose que les gens de Medgaarthâ ont oubliée. Ils considèrent les femmes comme des êtres inférieurs et les traitent à peine mieux que des esclaves. Ce fut une pratique courante dans le monde antique, d'après ce que nous savons. Il est probable que cette mentalité s'est perpétuée dans la Vallée, et probablement ailleurs dans le monde. Nous luttons contre cette discrimination stupide. Les femmes et les hommes sont avant tout des êtres humains, et il est inacceptable que la moitié de l'humanité soit dominée par l'autre. Cet état de fait contribua sans doute à l'effondrement de la civilisation des Anciens.

— Et, à cent cinq ans, vous êtes encore capable, pardonnez-moi, d'honorer une femme ?

Hariostus éclata d'un rire joyeux.

— Mais bien sûr ! Oh, je n'ai certes plus la fougue de la

jeunesse, mais le corps humain est fait pour durer plus de cent trente ans, s'il est correctement entretenu. Une vie saine et un bon mental peuvent te permettre de jouir des bienfaits de la nature pendant de très longues années. L'amour, sous toutes ses formes, est le plus merveilleux des brevets de longue vie. Il n'y a pas d'âge pour entretenir une relation amoureuse. Bien sûr, avec le temps, elle sera faite de beaucoup plus de tendresse, mais il ne faut jamais négliger l'érotisme et la sensualité, qui apportent un bien-être incomparable au corps et permettent à une relation entre deux personnes de s'épanouir. L'amour est un tout, et le rapprochement des âmes passe aussi par celui des corps.

Il ajouta avec un petit rire joyeux :

— C'est excellent pour le moral, et c'est très agréable !

Il se tourna vers Hegon :

— Les gens de Medgaarthâ n'ont pas conscience de tout cela. Leur mépris de la femme a ramené leurs relations sexuelles à un niveau bassement animal, qui ne leur apporte aucune plénitude, sinon une vague satisfaction physique tellement furtive qu'elle laisse ensuite un goût d'inachevé et de frustration. Vous avez tout oublié de l'art raffiné du rapport amoureux. Mais ce fut souvent le cas avec certaines religions antiques, qui condamnaient la relation charnelle et ne l'acceptaient que dans l'unique but de la procréation. C'était sans doute une époque terrifiante.

Hegon songea à sa relation aussi intense que fugitive avec Myriàn. Il s'était passé entre eux quelque chose d'extrême, d'éblouissant. Peut-être était-ce dû à leur désespoir. Mais il devait bien s'avouer qu'il ne s'était guère montré délicat avec ses compagnes précédentes. Il médita les paroles du vieux prêtre et en conclut qu'il avait beaucoup à apprendre.

— Pensez-vous que je pourrais vivre plus d'un siècle, moi aussi ? demanda-t-il.

— Peut-être. Personne ne peut le savoir. Mais au

fond, cela n'a pas grande importance, Hegon. Une pensée très ancienne dit qu'il faut construire sa vie comme si l'on ne devait jamais mourir, et la vivre pleinement car elle peut être ôtée d'un instant à l'autre. En fait, il ne faut pas trop penser à la mort. Elle n'est qu'un passage vers une autre vie.

Hegon acquiesça. Cette idée rejoignait les croyances de Medgaarthâ, qui affirmaient que les morts revenaient toujours à la vie dans un autre corps. Mais la sagesse de la réflexion de l'amane le fit réfléchir. Elle ne prenait tout son sens que si l'on était totalement maître de son existence. Ce qui n'avait pas été le cas pour lui jusqu'à présent. En tant qu'alwarrior, il avait toujours dépendu d'un suzerain à qui il devait une obéissance aveugle. Ces derniers temps, il avait rejeté ces chaînes invisibles et, poussé par les événements, il avait pris des initiatives qui avaient fait de lui le chef tacite de tous les révoltés de Medgaarthâ. La liberté ! Il avait brisé ses liens, tenu tête au Dmaârh, et il avait donné le mauvais exemple. Au-delà de la prophétie, c'était à cause de la liberté qu'on avait voulu le supprimer.

À présent, il se sentait totalement libre. Et surtout, depuis l'arrivée d'Arysthée, le voyage avait pris une autre dimension, comme un parfum de magie. Parfois, il se reprochait d'oublier Myriàn un peu vite. Mais il ne pouvait s'empêcher d'être irrésistiblement attiré par la jeune technicienne. Tout en elle le séduisait, son allure, la beauté pure de son visage, son regard couleur d'eau claire un matin de printemps, le grain délicat de sa peau, la souplesse féline de ses gestes, son port de tête fier et altier. Il aimait les mains fines et fermes avec lesquelles elle tenait les rênes de son cheval.

Il avait tenté plusieurs fois de se rapprocher d'elle en chevauchant à ses côtés. Elle ne lui avait accordé qu'une attention polie. Cependant, malgré la barrière mentale qu'elle élevait à chaque fois qu'il l'abordait, il avait deviné qu'elle se méfiait de lui.

Il finit par comprendre qu'elle n'avait rien de particulier contre lui ; mais il venait de la Vallée et, bien qu'il fût issu d'un chevalier et d'une femme amanite, il restait, à ses yeux, marqué par la mentalité brutale et dominatrice des hommes de Medgaarthâ. Afin de ne pas la froisser, il décida de garder ses distances. Il ne servait à rien de la brusquer. Et surtout, il ignorait comment faire pour la séduire. Cette fille possédait une érudition extraordinaire, supérieure sans doute à celle d'Hariostus, qui lui demandait souvent conseil. Arysthée avait réponse à tout, sans jamais faire étalage de ses connaissances. Il souffrait de ne pouvoir nouer avec elle de relation plus amicale. Ses regards se reportaient sans cesse vers elle. Sans y prendre garde, il ne chevauchait jamais loin d'elle et s'arrangeait toujours pour la conserver en vue. Et c'était toujours un plaisir renouvelé que de contempler discrètement sa silhouette fine et racée, de respirer le parfum léger qui flottait autour d'elle. Le soir, au bivouac, il s'arrangeait pour s'installer près de l'abri que les dramas dressaient pour elle.

Jàsieck n'avait pas les mêmes préoccupations. Il connaissait la région pour y avoir passé toute sa jeunesse, et il en connaissait les dangers. La nuit, il s'éveillait souvent en sursaut, la main sur la poignée du sabre qu'Hegon avait fait fabriquer à sa main, et il surveillait les sous-bois d'un air angoissé avant de replonger dans un sommeil peuplé de cauchemars. Les plus effroyables récits couraient sur cette région, que l'on appelait le massif Skovandre. Plusieurs habitants de son village avaient disparu, enlevés par ceux qu'on appelait les Crocs de la Nuit. Ainsi les maraudiers nommaient-ils les werhes. Ce qu'on en retrouvait n'était pas beau à voir. Bien sûr, les guerriers étrangers possédaient des armes fabuleuses, mais seraient-elles suffisantes pour venir à bout de ces démons insaisissables ?

Pourtant, les jours passaient sans incident notable.

À plusieurs reprises, ils croisèrent des partis de maraudiers qui s'enfuyaient à leur approche. Ils bivouaquaient dans les ruines de villages abandonnés, sur des éminences rocheuses d'où l'on pouvait surveiller les alentours. Sandro Martell envoyait régulièrement des éclaireurs afin d'assurer la piste.

— Je ne serai tranquille que lorsque nous aurons quitté le territoire de chasse de Mooryandiâ, grommelait le commandant dramas. Ces maudits garous sont partout. Nous avons de quoi nous défendre, mais je préférerais éviter un affrontement avec eux. Ils combattent sans souci de leur propre vie, comme des chiens enragés.

Hariostus le rassura :

— Jusqu'à présent, nous n'en avons pas croisé, commandant. Avec un peu de chance, nous serons hors d'atteinte dans deux jours.

— Que les dieux de bienveillance vous entendent, sehad.

— Si mes estimations sont exactes, nous serons bientôt à Thargôs, qui est située en limite du territoire de Mooryandiâ.

— Qu'est-ce que c'est, Thargôs ? demanda Hegon à Dennios.

— Ce nom fut porté par une cité antique aujourd'hui disparue. Mais elle abrite une communauté de métalliers.

Le lendemain après-midi, un paysage étrange se dessina au loin. Peu à peu, la forêt se peupla de ruines envahies par les végétaux. Des flèches de pierre défiaient dérisoirement le ciel, souvenirs fantomatiques de bâtiments très anciens dont il ne restait plus que les fondations et quelques murs chancelants. Des amorces d'escalier s'élevaient vers nulle part. Une sorte de piste grossièrement entretenue traversait les ruines.

— Cette route a été tracée par les métalliers, expliqua Sandro Martell. Nous ferons étape chez eux ce soir. Ils nous offrent l'hospitalité lorsque nous passons sur leur domaine. En échange, nous leur fournissons des outils amanites. Ils les apprécient beaucoup.

La forêt alentour se composait d'un fouillis d'arbres de faible hauteur, que dominaient parfois la silhouette puissante d'un grand chêne, d'un bouquet de hêtres ou de frênes. Des dentelles de lianes s'entremêlaient aux branches, masquant la vue. Les ronces recouvraient un capharnaüm de ruines impénétrables d'où coulaient des traînées roussâtres aux reflets métalliques. On devinait encore, sous le manteau végétal, le dessin d'artères aujourd'hui peuplées par les arbres dont les racines achevaient d'émietter un souvenir de revêtement de béton. Par endroits, le sol s'ouvrait sur l'ébauche de descentes s'enfonçant dans les entrailles de la terre. Si la plupart étaient bouchées par des écoulements de terre et de roche, certains semblaient mener vers des profondeurs inquiétantes. Malgré les siècles, la nature n'avait pas encore totalement repris ses droits.

Cependant, Sandro Martell paraissait inquiet.

— Je m'étonne que les métalliers ne se soient pas encore manifestés, dit-il enfin. D'ordinaire, ils viennent nous souhaiter la bienvenue.

Hegon s'était rapproché d'Arysthée. Contrairement à son habitude, celle-ci lui avait adressé un sourire de remerciement. Son visage reflétait un début d'angoisse. Mais elle se reprit très vite.

— C'est idiot, dit-elle. J'ai cru sentir une odeur désagréable de chair en décomposition.

— Ce n'est pas une impression, confirma Hegon, qui huma l'air frais de la forêt. On dirait qu'il y a une charogne dans les sous-bois.

— Ce n'est peut-être pas une charogne, déclara Martell d'une voix lugubre. Tenez-vous tous prêts à combattre !

Tandis que les dramas dégainaient leurs pistolasers, les warriors d'Hegon tirèrent leur sabre au clair. Ils poursuivirent la piste avec circonspection, sans pour autant trouver trace des métalliers. Interminables, les ruines de la cité s'étiraient sur plus d'une marche. Enfin, la piste s'élargit, dévoilant un ensemble de bâtisses construites au milieu des ruines. Thargôs, le village des métalliers.

— Il n'y a personne ! s'exclama Sandro Martell. Où sont-ils passés ?

— L'odeur de charogne est plus forte à présent, remarqua Arysthée.

Ils mirent pied à terre. Les mains crispées sur leurs armes, les guerriers inspectèrent les lieux avec célérité. Hegon demeura près de la jeune femme.

— On dirait que ça vient de ce bâtiment, dit-elle.

Elle désignait une vaste construction plus importante que les autres.

— C'est leur lieu de réunion, précisa le commandant. Je n'aime pas ça.

Des bruits étranges provenaient de la bâtisse. Martell s'y dirigea, suivi par Hegon, Arysthée et quelques dramas. L'obscurité baignait les lieux. Sandro Martell avait sorti un objet bizarre, qu'il suffisait d'agiter un peu pour qu'il fournisse une lumière bleutée bien plus puissante qu'une torche de bois. Le bâtiment comportait plusieurs salles. La première était déserte, mais les relents de chair avariée étaient devenus insoutenables. Arysthée se boucha le nez. Suivant Hegon, qui s'était lui aussi équipé d'une torche, ils passèrent dans une seconde salle, plus importante que la première. Des grondements sourds se firent entendre, qui les figèrent sur place.

Hegon dirigea le faisceau lumineux vers les parois de la bâtisse. Arysthée poussa un hurlement de terreur et se réfugia aussitôt dans les bras d'Hegon.

— Quelle horreur ! gémit-elle.

— Ils sont là ! murmura Sandro Martell d'une voix altérée.

Sur le mur du fond, une douzaine de corps avaient été

cloués la tête en bas, les bras écartés, formant une sorte de croix inversée. Les cadavres avaient été vidés de leurs entrailles que des charognards se disputaient dans la pénombre. De là provenaient les grognements. Quelques tirs de pistolasers suffirent à faire déguerpir les bêtes.

Furieuse d'avoir fait preuve de faiblesse, Arysthée s'écarta d'Hegon un peu brusquement. Il ne la retint pas.

— Il vaudrait mieux que vous sortiez, dit-il doucement.

Elle secoua la tête négativement et s'approcha des cadavres, ou de ce qu'il en restait. En réalité, il ne subsistait plus guère que les os, sur lesquels des nuées d'insectes s'acharnaient.

— Ils ont été dévorés! dit Hegon, écœuré. C'est l'œuvre des garous. Les maraudiers ne mangent pas de chair humaine.

— C'est très récent, dit Sandro. Pas plus de deux ou trois jours.

— Et ça, qu'est-ce que ça veut dire? demanda Hegon.

Il éclairait les parois de la bâtisse. De chaque côté des corps torturés, les murs étaient couverts de signes inconnus. Surmontant son dégoût et sa frayeur, Arysthée examina les graffitis.

— Ce sont des symboles sataniques, expliqua-t-elle d'une voix blanche. Cela signifie que ces malheureux ont été sacrifiés au dieu sanguinaire de Mooryandiâ. Celui qu'ils appellent Shaïentus.

29

— Mooryandiâ ? s'étonna Sandro. Ce village en est pourtant très éloigné.

— Il faut croire que les garous ont élargi leur territoire de chasse, répondit Hegon.

Martell secoua la tête.

— Il y a quelque chose de bizarre, dit-il. Il n'y a qu'une douzaine de personnes. Où sont passées les autres ? Thargôs comptait près de trois cents habitants.

— Ils ont peut-être été emmenés pour servir de nourriture, suggéra un dramas, l'air lugubre.

— À moins qu'ils n'aient réussi à se cacher quelque part, remarqua Hegon. Ces ruines sont vastes et ils les connaissent bien.

Sous l'effet de la colère, Sandro Martell lâcha un juron.

— La peste soit de ces maudits werhes ! cracha-t-il. Ces gens nous ont toujours bien accueillis, gronda-t-il. Ils ne méritaient pas de finir ainsi.

— Nous ne pouvons pas les laisser comme ça, dit Arysthée. Il faut les incinérer. Je crois que c'est le rite qu'ils observent, n'est-ce pas ?

— C'est vrai, confirma Martell.

Surmontant leur dégoût, les guerriers décrochèrent les corps et les entassèrent à l'extérieur, sur la place principale. Puis ils édifièrent un bûcher. Bientôt, de hautes flammes purificatrices s'élevèrent dans le village. Arysthée s'était retirée à l'écart. Hegon la rejoignit. Il vit, à ses yeux rougis, qu'elle avait pleuré. Il en fut profondément ému.

— La fumée, se justifia-t-elle d'un air crâne.

— Bien sûr, confirma-t-il d'un sourire rassurant.

Elle avait repris son attitude fière, mais serrait les mâchoires. Hegon dut faire un effort surhumain pour ne pas la prendre dans ses bras. Elle secoua la tête, indifférente à son désir.

— Nous avons respecté les rituels de la mort de ces pauvres gens, dit-elle enfin d'un air soucieux. Mais ce que nous faisons n'est guère prudent. Si les werhes sont encore dans la forêt, ce feu va attirer leur attention.

— Pourquoi seraient-ils encore là ? s'étonna Hegon. Ce massacre a eu lieu il y a deux ou trois jours. Ils ont dû repartir pour Mooryandiâ.

Elle fit la moue, mais ne répondit pas.

Il était trop tard pour continuer. La nuit était désormais presque tombée. En raison de l'odeur pestilentielle, on dressa le campement en dehors du village. Par précaution, Sandro Martell augmenta le nombre des sentinelles. Contrairement à ce que redoutait Arysthée, la nuit fut calme.

Cependant, le lendemain matin, ils s'apprêtaient à repartir lorsqu'une rumeur inquiétante se fit entendre à l'orient. Une sentinelle donna l'alerte.

— Commandant, une troupe importante de werhes se dirige par ici. Ils sont plusieurs centaines, probablement.

Sandro Martell donna aussitôt ses ordres.

— Il vaut mieux éviter le combat. Nos armes ne nous rendent pas invulnérables. Nous allons tenter de leur échapper.

En quelques instants, tout le monde était en selle. Ce fut alors qu'un warrior s'écria :

— Nous ne pouvons pas fuir ! Il en vient de partout.

— Par les tripes de Lookyâ ! s'exclama Thoraàn. Il va

falloir combattre si nous ne voulons pas finir dans l'estomac de ces monstres !

Hegon admirait la perspicacité d'Arysthée. Elle ne s'était pas trompée : les werhes n'avaient pas encore quitté Thargôs.

— Comment l'avez-vous su ? demanda-t-il.

— L'intuition ! répondit-elle avec un léger sourire.

Par chance, l'ennemi ne les avait pas encore repérés. Les sentinelles indiquèrent que la voie de l'ouest était encore libre. Profitant de leur courte avance, ils abandonnèrent le village. Bientôt, derrière eux, un vacarme assourdissant emplit les ruines forestières. Hegon ne quittait plus Arysthée. Il n'avait pas oublié le moment furtif où il l'avait tenue serrée contre lui, en plein désarroi. Elle s'était vite reprise, mais le souvenir de son odeur restait incrusté en lui.

— Je ne comprends pas qu'ils soient revenus ! dit Hegon. Ils n'avaient aucune raison de le faire. Ils auraient dû repartir avec leurs prisonniers.

— À moins qu'ils n'aient pas capturé de prisonniers ! rétorqua la jeune femme.

Ils n'eurent pas le loisir d'en discuter plus avant. Tout à coup, une horde d'êtres cauchemardesques surgit des sous-bois sur leur gauche, brandissant des armes hétéroclites. Malgré leurs visages difformes, leurs bouches aux dentures fantaisistes, leurs yeux globuleux et inégaux, leurs membres atrophiés ou surdimensionnés, les werhes se déplaçaient rapidement. Arysthée poussa un cri, puis dégaina son pistolaser et tira, imitée par tous les dramas. Les lames d'énergie fauchèrent les bêtes humaines en pleine course. Plusieurs garous s'écroulèrent en bramant de douleur, les vêtements en feu. Mais cela ne découragea pas leurs compagnons, qui se mirent à hurler pour alerter les autres.

Lançant leurs montures aussi vite que la piste étroite le permettait, les fuyards réussirent à distancer leurs poursuivants. Des grondements de dépit retentirent, mais les werhes n'abandonnèrent pas la traque pour autant.

Hegon et ses compagnons avaient pris une avance confortable. Malheureusement, la piste devenait de plus en plus impraticable et se perdait dans l'épaisseur touffue de la forêt. Des embranchements cahoteux ne débouchaient nulle part. À deux reprises, ils furent obligés de revenir sur leurs pas. Au loin, les hurlements des fauves humains se rapprochaient dangereusement.

— Ils suivent nos traces, grommela Thoraàn. Cette forêt est un véritable piège.

Soudain, dans les sous-bois, une petite silhouette surgit qui leur adressa des signes.

— C'est une femme de métallier ! dit le commandant dramas. Je la reconnais.

Arysthée adressa un sourire à Hegon.

— Les métalliers connaissent bien leur village. Je trouvais étonnant qu'ils se soient laissé surprendre aussi facilement.

Ils rejoignirent la fille.

— Venez, dit-elle. Nous allons vous mettre à l'abri.

Sandro la hissa en croupe. Elle lui indiqua un sentier étroit où il était impossible de chevaucher à plus de deux de front. Très vite, le relief s'éleva, menant vers les hauteurs d'anciennes collines autrefois couvertes par la ville disparue. Plus haut ils débouchèrent sur une sorte d'artère aux dalles défoncées. Çà et là s'ouvrait le souvenir d'une ruelle bordée de décombres depuis longtemps envahis par les ronces. Des pans de murs lépreux survivaient au milieu de ce fouillis végétal. Par endroits, ils aperçurent des monceaux d'objets métalliques indéfinissables, couverts de rouille ou d'oxydes, résultats des fouilles des métalliers. Après avoir gravi plusieurs niveaux, ils parvinrent devant une falaise depuis laquelle on dominait les ruines forestières. Là, dans la paroi abrupte, s'ouvrait une sorte de galerie à l'orée de laquelle attendaient une poignée d'individus hirsutes, aux regards angoissés.

— Entrez ! dit la jeune femme.

Les cavaliers pénétrèrent dans la caverne. À l'intérieur, un large boyau s'enfonçait en pente douce dans les profondeurs de la terre. Le dernier guerrier était à peine entré qu'un raclement insolite se fit entendre. Sous les yeux stupéfaits des arrivants, deux portes massives masquées par de la fausse végétation obturèrent la galerie. De l'extérieur, il devait être impossible de deviner qu'une caverne s'ouvrait là. La galerie était éclairée par les torches que portaient les métalliers. Certains considéraient les arrivants avec méfiance, comme s'ils désapprouvaient l'initiative de leur compagne.

Hegon et ses compagnons mirent pied à terre.

— Mon nom est Shàra, dit la jeune femme. Je suis la fille du chef de la tribu de métalliers qui travaillent dans ces ruines. Il y a trois jours, les démons ont surgi dans la forêt. Ils ont attaqué le village. La plupart d'entre nous ont réussi à s'enfuir et à se réfugier ici. Malheureusement, une douzaine de nos compagnons ont été capturés et massacrés. Mais les werhes ont compris que nous ne devions pas être très loin et ils se sont mis en chasse. Cette ancienne cité possède un réseau de couloirs souterrains. Nous les avons entretenus pour nous y abriter en cas d'attaque. Par endroits, des conduits remontent à la surface, que nous avons aménagés. Grâce à ce réseau, nous avons pu suivre leurs déplacements. C'est aussi comme ça que nous avons appris votre retour. Quelques-uns d'entre nous voulaient vous prévenir, mais la plupart refusaient de vous aider. Ils disaient que vous risquiez d'attirer les monstres jusqu'ici.

Soudain, un concert de vociférations inquiétant se fit entendre à l'extérieur, assourdi par l'épaisseur des portes. Shàra invita Hegon et Sandro à monter derrière elle par un escalier en colimaçon, jusqu'à un poste d'observation situé au niveau supérieur. De là, une ouverture cachée permettait de surveiller les alentours. Sur le méplat en contrebas grouillaient plusieurs centaines de garous. Ils ne comprenaient visiblement pas comment leurs proies avaient réussi à disparaître. Tournant en tous sens, ils poussaient des exclamations gutturales, montraient les traces des chevaux qui ne menaient nulle part. Hegon redouta qu'ils ne soupçonnassent quelque chose. Mais le camouflage était si bien fait que pas un ne se douta de l'existence de la caverne.

Les werhes demeurèrent un long moment à fureter à proximité de la porte masquée. Puis ils repartirent en braillant de plus belle.

À la suite de Shàra, Hegon et Sandro redescendirent de leur poste d'observation. La jeune femme était soulagée.

— J'ai bien cru qu'ils ne partiraient jamais.

Elle soupira :

— Nous avons été surpris. Il existe quelques tribus pacifiques dans cette forêt, avec lesquelles nous entretenons de bonnes relations. C'est pourquoi nous ne nous sommes pas méfiés lorsque nos guetteurs ont signalé l'arrivée d'une troupe de garous. Puis ils se sont rendu compte qu'ils étaient menaçants. Nous avons alors compris qu'il s'agissait des Mooryandiens. Nous avons aussitôt abandonné le village de surface. Malheureusement, plusieurs des nôtres n'ont pu fuir à temps et ils ont été capturés.

Sa voix se voila, et elle ajouta :

— Mon père était parmi eux. Nous aurions dû brûler les corps après le départ de ces maudits werhes, mais beaucoup des nôtres tremblaient à l'idée de retourner à l'extérieur après ce qui s'était passé. Et puis, vous êtes arrivés, et vous avez respecté les rituels de mort de notre tribu. Pour moi, c'était le signe que nous devions vous aider, parce que le foyer allait inévitablement attirer les garous. Nous savions qu'ils rôdaient encore dans la région.

— Ils ont dû penser que votre tribu était revenue rendre un dernier hommage à vos morts, et ils voulaient en profiter pour vous capturer.

— Vous avez manifesté un grand respect pour nos morts. Cela justifiait notre aide, malgré ce qu'en pensaient certains. Nous avons suivi votre progression par les conduits d'observation. Lorsque j'ai compris que vous alliez vous égarer et retomber sur les garous, je suis sortie pour aller à votre rencontre.

— Sois remerciée, Shàra ! dit Hariostus. Tu as sans doute sauvé la vie de plusieurs de nos compagnons.

— Mais comment allons-nous sortir d'ici ? demanda Sandro. Allons-nous devoir patienter jusqu'au départ de ces maudits garous ?

— Non, bien sûr. Il existe une autre sortie. Nous sommes ici dans les galeries d'une ville souterraine plus récente que les ruines. D'après la légende, les habitants de l'ancienne cité se sont réfugiés ici à l'époque de ce que les gens de la Vallée appellent Raggnorkâ. Il existe plus loin des voies taillées dans la roche. Elles ont résisté au temps. Mais cette cité souterraine est aussi un immense cimetière, parce que les habitants sont morts les uns après les autres. Les maraudiers redoutent de s'aventurer dans cette forêt, car ils ont peur des esprits. Nous, les métalliers, nous ne craignons pas les morts. Parfois, nous ressentons des présences autour de nous. Ce sont les fantômes des anciens. Jamais ils ne se sont montrés hostiles. Nous allons passer par leur cité. Une longue galerie mène au-dehors, loin vers l'ouest. Nous n'avons jamais compris à quoi elle servait. Peut-être à fuir en cas de danger.

À la suite de Shàra et des métalliers, les guerriers se mirent en route. Comme l'avait dit la jeune femme, la ville enterrée était vaste, et formait un véritable labyrinthe aux voûtes élevées, soutenues par de puissants piliers dont le sommet se perdait dans les ténèbres. La lumière des torches venait tirer la cité enterrée de son sommeil. Le pas des chevaux réveillait des échos étranges. De larges ouvertures se creusaient de chaque côté des artères, qui avaient dû accueillir des habitants, des magasins, des entrepôts, des industries diverses. Tout était aujourd'hui à l'abandon, écroulé par endroits. Sans doute cette cité avait-elle abrité plusieurs dizaines de milliers d'habitants autrefois. Mais il ne restait plus personne. En certains lieux s'alignaient des croix et des stèles, parfois des niches où dormaient des sarcophages recouverts de poussière et de terre. Shàra avait dit vrai : cette ville souterraine n'était plus qu'une gigantesque nécropole.

Les parois portaient encore les ternes reflets de fresques murales en mosaïque, représentant des formes incompréhensibles, souvenir d'un art oublié que la lueur bleue des lampes à induction dévoilait pour les replonger dans les ténèbres l'instant d'après. Bientôt, ils arrivèrent sur une large place éclairée par des dizaines de torches à résine. Une foule curieuse attendait en silence. Les visages restaient fermés pour la plupart. Cependant, çà et là, quelques sourires apparurent. Hegon percevait clairement les émotions des métalliers. Ils n'appréciaient guère de voir des étrangers pénétrer dans leur antre secret. Mais le rituel de mort était sacré pour eux et, malgré leur prévention, ils étaient reconnaissants à ces mêmes étrangers d'avoir accompli les cérémonies à leur place. Un homme d'un certain âge s'avança vers eux, que Shàra présenta :

— Voici mon oncle Khorànth, qui a remplacé mon père à la tête de la tribu.

— Soyez les bienvenus, répondit le métallier d'une voix neutre.

Lui non plus n'appréciait guère la présence des guerriers. Hegon s'avança vers lui.

— Je suis Hegon, de la Vallée de Medgaarthâ. Mes compagnons et moi remercions ton peuple de nous avoir évité ce combat avec les werhes. Sois rassuré. Nous ne faisons que traverser ce pays, et nous ne révélerons jamais à quiconque le secret de votre cité.

Hegon perçut aussitôt le soulagement des métalliers. Mais, plus que les paroles, c'était sa voix qui avait apporté l'apaisement. Khorànth répondit :

— Tes mots sont droits, Hegon. Tu possèdes la voix qui commande et le regard clair de celui qui dit la vérité. Tu dois être un grand chef parmi les tiens.

Hegon eut un léger sourire.

— Je ne dirige que les warriors que tu vois derrière moi.

— Mais j'aperçois à tes côtés un prêtre de la Sagesse. Lorsqu'il t'aura offert son savoir, tu deviendras un grand roi. Souviens-toi de mes paroles.

Les métalliers tenaient à remercier les étrangers dont la générosité et le courage avaient permis à leurs défunts d'éviter une errance douloureuse dans le reflet obscur de la grande forêt Skovandre, là où se retrouvaient ceux qui avaient péri de mort violente et pour lesquels les rites sacrés n'avaient pas été respectés. Ils organisèrent donc des festivités sur la grande place souterraine. Quelques chèvres et moutons furent sacrifiés et mis à rôtir, et l'on déboucha force flacons de vin rubis en provenance des coteaux de la Vallée, où les métalliers se fournissaient en échange de leurs lingots.

Hegon avait pris place à côté de Shàra et lui posait maintes questions sur ce peuple qu'il connaissait mal. Il apprit ainsi qu'ils vénéraient également le dieu Braâth, et surtout les Veillants, les nains serviteurs des dieux, auxquels ils s'identifiaient et qui, selon la mythologie medgaarthienne, vivaient sous la première racine de Gdraasilyâ, l'arbre cosmique. Cette première racine, Oeysiâ, était pour eux personnalisée par un arbre-femme au visage doux et aimant, qui était l'épouse de Braâth. Elle symbolisait la forêt immense qui leur permettait de s'abriter des dangers et qui leur offrait les inépuisables trésors des métaux issus de l'ancien monde.

Un peu plus loin, Arysthée observait Hegon du coin de l'œil. Peut-être se trompait-il, mais il crut déceler un éclat brillant dans le regard de la jeune amanite, comme si elle n'appréciait pas vraiment de le voir bavarder avec Shàra. Cette réaction l'amusa et le flatta. Mais peut-être s'agissait-il simplement du reflet de la lumière des torches.

Les métalliers avaient organisé spontanément quelques spectacles pour distraire leurs invités, comme des combats à mains nues, quelques danses au son d'instruments aux tonalités aigres qui rythmaient des mélodies à trois temps venues du fond des âges.

Soudain, Hegon vit Arysthée s'éloigner. Il en conçut un peu de dépit. Puis, il la vit revenir après quelques instants et ne put retenir un cri de stupéfaction. La jeune femme avait abandonné la longue robe noire qui la vêtait habituellement et s'était parée de sortes de longs voiles multicolores qu'elle avait enroulés autour de son corps. Dennios la suivait, tenant en main sa *thamys*, la harpe à vingt-neuf cordes avec laquelle il accompagnait ses récits. Hegon comprit qu'ils allaient mimer une légende en l'honneur de leurs hôtes. Il avait entendu dire par les dramas qu'Arysthée était une excellente danseuse, mais il n'avait pas encore eu l'occasion de l'admirer.

À la demande de Khorànth, le silence se fit. Après quelques accords mélancoliques, Dennios commença une histoire dont l'origine se perdait dans le temps, et qui racontait l'histoire étonnante de la déesse-fleur Koréa, fille de Demeth, déesse de la Nature et de la Végétation. Selon la légende, Koréa avait attiré l'amour de Haâd, le dieu des Morts, qui n'avait pas d'épouse et qui ne cessait de l'observer lorsqu'elle se baignait dans les étangs des forêts.

Fasciné, Hegon ne quittait pas Arysthée des yeux. Jamais il n'avait vu une femme danser de cette manière.

S'appuyant sur les accords de la thamys qui rythmait les paroles du conteur, elle avait libéré un à un les longs voiles qu'elle faisait virevolter autour d'elle avec une grâce aérienne, symbolisant ainsi, avec le bleu, le jaune, le rouge, auxquels répondaient trois verts différents, l'infinie variété des fleurs et des plantes. La jeune femme semblait soumise aux caprices d'une brise irréelle, qui faisait osciller et trembler ses voiles, puis repartait dans un envol multicolore impressionnant, que soulignaient les notes joyeuses de la harpe.

« *Mais un jour, le puissant Haâd apparut à Koréa et l'emporta dans son royaume souterrain. La tristesse et la désolation se répandirent alors sur le monde, car les arbres et les plantes perdirent leurs couleurs.* »

Peu à peu, Arysthée se défit de ses voiles, en commençant par le voile bleu, qui retomba lentement sur le sol poussiéreux et gris. Le jaune et le rouge suivirent, et enfin les trois verts, en commençant par le plus tendre pour finir par celui couleur de bronze. La jeune femme ne portait plus qu'un pagne léger et effrangé aux reflets bruns et noirs, et un autre qui masquait à peine sa poitrine ferme. Tous les hommes de l'assistance la dévoraient des yeux. Il se dégageait d'elle une sensualité extraordinaire, que venait souligner la douleur qui se peignait sur ses traits et qui reflétait la tristesse de la légende.

« *Sa mère, la déesse Demeth, entra dans une rage folle et exigea le retour de sa fille, ce que Haâd refusa. Demeth déclencha alors sa colère sur le monde. Plus aucune plante ne porta de fruits et les hommes commencèrent à souffrir de la faim. Peu à peu, la Terre se transforma en un désert aride peuplé d'êtres décharnés qui erraient à la recherche de nourriture, au milieu de forêts aux arbres desséchés.* »

Sur la piste grise, Arysthée se défit alors de son pagne, qui s'effaça pour laisser la place à des lambeaux de tissus noirâtres qui ne dissimulaient rien de ses jambes longues et fines. Peu à peu, elle se laissa couler sur le sol, simulant la lente et douloureuse agonie de la nature.

« *Il en fut ainsi jusqu'au moment ou Haâd, qui voyait arriver beaucoup trop de morts dans son royaume, s'émut de la détresse des hommes, et accepta de libérer Koréa. Mais celle-ci, bouleversée par le chagrin du dieu, était tombée amoureuse de lui. Aussi, elle ne put se résoudre à le quitter définitivement et proposa un compromis. Pendant six mois de l'année, elle vivrait sur la terre, près de sa mère Demeth. Les six autres mois, elle demeurerait invisible aux yeux des hommes, cachée près du dieu Haâd qu'elle avait accepté de prendre pour époux.* »

Avec une habileté extraordinaire, Arysthée avait repris ses voiles de couleur, et, tout à coup, tandis que la musique retrouvait un ton joyeux, elle simula le retour de la vie par une danse nouvelle, dans laquelle elle se parait des trois voiles verts, puis des voiles de couleur. De nouveau son visage reflétait la joie et la plénitude. La chorégraphie s'acheva sur une apothéose, qui laissa les spectateurs muets, avant que n'explosât un tonnerre d'acclamations.

Près d'Hegon, Shàra était éblouie.

— Vous voyagez en compagnie de la déesse de la Danse elle-même, seigneur Hegon, dit-elle enfin.

Le jeune homme aurait voulu féliciter Arysthée, mais celle-ci, après avoir salué brièvement le public, s'était éclipsée. Elle revint peu de temps après, ayant revêtu sa longue toge noire serrée à la taille par une ceinture de cuir, et reprit modestement sa place près d'Hariostus.

Hegon réussit à s'approcher d'elle et, s'inclinant vers son oreille, lui glissa :

— Merci, dame Arysthée. Jamais je n'avais assisté à une danse aussi merveilleuse.

Elle lui répondit d'un léger sourire qui fit couler dans ses veines une liqueur de feu.

Le lendemain, après une nuit passée dans la cité enterrée, Hegon et ses compagnons prirent congé de leurs hôtes et empruntèrent la longue galerie dont avait parlé

Shàra. Elle était assez large pour laisser passer trois chevaux de front. Une odeur de moisissure et de terre y régnait, ainsi que d'autres senteurs indéfinissables. Shàra et quelques métalliers ouvraient la marche, équipés des torches électriques offertes par Sandro. À l'inverse des galeries de la cité qui composaient un labyrinthe, et dont les parois donnaient sur d'anciennes habitations, ce souterrain ne présentait aucune ouverture. Il ne servait qu'à relier la cité souterraine à une sortie éloignée. Par endroits subsistaient les débris de conduites métalliques, dont le reste avait été soigneusement récupéré par les métalliers. Hegon se demanda quelle pouvait être leur utilité.

Ils marchèrent ainsi pendant près de deux heures dans les ténèbres. Par endroits, les indigènes avaient étayé la voûte, menacée d'effondrement. Mais toujours la galerie se poursuivait. Certains warriors commençaient à murmurer. Était-on sûr d'arriver quelque part ?

— Cette caverne ne finira donc jamais, grommela Thoràan.

— Cesse de grogner, dit Hegon. Cette galerie va nous permettre de nous éloigner des werhes.

Enfin, après une marche épuisante et inquiétante, ils arrivèrent devant une double porte semblable à celle par laquelle ils avaient pénétré dans la cité souterraine. Un poste d'observation permit aux métalliers de s'assurer que la voie était libre. Ils manœuvrèrent alors le mécanisme qui ouvrait les battants.

— D'ici, vous pouvez rejoindre une ancienne piste qui se dirige vers l'ouest à travers la forêt, dit Shàra. Les werhes ne viennent jamais jusqu'ici. Prenez garde cependant, à deux jours de marche, vous devrez traverser une vallée où vivent des animaux étranges et très dangereux.

Hegon la remercia, puis les guerriers quittèrent la cité souterraine. Les lourdes portes se refermèrent. Autour d'eux, la forêt s'était clairsemée et les ruines de la cité avaient disparu. Les éclaireurs patrouillèrent aux alentours pour vérifier qu'il n'y avait pas de garous. Mais les environs étaient déserts. S'orientant d'après le soleil, ils se mirent en route vers l'ouest. Curieusement, les traces des étranges conduites se poursuivaient au-delà de la galerie. Intrigué, Hariostus décida de les suivre. Ils n'avaient pas fait plus d'un quart de marche lorsqu'ils parvinrent devant une construction stupéfiante.

— Par les tripes de Lookyâ, gronda Thoraàn, qu'est-ce que c'est que ça ?

30

Devant eux s'étendait une gigantesque cuvette, à la concavité régulière et peu profonde, dont la surface était recouverte par une matière noire ressemblant à de la roche vitrifiée. Les contours dessinaient un cercle parfait, dont le diamètre devait dépasser les deux kilomètres. En lisière de l'étrange construction, le revêtement avait été quelque peu endommagé par la végétation. Le centre paraissait intact, quoique jonché de débris de végétaux et de cailloux apportés par les vents. Aucun arbre n'avait réussi, malgré le temps, à percer l'étrange carapace rocheuse. S'il s'agissait bien de roche.

— Ce sont des Terres Bleues ? s'inquiéta Hodjynn.

— Je ne crois pas, répondit Hegon. Les arbustes qui poussent en bordure sont sains.

L'amane Hariostus se tourna vers Arysthée, qui paraissait fascinée par les lieux.

— Non, ce ne sont pas des Terres Bleues, confirma-t-elle.

Elle mit pied à terre et s'avança vers la surface sombre. Inquiet, Hegon la rejoignit. La jeune femme fit quelques pas à l'intérieur, s'accroupit et toucha la roche vitrifiée. Puis elle leva les yeux vers le ciel, qu'elle contempla longuement.

— Dieux de bienveillance, dit-elle. Serait-ce possible ? Si nous n'avions pas traversé cette cité souterraine, nous n'aurions jamais découvert cet endroit.

— De quoi s'agit-il ? demanda Hegon.

— Je ne peux rien dire encore. Il faudrait prendre le temps d'examiner cette structure.

Elle resta un moment silencieuse, gagnée par une inexplicable excitation. Puis elle revint vers son cheval et, sans attendre d'escorte, entreprit de longer la cuvette.

— Il doit y avoir autre chose, dit-elle pour elle-même.

La structure énigmatique était tellement vaste que l'on avait peine à distinguer la courbure de ses rives. Par endroits, la roche vitrifiée s'était fendillée, et quelques herbes rampantes s'incrustaient dans les interstices. Mais le revêtement paraissait d'une solidité extraordinaire. La nature mettrait du temps à reconquérir cette surface étrange. Il leur fallut pratiquement contourner la cuvette pour voir apparaître, en bordure, un bâtiment dont ne subsistaient que les murs externes. Arysthée mit pied à terre et s'avança vers les ruines, aussitôt suivie par Hegon, Sandro Martel et Hariostus.

— Soyez prudente, dit le jeune homme, un peu inquiet bien que les lieux parussent totalement déserts.

Tandis que les dramas et les warriors inspectaient les environs, tous quatre pénétrèrent à l'intérieur des murs éboulés où la végétation avait tout recouvert. Il était probable que le bâtiment n'avait pas compté plus d'un étage. La jeune femme secoua la tête, visiblement déçue. Elle leva une nouvelle fois les yeux vers le ciel, puis se remit à chercher.

— Les installations étaient sans doute en sous-sol, dit-elle. Il doit y avoir une entrée.

Enfin, son obstination porta ses fruits.

— Là, regardez, il y a une ouverture.

Elle indiquait une sorte de dalle rectangulaire dissimulée sous une couche de terre et de végétaux. On appela des guerriers en renfort pour dégager la dalle et la soulever avec des leviers. Un escalier en mauvais état menait au sous-sol. Armée d'une torche électrique, Arysthée s'y engagea, suivie par le prêtre et les deux hommes. Hegon aurait aimé passer en premier, mais il était évident que la jeune femme ne le laisserait pas faire.

L'escalier, construit dans une sorte de roche reconstituée, s'enfonçait profondément au cœur d'une salle de grandes dimensions. Pour une raison ignorée, les lieux étaient relativement bien conservés.

— Est-ce que cela date de l'époque des Anciens? demanda Hegon.

— Oui, répondit Arysthée.

— On dirait que cela a été abandonné récemment, rétorqua-t-il. Or, d'après ce que je sais, le monde antique s'est effondré il y a plusieurs siècles.

— C'est vrai. Il ne devrait plus rester grand-chose.

Elle se remit à fouiner. La lueur bleutée des torches fit apparaître un matériel à l'usage indéfinissable, tout au moins pour le jeune homme. En revanche, Arysthée était en proie à un enthousiasme fébrile. Elle allait d'un endroit à l'autre, prenant garde à ne pas chuter à cause des gravats et des pièces de machines qui gisaient sur le sol. Enfin, elle s'approcha d'une sorte de grande console équipée d'un écran muet. Tandis qu'elle examinait le matériel inconnu, Hegon buta sur quelque chose. Braquant sa lampe, il ne put retenir un cri.

— Regardez! Il y a un corps ici.

Arysthée et les deux autres approchèrent. Quelque chose sembla aussitôt bizarre à Hegon. Même s'il avait survécu au monde des Anciens, l'endroit était visiblement abandonné depuis des lustres. Or, le corps paraissait conservé dans un état de fraîcheur inexplicable. La peau elle-même était à peine fripée. Hegon recula, impressionné.

— Ce cadavre n'est pas normal, dit-il. Il ne devrait plus rester qu'un squelette.

Arysthée se pencha sur le corps.

— Dieux de bienveillance, dit-elle. Un androïde.

— Un quoi?

— Ce n'est pas un cadavre, seigneur Hegon. C'est une machine à forme humaine construite par les Anciens.

— Un homme-machine ?

— Les Anciens en avaient fabriqué des centaines de millions, intervint Hariostus. Nous pensons d'ailleurs qu'il faut voir là l'origine de la spoliation. De nombreux peuples la pratiquent. Lorsque la civilisation antique s'est effondrée, les hommes avaient l'habitude d'être servis par ces androïdes. Aujourd'hui, le secret de leur fabrication s'est perdu. Alors, on les a remplacés par des esclaves. Et afin de les rendre aussi dociles que des machines, on leur cautérise une partie du cerveau. Cela fait des siècles que dure cette barbarie. Hélas, nous ne pouvons pas y faire grand-chose. L'esclavage est tellement ancré dans les mœurs que nous n'avons même pas pu le faire disparaître dans les pays qui ont rejoint le monde amanite.

Hegon nota alors le regard fixe de l'androïde, la peau si semblable à celle d'un humain. Jetant un coup d'œil alentour, il en découvrit d'autres, dont certains avaient l'aspect de femmes.

— C'est incroyable, murmura-t-il. Que font-ils dans un tel endroit ?

— Ils entretenaient les machines et, au besoin, les dépannaient, indiqua Arysthée. C'est pour cela que cet endroit est si bien conservé. Il se réparait tout seul.

— Mais où sommes-nous, ici ?

Elle hésita, puis répondit :

— Probablement dans une centrale qui produisait du flux lectronique. Ce qui explique les conduites et la galerie menant vers les ruines de l'ancienne cité. Les Surves qui y ont vécu ont continué à utiliser cette centrale pour s'alimenter en énergie. Lorsqu'ils ont disparu, les androïdes ont dû continuer à entretenir les machines, jusqu'au moment où ils sont tombés en panne à leur tour.

Elle fit quelques pas, puis s'immobilisa devant un grand appareil couvert de gravats et de poussière, dont le sommet se couronnait d'une parabole qui devait dépasser les quatre mètres de diamètre. Son excitation augmenta.

— Regardez, sehad, dit-elle à Hariostus. Tout cela est remarquablement conservé.

Hegon n'osait plus poser de question. Il avait l'impression d'avoir débarqué dans un autre monde. Arysthée continua sa visite, examinant les consoles, actionnant des leviers. Sans succès.

— Évidemment, il n'y a plus d'énergie. Mais les androïdes ont entretenu cette station jusqu'à un passé relativement récent. Quelques dizaines d'années tout au plus. C'est fantastique.

Elle se tourna vers l'amane, qui lui adressa un lent acquiescement de la tête.

— Pensez-vous que vous seriez capable de remettre tout cela en état de marche, Arysthée ? demanda-t-il.

Elle ne répondit pas immédiatement, examina les lieux avec attention.

— Les matériaux ont bien résisté à la corrosion. Il faudrait des pièces de rechange. Mais ce doit être possible.

— Cela pourrait nous être très utile, insista Hariostus.

— Je sais, mais il faudrait d'abord vérifier certaines choses.

Hegon ne comprenait pas grand-chose à leur conversation. Ce lieu l'impressionnait et il aurait préféré être ailleurs. Ce qu'il entrevoyait du monde des Anciens lui paraissait trop compliqué. À quoi pouvaient bien servir ces engins étranges ? Et comment des machines à l'apparence humaine pouvaient-elles fonctionner ? Tout cela dépassait l'entendement.

Aussi fut-il soulagé lorsqu'on remonta à la surface.

Un peu plus tard, après avoir contourné l'immense structure, la colonne reprit la route de l'ouest. Intrigué par ce qu'il avait vu, Hegon se rapprocha d'Arysthée.

— Je ne comprends pas, dit-il. Comment une civilisation apparemment si puissante a-t-elle pu disparaître ?

— Nous ne savons pas exactement ce qui s'est passé. L'effondrement du monde des Anciens a sans doute eu plusieurs causes. Bien sûr, il y eut le Jour du Soleil, ce que vous appelez Raggnorkâ, un souffle de feu qui ravagea les régions boréales, et dont nous ignorons la cause. Mais les civilisations de l'époque auraient pu survivre à un tel fléau, s'il avait été isolé. En vérité, d'après les recherches que nous avons effectuées, il semblerait que la population de la planète se soit mise à croître de façon anarchique, dépassant ainsi les capacités de la Terre à la nourrir. De nos jours, le monde ne compte sans doute pas plus de trois ou quatre cents millions d'habitants, en incluant les werhes, qui sont deux fois plus nombreux que les humains dits « normaux ». À cette époque, la population humaine avait franchi les douze milliards.

Hegon ouvrit des yeux effarés.

— Douze milliards ? C'est impossible !

— La fertilité était plus grande en ce temps-là. Mais il y a une autre raison. Les religions des Anciens prônaient une croissance ininterrompue et absurde. Les livres sacrés que nous avons retrouvés interdisaient toute forme de contraception et d'avortement. Or, une population doit savoir s'adapter à son évolution. Ces croyances et ces dogmes étaient sans doute justifiés à une époque où les enfants mouraient beaucoup en bas âge à cause des épidémies et du manque de connaissances médicales. Mais les temps avaient changé, les hommes vivaient de plus en plus longtemps grâce aux progrès de la médecine. Il aurait fallu à ce moment-là mettre en place une politique destinée à limiter sérieusement le nombre des naissances. Mais l'emprise des religions sur les peuples était telle que la population continua inéluctablement d'augmenter. Cela engendra des catastrophes terrifiantes à l'échelle planétaire. L'eau potable se fit plus rare et la possession des sources et des nappes phréatiques déclencha des guerres, ainsi qu'un trafic monstrueux de la part des compagnies qui les possédaient, appuyées par les nations les plus puissantes. On dévasta les forêts, le bois se mit à manquer. Les hommes produisaient des quantités invraisemblables de déchets que la nature ne pouvait plus recycler. Les activités humaines, multipliées par le nombre effarant d'habitants, provoqua un réchauffement du climat, et la transformation de certaines zones en déserts. D'innombrables espèces d'animaux disparurent.

— Comment en sont-ils arrivés là ?

— Nous avons tenté de comprendre. Il semble que les progrès techniques qu'ils avaient réalisés leur permettaient de produire leur nourriture, leurs vêtements, et de construire leurs demeures avec des effectifs réduits. Peu à peu, au fil du temps, il a fallu créer d'autres activités pour ceux qui ne travaillaient pas dans ces activités de base. Ainsi sont apparus quantité de nouveaux métiers. Les Anciens avaient bâti une civilisation fondée sur la consommation à outrance de biens matériels, des objets de toutes sortes dont ils n'avaient pas un besoin essentiel pour vivre, mais dont la fabrication apportait une activité à ceux qui ne travaillaient plus dans les secteurs basiques. Ce développement leur apporta un certain confort dans un premier temps. Mais la population augmentait inéluctablement, et ils étaient condamnés à trouver sans cesse de nouvelles activités, de nouveaux produits à fabriquer et à vendre pour faire fonctionner leur système économique. Ils appelaient ça « la croissance ». Cela les a amenés à exploiter les ressources de la planète sans discernement et sans souci de lui permettre de les renouveler. Ainsi ont-ils surexploité les forêts, les océans, les richesses minières. Il leur en fallait toujours plus pour nourrir cette population, même si elle avait tendance à se stabiliser dans les pays riches. Mais les religieux continuaient d'interdire les moyens de contraception en invoquant leurs textes sacrés.

— C'est effrayant ! Mais… s'il y a eu des guerres, elles ont dû faire beaucoup de morts, et ainsi diminuer la population.

— Au contraire ! Lorsque ces guerres prenaient fin, les survivants se mettaient à faire encore plus d'enfants et, en à peine une année, la population avait retrouvé son niveau précédent, avec une démographie encore plus galopante. Dans certains pays, les femmes étaient mariées dès l'âge de quinze ans et, en dix ans, avaient engendré entre huit et douze enfants, avec toujours l'interdiction d'utiliser la moindre contraception. L'avortement était considéré comme un crime et les femmes qui le pratiquaient étaient mises à mort. Dans les pays où il était autorisé, des sectes de fanatiques assassinaient les médecins avorteurs. Et la population continua à augmenter inéluctablement.

« Malheureusement, la planète n'était pas extensible. Peu à peu, les ressources se sont taries. L'économie s'est emballée, puis a implosé. Le climat était détérioré, l'eau potable manquait, même dans les pays riches. La sécheresse sévissait un peu partout. Comprenant que la planète risquait de devenir inhabitable à plus ou moins long terme, on construisit des vaisseaux spatiaux.

— Des quoi ?

— Ce sont des sortes de navires capables de voler et de traverser l'espace pour aller sur d'autres planètes.

Hegon avait l'impression que sa tête allait exploser.

— Attendez ! Vous voulez dire que les Anciens ont construit des vaisseaux qui ont quitté la Terre ?

— Exactement. Malheureusement, nous ignorons ce que sont devenus ces navires. Certaines sources laissent supposer que l'on avait découvert une planète habitable, appelée Lonn. Plusieurs vaisseaux sont partis la coloniser. Mais si ces colonies existent, elles n'ont plus établi de contact depuis des siècles. Il est possible aussi que ces vaisseaux se soient perdus corps et biens dans l'immensité du cosmos. En vérité, nous n'en savons rien.

— Mais il était impossible de faire partir douze milliards de personnes! objecta Hegon.

— C'est vrai. Seule une fraction infime quitta la planète. Ceux qui restèrent connurent la décadence et la déchéance. L'économie s'effondra, des guerres éclatèrent un peu partout, pour des raisons diverses: conquête d'un point d'eau dans les pays les plus pauvres, conflits d'intérêt pour les nations les plus riches, et même affrontements entre systèmes religieux. Avec l'écroulement de l'économie, les vieilles croyances avaient retrouvé une audience auprès de peuples désemparés et réduits à une misère d'autant plus grande qu'il n'existait même plus d'endroits où trouver refuge. Dans ce contexte effrayant, des maladies nouvelles apparurent. Furent-elles la conséquence de la pauvreté et de la malnutrition qui touchaient de nombreuses couches de population, même dans les pays les plus riches, ou bien furent-elles délibérément provoquées par des gouvernements sans morale pour réduire la population humaine de manière spectaculaire? Nous n'en saurons jamais rien. Toujours est-il que ces pandémies engendrèrent l'apparition d'enfants tarés en grand nombre. Cela, ajouté à l'implosion de l'économie, amena un chaos dont aucun pays ne sortit indemne. Et la population humaine se modifia. Au début, cela se traduisit par des maladies de peau bénignes, mais chroniques. Puis apparurent les malformations, les insuffisances respiratoires, les déficiences mentales. Peu à peu, l'humanité subit les conséquences de ses excès.

«Certains trouvèrent refuge dans des cités souterraines et parvinrent à se garantir des épidémies. Les habitants de ces lieux protégés, les Surves, sauvèrent quelques bribes du savoir des Anciens, souvent incomplètes. Ces communautés, effrayées par ce qui se passait à l'extérieur, et souvent marquées par des systèmes religieux, disparurent pour la plupart au fil des siècles. Certaines s'adaptèrent et survécurent. Ce fut le cas de Rives, en Francie.

« Ailleurs, le monde retourna à la barbarie la plus effrayante. Devant la raréfaction de la nourriture, de nombreux individus devinrent cannibales. Victime d'épidémies sans précédent, la population mondiale chuta inexorablement. Seuls les plus solides résistèrent. L'humanité se scinda alors en deux branches. Ceux qui avaient été frappés par les maladies développèrent toutes sortes de tares et devinrent les werhes. Mais tous les hommes ne furent pas touchés. Une fraction de la population triompha sans dommage des pandémies, pour une raison que nous ignorons, peut-être grâce à des mutations spontanées. Cependant, l'une des conséquences fut une chute de la fertilité humaine. Peut-être cette baisse de la fécondité fut-elle due aux mutations, mais on ne peut s'empêcher de penser que la nature a voulu réagir pour éviter une nouvelle explosion démographique. Cette question préoccupe beaucoup nos philosophes.

« Aujourd'hui, les werhes restent de loin les plus nombreux. Certaines tribus vivent en paix avec les humains, mais la plupart sont dangereuses, sans doute parce qu'elles savent qu'elles finiront pas disparaître au fil des siècles.

— Il y en a beaucoup à Mooryandiâ, répondit Hegon, pas fâché de montrer qu'il n'était pas totalement ignorant. Brastyà vit sous la menace permanente d'une agression. Heureusement, ses remparts solides et sa position stratégique, au sommet d'une colline rocheuse, la protègent efficacement. Ils s'en prennent surtout aux petits villages de la forêt Skovandre. Mais les hordes de werhes n'osent pas attaquer la Vallée. Nous sommes trop puissants pour eux.

Arysthée fit la moue.

— Vous êtes très optimiste, seigneur Hegon. Pourtant, les Medgaarthiens devraient se méfier. Ne sous-estimez pas les werhes parce qu'ils sont dégénérés. Ce sont encore des êtres humains qui réfléchissent et ils sont animés par la foi en une divinité maudite et destructrice, que l'on retrouve dans les grandes religions de l'ancien temps. Ses noms les plus courants sont Satan ou Shaïtan. Mais elle en a porté beaucoup d'autres. Cette divinité symbolisait le Mal absolu, et représentait les aspects les plus noirs de l'âme humaine. Elle est née de la souffrance, de la haine et de l'ignorance. Les garous l'ont appelée Shaïentus. Ce sont ses signes que nous avons découverts sur les murs de Thargôs, auprès des métalliers crucifiés. Outre le cannibalisme, ces créatures pratiquent des sacrifices humains qu'ils vouent à cette divinité effrayante. Les premières victimes en sont les petites communautés installées aux frontières de Mooryandiâ. Actuellement, c'est vrai, les garous ne représentent pas un danger important pour les gens de la Vallée. Ils manquent d'organisation, se battent parfois entre eux. Mais ils sont très nombreux et ils n'ont aucun instinct de conservation. Il suffirait qu'apparaisse parmi eux un chef véritable pour qu'ils constituent une grave menace pour Medgaarthâ.

— La Baleüspâ a prophétisé que je devrais défendre Medgaarthâ contre les menaces qui pèsent sur elle. Qu'en pensez-vous ? Pourrait-il s'agir de Mooryandiâ ?

— Je ne suis pas médium, seigneur Hegon.

— Mais vous possédez le shod'l loer, riposta-t-il avec un sourire. Puisque je ne parviens pas à lire dans vos pensées...

Elle répondit à son sourire, amusée.

— Cela n'est pas dû au shod'l loer, mais à un simple exercice mental, afin de conserver notre liberté de pensée face à des gens comme vous, qui ont parfois tendance à être un peu indiscrets.

Le regard malicieux qu'elle lui adressa atténuait sa petite attaque. Hegon sentit ses entrailles se nouer. Cette femme possédait un charme auquel il était impossible de résister. Et surtout, son attitude s'était adoucie au fil du temps. Il ne la sentait plus hostile, comme elle lui avait semblé au début. Elle poursuivit :

— Chez les femmes, le shod'l loer porte un autre nom. On l'appelle la Setchaya. C'est une sensation étrange, une sorte d'intuition étendue qui permet de ressentir tout ce qui nous entoure, êtres vivants ou inanimés, comme si nous avions quitté notre corps, ou comme si notre environnement faisait partie de nous.

— La Setchaya… Mais elle ne vous permet pas de prévoir l'avenir.

— Non. D'ailleurs, l'avenir n'est jamais prédéterminé. Les médiums ne font que percevoir les plus fortes probabilités. Elles ne se réalisent pas forcément. Cependant…

Elle hésita, puis poursuivit :

— Les amanes désirent vous apporter leur aide. Ils pensent, comme votre devineresse, que vous avez hérité les qualités de vos parents et que vous êtes appelé à prendre un jour le destin de la Vallée en main.

— C'est ce que m'a dit Hariostus. C'est une offre généreuse, mais… quel peut être l'intérêt de Rives dans cette affaire ?

Arysthée poussa un soupir où se reflétait un peu de déception.

— Les amanes ne raisonnent pas en termes d'intérêt, seigneur Hegon. Leur but est de reconstruire un monde plus sûr. La seule manière d'y parvenir est d'étendre peu à peu le réseau amanite. La population de la Vallée représente une grande richesse potentielle, et l'ouverture vers d'autres régions plus orientales. Ils ont échoué il y a vingt ans. Mais la manière dont le peuple vous a choisi pour héros prouve qu'il est prêt aujourd'hui à vivre des bouleversements importants qui l'amèneront à entrer dans le monde amanite. C'est pourquoi ils vous ont proposé de découvrir Rives, afin que vous puissiez prendre votre décision en connaissance de cause.

Elle ajouta :

— Il y a autre chose. Hariostus a voulu que je vous accompagne parce qu'il souhaite, comme il dit, que nous fassions « plus ample connaissance ». C'est-à-dire qu'il verrait d'un bon œil que je devienne votre épouse.

Hegon crut que son sang se mettait à bouillir.

— Et... qu'en pensez-vous ?

— Seigneur Hegon, une femme amanite est libre de mener sa vie comme elle l'entend. Ma vie consiste à étudier le monde meurtri que nous ont abandonné nos chers ancêtres. Je n'ai nulle intention de devenir l'épouse d'un seigneur à qui je devrais une obéissance absolue, comme c'est le cas dans votre monde.

— Mais je...

— Laissez-moi terminer. J'aime les hommes, et j'ai eu plusieurs amants, sans m'attacher à aucun d'eux. J'ai d'autres passions, comme vous avez pu remarquer, la danse et les sciences. Je veux pouvoir continuer à mener cette vie que j'ai choisie. Les amanes forment des jeunes femmes pour épouser les seigneurs des territoires qu'ils associent à leur réseau. Ces filles savent ce qui les attend et y consentent librement. On les appelle les léphénides. Elles sont sélectionnées en fonction de leurs qualités remarquables, beauté, intelligence, ouverture d'esprit, éducation raffinée aux arts, particulièrement à celui des ébats amoureux. Elles sont irrésistibles. Votre mère était l'une d'elles. Je suis persuadée que vous trouverez parmi ces jeunes femmes l'épouse dont vous aurez besoin pour vous aider à gouverner.

Hegon laissa passer un silence.

— Je comprends votre point de vue, Arysthée. Vous n'aimez pas qu'on vous force la main. Mais si vous n'êtes pas une léphénide, pourquoi Hariostus désire-t-il me voir vous épouser ?

— Il regrette beaucoup que je n'en sois pas une. D'après lui, je possède des qualités exceptionnelles.

Elle eut un petit rire amusé.

— C'est possible, mais quelle importance ? Il n'a pas compris que, ce que j'aimais le plus, c'était ma liberté.

Elle se tourna vers lui.

— Et même si vous êtes différent des autres seigneurs de Medgaarthâ en raison de votre ascendance, vous avez été élevé là-bas, et cela vous a marqué.

— J'aime aussi la liberté, Arysthée. Et, quoi que vous en pensiez, le système medgaarthien ne m'a pas perverti. Je ne pense pas que l'on puisse s'attacher une femme en la privant de sa liberté. Pas plus que n'importe quel être humain. Je n'ai pas l'intention de vous épouser, même pour faire plaisir à notre amane. Mais il y a une autre manière de voir les choses.

— Laquelle ?

— Pourquoi accorderions-nous de l'importance à ce qu'en pense Hariostus ? Nous sommes libres l'un comme l'autre. Je voudrais que vous cessiez de me considérer comme une menace à votre indépendance. Nous pouvons tout simplement devenir amis. Qu'en dites-vous ?

Elle rejeta la mèche blonde qui lui tombait toujours dans l'œil et lui adressa un sourire.

— C'est d'accord.

Le voyage se poursuivait sans incident, malgré une inquiétude diffuse qu'Hegon devinait chez les dramas. On traversait parfois d'autres ruines semblables à celles de Thargôs mais, si elles portaient les traces du passage de métalliers ou de maraudiers, elles n'abritaient plus personne depuis longtemps. On avait parfois l'impression de traverser un monde fantôme, dont le souvenir resurgissait parfois sous la forme de Terres Bleues, ou de landes désolées où la vie commençait à peine à reprendre ses droits. Mais la plupart du temps, la forêt étendait ses massifs tentaculaires, qui alternaient parfois avec des prairies où s'ébattaient des troupeaux de bovidés et d'ovins retournés à l'état sauvage.

Hegon avait escompté se rapprocher d'Arysthée, mais,

si celle-ci ne se montrait plus hostile, elle ne témoignait pas d'un grand intérêt pour lui et semblait même parfois l'éviter pour bavarder avec Hariostus ou Dennios. L'humeur d'Hegon en fut quelque peu assombrie. Tout lui semblait préférable à cette indifférence frustrante, qui lui signifiait clairement qu'il n'avait aucune chance de la séduire.

Quatre jours passèrent ainsi, qui n'amenèrent aucun incident notable. Au matin du cinquième jour, Hegon remarqua que le commandant dramas affichait un certain soulagement. Il lui en demanda la raison.

— Nous venons de traverser une région peuplée d'animaux très dangereux, répondit-il. Je craignais de tomber sur une horde, mais ils ne se sont pas montrés. Je préfère ça.

— Nous avons des armes puissantes pour nous défendre, objecta le jeune homme.

— Bien sûr, mais je répugne à tuer ces animaux.

Hegon s'étonna de la réponse. Si un animal était dangereux, il convenait de l'éliminer, comme les migas ou les carrasauges.

— En attendant, reprit Sandro, nous allons devoir chasser. Il ne nous reste presque plus de viande séchée. Je propose que nous restions sur place une journée ou deux afin de refaire nos réserves.

Hegon approuva. Il aimait la chasse. Cependant, à l'inverse des nobles qui traquaient les grands animaux à cheval et en groupe, il préférait chasser à pied. Sandro offrit de l'accompagner, mais il refusa poliment. Le commandant dramas s'en étonna, mais n'insista pas. Thoraàn attendit que le jeune homme fût parti pour en expliquer la raison.

— Il ne faut pas lui en vouloir, messire. Autrefois, le seigneur Hegon avait l'habitude de pister le gibier en compagnie du lieutenant Roxlaàn, son ami d'enfance. Ils partaient deux ou trois jours, dormaient à la belle étoile. Ils parcouraient de longues distances. Parfois même, ils s'aventuraient dans les forêts extérieures à la Vallée. Nous étions inquiets pour eux. Mais ils ne revenaient jamais bredouilles, et ils partageaient avec leurs warriors. Je pense que le seigneur Hegon veut se retrouver seul avec le souvenir de son ami.

— Je comprends, dit enfin Sandro. Mais je n'aime guère le savoir seul dans cette forêt. Elle est dangereuse, et j'ai pour mission de le ramener vivant à Rives.

Thoraàn haussa les épaules.

— Ne vous faites pas de soucis pour lui, commandant. Les maraudiers le surnommaient « la Lame de Braâth ». Il sait se défendre, croyez-moi.

Thoraàn avait raison, mais seulement en partie. Le jeune homme avait voulu retrouver le plaisir des longues traques qu'il livrait en compagnie de Roxlaàn. Mais il avait également besoin de s'éloigner des autres. Et surtout d'Arysthée. Il avait peine à accepter que la jeune femme ne fût pas amoureuse de lui. Il s'en voulait de faire preuve d'une telle faiblesse envers une femme. Mais il n'y pouvait rien, elle le hantait même lorsqu'il dormait. *Surtout* lorsqu'il dormait et qu'elle peuplait ses rêves. Son odeur sensuelle flottait autour de lui et il ressentait une souffrance étrange quand elle s'éloignait de lui. Parfois, il avait envie de partir, de quitter la colonne afin de trancher cette histoire dans le vif. Il en arrivait à lui en vouloir et à se montrer très sec avec elle, à quoi elle répondait par un ton encore plus vif. Il la détestait de se montrer indifférente, et recherchait parfois ces échanges agressifs qui lui prouvaient au moins qu'il existait pour elle.

Il tentait parfois de la chasser de son esprit, de retrouver les visages des autres femmes qu'il avait tenues dans ses bras. Mais toujours le désir s'imposait et le faisait souffrir. Cette chasse en solitaire allait lui permettre de s'évader un peu. Très vite, il avait retrouvé les réflexes et les habitudes pris avec Roxlaàn. La présence de son compagnon lui manquait terriblement. Parfois, il se retournait spontanément pour vérifier qu'il le suivait. Mais bien sûr, il n'y avait personne. Alors, une douleur ancienne se réveillait et il reprenait sa marche, à l'affût des traces laissées par les animaux. La forêt Skovandre lui rappelait celle qui bordait la Vallée aux environs de Mahagür. Immense, profonde, peuplée d'arbres élevés, elle abritait quantité de gibier.

Parvenu près d'un étang, il repéra les huttes de branchages construites par des castors cendrés. Au loin, il aperçut un *cerve*, une espèce de lynx mutant, qui poursuivait silencieusement un petit groupe de *mokanos*, sortes de moutons retournés à l'état sauvage. Longeant la rive, il déboucha sur un « dévoiement », le large chemin boueux marqué par le piétinement des *maroncles*, ces sangliers géants qui pouvaient atteindre la taille d'un bœuf. Prudemment, il évita les lieux. La harde pouvait survenir d'un instant à l'autre et le « meneur » n'était généralement pas de bonne humeur lorsqu'un intrus approchait ses laies de trop près.

Abandonnant le rivage aux senteurs aquatiques, il suivit la pente douce d'une colline parsemée de *leevanes*[1] si nombreuses qu'elles formaient comme un tapis neigeux sur l'étendue herbeuse.

Il ne tarda pas à découvrir les empreintes d'un *maravène* de grande taille. Apparenté au lièvre, le maravène présentait une sorte de collerette sur le dos, qu'il déployait lorsqu'il se sentait menacé. Il paraissait ainsi beaucoup plus gros qu'il ne l'était en réalité, et cela suffisait pour impressionner les *renards-métal* à la fourrure semée d'écailles. À la différence du lièvre, qui avait tendance à tourner en rond et à revenir sur les lieux où son prédateur l'avait débusquer, le maravène était capable de parcourir des distances considérables

---

1. *Leevane :* fleur blanche de la famille des clématites, typique de la forêt skovandre.

pour fuir. Hegon aurait renoncé à le poursuivre si les traces n'avaient été toutes fraîches. La chair du maravène était délicieuse en raison des baies rouges dont il se nourrissait. Silencieux comme un chat, Hegon se lança sur les traces du gibier.

Peu à peu, la forêt se clairsema et il se retrouva, de l'autre côté de la colline, en lisière d'une sorte de plaine envahie par les hautes herbes. L'endroit, inondé de soleil, était d'une beauté extraordinaire. Au nord, une chaîne de montagnes couvertes de neige lui composait comme un écrin gigantesque. Au loin, il distingua un troupeau d'animaux de grande taille, qu'il avait peine à reconnaître. Cela ressemblait à des cerfs ou des chevaux, mais la brume de chaleur qui baignait la plaine l'empêchait de les voir distinctement. De toute manière, ils étaient trop gros pour servir de gibier. Avec précaution, il reprit sa traque.

Ce fut alors que, au détour d'un épaulement rocheux, il se retrouva face à l'animal le plus impressionnant, le plus surprenant qu'il ait jamais vu.

31

L'animal ressemblait à s'y méprendre à un cheval, mais ce n'en était pas un. Sa tête était un peu plus courte et ses yeux aux pupilles en amande rappelaient ceux des chats. Ses jambes avaient une forme légèrement différente et ne se terminaient pas par des sabots, mais par des griffes. Et surtout, sa bouche s'ornait des crocs que l'on voit aux carnassiers. Une superbe crinière fauve parait sa tête et son cou. D'ordinaire, les grands animaux dégageaient une odeur puissante. Ce n'était pas le cas de celui-ci.

La bête se mit à feuler doucement en retroussant ses babines sur deux rangées de crocs spectaculaires. Derrière l'animal, Hegon aperçut le cadavre ensanglanté du maravène qu'il poursuivait. Le fauve était, lui aussi, en chasse et avait ravi sa proie. Le premier réflexe du jeune homme fut d'armer son arbalète, même si celle-ci semblait dérisoire face à la masse puissante de l'animal. Et puis, il répugnait à abattre un si bel animal. Il y avait dans son allure quelque chose de royal.

L'animal baissa la tête et la secoua doucement sans cesser de fixer Hegon dans les yeux, comme pour deviner quelle sorte de gibier il était. Le jeune homme hésitait à se servir de son arme. Mais il était en danger. L'animal commençait à avancer dans sa direction. Il était hors de question d'essayer de fuir. Le fauve l'aurait rattrapé en quelques bonds. Alors, sans vraiment comprendre ce qu'il faisait, il focalisa sa puissance mentale sur la bête. Celle-ci marqua un temps d'arrêt, puis agita sa crinière comme pour chasser un insecte. Hegon s'attendait à ce qu'elle charge, mais elle n'en fit rien. L'animal s'était de nouveau immobilisé et le contemplait de son regard étrange. Il gronda sourdement, puis l'éclat de son regard parut s'intensifier. Simultanément, Hegon perçut en retour le choc d'une investigation mentale. L'animal était, lui aussi, doté du shod'l loer !

Une puissance impalpable entra en lui, comme pour le sonder. Laissant parler son intuition, il renforça son émission mentale, sans chercher à s'opposer à l'examen dont il était l'objet. Il ne ressentait pas vraiment d'hostilité, plutôt de l'étonnement. Il sentit s'infiltrer en lui d'étranges tentacules invisibles. Suivant toujours son instinct, il laissa l'animal fouiller son esprit.

Soudain, derrière le fauve surgit une harde d'une vingtaine d'individus. Il se crut perdu. Quelques fauves intrigués voulurent approcher. Il n'émanait pas d'agressivité de leur part, mais une intense curiosité. Celui avec lequel Hegon avait noué le contact poussa alors un feulement puissant, qui fit reculer les autres. Le jeune homme comprit que, d'une certaine manière, il l'avait protégé. Il se concentra à nouveau sur l'animal.

Il n'aurait su dire combien de temps dura ce contact insolite. Peu à peu, il pénétra plus profondément dans les schèmes mentaux du fauve, comme si celui-ci l'invitait à le connaître. Ce fut un apprivoisement réciproque, une émotion d'une qualité exceptionnelle. Hegon prit conscience qu'il était en train de tisser avec l'animal un lien qui jamais ne se déferait.

Tout à coup, la bête avança vers lui d'un pas lent. Hegon, pétrifié, n'osait plus faire un geste. Parvenu près de lui, le fauve le regarda intensément puis, avec douceur, il posa sa tête sur son épaule. Sans aucune crainte, Hegon posa la main sur son mufle puissant. Il avait peine à y voir clair en raison des larmes qui coulaient de ses yeux. Il savait qu'il venait d'accomplir un exploit unique, qu'aucun homme n'avait réussi à ce jour. Mais il n'en tirait aucune gloire, car il n'avait pas le sentiment d'avoir dominé le fauve. Ils s'étaient apprivoisés mutuellement.

Cependant, il ne pouvait rester là. Ses compagnons allaient s'inquiéter. Une immense tristesse l'envahit. Il savait que l'animal allait lui manquer. Il flatta encore une fois sa tête, puis recula.

— C'est toi qui as tué ce maravène, petit frère. Il va falloir que je trouve autre chose.

Son instinct lui souffla qu'il ne devait pas cesser d'émettre le shod'l loer avant d'avoir quitté la harde. Il fit quelques pas lentement, s'attendant à voir le fauve rejoindre les autres. Mais il n'en fit rien. Comme Hegon repartait, il le suivit. Hegon faillit éclater de rire. L'animal l'avait adopté.

— Écoute, je ne peux pas t'emmener avec moi. Tu devrais aller retrouver tes amis.

Le fauve feula sourdement et revint poser sa tête sur son épaule. Hegon comprit que le contact établi avec l'animal était encore plus solide qu'il ne le pensait. En quelques instants, ils avaient partagé tellement de choses, un échange situé au niveau même de leurs esprits. Par instants, Hegon avait eu l'impression de voir par les yeux de l'animal. Des émotions simples étaient passées en lui, comme le besoin de manger, le désir de s'accoupler pour se reproduire, le plaisir offert par le vent glissant sur le pelage, la sensation de fraîcheur dans la gueule quand il buvait l'eau d'une source, l'impression de voler lors des courses folles à travers la plaine.

À quelque distance, le petit groupe, jugeant peut-être avoir épuisé l'intérêt de la rencontre, s'écarta. Soudain, après quelques pas d'une souplesse féline, ils se lancèrent dans un galop effréné. Hegon ne put retenir une exclamation de surprise. Jamais il n'avait vu d'animal courir aussi vite.

— Par les dieux ! murmura-t-il.

Là-bas, dans la plaine, les fauves jouaient à se pour-suivre l'un l'autre, chahutant, se bousculant, filant comme des flèches pour rejoindre les autres groupes per-dus dans les brumes lointaines.

— Ce n'est pas possible, balbutia-t-il. Vous courez au moins deux fois plus vite qu'un cheval.

Il reporta les yeux sur son nouveau compagnon. Il se demanda s'il était possible de l'habituer à la selle. Si c'était le cas, jamais cavalier n'aurait eu de monture plus rapide. Il s'approcha du flanc de l'animal, le flatta avec douceur. Le dos ne différait guère de celui d'un cheval. Mais cet animal n'était sans doute pas aussi docile. Encore que... par l'intermédiaire du shod'l loer, il était peut-être possible de lui faire comprendre.

— Il faut que je reparte, dit-il. Moi aussi j'appartiens à une horde.

Il caressa une dernière fois le pelage de l'animal et se mit en route. Il s'étonna à peine de voir le fauve le suivre, abandonnant sa proie. Avec prudence, Hegon relâcha sa pression mentale. Il ne pouvait continuer ainsi à émettre le shod'l loer. Peut-être ce relâchement allait-il provo-quer une réaction hostile de la part du fauve. Il n'en fut rien, mais cela ne l'empêcha pas d'emboîter le pas du jeune homme, tout comme un chien fidèle.

Deux heures plus tard, il arrivait en vue du campe-ment. Apercevant le fauve, les dramas portèrent la main à leur pistolaser. Hegon arrêta leur geste.

— Ne tirez pas ! Il ne vous fera aucun mal.

En effet, l'animal laissa les humains l'approcher, dar-dant sur eux un regard princier et énigmatique. Harios-tus, stupéfait, s'avança vers le fauve.

— Dieux de bienveillance ! dit-il. Comment as-tu fait ça ?

— Grâce au shod'l loer, répondit Hegon. Cet animal le possède, lui aussi.

L'amane ouvrit de grands yeux.

— Le shod'l loer ? C'est impossible !

— Si ce n'était pas le cas, je ne serais sans doute plus là.

Il raconta son aventure et le lien extraordinaire qu'il venait de nouer.

— Que vas-tu faire de lui, seigneur ? demanda Thoraàn. C'est un animal sauvage.

— Je n'en sais rien. Il a quitté sa horde pour me suivre. Et... je n'ai guère envie de le voir repartir. Peut-être est-il possible de le monter...

Seule Arysthée ne paraissait pas partager l'allégresse générale. Elle semblait même en colère. Elle l'attira à part pour le sermonner.

— Vous êtes complètement fou ! déclara-t-elle sèchement. Vous auriez pu vous faire tuer ! Cet animal est un fauve extrêmement dangereux ! Qu'est-ce qui vous a pris de vous approcher de lui ?

— C'est un hasard ! tenta-t-il de se défendre, étonné par la virulence de sa réaction.

— D'abord, vous n'aviez pas à aller chasser seul !

— Je suis libre de faire ce que je veux, rétorqua-t-il, agacé.

— Non ! Votre vie est trop précieuse pour que vous la risquiez stupidement dans des parties de chasse en solitaire. Vous auriez dû accepter d'être accompagné !

— C'est ça ! Je ne vous intéresse que parce que je peux être une recrue de choix pour les amanes.

— Mais non, c'est faux ! Oh, et puis, pensez ce que vous voulez ! ajouta-t-elle en le quittant un peu trop vite.

Hegon ne tenta pas de la suivre. De quoi se mêlait-elle, après tout ? Il n'avait aucun compte à lui rendre ! Il revint vers les autres, en proie à une vive colère contre la jeune femme.

De son côté, Hariostus ne tenait plus en place. Il examinait le fauve sous toutes les coutures, les yeux brillants.

L'animal se laissait faire avec complaisance. Les petites créatures à deux pattes l'amusaient beaucoup.

— Quelle histoire, jeune homme ! Jamais je n'en avais contemplé un d'aussi près. Sais-tu qu'il s'agit de l'animal le plus rapide au monde ?

— Je veux bien le croire. J'ai vu courir ses congénères. C'était stupéfiant. Mais comment les appelle-t-on ?

— On les appelle lionorses.

32

Hegon était de mauvaise humeur. Son accrochage avec Arysthée gâchait le plaisir d'avoir été le premier homme à apprivoiser un lionorse. Pendant les jours qui suivirent, il évita même de se trouver près d'elle, ce dont elle ne se plaignait apparemment pas. Leur attitude amusait beaucoup Dennios.

— Pourquoi souris-tu ? lui demanda Hegon d'un ton abrupt alors qu'ils chevauchaient botte à botte.

— Parce que je crois que tu as encore beaucoup à apprendre des femmes, seigneur Hegon.

— Ah oui !

— Tu es amoureux de dame Arysthée, cela crève les yeux. Et cela réjouit tes warriors, qui la trouvent magnifique. Je crois qu'ils sont tous, eux aussi, un peu amoureux d'elle.

— Eh bien, qu'ils essaient de la séduire si cela leur chante ! Je la leur laisse. Cette fille a un caractère épouvantable.

Dennios éclata d'un rire joyeux.

— Et ça te fait rire ?

— Oui, car elle aussi est amoureuse de toi !

— Eh bien, elle a une étrange manière de me le prouver ! De quel droit se croit-elle permis de me faire des remontrances ?

— Oh, ce n'est pas un droit. Simplement, elle s'est énormément inquiétée pour toi.

— Ça, elle me l'a déjà dit !

— Oui, elle t'a dit que ta vie était importante, que tu représentais l'avenir de Medgaarthâ, et ainsi de suite.

— Il n'empêche ! J'ai tout de même le droit de faire ce que je veux sans que l'on vienne me tenir la main ou m'interdire de chasser !

— Elle a pris ce prétexte-là, mais la vraie raison est ailleurs, répondit le conteur, ravi de l'humeur maussade de son ami.

— Et quelle est cette raison ?

— Je te l'ai dit, dame Arysthée t'aime. Cela aussi crève les yeux. Et elle t'en veut pour cela, parce que tu mets en cause cette liberté à laquelle elle tient beaucoup. Elle a peur, si elle se rapproche de toi, que tu l'en prives. Aussi, elle se défend, un peu comme un animal pris au piège qui mord tout ce qui bouge.

La colère d'Hegon commença à retomber.

— Tu crois ?

— Elle est orgueilleuse et indépendante, mais elle souffre.

— Et que devrais-je faire ?

— Ce que tu veux. Mais je suis sûr que si tu attends le moment propice pour la prendre dans tes bras, elle se laissera faire.

Hegon poussa un grognement sceptique tant l'opération lui semblait vouée à l'échec.

— Ouais… eh bien, je verrai.

— Oh, c'est tout vu. Vous avez aussi mauvais caractère l'un que l'autre. Mais je crois que vous êtes faits l'un pour l'autre. Notre amane l'a su avant même que vous vous rencontriez. Je lui avais beaucoup parlé de toi.

— Et lui aussi, de quoi se mêle-t-il ?

— Je crois qu'il t'aime bien.

Hegon poussa un autre grognement, mais ne répondit pas.

Cependant, à partir de cet instant, il s'arrangea pour chevaucher de nouveau non loin de la dame, ce qu'elle accueillit plutôt favorablement, en laissant sa jument se rapprocher, comme par hasard, du cheval d'Hegon. Le lendemain, ils reprirent leurs conversations, comme si rien ne s'était passé.

Dans les jours qui suivirent, ils traversèrent des régions quasiment désertiques, longèrent parfois la lisière de Terres Bleues sur lesquelles la nature avait commencé à reprendre ses droits. Des plantes noirâtres et rampantes, ronces, lianes, arbustes résistants colonisaient peu à peu de sombres zones rocailleuses. En ces endroits, le sol ressemblait à ces corps torturés dont les plaies sont en train de cicatriser. Comme la peau se reformait, striée de marques, la terre de ces régions martyrisées conservait de larges étendues dépourvues de vie. Mais elles se réduisaient inexorablement. Des vents tourbillonnants parcouraient en hurlant ces régions sinistres, emportant des vagues de nuages bas qui allaient s'éventrer sur les reliefs.

La plupart du temps, ils sillonnaient de vastes plaines cernées par des montagnes où de rares communautés se regroupaient sur les rives de cours d'eau ou au bord des lacs. Les réactions variaient d'un endroit à l'autre. Parfois, les habitants s'enfuyaient à leur approche. Dans d'autres, on les attendait de pied ferme derrière des remparts plus ou moins solides. Ailleurs, des occupants agressifs les attaquaient, bien décidés à s'emparer de leurs chevaux. Il suffisait alors aux dramas de tirer quelques coups de semonce pour mettre les assaillants en fuite. Parfois, l'accueil n'était pas hostile. Ils parvenaient alors à négocier des vivres. Mais ils devaient toujours bivouaquer hors des murailles. On ne permettait jamais à des étrangers de pénétrer en nombre dans une cité. Ces localités dépassaient rarement le millier d'habitants.

Aux yeux des Medgaarthiens, ces gens étaient des maraudiers avec lesquels tout contact était voué à l'échec. Beaucoup parlaient la même langue que les warriors, mais il arrivait qu'ils utilisassent un sabir que ni Arysthée ni l'amane ne comprenaient. La communication n'en était pas facilitée.

Ces langages inconnus intriguaient Hegon. Pour lui, il n'existait qu'une seule langue, parlée par tous les habitants du monde, et même par les werhes, lorsqu'ils savaient s'exprimer. Dans son esprit, ceux qui étaient incapables de comprendre son langage devaient souffrir d'une tare.

— D'où vient que ces gens ne savent pas parler ? demanda-t-il à l'amane.

Hariostus eut un sourire amusé.

— Détrompe-toi, mon garçon, ils savent parfaitement parler. Il existait autrefois des milliers de langages différents. Certains sont encore usités et c'est le cas dans ces villages. Avant le Jour du Soleil, les Anciens avaient coutume d'utiliser deux langues : celle du pays où ils vivaient, et un idiome international issu d'un pays du nord de l'Europannia, Brittania, qui fait partie du monde amanite depuis quelques dizaines d'années. Cette langue a pris une telle importance au fil des siècles que nombre de personnes ont perdu l'habitude d'utiliser la langue de leur pays pour employer ce que nous appelons aujourd'hui l'engloos. Avec le temps, cet engloos s'est enrichi de nombreux mots originaires d'autres dialectes, comme le francien, le germanien, l'italien ou le spanien. Certains amanes se sont spécialisés dans l'étude de ces langues aujourd'hui très peu employées, pour lire dans le texte les écrits anciens que nous découvrons dans les ruines des cités disparues.

Le prêtre eut une moue sceptique.

— Bien sûr, le fait que la plupart des hommes utilisent la même langue facilite la communication, mais j'ai étudié certaines de ces langues anciennes, et j'ai découvert que chacune possédait sa beauté propre, une âme, une richesse qui n'appartenaient qu'à elle, et qui sont à présent irrémédiablement perdues. Car même si nous sommes capables de les comprendre, nous ne pourrons jamais en pénétrer tous les secrets, connaître leur histoire, la manière dont elles se sont formées, à partir de quelles langues encore plus anciennes. Avec le Jour du Soleil, c'est une énorme partie de l'héritage de l'humanité qui a été englouti à jamais. Quels enseignements aurions-nous pourtant pu tirer de tous ces écrits !

— Sont-ils si importants, sehad ? Si nous voulons rebâtir le monde, nous devons le faire pour ceux qui y vivent aujourd'hui. À quoi servirait-il de reconstruire le monde des Anciens, lorsqu'on voit ce qu'ils en ont fait ?

— Ta remarque est juste, Hegon, mais l'étude de leurs textes nous permettrait de les comprendre et de connaître les erreurs qu'ils ont commises, afin de ne pas les reproduire. Heureusement, nous avons retrouvé assez de documents pour nous faire une idée de ces erreurs. Non, c'est plutôt au niveau artistique que des trésors ont été perdus pour toujours. Et c'est bien dommage.

Hegon était toujours suivi par son lionorse, qui la plupart du temps trottait sagement à ses côtés. Parfois, il partait à la poursuite d'un gibier quelconque et disparaissait pendant une heure ou deux. La première fois que cela arriva, Hegon crut qu'il avait rejoint sa horde et en fut profondément affecté. Mais le fauve revint plus tard, l'air satisfait, léchant des traces de sang sur son museau. Depuis, Hegon ne s'inquiétait plus lorsqu'il s'absentait ainsi.

Le superbe animal faisait l'admiration de tous. Avec l'aiglon, qui voyageait sur le cheval d'Hegon, il était devenu comme une sorte de génie protecteur qui avertissait du danger à l'avance. Ainsi, lorsqu'un groupe de migas approchait, il se mettait à feuler sourdement, puis chargeait l'ennemi dès qu'il apparaissait. Au début, Hegon craignit qu'il se fît tuer par les monstres, mais il apprit très vite que les migas redoutaient les lionorses et fuyaient devant eux. Enfin la plupart du temps, car ils croisèrent un jour la route d'un couple qui ne s'enfuit pas. Cela n'empêcha pas le lionorse de se ruer sur eux. Pétrifié, Hegon ne put réagir. Il était impossible de tirer sur les migas sans risquer de toucher le fauve. Ils assistèrent alors, impuissants, au combat titanesque qu'il livra aux monstres. Ce fut un affrontement d'une effrayante sauvagerie, où les migas tentaient d'éventrer leur adversaire à l'aide de leurs lourdes pattes munies de griffes. Mais le lionorse était beaucoup plus rapide, qui bondissait de l'un à l'autre, à la manière d'un chat gigantesque, et frappait lui aussi de ses griffes rétractiles acérées. Très vite, les migas donnèrent des signes de fatigue et s'enfuirent en traînant la patte. Le lionorse revint alors vers Hegon, qui était mort d'inquiétude. Pénétrant l'esprit de l'animal, il lui communiqua son angoisse. En écho, il reçut une sensation de grande satisfaction d'avoir une nouvelle fois affirmé sa supériorité sur des animaux qu'il considérait comme stupides. Les lionorses et les migas partageaient les mêmes territoires de chasse et il était naturel pour les premiers d'expulser les seconds afin de préserver le gibier.

— Tu as vu dans quel état tu t'es mis ? grogna cependant Hegon en montrant les traînées sanglantes qui maculaient la robe sombre du lionorse.

Il mit pied à terre et s'approcha de l'animal. Le fauve gronda doucement, comme pour le rassurer. Hegon examina les blessures avec attention. À certains endroits, les déchirures étaient profondes sans toutefois être dangereuses. Néanmoins, le lionorse laissa le jeune homme le soigner. Mais il se prodigua lui-même les meilleurs soins en léchant ses blessures. Sa capacité de guérison était étonnante. En quelques jours, les plaies étaient cicatrisées. Le soir, au bivouac, il passait de longs moments à faire sa toilette à la manière des chats, sous le regard amusé des guerriers. Il y avait une grande élégance dans ses mouvements, une souplesse et une fluidité qui donnaient à son allure la grâce d'une danse.

Hegon n'avait pas encore essayé de le monter. Le lionorse se contentait de le suivre et, d'une certaine façon, de veiller sur lui. Dès qu'un ennemi, animal ou humain, s'approchait, le lionorse venait se placer à côté d'Hegon.

Le soir, le jeune homme passait de longs moments à lui parler, et aussi à chahuter avec lui. Le caractère de l'animal était assez proche de celui du cheval, qui aimait à jouer avec son maître. Parfois, au moment où Hegon s'y attendait le moins, le lionorse venait le bousculer comme pour lui signifier qu'il devait lui consacrer du temps.

Enfin, un matin, colorant ses gestes de l'esprit d'un jeu, Hegon tenta de passer une selle à son lionorse. Mal lui en prit, l'animal se dégagea et fila aussi vite que le vent. Hegon n'insista pas.

— Je ne pense pas qu'il soit possible de monter ces fauves, déclara Sandro Martell après cet échec. Ils sont habitués à la liberté. Comment pourraient-ils supporter d'être ainsi dominés ?

Hegon ne put que lui donner raison. Mais il n'avait pas renoncé pour autant. Toujours par jeu, il passa plus de temps le soir avec le fauve, s'amusant à grimper sur son dos lorsqu'il se roulait par terre, sous le regard moqueur d'Arysthée. Peu à peu, le lionorse finit par s'habituer à cette présence insolite sur son échine. Au bout de quelques jours, il finit par se relever, Hegon sur le dos. Les guerriers, qui se réjouissaient toujours autant de ces jeux mouvementés, s'attendirent avec gourmandise à voir leur alwarrior voler dans les airs. Aussi furent-ils stupéfaits de constater que le lionorse ne faisait rien pour se débarrasser de son cavalier. Au contraire, la situation avait l'air de le distraire. Avec le temps, la communication entre l'homme et l'animal s'était renforcée et ils se comprenaient de mieux en mieux. Une véritable complicité s'était tissée entre eux, plus forte encore que celle que l'on peut lier avec un chien ou un cheval. Parfois, Hegon avait presque l'impression de pouvoir parler avec le fauve, sans qu'il y eût besoin de mots. S'agrippant fermement à la crinière abondante du lionorse, il imprima dans son esprit l'idée d'une course échevelée à travers la plaine. L'instant d'après, le jeune homme poussa un cri de surprise : le lionorse avait accédé à sa demande et bondissait pour se lancer dans un galop effréné. Hegon se cramponna comme il put aux longs poils de la bête, un peu effrayé. Mais le lionorse n'avait aucune intention de lui faire du mal. Il semblait avoir compris qu'une chute risquait de blesser son compagnon. Aussi se comporta-t-il instinctivement de manière à lui assurer une bonne assiette sur son échine. Au bout de quelques instants, Hegon oublia ses craintes et commença à prendre plaisir à cette course enivrante. Jamais il n'avait éprouvé une sensation de vitesse aussi grisante. Le vent lui fouettait le visage et le sol défilait sous les pattes du lionorse sans les heurts caractéristiques du galop du cheval. La souplesse du félin était bien plus grande, qui gardait une assise constante, même à grande vitesse. Hegon laissa éclater un long hurlement de joie salué par les guerriers et même par Hariostus qui écarquillait des yeux en ne cessant de murmurer :

— Dieux de bienveillance ! Regardez ça ! Regardez ça !

À ses côtés, Arysthée était pétrifiée, redoutant de voir Hegon tomber. À cette vitesse, il était sûr de se tuer.

Enfin, après une longue course qui lui coûta moins de courbatures qu'un voyage à cheval, Hegon éclata d'un rire vainqueur et se lança dans une série de commentaires enthousiastes.

— Par Braâth, exultait-il, jamais je n'ai ressenti un tel plaisir à chevaucher. Cet animal est fantastique, c'est un

cadeau des dieux ! Même sans selle, on tient parfaitement, c'est un miracle. Et quelle vitesse !

Le prêtre s'approcha du lionorse et l'examina. L'animal se laissa faire avec la condescendance d'un prince.
Doté lui aussi du shod'l loer, il percevait l'admiration
dont il était l'objet de la part des créatures à deux pattes.
Et cela lui convenait parfaitement.

— C'est incroyable, remarqua l'amane. Cela fait bien
dix minutes qu'il court ainsi à toute allure, et il est à
peine essoufflé. Cet animal est une merveille de la création. Je crois que nous aurions beaucoup à apprendre en
l'étudiant.

Le lionorse aimait particulièrement le vieil homme,
qui passait du temps près de lui. Son intuition lui soufflait
que c'était une bonne créature, amie de son compagnon
humain. Le coup de langue qu'il administra par surprise
à Hariostus déclencha l'hilarité de tous les guerriers. Le
prêtre ne fut pas en reste.

— Eh bien, voilà qui prouve qu'il m'aime bien. Et
qu'il a la langue aussi râpeuse que celle d'un chat.

Seule Arysthée affichait une mine maussade. Hegon
s'approcha d'elle.

— Allons bon, vais-je encore avoir droit à des
reproches ? s'inquiéta-t-il.

Elle le regarda d'un œil qu'elle aurait voulu sévère,
sans y parvenir. Elle était trop soulagée de le voir entier.

— Vous êtes complètement fou !

Il éclata de rire.

— Sans un peu de folie, la vie vaut-elle d'être vécue ?

Elle secoua la tête légèrement, pour masquer sa gêne.
Hegon sentit qu'à ce moment elle avait envie qu'il la prît
dans ses bras. Mais elle recula, parce qu'ils n'étaient pas
seuls. Afin de se donner une contenance, elle déclara :

— Il faudrait que vous lui donniez un nom.

Un peu pris au dépourvu, il répondit néanmoins :

— J'y ai déjà pensé. Pourquoi ne pas l'appeler

Spahàd ? C'est un mot qui signifie la vitesse dans le patois medgaarthien.

— C'est une excellente idée, seigneur Hegon. Mais soyez prudent, tout de même. Je... je ne voudrais pas qu'il vous arrive un accident.

Sa mine inquiète acheva de le séduire. Dennios ne s'était pas trompé. Elle tenait à lui. Comment avait-il été assez bête pour ne pas s'en apercevoir plus tôt !

— Je vous promets de faire attention, dit-il, le regard brillant.

Ainsi le lionorse reçut-il un nom. Il ne mit pas longtemps à y répondre.

À partir de ce moment, Hegon prit l'habitude de le monter chaque soir. Quelques jours plus tard, la troupe traversa un village important que les dramas connaissaient bien et où ils furent reçus avec hospitalité. Là travaillait un bourrelier réputé auquel Hegon demanda de fabriquer une selle. L'homme accepta et le suivit jusqu'au campement, installé en limite du village. Lorsqu'il aperçut le lionorse, il pâlit et se mit à bafouiller.

— Seigneur, vous... vous êtes sûr que vous voulez que je fabrique une selle pour ça ?

— Il s'appelle Spahàd.

— Je comprends bien, seigneur, mais c'est un fauve ! Il va me bouffer !

Hegon éclata de rire.

— Et d'abord, continua l'homme, comment c'est que vous avez fait pour ramener une telle bestiole ?

— Je l'ai apprivoisé !

— Mais on ne peut pas apprivoiser un lionorse ! C'est impossible. Il y en a dans les montagnes, au nord. On les évite comme la peste. Ce sont des monstres.

— Eh bien, le seigneur Hegon a réussi à monter l'un de ces monstres, dit Hariostus.

— Un lionorse pour monture ? C'est une plaisanterie ?

Pour toute réponse, Hegon se hissa sur le dos de Spahàd et se lança dans une course rapide à travers la plaine, sous le regard à la fois inquiet et admiratif de la foule qui s'était rassemblée, intriguée par le fauve. Lorsqu'il revint, le bourrelier le contempla avec des yeux ronds.

— Dites, seigneur, vous ne seriez pas un peu sorcier ?

— Mais non. Crois-tu que tu serais capable de lui fabriquer une selle ?

— Eh bien, je…

— Si cela t'ennuie, nous trouverons un autre bourrelier. Il paraît qu'il y en a d'excellents à deux ou trois marches d'ici.

L'argument porta immédiatement. Un tel harnachement serait plus cher que celui d'un cheval. Il y avait là moyen de gagner une bonne somme.

— Je suis d'accord, seigneur. Je vais essayer. Mais il va me falloir quelques jours.

— Nous resterons le temps qu'il faudra, confirma Hariostus. Mes pauvres reins ont besoin d'un peu de repos.

— Et… vous resterez avec moi pour le faire tenir tranquille, n'est-ce pas ? demanda le bourrelier à Hegon.

— Rassure-toi. Je ne le quitterai pas. D'ailleurs, j'ignore quelle sera sa réaction.

— Eh ! Pas de blague ! J'ai pas envie qu'il m'arrache un bras !

Hegon éclata de rire.

— C'est peut-être le prix à payer pour être le seul bourrelier à avoir fabriqué une selle destinée à un lionorse !

L'autre le regarda avec des yeux effarés, puis il comprit que le jeune homme se moquait de lui.

— Bon, je veux bien essayer. Mais j'vous promets rien !

— Il faudra étudier un autre système de rênes et de

harnais. Il est hors de question de lui faire passer quoi que ce soit dans la bouche.

— Je n'y tiens pas beaucoup, seigneur.

Hegon était tout de même un peu inquiet. Comme il l'avait dit, il ignorait quelle allait être la réaction du lionorse. Mais celui-ci avait décidé une fois pour toutes que tout ce qui concernait la monte était un jeu et, à son grand soulagement, le bourrelier n'eut aucun mal à approcher l'animal et à étudier un harnachement adapté. Une dizaine de jours plus tard, il avait terminé son travail et présentait à Hegon une selle magnifique en cuir jaune assorti à la robe de Spahàd. Le lionorse l'accepta sans problème. En revanche, il fut beaucoup plus difficile de lui faire admettre les rênes. Mais, à force de patience et de longues conversations muettes entre Hegon et l'animal, il finit par s'y plier.

Le surlendemain, lorsqu'ils quittèrent le village, Spahàd était devenu la nouvelle monture d'Hegon.

Le jeune homme continuait également de prendre soin de son aiglon. Au début, Skoor était incapable de voler. Mais, au bout de quelques jours, l'instinct l'avait guidé et il s'était lancé dans quelques vols maladroits, qu'il avait très vite appris à corriger. En moins d'une semaine, il acquit une parfaite maîtrise du vol. Hegon pensa qu'il allait sans doute le quitter pour rejoindre ses congénères, mais il n'en fut rien. L'oiseau revenait toujours se poser sur son épaule ou son bras. Plus tard, il eut sa place sur la croupe ou sur la crinière du lionorse, qui l'avait accepté sans difficulté.

Un jour, Hegon découvrit une nouvelle particularité du lien qui l'unissait à l'oiseau. Par curiosité, il avait projeté son shod'l loer sur lui, pour voir s'il était capable de pénétrer l'esprit de l'aiglon. Mais celui-ci ne possédait pas les mêmes qualités que le lionorse et le contact se résuma à une plongée dans un magma confus de pensées élémentaires, orientées vers les soucis premiers de l'oiseau, qui se résumaient à trouver de la nourriture, à se protéger des prédateurs et à prendre plaisir à voler et chasser. Compte tenu de son jeune âge, il n'était pas encore préoccupé par les aiglonnes. Mais Hegon perçut, d'une manière insolite, l'écho de sa propre personnalité dans l'esprit de l'oiseau, l'image d'un point central, d'une présence protectrice et supérieure à laquelle l'aiglon était irrémédiablement attaché et qu'il n'avait aucune envie de quitter. Où que cette présence aille, il la suivrait. Ainsi s'exprimait l'affection que l'oiseau éprouvait pour lui. Il comprit aussi que le mot Skoor n'était pas perçu par l'aiglon comme un nom, idée totalement dépourvue de sens pour lui, mais comme le signal d'un appel qui provoquait en lui l'envie irrésistible de se rapprocher de son compagnon humain. En revanche, l'aiglon conservait, incrusté dans les méandres de sa jeune mémoire, l'idée qu'Hegon l'avait arraché à la mort qui le menaçait sous la forme de ces monstres que ses parents redoutaient. Aussi se sentait-il en sécurité près de lui.

Ce qui ne l'empêchait pas de se lancer dans des vols de plus en plus audacieux. Il n'avait pas été très long à comprendre comment chasser mulots et campagnols. Ces chasses l'amenaient parfois fort loin, hors de vue d'Hegon, qui s'inquiétait. Un matin, alors que Skoor avait disparu depuis plus d'une heure, Hegon projeta inconsciemment son shod'l loer en direction de l'animal, où qu'il se trouvât. Ce qu'il ressentit fut tellement surprenant que le lionorse fit un écart. Il avait perçu la stupéfaction de son maître — si tant est que l'on puisse utiliser ce vocable concernant un lionorse. Hegon avait laissé s'exprimer son inquiétude, et c'était bien involontairement que son shod'l loer était entré en jeu. Il eut d'abord l'impression de voir double. Un autre paysage se superposa à celui qu'il avait devant lui. Mais ce paysage était en mouvement, et d'une précision extraordinaire, comme si ses yeux avaient acquis une acuité supérieure.

— Ça ne va pas, seigneur ? s'inquiéta Dennios, qui chevauchait à ses côtés.

Hegon ne répondit pas tout de suite. Puis il se rendit compte qu'une partie de son esprit s'était transportée dans celui de l'aiglon, et qu'il voyait par ses yeux. Il ferma les siens et l'image se précisa en lui, lui procurant une sensation extraordinaire.

— Si, tout va bien au contraire, murmura-t-il, ébloui par ce qu'il découvrait.

Arysthée se rapprocha, intriguée par le visage d'Hegon, qui maintenait les yeux clos. En lui défilait à présent, vus d'une altitude impressionnante, une succession de montagnes et de plaines, le tracé d'un cours d'eau, la sensation du glissement de l'air sur ses plumes — ses plumes ? —, l'ivresse d'un piqué vers le sol, la sensation de ne plus rien peser lorsque l'aiglon se laissait porter par les courants ascendants.

— Je vois par les yeux de Skoor ! exulta le jeune homme. C'est le shod'l loer. Il me permet d'entrer en communication avec lui. C'est fabuleux !

Cela faisait à présent plus de deux mois qu'ils avaient quitté Medgaarthâ. Depuis plusieurs jours, ils traversaient un pays aux montagnes élevées, dont les sommets restaient couverts de neige bien que l'on fût désormais en plein cœur de l'été.

Un matin, Hariostus déclara :

— Ce soir, nous serons arrivés en Francie.

Le jeune homme se réjouit :

— Il me tarde de connaître Rives.

— Oh, il nous faudra encore du temps pour y arriver. La Francie est très étendue. Nous devrons franchir d'autres plaines et d'autres montagnes. Mais nous dormirons ce soir dans un endroit très particulier, où vivent des représentants de l'ancienne religion christienne.

— Je t'en ai déjà parlé, seigneur, précisa Dennios. Et

je me réjouis d'y faire étape. Ces gens-là savent ce que vivre veut dire.

Hariostus eut un rire un peu moqueur.

— Sans doute à cause de la liqueur verte, n'est-ce pas, conteur ?

— En partie, sehad, en partie.

33

Depuis de nombreux jours, on suivait de larges vallées cernées de montagnes enneigées. Des populations d'humains et de werhes habitaient ces lieux retirés, elles étaient parfois hostiles, mais souvent accueillantes. Les forêts giboyeuses alternaient avec des prairies où paissaient des troupeaux de bovidés, de moutons et de chèvres à demi sauvages. À certains endroits, des blessures anciennes marquaient les flancs rocheux, conséquences des carrières creusées par les Anciens, et aujourd'hui envahies par une végétation rase de lichen et d'épineux. Les débris de voies antiques traçaient des sillons cahoteux le long de rivières tumultueuses. Des villes avaient dû s'élever là jadis, mais il n'en restait plus que le souvenir. Parfois, les indigènes étaient restés sur place, conservant la vie à des cités qui avaient été autrefois bien plus vastes. Quelques monuments, scrupuleusement préservés, témoignaient encore de l'architecture de ce passé lointain. Des ponts de fortune, utilisant des superstructures plus anciennes, permettaient de franchir les cours d'eau. Les autochtones demandaient un droit de passage, afin de continuer à entretenir la construction.

Ainsi Hegon et ses compagnons arrivèrent-ils dans une vallée luxuriante qui suivait le cours d'une rivière appelée Ysère. Suivre ses rives n'offrait guère de difficultés. Aussi le jeune homme s'étonna-t-il lorsque, au milieu de la matinée, on quitta délibérément la vallée de l'Ysère pour gravir les flancs de la montagne occidentale, par des sentiers escarpés à peine praticables. Hariostus lui en fournit la raison.

— À quelques marches d'ici, la vallée se transforme en Terres Bleues. Autrefois, il y avait une grande ville un peu plus au sud. Elle s'appelait Grenoble. Son accès est désormais impossible. La cité est restée presque dans l'état où elle était autrefois, puisque la végétation n'a pu envahir les lieux. Plus rien n'y vit. Seuls les intempéries parviennent à détruire peu à peu les immeubles, dont certains atteignaient plusieurs centaines de mètres de haut. Grenoble n'est plus aujourd'hui qu'un immense champ de gravats. On y trouve les restes de véhicules d'un autre temps, en grande partie désintégrés, les décombres de voies de communication qui desservaient la ville.

— Comment avez-vous pu apprendre tout ça, puisqu'il est impossible de pénétrer les Terres Bleues ?

— On peut le faire, à condition de posséder un équipement spécial appelé antialphe.

— Qu'est-ce qui a provoqué les Terres Bleues, sehad ?

— Les causes sont multiples. On a longtemps cru qu'elles étaient la conséquence de guerres nucléaires.

Au fil du voyage, Hariostus et Arysthée avaient initié Hegon à différentes connaissances technologiques, ce qui lui permettait désormais de suivre sans trop de difficultés les explications du prêtre.

— En réalité, les guerres ne sont pas à l'origine des Terres Bleues. Dans beaucoup de pays, particulièrement en Francie, on utilisait l'énergie nucléaire pour la production du flux lectronique, qu'ils appelaient électricité. Malheureusement, si les Anciens savaient construire des centrales, ils ne maîtrisaient pas très bien la gestion des déchets qu'elles engendraient. Ces centrales avaient une durée de vie d'environ un siècle. Après, elles devenaient dangereuses ; il fallait les détruire et les remplacer. Il semblerait qu'au début, les Anciens aient été capables de faire face à la production de déchets, malgré quelques pollutions importantes. Et puis, la civilisation antique se détériora, et ces centrales, devenues très nombreuses, ne furent plus entretenues comme elles auraient dû l'être. Alors, parfois, les réacteurs, livrés à eux-mêmes, s'emballèrent et explosèrent, contaminant de vastes zones. Ainsi apparurent les Terres Bleues, des lieux où toute vie est devenue impossible. Il faudra des millénaires pour que la nature parvienne à reconquérir ces territoires.

Le vieil homme laissa passer un silence et ajouta :

— Les Anciens ont commis de nombreuses erreurs. Mais leur plus grand tort fut de ne pas se soucier du monde qu'ils légueraient à leurs descendants. Les werhes paieront jusqu'à leur extinction le prix de leur folie et de leur égoïsme.

Il n'y avait pas de haine dans sa voix, seulement de l'amertume.

— J'ai beaucoup voyagé pour la religion amanite, Hegon. J'ai vu la beauté de ce monde, la diversité et la complexité de la vie qu'il abrite. Si je pouvais remonter le cours du temps et rencontrer ces ancêtres, je leur dirais ce qu'ils ont fait.

Il eut un petit rire sans joie.

— Mais je ne suis pas sûr qu'ils accorderaient de l'importance à mes paroles.

À mesure que les cavaliers gravissaient les flancs de la montagne se dévoilait un paysage grandiose. Cependant, au loin, à travers une trouée de la forêt, Hegon distingua une vaste zone grisâtre. Ce qui restait de Grenoble. Il avait toujours pensé que les Terres Bleues étaient un fléau provoqué par Raggnorkâ. Il en connaissait à présent la véritable origine. Par bonheur, cette vision de cauchemar disparut lorsqu'ils franchirent un col élevé qui les mena vers une vallée à la végétation abondante.

À la fin du jour, après avoir suivi des chemins de

montagne, ils arrivèrent, au fond d'un magnifique écrin de montagnes, devant un ensemble de bâtiments à l'architecture antique. Il régnait sur les lieux une grande sérénité. Rien de mauvais ne semblait pouvoir se produire ici.

— Voici l'abbaye de la Grande Chartreuse, déclara Hariostus.

Sur les pentes menant à l'abbaye s'étirait un petit village peuplé d'hommes et de femmes en robe blanche ou grise, à capuchon, qui s'avancèrent au-devant des arrivants.

— Ils attendaient notre venue, déclara Dennios.

— Comment pouvaient-ils la connaître ? s'étonna Hegon.

— Nous les avons prévenus grâce à de petits appareils qui nous permettent de parler à distance, expliqua le prêtre.

Il sortit de sa bandoulière un curieux engin métallique, de taille réduite, et muni de touches à l'usage incompréhensible, tout au moins pour le jeune homme.

L'amane mit pied à terre pour saluer les indigènes, menés par un homme âgé, à la longue barbe blanche. Après s'être inclinés l'un devant l'autre ainsi que l'exigeait le protocole, les deux vieillards ouvrirent leurs bras et se donnèrent une accolade affectueuse.

— Que les dieux de bienveillance te comblent de leurs bienfaits, père Bruno ! dit Hariostus.

— Et que le Miséricordieux veille sur toi, mon ami. Des logements ont été préparés pour toi et les tiens. Cette maison sera la vôtre pour tout le temps qu'il vous plaira d'y séjourner.

Ce fut ainsi qu'Hegon fit la connaissance des habitants de la Grande Chartreuse, un lieu hors du temps dont l'histoire remontait à une très haute antiquité.

— Nous sommes en l'an de grâce 3987 de l'ère de Notre-Seigneur Christos, déclara le père Bruno un peu plus tard, alors qu'il recevait ses invités dans le salon d'accueil de l'abbaye. Notre ordre a été fondé en l'an 1084, il y a deux mille neuf cent trois ans. Au début, notre père fondateur, saint Bruno, dont je porte le prénom, et les six frères qui l'accompagnaient ont construit des baraques en bois pour se protéger. Puis, au siècle suivant, on érigea ces bâtiments.

— Vous voulez dire qu'ils ont près de trois mille ans ? s'exclama Hegon.

Le prieur sourit.

— Ils ont été reconstruits plusieurs fois à l'identique, car le climat de nos montagnes est rude, surtout en hiver. Mais les plans d'origine ont été conservés. Les bâtiments ont seulement été agrandis après ce que vous avez appelez le Jour du Soleil, et que nous nommons, nous, Armageddon. Notre ordre est consacré à la contemplation et à la prière. Mais bien des changements se sont produits depuis sa fondation. Au début du XXIe siècle, notre religion a commencé à s'effriter devant la progression de la science et l'évolution des esprits. Les représentants de l'Église catholique de l'époque n'ont pas su comprendre que le monde se transformait et se sont raccrochés à des dogmes établis bien des siècles auparavant, qui n'étaient plus d'actualité. Peu à peu, les fidèles ont déserté. Ils ne comprenaient sans doute plus les positions archaïques de l'Église vis-à-vis des changements fondamentaux qui bouleversaient la civilisation.

« Notre ordre, protégé par ses montagnes, a survécu à cet effondrement. Nous avons assisté, impuissants, à l'agonie des religions. Car toutes, de quelque origine qu'elles fussent, ont été touchées, à cause de leur attachement à leurs dogmes. Cette agonie s'est étalée sur près de quatre siècles. Dans certains cas, elles ont été remplacées par des sectes dirigées par des charlatans ou des illuminés. Ces sectes ont disparu à leur tour. On a assisté à cette période à l'apparition d'une nouvelle forme de spiritualité, débarrassée des principes rigoureux des religions. Cette spiritualité aurait pu succéder aux religions, dont elle reprenait les aspects les plus positifs. Mais elle ne s'est guère développée en raison de l'esprit matérialiste qui prévalait dans le monde de l'époque.

« Vers l'an 2450, de très graves cataclysmes frappèrent la planète. Malgré les mesures draconiennes prises quatre siècles plus tôt, l'état de la Terre recommença à se détériorer. Le climat, que l'on avait réussi à stabiliser et à maîtriser, se réchauffa, le niveau des océans monta et, en quelques dizaines d'années, des îles, des pays au relief peu élevé, et de grandes métropoles côtières disparurent. Alors qu'ils étaient dus à la pollution engendrée par un nouvel accroissement de la population mondiale, ces phénomènes furent interprétés comme le signe d'une colère divine par les peuples. Les religions, qui étaient restées en léthargie depuis près de trois siècles, connurent un renouveau d'intérêt et se développèrent de manière confuse, faisant renaître avec elles toutes les superstitions qu'elles avaient véhiculées autrefois. Il faut préciser que le niveau d'instruction des peuples avait grandement régressé. Seule une élite conservait la Connaissance. Ceux qui détenaient le pouvoir estimaient sans doute qu'une population stupide était plus facile à manipuler, donc à gouverner. Mais elle était aussi plus fragile. La raréfaction de l'eau et de la nourriture provoqua des émeutes, le manque d'hygiène engendra des épidémies. Des croyances absurdes resurgirent, en raison de mauvaises interprétations des livres sacrés. Ce renouveau anarchique de ferveur amena également le retour des intégristes, encore plus virulents qu'au début du XXIe siècle. Lentement, le monde s'enfonça dans le chaos. Les attentats se multiplièrent, on vit fleurir des sectes sataniques qui pratiquaient le sacrifice humain, et qui attendaient l'écroulement du monde avec impatience. La vie dans les grandes mégapoles était devenue infernale. Les quartiers riches s'étaient enfermés dans des ghettos cernés de murailles gardées par des milices.

380

Les plus pauvres survivaient dans des conditions effroyables dans les galeries souterraines des grandes villes, où la loi et la justice n'avaient plus droit de cité. Les institutions s'effondraient les unes après les autres. Depuis longtemps, les États étaient tombés sous la coupe des grands groupes financiers qui contrôlaient tout.

«Peu de temps avant le Jour du Soleil, le prieur de l'abbaye de l'époque, le père Jérôme, eut la vision de l'Apocalypse qui devait frapper le monde. Cette vision était tellement nette qu'il en fut grandement impressionné. Mais les nouvelles alarmantes qui ne cessaient de parvenir d'un peu partout confirmaient que ce rêve avait sans doute été envoyé par le Ciel. Lorsque les prémices de l'effondrement de la civilisation se firent ressentir, il fut proposé à tous nos frères chartreux disséminés à travers le monde de venir s'installer avec nous. Certains d'entre eux avaient été assassinés sauvagement par des illuminés, et la vie des autres était en danger permanent. Ils étaient alors près de quatre cents. C'est pour eux que nous avons entrepris les premiers travaux d'agrandissement. Lorsque se produisit le Jour du Soleil, exactement le 24 juin 2484, ils étaient tous parmi nous, en sécurité.

— Que s'est-il passé ce jour là ? demanda Hegon.

— On ne le sait pas avec certitude. On sait seulement qu'il y eut une gigantesque explosion très loin vers le nord, qui acheva de dérégler le climat. Les banquises arctique et antarctique fondirent, des tempêtes sans précédent s'abattirent sur le monde. Et surtout, des épidémies épouvantables frappèrent le genre humain. Les gens moururent par milliards, d'autres se transformèrent en créatures dégénérées, les werhes.

— Et vous avez survécu à tout cela.

— Dieu et nos chères montagnes nous ont protégés, mon fils, répondit le prieur.

Il se tut un instant et ajouta :

— Dieu... et la décision que nous prîmes quelque temps plus tard, lorsque nous comprîmes que le monde allait connaître des années, et peut-être des siècles de chaos, dont il n'était pas sûr qu'il se relève.

— Quelle fut cette décision ?

— De tous temps, nous avions mené une vie monacale dédiée à la contemplation et à la prière. Aucune femme n'avait le droit de pénétrer dans notre monastère. Nous avions fait vœu de chasteté, afin de consacrer toute notre énergie à Dieu. Mais les temps avaient changé. À l'époque où nos frères des autres monastères de l'ordre cartusien sont arrivés, la plupart n'étaient déjà plus très jeunes. Notre ordre n'a jamais compté énormément de membres, peut-être mille. Mais ce nombre se renouvelait régulièrement, même à l'époque où les Églises s'effondraient. Bientôt, nos effectifs diminuèrent de manière tragique. Les frères disparaissaient les uns après les autres et personne n'arrivait pour les remplacer. Notre nombre tomba à moins de deux cents.

« Certains pensèrent que si telle était la volonté du Seigneur, nous ne pouvions que nous incliner devant elle. D'autres estimèrent que nous pouvions encore sauver notre ordre en acceptant de modifier ses règles d'une manière fondamentale. C'est ainsi qu'après bien des palabres il fut décidé d'accueillir des femmes. Voilà pourquoi vous en avez croisé. Bien sûr, c'est devenu aujourd'hui pour nous une chose banale que ces présences féminines. Mais ce fut pour les frères de l'époque une véritable révolution. Elle ne fut pas du goût de tous, et les premières femmes qui acceptèrent de s'installer ici ne furent pas vraiment bien accueillies par l'ensemble des moines. À la vérité, seul un faible pourcentage de frères acceptèrent de rompre leurs vœux de chasteté et de célibat. Mais des enfants naquirent qui insufflèrent une nouvelle vie à notre abbaye. Cette expérience nous a grandement enrichis. La population augmenta de nouveau. Tous les enfants n'acceptaient pas d'entrer dans l'ordre cartusien et nous ne faisions rien pour les contraindre, car nous estimons que la vie que nous menons doit être librement choisie. Mais près d'un tiers de ceux qui naissaient restaient à l'abbaye. Quant aux autres, ils formèrent avec les survivants de la vallée une petite communauté qui a essaimé un peu partout, surtout depuis l'apparition du mouvement amanite. Et notre chère abbaye n'a jamais été aussi florissante.

— Vous avez utilisé le terme « mouvement » en ce qui concerne la religion amanite. Pourquoi ?

Le prieur sourit.

— Parce que ce n'est pas une véritable religion. La pensée amanite est l'héritière directe de cette vague de spiritualité qui est apparue dans le courant du XXIe siècle. Cependant, bien que nos croyances soient différentes, nous avons les uns pour les autres le plus grand respect, et nous partageons des discussions théologiques passionnantes.

Hegon et ses compagnons demeurèrent quelques jours à l'abbaye. Il comprit que les femmes s'étaient parfaitement intégrées à la vie monastique. Leur rôle ne se limitait pas à faire des enfants et à s'occuper des tâches ménagères. Certaines d'entre elles avaient acquis de grandes connaissances religieuses, à tel point qu'il arrivait que l'abbaye fût dirigée par une prieure.

Le jeune homme découvrit également l'autre particularité de la Grande Chartreuse : la liqueur verte fabriquée depuis des millénaires par les moines. Le père Bruno les invita à visiter les caves creusées dans la roche où sommeillaient les fûts de chêne contenant les liqueurs.

— Selon la légende, expliqua-t-il, un mystérieux manuscrit fut confié à nos frères en l'an 1605, par le maréchal d'Estrées, un proche du roi de l'époque. Ce manuscrit contenait le secret de fabrication d'un élixir de longue vie. Nul ne sait d'où il provenait. La formule était extrêmement complexe et ne fut pas exploitée immédiatement. Des recherches furent menées, mais il fallut attendre plus d'un siècle avant d'aboutir à la fabrication de cet élixir. Il faut dire qu'il contient cent trente plantes différentes, et seuls trois moines de notre ordre connaissent le secret de son élaboration. Cet élixir titre soixante et onze degrés en alcool et on ne le consomme que sur un sucre ou dans une infusion. Plus tard, nos frères développèrent un digestif que l'on appela la Chartreuse verte, ou Liqueur de santé. Une jaune et une blanche, moins fortes en alcool, furent également fabriquées à certaines époques. À plusieurs reprises, on essaya de découvrir le secret de nos fabrications. Mais toutes les connaissances scientifiques se révélèrent impuissantes à le percer. Ces liqueurs constituent la fierté de notre abbaye.

À la demande du père Bruno, un moine prépara des verres contenant la liqueur verte.

— À boire gorgée par gorgée, seigneur Hegon, en prenant tout son temps, dit-il avec un sourire malicieux.

L'avertissement n'était pas superflu. La liqueur titrait déjà cinquante-cinq degrés. Il fallait la boire par petites touches, afin de laisser les arômes se dégager. Le résultat était extraordinaire. À peine avait-on l'impression de reconnaître une saveur qu'une autre surgissait, se déployait sur la langue pour s'effacer à son tour, tandis qu'une brume bienfaisante envahissait l'esprit.

Hariostus avait décidé de demeurer quelques jours à la Grande Chartreuse, où il désirait consulter divers documents, que le prieur Bruno avait mis à sa disposition. Hegon en profita pour visiter le massif alentour en compagnie d'Arysthée. Les autres, ayant compris qu'ils seraient de trop, n'avaient pas proposé de les accompagner. Un soleil magnifique inondait les montagnes et des parfums de résine montaient des sous-bois. Cependant, tous deux avaient un peu mal au crâne, à cause de la

Chartreuse verte dont ils avaient quelque peu abusé la veille.

Ils avaient laissé leurs montures errer à leur gré, respirant profondément la froide brise montagnarde qui apaisa peu à peu les élancements douloureux qui leur vrillait la tête. Ils ne parlaient pas, goûtant simplement le plaisir d'être enfin seuls. Vers les sommets, ils devinaient les silhouettes agiles des chamois et de quelques boufflons furtifs qui bondissaient d'un rocher à l'autre au bord de précipices profonds. Les pas de leurs montures les avaient guidés sur les pentes d'un mont élevé, creusé de combes suspendues où survivaient encore quelques arbres. Plus haut s'étendait le royaume de l'herbe rase, du lichen et des buissons épineux. Bien que l'on fût au beau milieu de l'été, des plaques de neige s'accrochaient dans les zones d'ombre chargées de parfums. Pourtant une chaleur bienfaisante baignait les lieux, due au soleil resplendissant. D'où ils se trouvaient, ils dominaient, loin en contrebas, les bâtiments de l'abbaye et le village, dont les habitants semblaient avoir la taille de fourmis. La vue portait loin, vers des sommets enneigés, éclaboussés d'une lumière éblouissante. Un air pur et vif leur pénétrait les poumons, chargé de parfums.

Tout à coup, un léger renfoncement abrité du vent leur proposa une étendue d'herbe épaisse et accueillante. Envahi par un trouble qu'il ne maîtrisa qu'à peine, Hegon mit pied à terre, aussitôt imité par Arysthée. Sans qu'ils aient eu besoin de parler, ils tombèrent dans les bras de l'autre. Leurs lèvres s'unirent, tandis qu'une fièvre incontrôlable les envahissait. La cape de la jeune femme glissa sur le lit herbeux, puis sa robe noire coula le long de ses hanches, dévoilant une silhouette à la ligne parfaite, dont Hegon s'empara presque avec violence, respirant avec délices l'odeur enivrante de la jeune femme. Comme si elle avait voulu le laisser se venger de leurs petites querelles passées, elle s'offrit avec une ardeur insoupçonnée, prenant des initiatives audacieuses, imprimant ses griffes dans la peau de son amant, tour à tour tigresse ou chatte. Hegon pensa qu'il ne parviendrait jamais à se rassasier de ce corps, de ce parfum unique, voulant le prendre tout entier à la fois, comme s'il avait voulu se fondre en elle, pour toujours. Jamais une femme ne lui avait procuré autant de plaisir, un plaisir parfois proche de la douleur.

Le soleil avait entamé sa descente lorsque enfin ils reprirent pied dans la réalité. Indifférente à la morsure de la fraîcheur du vent de montagne, Arysthée se leva et fit quelques pas, entièrement nue, dans la lumière crue, sous le regard admiratif d'Hegon. Ainsi découpée contre le bleu sans tache du ciel, elle semblait l'une de ces fées qui hantaient les forêts, dans les légendes. Épuisé par leur joute amoureuse, l'esprit embrumé par la volupté, il n'eut pas le courage de se lever, se contentant de l'observer comme on observe un spectacle d'une rare beauté. Il l'aimait, comme jamais il n'avait aimé une femme. Même le souvenir de Myriàn s'était estompé. La danse de Koréa lui revint en mémoire. Il avait brûlé à ce moment-là de découvrir les secrets qui se cachaient sous les derniers voiles qu'elle avait conservés, et qui ne dissimulaient pas grand-chose de son corps. Il avait peine à croire qu'elle les avait fait tomber pour lui, qu'il n'ignorait plus rien de l'intimité de sa compagne. Elle se retourna, lui adressa un sourire complice, puis poursuivit sa marche légère. Lorsqu'elle disparut de sa vue, l'inquiétude s'empara de lui et il se redressa d'un coup. Nu lui aussi, il suivit sa trace jusqu'à un renfoncement accroché au flanc de la montagne. Elle semblait figée par quelque chose qu'il ne voyait pas. Il regretta de ne pas avoir pris son sabre.

— Viens voir ! dit-elle.

Il la rejoignit. Pour découvrir un lieu complètement inattendu. La combe, peuplée de sapins et de quelques hêtres, abritait des plantes diverses, aconit tue-loup, ancolie, spirée barbe-de-bouc ou encore l'élégante prénanthe pourprée. Mais ce n'était pas ces plantes qui avaient attiré l'attention de la jeune femme. Au fond de la combe se dressait un pan de mur envahi par les herbes folles, dans lequel se découpait une ouverture gardée par une épaisse grille métallique. Ils s'approchèrent, frissonnant en raison de la fraîcheur soudaine. La lumière ne pénétrait pas jusqu'à l'entrée de la crypte. Au-dessus se dressait une petite croix dont la pierre se couvrait de lichen. Cependant, il était visible que l'endroit était régulièrement entretenu.

— Sans doute s'agit-il d'un tombeau, suggéra Hegon.

Ils tentèrent d'apercevoir l'intérieur.

— C'est étrange, remarqua Arysthée. On dirait que quelque chose brille tout au fond, comme une lumière bleue. Mais c'est très faible.

— Tu ne vas pas me dire qu'il y a un spectre, ironisa-t-il.

— Non, cela vient d'une sorte de sarcophage.

Elle se redressa.

— Tu as raison, ce doit être une sépulture.

Ils reculèrent, intrigués. Soudain, Hegon se figea.

— Il y a quelque chose de bizarre.

Il s'approcha du côté droit du mur. Dans la pierre apparaissait une inscription rédigée dans une langue inconnue.

— C'est trop long pour être un nom, dit Hegon.

Arysthée examina les caractères, gravés avec une pointe métallique.

— Je connais ça, déclara-t-elle enfin. C'est du francien, une langue qui a disparu depuis des siècles, mais qui a fortement influencé l'engloos. Je l'ai un peu étudiée. En revanche, cette inscription est bien mystérieuse.

— Que dit-elle ?

— Quelque chose comme : «Puisse-t-elle jamais me pardonner. »

Hegon hocha la tête.

— Ce n'est pas très clair. Ce serait donc une femme

qui repose derrière cette grille ? Une femme à qui un homme a fait du tort ?

— Le père Bruno doit connaître l'explication, répondit Arysthée d'un ton joyeux.

Au retour, le soir, ils parlèrent de leur découverte au prieur.

— Ah ! Vous avez donc découvert le tombeau de Lauryanne. Je vais vous en conter la légende.

Après avoir pris soin de faire servir quelques verres de liqueur verte, il commença une histoire étrange.

— À la vérité, nous savons peu de choses sur elle. Cela remonte à l'époque du Jour du Soleil, juste un peu avant. Un jour, nos frères ont vu arriver un couple. Sans doute étaient-ils poursuivis, car ils demandèrent asile au prieur, lequel leur accorda de se cacher au sein de l'abbaye. En ce temps-là, les lieux n'étaient pas ouverts aux femmes, mais il fit une exception pour cette jeune fille, qui, d'après la légende, avait le visage d'un ange. Son nom nous est resté : Lauryanne. En revanche, celui de l'homme fut oublié. Nous ignorons ce qu'ils fuyaient, et quel danger pesait sur eux. On sait seulement qu'ils demeurèrent plusieurs mois, peut-être plusieurs années à l'abbaye. Mais ce n'est pas là le plus étonnant. Cette femme au visage d'ange n'était pas comme les autres. D'après les témoignages de l'époque, son sang n'était pas rouge comme celui des humains, mais d'un bleu transparent.

— C'était peut-être une androïde, avança Hegon.

— Non, elle était vraiment vivante. Elle se nourrissait de certains aliments, en évitait d'autres. Quant à l'homme, on dit qu'il possédait de grandes connaissances scientifiques. Il demanda au prieur l'autorisation de construire cette crypte où il désirait enfermer le fruit de son travail, en un lieu quasi inaccessible. Sans doute Dieu a-t-il guidé vos pas, car le chemin qui mène à cette crypte est presque impossible à trouver.

Hegon et Arysthée reconnurent qu'ils avaient laissé leurs montures décider pour eux, et qu'ils avaient ainsi erré au hasard.

— C'est bien ce que je dis, confirma le prieur. Vous avez cru voir un sarcophage à l'intérieur, mais ce n'en est pas un. Car ce lieu n'est pas un véritable tombeau. Un jour, de mystérieux ennemis ont fini par retrouver la trace de Lauryanne et de son compagnon. Par chance, ils se sont aperçus de leur présence et ils ont pu s'enfuir à temps. Personne ne sait ce qu'ils sont devenus ensuite. Mais la crypte est restée et nous avons continué à l'entretenir, par respect pour leur mémoire.

— Que peut vouloir dire cette inscription, «puisse-t-elle jamais me pardonner»?

— Nous l'ignorons, hélas. On sait seulement que Lauryanne et cet homme étaient très amoureux l'un de l'autre. Mais peut-être lui avait-il causé du tort involontairement.

— Au point de graver son repentir dans la pierre? s'étonna Arysthée. Il fallait que ce fût une bien grande faute.

— Je vous l'ai dit, nous ne possédons aucune explication de cette inscription. Elle fait partie de la légende, et je doute que l'on apprenne un jour sa signification. Cependant, l'histoire ne s'arrête pas là, car une prophétie, émise par l'un de nos frères quelques années plus tard au cours d'une transe singulière, affirme que l'esprit de la belle Lauryanne dort toujours au plus profond de la crypte, et on dit qu'un jour, un homme viendra, qui saura la réveiller.

Hariostus prit la parole.

— Le père Bruno a déjà autorisé les amanes à étudier cette crypte. Malheureusement, nous avons beaucoup oublié des connaissances des Anciens et nous ne savons pas ce qu'elle renferme. Il faudra un très grand savant pour découvrir le secret de cette crypte.

— Oui, un très grand savant, confirma le prieur. Peut-être saura-t-il aussi percer l'autre secret dont cette abbaye est dépositaire.

— Comment ça ? demanda Hegon.

Le père Bruno se leva et dit :

— Venez, je vais vous montrer quelque chose.

À sa suite, ils traversèrent plusieurs salles, pour parvenir dans une pièce aux murs nus. Au centre trônait un piédestal sur lequel reposaient, dans des écrins de velours rouge sang, des objets sphériques à l'éclat singulier, qui semblaient faits d'un métal à mi-chemin entre l'or et l'argent. Il devait y avoir plus d'une centaine de sphères, toutes de la même taille.

— Elles ne sont pas en métal, précisa le prieur. En fait, elles sont d'une grande légèreté, fabriquées dans une matière dont nous ne savons rien.

Il resta un instant les mains devant ses lèvres, les yeux fixés sur les sphères. Puis il déclara d'une voix grave :

— Regardez bien ces objets, mes frères. Vous avez devant vous le plus fabuleux trésor qui se puisse imaginer, et pourtant, il n'a aucune valeur.

Interloqué, Hegon s'approcha.

— Comment un trésor fabuleux peut-il n'avoir aucune valeur ?

— Ces sphères contiennent tout le savoir du monde, seigneur Hegon. À l'époque du Jour du Soleil, un homme dont le nom fut perdu s'inquiéta de l'effondrement inexorable de la civilisation. Il entreprit alors de sauvegarder dans ces sphères tout ce que les hommes avaient écrit depuis l'aube de l'Humanité, tous les ouvrages scientifiques, tous les romans, toutes les études sur tous les sujets possibles et imaginables, dans toutes les langues connues. Il ne se contenta pas de ça. Il ajouta une copie de toutes les œuvres des artistes, images, films, hologrammes, tout ce qu'il a pu sauver. Cela lui a demandé des années de travail. Puis un jour, il est venu nous confier ces sphères, car il se sentait menacé. Il estimait que l'abbaye était le seul endroit où elles seraient en sûreté.

— Vous voulez dire que ces objets contiennent tout le savoir du monde ? objecta Hegon. C'est impossible, elles sont trop petites !

— Oh non. Les Anciens avaient découvert le moyen de compresser les données dans des proportions incroyables. Malheureusement, ces sphères sont aujourd'hui inutilisables, car pour retrouver ce qu'elles contiennent, il nous faudrait posséder les appareils capables d'en percer le secret. Or, ces appareils ont disparu à l'époque du Jour du Soleil. Voilà pourquoi ces sphères, qui pourraient tant nous apprendre, sont inutilisables et donc sans valeur véritable. Il faudrait un miracle pour que l'on apprenne à reconstruire l'appareil capable de les déchiffrer.

Hegon et ses compagnons quittèrent l'abbaye trois jours plus tard, après avoir fait leurs adieux au père Bruno et à ses frères et sœurs.

— Il nous reste encore du chemin à parcourir pour arriver à Rives, dit Hariostus à Hegon. Mais cette fois, nous allons voyager en compagnie des Saf'therans.

— Les Saf'therans ?

— On les appelle aussi les Convoyeurs. C'est en partie grâce à eux que le réseau amanite est devenu si prospère.

34

Quittant l'abbaye, ils s'enfoncèrent dans les gorges d'un torrent impétueux, que longeait une piste défoncée, sans cesse menacée par les éboulements. À la sortie de ce défilé, ils parvinrent à une ville nommée Saint-Loran, où les attendait un spectacle inhabituel, tout au moins pour Hegon et ses warriors. À proximité de la cité s'étendait une vaste plaine où régnait une grande animation. Cela ressemblait à un gigantesque campement couvert de tentes de toutes tailles et de toutes formes, au milieu duquel évoluaient des individus disparates, aux vêtements riches en couleurs, quelques amanes reconnaissables à leurs longues toges noires, des petits groupes de dramas et des négociants.

— Voici le baarschen, déclara Arysthée, visiblement ravie de retrouver cette ambiance joyeuse. C'est là que se rassemblent les Saf'therans. Nous allons faire une partie du voyage en leur compagnie.

Elle montra des hommes et des femmes qui portaient des habits de couleurs vives, mais assorties avec harmonie. Leur tenue se complétait de foulards et d'écharpes multicolores, de colliers et de bracelets en bois ou en métaux précieux. Beaucoup portaient une longue cape de cuir roux tressé, ornée de dessins compliqués.

— Cette cape est le vêtement de reconnaissance des Saf'therans, expliqua la jeune femme. Ces ornements sont très importants, car ils permettent de déterminer à quel clan appartient un convoyeur. Il existe entre eux tout un système d'alliances et d'allégeances, un devoir d'assistance réciproque curieux, régi par des codes précis. Les Saf'therans sont très respectueux de leurs lois.

— Certains ne portent pas de cape de cuir.

— Ce sont les Voyageurs. On les distingue à leur vêture terne et rapiécée. Ils profitent de la protection apportée par une caravane pour aller d'une ville à l'autre. En échange, ils offrent leurs services pour charger et décharger les marchandises.

Lorsqu'ils pénétrèrent sur le baarschen, plusieurs personnes s'avancèrent à leur rencontre pour leur souhaiter la bienvenue. Un individu haut en couleur, une sorte de géant aux cheveux noirs, semblait diriger le camp. Il arborait un impressionnant système pileux, des tatouages jusque sur le visage, une peau tannée par le soleil.

— Cet homme est le *sheraff*, le chef de la caravane qui est en train de se former, dit Arysthée. Il est élu pour une durée de trois ans par les autres membres du convoi. Son rôle consiste à faciliter les rapports entre les Saf'therans et les habitants des villes visitées. Ce n'est pas toujours facile, car les citadins se montrent souvent méfiants envers eux. À leurs yeux, ils restent des nomades, même s'ils apportent des marchandises dont chacun a besoin. De leur côté, les Saf'therans reprochent aux « sédentaires » de les confondre avec les Voyageurs, ce qui est presque une insulte pour eux. Les convoyeurs considèrent les Voyageurs comme des serviteurs d'une caste inférieure.

Un autre personnage se tenait près du sheraff. À la différence des autres, ses vêtements étaient noirs, et seule la cape de cuir tressé trahissait son appartenance aux Saf'therans.

— Celui-ci, c'est le *sahar faïn*, le juge de la caravane, poursuivit Arysthée. Il remplit aussi le rôle de maître de la police, aidé par quelques convoyeurs bénévoles. Il est chargé de régler les litiges qui peuvent opposer les Saf'therans entre eux, ou aux citadins. En général, sa justice est plutôt expéditive. Elle peut aller jusqu'à la peine de mort. Mais pour un Saf'theran, la punition la plus sévère est l'Exclusion, qui consiste à s'emparer de tous ses biens pour les redistribuer aux autres, et à l'exclure de la caravane. Ces hommes n'ont jamais vécu ailleurs qu'au sein de leur communauté. En être chassé est pour eux une épreuve terrifiante, car ils ignorent la solitude. Bien souvent, ils meurent au bout de quelques jours, soit parce qu'ils se suicident, soit parce qu'ils sont tués par des maraudiers ou un animal sauvage.

Les deux hommes s'inclinèrent devant Hariostus en se présentant :

— Que les dieux de bienveillance vous soient favorables, sehad. Je suis le sheraff Viktor Malleh, et voici le sahar faïn Rellys Foorthier, tous deux à votre service.

— Merci, messires.

Hariostus désigna ensuite ses compagnons. Hegon fut présenté comme un seigneur de haute naissance en provenance d'un pays lointain encore étranger au Réseau amanite.

— Soyez le bienvenu parmi nous, déclara Viktor Malleh en s'adressant au jeune homme. Nous allons faire un bout de piste ensemble.

— Ce sera avec grand plaisir, répondit Hegon, qui éprouvait une sympathie spontanée pour le personnage.

De toute manière, depuis quelques jours, Hegon ressentait de la sympathie pour tout le monde. Exactement depuis que la belle Arysthée partageait sa couche tous les soirs, à la grande satisfaction de l'amane Hariostus.

Tandis que les dramas et les warriors montaient les tentes et que Jàsieck s'occupaient des montures, Arysthée fit découvrir le baarschen à son compagnon. À l'entrée du vaste campement, près des portes de la cité, se dressait un bâtiment important, fréquenté par une foule affairée. On y croisait des convoyeurs, mais aussi nombre de citadins.

— Voici le *panthaen*, expliqua Arysthée. C'est ici que sont conclus tous les accords commerciaux, les négociations avec les compagnies d'assurances et les banques, les achats et les ventes de marchandises, les commandes passées par les marchands de la ville. Le panthaen est aussi une sorte d'auberge où logent les personnages importants. C'est là que nous dormirons ce soir.

— Ça nous changera de la tente, se réjouit Hegon. J'aspire à dormir dans un vrai lit !

Elle doucha aussitôt son enthousiasme.

— Ne te fais pas d'illusions, les chambres ne sont guère confortables.

— Tant pis, se résigna-t-il.

Le panthaen était un véritable labyrinthe, constitué de bâtiments rajoutés au fil du temps, en fonction des nécessités, dans la plus totale anarchie. On trouvait de tout dans les galeries parfois couvertes, parfois à ciel ouvert : des échoppes où artisans et marchands proposaient des vêtements, des colifichets et des bijoux, des jouets, des meubles, des tissus de toutes origines, de la dentelle, des harnachements complets pour les chevaux, des armes, arcs, épées, poignards, arbalètes, nardres, lances, masses et fléaux. On pouvait également acheter de la nourriture, des fruits gorgés de soleil, de belles pièces de viande, les pains et gâteaux les plus divers, et surtout des vins et des flacons d'alcool d'une grande variété. En lisière du panthaen s'étirait le marché aux bestiaux, où l'on trouvait aussi quantité de chariots de toutes tailles.

Une foule innombrable hantait les lieux, se bousculant, s'interpellant, marchandant le moindre article. Éclats de rire, tapes dans les mains et claques dans le dos ponctuaient les accords. Par endroits se produisaient des bateleurs, bonimenteurs, jongleurs et autres montreurs d'animaux ; ailleurs c'étaient des comédiens, des danseuses. Sur tout cela planait une ambiance de fête permanente et des odeurs innombrables, parfums, effluves de toutes sortes, arômes de fleurs, ou senteurs alléchantes des galettes et des pains que l'on sortait du four.

Arysthée aimait cette atmosphère exubérante et bon enfant. Elle entraînait Hegon d'un étal à l'autre, négociait un foulard, une bague sans valeur, pour le seul plaisir. Hegon dut convenir que les marchés des cités medgaarthiennes, pourtant bien achalandés, ne proposaient pas une telle diversité de produits. Il en déduisit que le Réseau amanite pourrait apporter une plus grande richesse à la Vallée.

Le panthaen était aussi un lieu de culte. Un bâtiment, situé dans le prolongement de l'allée centrale, comportait différentes chapelles où l'on pouvait célébrer les religions les plus diverses. Les amanes n'imposaient nullement l'observation de leur culte aux populations du Réseau. Au contraire, celles-ci restaient libres d'adorer les divinités les plus variées, issues des croyances antiques, comme les christiens, les judéens, les moslemistes ou les bouddhistes, dont la religion présentait beaucoup de points communs avec le mode de vie amanite, ainsi que l'expliqua la jeune femme. On y croisait aussi les représentants de sectes de toutes sortes, qui prédisaient tout et n'importe quoi, au grand amusement des badauds.

Cependant, la fonction principale du panthaen restait le trafic commercial. Dans la salle principale s'ouvraient les comptoirs des banques et des compagnies d'assurances. Toutes les marchandises étaient assurées, et chaque voyage donnait lieu à d'âpres négociations sur le montant des primes. La religion amanite percevait une taxe sur tous ces échanges, afin de pouvoir financer les escortes dramas. Des commissaires tatillons transcrivaient, examinaient, jaugeaient, évaluaient... et retardaient le moment du départ. Les Saf'therans et les commerçants des villes, d'un commun accord, les surnommaient les « tracassiers ». Au comptoir des banques, les cambistes notaient soigneusement les sommes sur leur *trapèze*, ou journal financier.

— Quelle monnaie utilise-t-on ici ? demanda Hegon.

— Le drakkhor de bronze et le centas, qui en vaut le centième. Mais les échanges importants ont lieu en drakkhors d'or, d'une valeur cent fois supérieure au drakkhor de bronze.

— Que pourrait valoir une couronne medgaarthienne face au drakkhor ?

— Impossible de le savoir pour l'instant. Il faudra laisser le marché en décider.

Le panthaen comportait une immense auberge où l'on pouvait déjeuner et boire à toute heure du jour et de la nuit. C'était une salle de vastes dimensions, à l'architecture de bois ornée de sculptures, dont une partie ouvrait sur l'extérieur, où l'on avait installé des tables à l'ombre d'une pergola couverte de chèvrefeuille. Ils y retrouvèrent Hariostus, Dennios et Sandro Martell, qui bavardaient en compagnie de Viktor Malleh et de Rellys Foorthier. Un autre individu était présent, une espèce de colosse aux cheveux ras et au regard glacial. Il était revêtu d'une veste faite de tresses de cuir et de métal. À sa ceinture étaient passés le fourreau d'un sabre et celui d'un long poignard.

— Ah, seigneur Hegon et dame Arysthée ! s'exclama le sheraff. Prenez donc place parmi nous. Je vous présente le chevalier Gaaleth Cheerer. Il commande le détachement de mercenaires qui va escorter notre caravane.

Tous deux inclinèrent la tête. L'attitude suffisante du personnage déplut immédiatement à Hegon. Il ne se privait pas de lancer des œillades à Arysthée, dans le but évident de provoquer Hegon. Mais la jeune femme l'ignora royalement. Hegon tenta de sonder l'esprit de l'homme, sans succès. Il savait lui aussi se protéger.

Ayant senti l'inquisition furtive du jeune homme, Cheerer eut un sourire méprisant qui dévoila des dents de carnassier. Il s'adressa à lui sur un ton supérieur.

— Seigneur Hegon, on m'a laissé entendre que vous auriez accompli un exploit extraordinaire au cours de votre voyage : la capture d'un lionorse.

— C'est exact, répondit Hegon d'un ton neutre.

— À ce que je puis constater, rajouta l'autre en lançant un regard équivoque sur Arysthée, ce n'est pas le seul animal superbe que vous ayez apprivoisé.

Hegon n'eut pas le temps de répondre. Arysthée le devança :

— Je ne suis pas sûre de pouvoir prendre ceci comme un compliment, seigneur Cheerer. Il ne me sied guère d'être assimilée à un animal, même superbe. Je vous aurais cru plus galant homme.

Pris de court, l'autre hésita. Il ne s'attendait visiblement pas à une riposte de la part d'Arysthée elle-même.

— Pardonnez-moi, belle dame, répondit-il enfin en la dévorant des yeux. Il ne faut vous en prendre qu'à votre beauté de m'avoir fait ainsi perdre la tête. Mais quel homme ne serait pas maladroit face à l'éclat de votre regard ?

— C'est bien, dit-elle en le toisant, je vous pardonne pour cette fois. Mais à l'avenir, surveillez votre langage, chevalier !

— Je m'y emploierai avec zèle, d'autant plus que nous aurons souvent l'occasion de nous voir au cours de ce voyage. Et j'espère que vous me ferez l'honneur, pour concrétiser votre pardon, de m'accorder une danse au cours de la paratena d'adieu qui doit avoir lieu ce soir pour fêter le départ de la caravane.

— J'y songerai.

— Je n'aime pas cet individu, grogna Hegon lorsque Gaaleth Cheerer se fût éloigné.

— Moi non plus. Mais il faut éviter de t'opposer à lui, Hegon.

Il eut un sourire amusé.

— Et alors ? Je trouverais tout à fait normal d'avoir à me battre pour défendre l'honneur d'une femme aussi séduisante que toi.

Elle se serra contre lui.

— Les femmes n'aiment guère la violence. Et surtout...

Elle leva vers lui un regard inquiet.

— Il faut te montrer prudent. J'ai eu l'impression qu'il cherchait délibérément à te provoquer en duel, mais pas uniquement pour mes beaux yeux. Cet individu n'est pas là par hasard, Hegon. Il veut se battre avec toi.

— Pourquoi ? Je ne le connais même pas.

— C'est juste une intuition. Mais cela me fait peur. J'ai entendu parler de ce Cheerer. C'est un combattant redoutable.

Hegon ne répondit pas. Il avait déjà pu constater qu'Arysthée semblait posséder une sorte de don de prémonition. Et pour la première fois, il la sentait vraiment angoissée.

La paratena avait lieu le soir même. Tout autour du panthaen avaient été allumés des feux sur lesquels des moutons et des quartiers de bœuf avaient été mis à rôtir. Officiellement, ces festivités rituelles étaient destinées à célébrer les bonnes relations entre les convoyeurs et les citadins. Des orchestres improvisés jouaient des musiques joyeuses et entraînantes. Désorienté par ces pas qu'il ne connaissait pas, Hegon eut quelques difficultés au début. Mais Arysthée eut tôt fait de lui enseigner les rudiments des différentes danses, et il fit des progrès rapides.

— Vous dansez à merveille, dame Arysthée, lui glissa le sheraff, dont les yeux pétillants trahissaient l'abus du vin et de la bière. On m'a dit que vous possédiez cet art au plus haut niveau. Nous ferez-vous l'honneur d'une petite démonstration de vos talents ?

Arysthée lui répondit d'un sourire gracieux.

— Avec grand plaisir, seigneur Malleh. Laissez-moi seulement le temps de me changer.

Arysthée ne se faisait jamais prier pour danser. Au cours du voyage, il lui arrivait souvent, le soir, à la demande de l'un ou l'autre, de se lancer dans des chorégraphies aériennes et subtiles qui réjouissaient les guerriers.

Elle revint quelques instants plus tard. Elle avait quitté sa tenue de voyage pour s'envelopper dans des voiles blancs et bleus. Le silence se fit. Dennios, avec lequel elle avait noué une véritable complicité d'artiste, avait déjà sorti sa thamys. Au son délicat de la harpe, Arysthée entreprit de mimer les différents états de la mer, simulant avec son corps le mouvement des vagues, la houle, les lames furieuses explosant sur les rochers. Ses gestes et ses pas s'harmonisaient avec la musique du conteur. Le galbe de ses cuisses, la naissance de sa poitrine dorée par le soleil d'été, l'envol de sa longue chevelure blonde laissaient s'épanouir une sensualité irrésistible, renforcée par l'éclat de son visage rayonnant. Tous les hommes de l'assistance étaient bouche bée.

— La déesse de la danse elle-même ne saurait virevolter avec plus de grâce, exultait Viktor Malleh à côté d'Hegon. Vous avez beaucoup de chance d'avoir su apprivoiser une femme d'une telle beauté, et qui, d'après ce que l'on m'a dit, possède aussi une tête bien pleine.

Lorsque la danse s'acheva, sur une série de voltes audacieuses qui firent tournoyer les voiles blancs et bleus, un tonnerre d'applaudissements explosa, saluant la performance de la jeune femme.

Non loin d'Hegon, Gaaleth Cheerer, au milieu d'autres chevaliers, ne pouvait détacher ses yeux d'Arysthée. Mais, alors que les regards des autres étaient emplis d'admiration, le sien déshabillait la jeune femme avec une vulgarité qui déplut fortement à Hegon. D'un tempérament vif, son sang ne fit qu'un tour lorsqu'il l'entendit déclarer :

— Foutrediable ! gronda-t-il. Si cette femelle est aussi douée au lit que sur une piste de danse, j'aurais volontiers plaisir à visiter son intimité.

— Et à lui dévoiler la tienne ! ajouta un autre en éclatant d'un rire gras.

Hors de lui, Hegon l'apostropha sèchement :

— Seigneur Cheerer, est-ce de ma compagne que vous parlez ainsi ?

L'autre bondit immédiatement sur ses pieds. À son regard luisant, Hegon comprit qu'il avait, lui aussi, abusé de la boisson. Et qu'il avait le vin mauvais.

— Et alors ? Est-ce ma faute si elle nous agite ses fesses sous le nez ?

Hegon se leva à son tour, bien décidé à laver l'affront. Mais Hariostus tapa dans ses mains.

— Allons, allons mes enfants, ne laissez pas votre sang bouillonnant prendre le pas sur la raison et ne gâchez pas cette fête en provoquant une bataille dont personne ne veut. Seigneur Cheerer, allez plutôt boire un verre avec vos amis.

Il n'avait pas élevé le ton. Mais son autorité était telle que ni Hegon ni Gaaleth Cheerer ne songèrent à la remettre en question. Arysthée revint au même moment et ressentit aussitôt la tension qui régnait.

— Qu'y a-t-il ? demanda-t-elle discrètement à Hegon.

— Cet individu t'a manqué de respect, gronda Hegon sans cesser de fixer l'autre dans les yeux.

Mais Cheerer, dompté par le regard de l'amane, se décida à quitter la place, non sans un dernier regard de défi envers Hegon, et un autre, provocateur et appuyé, sur Arysthée. Lorsqu'il fut parti, elle haussa les épaules et se fit câline contre lui, encore essoufflée par l'effort qu'elle venait de fournir.

— Je te l'ai dit, Hegon. Cet individu veut à tout prix te provoquer. Il ne faut pas que tu accordes de l'importance à ses réflexions stupides. J'ai l'habitude de voir les hommes me regarder danser comme si j'étais toute nue. Si tu dois te battre en duel avec tous ceux qui lanceront des propos désobligeants à mon sujet, tu risques de tuer beaucoup de monde !

Puis elle enfouit son minois dans le cou d'Hegon, qui s'apaisa instantanément. Après tout, elle avait raison. Tout à l'heure, c'est auprès de lui qu'elle s'allongerait, c'est avec lui qu'elle ferait l'amour jusqu'à en perdre haleine, comme à leur habitude. Et il devait admettre que les regards émoustillés des hommes présents flattaient son orgueil.

Soudain, une main se posa sur son bras. Hariostus.

— Dame Arysthée parle avec sagesse, seigneur Hegon. Il vaudrait mieux que vous évitiez de réagir aux provocations de ce Gaaleth Cheerer. Il a la réputation d'être l'un des plus puissants guerriers du monde amanite et son manège de ce soir n'était peut-être pas sans calcul. Il a cherché à vous entraîner dans un duel. Aussi, méfiez-vous de votre impulsivité vis-à-vis de ce genre de personnage. Il est sans doute, au moins actuellement, meilleur combattant que vous. Tant que vous n'aurez pas reçu l'enseignement de l'art du combat dramas, évitez-le.

Hegon se souvint de la leçon inattendue que lui avait donnée Dennios quelques mois plus tôt et comprit que l'avertissement de l'amane était sérieux. Il confirmait celui de sa compagne. Et surtout, il avait décelé dans l'esprit du vieil homme une inquiétude réelle, une faille dans ses défenses, où il avait lu que ce Gaaleth Cheerer était peut-être là pour le tuer.

Mais pour quelle raison ?

35

Hegon ne se posa pas de questions très longtemps. La main d'Arysthée se referma sur la sienne et elle l'entraîna vers le baarschen, où Jàsieck leur avait retenu une chambre. La jeune femme n'avait pas menti : le confort était plutôt spartiate. Mais ils s'en moquaient. Le lit était accueillant et ils firent l'amour jusqu'à une heure avancée.

Le lendemain, lorsque Jàsieck vint les tirer du sommeil à l'aube, Hegon, les yeux lourds de fatigue, avait oublié l'altercation de la veille.

— Seigneur, dit le jeune maraudier, il est temps de partir.

La formation de la caravane se fit dans une joyeuse pagaille, essentiellement due aux agapes de la veille. Mais cela n'avait pas l'air de contrarier outre mesure les Saf'the-rans, qui semblaient avoir l'habitude de ce cafouillage bon enfant. La première tâche consistait à atteler les lourds animaux de trait aux chariots. Si on rencontrait des bœufs et quelques chevaux, ceux-ci étaient surtout composés d'hyppodions et aussi de *golieuthes*. C'était la première fois qu'Hegon voyait ces mastodontes de près. Il apprit qu'ils avaient probablement été créés artificiellement à partir des bovidés et d'un animal disparu, l'éléphant, à qui ils devaient la petite trompe qui leur servait à saisir leur nourriture. Ils étaient aussi pourvus de puissantes défenses et de deux cornes qui leur conféraient un aspect impressionnant. Les golieuthes étaient pourtant des animaux au caractère très doux, dont les femelles produisaient un lait, le *shalek*, qui constituait la nourriture de base des Saf'therans. On en faisait des fromages divers, crus ou cuits, très prisés des citadins. Toutes les bêtes étaient magnifiques. Les Saf'therans étaient propriétaires de leurs animaux et les soignaient avec affection. Il ne serait jamais venu à l'idée d'un convoyeur de prendre son repas avant de les avoir nourris.

Les voyageurs chargèrent ensuite les chariots. Hegon découvrit alors que certains d'entre eux ne possédaient pas de roues. Au début, il les avait pris pour de simples plates-formes destinées à stocker les marchandises. Puis il se rendit compte que l'on pouvait les déplacer grâce à un mécanisme étrange situé à l'avant, et qui les décollait de terre d'environ un mètre. Ils glissaient ensuite sur le sol sans aucun bruit.

— Mais sur quoi reposent-ils ? demanda-t-il, stupéfait, à Arysthée.

— Sur rien. Ils disposent d'un système anti-gravifique qui crée un champ répulsif. Il suffit ensuite d'y atteler un ou deux hyppodions. On appelle ces plates-formes des *charrodes*. L'avantage, c'est qu'elles peuvent circuler sur à peu près n'importe quel terrain, y compris les marécages.

Peu à peu, la caravane se mit en route, au pas lent des puissants golieuthes.

Les warriors d'Hegon avaient eu vite fait de remarquer que les femmes saf'theranes étaient en général très jolies. Elles avaient une habitude amusante qui consistait à porter leurs enfants en bas âge attachés sur le dos grâce à des foulards noués. Mais, pour des raisons pratiques, on leur laissait les fesses à l'air, hiver comme été, et le baarschen fleurissait de quantité de petits derrières tout

roses. Cependant, ces femmes étaient d'un abord difficile, ce dont Thoraàn se plaignit dès le deuxième jour de
voyage.

— Elles nous évitent, seigneur. Elles ne nous
répondent même pas quand on leur parle.

— Alors, ne leur parle pas !

— Il ne va pas être facile d'expliquer aux hommes
qu'ils devront se serrer la ceinture pendant tout le trajet. Tu as vu comme elles se baignent à poil, le soir, au
bivouac ?

— J'ai vu.

— Et elles sont belles ! Oh la la ! Leurs maris n'ont
même pas besoin de monter la garde près d'elles. C'est
pire : elles nous ignorent !

— Mon pauvre Thoraàn !

— Ouais, bah te moque pas, seigneur ! Toi au moins,
t'es pas tout seul, la nuit !

— C'est vrai !

Hegon s'en ouvrit à Sandro Martell, qui devait avoir
le même problème avec ses dramas. Le commandant
éclata de rire.

— Pardonnez-moi, seigneur Hegon, j'aurais dû vous
mettre en garde. Les femmes des Saf'therans sont intou-
chables. Pour avoir une chance avec elles, il faut être
convoyeur soi-même. Pour elles, nous sommes des *djags*,
des étrangers. Mais que vos hommes ne s'inquiètent pas.
Il y a dans la caravane un endroit spécial qu'on appelle
l'*arsheven*. Là, ils pourront rendre visite à des filles compréhensives.

— Qu'est-ce que c'est, l'arsheven ?

— Les Saf'therans ne sont pas inconscients. Ils savent
très bien que leurs femmes attirent les soldats qui
escortent les caravanes. Chaque convoi est protégé par
un petit détachement de dramas. Mais le plus gros des
effectifs est constitué par des mercenaires nomades. Ils
ne sont pas considérés comme des Saf'therans et il leur
est interdit de toucher aux femmes des convoyeurs.

L'arsheven est un lieu destiné à ces guerriers, où ils peuvent rencontrer des prostituées que l'on appelle «filles follieuses». Le plus souvent, ce sont des esclaves, spoliées ou non, placées sous la coupe de proxènes. Mais on trouve aussi des femmes libres, qui ont choisi ce moyen pour voyager d'un lieu à un autre. On les appelle alors courtisanes. Elles sont très recherchées, car elles sont libres et cultivées.

Le soir même, les warriors prirent l'habitude de passer leurs veillées à l'arsheven. Celui-ci se trouvait non loin du *khomat*, l'auberge itinérante, où les Saf'therans se réunissaient pour partager un verre, un repas, ou encore faire la fête. On y rendait aussi la justice et on y célébrait les cérémonies rituelles.

Hegon et Arysthée y retrouvaient Sandro, Dennios, Hariostus et les notables de la caravane. Cependant, fort des avertissements de l'amane, il évitait de se trouver trop près de Gaaleth Cheerer, qui dirigeait les soldats mercenaires. Le chevalier avait bien fait quelques tentatives pour se rapprocher de la jeune femme, mais Hariostus intervenait aussitôt pour éviter un affrontement entre les deux hommes. Arysthée, quant à elle, avait décidé de ne plus danser le soir, pour éviter la tentation.

Sandro Martell mettait à profit son temps libre pour initier Hegon à l'art dramas. Le jeune homme se rendit compte très vite que sa façon de combattre était bien loin de valoir celle des soldats de la religion. Sandro lui enseigna d'abord à lutter à mains nues, à maîtriser parfaitement son équilibre, puis à utiliser ses armes de manière optimale. En quelques jours, Hegon fit des progrès étonnants.

— J'ai rarement eu un élève aussi doué que vous, seigneur, le complimentait le commandant dramas. Vous avez hérité des qualités de votre père, le grand Pier d'Entraghs. C'était un fier chevalier, que j'ai eu l'honneur de rencontrer alors que j'étais encore un tout jeune guerrier dramas.

Hegon apprit également à se servir d'une arme inconnue dans la Vallée. Le *gonn* était un fusil au canon plus ou moins long suivant l'usage, qui tirait des balles par création d'un champ électromagnétique. Sa puissance était telle que l'on pouvait atteindre une cible à plus d'un kilomètre avec le gonn à canon long… à condition d'être suffisamment adroit. L'avantage de cette arme, comme les arbalètes, était son silence. À part un léger claquement, il ne faisait aucun bruit. Arysthée, qui savait déjà utiliser un gonn, participa aux leçons de Sandro.

Une véritable amitié était née entre Hegon et le commandant dramas. Sandro était un homme rigide et efficace, exigeant envers ses hommes et plus encore envers lui-même. Il ne tolérait pas le plus petit manquement à la discipline. Mais ses guerriers l'appréciaient, car ils savaient que jamais il n'en aurait abandonné un sur le champ de bataille.

Sandro vouait une très grande admiration à Charles Commènes, le fondateur de la religion amanite. Il portait sur lui un petit livre écrit par « le grand maître », comme il l'appelait, et lisait chaque soir l'une de ses pensées afin de la méditer avant de s'endormir. Hegon avait reçu le même livre de la part d'Hariostus. Mais il n'avait guère le temps de se plonger dedans. La nuit, il avait des occupations beaucoup plus attrayantes.

La caravane croisait parfois de petites cités qui ne possédaient pas de baarschen. On se contentait alors d'une courte halte d'une journée, le temps pour les citadins de négocier quelques marchandises.

Hegon en profitait pour les visiter. Il découvrit ainsi que chacune d'elles possédait un temple dédié à la religion amanite. C'étaient des endroits à l'architecture plutôt austère, composés de plusieurs bâtiments et d'une tour élevée appelée l'Obs. Le plus important était une salle où les fidèles pouvaient venir prier les dieux auxquels ils croyaient. Curieusement, dans la même cité, on pouvait rencontrer des divinités différentes, chacune ayant sa propre chapelle. Hariostus expliqua que les amanes ne cherchaient pas du tout à combattre les croyances des peuples qu'ils invitaient à faire partie du Réseau.

Le vieil homme profitait de ces haltes pour rencontrer les prêtres responsables de la cité. Les amanes avaient mis en place une organisation bien particulière. Chaque temple abritait une phalange composée de cinq amanes dont chacun remplissait une fonction bien particulière. Le *médamane* avait en charge l'hostal, où l'on soignait les malades et les blessés. Le *physiamane* et le *biolamane* étaient responsables de toutes les techniques dont la religion faisait profiter les habitants. Hegon découvrit ainsi que les cités amanites n'utilisaient pas les lampes à huile pour s'éclairer, mais des *lectrones*, lampes alimentées par ce que l'on désignait sous le nom de flux lectronique et qui était produit par des appareils insolites et variés, appelés éoliennes ou panneaux solaires. Dans certaines villes, ce flux lectronique était fourni par des barrages installés sur des rivières ou des torrents.

L'*astrolamane* avait trois fonctions. Il vivait dans l'Obs, la tour élevée qui dominait la cité, et au sommet de laquelle étaient installés des instruments bizarres dont personne ne connaissait le fonctionnement. On lui prêtait le don de prévoir l'avenir car il était censé savoir lire dans les étoiles.

— Les hommes ont cru pendant longtemps que l'on pouvait connaître le futur en observant les étoiles, expliqua Hariostus. Il est possible, sans que cela soit vraiment prouvé, que la position des astres exerce une influence sur le déroulement des événements. L'astrolamane étudie donc la conjonction des étoiles et des planètes et en tire des informations. Mais ce n'est pas une science exacte. Les habitants lui vouent, à cause de cela, une vénération particulière. Sa fonction réelle est différente. Grâce aux appareils situés au sommet de l'Obs, il assure la liaison avec les autres cités amanites. Il a aussi pour tâche de prévoir le temps qu'il va faire, cela afin d'organiser au mieux les semailles et les récoltes, éventuellement de prendre les dispositions nécessaires en cas de tempête, de chute de grêle ou autre intempérie. Pour cela aussi, il est apprécié.

Enfin, le *théolamane* était le chef de la phalange et occupait le rang de gouverneur de la cité en compagnie d'un chevalier doté du shod'l loer sur lequel il avait préséance. C'était lui aussi qui dirigeait les différentes chapelles consacrées aux divinités de la ville. Hegon comprit ce que le père Bruno avait voulu dire en affirmant que l'amanisme n'était pas une vraie religion, mais plutôt un système de gouvernement dans lequel entrait une part de spiritualité qui s'adaptait aux croyances locales.

En tant que gouverneur, le théolamane réunissait régulièrement le Conseil de la cité, où s'assemblaient les élus des artisans et des commerçants, en compagnie desquels il décidait des travaux à entreprendre, des lois à édicter, des budgets à voter, des taxes à lever. Le théolamane était à la fois un chef spirituel et un administrateur, nommé par les amanes suprêmes de Rives, ceux que l'on appelait les *Grands Initiés*.

Les amanes intriguaient beaucoup Hegon. Ces personnages étonnants n'avaient aucun rapport avec les orontes de Medgaarthâ. Autant les prêtres de la Vallée donnaient l'impression de se situer au-dessus du peuple, qu'ils considéraient avec mépris, autant les amanes affichaient une grande humilité et une grande ouverture d'esprit. Ils ne portaient jamais de jugement et savaient se rendre disponibles pour écouter avec patience et indulgence ceux qui venaient leur poser des questions. Ils possédaient également un savoir impressionnant, bien supérieur à celui des orontes. Parmi ces amanes, on trouvait parfois des femmes, bien que cela fût plus rare.

Il ne leur était pas interdit de devenir prêtre, ce qui eût été impensable pour la religion de Braâth, où elles étaient considérées comme inférieures.

Les amanes n'étaient nullement tenus au célibat. Le Temple abritait ces femmes qu'on appelait les sziloves, les compagnes élégantes et cultivées des amanes. Afin de provoquer un mélange optimal des sangs, un amane pouvait avoir ainsi plusieurs épouses. Mais celles-ci étaient libres également, si elles le souhaitaient, de vivre avec plusieurs amanes. Il n'existait aucune règle. Hegon apprit ainsi que l'un des fondements de la religion amanite reposait sur la responsabilité et la liberté de ses membres.

— Les religions antiques avaient tendance à s'appuyer sur des dogmes rigides que l'on refusait de mettre en question, expliqua Hariostus. Cela engendrait deux conséquences fâcheuses : tout d'abord, elles étaient incapables de s'adapter à l'évolution inéluctable du monde, comme par exemple la démographie galopante qui a amené l'effondrement de leur civilisation. Et surtout, elles refusaient de prendre en compte un élément essentiel : l'homme est libre par nature, et il supporte mal qu'on lui impose un carcan de pensée. Ces religions lui refusaient le droit de réfléchir par lui-même, de suivre un cheminement spirituel différent de celui qu'elles imposaient. Les hommes étaient traités comme des enfants irresponsables, ce qui est une absurdité totale. La plupart étaient conditionnés dès la petite enfance pour appartenir à un système religieux dont il leur était très difficile de se libérer ensuite. Grâce à l'étude et la méditation, certains parvenaient à s'affranchir de ce conditionnement, et découvraient alors que les religions étaient fondées sur des idées erronées, des principes complètement dépassés et une histoire déformée, voire totalement fausse. Ces hommes curieux ont découvert qu'elles étaient surtout un moyen de coercition permettant aux puissants d'exercer leur pouvoir sur les peuples.

— La religion amanite est donc si différente ?

Hariostus eut un léger sourire.

— Mon ami le père Bruno a tout à fait raison. L'amanisme n'est pas une religion. Il s'adapte aux croyances locales et accepte donc toutes formes de foi, à condition qu'elles soient compatibles avec les principes de base de notre philosophie. Ce sont les seuls dogmes sur lesquels nous nous appuyons.

— Quels sont ces principes ?

— Le respect de l'autre, la solidarité, l'ouverture d'esprit, c'est-à-dire l'absence de jugement. Il y a également des valeurs comme le courage, la fidélité, la loyauté et la courtoisie, le sens de l'honneur. L'amanisme combat l'égoïsme et l'égocentrisme, le goût du pouvoir et la superficialité, toutes choses fort répandues dans le monde antique. Et actuellement, nous avons fort à faire pour lutter contre ces tares de « l'animal » humain. Nous avons… des siècles de travail devant nous.

Dans leurs différentes tâches, les amanes étaient secondés par des assistants, les *paranes*. C'étaient des hommes jeunes dont le but était la prêtrise. La plupart du temps, ils étaient recrutés parmi les enfants des amanes et des sziloves, mais une bonne part d'entre eux venaient de l'extérieur. L'éducation d'un amane était très longue, et extrêmement complexe. Un amane devait posséder des connaissances approfondies dans de nombreux domaines, ce qui expliquait qu'un parane ne pouvait pas recevoir le titre d'amane avant l'âge de trente ans. Dans les faits, peu de paranes parvenaient au rang de prêtre. Cela n'empêchait pas ceux qui échouaient de rester à leur service.

— Le gouvernement des cités est donc placé sous la responsabilité des amanes, remarqua Hegon.

— C'est encore le cas actuellement. Cependant, le projet de Charles Commènes prévoit de transmettre le gouvernement des cités à des chevaliers spécialement formés pour cela. Mais…

— Mais ?

— Ces chevaliers sont issus de la caste des nobles. Nous appelons ainsi les hommes dotés du shod'l loer. Par opposition, l'homme qui ne le possède pas est un *sapiennien*. Malheureusement, les chevaliers ne reçoivent pas de formation aussi complète que les amanes, et beaucoup sont encore marqués par le goût du pouvoir personnel et l'attrait de la richesse.

Les traits d'Hariostus s'assombrirent.

— Et cela nous pose parfois de graves problèmes.

Il n'en dit pas plus. Hegon n'osa insister, mais il sentait que la dernière remarque de l'amane sous-entendait que le Réseau amanite connaissait quelques difficultés. Le vieil homme lui posa la main sur le bras.

— Il ne faut pas que cela te préoccupe, Hegon. Nous avons heureusement beaucoup de chevaliers de la qualité de ton père. Puisses-tu devenir aussi valeureux que lui !

Hegon comprit très vite qu'il pouvait ranger Gaaleth Cheerer au nombre de ces chevaliers douteux. Au cours d'une conversation qu'il surprit entre Hariostus et Cheerer, pendant une soirée au khomat, il se rendit compte que Cheerer était presque parvenu à faire perdre son sang-froid au vieil amane. Il n'avait pas très bien compris le sujet de la conversation, mais Arysthée le lui expliqua ensuite :

— La religion se heurte actuellement à une grave polémique, dit-elle. Certains chevaliers, comme ce Gaaleth Cheerer, estiment que la politique des amanes n'est pas bonne. Ils pensent qu'au lieu d'amener de manière pacifique les populations du monde à faire partie du Réseau amanite, il vaudrait mieux mener une guerre de conquête en s'appuyant sur la supériorité de l'armée dramas, et ensuite imposer la paix. Ils revendiquent le droit d'utiliser les mêmes armes. Bien sûr, les Grands Initiés refusent. Ces chevaliers ne disposent donc pas des moyens de mettre la religion en cause en s'opposant à elle par la force. Cela ne les empêche pas de mener, pour leur propre compte, des batailles contre les populations frontalières. Ils contreviennent ainsi aux principes de base de la religion amanite. Malheureusement, il est délicat de les destituer sans fragiliser le Réseau. Ils le savent et passent outre les remontrances que leur adressent les Grands Initiés.

Hegon hocha la tête.

— Il faudrait envisager une formation plus stricte des futurs chevaliers gouvernants, comme c'est le cas pour les amanes.

— Mais comment ? Je sais que le projet du Fondateur prévoyait, à terme, de remettre le pouvoir temporel entièrement entre les mains des princes régnants. C'est inenvisageable en l'état actuel des choses.

Au ton inquiet de sa compagne, Hegon comprit que le problème était encore plus grave qu'il ne pouvait le supposer. Il pressentit, dans l'esprit mal protégé de la jeune femme, que l'existence même du monde amanite pouvait être menacée par les forces sournoises qui le rongeaient de l'intérieur.

36

Quelques jours plus tard, la caravane atteignit la cité de Millo, une ville très active, située à la jonction de plusieurs vallées cernées par de hautes montagnes. Elle conservait des vestiges de la civilisation antique sous la forme de monuments que les autochtones protégeaient jalousement. C'était là qu'Hegon et ses compagnons devaient quitter la caravane et poursuivre seuls leur route en direction de Rives.

Le soir même, Viktor Malleh organisa une paratena pour fêter la séparation. Au cours de ces festivités eut lieu une cérémonie particulière au monde des Saf'therans : l'*affrèrement*. Celui-ci unissait deux convoyeurs en établissant entre eux des liens équivalents à la fraternité, et constituait une sublimation des relations d'amitié que pouvaient entretenir deux hommes n'ayant à l'origine aucun lien de parenté. Après l'effondrement de la civilisation antique, devant le nombre tragiquement limité des survivants et la fertilité amoindrie des femmes, chaque communauté avait réagi en inventant de nouvelles coutumes. Les croyances des Saf'therans ne les autorisaient pas à avoir plus d'une épouse. De même, l'adultère y était sévèrement condamné... lorsqu'une femme saf'therane entretenait une relation avec un djag, un étranger. En revanche, la tradition voulait que les convoyeurs échangeassent leurs épouses lorsqu'ils croisaient une autre caravane. Si une femme concevait un enfant dans ces conditions, il était accepté sans difficulté par son mari, qui l'élevait comme s'il avait été issu de lui.

L'affrèrement était une sorte de concrétisation officielle de cette singulière liberté de mœurs. Deux « affrats » pouvaient ainsi échanger leurs épouses aussi souvent qu'ils le souhaitaient, ou que le désiraient les femmes. Elles bénéficiaient, elles aussi, d'une totale liberté sur ce plan. Les enfants nés de ces unions à quatre étaient tous considérés comme frères et sœurs : ils avaient deux pères et deux mères, et ne connaissaient jamais leurs véritables géniteurs. En revanche, ils n'avaient pas le droit de se marier entre eux, en raison de la possible consanguinité.

L'affrèrement devait être célébré sous le *khomat* par le sahar faïn, Rellys Foorthier, qui avait revêtu pour l'occasion une toge de couleur pourpre rehaussée de fil d'or. Il avait pris place sur une estrade située au centre du chapiteau, assez vaste pour accueillir plus de quatre cents personnes. Hegon et Arysthée assistaient à la cérémonie en tant qu'invités, en compagnie d'Hariostus, de Dennios et du commandant dramas Sandro Martell. Non loin d'eux se trouvaient Gaaleth Cheerer et ses chevaliers. Cheerer affichait un visage sombre en lorgnant régulièrement en direction de la jeune femme. Sans doute regrettait-il de ne pas avoir eu d'aventure avec elle durant le voyage. Ce n'était point faute d'avoir essayé. Mais Hariostus avait chaque fois usé de son autorité pour éviter un affrontement, et l'influence des amanes était telle que Cheerer, non sans mal, avait dû s'y plier.

Une foule importante se pressait sous le chapiteau, tendu de longs voiles rouges, symboles de l'affrèrement comme du mariage. Lorsque le sahar faïn écarta les bras, le silence se répandit sur l'assistance comme une vague. De part et d'autre de l'estrade étaient réunis les clans des deux Saf'therans. Les futurs affrats étaient déjà mariés, mais cela ne constituait pas une obligation pour

pratiquer l'affrèrement. Cependant, s'ils étaient célibataires, une femme qui épousait l'un se trouvait, de fait,
liée à l'autre par l'affrèrement.

Le juge fit signe aux deux hommes de prendre place
sur l'estrade. Ils s'avancèrent sous les acclamations de la
foule, suivis par leurs épouses.

— Les femmes ont-elles leur mot à dire? s'informa
Hegon.

— Mon cher, répondit Arysthée, les femmes ont *toujours* leur mot à dire. Même si les hommes sont persuadés
du contraire. Les Saf'therans ne font pas exception à la
règle. Et dans le cas présent, l'affrèrement ne peut avoir
lieu qu'avec l'accord des épouses.

Sur l'estrade, le sahar faïn s'adressa aux deux hommes.

— Pahel et Céraïs, vous avez formé le vœu d'être unis
par les liens sacrés de l'affrèrement. Vous savez tous les
deux que ce serment vous lie jusqu'à la mort, de même
qu'il engage vos épouses envers l'un et l'autre.

Les deux hommes, qui devaient être âgés d'environ
vingt-cinq ans, acquiescèrent en inclinant la tête. Le
sahar faïn décrivit alors les engagements des affrats: partage des biens et des animaux, partage des épouses,
devoir de solidarité et de loyauté, obligation d'élever
tous les enfants nés de l'affrèrement si l'un des deux
venait à mourir.

Puis il se tourna vers le plus âgé.

— Pahel, acceptes-tu ton ami Céraïs pour affrat?

— Je le désire et l'accepte!

— Céraïs, acceptes-tu ton ami Pahel pour affrat?

— Je le désire et l'accepte!

Le juge fit ensuite venir les épouses, auxquelles il
demanda si elles acceptaient l'affrèrement, avec tous les
devoirs que cela supposait. Les deux jeunes femmes
répondirent favorablement. La cérémonie n'était pas terminée pour autant. Tandis que des instruments à vent et
à cordes faisaient entendre une musique rituelle à la fois
douce et solennelle, les deux hommes se tournèrent l'un

vers l'autre et ôtèrent la *chainse*, la chemise cérémonielle de couleur rouge, laissant apparaître leurs torses musclés. Puis ils dégainèrent chacun le poignard passé dans leur ceinture de cuir noir et échangèrent leurs armes.

— L'échange des armes revêt une grande importance, chuchota Arysthée. Il symbolise le fait que chacun des deux est prêt à donner sa vie pour l'autre.

Ensuite, avec un parfait ensemble, ils entaillèrent leurs avant-bras et présentèrent les blessures face à face, afin d'échanger leurs sangs. Pour terminer, les deux hommes s'embrassèrent légèrement sur la bouche.

— Ce baiser symbolise la réunion des âmes, précisa Arysthée. Désormais, ils sont « affrats ».

Le même rituel fut également observé par les deux jeunes femmes, qui embrassèrent ensuite chacune l'affrat de leur mari. Alors seulement le juge déclara :

— Pahel et Céraïs, je vous déclare unis par les liens de l'affrèrement. Puissent les dieux de bienveillance vous accorder longue vie et prospérité.

L'assistance laissa exploser sa joie en longues acclamations, puis on s'installa autour des tables tandis que les femmes apportaient force rôtis et grillades, plats de poisson fumé et fromages alléchants, qu'on arrosa de *zuthum*, la bière désaltérante parfumée aux fruits, et de *guinrenc'h*, une cervoise forte en alcool, toutes deux spécialités des Saf'therans. On trouvait également du vin de négoce et, outre le zuthum, les convoyeurs fabriquaient le *schuun*, une eau-de-vie à base de miel.

À la fin du repas, les Saf'therans allumèrent leurs pipes, qu'ils bourraient de mélange de tabacs et d'herbes qui embrumaient l'esprit, mais faisaient trouver belle la vie. Chaque convoyeur fabriquait lui-même son mélange, dont il gardait jalousement le secret… mais qu'il partageait volontiers avec les autres.

Afin d'échapper à cette atmosphère enfumée, Hegon et Arysthée s'éclipsèrent discrètement pour faire quelques pas seuls, et respirer l'air pur et parfumé de la nuit. Une fraîcheur nouvelle les saisit, avec une brise descendue des montagnes environnantes qui découpaient leurs masses sombres sur le ciel étoilé. Repensant à la cérémonie de l'affrèrement, Hegon fit une remarque à Arysthée :

— Tu as beau dire que les femmes ont toujours leur mot à dire, ce sont les hommes qui pratiquent l'affrèrement. Pourquoi cela n'existe-t-il pas pour les femmes ?

— C'est vrai, reconnut-elle. Mais ce sont les mœurs des Saf'therans. Chez eux, la décision appartient plutôt à l'homme.

La vision des deux affrats mélangeant leurs sangs avait ramené les pensées d'Hegon sur Roxlaàn. Cet affrèrement était une preuve de grande amitié. Aurait-il accepté d'unir ainsi sa vie à celle de son ami ? Oui, sans doute, car il l'aimait plus qu'un frère. Cependant, il était beaucoup moins sûr qu'il aurait accepté de partager son épouse. Il n'avait aucune envie de voir un autre homme poser la main sur Arysthée. Pas même Roxalaàn.

La jeune femme, qui avait passé son bras sous le sien, sembla deviner ses pensées.

— Rassure-toi, dit-elle, je ne te proposerai jamais d'affrèrement d'aucune sorte. Mais tu découvriras que dans le monde amanite, la fidélité est relative. Il est de bon ton pour un chevalier d'avoir plusieurs épouses et concubines. Son sang est trop précieux pour qu'il soit gaspillé et c'est un devoir pour lui de faire beaucoup d'enfants.

Il la regarda avec stupéfaction.

— Ainsi, tu accepterais que j'aie d'autres compagnes ?

— Bien sûr. Et même, si tu deviens chevalier, et que je suis ta première épouse, je t'encouragerai à le faire.

Il resta un moment interdit, puis répondit :

— Je n'en ai pas envie. Tu suffis largement à m'épuiser.

Elle eut un sourire ravi et se fit câline.

— Ce n'est pas une obligation, tu sais.

Elle laissa passer un silence, puis ajouta :

418

— Mais imagine que tu aies eu la possibilité de sauver Myrià et que tu l'aies amenée avec toi. Nous nous serions rencontrés quand même. Ne m'aurais-tu pas aimée, moi aussi, malgré sa présence ?

— Je ne sais pas, répondit-il, embarrassé.

— Je ne crois pas que la fidélité fasse partie des mœurs medgaarthiennes, Hegon. Sois honnête !

Il hocha la tête.

— C'est vrai. Je crois que j'aurais eu envie de vous garder toutes les deux. Mais… les femmes ont-elles aussi le droit d'avoir plusieurs époux ?

— En respectant l'équilibre, tu raisonnes comme un véritable amanite, Hegon. Eh bien, si elles le souhaitent, la religion amanite ne l'interdit pas. Mais c'est un cas de figure assez rare. On constate que les femmes sont en général plus fidèles que les hommes. Cependant, les épouses des chevaliers disposent d'une grande liberté sur ce plan. De même que leur mari se doit de distribuer généreusement son sang, elles ont le droit d'avoir des amants.

— Je ne sais pas si c'est une bonne chose, objecta Hegon, un peu maussade.

Elle faillit éclater de rire.

— Il va te falloir chasser ces réactions typiquement masculines, mon cher. La jalousie et la possessivité sont considérées comme de graves défauts dans le monde amanite. Mais notre grande liberté de mœurs présente un énorme avantage.

— Ouais, grommela-t-il, il ne doit pas être désagréable d'avoir plusieurs femmes, après tout.

— Tu ne t'en es guère privé à Medgaarthâ, à ce que je crois. Mais cet avantage est d'une autre nature.

— Comment ça ?

— Cette liberté oblige les hommes comme les femmes à toujours faire preuve de séduction envers l'autre si l'on veut le retenir. Cela ajoute du piquant à la vie. On prend soin de sa personne, on s'offre des petits cadeaux, on écrit des poèmes pour l'autre, on veille à le surprendre par des attentions diverses, et l'on doit faire preuve d'imagination au lit. Tout cela contribue à donner du sel à une vraie relation amoureuse, Hegon.

— Tout à fait de votre avis, belle dame ! tonna une voix derrière eux.

Ils se retournèrent d'un bloc, pour découvrir la face glaciale de Gaaleth Cheerer, qui les avait suivis hors du khomat pour les surprendre loin de la compagnie de l'amane. Une sensation désagréable envahit aussitôt Hegon. Quelque chose dans l'attitude du chevalier sonnait faux. Ses yeux gris et froids étaient injectés de sang, comme s'il avait abusé de la boisson. Pourtant, il ne titubait aucunement. Au contraire, il semblait parfaitement maître de lui, et prêt à toutes les audaces. Il poursuivit :

— J'ai écouté ce que vous avez dit sur la liberté des mœurs du monde amanite, Arysthée. J'estime, comme vous, qu'une belle femme ne doit pas se contenter d'un seul homme. C'est pourquoi je veux que vous passiez la nuit avec moi.

— C'est hors de question ! répliqua-t-elle sèchement.

Il hocha la tête d'un air patient, un peu comme s'il faisait la leçon à une petite fille.

— Voyons Arysthée, cela fait plusieurs jours que je voyage à vos côtés et que vous n'avez pas daigné m'adresser le moindre regard alors que je suis le *deraïk*[1] de cette caravane. J'ai tout fait pour attirer votre attention, mais vous m'avez ignoré. Aussi, j'ai décidé, en tant que chef militaire de cette caravane, que vous passeriez cette dernière nuit dans mes bras.

Soufflé par tant de culot, Hegon allait répliquer, mais Arysthée le retint par le bras et se plaça devant lui.

— J'ai bien compris que je vous plaisais, seigneur

---

1. *Deraïk :* chef de l'escorte mercenaire d'une caravane. Il s'agit bien souvent d'un chevalier sans terre.

Cheerer, mais sachez que ce n'est pas réciproque. Et au cas où vous ne l'auriez pas remarqué, je ne suis pas seule.

Cheerer éclata d'un rire insolent.

— Vous voulez parler de cet individu ? cracha-t-il en désignant Hegon. Mais il ne compte pas ! C'est un étranger. Il n'est même pas chevalier, ajouta-t-il avec un regard méprisant.

Cette fois, Arysthée ne put retenir Hegon, qui bondit à la gorge de Cheerer et lui lança un coup de poing imparable en pleine face. L'autre avait probablement eu l'intention de réagir, qui essaya de dégainer son poignard pour se protéger. Mais il n'avait pas été assez prompt et se retrouva projeté au sol pour le compte. Crachant du sang, il afficha néanmoins un sourire satisfait, tandis que ses compagnons se plaçaient autour de lui, menaçants.

— Laissez-le-moi, dit Cheerer en se relevant. Vous êtes tous témoins, cet homme m'a provoqué, gronda-t-il. Il m'a frappé alors que je ne lui avais même pas adressé la parole.

La demi-douzaine de chevaliers présents acquiescèrent avec vigueur. L'incident commençait à attirer du monde, et un attroupement se formait peu à peu autour d'eux.

— C'est vous qui l'avez insulté, intervint Arysthée. Vous n'avez que ce que vous méritez. Passez votre chemin !

— Ce n'est pas aux femelles de parler quand les hommes doivent régler leurs comptes ! cracha-t-il. Je défie cet individu en duel.

— Non ! clama une voix.

L'amane Hariostus, aussitôt averti par Jàsieck, était accouru immédiatement.

— Il est hors de question que le seigneur Hegon se batte avec vous, chevalier Cheerer ! C'est un hôte étranger invité par les Grands Initiés. Vous allez lui présenter vos excuses pour les insultes que vous avez proférées à son encontre.

D'ordinaire, l'autorité des amanes suffisait à faire cesser ce genre de conflit. Mais cette fois, le chevalier refusa d'obéir.

— Hors de question, sehad ! Cet homme m'a frappé et je veux qu'il se batte contre moi. S'il est vainqueur, je lui ferai des excuses. Mais…

Il eut un sourire mauvais.

— Mais s'il est vaincu, la femme sera à moi !

— Je ne suis à personne ! explosa Arysthée, prête à bondir sur Cheerer à son tour.

— Et vous outrepassez vos droits, déclara Hariostus. Un chevalier ne doit pas combattre pour défendre son seul intérêt.

— Aucune importance ! Si cet « hôte étranger » refuse de se battre contre moi, c'est qu'il est lâche ! Et nous n'avons rien à faire avec les lâches !

Arysthée se serra contre son compagnon.

— Méfie-toi, Hegon. J'ai senti son haleine. Cet homme a absorbé de la maaklawa. C'est une liqueur hallucinogène qui décuple l'assurance et les réflexes. À haute dose, elle entraîne la folie. Les proxènes l'utilisent pour rendre les filles de l'arsheven plus dociles. Les amanes l'interdisent, mais on en trouve facilement dans une caravane comme celle-ci. J'ai peur, Hegon.

Elle ne put en dire plus. Ignorant les injonctions de l'amane, les chevaliers écartèrent la jeune femme et firent le cercle autour d'Hegon.

— Alors, clama Cheerer, dois-je te faire tuer par mes amis, comme on élimine les pleutres de ton espèce, ou est-ce que tu es décidé à te battre ?

Pour toute réponse, Hegon dégaina son sabre. Un sourire satisfait éclaira le visage de l'autre. Les spectateurs s'écartèrent, ravis du spectacle qui s'annonçait. Les combats n'étaient pas rares dans une caravane, et plutôt prisés.

À son tour, Gaaleth Cheerer sortit son sabre, qui étincela d'une manière étrange à la lueur des torches et des lampes à huile. Stupéfait, Hegon constata que le métal du sabre ennemi était transparent comme du verre. Gaaleth fit quelques passes avec sa lame afin d'assouplir son poignet. L'arme semblait d'une légèreté extraordinaire. Le sabre d'Hegon, fabriqué dans le meilleur acier de Medgaarthâ, n'était pas aussi maniable.

Il eut le temps de voir Sandro Martell arriver avec une douzaine de dramas. Mais il était trop tard, le combat s'engagea. Cheerer attaqua aussitôt avec fougue. Hegon, déconcerté, dut faire appel à toute sa science pour contenir les feintes et les coups de son adversaire. Très vite, il apparut que les deux hommes étaient de force égale, avec une plus grande expérience du côté du chevalier. Celui-ci paraissait s'amuser grandement. Certain de vaincre, il multipliait les attaques comme un chat jouant avec une souris. Cependant, il ne s'attendait pas à rencontrer une telle résistance. Les leçons de Sandro Martell avaient porté leurs fruits et, contrairement à ce que pensait Gaaleth Cheerer, il ne serait pas si facile de venir à bout de ce chien d'étranger. Cependant, les ordres étaient clairs : il devait l'éliminer. Il n'avait pu le faire avant à cause de l'amane Hariostus. Ce soir était la dernière occasion de remplir la mission. S'il échouait, il perdrait tout crédit auprès de celui qui l'avait envoyé, et auquel il avait juré fidélité.

Estimant que le jeu avait assez duré, il jeta toute sa science dans la bataille. Pour sentir soudain son bras s'alourdir insensiblement. Il rompit le combat, étonné, et recula de quelques pas. Un sourire mauvais étira son visage.

— Ainsi, tu possèdes aussi le shod'l loer ? Tant pis pour toi ! Tu vas apprendre ce qu'est la puissance mentale d'un vrai chevalier.

L'instant d'après, ce fut au tour d'Hegon de ressentir une violente faiblesse générale. Il riposta, projetant d'un coup toute sa force sur Cheerer, avec d'autant plus de rage qu'il ne pouvait chasser de son esprit la manière insultante dont le chevalier avait traité Arysthée.

Alors, sous les yeux incrédules des spectateurs se déroula un phénomène incompréhensible. Gaaleth Cheerer, le visage marqué par la stupéfaction, se mit à tituber. Puis de ses yeux se mirent à couler des larmes de sang. Il voulut lever son sabre au métal transparent, mais celui-ci lui échappa. Ses yeux s'agrandirent d'effroi. Il tenta d'émettre un son, sans succès, porta ses mains à la gorge, comme s'il étouffait. Enfin, il s'effondra sur le sol. L'un de ses compagnons se précipita vers lui, tâta son pouls. Son visage refléta la stupeur.

— Il est mort, dit-il en se relevant. Ce n'est pas possible ! Il ne l'a même pas frappé !

Puis il se releva et pointa le doigt sur Hegon.

— Sois maudit ! Tu as tué mon frère !

Il voulut se jeter sur le jeune homme, mais ses compagnons le ceinturèrent.

— Arrête, Moczthar ! Il a combattu loyalement.

— Je vais le tuer ! s'égosillait l'autre. Je veux l'affronter.

Malgré leur nombre, les autres chevaliers avaient peine à le contenir. Devant la fureur de l'énergumène, des dramas intervinrent et l'emmenèrent. Hariostus put enfin approcher. Il fit signe aux curieux de s'écarter, puis constata lui-même que Gaaleth Cheerer avait cessé de vivre. Il se releva et contempla Hegon avec étonnement.

— Jamais un chevalier n'a possédé un shod'l loer assez puissant pour tuer un homme, déclara-t-il.

Les amis de Cheerer reculèrent, impressionnés.

— Mais d'où sort-il ? demanda l'un d'eux.

— Il vient de Medgaarthâ, la Vallée des Neuf Cités, répondit Hariostus. Son père était le chevalier Pier d'Entraghs.

— Le chevalier d'Entraghs ! s'exclama un autre. Je l'ai connu autrefois. Un grand guerrier. Mais il a disparu il y a plus de vingt ans.

Hariostus n'avait pas l'intention de fournir d'explications.

— Que l'on prépare le bûcher funéraire du chevalier Gaaleth Cheerer, dit-il. Malgré mon avertissement, il a lancé un défi et il a perdu. Que ce triste incident serve de leçons aux autres !

Puis il entraîna Hegon et Arysthée, qui s'était blottie contre son compagnon, en proie à une violente émotion.

— Je suis désolé de ce qui s'est passé, Hegon, dit l'amane. Son insistance à te combattre aurait dû me faire réagir avant. Je ne m'étais pas rendu compte qu'il vous avait suivis.

— J'ai eu le sentiment qu'il était là pour me tuer, dit le jeune homme. Pourquoi me haïssait-il à ce point ?

Le vieil homme ne répondit pas immédiatement.

— Il ne te haïssait pas. Mais peut-être avait-il reçu pour mission de t'éliminer.

— M'éliminer ? Qui a pu lui donner un ordre pareil ?

— Ceux qui aimeraient voir les amanes modifier leur politique vis-à-vis des peuples extérieurs pour mener une guerre de conquête. Ils cherchent par tous les moyens à discréditer les amanes aux yeux des peuples du Réseau. Ta mort aurait été un échec pour nous. Tu vas devoir te méfier, Hegon.

37

Le lendemain, dès l'aube, l'amane Hariostus donna le signal du départ. À l'écart du campement, un haut feu flamboyait, consumant le corps du chevalier Gaaleth Cheerer. Autour avaient pris place ses compagnons chevaliers, hormis son frère Moczthar. Hegon avait pensé qu'ils lui garderaient rancune d'avoir ainsi tué leur ami, mais ils vinrent le saluer avec un respect non feint.

— Nous ignorions que tu étais le fils de Pier d'Entraghs, dit l'un d'eux. Si nous l'avions su, nous aurions essayé de dissuader Gaaleth de te combattre. Mais il n'avait que cette idée en tête depuis qu'il t'a rencontré. Il nous a dit qu'il désirait ta compagne plus que tout et que pour cela il devait t'affronter. C'était devenu une obsession. Il t'accusait de te comporter comme un chevalier alors que tu ne l'étais pas. Mais tu en possèdes toutes les qualités. Nous serions fiers de te compter dans nos rangs.

— Merci à vous. Je ne désirais pas la mort de votre ami.

— Ainsi est la loi de la chevalerie. C'est lui qui a provoqué ce duel. Il en connaissait les risques. Il a commis l'erreur de te sous-estimer. *Hin meïh !*, « C'est le destin ». Que les dieux accueillent son âme.

Plus tard, alors que la colonne avait quitté Millo en direction de l'ouest, Hegon s'informa auprès d'Hariostus de la nature des armes de Gaaleth Cheerer.

— En Medgaarthâ, les armes du vaincu reviennent à son vainqueur. Mais j'ai cru comprendre que les coutumes étaient différentes ici.

— Les armes d'un chevalier sont faites pour s'adapter parfaitement à sa main. Elles font partie de lui. Nul autre n'a le droit de s'en servir. Lorsqu'il meurt, elles doivent être brûlées avec lui. Le sabre s'appelle le dayal et le poignard est le shayal. Leurs lames sont en chalqueverre. C'est un alliage transparent résistant et léger, d'une souplesse extraordinaire. Ces armes sont très maniables.

— Je m'en suis aperçu.

— Si tu triomphes de l'Eschola — c'est ainsi que l'on nomme les épreuves de chevalerie —, tu en posséderas, toi aussi.

Le voyage se poursuivit sans encombre. À mesure que l'on approchait de Rives, le pays devenait plus sûr. Les zones d'influence des cités s'étendaient loin et l'on ne rencontrait pratiquement plus de maraudiers. Ceux-ci, ainsi que l'expliqua Hariostus, avaient été assimilés et inclus dans le Réseau amanite en acceptant de ne plus rançonner les caravanes. Ils étaient devenus cultivateurs, éleveurs ou artisans, et leurs villages s'étaient fondus dans le monde amanite.

Enfin, par une belle matinée du début de l'automne, Hegon et ses compagnons arrivèrent à Rives. Hariostus s'adressa à Hegon.

— Les Grands Initiés désirent te rencontrer dès demain. Cela laisse le temps à dame Arysthée de te faire découvrir la ville.

Hegon acquiesça avec plaisir. Après un voyage aussi éprouvant, il n'avait qu'une hâte, trouver une bonne auberge et un bon lit à partager avec sa compagne. Mais Arysthée, qu'il avait pris l'habitude d'appeler plus simplement « Arys », avait d'autres projets.

— Comment ça, une auberge ? Mais que crois-tu ? J'ai ma propre demeure ici. Tu oublies que j'y suis née.

Tandis que les warriors dirigés par Thoraàn trouvaient à se loger dans la caserne des dramas de Sandro Martell, Hegon et Arysthée pénétrèrent dans la ville en compagnie de Dennios, Jàsieck et de quatre guerriers qui leur servaient d'escorte. S'ils avaient rêvé d'une arrivée discrète, ce ne fut pas vraiment le cas. Jamais encore les Rivéens n'avaient vu d'homme montant un lionorse.

À l'inverse des autres cités amanites, pour la plupart ceinturées par de hautes murailles, Rives n'était protégée par aucun rempart. La défense de la cité était assurée par une douzaine de casernements dramas situés à la périphérie. En réalité, Rives ne risquait pas grand-chose. Dans toute l'Europannia, il n'existait aucune puissance assez importante pour envisager d'attaquer la capitale du monde amanite.

Jamais Hegon n'aurait osé imaginer une cité aussi vaste et d'une telle beauté. Gwondà, qu'il considérait autrefois comme le centre du monde, n'avait aucun rapport avec cette ville tentaculaire, qui multipliait les curiosités. Rives avait été construite un siècle et demi auparavant sur les ruines d'une métropole antique du nom de Bordeaux. Les rives très riches de cette région, partagée entre la terre et la mer, lui avaient donné son nom. La cité était édifiée au confluent de deux fleuves. L'un, la Garonne, était un cours d'eau puissant, impétueux, et difficilement navigable. L'autre, la Dordogne, rejoignait le premier plus au nord à l'époque antique. Mais les bouleversements provoqués par la fonte des calottes polaires, puis le refroidissement qui avait suivi au fil des siècles, avaient amené ce cours d'eau paisible à modifier son trajet pour creuser un lit nouveau dans les marais et s'unir à la Garonne plus au sud. Le large estuaire né de l'union de ces deux fleuves avait lui aussi disparu, laissant la place à un delta.

La petite communauté qui survivait là depuis le Jour du Soleil avait subi toutes ces transformations en s'y

adaptant tant bien que mal. Jusqu'à l'arrivée du Fondateur, Charles Commènes, qui, une fois devenu gouverneur de la cité, avait entrepris des travaux gigantesques.
En quelques dizaines d'années, grâce à la population
industrieuse qu'il avait su rallier à sa cause, on avait fait
disparaître le champ de ruines de la cité antique, et l'on
avait reconstruit à la place une ville lumineuse, qui abritait désormais plus de trois cent mille âmes, ce qui en
faisait la cité la plus peuplée du monde connu. Pas moins
de dix ponts permettaient de passer d'un quartier à
l'autre.

La cité offrait des artères larges, bordées de contre-
allées plantées d'arbres, de sculptures, de fontaines et
de massifs de fleurs, de véritables promenades le long
desquelles s'alignaient des échoppes et des magasins où
l'on trouvait de tout : vêtements, bottes et souliers,
gants, armes de toutes natures, bijoux, mobilier. Sur de
petites placettes ombragées s'étiraient des bazars qui
proposaient des tissus et étoffes en provenance de pays
lointains, des épices, des parfums, des animaux, des
objets à l'usage inconnu, tout au moins pour Hegon et
ses guerriers qui ne cessaient de poser des questions.
Parfois, les artères s'élargissaient sur une grande place
servant d'écrin à un monument plus important, au fron-
ton orné de fresques et de statues peintes ou dorées à
l'or fin. Arysthée présentait alors un théâtre, une salle
de spectacle, un bâtiment officiel. L'un d'eux rappelait
le Valyseum.

— Voici le cirque Méryade, indiqua la jeune femme.
À la différence de Medgaarthâ, on n'y donne pas de jeux
sanglants avec des condamnés à mort.

Plus modestes, des kiosques, dont l'architecture s'inspirait beaucoup du monde végétal, accueillaient de
petits orchestres jouant des airs de musique joyeux, ou
bien des bateleurs, des jongleurs et des mimes.

Sur les voies centrales circulaient, outre des voitures
tractées par de lourds chevaux de trait, d'élégants

cabriolets tirés par des chevaux fins et racés. Mais on croisait aussi d'étranges véhicules automobiles qui ne nécessitaient aucune traction animale. De bois et de métal, ils se déplaçaient grâce au flux lectronique.

Au cœur même de la ville, les quais se chargeaient d'entrepôts et de comptoirs où l'on retrouvait les omniprésentes banques et compagnies d'assurances. Certains navires stupéfièrent les Medgaarthiens, qui n'en avaient jamais vu d'aussi gros.

— Ces bateaux ne sont pas destinés à naviguer sur les fleuves, expliqua Arysthée. Depuis quelques dizaines d'années, les amanes ont renoué le contact avec les pays situés au-delà de l'océan Atlantéus. Ils ont fondé là-bas une cité aussi belle que celle-ci, qu'ils ont baptisée Avallonia, d'après le nom d'une ville fabuleuse de l'antiquité. D'après la légende, elle aurait été située sur une grande île, à l'ouest, et aurait abrité le tombeau d'un roi mythique du nom d'Arthur, un grand chevalier. Mes parents y sont installés.

Quittant le port, ils suivirent une large avenue menant jusqu'à une vaste place bordée de fontaines et de rocailles fleuries. Au nord se situait le Temple des Grands Initiés, les cinq amanes suprêmes qui dirigeaient la cité depuis la disparition de celui qu'on appelait désormais Kalkus de Rives, le Fondateur. C'était un bâtiment gigantesque quoique d'architecture austère, clos d'un haut mur qui abritait lui-même un grand parc creusé de plusieurs étangs.

Ce fut dans une riche demeure située non loin du temple que la jeune femme mena Hegon et ses compagnons.

— Mon père me l'a offerte lorsqu'il a décidé de partir pour l'Améria, où l'on avait besoin de lui. C'est un savant spécialisé dans l'étude de l'architecture antique. Il a tracé les plans de tous les bâtiments officiels d'Avallonia. C'est lui qui m'a donné le goût de l'étude.

L'intendant de la maison, un homme d'une cinquantaine d'années, était visiblement ravi de retrouver Arysthée, qu'il avait connue toute petite. La jeune femme se jeta dans ses bras avec affection et fit de même avec les deux autres domesses. La demeure n'était pas aussi vaste que les riches doméas medgaarthiennes, mais elle comportait un confort que celles-ci ne connaissaient pas, notamment un circuit de lampes lectroniques et un réseau d'eau chaude et froide. Elle s'organisait autour d'une grande salle centrale au milieu de laquelle s'ouvrait un jardin orné de colonnades et d'une fontaine dont l'eau cascadait sur des rochers harmonieusement disposés. L'architecture alternait des éléments naturels et des objets taillés par la main de l'homme, parfaitement intégrés aux caprices du terrain.

— Nous avons la soirée pour nous, déclara Arysthée d'une voix joyeuse. Mes domesses vont accueillir tes hommes. Quant à nous...

Elle entreprit de lui faire visiter la demeure, mais avec une longue halte dans sa chambre à coucher, où ils retournèrent après le repas somptueux préparés par l'intendant lui-même, qui faisait aussi office de cuisinier.

Le lendemain, l'amane Hariostus vint chercher Hegon, Arysthée et Dennios pour les amener auprès des Grands Initiés. Massif et impressionnant, le Temple suprême avait été bâti près d'un siècle plus tôt, dans une architecture rigide qui contrastait avec l'élégance des autres monuments de la cité. Une foule d'amanes et de paranes hantaient les lieux, affairés et discrets. Tout comme Hariostus, certains paraissaient âgés sans pour autant avoir perdu de leur vigueur.

Après avoir été accueillis par un théolamane, ils furent menés dans une salle de dimensions modestes, aux murs de pierre brute, sans aucune fenêtre. Seule la lueur d'une lampe à huile éclairait la pièce. Le prêtre s'adressa à Hegon.

— Seigneur Hegon, avant que vous ne soyez reçu par

la Phalange suprême, je vais vous demander de patienter un peu ici. Nous devons rencontrer vos amis avant cette entrevue.

Un peu surpris, Hegon acquiesça, mais remarqua l'étonnement d'Arysthée. Tous quittèrent la pièce, le laissant seul. Il haussa les épaules. Évidemment, il n'appartenait pas au monde amanite, et ses compagnons avaient sans doute beaucoup à dire sur leur voyage et leur expérience, qu'il n'avait peut-être pas besoin d'entendre.

Le seul ornement de la pièce sombre consistait en un tableau d'une beauté remarquable, représentant un sous-bois aux plantes stylisées. Il l'étudia avec curiosité et nota que l'œuvre avait été fixée sur une sorte de verre opaque. Enfin, il prit place sur l'unique siège disponible et prit son mal en patience. Il y avait tout de même quelque chose d'étrange dans cet isolement.

Soudain, il eut l'impression d'être épié. Il regarda autour de lui. C'était ridicule. La pièce était fermée et nulle part il n'apercevait de judas ou quoi que ce fût de la sorte. Il se leva, fit le tour de la pièce. Sans succès. Il poussa la porte. Celle-ci s'ouvrit sans difficulté. C'était stupide. Pourquoi l'aurait-on enfermé ? Il n'était pas prisonnier.

Il revint s'asseoir. Mais la sensation bizarre ne l'avait pas quitté. On l'observait. En vérité, ce n'était pas vraiment l'impression d'être surveillé. Plus exactement, cela relevait du shod'l loer. Comme si quelqu'un avait été capable de percer son esprit et l'étudiait sans qu'il pût rien faire. Il tenta de se fermer, sans succès. Il avait affaire à un esprit d'une puissance exceptionnelle, ou d'une subtilité extrême. À la vérité, il ne décelait aucune hostilité dans l'esprit inconnu. Simplement une intense curiosité. Mais qui l'observait ? Et pourquoi ?

Tout à coup, l'investigation cessa. Quelques instants plus tard, la porte s'ouvrait sur Hariostus, qui l'invita à le suivre jusqu'à une salle plus vaste, dont les hautes fenêtres donnaient sur le parc. Là, il retrouva ses compagnons. Près d'eux se tenaient six hommes. Cinq d'entre eux étaient revêtus des longues toges noires frappées chacune des insignes propres à chaque catégorie, soleil d'or pour le théolamane, serpent pour le médamane, étoile à cinq branches pour l'astrolamane, plante stylisée pour le biolamane et mandala pour le physiamane. Mais chaque symbole était entouré d'un cercle, caractéristiques des Grands Initiés. Le dernier homme portait les vêtements d'apparat d'un chevalier.

En raison de l'importance des personnages et de l'examen inexplicable qui avait eu lieu peu avant, Hegon s'était attendu à se trouver face à une sorte de tribunal, à l'exemple des grands prêtres de la Vallée. Mais il n'en fut rien. Au milieu de la salle trônait une grande table ronde au bois de chêne patiné par les ans. Hariostus lui glissa que cette disposition était destinée à mettre les hôtes du Temple en confiance en n'établissant aucune hiérarchie d'emblée. Ce fut le chevalier qui prit la parole.

— Seigneur Hegon, je suis Loran de Graves, le roi de Rives.

Impressionné, Hegon inclina la tête. Ce titre de roi, évoqué par les légendes que lui contait Dennios, était l'équivalent de dmaârh, en Medgaarthâ. Le souverain poursuivit :

— J'ai tenu à être présent pour souhaiter la bienvenue au fils de Pier d'Entraghs et de dame Dreïnha, qui furent des amis proches, et qui me manquent encore aujourd'hui.

— Merci, seigneur roi.

Ensuite le théolamane suprême, qui se présenta sous le nom d'Axharius, s'adressa à Hegon. C'était un homme sans doute plus âgé encore qu'Hariostus, au visage orné d'une courte barbe blanche parfaitement taillée, et aux yeux d'un bleu très pâle.

— Au nom de la Phalange suprême, soyez le bienvenu, seigneur Hegon, dit-il d'une voix profonde qui contrastait avec sa fragilité apparente. J'espère que nous ne vous avons pas fait attendre trop longtemps.

Hegon nota qu'Arysthée semblait toujours aussi perplexe. Visiblement, elle ne comprenait pas trop pourquoi on avait ainsi fait attendre son compagnon. Le jeune homme décida qu'on lui devait quelques explications.

— Soyez remercié de votre accueil, alsehad[1]. L'attente n'a pas été trop longue, en effet. Mais il s'est produit pendant ce temps quelque chose d'étrange. J'ai eu l'impression d'être surveillé.

Le visage du Grand Initié refléta l'étonnement.

— Surveillé ?

— Ce n'est pas tout à fait le mot qui convient. En fait, j'ai eu la sensation que quelqu'un fouillait mon esprit. Comme s'il était présent dans la pièce même. Or, il n'y avait personne.

Les prêtres se regardèrent, puis Axharius eut un léger sourire.

— Je comprends ce qui s'est passé, seigneur Hegon. Cela va sans doute vous sembler difficile à admettre, mais il arrive que certains visiteurs ressentent cette présence. Il s'agit de l'esprit de notre bien-aimé fondateur, Charles Commènes. C'est lui qui vous a rendu visite. Cela veut dire que vous êtes quelqu'un d'important à ses yeux. Et cela nous conforte dans notre décision de vous rencontrer. Mais je vous en prie, prenez place.

Sur son invitation, tout le monde s'installa autour de la grande table ronde. Hegon s'assit près d'Arysthée, qui lui pressa furtivement la main. Axharius s'adressa de nouveau à Hegon.

— Seigneur Hegon, notre frère Hariostus vous a sans doute déjà expliqué ce qu'est le monde amanite, et le but que nous poursuivons. Il y a maintenant plus de vingt

---

1. *Alsehad :* titre donné aux Grands Initiés. Cf. *sehad*, titre donné aux amanes.

ans, nous avons tenté d'établir des relations avec Med-gaarthâ. Ainsi que vous le savez, ce fut un échec, au cours duquel vos parents périrent dans des circonstances tragiques. Leur perte nous a profondément affectés, car ils étaient tous deux des êtres de grande valeur, et des amis très chers. Compte tenu de la barbarie du peuple de Medgaarthâ, nous avons renoncé à poursuivre nos rela-tions. Nos représentants, Hariostus en tête, ont dû fuir pour sauver leur vie. Seul le conteur Dennios tint à rester sur place, en profitant de son incognito. Nous n'avons pas tenté de l'en dissuader. C'était un choix délibéré de sa part et nous respectons la liberté de chacun. Cepen-dant, nous n'avions guère d'espoir. Nous étions per-suadés que le sinistre Maldaraàn ferait très vite tuer le bébé de Dreïnha et de Pier d'Entraghs.

« Mais il se produisit alors un événement que nous n'avions pas prévu : cette devineresse que vous appelez la Baleüspâ émit une prophétie selon laquelle l'enfant était protégé par les dieux et serait à l'origine de pro-fonds bouleversements dans le monde de Medgaarthâ. Notamment, il serait celui qui tuerait le Loos'Ahn, ce phénomène mystérieux qui dévaste régulièrement la Vallée des Neuf Cités. Bien que cette prédiction nous semblât pour le moins étrange, puisque nous ignorons nous-mêmes la cause de ce Loos'Ahn, les habitants de Medgaarthâ y ont cru. L'influence de la Baleüspâ est telle que même Maldaraàn n'a pas osé s'opposer à sa parole. C'est donc grâce à cette prophétie que vous êtes resté en vie, contre toute attente.

« Une fois adulte, vous avez été envoyé dans la garni-son la plus éloignée de Gwondà. C'était pour Maldaraàn une manière de vous écarter. Mais lorsque les circons-tances vous ont ramené dans la capitale, il s'est produit un autre événement étonnant. Lors de l'invasion molgore, l'ost dont vous faisiez partie s'est révolté contre son commandant en chef, le prince Brenhir, qui fut destitué. S'appuyant sur la prophétie, vos compagnons vous ont nommé à sa place. À la tête de l'ost, vous avez fait la preuve de vos remarquables qualités de stratège en remportant sur les Molgors une grande victoire, avec des pertes faibles pour votre camp. Le Dmaârh aurait dû vous en être reconnaissant, mais vous aviez bafoué son fils et, surtout, ce haut fait d'armes s'inscrivait tout à fait dans la lignée de la prophétie. Vous deveniez donc un danger pour votre suzerain et les membres de cette société secrète appelée Baï'khâl, dont nous ne savons pratiquement rien. On a donc tenté de vous éliminer de diverses manières. Jusqu'au moment où nous avons pu intervenir pour vous proposer de venir à Rives.

« À l'origine, notre but était de recueillir le fils de Pier d'Entraghs et de dame Dreïnha. Vous présentiez toutes les qualités pour devenir chevalier, et nous souhaitions que vous suiviez, si vous le désiriez, les traces de votre père. Ce souhait est toujours d'actualité, bien sûr, mais les événements qui ont eu lieu au cours du voyage nous ont amené à reconsidérer notre position. Tout d'abord, alors que l'on croyait cet animal impossible à approcher, vous avez réussi à apprivoiser un lionorse et à faire de lui votre monture. Ensuite, au cours d'un duel, vous avez tué un chevalier, pourtant considéré comme l'un des meilleurs guerriers du monde amanite, par la seule force de votre shod'l loer. Cela ne s'était jamais produit auparavant. Ces éléments prouvent que vous disposez d'une puissance mentale peu commune. C'est pourquoi nous voulions vous rencontrer. Nous souhaiterions en effet qu'après avoir passé vous-même les épreuves qui feront officiellement de vous un chevalier, vous preniez en charge la formation de nos bacheliers. Particulièrement, nous aimerions que vous acceptiez d'étudier la possibilité d'apprivoiser d'autres lionorses afin qu'ils deviennent les montures des chevaliers du monde amanite.

38

Hegon avait réservé sa réponse. La proposition des amanes l'attirait et l'inquiétait à la fois. Il était possible que la capture de son lionorse n'ait été qu'un extraordinaire accident, dû à un concours de circonstances favorable. Avant de se lancer dans une telle aventure, il était indispensable d'en apprendre plus sur l'animal. Les Grands Initiés lui avaient laissé toute latitude pour s'organiser et étudier la horde qui vivait à l'est de Rives, dans la vallée de la Dordogne.

Le soir même, il fit part de ses doutes à sa compagne.

— Cette tâche me tente beaucoup, avoua-t-il. Mais je ne sais pas si c'est une bonne initiative. J'ignore ce qui s'est passé lorsque j'ai apprivoisé Spahàd. Peut-être cela a-t-il été possible parce que je possède un shod'l loer d'une puissance exceptionnelle. Mais ce ne sera pas le cas de tous les bacheliers que je formerai. Ils risquent fort d'être tués.

— Spahàd s'est montré plutôt docile depuis qu'il vit au milieu des hommes.

— Lui, oui. Mais les autres ? D'après ce que m'a dit Hariostus, personne n'ose jamais s'installer à proximité d'une horde de lionorses. De toute manière, je ne peux pas commencer cette étude immédiatement. Je dois compléter ma formation guerrière. Sandro a demandé à s'occuper lui-même de moi.

Pendant les semaines qui suivirent, Hegon partagea son temps entre le camp et la demeure d'Arysthée, où il rentrait le soir complètement fourbu, ce qui n'empêchait pas sa compagne de l'entraîner dans des exercices certainement plus agréables, mais tout aussi épuisants.

Trois mois plus tard, grâce à ses étonnantes qualités de guerrier, il avait largement rattrapé le niveau des autres chevaliers avec lesquels il joutait régulièrement. Désormais, la plupart mordaient la poussière face à lui, malgré la supériorité de leurs armes de chalqueverre. Ils ne lui en tenaient pas rigueur. Son charisme et sa générosité lui avaient permis d'être très vite accepté par les Rivéens. En peu de temps, il avait acquis une notoriété inattendue. Il vivait avec l'une des plus belles femmes de la ville, et il était le seigneur étranger qui avait réussi à capturer un lionorse. Si, au début, les habitants s'étaient méfiés de voir passer le fauve chaque soir et chaque matin, ils s'étaient habitués à sa présence. Certains même avaient osé l'approcher et ils avaient pu constater qu'il n'était nullement agressif. Au contraire, Spahàd adorait les flatteries et les caresses, et les acceptait volontiers.

Au cours des fêtes du solstice d'hiver, Arysthée fit mener à Hegon une existence folle, entre les réceptions qu'elle organisa chez elle et celles où ils furent invités. Ils firent ainsi la connaissance de la belle Noorah, avec qui Hariostus avait renoué dès son retour. Le vieil homme semblait avoir retrouvé une seconde jeunesse, ce qui ne laissa pas d'étonner Hegon. En Medgaarthâ, hormis quelques privilégiés, personne ne vivait aussi longtemps, et surtout en aussi bonne condition. Mais cela semblait être une chose courante à Rives, où personne ne s'étonnait de la différence d'âge de l'amane et de sa compagne. Ce fut un tourbillon de nuits joyeuses où coulait à flots le vin de la région, dont la culture remontait aux premiers temps de la civilisation des Anciens et dont, heureusement, les secrets n'avaient pas été perdus.

Les festivités passées, Hegon quitta Rives pour la vallée de la Dordogne en compagnie de Dennios, Sandro Martell et Jàsieck. L'Eschola ne devait pas avoir lieu avant le début du printemps, et Hegon avait décidé de mettre à profit le temps dont il disposait pour étudier la horde de lionorses qui vivait là-bas.

Trois mois plus tard, il en savait suffisamment pour envisager d'apprendre aux bacheliers à les apprivoiser. Il fit alors savoir aux Grands Initiés qu'il acceptait leur proposition.

Mais il lui fallait d'abord devenir chevalier lui-même.

Quelques jours avant l'équinoxe de printemps, on vit arriver à Rives, en provenance de tous les horizons du Réseau amanite, une trentaine de jeunes hommes âgés de dix-huit à vingt ans, accompagnés chacun par leur «parrain», le chevalier confirmé qui les avait formés, et qui parfois n'était autre que leur propre père. Souvent, les jeunes lui étaient liés par un serment d'allégeance. Tous possédaient, à un niveau plus ou moins élevé, le shod'l loer, et avaient bénéficié d'une éducation solide, tant dans le domaine des armes que de l'instruction générale. Tous ces bacheliers rêvaient d'être, comme leurs aînés, le fer de lance de l'expansion du Réseau amanite, et peut-être d'occuper le rang de seigneur régnant.

Cette année-là, l'Eschola revêtait un caractère particulier en raison de la présence du guerrier étranger qui montait un lionorse. Peu avant le jour de l'équinoxe, Hegon quitta Arysthée pour le campement dramas, où les bacheliers et leurs parrains avaient été rassemblés. Il remporta immédiatement un grand succès auprès des jeunes, qui ne se lassaient pas d'admirer Spahàd. Le fauve se prêtait d'ailleurs avec complaisance à leurs flatteries. Hegon secouait la tête, amusé.

— C'est un vrai cabotin, disait-il.

— Est-ce qu'on peut le monter ? demanda l'un des bacheliers.

— Non. Nous avons déjà tenté l'expérience. Il n'accepte que moi.

Sandro intervint :

— Je peux vous en parler savamment. Tel que vous le voyez, Spahàd me mange dans la main. Et pourtant, lorsque j'ai essayé de le monter, il m'a envoyé planer à plusieurs mètres. J'ai eu de la chance de rester entier dans l'aventure. Ne tentez surtout pas de le faire.

Les bacheliers se contentèrent donc de contempler les courses effrénées auxquelles se livraient Hegon et sa monture dans les environs de la caserne, suivis par l'aigle aux plumes d'or, qui lui aussi faisait l'admiration des aspirants chevaliers.

Cette adulation n'était cependant pas du goût de certains parrains. Le jeune homme refusa d'y accorder de l'importance, mais il avait remarqué que ces chevaliers formaient un groupe à part. Le soir, des discussions animées les opposaient aux autres à propos de la reconquête du monde par les forces amanites. Face à ceux qui soutenaient le plan des amanes prônant la paix et la coopération commerciale, ils préconisaient une campagne militaire, regrettant vivement que les prêtres ne permissent pas aux chevaliers d'utiliser les armes des dramas. Les premiers louaient au contraire leur sagesse. Ils estimaient que ces armes, tombées entre les mains d'individus malintentionnés, risquaient de provoquer un retour aux guerres terribles d'antan.

L'un des contestataires, William de Lancastre, se montrait particulièrement virulent. Il prenait Sandro, toujours armé de son pistolaser, à témoin.

— Vous êtes un dramas, commandant, disait-il en pointant sur lui un doigt accusateur. Pourquoi les dramas auraient-ils plus que les chevaliers le droit de posséder de telles armes ?

— Les dramas sont formés pour les utiliser, et conditionnés, comme les amanes, pour renoncer à toute ambition personnelle de pouvoir ou de domination.

— Mais imaginons qu'il vienne à l'esprit de vos supérieurs, comme le craint mon ami lord Wynsord, de s'emparer du pouvoir. Qui pourrait vous résister ?

— Personne en effet. Mais le pouvoir, nous l'avons déjà. Chaque guerrier dramas a choisi en pleine connaissance de cause l'existence qu'il mène. Nous croyons aux idées de Kalkus de Rives plus qu'à la conquête. La guerre n'a jamais rien engendré de bon, seigneur William.

Hegon avait parfois l'impression qu'ils étaient prêts à en venir aux mains tant le sujet leur tenait à cœur. Il partageait, quant à lui, la décision des amanes. Il devinait, chez les partisans de la conquête, des individus assoiffés de gloire et de richesses. Il hésita à dévoiler ses pensées, mais comprit que son intervention ne serait guère appréciée. Il n'était pas encore chevalier, et surtout, même né de parents rivéens et nobles, il restait étranger, ce que les partisans de la conquête paraissaient un peu lui reprocher.

Au matin de l'équinoxe, bacheliers et parrains quittèrent le camp dramas pour un lieu appelé le *Sahiral*, où ils retrouvèrent Hariostus, qui devait diriger les épreuves en compagnie de deux autres amanes, de deux chevaliers, Therrys de Clairmont et Edward Plantagenêt, et d'un commandant dramas, Jehan Martell, qui n'était autre que le frère aîné de Sandro, et le général en chef des divisions dramas.

William de Lancastre ironisa :

— Ho ! ho ! Je vois que les Grands Initiés nous envoient la fine fleur de la chevalerie et de l'armée dramas.

Personne ne releva. Hegon sentit qu'une tension malsaine planait dans l'air. Mais il retrouva avec joie

Dennios. Celui-ci avait reçu le droit, exceptionnel pour un conteur, d'assister aux épreuves et apprit à Hegon que Therrys de Clairmont était le vice-roi de Rives, et le plus haut représentant de la chevalerie après Loran de Graves.

Le Sahiral dressait sa masse sombre à plus de trois marches à l'est de Rives, dans un lieu autrefois marécageux, aujourd'hui recouvert par une forêt magnifique, parsemée çà et là d'étangs et de lacs envahis par les roseaux, et peuplés par des nuées d'oiseaux migrateurs : cigognes noir et blanc, milans, hérons cendrés, balbuzards, cormorans. Les années particulièrement chaudes, on y croisait même des flamants. L'endroit aurait pu être le paradis des chasseurs, mais la présence, à moins d'une marche vers l'est, d'une horde de lionorses, dissuadait les Rivéens de venir traquer le gibier dans les environs.

À l'arrivée, tous se réunirent dans une grande salle aux murs de grès rose et au sol dallé de granit, appelée le *mallek*, où les paranes qui vivaient au sein du Sahiral avaient fait brûler des cassolettes d'herbes odorantes. Hariostus prit la parole.

— Messeigneurs, dit-il, ainsi qu'en ont décidé les Grands Initiés, cette Eschola est différente des autres, puisque nous comptons, parmi nos bacheliers, le seigneur Hegon, venu de Medgaarthâ. Comme certains le savent déjà, il n'est pas vraiment étranger au monde amanite, puisqu'il est le fils du chevalier Pier d'Entraghs et de dame Dreïnha, que certains ont connus, et qui ont tous deux été tués en mission il y a plus de vingt ans. Parce que sa vie était en danger dans son pays, nous avons proposé au seigneur Hegon de venir à Rives pour devenir chevalier comme le fut son père. Il a déjà fait la preuve de ses remarquables qualités en apprivoisant un lionorse.

Puis il s'adressa plus particulièrement aux bacheliers.

— Jeunes sires bacheliers, soyez les bienvenus au

Sahiral. Lorsque vous le quitterez, vous aurez rejoint les rangs prestigieux de la chevalerie. Mais avant, vous devrez subir l'Eschola. Celle-ci comporte quatre épreuves : l'Aiguade, l'Astina, la chasse, et enfin les épreuves des armes.

Tous gagnèrent ensuite une salle plus sombre, éclairée seulement par de hautes fenêtres, où trônaient une trentaine de baignoires. Therrys de Clairmont déclara :

— La première des épreuves, l'Aiguade, ne comporte aucun danger. Ces baignoires sont remplies d'une eau tiède parfumée aux essences essentielles. L'eau est le sang de notre mère, la Terre. Votre corps en est constitué aux trois quarts. Elle est partout et la vie n'existerait pas sans elle. C'est dans l'eau que votre corps s'est formé, au cours des neuf mois que vous avez passés dans le ventre de votre mère. C'est dans l'eau que vous allez le purifier, comme pour une seconde naissance. Déshabillez-vous !

Dociles, Hegon et les bacheliers se défirent de tous leurs vêtements et se plongèrent chacun dans une baignoire. Les parfums les enveloppèrent. Au moins, cette première épreuve était plutôt agréable et quelques plaisanteries fusèrent. Therrys de Clairmont attendit patiemment que les esprits fussent calmés, puis il rappela les valeurs fondamentales que devaient partager les chevaliers : le dévouement à la cause du Fondateur, Kalkus de Rives, la loyauté, le courage, le respect de la parole donnée, le sens de l'honneur, la défense des faibles, la courtoisie, et l'humilité.

— Un chevalier ne combat pas pour son propre intérêt, précisa-t-il, mais pour celui du peuple dont il a accepté d'assurer la défense. Il aura pour devoir de fournir viandes, montures et armes aux hommes placés sous ses ordres. Il ne les exposera pas inutilement au cours des batailles et fera tout pour les sauver s'ils sont blessés. Il recevra de la part de la cité à laquelle il sera inféodé une somme qui lui permettra d'entretenir ses guerriers. Le titre de chevalier fait de lui l'égal des princes régnants, qui lui devront toujours aide et assistance, tout comme il devra être prêt à donner sa vie pour défendre leur ville.

Lorsque les bacheliers quittèrent les baignoires, les paranes leur donnèrent une sorte de toge blanche à agrafer sur l'épaule : le *tolbe*. Puis on revint dans le mallek, où attendaient les chevaliers confirmés.

— Vous allez à présent subir la seconde épreuve, l'Astina, poursuivit le vice-roi. Celle-ci doit faire la preuve de votre humilité et vous faire prendre conscience de vos propres limites. Votre vie de chevalier vous amènera souvent à affronter la mort, à prendre des décisions difficiles, vous verrez vos guerriers tomber à vos côtés, et vous devrez être prêt à mourir pour sauver le peuple dont vous avez la charge. Vous êtes des guerriers, donc vous disposez d'un atout que les autres ne possèdent pas : vous savez combattre. Aussi, vous devez savoir que jamais un chevalier ne doit utiliser cet avantage dans son seul intérêt. Vous chasserez toute trace d'orgueil de votre esprit. Votre rôle ne consiste pas à user de votre force pour soumettre les peuples à vos désirs, mais bien à vous mettre à leur disposition avec abnégation et honneur.

Hegon nota la moue réprobatrice de William de Lancastre. Therrys de Clairmont poursuivit :

— Pour l'épreuve de l'Astina, vous allez être isolé chacun dans une cellule où vous ne recevrez ni eau ni nourriture pendant trois jours et trois nuits. Ceux qui ne seront pas capables de supporter cette épreuve seront éliminés et ne pourront plus prétendre à la chevalerie. Si vous estimez que cette abstinence est au-dessus de vos forces, vous avez le droit de renoncer dès à présent. Nul n'est tenu d'accomplir un acte contre son gré.

Les bacheliers se regardèrent. Ainsi que le voulait la tradition, ils ignoraient totalement de quelle nature étaient les épreuves qui les attendaient. Jamais un chevalier n'en parlait. Ils savaient seulement que celles-ci comportaient des joutes amicales destinées à démontrer leur habileté à manier les armes. Mais ils ne s'étaient pas préparés à une telle abstinence.

Therrys sermonna les jeunes :

— Ne tentez pas de connaître la décision de vos compagnons. Un chevalier peut se trouver dans une situation critique où la décision ne reposera que sur son seul jugement. Il agira alors avec humilité et clairvoyance, mais aussi fermeté, sans attendre le moindre secours de ceux qui dépendent de lui, car tous se tourneront vers lui avec confiance. Vous devrez donc vous montrer digne de cette confiance. Cela implique de lourdes responsabilités. L'Astina doit vous faire prendre conscience de l'importance de cette responsabilité.

Les bacheliers baissèrent le nez.

— L'Aiguade a purifié votre corps. À présent, l'Astina va purifier votre âme, cette étincelle divine qui est l'essence même de votre personne. Votre jeunesse, votre orgueil d'adolescent, vos faiblesses l'ont corrompue. La privation de nourriture et surtout la privation d'eau vont vous contraindre à plonger en vous-même, à tenter de vous connaître tel que vous êtes, et non tel que vous croyez être. Vous serez votre propre juge, le plus impitoyable et le plus lucide, car on ne peut se mentir à soi-même. À mesure que la souffrance se fera plus aiguë, vous plongerez en vous-même pour mieux vous connaître, pour exhumer vos défauts, mais aussi vos qualités, vous vous estimerez à votre vraie valeur. L'Astina est une épreuve de résistance à la douleur, mais surtout une leçon d'humilité. Pendant trois jours et trois nuits, vous ne verrez personne, et personne ne vous parlera. Vous serez seul, vous douterez, et vous aurez envie d'abandonner. Si la souffrance devenait trop intense, il vous est possible à n'importe quel moment d'interrompre l'épreuve. Votre cellule comporte une corde sur laquelle il suffit de tirer pour que l'on vienne vous délivrer.

Il laissa passer un silence, puis demanda :

— Êtes-vous tous prêts à subir l'Astina ?

Aucun bachelier ne se manifesta.

— Bien, messires ! Je n'en attendais pas moins de vous. À présent, vous allez suivre les paranes qui vont vous mener vers vos cellules.

Hegon s'était assis en tailleur. L'épreuve ne lui paraissait pas insurmontable. Au cours de ses années de Prytaneus, il avait subi toutes sortes de privations. L'absence de nourriture n'était pas grave en elle-même, même si elle s'avérait douloureuse. Le pire était le manque d'eau. Aussi prit-il soin de conserver la bouche fermée afin d'éviter l'évaporation de sa salive. Le confort de la cellule était totalement inexistant, en dehors d'une paillasse pour dormir et un trou d'évacuation pour les besoins naturels — lesquels ne seraient pas abondants. Il y avait aussi, près de la porte basse par laquelle il était entré, une corde, qu'il évita de regarder. Une meurtrière étroite, placée trop haut pour voir l'extérieur, lui permettait seulement de différencier le jour de la nuit. Les murailles étaient trop épaisses pour entendre les bruits du Sahiral. Seuls des pas résonnaient de temps à autre dans le corridor d'accès aux cellules. Le deuxième jour, il perçut, en tendant l'oreille, les gémissements de bacheliers supportant difficilement l'épreuve. Une douleur aiguë lui vrillait l'estomac, conséquence des privations et de la soif. Il serrait les dents pour lutter contre le délire insidieux qui commençait à envahir son esprit.

Par moments, il se demandait ce qu'il faisait dans cette cellule exiguë, à peine assez grande pour accueillir un homme. Il fermait les yeux pour ne plus voir la corde salvatrice. Il devait tenir jusqu'au bout. Il n'avait pas le choix. Au travers des paroles des Grands Initiés, il avait deviné qu'ils attendaient beaucoup de lui.

Mais pourquoi ? Qui était-il pour que l'on fît peser ainsi une telle responsabilité sur ses épaules ? Il avait apprivoisé un lionorse, bien sûr. Il les avait ensuite étudiés et il croyait désormais que d'autres que lui seraient capables de renouveler l'exploit. Il en avait aussi mesuré tous les risques. Il ne pouvait se cacher que l'entreprise provoquerait la mort de certains bacheliers. Avait-il le droit d'en prendre la responsabilité ? Cependant, comment refuser cette tâche ? Il devait enseigner ce qu'il savait. Pour créer une nouvelle chevalerie. Car c'était bien le but que poursuivaient les amanes... Une nouvelle chevalerie, des hommes dévoués à la cause du Fondateur, prêts à donner leur vie pour relever le monde du chaos, des hommes capables d'exercer le pouvoir parce que le pouvoir ne les intéresserait pas. Des hommes courageux, désintéressés et loyaux. Des guerriers œuvrant pour la paix.

Mais était-il de taille à accomplir cette tâche ? Il était si faible, si faible...

La douleur devenait intolérable. Il s'obligeait à bouger le moins possible, à rester immobile sur sa paillasse, concentrait ses pensées sur la belle Arysthée, sa compagne, son amie, sa sœur d'amour. Mais toujours ses pensées revenaient sur les moments qu'ils avaient partagés, où surgissait l'image d'un flacon, d'une carafe contenant l'eau salvatrice. La douleur se décuplait et il devait se concentrer de nouveau.

Jusqu'au moment où trois coups libérateurs retentirent sur la porte de la cellule. Therrys de Clairmont en personne était venu lui ouvrir. L'esprit en déroute, Hegon trouva à peine la force de se lever. Le vice-roi dut le soutenir pour le ramener dans le mallek où se trouvaient déjà ses autres compagnons. Therrys lui glissa :

— Vous avez brillamment remporté l'épreuve, seigneur Hegon. Cela fait quatre jours que vous résistez ainsi.

Hegon voulut répliquer, mais il n'avait plus de salive. Il ne réussit qu'à émettre un faible chuintement.

— Quatre ? Je croyais...

— Vous allez vous reposer à présent.

Les rangs des bacheliers s'étaient éclaircis. Sur les trente postulants, il n'en restait plus que seize, tous épuisés par le long jeûne. Tandis que les éliminés repartaient pour Rives, les autres se voyaient accorder la *Dolta*, la Trêve du Milieu, deux jours de repos au cours desquels ils allaient pouvoir reprendre des forces avant de poursuivre l'Eschola.

Lorsqu'il fut un peu remis, Hegon demanda à Hariostus pourquoi on n'était pas venu le délivrer avant. Le vieil homme ne répondit pas immédiatement.

— J'en suis le seul responsable, Hegon. C'est moi qui ai décidé de te laisser enfermé une journée de plus.

— Pour quelles raisons ?

— Tu n'es pas un bachelier comme les autres. Non pas à cause de ton âge, mais à cause de ton ascendance. Nous ne t'en avons pas parlé avant, parce que nous voulions vérifier certaines choses. Mais il semble que tu possèdes des qualités bien supérieures aux autres, un shod'l loer dont nous n'avons jamais rencontré l'équivalent, une faculté d'analyse et d'assimilation étonnante. Je voulais savoir si tes capacités de résistance étaient du même ordre. L'expérience nous a prouvé que c'était le cas.

Hegon ne savait plus s'il devait se fâcher de cette décision ou au contraire s'en réjouir. Il avait souffert le martyre. Mais n'était-ce pas le but de l'Astina que de permettre de mieux connaître les limites de chacun ?

— Vous avez agi sagement, sehad, dit-il enfin.

Le vieux prêtre hésita encore, puis ajouta :

— Les responsabilités que nous voulons te confier, si tu les acceptes, exigent un homme d'une valeur exceptionnelle.

— Enseigner aux jeunes chevaliers à capturer un lionorse ? Je vous ai dit que j'étais d'accord. Si toutefois l'entreprise ne s'avère pas trop dangereuse.

— Cela va bien plus loin que ça, Hegon.

Il restait encore deux épreuves à subir. Cependant, la chasse et le maniement des armes ne furent que des formalités. La chasse était surtout une épreuve de survie. Chaque bachelier était abandonné dans la forêt, sans autre arme que son poignard. Il devait, en utilisant ce que lui fournissait la nature, fabriquer un piège, capturer un gibier et le rapporter ensuite au Sahiral. Entraînés depuis leur plus jeune âge à ce genre d'exercice, aucun bachelier n'échoua.

Il n'en fut pas de même au cours des épreuves martiales, où trois d'entre eux furent éliminés, épreuves qu'Hegon remporta dans toutes les disciplines.

Ce furent donc treize nouveaux chevaliers qui regagnèrent Rives, où ils furent accueillis comme des héros par une foule toujours encline à faire la fête. Mais Hegon n'avait qu'une hâte : retrouver Arysthée, avec qui il célébra comme il convenait son titre tout neuf de chevalier.

Deux jours plus tard, la cérémonie officielle de la remise des armes se déroula au palais royal, en présence de Loran de Graves et de la Phalange suprême. À cette occasion, Hegon reçut un dayal et un shayal adaptés à sa main. Ces armes d'élite, que seul un chevalier pouvait posséder, étaient fabriquées par les amanes eux-mêmes. Hariostus en personne avait pris les mensurations d'Hegon.

Selon la tradition, les nouveaux chevaliers s'entaillèrent eux-mêmes l'avant-bras. Le premier sang à couler sur la lame du dayal devait être le leur, symbolisant ainsi le sacrifice qu'ils faisaient de leur vie si la défense des peuples amanites l'exigeait. Ensuite, les treize élus mélangèrent leur sang en opposant rituellement leurs blessures. Ils devenaient ainsi frères d'armes. En aucun cas ils ne devraient combattre les uns contre les autres mais ils se devraient mutuellement assistance tout au long de leur vie.

La foule de tous les hauts personnages, nobles, riches

négociants, amanes et autres chevaliers régnants qui assistaient à la scène, leur fit une ovation triomphale. Lorsqu'elle s'apaisa, le roi prit la parole :

— Beaux sires, vous voici donc au seuil d'une nouvelle vie qui fait de vous les égaux des princes régnants. N'oubliez jamais qu'au cas où votre destin vous amènerait un jour à diriger une cité amanite, vous n'êtes que des hommes, donc sujets à l'erreur. Que cette idée ne vous quitte jamais. À présent, chacun de vous va rejoindre la cité dont il dépend, à moins qu'il ne décide de s'installer ailleurs, ou encore de devenir maître d'une compagnie d'escorte pour les caravanes. D'autres enfin souhaiteront accomplir des missions hors du Réseau, afin d'établir des contacts avec les populations de l'Extérieur. Ce sont des missions dangereuses, qui exigent plus de qualités diplomatiques que guerrières.

Hegon remarqua une nouvelle fois la mine désabusée affichée par William de Lancastre. Le roi ne releva pas et continua :

— Mais auparavant, ceux d'entre vous qui le souhaitent pourront subir une nouvelle épreuve. Le chevalier Hegon d'Entraghs, à qui nous avons redonné le titre que portait son père, a accepté de vous enseigner ce qu'il sait sur les lionorses afin de permettre à ceux qui oseront tenter l'expérience d'apprivoiser à leur tour l'un de ces animaux. Que ceux que cette proposition intéresse se rangent à ses côtés.

Il y eut un moment de flottement. Le projet avait été tenu secret, et personne n'était au courant parmi les chevaliers. Mais les décisions furent prises très vite. Sur les treize nouveaux chevaliers, neuf rejoignirent Hegon. Sans doute ne fallait-il y voir qu'une coïncidence, mais ce nombre neuf surprit le jeune homme pour ce qu'il lui rappelait la Vallée. Il nota également que ceux qui refusaient avaient pour parrains les chevaliers partisans de la guerre de conquête.

39

Les quelques jours passés en compagnie des nouveaux chevaliers avaient tissé des liens entre eux. Le petit groupe s'était resserré autour d'Hegon, qui était tacitement devenu leur chef. Aucun d'eux n'avait envie de retourner dans sa cité. Ils étaient tous impatients de bientôt monter un lionorse. Même si la capture de cet animal à la réputation dangereuse les inquiétait, ils n'auraient pas cédé leur place pour un empire.

La veille du départ, Hegon prit Jàsieck à part et lui dit :

— Tu es à mon service depuis plus d'un an à présent, en tant que domesse non libre. Pendant cette année, j'ai été satisfait de tes services, et tu as fait preuve de courage au cours des combats que nous avons menés.

— Merci, seigneur Hegon.

— Aussi, à partir de ce jour, j'ai décidé de te rendre ta liberté. Tu n'es donc plus un esclave, mais un homme libre.

Jàsieck resta suffoqué. Un an auparavant, il avait cru sa dernière heure arrivée lorsque le couteau du médikator s'était levé sur lui. Mais le seigneur Hegon avait arrêté son bras et avait fait de lui un esclave non spolié. Il avait pris grand plaisir à servir un maître qui s'était toujours montré plus que généreux et qui ne l'avait jamais maltraité. Aujourd'hui, il lui offrait sa liberté, avec le choix d'en disposer comme il le souhaitait. Il aurait dû en éprouver de la reconnaissance, pourtant, cela ne venait pas. Il leva des yeux embarrassés vers Hegon.

— Je... je suis vraiment libre, seigneur ?

— Je t'en donne ma parole. Mais cela n'a pas l'air de te faire plaisir ?

— Oh, ce n'est pas ça, seigneur. Je dois te remercier pour ta générosité. Seulement, la liberté me fait un peu peur. Même chez les maraudiers, je n'ai jamais été libre, et je ne saurais pas quoi faire de ma vie. Est-ce qu'un homme libre peut choisir de rester au service d'un autre, un chevalier ?

Hegon eut un sourire amusé.

— Oui, bien sûr.

— Alors, je voudrais rester à ton service, seigneur.

Hegon hocha la tête.

— J'accepte. Mais c'est à l'homme libre que je veux faire la proposition suivante : veux-tu devenir mon écuyer ?

— Qu'est-ce que c'est, un écuyer, seigneur ?

— C'est l'homme qui porte les armes du chevalier. Pour toi, cela ne changera pas grand-chose aux tâches que tu accomplis déjà : tu nourriras Spahàd et Skoor, tu prendras soin de mes armes, et tu auras la charge de procurer la nourriture à mes warriors et aux chevaliers qui se rangeront sous ma bannière. Cependant, tu ne feras plus ce travail en tant que domesse, mais en tant qu'homme libre, avec un salaire et la possibilité de posséder toi-même ton propre domesse. Acceptes-tu ?

Les yeux du gamin s'agrandirent de joie.

— Oh oui ! Merci, seigneur ! Je serai pour vous le plus dévoué des écuyers.

Hegon éclata de rire. Cependant, la réaction de Jàsieck venait de lui faire comprendre quelque chose d'essentiel : la liberté faisait peur à ceux qui en avaient été privés. Ils la désiraient ardemment, mais, lorsqu'ils avaient la possibilité de l'obtenir, ils se trouvaient désemparés et incapables de prendre leur vie en main. Pendant cette année, Jàsieck aurait eu cent fois la possibilité de s'enfuir et de regagner le monde de la maraude. Pourtant, il lui était resté fidèle, même pendant les moments les plus difficiles. Cette pensée l'amena à ses nouveaux compagnons. Spontanément, ils s'étaient placés sous son commandement. Il avait pensé au début que la raison en était la prochaine capture des lionorses. Mais tous lui avaient fait savoir qu'ils désiraient le suivre ensuite dans les missions que ne manqueraient pas de lui confier les amanes. C'était ainsi : la plupart des hommes avaient besoin d'un chef, un homme en qui ils aient confiance et qui les aide à diriger leur vie. Peut-être était-ce là une loi de la nature. Mais elle pouvait comporter des effets pervers, si par exemple le chef qu'ils suivaient utilisait leurs forces pour servir ses seuls intérêts. Il se promit de veiller à ne jamais devenir dominateur avec ceux qui lui accorderaient leur confiance.

La vallée où vivaient les lionorses de Rives était une vaste prairie semée d'une herbe haute et de bosquets où abondait le gibier. Hegon et ses chevaliers établirent leur campement en lisière de la plaine, sur les rives de la Dordogne. Chaque chevalier était accompagné de son écuyer. Hariostus était également présent, envoyé par la Phalange suprême en tant qu'observateur. Enfin, Dennios n'aurait manqué cette nouvelle aventure pour rien au monde.

— Dans un premier temps, déclara Hegon, vous devez savoir ce qu'est un lionorse, et comment ils sont organisés. Ensuite, je vous expliquerai comment approcher la horde et y pénétrer, les précautions à prendre sous peine d'y laisser la vie. Ce que j'ai appris, je le dois à Spahàd, mais aussi à un homme, un paysan que j'ai rencontré lors de mon voyage d'étude. Il a toujours été fasciné par les lionorses et il a passé sa vie à les observer de loin. Il m'a transmis son savoir, ce qui m'a permis de gagner un temps précieux.

Il montra, au loin, les différents groupes constituant le troupeau.

— Regardez bien ! De loin, le lionorse a l'aspect général d'un cheval. Mais ne vous y trompez pas : c'est un fauve très puissant capable de vous déchiqueter en quelques instants, même si l'homme ne fait pas partie de ses proies. La particularité du lionorse repose sur le fait que tout comme certains humains, il est doté du shod'l loer, c'est-à-dire de la faculté d'entrer en contact mental avec d'autres êtres vivants. C'est ce point seul qui rend possible la capture d'un lionorse. Le mot capture n'est d'ailleurs pas le terme qui convient. Comme vous le comprendrez bientôt vous-même, l'expression apprivoisement réciproque serait plus appropriée. Vous ne dominerez jamais votre lionorse comme on domine un chien ou un cheval. C'est un lien de complicité, presque de fusion que vous allez créer avec lui. C'est une sensation tellement forte que vous aurez l'impression ensuite que votre lionorse fait partie de vous. Il vous semblera toujours avoir été là, à vos côtés. Je pense qu'ils ont tous leur propre caractère, mais vous découvrirez très vite que le lionorse est un animal joueur. Il faudra lui consacrer du temps pour le jeu. Et vous aurez envie de le faire, comme vous avez envie de bavarder avec un ami en prenant un verre de bon vin. À présent, observez bien la horde.

« Vous remarquerez que les lionorses sont séparés en quatre groupes bien distincts. Ils ne se rassemblent qu'en cas de danger. Les groupes chassent ensemble, dorment ensemble, jouent ensemble, et il est probable que chaque groupe possède son propre territoire à l'intérieur du territoire de la horde. Les lionorses sont relativement sédentaires. Ils ne chassent que pour se nourrir, et semblent pratiquer une sorte de régulation du gibier sur leurs zones de chasse. Lorsqu'il se fait plus rare, les lionorses sont capables de ralentir leur rythme de chasse.

C'est pour cette raison aussi qu'ils écartent tous les prédateurs concurrents. Ils possèdent pour cela des atouts extraordinaires, comme cette vitesse de pointe à laquelle aucune proie ne peut échapper. Mais ce n'est pas tout. Grâce au rythme extrêmement lent de son cœur, le lionorse est capable de maintenir cette vitesse élevée pendant longtemps. Ses courses provoquent une élévation de la température intérieure de son corps. Mais celle-ci retombe facilement grâce à la structure particulière de sa peau.

« La vue du lionorse est également exceptionnelle. Vous aurez l'occasion de le vérifier vous-même, car il arrive parfois que l'on se trouve transporté par l'esprit dans celui de son lionorse. On voit alors par ses yeux, et l'on ressent ses émotions. C'est une expérience fabuleuse, qui vous aidera à mieux comprendre votre animal et à ne faire qu'un avec lui. Le lionorse est apparenté aux félins, et possède, comme le chat, des griffes rétractiles acérées, son arme la plus redoutable. Sa mâchoire est aussi celle d'un carnassier. Cependant, son alimentation se compose également de plantes et de fruits. Vous avez pu constater au contact de Spahàd que le lionorse dégage une odeur très faible, surtout pour un animal de cette taille. Dans chaque groupe, les lionorses passent de longs moments à leur toilette, et se lèchent mutuellement, comme d'énormes chats. Ces rites renforcent sans doute la cohésion de chaque groupe.

« Le premier de ces groupes est celui des mâles reproducteurs, les *fidèles*. Il est dirigé par le mâle dominant le plus puissant, le *roi*. C'est ce groupe qui fait face aux prédateurs en cas d'attaque. Les seuls animaux assez forts — ou assez inconscients — pour se risquer à attaquer des lionorses sont les migas et les doriers, ou panthères à dents de sabre. On en rencontre beaucoup dans les montagnes de Medgaarthâ. Mais ici, près de Rives, ils sont beaucoup plus rares, et nos lionorses ne risquent pas grand-chose.

« Chaque fidèle possède sa propre famille, la *coure*. Il ne s'accouple qu'avec ses femelles, jamais avec les autres. C'est pour cette raison que mon paysan amateur de lionorses leur a donné ce nom. À la saison des amours, au printemps, les groupes se modifient et chaque mâle rejoint sa coure pour la reproduction. Celle-ci terminée, il retrouve le groupe du roi.

« Hors de la saison de l'accouplement, les femelles, que l'on appelle *aliennes*, se regroupent pour former le second groupe, dans lequel on trouve les petits de l'année et les jeunes âgés de moins de trois ans. À cet âge, les jeunes quittent le groupe des aliennes et vont rejoindre le troisième groupe, celui des *adols*, où ils vont atteindre, à six ans, l'âge de la formation sexuelle. Les jeunes femelles se séparent alors du groupe et vont rejoindre celui des aliennes où elles s'intègrent à une coure ou une autre, parfois celle de leur propre père. Quant aux jeunes mâles, ils approchent du groupe des dominants et tentent de s'y intégrer. Certains sont acceptés sans livrer bataille, pour des raisons que nous ignorons, mais c'est très rare. La plupart du temps, ils doivent faire leurs preuves et sont combattus par les fidèles et le roi. En général, ils sont vaincus et sont impitoyablement castrés. Ils vont rejoindre le quatrième groupe, celui des *hongres*. C'est dans ce groupe qu'il est préférable de choisir sa monture. Encore que Spahàd ne soit pas un hongre. Mais son apprivoisement fut un accident. J'ai parfois scrupule à penser que je le prive de sa vie de lionorse, mais je ne l'ai pas obligé à me suivre. Vous pouvez aussi vous rapprocher des adols. En revanche, il faut à tout prix éviter le groupe des aliennes, qui ne verront en vous qu'un prédateur pour leurs petits. Elles sont plus féroces que les fidèles. J'ignore totalement si l'on peut apprivoiser un fidèle, et encore moins le roi.

Hegon laissa passer un silence, puis poursuivit :

— À présent, je vais vous expliquer comment pratiquer l'approche de la horde. Je tiens à préciser que ce que je vais vous dire n'est que le fruit de mes déductions, de mes observations et de ma seule expérience. Il y a donc pour vous un risque terrible, celui d'un échec qui vous conduira immanquablement à la mort. Car si je me suis trompé, si la capture de Spahàd n'a été qu'un extraordinaire concours de circonstances, un apprivoisement unique, vous périrez. Nous n'avons actuellement aucun moyen de le savoir. La seule expérience que j'ai tentée, et qui me conforte dans l'idée que d'autres captures sont possibles, c'est que je suis entré dans cette horde et que j'en suis sorti vivant.

— Comment as-tu fait ? demanda Paldreed, un jeune homme originaire de Tours, une ville alliée à Rives depuis les premiers temps de l'amanisme.

— Il m'a suffi d'émettre le shod'l loer. C'était un pari risqué. Ils pouvaient très bien fondre sur moi et me tuer. Mais je devais savoir si une telle opération n'était pas irrémédiablement vouée à l'échec. Ce fut, encore une fois, une expérience surprenante. Tout d'abord, les jeunes ont couru vers moi. Je ne suis entré en contact avec aucun d'eux en particulier. Je ne me voyais pas avec deux lionorses. Mais je ne ressentais de leur part aucune agressivité, plutôt de la curiosité. J'ai renouvelé l'expérience plusieurs fois. À chaque fois, ils ont recommencé leur manège. Je pense qu'ils agissent ainsi pour déterminer le danger représenté par un intrus. Le fait que j'émette le shod'l loer les a instantanément calmés. Ils sont repartis après m'avoir reniflé sous toutes les coutures. Mais il m'a suffi d'émettre plus intensément pour qu'ils prennent peur et s'écartent. Les autres groupes n'ont pas bronché. J'ai approché ainsi le groupe des adols et celui des hongres. En revanche, lorsque je me suis dirigé vers celui des aliennes, j'ai immédiatement ressenti le danger. Shod'l loer ou pas, les femelles me voyaient comme une menace potentielle. Je n'ai donc pas insisté. Je pense qu'elles n'acceptent parmi elles que leurs mâles, et seulement à la saison des amours.

« Lorsque vous aurez pénétré à l'intérieur de votre groupe, choisissez votre lionorse. Il est probable que lui aussi vous choisira. Il viendra vers vous, et les autres s'écarteront. Alors, laissez faire les choses. Vous vivrez à cet instant-là l'un des événements les plus exaltants de votre vie. Si toutefois il se produit la même chose que pour Spahàd et moi. Si l'animal vient poser sa tête sur votre épaule, vous aurez gagné. Vous aurez apprivoisé votre lionorse. Mais n'oubliez jamais une chose très importante : ne cessez pas d'émettre le shod'l loer avant d'avoir quitté la horde, et même d'être revenu ici.

Il laissa passer un nouveau silence et ajouta :

— Voilà, vous en savez autant que moi. Mais avant de vous lancer dans cette aventure, pensez que vous risquez d'y perdre la vie. Vous êtes neuf autour de moi. À la fin de cette journée, certains de vous ne seront peut-être plus là. Aussi, si certains d'entre vous hésitent, sachez qu'ils sont libres de renoncer, et que ce renoncement ne diminuera en rien leur valeur de chevalier.

Les jeunes se regardèrent, puis, se souvenant des paroles de Therrys de Clairmont, baissèrent le nez. Ils devaient prendre seul leur décision. Le premier, Paldreed de Tours se décida :

— Je suis prêt à y aller, seigneur Hegon.

— Es-tu bien sûr de ta décision ?

— Oui ! Je t'ai écouté, et nous devons savoir si c'est possible.

— Bien ! Tu sais ce que tu as à faire.

Le jeune homme hocha la tête et se dirigea vers la horde. Le cœur d'Hegon se mit à battre plus vite. S'il s'était trompé, Paldreed serait attaqué et dévoré avant de comprendre. Et il serait impossible de rien tenter pour le secourir. Il sentit, à distance, le shod'l loer du jeune chevalier commencer à émettre. C'était une pensée assurée, maîtresse d'elle-même sans forfanterie. Paldreed avait l'étoffe d'un grand chevalier. Mais un instant de faiblesse était si vite arrivé. Tout à coup, comme l'avait prédit Hegon, une dizaine d'adols se ruèrent sur le jeune homme. Les autres poussèrent quelques cris d'angoisse, vite calmés par l'attitude de Paldreed. Il n'avait pas laissé la peur l'envahir et avait augmenté le shod'l loer. Les jeunes, intrigués, le poussèrent du museau, puis rompirent l'engagement pour jouer à se poursuivre mutuellement. Tous, sauf un.

— Il a lié le contact, dit Hegon. C'est maintenant que tout se joue.

Il aurait aimé être à la place de Paldreed, pour l'aider, le protéger. Mais le jeune homme n'avait aucun besoin de lui. Bientôt, tous virent le lionorse, un jeune mâle à la belle robe grise, venir poser sa tête sur son épaule. Au loin, les autres groupes ne bougeaient pas. Paldreed caressa la tête de son animal, puis revint à pas lents vers ses compagnons.

— Pourvu qu'il se souvienne de continuer à émettre, murmura Hegon, comme pour lui-même.

Mais Paldreed avait parfaitement retenu la leçon. Quelques instants plus tard, il était de retour avec son lionorse.

— Attention, prévint Hegon. Pour l'instant, seul Paldreed peut l'approcher. N'essayez surtout pas de le toucher.

Puis il se tourna vers le jeune chevalier et constata qu'il avait les yeux pleins de larmes. Il sourit, en se souvenant de la réaction qu'il avait eue lui-même avec Spahàd.

— Tu as réussi, mon frère, dit-il.

Les yeux du jeune homme luisaient de bonheur.

— C'était tellement merveilleux. L'impression de ne plus être seul, de faire partie de quelque chose de plus grand que soi, et d'avoir un ami qui jamais ne vous trahira.

Il prit la tête de son lionorse entre les mains.

— J'ai la sensation de le connaître depuis toujours. Comment est-ce possible ?

— Vous avez partagé vos esprits par l'intermédiaire du shod'l loer. C'est un don merveilleux.

Il hésita, puis ajouta :

— Malheureusement, j'ai peur que certains chevaliers ne voient en lui qu'un moyen supplémentaire d'exercer leur pouvoir.

Le second, Guerrand, réussit à son tour. Puis vinrent Guillaume, lui aussi de Tours, Rowen et Lero, qui tous ramenèrent un lionorse.

Le suivant, Harpen, dut penser que la capture d'un lionorse n'était finalement pas si compliquée qu'il y paraissait. Trop sûr de lui, il oublia l'une des leçons essentielles et cessa d'émettre le shod'l loer alors même qu'il avait réussi. Au comble de l'horreur, Hegon vit le groupe du roi se ruer en direction du jeune homme et de son lionorse. Avant qu'il ait pu réagir, tous deux étaient éventrés et déchiquetés par le groupe, sous les yeux effarés des jeunes chevaliers. Hegon blêmit. La rapidité des fauves était telle que le drame n'avait pas duré plus d'une minute.

Un long silence s'abattit sur le petit groupe. Ce que redoutait Hegon était arrivé : il avait perdu l'un de ses chevaliers. Il serra les mâchoires pour ne pas céder au chagrin. Il se reprochait de ne pas avoir insisté plus sur les précautions à prendre. Peut-être avait-il été trompé par les succès remportés par les premiers, il avait relâché sa vigilance. La sanction avait été immédiate. Il aurait dû…

Une main se posa sur son épaule.

— Tu n'as rien à te reprocher, dit la voix de Paldreed. Harpen connaissait les risques, comme nous tous.

— J'étais responsable de lui.

— Non, seigneur Hegon. Lui seul était responsable de ses actes.

460

Un autre se manifesta. Il était pâle comme un linge et secouait la tête. Il s'appelait Draan.

— Je… je crois que je vais renoncer, balbutia-t-il d'une voix blanche. Je n'ai pas envie de finir comme ça.

— Je comprends, dit Hegon. Nous avons prouvé qu'il était possible d'apprivoiser des lionorses, que ce n'était pas un accident. Mais je doute que le jeu en vaille la chandelle. Les risques sont trop grands.

Ce fut alors qu'ils prirent conscience que l'un des chevaliers s'était dirigé à son tour vers la horde.

— Halan ! cria Hegon. Reviens !

Le jeune homme se retourna vers lui.

— C'est à moi d'en décider, seigneur Hegon. Nous sommes tous libres de choisir le sens que nous voulons donner à notre vie. La chevalerie exige des hommes d'exception. Si nous ne sommes pas capables de risquer notre vie pour accomplir ce en quoi nous croyons, nous ne sommes pas dignes d'être chevaliers.

Hegon ne répondit pas. Halan poursuivit son chemin. Le dernier, Kerwyn ajouta :

— J'irai aussi. Et je regrette de ne pas être à sa place, seigneur Hegon. J'aurais dû réagir avant lui. Si nous renonçons à présent, plus jamais personne n'apprivoisera de lionorses.

Hegon garda le silence. Son attention se concentrait sur Halan qui continuait de progresser vers le groupe des hongres. Quelques adols vinrent le flairer avec curiosité, mais le jeune homme sut maîtriser sa peur et les chassa par une simple pression mentale. Puis il fit son choix… et ramena une superbe jeune alienne à la robe blanche.

Hegon le serra longuement contre lui à son retour.

— Pardonne-moi d'avoir douté de toi, Halan.

Kerwyn prit une profonde inspiration, s'engagea sur la plaine… et réussit à son tour.

Sur la route du retour, Hegon restait silencieux, l'âme lourde de la mort de Harpen. Sur neuf chevaliers, sept seulement ramenaient un lionorse. Sur ce plan, c'était une réussite. Mais l'un avait échoué par renoncement, et l'autre avait été tué. Un mort sur neuf, c'était trop cher payé pour offrir une monture exceptionnelle aux chevaliers. D'autant plus que ce mort en laissait présager de nombreux autres. Or avait-il le droit de risquer ainsi la vie d'hommes jeunes, qui avaient déjà par ailleurs prouvé leur valeur ?

Hariostus, qui chevauchait botte à botte avec lui, respecta son mutisme.

Lorsqu'ils arrivèrent à Rives, Hegon dut cependant faire bonne figure aux acclamations de la foule venue accueillir les nouveaux chevaliers et leurs lionorses.

Le lendemain, il reçut une invitation à se rendre au Temple suprême. Arysthée, qui n'avait su comment le réconforter de la nuit, l'accompagna. Ils furent accueillis par Axharius en personne.

— Hariostus nous a rapporté ce qui s'est passé hier, seigneur Hegon. Nous connaissons votre état d'esprit et nous sommes très affectés par la mort de ce jeune chevalier. Cependant, quoi que vous en pensiez, votre tentative est un grand succès. Sept chevaliers sur neuf ont réussi l'épreuve. Nous n'en espérions pas tant.

— Et moi, alsehad, j'estime que la vie d'Harpen est un prix trop lourd à payer. Son visage me hante depuis hier.

Il hésita, puis déclara :

— Je renonce à poursuivre l'expérience.

— Ne voudriez-vous pas y réfléchir encore ? insista le grand prêtre.

— Combien y en aura-t-il la prochaine fois ? Deux ? Trois ? Je ne veux pas avoir tous ces morts sur la conscience.

Axharius hocha la tête.

— C'est bien, seigneur Hegon. Le choix vous appartient, de toute manière. Les amanes n'ont jamais forcé qui que ce soit à agir contre sa volonté. Mais avant que vous ne preniez de décision définitive, nous voudrions vous faire rencontrer quelqu'un.

Il se tourna vers Arysthée.

— Pardonnez-moi, mon enfant, mais cette rencontre doit rester secrète.

Arysthée ouvrit de grands yeux étonnés.

— Seigneur Hegon, si vous voulez bien me suivre, dit Axharius.

Intrigué, Hegon abandonna sa compagne et emboîta le pas du Grand Initié. Quelques instants plus tard, il était introduit dans la petite salle au tableau, dans laquelle il avait attendu quelques mois plus tôt. Le théolamane suprême referma soigneusement la porte de bois et se tourna vers le tableau, auquel il s'adressa.

— Maître, voici le seigneur Hegon, que vous avez désiré rencontrer.

Stupéfait, Hegon entendit un déclic, puis il vit le tableau et le mur pivoter, dévoilant un passage secret. Derrière apparut un homme très âgé, qui lui adressa un sourire bienveillant.

— Seigneur Hegon, soyez le bienvenu dans mes modestes appartements.

— Merci. Mais… qui êtes-vous ?

— Je suis celui qu'on appelle Kalkus de Rives, de mon vrai nom Charles Commènes. Le fondateur de la religion amanite.

40

Hegon crut qu'il avait mal entendu.

— Ce n'est pas possible ! balbutia-t-il.

S'il avait été encore vivant, Charles Commènes aurait eu… près de deux siècles ! L'homme qui se tenait devant lui était certes très vieux et s'appuyait sur une canne, mais il ne pouvait avoir cet âge. Pourtant, il poursuivit, visiblement amusé :

— Je vois que tu es sceptique, mon garçon. Mais je ne suis pas un fantôme. J'ai eu exactement deux cents ans cette année. Je suis encore bien conservé, n'est-ce pas ?

— Mais on dit que vous êtes mort !

— Disons que je l'ai laissé croire. Un jour, il y a de ça une bonne trentaine d'années, j'ai estimé qu'il était largement temps pour moi de transmettre les rênes du pouvoir à mes successeurs, lesquels n'étaient déjà plus très jeunes.

Ce faisant, il jeta un regard malicieux à Axharius, qui conservait un visage de marbre.

— Venez tous les deux !

Marchant d'un pas alerte malgré sa canne, il les entraîna, au travers d'un étroit couloir secret, jusqu'à une partie ignorée du Temple, cernée par de hauts murs. Au milieu d'un jardinet planté de fleurs et de légumes, et ombragé par un tilleul, se dressait une petite maison de pierre rose assez grande pour abriter trois pièces.

— Voilà mon palais, dit Charles Commènes avec un sourire.

Il n'y vivait pas seul. Une femme apparemment aussi âgée que lui partageait la maison, ainsi qu'un vieux domesse.

— Ma compagne, la belle Thawnee, une gamine de cent quatre-vingt-trois printemps, dit-il, le visage réjoui.

— Quant au petit jeune, il s'appelle Gérault et il a décidé de renoncer au monde pour continuer à nous servir. Il n'a que cent cinquante ans. Mais je vous en prie, installez-vous.

Abasourdi, Hegon s'assit précautionneusement sur le fauteuil que lui indiquait son mystérieux hôte. Tandis que « le petit jeune » servait des jus de fruits, Charles Commènes prit place à son tour sur un siège, et sa compagne vint lui caler un coussin derrière le dos. Axharius s'assit près de lui et un léger sourire éclaira enfin son visage grave. Le Fondateur fixa longuement Hegon dans les yeux. Le jeune homme comprit alors qu'il n'avait pas affaire à un fantôme, et que c'était bien ce vieil homme qui avait sondé son esprit plusieurs mois auparavant. Sans doute pour mieux le connaître. Enfin, Charles Commènes prit la parole.

— Tout d'abord, ne va pas t'imaginer que ma longévité est naturelle. L'homme, s'il vit raisonnablement, et avec un peu de chance, peut espérer atteindre l'âge de cent trente ans, cent quarante dans le meilleur des cas. Pour arriver à deux siècles d'existence, il m'a fallu recourir à des procédés scientifiques dont les Anciens avaient découvert le secret. Sans entrer dans les détails, disons qu'ils savaient comment retarder artificiellement l'horloge biologique du vieillissement. En théorie, on peut ainsi vivre plusieurs siècles. En pratique, le cerveau a tendance malgré tout à se détériorer. On ne peut ainsi dépasser quatre siècles, ce qui est déjà bien suffisant. Si l'on désire laisser faire la nature, on peut à tout moment

465

abandonner les traitements et choisir de mourir de sa belle mort.

Il laissa passer un silence, puis poursuivit :

— C'est ce que j'avais décidé de faire voici quelques années. Il faut croire que ma carcasse est particulièrement solide, car je suis encore là, alors que je ne prends plus le moindre traitement. Tout au moins jusqu'à ces derniers temps. Plus exactement jusqu'à ton arrivée. Je vais t'apprendre une nouvelle à laquelle tu ne t'attends certainement pas, Hegon, mais je suis ton ancêtre, à la septième génération. Ton père, le chevalier Pier d'Entraghs, était de la sixième. Lorsqu'on m'a appris que le fils qu'il avait eu avec dame Dreïnha était encore vivant, j'ai eu envie de faire sa connaissance. J'ai donc repris le traitement de longévité, afin de prolonger ma vie encore un peu. Je ne l'ai pas regretté. Au cours du voyage, tu as accompli des exploits étonnants, dont même ton père n'aurait pas été capable. J'étais impatient de te voir, à travers le tableau, bien sûr. Comme tu dois t'en douter, j'ai sondé ton esprit, et ce que j'ai découvert m'a étonné.

— Vous possédez aussi le shod'l loer…

— C'est vrai. Le shod'l loer est une mutation apparue spontanément chez l'être humain il y a quelques siècles. Elle n'est pas très répandue, et peu d'hommes savent la maîtriser. Mais il existe une hiérarchie dans cette faculté. Suivant les individus, le shod'l loer est plus ou moins puissant. Tu possèdes, quant à toi, la plus grande force mentale qu'il m'ait été donné de croiser chez un être humain. Ce qui explique que tu aies été capable de tuer un adversaire par la seule puissance de ton esprit.

« Mais là n'est pas le plus important. La raison de ta présence ici, et pour laquelle j'ai décidé de briser le silence autour de ma disparition, c'est que tu possèdes en toi toutes les qualités pour devenir un grand chef. Tu as le souci des gens qui te sont confiés, tu les protèges de toutes tes forces, sans préoccupation de ta seule gloire. Là est la vraie valeur d'un meneur, Hegon. Contrairement à ce que prétendaient les Anciens, les hommes ne sont pas égaux. Tout au moins, ils ne le sont pas par la naissance. Celui qui vient au monde aveugle, ou avec des membres atrophiés, ne part pas avec les mêmes chances que celui qui jouit d'une belle santé. Néanmoins, les hommes peuvent décider, pour fonder un monde meilleur, qu'ils sont égaux en droits et en devoirs. C'est ce que sous-entendaient les Anciens dans leurs déclarations. Lorsqu'on sait ce qu'ils ont fait de ces belles intentions, on est en droit de se poser des questions sur leur prétendue civilisation. En réalité, c'était un monde égoïste, livré à la loi du plus fort, à la cupidité et à l'individualisme. C'est pourquoi, avant d'essayer de reconstruire une civilisation digne de ce nom, j'ai voulu former une caste de personnes suffisamment sages pour renoncer à toute fortune et toute gloriole individuelle, des hommes et des femmes qui sachent voir bien au-delà de leur existence, et qui soient prêts à se dévouer pour les autres. Ainsi sont apparus les amanes. Nous avons fondé, tous ensemble, une organisation dont le but est de relever le monde du chaos dans lequel il est encore plongé. Je ne verrai jamais la fin de cette tâche, si tant est qu'elle puisse être menée à bien. Car nous sommes peut-être des utopistes.

« Notre religion, comme tu l'as déjà pressenti, n'en est pas vraiment une. Peu importe le dieu auquel on croit, ou même l'athéisme, si l'on applique les principes de base : le respect de son prochain, la solidarité, la capacité à pardonner, l'absence de jugement envers les autres et l'ouverture d'esprit. La démarche spirituelle pour tenter de comprendre le sens de la vie est totalement personnelle. L'erreur des anciennes religions fut de vouloir imposer des dogmes rigides qui restreignaient la liberté de penser et de méditer. Elles traitaient les hommes comme des enfants, en usant et abusant de la culpabilisation et du conditionnement dès le plus jeune âge. Au lieu d'être des guides, les prêtres étaient les gardiens de ce qu'ils estimaient être la sagesse et la vertu, sans voir que le monde évoluait, et que leurs idées trop strictes n'étaient plus adaptées. Ces dogmes ont engendré le fanatisme et empêché l'homme d'évoluer vers la spiritualité, la seule véritable quête qu'il doive mener pour s'élever au-dessus de l'animal. Autre crime très grave : elles ont traité les femmes comme des êtres inférieurs. Les mensonges et les manipulations des religions ont détourné les hommes des temples, des églises... et de la spiritualité. Le matérialisme est devenu leur lot quotidien, phénomène encore amplifié par leur système économique aberrant, une course sans fin vers la croissance, une consommation à outrance qui donnait du travail à une population bien trop nombreuse, mais qui générait des quantités invraisemblables de déchets et une pollution galopante.

« Voilà quinze siècles, le monde des Anciens s'est effondré, et ils nous ont laissé une planète en bien mauvais état. On estime qu'en quelques décennies la population mondiale a été divisée par deux cents. Nombre d'espèces animales et végétales ont disparu à jamais. De grandes inondations, dues à la fonte des calottes polaires, ont rayé les grandes métropoles côtières de la carte. Puis, avec le temps, le climat s'est refroidi, les terres englouties sont réapparues, les banquises se sont reformées et descendent aujourd'hui plus bas qu'à l'époque du Jour du Soleil. En conséquence, le niveau des océans se trouve aujourd'hui inférieur à celui du vingt-quatrième siècle. Brittania, qui fut autrefois une île, se trouve à présent rattachée au continent europanien.

« De nos jours, l'humanité s'est scindée en deux branches : les humains dits normaux, qui ont survécu aux grandes pandémies grâce à des mutations, et les humains dégénérés, ceux que l'on appelle les werhes ou les garous. Même s'ils peuvent s'avérer extrêmement dangereux, ce sont de pauvres créatures, car elles sont irrémédiablement condamnées à disparaître au fils des siècles.

Les werhes payent le plus lourd tribut aux inconséquences de nos ancêtres communs. La reconstruction du monde ne passe pas par eux. Seuls les humains sont concernés. Mais s'ils jouissent d'une excellente santé physique, ces humains sont loin d'être parfaits. Et nous devons tenir compte avec humilité de ces imperfections, de *nos* imperfections.

« Les religions ont voulu conduire l'homme vers ce qu'elles estimaient être le Bien en lui imposant leurs règles par un conditionnement mental dès l'enfance. Nous pensons à l'inverse que l'homme doit acquérir ces principes de base sans contrainte, en étant responsabilisé, pour prendre librement conscience de leur importance. Nous voulons que l'humanité devienne enfin adulte. Mais c'est une tâche ardue.

« L'homme est issu de l'animal. Il en garde encore l'agressivité instinctive. Cette agressivité lui a été indispensable à l'époque préhistorique pour s'élever au rang de prédateur universel. Il n'a plus de rivaux depuis longtemps. À présent, il doit s'élever au-dessus de sa condition animale. Malheureusement, l'agressivité fait toujours partie de l'homme et doit être canalisée afin de se transformer en une source d'énergie positive. Seule une éducation appropriée permet d'apprendre à un être humain à contrôler et maîtriser cette énergie. C'est cette éducation que nous développons dans les cités du Réseau amanite.

« Cependant, ce Réseau n'est pas encore très étendu. Il ne comprend que la partie occidentale de l'Europannia, et un petit territoire en Améria, autour de la cité nouvellement fondée d'Avallonia. Notre organisation repose sur la mise en place d'un pouvoir basé sur une phalange composée de cinq amanes, chacun ayant sa fonction spécifique. Ils partagent ce pouvoir avec un homme élu par ses pairs, un seigneur — dans certains cas un gouverneur. Nous nous adaptons aux spécificités des cités qui rejoignent le Réseau amanite. Dans un avenir plus ou moins proche, les amanes s'effaceront et ne conserveront qu'un rôle consultatif. Ils demeureront les gardiens de la Connaissance et de la Sagesse. Leur rôle consistera à faire bénéficier avec discernement les hommes des bienfaits que peuvent leur apporter les sciences. Mais cela nécessitera une grande vigilance, afin que les erreurs des Anciens ne soient pas reproduites. Pour cela, nous avons besoin d'hommes dévoués, qui croient à nos idées.

Charles Commènes resta un moment songeur.

— Nous sommes aujourd'hui confrontés à un problème, reprit-il. Il n'est pas encore vital, mais il le deviendra dans les décennies à venir. Certains chevaliers, menés par le roi de Lonodia, lord Harry Wynsord, estiment que notre politique d'approche pacifique des autres cités n'est pas assez efficace. Pour eux, elle n'est qu'une perte de temps. Ils prônent, quant à eux, une guerre de conquête, en s'appuyant sur l'armement supérieur dont nous disposons. La motivation de ces gens est limpide : ils ne sont guidés que par le goût du pouvoir et de la richesse. Certains mènent d'ailleurs déjà des guerres pour leur propre compte, ce qui fausse les relations que nous souhaitons établir avec les populations qu'ils soumettent.

« Nous ne devons pas être aveugles. Wynsord est en lutte contre les amanes. Ce n'est pas une guerre ouverte, bien sûr, mais il complote sans cesse contre nos idées. Il agit par tous les moyens pour amener les peuples à penser que nous les menons à l'échec. Pour cela, il ne cesse de nous tendre des pièges. C'est la raison pour laquelle il a voulu te faire éliminer au cours de ton voyage. Nous avons mené notre enquête. C'est lui qui a demandé au chevalier Gaaleth Cheerer de te défier. Il a échoué, car il n'avait pas prévu que la puissance de ton shod'l loer compenserait ton infériorité d'alors aux armes.

« Nous pourrions faire intervenir les dramas et destituer ces sombres individus, mais le Réseau risquerait de sombrer dans la guerre civile. Lord Wynsord jouit d'une certaine popularité, fondée sur une propagande bien faite auprès des peuples. Il leur fait miroiter la fortune et la gloire. Même s'il n'a qu'une très faible influence à Rives, ses idées, qui font appel à la fois aux anciennes légendes et aux bas instincts de l'être humain, commencent à gagner plusieurs cités du nord, comme Béthunes, Rhennes ou Kalay. Il s'appuie sur une fraction non négligeable de la chevalerie, qui ne comprend pas pourquoi elle possède si bien le métier des armes si ce n'est pas pour l'utiliser.

« Ces idées guerrières sont totalement opposées à notre éthique. Qu'en est-il du respect de l'autre et de sa différence, de la solidarité ? La force ne peut avoir que deux fonctions : soit elle protège, soit elle asservit. Dans le premier cas, l'homme pourra s'élever au-dessus de sa condition animale et s'épanouir dans un monde plus juste. Dans le second cas, l'homme restera un animal, car il ne fera qu'appliquer la terrible loi de la nature qui veut que les plus puissants soient les prédateurs des plus faibles. Elle est indispensable dans la nature, car elle permet d'éliminer les individus les plus fragiles, afin de préserver l'espèce en ne sélectionnant que les meilleurs. Mais l'esprit humain est beaucoup plus complexe que celui des animaux. Il connaît la différence entre le Bien et le Mal. Cependant, malgré les bonnes intentions des religions et des philosophies du monde antique, c'est cette loi qui a été appliquée jusqu'à présent pour l'être humain : la domination des faibles par les forts. Cela a pris toutes les formes possibles. C'est pour cela que le monde des Anciens s'est effondré. Nous estimons au contraire que le devoir de ceux qui possèdent la force est d'aider les plus faibles, non de les asservir. C'est l'honneur même de l'être humain : ne plus se conduire en prédateur, mais en être intelligent et responsable.

Le vieil homme poussa un long soupir et parut à ce moment vraiment âgé de deux siècles.

— Je serais très triste de voir tout ce que nous avons bâti avec patience s'effondrer pour retourner au chaos. Nous avons fondé l'ordre de la chevalerie, mais nous ne nous sommes pas montrés assez exigeants. Il faut donner un véritable idéal aux chevaliers, et se montrer plus ferme au niveau des épreuves. Le chevalier actuel n'est qu'un guerrier possédant un pouvoir mental supérieur, et il s'en sert parfois pour exercer sa domination dans son seul intérêt. Même si nombre d'entre eux sont encore fidèles à nos idées, le mal va se répandre inexorablement chez des jeunes avides de gloire. Nous avons réussi avec les dramas à créer une armée entièrement dévouée, nous devons réussir avec les chevaliers. Mais, à la différence des dramas, ces chevaliers seront destinés à régner, à gouverner les cités acquises au Réseau amanite.

Le Fondateur laissa passer un nouveau silence.

— Je sais que tu es très affecté par la mort de ce jeune Harpen. Je sais aussi que tu désires abandonner parce que tu crois que la capture d'un lionorse est trop dangereuse pour être incluse dans l'Eschola. Moi, je crois au contraire qu'elle doit en constituer l'une des parties les plus importantes. D'après ce que je sais, l'apprivoisement d'un lionorse exige une grande humilité et un esprit ouvert, qualités que doivent impérativement posséder les chevaliers, au-delà du shod'l loer. Harpen a été le premier. Il y aura d'autres morts. Mais c'est le prix à payer pour former une vraie chevalerie, dont les valeurs reposeront sur la loyauté, la fidélité, le courage et le dévouement aux autres. Des chevaliers conscients de leur vraie valeur, et qui sachent rester humbles face à la gloire.

« Il ne sert à rien de lutter contre Wynsord par la force. Ce qu'il faut, c'est dresser face à lui des chevaliers animés par un nouvel idéal, et non plus par l'appétit de richesse, de gloire et de pouvoir. Il faut créer une nouvelle chevalerie. Voilà pourquoi j'ai voulu te rencontrer, Hegon. Voilà la tâche que je souhaiterais te confier.

— Pourquoi moi, alsehad ?

— Tu possèdes les qualités d'un grand meneur d'hommes. Je les ai lues en toi. Elles ne demandent qu'à être développées. Il te reste encore beaucoup de choses à apprendre, mais je suis prêt à assurer moi-même une partie de ton éducation.

Hegon frémit. Il ne savait plus que penser. Il avait face à lui le fondateur de la nation la plus juste et la plus équilibrée de ce monde en pleine mutation. Son humilité naturelle le poussait à refuser une telle responsabilité. Mais s'il refusait, que deviendrait le monde amanite ? Comme l'avait dit Charles Commènes, si la menace n'était pas encore très grave, elle se précisait, et, un jour ou l'autre, le Réseau sombrerait dans la guerre civile.

En revanche, s'il acceptait, tout cela pouvait être sauvé et se développer. Ce n'était pas un honneur qu'on lui faisait. Le Fondateur avait constaté ses qualités et lui signifiait simplement qu'il avait besoin d'elles. Cette valeur était un don. Selon la philosophie des amanes, il était donc naturel qu'elle puisse être utile au plus grand nombre. Un deuxième élément le retenait encore : serait-il capable d'accomplir cette tâche ? En fait, personne ne pouvait le dire. Mais il devait essayer, de toutes ses forces. Car il ne serait pas seul. Il aurait derrière lui toute la sagesse des Grands Initiés et de cet étrange vieillard qui était aussi son ancêtre.

— J'accepte, dit-il enfin.

41

Rives, un an plus tard...

Une foule nombreuse se pressait dans l'immense amphithéâtre du Parlement, où les Grands Initiés avaient invité les notables de la ville et surtout les chevaliers régnants en provenance des vingt-sept cités du Réseau amanite europanien. Les conversations allaient bon train. On ignorait la raison de cette invitation. C'était la première fois que l'ensemble de la classe dirigeante du monde amanite était ainsi réunie depuis la fondation du mouvement, plus d'un siècle et demi auparavant.

Au bras d'Hegon, Arysthée rayonnait. Jamais elle n'avait été aussi belle. Près d'eux, Jàsieck n'était pas moins fier de se trouver au milieu de cette assistance, en tant qu'écuyer du «noble sire Hegon, chevalier d'Entraghs», ainsi qu'on le désignait à présent. Outre le nom, Hegon avait hérité du petit domaine que son père possédait au sud de Rives, une terre qui produisait des vins excellents, et une petite cité dont il était naturellement devenu le seigneur après qu'elle eut été détachée de la capitale. Cependant, Hegon passait la majorité de son temps à Rives, où le retenaient ses nombreuses fonctions.

En une année, Hegon avait achevé de conquérir le cœur des Rivéens.

Grâce à lui, quelques jours plus tôt, douze nouveaux bacheliers avaient franchi avec succès l'Eschola, enrichie de deux nouvelles épreuves désormais obligatoires : la capture d'un lionorse et ce que l'on appelait la Sagitta, dont on disait qu'elle était encore plus dangereuse bien que personne ne sût en quoi elle consistait exactement. Contrairement à l'année précédente, aucun des bacheliers n'avait péri. Les nouveaux chevaliers s'étaient joints à ceux de l'année précédente pour constituer à Hegon une escorte de prestige. Il était devenu leur héros, un chef à l'esprit déjà empreint de sagesse malgré son jeune âge, à peine vingt-cinq ans.

Peu à peu, les invités prenaient place sur les gradins couverts de velours bordeaux de l'amphithéâtre, capable de recevoir plus de mille personnes. Dans un coin, un seigneur à la stature de géant pérorait au milieu d'une cour de chevaliers qui paraissaient lui vouer une grande admiration. Axharius, qui avait pris place avec Hegon sur la tribune des orateurs, le désigna :

— Lord Harry Wynsord, seigneur roi de Lonodia, en Brittania. Entouré de ses fidèles, les princes de Rhennes, de Béthunes, de Kalay, de Mézières, accompagnés de leurs vassaux et chevaliers. Ouvertement déclarés hostiles à l'entreprise des amanes. Cette année, Wynsord a conquis par la force une bonne partie du nord de Brittania, élargissant son royaume jusqu'à la Banquise skandianne, et asservissant les peuples qui y vivent. Nous avons protesté vigoureusement, mais nous n'avons pu intervenir sous peine de déclencher une guerre dans cette région. William de Lancastre n'a pas été le moins acharné à combattre à ses côtés.

— Après ce que je dois leur dire aujourd'hui, il faudra peut-être en arriver là.

— Fassent les dieux de bienveillance que nous ne soyons pas obligés d'en venir à cette extrémité.

— Je l'espère aussi, mais c'est une épreuve de force qui se prépare. Il faut calmer ces énergumènes en les menaçant de faire intervenir les armées dramas. Et agir s'ils passent outre. Dans le cas contraire, ils estimeront que nous manquons de courage et de détermination, et c'en sera fait du Réseau amanite.

Près d'eux, Therrys de Clairmont renchérit :

— Je partage l'avis du seigneur Hegon, alsehad. Nous ne devons faire preuve d'aucune faiblesse. Et il est l'homme de la situation.

Le vieux prêtre acquiesça en silence.

— C'est vrai, mes enfants. Mais nous devons aussi tout faire pour éviter de voir le monde amanite se déchirer.

Il se tourna vers Hegon :

— C'est vous qui allez parler pour présenter votre projet, seigneur chevalier. Vous savez que nous l'approuvons sans réserve. Malheureusement, je pense qu'il va engendrer une vague de protestation, à laquelle vous devrez faire face.

— Je serai intransigeant, alsehad. Si nous voulons assurer la paix, il faut savoir prévenir la guerre. En d'autres termes, nous devons « taper du poing sur la table ». Si nous les laissons faire, Wynsord et ses partisans ne vous respecteront plus et nous irons à ce moment-là vers un éclatement du Réseau amanite.

Axharius médita les paroles d'Hegon, puis déclara :

— Je pense que vous avez raison, seigneur Hegon. Vous avez notre assentiment pour utiliser la menace, si cela s'avère inévitable.

Arysthée serra discrètement le bras d'Hegon. Elle semblait s'amuser beaucoup. Hegon la connaissait. Il ne lui déplaisait pas de voir clouer le bec à ces chevaliers guerriers assoiffés de richesses et d'honneurs, qui avaient bénéficié de l'appui des amanes pour se retrouver à la tête de cités puissantes, et qui depuis exerçaient impunément leur tyrannie en trahissant le serment prêté aux prêtres. Leur arrogance était telle qu'ils voulaient profiter de cette assemblée extraordinaire pour exiger l'utilisation des armes dramas. Déjà, certains chevaliers neutres commençaient à se poser des questions quant à l'opportunité d'une conquête rapide d'un monde livré au chaos, et qui n'attendait qu'une chose : que l'ordre fût rétabli. Ainsi parlait lord Harry Wynsord qui avait réussi, à force de ruse et de diplomatie, à rallier à ses thèses plus du tiers des princes régnants. Fort de ce soutien, il comptait bien mettre en avant ses victoires éclatantes sur les peuples du nord de Brittania pour faire la démonstration que sa démarche était la bonne. Il avait ramené plus de dix mille esclaves, dont il avait généreusement libéré la moitié ensuite pour mieux les rendre dociles. Les amanes savaient aussi qu'il essayait de constituer une armée secrète destinée à contrer un jour la puissance de la religion.

De son côté, lord Wynsord avait pris ses renseignements sur la teneur de cette assemblée. Il n'avait pu obtenir de précisions. Mais il se doutait que les Grands Initiés avaient réuni les princes régnants et la fine fleur de la chevalerie pour rappeler à l'ordre ceux qui contrevenaient à leurs principes. Si cela leur chantait, ils pouvaient toujours vitupérer. Il ne les craignait pas. Ils n'avaient déjà pas réagi quand il avait mené ses guerres de conquête. Leurs stupides réprimandes n'allaient certainement pas l'empêcher de poursuivre. Il fallait balayer leurs principes surannés pour mener une nouvelle politique plus offensive. Ces vieillards fatigués auraient mieux fait de s'occuper uniquement de religion et de science, puisque c'était leur passion. L'action devait revenir... aux hommes d'action, et ce congrès inattendu allait lui fournir l'occasion de contraindre les amanes à accepter ses revendications. Dans le cas contraire, ils s'en mordraient les doigts.

Un sentiment désagréable s'empara de lui quand il vit s'installer, parmi les membres de la Phalange suprême, ce seigneur étranger qui avait tué Gaaleth Cheerer un an et demi auparavant. Il l'avait envoyé pour le supprimer, afin de semer le trouble dans l'esprit des prêtres, mais ce crétin de Cheerer avait lamentablement échoué. On disait que cet Hegon de Medgaarthâ enseignait aux bacheliers à capturer des lionorses, et qu'il passait le reste de son temps en fêtes joyeuses et en orgies avec sa compagne. Tant pis pour lui s'il se dressait sur son chemin !

Axharius prit la parole. Le silence se fit.

— Frères amanes, nobles seigneurs et chevaliers, nous vous avons réunis en ce jour pour vous faire part d'une décision prise par la Phalange suprême concernant l'avenir de la chevalerie, l'une des classes dirigeantes du Réseau amanite. Il est apparu ces derniers temps que les principes simples et humanistes qui fondent l'esprit de notre monde ont été bafoués à plusieurs reprises.

Un murmure de protestation courut dans la salle, du côté des partisans de Wynsord. Mais d'autres les rappelèrent à l'ordre. Axharius dut attendre un bon moment avant de pouvoir continuer.

— Nous avons donc estimé urgent de remédier à cet état de fait. C'est pourquoi nous avons confié au seigneur Hegon d'Entraghs, que nombre d'entre vous connaissent déjà, la tâche de former une nouvelle chevalerie, plus digne que l'ancienne de prendre en main les rênes des cités amanites.

Cette fois, le murmure se mua en grondement. Quelques insultes et provocations. Axharius les ignora et céda la place à Hegon. Le jeune homme attendit le retour du calme, puis se mit à parler. Sa voix, grave et puissante, résonna dans la salle, renforcée par des appareils acoustiques.

— Messeigneurs, pour la première fois, cette année, l'Eschola a désigné des chevaliers de la nouvelle génération.

À nouveau, quelques cris de provocation tentèrent de

lui couper la parole, mais les perturbateurs se heurtèrent aux autres, qui leur intimèrent fermement de se taire.

— Ces chevaliers ont subi de nouvelles épreuves. Pour la première fois, nous allons faire une entorse à la tradition qui veut que les chevaliers ne parlent jamais de ces épreuves. Exceptionnellement, nous allons dévoiler le déroulement de l'Eschola tel qu'elle sera désormais pratiquée dans l'enceinte du Sahiral. Elle compte désormais six épreuves au lieu de quatre. La première, l'Aiguade, est un bain purificateur. La seconde, l'Astina, impose au bachelier de rester trois jours sans boire ni manger, afin de mesurer sa résistance à la privation, et de l'obliger à une introspection pour mieux se connaître lui-même. La troisième, la chasse, oblige le bachelier à se rendre, seul, en forêt, afin d'y survivre en piégeant un gibier avec son poignard pour toute arme. C'est un exercice de survie. La quatrième, et la dernière des anciennes épreuves, repose sur la maîtrise des armes. Un bachelier doit être capable de manier aussi bien le sabre que le poignard, l'arc, l'arbalète, la lance, les nardres, la trive, ou encore le gonn.

« À ces quatre épreuves en ont été ajoutées deux autres. Tout d'abord, un chevalier devra être capable de capturer et de monter un lionorse. Cette capture est une épreuve de courage et d'humilité, qui comporte de grands risques, car le lionorse est un fauve, et le bachelier qui commet une erreur est impitoyablement tué par la horde. Nous ne déplorons aucun mort cette année, mais il y en aura dans les prochaines années. Un bachelier a toujours le droit, s'il sent qu'une épreuve est au-dessus de ses forces, de renoncer à la passer, et par voie de conséquence, d'abandonner la chevalerie. Mais il est important pour un homme, chevalier ou non, de savoir s'estimer à sa vraie valeur, et l'honneur n'exige pas que l'on courre à la mort pour affronter une épreuve insurmontable. La chevalerie ne doit compter que des êtres d'exception, qui seront prêts à mourir pour protéger ceux dont ils auront la charge. Il est donc indispensable pour cela qu'ils connaissent leurs propres limites. Ainsi est apparue la sixième épreuve, que nous avons appelée Sagitta. Son but est de faire prendre conscience à chaque bachelier de sa valeur véritable. Elle a été mise au point par les amanes et consiste à implanter sur la peau des aiguilles de métal très fines, comme celles qui règlent le flux vital des méridiens du corps, utilisées par les médamanes. L'implantation se fait toujours suivant un ordre précis. À partir d'un certain nombre, des vagues de douleur apparaissent, qui augmentent à mesure que croît le nombre des aiguilles. Il faut dépasser une certaine quantité d'aiguilles pour triompher de cette épreuve. Le bachelier ignore combien. Il va donc devoir accepter de souffrir jusqu'à ce qu'il estime avoir atteint le degré ultime de sa capacité de résistance. Cependant, au-delà d'un autre nombre, qu'il ignore également, l'implantation conduit à la mort. Il doit donc faire preuve d'humilité et éviter tout sursaut d'orgueil fatal.

Hegon laissa passer un silence. Dans la salle, les visages des invités étaient devenus graves. Les deux nouvelles épreuves ne permettraient plus aux seuls guerriers d'accéder à la chevalerie. Il fallait faire preuve d'autres qualités.

— À présent, poursuivit Hegon, je vais vous lire les règles qui régiront désormais la vie des chevaliers du monde amanite et qui ont été établies, à la demande de la Phalange suprême, par un collège composé d'amanes et des chevaliers nommés l'année précédente. Ces règles ont reçu l'assentiment de la Phalange suprême. Les voici...

La voix d'Hegon était puissante et affirmée. Furieux, Wynsord aurait voulu le contrer, semer la confusion, mais il constata que les autres semblaient subjugués par cette voix chaleureuse et bien timbrée. La voix d'un meneur d'hommes. Wynsord connaissait assez l'être humain pour comprendre qu'il avait affaire à un individu d'une trempe exceptionnelle, duquel émanait une autorité naturelle, qui s'exerçait d'elle-même, sans contrainte. La sienne reposait sur la ruse et la peur qu'il inspirait. Il se sentit mal à l'aise. Comprenant que même ses fidèles ne le soutiendraient pas, il se résigna à écouter ce que « ce bâtard d'étranger » avait à dire.

— Ces règles sont au nombre de sept.

« Première règle : l'obéissance aux lois amanites. Le chevalier obéira aux lois sacrées établies par les amanes et les fera respecter. Il ignorera la peur et la lâcheté. Il ne commettra ni crime, ni action basse, ni trahison. Il ne combattra pas pour son intérêt personnel et ne profitera pas de sa situation pour augmenter sa fortune.

« Deuxième règle : l'honneur du chevalier. Le titre de chevalier fait d'un noble l'égal d'un roi. Les princes régnants lui réserveront toujours hospitalité et assistance. Le peuple subviendra à ses besoins. En contrepartie, il jure sur son honneur de le défendre contre tout ennemi, quel qu'il soit, jusqu'à la mort s'il le faut.

« Troisième règle : la sagesse et l'humilité. Quand bien même le sort l'amènerait à une destinée élevée et couronnée par la gloire, comme la gouvernance d'une cité du Réseau amanite, le chevalier n'oubliera jamais qu'il reste un homme, destiné à retourner à la poussière dont il est issu. Il ne tirera pas gloire de son titre, n'exercera pas un pouvoir dominateur, mais au contraire fera preuve de dévouement envers le peuple dont il aura la charge.

« Quatrième règle : le courage et la loyauté. En cas de guerre, le chevalier assumera la responsabilité de la vie des guerriers qui lui seront confiés, ne les exposera pas inutilement et veillera à leur fournir armes et viande.

« Cinquième règle : le respect des femmes et des plus faibles. Le chevalier respectera toute femme de quelque condition qu'elle soit, n'attentera ni à sa personne ni à ses biens et la défendra contre ses ennemis. De même, il protégera les plus faibles contre l'oppresseur.

« Sixième règle : l'honneur du chevalier ne s'appliquera pas à sa propre personne. Sa valeur ne saurait en aucun cas lui servir à vider une querelle personnelle. Sa vie appartiendra au suzerain qu'il se choisira librement et au peuple gouverné par ce suzerain.

« Septième règle : le chevalier qui violera ces règles sera immédiatement déchu de son titre et de ses droits. Parce qu'il aura souillé l'honneur de la chevalerie, il sera confié au jugement de ses pairs, qui prendront contre lui les sanctions qu'ils estimeront justes, celles-ci pouvant aller jusqu'à la mort.

Hegon laissa passer un silence. Dans la salle se dessinèrent des mouvements contradictoires. Wynsord haussait les épaules. Ces règles ne changeraient pas grand-chose, et personne ne l'empêcherait de mener sa vie comme il l'entendait. Ailleurs, des applaudissements retentirent. L'idée séduisait visiblement les chevaliers restés fidèles aux amanes.

Le jeune homme reprit la parole. Il brandit un petit livre relié en cuir.

— Ce livre s'appelle l'*Eythim*. C'est le nom que l'on donne, en Medgaarthâ, au code d'honneur des guerriers. Il désignera désormais celui des chevaliers amanites. Les bacheliers devront l'étudier et le méditer avant de passer les épreuves, afin de s'imprégner de l'esprit qui doit les animer.

— Ça va nous faire de la lecture ! lança Wynsord sur un ton ironique.

Quelques rires serviles firent écho à sa repartie. Hegon l'interpella :

— Vous ne croyez pas si bien dire, lord Harry Wynsord. Les chevaliers présents dans cette salle auraient grand intérêt à le lire, car il s'appliquera désormais à tous les chevaliers, y compris ceux qui n'auront pas subi les nouvelles épreuves. Vous êtes donc directement concernés. Tous !

Wynsord voulut réagir, mais Hegon le coupa :

— Je n'ai pas terminé.

— Qu'y a-t-il donc d'autre ? demanda le roi de Lonodia d'une voix où perçait l'agacement.

— Une décision a été prise par la Phalange suprême : seuls les chevaliers ayant subi les nouvelles épreuves dans leur totalité pourront être nommés prince régnant d'une cité amanite.

— Quoi ? s'insurgea Wynsord.

— Lord Wynsord, ayez donc la courtoisie de me laisser finir.

L'autre allait répliquer quand la salle se mit à gronder pour le faire taire. Force lui fut d'obtempérer.

— Bien entendu, les seigneurs régnants déjà en place ne seront pas destitués, mais ils ne pourront transmettre leur titre qu'à un chevalier ayant satisfait à la nouvelle Eschola. Rien d'ailleurs ne les empêche de passer les nouvelles épreuves s'ils désirent obtenir une plus grande légitimité.

À nouveau, des murmures contradictoires agitèrent la salle. Hegon éleva la voix et poursuivit :

— Il s'est produit, ces dernières années, des débordements, exactions et autres guerres de conquête qui ne correspondent nullement à l'esprit de la religion amanite. Après en avoir longuement délibéré, les Grands Initiés ont pris la décision suivante : une amnistie est accordée à ceux qui ont enfreint les lois. Cependant, la Phalange suprême exige désormais que ces lois soient respectées par tous, sans exception. Il ne sera donc plus question de se livrer à des guerres personnelles de conquête. L'extension du Réseau se fera comme il a toujours été prévu de la faire, non par la violence. Par ailleurs, les seigneurs qui ont bafoué les règles de paix se verront contraints de reverser aux peuples maltraités des réparations substantielles. Les dédommagements seront prélevés sur la cassette des seigneurs incriminés ! De même, les prisonniers transformés en esclaves seront libérés.

Une explosion de colère retentit du côté des partisans de Wynsord.

— Quoi ? s'insurgea-t-il. C'est hors de question ! Je ne verserai rien ! Et je conserverai mes prisonniers !

— Cette clause est exécutable dès votre retour à Lonodia ! martela Hegon.

— Et comment vas-tu la faire appliquer ? Avec ta poignée de petits chevaliers bâtards ? attaqua Wynsord avec virulence.

Hegon pointa le doigt sur lui et tonna :

— Écoutez-moi bien, Harry Wynsord ! Les armées dramas sont d'ores et déjà en état d'alerte dans toutes les cités concernées. Elles ont pour consigne de faire appliquer les décisions de la Phalange suprême avec la plus grande fermeté. Les seigneurs qui refuseraient de s'exécuter seront immédiatement considérés comme traîtres, destitués de leurs titres et de leurs fonctions, arrêtés et poursuivis par la justice du Réseau amanite. J'ajoute que deux divisions ont pris position autour du Parlement. Elles ont ordre d'intervenir si des perturbateurs s'avisent de s'opposer aux décisions des Grands Initiés.

— C'est un scandale ! explosa le roi de Lonodia.

— Encore un mot, Wynsord, et je vous fais arrêter et jeter dans un cul de basse-fosse !

L'autre s'apprêtait à répliquer, mais il s'aperçut que plusieurs dizaines de dramas armés de pistolasers avaient investi l'amphithéâtre. Il comprit qu'Hegon ne bluffait pas. Ravalant sa fureur, il se tut. Lancastre prit le relais.

— Mais qui êtes-vous donc, Hegon d'Entraghs, pour ainsi imposer vos dictats à cette noble assemblée ?

Hegon ne répondit pas. Un mouvement de foule se dessinait derrière la tribune. Une nouvelle escorte de dramas apparut, encadrant un personnage voûté qui s'appuyait sur une canne. Des exclamations de stupeur retentirent. Le vieillard monta prendre place au côté d'Hegon. Ce fut seulement alors qu'on le reconnut : Charles Commènes, que l'on croyait disparu depuis plus de vingt ans. On savait qu'il avait toujours voulu entourer sa mort de la plus grande discrétion. On ne s'était donc pas étonné de ne pas avoir été informé de sa disparition. Mais voilà qu'il réapparaissait, certes un peu fatigué, mais encore vivant, malgré son grand âge. Dans la foule, le premier moment de stupéfaction passé fit place à un élan d'enthousiasme. Le Fondateur avait laissé derrière lui le souvenir d'un homme extraordinaire, à qui Rives devait sa prospérité et sa puissance actuelles. Il avait instauré la paix et la richesse, offert un avenir et une mission exaltants à ceux qui s'étaient ralliés à lui. Si l'on vivait si bien à Rives et dans les cités du Réseau, c'était en grande partie grâce à ses idées, aux bienfaits qu'il avait apportés en relevant cette partie de la Francie de ses cendres. Il était aimé, adulé par tous. Peu à peu, une ovation formidable retentit, balayant les récriminations de Wynsord et de ses partisans.

Le vieillard attendit que les acclamations s'apaisent, puis il prit la parole à son tour.

— Mes chers amis, mes enfants, c'est une grande émotion pour moi de me retrouver parmi vous. Pendant ces dernières années, j'ai jugé préférable de demeurer dans l'ombre pour laisser mes successeurs prendre le relais de l'action que nous avions initiée tous ensemble. Je ne suis pas éternel et j'estimais que j'avais assez triché avec la nature. J'ai donc décidé de la laisser reprendre le dessus, pour savoir enfin ce qu'il peut bien y avoir de l'autre côté de la vie. Les dieux de bienveillance m'ont accordé un délai supplémentaire, sans doute dû à la solidité de ma vieille carcasse, mais peut-être aussi parce qu'ils désiraient que je rencontre l'homme qui se tient devant vous près de moi. Hegon de Medgaarthâ, dont vous connaissez tous l'histoire, est aussi l'un de mes descendants. C'est sur ma demande qu'il a fondé cette nouvelle chevalerie qui est appelée à diriger les cités amanites, celles qui existent actuellement et celles qui nous rejoindront dans l'avenir. Nous ne sommes pas des conquérants, même si, comme semblent le croire certains, nous en aurions les moyens. Notre but n'est pas de créer un empire basé sur la force et la domination, mais un réseau qui peu à peu s'étendra sur le monde et lui permettra de se relever de ses ruines. Le chemin est encore très long et aucun de ceux qui se trouvent aujourd'hui dans cette salle n'en verra la fin. Mais c'est une tâche exaltante et gratifiante. C'est aussi un devoir envers nos frères humains, et surtout envers nos descendants, de leur offrir un monde fondé sur l'amour et la solidarité, un monde dans lequel les Terres Bleues auront disparu, où la paix et l'harmonie régneront, et où la richesse profitera à tous, dans le respect de notre mère nature. C'est un rêve que j'ai fait, c'est à vous de le réaliser. À vous, et à vos enfants.

Il se tourna vers Hegon.

— Le seigneur Hegon, fils du chevalier Pier d'Entraghs et de dame Dreïnha, a toute ma confiance, malgré son jeune âge, pour développer ce nouvel esprit chevaleresque qui doit guider les futurs dirigeants du Réseau amanite. Des erreurs ont été commises par certains, qui n'ont pas respecté l'esprit dans lequel nous avons toujours voulu œuvrer. Peu importe leurs motivations, car il n'y aura aucune poursuite contre ceux-là s'ils acceptent les conditions imposées, destinées à ramener la paix dans les régions troublées. Je suis donc sûr que tout va désormais rentrer dans l'ordre sans qu'il soit besoin de faire appel aux forces dramas.

Dans la salle, l'ovation reprit avec encore plus d'enthousiasme. Charles Commènes était pour tous comme un père dont on ne discutait jamais les décisions. Et surtout, chacun était trop heureux de le revoir vivant pour songer à récriminer. C'était une sorte de miracle qui rejetait les querelles au second plan.

Une vague de haine avait submergé lord Wynsord, provoquée par une abominable sensation d'impuissance.

Seuls restaient ses plus fidèles lieutenants. Les autres s'étaient ostensiblement écartés de lui. Il poussa un rugissement de dépit et se fondit dans la foule. Mais ce maudit Hegon ne perdait rien pour attendre ! On n'humiliait pas ainsi lord Harry Wynsord !

42

Au cours de la soirée qui suivit, donnée au palais royal par le souverain Loran de Graves, la colère n'avait pas quitté lord Harry Wynsord.

Il était venu à Rives avec l'idée d'ébranler la toute-puissance des amanes, en montrant à l'ensemble de la chevalerie que sa politique de paix était vouée à l'échec et qu'elle n'était pas toute-puissante. Il avait toujours exercé sur les autres un fort ascendant, dû à son auto-rité naturelle, à son esprit retors, et à la finesse de son shod'l loer, qui lui permettait d'évaluer très vite ses interlocuteurs. Il savait toujours comment les prendre, les contourner, les manipuler. Ainsi avait-il créé, à force de patience et d'intrigues, un réseau de fidèles et d'alliés, grâce auquel il comptait bien ronger le pouvoir de cette religion qui entendait tout régenter et interdire la guerre.

En quelques instants, à cause de ce chien d'Hegon d'Entraghs, tout s'était effondré. Non seulement il était hors de question de relancer la polémique sur les armes, mais il allait devoir racheter, pour les libérer, les esclaves qu'il avait capturés au cours de l'année, et dont la vente lui avait rapporté une véritable fortune.

Il avait beau retourner le problème dans tous les sens, il n'entrevoyait aucune solution. Il connaissait assez les hommes pour savoir que ce maudit Hegon ne plaisantait pas. Si ses exigences n'étaient pas respectées, il donnerait ses ordres aux dramas sans aucune hésitation. Ses compagnons et lui-même seraient alors arrêtés et destitués pour rébellion. Il n'avait pas les forces suffisantes pour s'opposer aux guerriers de la religion. Son armée secrète n'était pas encore assez nombreuse. Et surtout, elle allait grandement diminuer en raison de la défection de ceux avec qui il avait passé des alliances. Hegon avait capté l'attention de la grande majorité de la chevalerie, jusque dans ses propres troupes.

La seule solution aurait consisté à gagner une partie des forces dramas à ses idées. Il avait tenté d'approcher certains commandants. Il avait essuyé à chaque fois un échec cuisant. Les dramas étaient dévoués corps et âme aux amanes, pour lesquels ils étaient prêts à se faire hacher menu. Les imbéciles !

Depuis le début de la soirée, lord Wynsord ruminait sa hargne dans un coin de la vaste salle de réception du palais royal, vidant coupe sur coupe en compagnie des siens, ceux qui lui conservaient malgré tout leur confiance, comme William de Lancastre. Malheureusement, leur nombre ne dépassait guère la douzaine.

La fureur de lord Wynsord était d'autant plus intense qu'il avait failli être débarrassé de cet enquiquineur une bonne fois pour toutes. Si seulement cet imbécile de Gaaleth Cheerer avait pu réussir sa mission ! Mais il avait trouvé le moyen de se faire tuer ! Un chevalier de sa trempe ! À l'époque, il s'agissait seulement de porter un coup aux amanes en supprimant, comme par accident, l'un de leurs protégés. Il ignorait alors que ce maudit bâtard possédait des qualités si étonnantes. Il aurait dû envoyer une escouade de tueurs.

Hegon ne le craignait pas. Pire encore, il lui parlait comme à un laquais. Il l'avait humilié devant tous. Pour couronner ce désastre, il avait fallu que ce vieillard que l'on croyait mort depuis des décennies décide de ressusciter ! Il aurait aimé l'étrangler de ses mains !

De temps à autre, il lâchait une bordée de jurons. Il fallait se rendre à l'évidence : ce bâtard d'Hegon possédait une autorité naturelle supérieure à la sienne. Sa voix marquait les esprits. Les Grands Initiés savaient ce qu'ils faisaient en lui confiant la responsabilité de la nouvelle chevalerie.

— Quel titre lui ont-ils donné ? demanda-t-il à Lancastre.

— Chevalier plénipotentiaire de la Phalange suprême, répondit l'autre. C'est-à-dire qu'il a tout pouvoir de prendre les décisions qu'il jugera utiles pour reprendre en main le Réseau amanite. Il n'a de compte à rendre qu'aux Grands Initiés eux-mêmes. Même le roi Loran n'a pas autorité sur lui.

Wynsord médita les paroles de son compagnon.

— Est-il si grand guerrier qu'on le dit ?

— Lors des joutes amicales, on dit que personne ne peut lui résister. Même ses maîtres dramas ne tiennent plus devant lui. C'est une force de la nature.

— Moi aussi ! cracha soudain Wynsord. Et j'ai bien envie de me dégourdir les muscles. Jusqu'à preuve du contraire, c'est moi le plus grand guerrier du monde amanite !

— Je sais, Harry, le prévint Lancastre. Mais prends garde ! N'oublie pas ce qu'il a fait à Cheerer !

Dominé par la colère et l'alcool, Wynsord n'écoutait plus. Il devait provoquer ce cancrelat en duel ! C'était le seul moyen de reprendre l'ascendant sur les siens et sur les autres.

Dans l'immense salle de réception du palais, des valets passaient d'un groupe à l'autre en proposant des friandises, du vin, des jus de fruits ou des liqueurs. Un orchestre diffusait une musique en sourdine. Là-bas, il distinguait Hegon qui bavardait avec le souverain et d'autres chevaliers, parmi lesquels il reconnut son ennemi personnel, Edward Plantagenêt, comme lui originaire de Lonodia, et qui avait fui la cité pour ne pas le suivre dans ses guerres de conquête. Ce crétin était un farouche partisan de la paix et des idées amanites. Il y avait aussi Therrys de Clairmont, l'alter ego de Loran de Graves, l'un des piliers des Grands Initiés.

Tout à coup, son attention s'aiguisa. Près d'Hegon se tenait une femme à la beauté resplendissante. Sa compagne. Il avait donc un point faible...

Il s'approcha, les yeux rivés sur le visage rayonnant de la jeune femme. Jamais il n'avait contemplé de traits plus purs, une bouche aussi joliment dessinée, dans laquelle lui vint l'envie irrésistible de mordre. Un sursaut de haine et de jalousie le saisit. Il allait vaincre ce maudit Hegon en duel. Il allait lui ouvrir les tripes. Et la fille serait libre ! Elle serait le prix du combat !

Bousculant sans ménagement quelques personnes, il se planta devant le jeune homme.

— Seigneur Hegon de Medgaarthâ ! clama-t-il sur un ton agressif. J'ai deux mots à vous dire !

Hegon se tourna vers lui, le visage impénétrable.

— Je vous écoute, lord Wynsord.

— Je considère que vous m'avez insulté cet après-midi ! Et je veux vous en demander réparation !

Hegon ne broncha pas. Il était visible que Wynsord avait un peu abusé de la boisson. Et peut-être d'autres substances.

— Expliquez-vous, répondit-il sans élever la voix.

L'autre poursuivit sur le même ton.

— Vous avez exigé que je libère les prisonniers que j'ai faits au cours de l'année, et que je leur verse une indemnité substantielle.

— C'est exact. Et vous allez le faire.

Hegon n'avait pas élevé la voix. Mais le vacarme provoqué par Wynsord avait attiré l'attention des convives. Un attroupement commença à se former.

— C'est ce que nous allons voir ! Je vous accuse

d'avoir pris cette décision sans même consulter l'ensemble de la chevalerie. Je considère cela comme un affront personnel et je vous en demande réparation sur le pré !

— C'est hors de question ! Il est vrai que les chevaliers n'ont pas été convoqués. Mais dois-je vous rappeler que les amanes ont le droit, d'après la Constitution édictée par Kalkus de Rives, de prendre toutes les mesures qu'ils jugent nécessaires s'ils estiment que l'avenir du Réseau amanite est en danger, et cela sans en référer à qui que ce soit ? Leur volonté est de mettre fin aux agissements illégaux de certains, dont vous faites partie. Hormis le dédommagement de vos victimes, aucune sanction n'a été prise. Estimez-vous en heureux ! Désormais, les chevaliers régnants devront se plier aux principes de la religion amanite. Aussi, prenez garde ! Au moindre manquement aux règles, je vous fais arrêter !

Le ton glacial et le regard noir d'Hegon décontenancèrent Wynsord. Ce bâtard était bien capable de le faire destituer sur-le-champ s'il insistait ! Sa colère se mêla d'un désagréable sentiment de crainte.

Le jeune homme continua sur le même ton :

— Quant à votre défi, je n'y répondrai pas. Un chevalier de l'Eythim ne saurait utiliser sa valeur pour défendre ses intérêts personnels.

Soudain, la rancœur prit le dessus. Perdant toute retenue, Wynsord explosa :

— Ah, il suffit ! Serais-tu lâche ?

Hegon le fixa dans les yeux.

— Votre ami Cheerer, celui que vous aviez envoyé pour me supprimer, m'a posé la même question. Il en est mort ! Réfléchissez-y !

Wynsord accusa le coup. Hegon avança sur lui.

— À présent, poursuivit-il, j'exige que vous quittiez la place séance tenante. Vous n'êtes plus le bienvenu en ces lieux.

Le Lonodien blêmit. Jamais personne n'avait osé

s'adresser à lui de cette manière. Il aurait volontiers bondi à la gorge de ce jeune prétentieux, mais, outre qu'Hegon le dépassait d'une tête, il n'avait pas ses armes. Il avait fallu laisser dayal et shayal à l'entrée. Furieux, il recula et se retira, en proie à une rage folle.

Plus tard, lorsqu'ils se retrouvèrent seuls au cœur de la nuit, Arysthée mit Hegon en garde.

— Méfie-toi de cet homme ! dit-elle. Il va vouloir se venger.

Il haussa les épaules et sourit.

— J'ai l'habitude qu'on veuille attenter à ma vie.

Il la prit dans ses bras et la serra avec tendresse.

— Ne t'inquiète pas, ma douce Arys. J'ai survécu aux tentatives de meurtre de Guynther de Gwondà alors que j'étais seul. Ici, je suis bien protégé. Mes chevaliers, Paldreed en tête, veillent sur moi. C'est pour toi que je m'inquiète. Je ne voudrais pas qu'il t'arrive quelque chose. Je vais demander à mes warriors de s'installer ici.

— Ici ? Mais il n'y a pas de place.

— Le parc leur suffira. Ils ont l'habitude de dormir sous la tente.

Arysthée fit la moue.

— Nous ne sommes pas en guerre, tout de même.

— Il vaut mieux être prudent. Un homme normal aurait compris où était son intérêt et aurait baissé pavillon. Lui n'a pas hésité à revenir m'agresser au cours de la réception. Il est aveuglé par l'ambition et le pouvoir. Et surtout, Wynsord est un manipulateur. Ce genre d'individus va parfois jusqu'à s'autodétruire pour nuire à ses ennemis. Je serai plus tranquille lorsque ce triste sire aura regagné son royaume, où il a intérêt à respecter la loi. Je vais renforcer la garnison dramas de Lonodia. S'il n'a pas exécuté mes consignes dans un délai d'un mois, je leur donnerai l'ordre d'occuper le palais et de s'emparer de lui. Il sera déchu de son titre de roi et de chevalier.

Nous avons ici un homme qui le remplacera avantageusement.

— Edward Plantagenêt !

— Exactement. Il est fidèle aux amanes et il possède les qualités d'un souverain. Il a failli être élu roi à la place de Wynsord, il y a une douzaine d'années. Mais l'autre a soudoyé certains électeurs. Les amanes le savent ; malheureusement, ils n'ont rien pu faire.

Arysthée prit le visage d'Hegon dans ses mains fines.

— Il leur manquait un chef militaire. À présent, ils en ont un avec toi.

Il soupira :

— Mais je n'ai que vingt-cinq ans. Je manque d'expérience.

— Ne crois pas ça. Tu as beaucoup appris depuis ton arrivée à Rives, il y a deux ans. Tu sais écouter les anciens, faire tienne leur sagesse. C'est cela que Charles Commènes a vu en toi. Crois-tu qu'il t'aurait confié une tâche aussi lourde, un poste aussi important s'il n'avait pas discerné en toi un homme exceptionnel.

— Eh bien, l'homme exceptionnel est un peu épuisé, ce soir.

Il s'étira et se laissa tomber sur un fauteuil de cuir confortable. La demeure était silencieuse. Hegon ferma les yeux. La fatigue commençait à avoir raison de lui après la tension de la journée. Arysthée s'assit sur ses genoux et lui caressa doucement le visage.

— Est-ce que Medgaarthâ te manque ? demanda-t-elle.

— Quelquefois. Je n'y ai pas que de bons souvenirs, mais j'aimais Gwondà. C'est une ville fascinante. Ses habitants sont attachants, même si parfois ils sont un peu… barbares. Lorsque je repense à tout ce qui s'est passé là-bas, j'ai la sensation de quelque chose d'inachevé. Le Dmaârh et les nobles écrasent la grande majorité du peuple de taxes et d'impôts. En fait, ce sont des bandits qui s'appuient sur un système politique, religieux et militaire pour vivre en parasites sur le dos des plus faibles. Un jour, ce système s'effondrera.

— Tu n'aurais pas envie d'y retourner ?

— Ma vie est ici désormais. D'ailleurs, je ne suis pas un étranger, malgré ce que prétendent ceux qui me détestent. Mes vrais parents sont nés à Rives. Je me sens chez moi dans cette cité. Je ne songe pas du tout à repartir.

— Il y a cette prophétie…

— Le Loos'Ahn ? Il faudrait que je découvre comment tuer une chose qui n'a pas d'existence matérielle. Même les amanes ignorent ce qu'est le Grand Dragon. Alors, pourquoi retournerais-je là-bas alors qu'il y a tant à faire ici pour développer le Réseau ?

— Cela peut passer par la reprise en main de la Vallée.

— Je ne vois pas comment faire sans livrer bataille aux nobles de Medgaarthâ. Cela provoquerait la mort de trop de gens. Nous pourrions toujours nouer des contacts avec les plus honnêtes des maârkhs, comme Staïphen de Mora, Hünaârh de Pytessià, ou encore Heegh de Varynià. Mais cela les mettrait dans une situation délicate vis-à-vis des autres. Je ne suis pas sûr que ce soit une bonne initiative.

Arysthée ne répondit pas. Mais il la connaissait trop désormais pour ne pas comprendre qu'elle avait une idée derrière la tête.

— À quoi penses-tu ? demanda-t-il.

— À rien de précis. Il faudrait savoir ce qu'est réellement le Loos'Ahn.

— Explique-toi.

— Non. C'est encore trop flou. Je préfère ne rien dire pour l'instant.

À l'inverse d'Hegon, les warriors avaient eu quelque difficulté à s'intégrer à la vie de la bouillonnante capitale amanite. Ayant passé la plus grande partie de leur vie dans un environnement guerrier, ils avaient dû s'adapter à un état de paix qu'ils ne connaissaient pas. Parce qu'ils ne faisaient pas partie des troupes régulières de Rives, Hegon leur avait loué une grande maison à peu de distance de la demeure d'Arysthée. Ils constituaient sa garde personnelle, ce qui ne les occupait que lorsqu'il quittait la capitale pour visiter une cité éloignée.

Avec le temps, les warriors s'étaient habitués à Rives. Mais il leur était interdit de porter les armes lorsqu'ils n'étaient pas en service. Ce qui les gênait un peu.

— J'ai l'impression d'être tout nu sans mon sabre, grommelait Thoraàn.

En raison de la menace représentée par le roi de Lonodia, Hegon leur demanda de s'installer chez Arysthée pendant quelques jours. Ils obéirent immédiatement, trop heureux de se rapprocher du jeune homme, et surtout de sa compagne, dont ils étaient tous un peu amoureux.

Pourtant, ces précautions s'avérèrent inutiles. Lord Wynsord et son ami Lancastre avaient quitté Rives le lendemain de la réception royale. En revanche, les autres chevaliers régnants profitèrent de leur présence dans la capitale pour s'enivrer de fêtes, de femmes et de vin. Parmi eux se trouvaient des seigneurs qui avaient suivi l'exemple du roi lonodien. Méfiant, Hegon les fit surveiller discrètement. Mais aucun ne semblait avoir de mauvaises intentions. L'un d'eux, même, Sedrik de Rhennes, demanda à rencontrer Hegon pour faire amende honorable.

— Wynsord nous a trompés, dit-il. C'est un beau parleur. Il nous a détournés de la voie tracée par Kalkus de Rives. Il ne rêve que de conquêtes et de batailles.

— Pourquoi l'as-tu suivi ?

— Nos frontières sont sans cesse harcelées par des bandes de maraudiers et de werhes particulièrement dangereux. Il nous a fait croire qu'il était impossible de s'entendre avec ces gens-là, qu'il fallait les exterminer si nous voulions vivre en paix.

Hegon hocha la tête. Les Medgaarthiens ne raisonnaient pas autrement.

— Mais les populations que nous avons combattues et soumises ne sont pas toutes composées de bandits, continua Sedrik. À vrai dire, ceux-là se sont enfuis. Ce sont des nomades sans attaches. Les villages conquis étaient plutôt pacifiques. Bien sûr, ils se sont défendus lorsque nous les avons attaqués, mais je suis sûr à présent que nous aurions pu nous en faire des alliés. À présent, une bonne partie d'entre eux ont été spoliés et il va être difficile de proposer la paix à ceux qui restent. Ils ne vont pas comprendre.

— On peut toujours conclure la paix après la guerre, Sedrik. C'est la tâche à laquelle tu vas t'atteler à présent. Elle est noble, et je t'apporterai mon soutien.

Malgré ses préventions, Hegon ne fut pas obligé d'intervenir à Lonodia. Conscient de la menace qui pesait sur lui, lord Wynsord s'acquitta de sa dette envers les peuples qu'il avait maltraités et leur versa des sommes importantes, fruit de ses rapines, sous le contrôle sévère des amanes et des dramas.

La vie avait repris son cours. Le trafic portuaire se développait. Les échanges avec Avallonia se faisaient plus nombreux, à tel point qu'Hegon envisagea de s'y rendre. Les chevaliers et bacheliers d'Améria avaient beaucoup entendu parler de lui et certains lui écrivaient pour lui demander conseil sur certains points de l'Eythim, qu'il avait en grande partie rédigé lui-même.

Une année passa ainsi, au cours de laquelle le roi brittanien donna des gages de bonne conduite. Au cours de l'hiver suivant, Hegon lui rendit visite en compagnie de Therrys de Clairmont et de Jehan Martell. L'attitude de Wynsord avait totalement changé. Il se montra accueillant et enjoué, organisa des festivités pour recevoir « le chevalier plénipotentiaire de la Phalange suprême » avec tous les honneurs. Ce revirement de comportement suscita la méfiance d'Hegon. Mais il garda ses sentiments pour lui. L'autre savait dresser un bouclier mental pour préserver ses pensées. Cependant, le jeune homme avait appris, avec Charles Commènes, à observer d'autres signes, comme l'accélération de la respiration, les petits gestes incontrôlés des mains, le frémissement des narines, les clignements des yeux. Malgré ses belles démonstrations d'amitié et son zèle à faire preuve de bonne volonté, Hegon comprit que les belles paroles de lord Wynsord sonnaient faux.

Le roi lonodien s'étonna toutefois de l'absence d'Arysthée.

— Pourquoi n'as-tu pas amené ta belle compagne avec toi, seigneur Hegon ? Je suis certain qu'elle aurait aimé Lonodia.

— Elle était fatiguée, répondit-il sobrement.

Il évita d'ajouter qu'elle n'avait aucune envie de venir.

Le jour du printemps de l'an 3991, plus de trois ans après son arrivée à Rives, Hegon de Medgaarthâ épousa Arysthée Faryane. C'était un détail auquel ni l'un ni l'autre n'avaient songé auparavant, mais un nouvel élément les avait décidés : la jeune femme attendait un enfant. On organisa de grandes festivités pour célébrer les deux événements, qui réunirent tous les hauts personnages de la capitale. Des fêtes spontanées fleurirent également dans les rues.

Immédiatement après le mariage eut lieu l'Eschola, à laquelle Hegon participa, comme tous les ans. Celle-ci devait durer une douzaine de jours. Pourtant, deux jours après le début, on vit arriver au Sahiral un petit groupe de chevaliers chevauchant à bride abattue. Paldreed, qui les menait, avait le visage décomposé.

— Seigneur Hegon, il faut que tu rentres immédiatement. Il s'est produit un drame.

43

Un froid glacial envahit Hegon.

— Arysthée ? Il lui est arrivé quelque chose ? Parle !

— Ta demeure a été attaquée, seigneur. Ils ont tué tes serviteurs et tes gardes.

— Et Arysthée ?! hurla Hegon.

— Elle a disparu.

— Disparu ? Comment ça ?

— Ils l'ont enlevée, seigneur.

Une heure plus tard, Hegon pénétrait dans la demeure, où s'affairaient déjà son ami Sandro Martell et des gens d'armes. Apercevant Hegon, Thoraàn se jeta à ses pieds, en larmes.

— Pardonne-moi, seigneur. C'est moi qui ai découvert les corps ce matin.

Hegon le releva.

— Que s'est-il passé ? demanda-t-il.

— C'est ma faute, seigneur. Nous n'aurions jamais dû relâcher notre vigilance. Mais cela fait si longtemps ! Hier, j'ai laissé deux warriors, comme à l'accoutumée. Hektor et Olaff. Deux fiers guerriers. Ils sont morts.

Il l'entraîna dans le parc. Les deux hommes gisaient dans des mares de sang, proprement égorgés et lardés de coups de poignard.

— Ils se sont battus vaillamment. Mais les autres

étaient certainement nombreux. Quant aux domesses, ils ont tous été massacrés dans leur sommeil. J'ai cherché dame Arysthée partout. Elle n'était plus là.

Il éclata en sanglots. Hegon le prit contre lui.

— Tu n'es pas responsable, mon brave Thoraàn. Ou bien je le suis autant que toi. Mais comme tu l'as dit, cela fait si longtemps…

La menace d'une vengeance de Wynsord remontait à plus de deux ans. Avec le temps, la vigilance s'était relâchée. Jàsieck et Dennios étaient bouleversés.

— Si j'avais été là ! grondait le jeune écuyer, à présent âgé de dix-neuf ans.

Mais tous deux avaient suivi Hegon. Leur place était auprès de lui. Ils parcoururent la demeure en tous sens, à la recherche d'un indice, d'un signe quelconque. Dans toutes les pièces, des enquêteurs s'affairaient. On commençait à installer les corps dans la grande salle, sur des tables.

Comme un cauchemar, le souvenir de l'assassinat de Roxlaàn revint à la mémoire d'Hegon. Il avait envie de hurler, de dégorger le poison maudit qui lui rongeait les entrailles. Ce n'était pas possible ! Il n'était plus à Gwondà ! Il allait se réveiller, retrouver la peau tiède d'Arysthée blottie près de lui…

Mais il ne dormait pas. La réalité était là, terrifiante. Une odeur de mort et de sang flottait sur les lieux. Il sortit pour respirer l'air pur. Ses compagnons l'entourèrent. Ils furent très vite rejoints par Therrys de Clairmont, Edward Plantagenêt, et le roi Loran.

— C'est arrivé cette nuit, remarqua Therrys. Les ravisseurs ne peuvent pas être loin ! Nous allons la retrouver. Tu peux compter sur notre appui.

— Mais qui a pu faire ça ? demanda le souverain, blanc comme un linge.

Hegon le regarda.

— Je n'ai qu'un ennemi à Rives, sire : lord Harry Wynsord.

— Lord Wynsord ? Mais il est à Lonodia.

— Il faut s'en assurer. Et même dans ce cas, il a pu payer des hommes de main pour accomplir ce crime.

— Je ne crois pas, rétorqua Edward. Wynsord ne laissera pas d'autres accomplir sa vengeance à sa place. S'il est bien à Lonodia, il faudra chercher ailleurs.

— Il faut envoyer les dramas de Lonodia s'assurer de la présence de Wynsord au palais, déclara Jehan Martell. Nous saurons ainsi à quoi nous en tenir. Je m'en charge immédiatement.

Tandis qu'il s'éclipsait, le roi continua :

— N'accuse pas trop vite lord Wynsord, Hegon. Il peut s'agir d'un enlèvement classique. Malgré nos précautions, il existe quelques bandes organisées à Rives. Il arrive que des personnes riches soient enlevées, puis libérées contre paiement d'une rançon.

Edward Plantagenêt marchait de long en large, en proie à une vive colère. Il était convaincu quant à lui que les soupçons d'Hegon étaient fondés. Il employa le tutoiement des guerriers.

— Je crois que tu te trompes, Loran, dit-il au roi. Je connais bien Wynsord. Nous fûmes amis autrefois. Mais c'est un être vindicatif et rancunier. Malgré le temps passé, il n'a certainement pas pardonné à Hegon de l'avoir humilié devant la Cour et l'ensemble des chevaliers. Il se piquait d'être le plus puissant d'entre nous. Sa renommée s'est sérieusement ternie depuis deux ans. Personne n'ignore qu'il est passé sous les fourches Caudines que lui a imposées Hegon. Il a libéré les esclaves non spoliés et il leur a restitué tout ce qu'il leur avait pris. Il ne l'a certainement pas digéré.

— Il n'a pas été le seul, se défendit le souverain. Tous les autres ont agi de même.

— Parce qu'ils ont compris leur erreur. Un chevalier amanite s'interdit d'être un conquérant avide de gloire et de richesses. Mais pour certains, c'est la peur qui les a motivés. Tu ne peux le nier.

Le roi Loran hocha la tête.

— Fassent les dieux de bienveillance que tu te trompes, Edward. Car si c'est le cas...

Il n'acheva pas. Mais Hegon avait compris. Un grand froid l'envahit.

— Arysthée saura que c'est lui le coupable, dit-il d'une voix sourde.

Il n'osa poursuivre. Si elle avait bien été enlevée par Wynsord, il n'avait certainement pas l'intention de la rendre vivante.

— Alors, il faut le retrouver avant qu'il ne lui fasse du mal, déclara le souverain.

— Mais comment ? s'exclama Therrys.

— Il doit vouloir regagner Brittania. Et le moyen le plus sûr est le bateau.

— Wynsord n'a pas pu utiliser son propre navire, dit Hegon. Il est trop reconnaissable. Il a donc emprunté un autre bateau, sans doute celui d'un de ses fidèles.

— Celui de Lancastre est connu lui aussi, nota Edward Plantagenêt.

— Même s'il te déteste, Lancastre n'est pas assez fou pour tremper dans une affaire de ce genre, observa Therrys.

Hegon poursuivit :

— Après l'enlèvement, Wynsord n'a pu prendre le risque d'être vu sur le port de Rives. Il a forcément embarqué un peu plus au nord, quelque part dans le delta.

— Alors, autant chercher une aiguille dans une botte de foin, grogna Edward. Il y a trois bras principaux, et d'innombrables bras secondaires.

— Il n'a probablement pas encore eu le temps de gagner la haute mer, dit Hegon. Il est donc encore dans le delta. C'est là qu'il faut le chercher.

— Mais par quel moyen ? Même s'il est là-dedans, il faudra des heures pour le localiser. D'ici là, il aura filé.

L'angoisse étreignit Hegon. Edward avait raison.

Avant qu'ils aient eu une chance de localiser le navire de Wynsord, il aurait largement eu le temps de disparaître. Et il ne reverrait jamais Arysthée, car il ne commettrait pas l'erreur de l'amener à Lonodia. Il l'enfermerait dans une autre cité placée sous son contrôle. Et il se débarrasserait d'elle lorsqu'il se serait lassé.

— Nous ne sommes pas sûrs que ce soit Wynsord le coupable ! déclara le roi.

La réponse leur parvint à peine une heure plus tard.

— Lord Harry Wynsord est bien à Lonodia, déclara un Jehan Martell essoufflé d'avoir couru. Le capitaine Mortensen, qui commande la garnison dramas de Lonodia, l'a rencontré il y a quelques minutes. Lord Wynsord s'est dit désolé de ce qui arrive au seigneur Hegon de Medgaarthâ et lui transmet ses amitiés et sa compassion.

— Ce n'est donc pas lui ! s'exclama Edward.

— Mais alors ? Qui a pu commettre ce crime ? demanda Therrys.

44

Lorsqu'elle reprit ses esprits, une douleur atroce déchira les entrailles d'Arysthée, suivie de violentes nausées. Une angoisse incoercible l'envahit immédiatement. Son bébé était en danger ! Par un effort de volonté, elle parvint à calmer les battements de son cœur affolé.

Elle était allongée sur une surface de bois qui ne cessait de tanguer. Un bateau ! Elle était sur un bateau ! Mais où l'emmenait-on ? Qui l'avait enlevée ? Et pourquoi ?

Peu à peu, la mémoire lui revint. La veille, elle avait été prise de vomissements. Cela lui arrivait fréquemment depuis qu'elle était enceinte. Elle s'était couchée de bonne heure après avoir pris une tisane calmante aux plantes. Mais, curieusement, elle avait ressenti un profond malaise, qui n'avait aucun rapport avec son état. Elle avait songé à lord Wynsord ; pourtant, il n'avait jamais tenté de se venger depuis deux ans. Pourquoi l'aurait-il fait à présent ? Elle avait mis ce malaise sur le compte de l'absence d'Hegon. Elle n'aimait pas le savoir au loin depuis qu'elle était enceinte.

Elle se souvint avoir entendu, par la fenêtre de sa chambre, bavarder les deux warriors medgaarthiens, Hektor et Olaff. Par précaution, Thoraàn continuait, même lorsque Hegon était présent, à envoyer deux guerriers chaque nuit. Elle avait fini par sombrer dans un sommeil entrecoupé de cauchemars.

Des bruits insolites l'avaient réveillée. Dans une demi-torpeur, elle avait eu l'impression d'entendre les échos étouffés d'un combat. Mais avant qu'elle n'ait pu comprendre, deux silhouettes noires avaient surgi dans sa chambre. Elle n'avait pas eu le temps d'appeler à l'aide. On lui avait appliqué sur le visage un tampon imprégné d'une substance soporifique. Elle avait sombré dans l'inconscience.

Jusqu'à ce réveil douloureux dans la cabine de ce navire inconnu.

Des rais de lumière dessinaient une porte basse, indiquant qu'il faisait grand jour. Combien de temps était-elle restée inconsciente ? Hegon ne pouvait venir à son secours. Bien sûr, on le préviendrait. Mais comment pourrait-il la retrouver ?

Elle songea à ses domesses, au brave Meryl qui avait toujours si bien servi sa famille. Est-ce qu'on les avait tués ? Elle se découvrit l'envie de pleurer. Dans son ventre, la douleur sourde ne voulait pas se calmer. Le médamane lui avait ordonné le repos si elle ne voulait pas risquer des complications. Et elle se retrouvait prisonnière sur ce maudit navire…

Elle étudia les lieux plongés dans la pénombre. La cabine était exiguë. Elle pouvait à peine s'y tenir debout. Il n'y avait rien, pas même un bat-flanc. Ceux qui la traitaient ainsi n'avaient certainement pas de bonnes intentions. Un amoureux éconduit ? Elle chercha dans ses souvenirs si un homme lui avait fait des avances dernièrement. Aucun nom ne lui vint. Elle songea de nouveau à lord Wynsord, mais c'était stupide. S'il avait voulu agir, il l'aurait fait avant. Et puis, un tel crime signerait son arrêt de mort.

Soudain, des pas retentirent, et la porte basse s'ouvrit sur une silhouette monstrueuse. L'homme devait faire au moins deux mètres. Arysthée se mordit les lèvres pour ne pas hurler de terreur. Deux mains gigantesques la saisirent sans ménagement et la tirèrent à l'extérieur. Quelques instants plus tard, les yeux éblouis par la lumière d'un soleil éclatant, elle était amenée au milieu d'un groupe de marchands marins. Tout au moins, c'est ce qu'il lui sembla à leur vêture. Puis elle reconnut l'un d'eux. Il avait abandonné ses habits princiers, mais c'était bien lui.

— Lord Wynsord ! s'exclama-t-elle.

— Bienvenue à bord, madame, répondit-il avec galanterie en s'inclinant.

Autour de lui se tenaient, eux aussi grimés en marchands, ses chevaliers les plus fidèles, dont l'un avait participé au voyage avec les Saf'therans, trois ans plus tôt. Elle se souvenait de son nom. Il s'appelait Moczthar Cheerer, et il était le frère de celui qu'Hegon avait tué en duel. Il avait disparu aussitôt après sa mort. Sans doute pour aller avertir Wynsord de l'échec de sa manœuvre.

— Ainsi, vous avez jeté bas le masque, cracha-t-elle. Je vous savais avide de richesses, mais pas assez lâche pour vous attaquer à une femme.

Pour toute réponse, il lui décocha une gifle magistrale qui lui éclata la lèvre. Sonnée, la jeune femme retomba sur le pont.

— Surveillez votre langage, madame ! dit-il calmement. Vous apprendrez très vite qui est le maître.

— Mon mari vous retrouvera ! Vous paierez pour vos crimes !

— Encore faudrait-il qu'il puisse prouver que je suis en cause, ricana-t-il. Je suppose que l'on a déjà dû envoyer les dramas au palais de Lonodia pour vérifier ma présence. Eh bien, ils vont m'y trouver, et je leur répondrai que je suis fort marri de la mésaventure qui frappe ce malheureux Hegon. J'ajouterai même que je lui adresserai toute ma sympathie, en espérant qu'on retrouvera bientôt les auteurs de ce crime abominable.

Arysthée le contempla comme s'il était frappé de démence.

— Mais ils ne vous trouveront pas, puisque vous êtes ici.

— C'est-à-dire qu'ils trouveront mon parfait sosie. Un mien cousin qui me ressemble beaucoup. Il a suffi d'un habile grimage pour qu'il fasse un magnifique roi de Lonodia. Pour couronner le tout, il a la même voix que moi. Ah, la famille ! Cela peut se révéler bien utile parfois. Cela fait plus deux ans que je prépare ma vengeance. Et j'avoue que je suis assez fier d'avoir eu la patience d'attendre aussi longtemps, assez pour que ce chien d'Hegon baisse sa garde et relâche sa vigilance.

— Vous êtes complètement fou !

Il éclata de rire, imité par ses compagnons.

— Les génies le sont toujours un peu, ma chère.

— Qu'allez-vous faire de moi ? demanda-t-elle.

— Je n'ai pas encore décidé.

Arysthée allait répliquer qu'elle le dénoncerait. Mais elle se tut. Il était trop sûr de lui. Et la vérité lui apparut dans toute son horreur : il allait la tuer, sans doute après avoir abusé d'elle. La peur fit aussitôt place à la colère. Elle recula jusqu'à la lisse, sous le regard satisfait du Brittanien.

— Vous ne pouvez pas faire ça ! répliqua-t-elle, la gorge nouée. Vous êtes un chevalier.

— Selon votre mari, un chevalier à l'ancienne mode, madame. Je ne suis qu'un guerrier, un rustre, un criminel. N'est-ce pas ce qu'il prétend ?

Il se mit soudain à hurler :

— Ce chien a bafoué mon honneur ! Il m'a traité comme un vulgaire domesse ! Moi, le roi de Lonodia ! Le plus grand guerrier de tout le Réseau amanite. Il m'a menacé ! Il m'a humilié devant la Cour.

Il pointa un doigt tremblant de rage sur elle.

— Il va le payer très cher !

L'instant d'après, il était redevenu d'un calme olympien et lui adressa un sourire, comme si rien ne s'était passé. Elle se rendit compte alors qu'il n'était pas dans son état normal. La maaklawa ! Il était sous l'emprise de la liqueur hallucinogène. Elle regarda autour d'elle, quêtant un secours inespéré dans les yeux des autres. Mais ils étaient tous dans le même état. Des ricanements stupides saluaient les paroles de leur chef. La terreur s'empara d'elle. Le navire était un voilier rapide à deux mâts, un modèle courant utilisé par les marchands marins qui naviguaient le long des côtes europaniennes. Il en existait beaucoup de semblables. Celui-ci n'attirerait pas particulièrement l'attention, même s'il croisait d'autres navires. De loin, ils pouvaient tous passer pour d'honnêtes commerçants. Quant à l'équipage, il était composé de brutes. Il ne lui serait d'aucun secours.

Une violente douleur lui tordit les entrailles. Elle s'appuya à la lisse pour ne pas s'effondrer. Wynsord vint à elle, la redressa d'un geste brusque.

— N'essaye pas de m'attendrir, sale petite putain !

Le souffle court, elle serra les dents pour maîtriser la douleur. Avant tout, elle devait protéger son bébé. Avant tout ! Mais quelque chose n'allait pas à l'intérieur d'elle-même. Elle avait subi un choc. Quelque chose d'irrémédiable. Elle le sentait.

— J'attends un enfant, parvint-elle à articuler. Ramenez-moi, je vous en supplie.

Wynsord resta un instant interloqué. Il la lâcha.

— Un enfant ? Ce... ce porc t'a engrossée ?

Elle prit une profonde inspiration. Elle aurait voulu lui cracher son venin, lui dire tout le mépris qu'elle éprouvait pour lui et pour ses chiens couchants. Mais il ne fallait pas le provoquer. Elle devait tout faire pour préserver la petite vie qui dormait dans son ventre.

Wynsord fit quelques pas, un sourire sarcastique accroché aux lèvres.

— C'est parfait, dit-il enfin. Ma vengeance n'en sera que plus complète.

Il revint à elle d'un pas vif et l'attrapa par le cou. Sa respiration était saccadée et son haleine empestait la liqueur psychotrope.

— Écoute-moi bien, espèce de traînée ! N'espère pas qu'il va venir te sauver. N'oublie pas : je ne suis pas là ! Je suis à Lonodia, et tout le monde pourra en témoigner. Il ne pourra rien contre moi, même s'il se doute de quelque chose. Car au fond de lui, il saura que c'est moi qui t'ai supprimée.

— Vous ne pouvez pas faire ça ! gémit-elle.

— Tu nies l'évidence, ma chère. Nous allons d'abord quitter ce maudit delta. Puis nous cinglerons sur la haute mer.

Il pointa le doigt sur elle.

— Rassure-toi. Je n'ai pas l'intention de te tuer… tout de suite. Ce serait dommage de ne pas profiter d'abord de… tous les plaisirs que tu peux apporter à un homme.

— Salaud !

— Vous vous égarez, belle dame ! Nous passerons tant d'agréables moments ensemble que tu finiras par oublier ton chevalier de pacotille. Je saurai te montrer ce que c'est qu'un homme.

— Il nous retrouvera !

Il ricana.

— Et comment ferait-il ? Le temps qu'il réagisse, nous serons loin. Et l'océan est si vaste…

Après un dernier éclat de rire, il lui tourna le dos et revint vers ses compagnons. Arysthée s'appuya sur le bastingage, le cœur battant la chamade. La tête lui tournait. Elle jeta un coup d'œil aux alentours. Le navire suivait un cours d'eau aux rives couvertes de pins parasols. Elle connaissait cet endroit. Ses parents possédaient un petit voilier avec lequel ils avaient parcouru le delta dans tous les sens. Ils suivaient l'un des bras secondaires.

Sans doute pour éviter de croiser d'autres navires marchands. Wynsord ne voulait pas attirer l'attention.

La jeune femme posa ses mains sur son ventre pour le protéger. Un profond désespoir s'empara d'elle. Elle n'avait de secours à attendre de personne. Même si Hegon revenait rapidement à Rives, comment pourrait-il deviner où elle se trouvait ? Il ne pouvait se douter qu'il était l'auteur de l'enlèvement. Ce scélérat allait l'emmener dans un endroit sûr, où il pourrait abuser d'elle en toute tranquillité. Il la livrerait aussi à ses acolytes. Ensuite, il l'éliminerait. Peut-être enverrait-il une preuve de sa mort à Hegon. Mais plus probablement, il laisserait le doute le ronger. Indéfiniment...

Et personne ne pourrait l'accuser. Son sosie de cousin allait lui fournir un alibi inattaquable.

Tout son être se révoltait. Elle ne pouvait accepter cette ignominie. Elle songea un moment à sauter par-dessus bord. Hélas, les courants étaient violents à cet endroit, en raison des tourbillons. Elle était bonne nageuse, mais dans l'état de fatigue où elle se trouvait, elle n'aurait même pas la force de gagner la rive. Et de toute façon, Wynsord aurait vite fait de la rattraper. Le delta était désert à cet endroit. La forêt de pins s'étendait à perte de vue, et il n'y avait aucun trafic sur les bras secondaires. Les îles formées par les bras du delta n'étaient pas habitées.

Elle s'assit sur le pont, l'esprit en déroute. Au-dessus du navire tournoyaient des nuées d'oiseaux de mer, cormorans, goélands, mouettes et albatros, ainsi que quelques pélicans. Arysthée frissonna. Elle ne possédait rien d'autre que la chemise de nuit légère qu'elle portait au moment où ils l'avaient enlevée. Elle en resserra frileusement les pans autour d'elle.

Elle observa Wynsord et ses complices. Ils ne s'intéressaient plus à elle et paraissaient anxieux. Elle comprit pourquoi. Tant qu'ils n'auraient pas franchi le delta, ils seraient en danger. Ensuite, il ne leur resterait plus qu'à cingler sur la haute mer. Là, ils seraient sauvés. Et là commencerait son calvaire.

Elle secoua lentement la tête. Tout, plutôt que d'être livrée à leur bestialité. Elle devait trouver le moyen de fuir avant de quitter le delta. Ici, elle était encore chez elle...

Soudain, le manège des oiseaux attira son attention. Bien au-dessus des essaims de mouettes et de goélands, elle distingua un point noir qui planait encore plus haut. Intriguée, elle l'observa. Aucun oiseau marin ne pouvait monter aussi haut. Et soudain, son cœur fit un bond. Ce n'était pas un oiseau marin.

C'était un aigle !

Skoor ! Ce ne pouvait être que lui. Elle baissa aussitôt les yeux afin de ne pas alerter Wynsord. Mais un fol espoir s'était emparé d'elle.

— Seigneur, nous sommes presque sortis de ce maudit labyrinthe, clama un homme qui devait être le capitaine du navire.

En effet, au loin vers le nord-ouest, le bras s'élargissait et rejoignait le cours principal. Au-delà, on commençait à distinguer un bout d'horizon marin. Des parfums d'algues et d'iode pénétrèrent les poumons de la jeune femme. Elle se recroquevilla près du cabestan, scrutant avidement les eaux du fleuve.

Et ce qu'elle espérait se produisit. Un puissant quatre-mâts jaillit du bras principal pour couper la route du navire de Wynsord. Hegon était venu à son secours. Le roi félon cracha une bordée de jurons tous plus verts les uns que les autres.

— Le chien ! Il nous a trouvés ! Mais comment a-t-il fait ?

Le grand voilier était plus rapide que le deux-mâts. Malgré les efforts des marins, il rattrapait inexorablement les fuyards et manœuvrait pour se placer au bord à bord. Arysthée s'était redressée. Elle eut tôt fait de repérer la silhouette de son mari sur le pont de l'autre navire.

Wynsord hurlait ses ordres pour le branle-bas de

combat. Puis il tourna les yeux vers la jeune femme. Il détenait encore un atout. Adossée au cabestan, Arysthée comprit qu'il allait se servir d'elle comme otage pour exiger le passage. Elle ne pouvait pas lui laisser cet avantage ! Mue par une pulsion soudaine, elle se précipita vers la lisse. Un homme d'équipage tenta de l'arrêter. Mal lui en prit. Ignorant la douleur qui lui broyait les entrailles, la jeune femme lui décocha un coup de pied vigoureux dans les parties génitales, qui le mit aussitôt hors de combat. Wynsord était presque sur elle. Elle n'eut que le temps d'enjamber la lisse et de se laisser tomber dans l'eau. Une fraction de seconde plus tard, un froid vif la saisit et elle s'enfonça sous les eaux glauques. Un liquide salé emplit ses narines et sa bouche et un début de panique s'empara d'elle. Puis elle remonta à la surface, s'ébroua Les yeux brouillés par l'eau de mer, elle distingua la silhouette de Wynsord qui l'injuriait tandis que le navire filait sur son erre à moins d'un mètre d'elle.

Elle jeta un coup d'œil autour d'elle. Elle n'était pas très loin de la rive, au confluent des deux bras. Portée par la peur, elle se mit à nager dans la direction de la terre ferme, ralentie par la douleur sourde qui lui fouaillait le ventre. Elle n'avait pas fait trois brasses qu'un coup fulgurant lui déchira les reins. Elle poussa un hurlement strident. Le souffle coupé, elle s'enfonça sous l'eau. Mue par l'instinct de survie, elle revint à l'air libre, recracha l'eau qui avait envahi sa gorge. Puis elle se remit à nager pour échapper à la douleur vive qui irradiait son corps. Chaque mouvement lui déclenchait une souffrance terrible. Quelque chose était fiché dans le bas de son dos. Au prix d'un violent effort de volonté, elle se dirigea vers la rive. Mais ses forces l'abandonnaient. Elle respirait difficilement, avalait de l'eau. Un début de terreur s'empara d'elle. Elle ne voulait pas mourir ! Pas encore. Elle devait sauver son bébé. Une voix intérieure lui hurla qu'il était déjà trop tard. Une peur irrationnelle s'insinua en elle. Elle eut l'impression que sa respiration s'accélérait inexorablement, que les courants se métamorphosaient en monstres, en pieuvres aux innombrables tentacules qui voulaient l'entraîner vers le fond. Elle toussa, cria.

Le vacarme assourdi d'une bataille navale lui parvint de très loin. Elle nageait, barbotait, s'essoufflait. Puis un grand engourdissement lui broya les muscles.

Alors, à bout de force et d'espoir, elle se laissa couler.

46

— Je fais mon possible, seigneur Hegon. Mais la blessure est mauvaise. Elle a perdu beaucoup de sang. Je ne peux pas vous garantir que je vais réussir à la sauver.

Le jeune homme baissa la tête, le cœur broyé par l'angoisse. Il ne pouvait pas imaginer perdre Arysthée.

Lorsqu'il l'avait vue plonger dans les eaux sombres du confluent, il avait cru un moment qu'elle était sauvée parce qu'elle avait échappé à l'ennemi. Elle était bonne nageuse, elle allait regagner la rive et il ne resterait plus qu'à la récupérer. Mais, sur le pont du deux-mâts, Wynsord avait saisi une arbalète. Avant qu'il ait eu le temps d'intervenir, Hegon avait vu un carreau jaillir et venir se planter dans le dos de la jeune femme. L'instant d'après, il s'emparait d'un gonn et faisait feu sur le félon, qui évita la balle de justesse en se jetant sur le pont, à l'abri de la lisse. C'était la dernière fois qu'il l'avait vu. Le quatre-mâts avait fait feu sur le navire des scélérats, puis on avait lancé l'abordage et une terrible bataille s'était engagée.

Hegon n'y avait pas participé. Confiant le commandement à Sandro Martell, il avait plongé dans les eaux tumultueuses après s'être débarrassé de son *sharack*[1] de

---

1. *Sharack*: veste de cuir renforcée de plaques de métal, utilisée par les chevaliers pour le combat. Il existe également des sharacks d'apparat.

combat. En raison des remous et des tourbillons provoqués par le confluent et les deux voiliers, il avait eu beaucoup de peine à repérer Arysthée. Par un incroyable coup de chance, il avait vu l'endroit où elle avait fini par couler. Il avait plongé sous les eaux troubles et verdâtres. Il l'avait saisie *in extremis* par les cheveux, puis avait gagné la terre ferme au prix d'efforts surhumains, luttant pour ne pas être emporté par les maelströms. Hors d'haleine, exténué, il avait réussi à la ramener à la vie après lui avoir fait recracher l'eau qu'elle avait ingurgitée. Mais il n'avait pu ôter le carreau d'arbalète profondément enfoncé dans son dos...

Une rage froide l'envahissait à l'évocation de cette image. Il aurait voulu tenir Wynsord entre ses mains, lui faire payer ses crimes. Mais, après l'abordage, le navire du souverain félon avait pris feu et avait sombré, emportant une partie de son équipage avec lui. La plupart des chevaliers ennemis avaient péri, mais au moins trois d'entre eux n'avaient pas été retrouvés, dont Wynsord. Il était plus que probable qu'ils avaient été emportés par les courants violents et s'étaient noyés. Dans ce cas, on ne les retrouverait jamais. À cet endroit, le fleuve rejetait tout à l'océan. Hegon avait donné des ordres pour faire des recherches dans le delta, au cas où, contre toute attente, Wynsord aurait survécu.

On avait ensuite regagné Rives le plus vite possible. Arysthée avait été transportée au Temple suprême, où le Grand Initié Gabrius, le médamane, s'était immédiatement occupé d'elle. Après une opération qui avait duré plusieurs heures, il avait annoncé à Hegon qu'il avait réussi à extraire le carreau, mais que l'enfant était perdu. Quant à la mère, il était trop tôt pour se prononcer.

Depuis plusieurs jours, elle était entre la vie et la mort.

Une foule silencieuse s'était rassemblée devant l'hostal, apportant des fleurs et de petits objets afin de prier les dieux de se montrer cléments. Le roi Loran, les chevaliers, les Grands Initiés s'étaient succédé au chevet de la jeune femme. Hegon passait son temps près d'elle, dormant la nuit dans un lit de camp. Le visage fermé, il guettait le moindre signe d'amélioration. Mais, après l'opération, elle avait sombré dans une sorte de coma provoqué par les drogues calmantes que lui administraient les paranes médecins.

— Des organes vitaux ont été touchés, disait Gabrius d'une voix morne. Il faut attendre.

Cependant, à son attitude embarrassée, Hegon devinait ce que le grand prêtre refusait de lui avouer : les chances de survie d'Arysthée étaient très faibles. Il ressentait une terrible impression de vacuité et d'impuissance. Les dieux de bienveillance, si chers au cœur des Rivéens, ne pouvaient la laisser mourir alors qu'ils avaient multiplié les miracles pour lui permettre de se lancer à son secours.

Parfois, des nouvelles lui parvenaient de l'extérieur. Les recherches le long des rives du delta n'avaient rien donné. On avait aussi fouillé l'épave du deux-mâts avec des équipements de plongée. Sans succès. Il était pratiquement certain à présent que le corps de Wynsord avait été emporté vers l'Océan. À Lonodia, les dramas avaient arrêté le faux lord Wynsord, qui s'était avéré être un cousin proche à la ressemblance troublante. Edward Plantagenêt était parti pour la capitale brittanienne où ses pairs l'avaient appelés pour devenir le nouveau prince régnant. Prudent, William de Lancastre avait adressé une lettre à Hegon pour lui faire savoir qu'il n'avait rien à voir avec l'enlèvement.

Hegon recevait toutes ces nouvelles avec une sorte de détachement. Sa vie restait suspendue au souffle ténu qui s'échappait des lèvres d'Arysthée. Chaque matin, lorsqu'il émergeait du sommeil entrecoupé de cauchemars où l'avait plongé l'épuisement, il se précipitait vers elle, redoutant de ne plus capter ce souffle fragile.

Jusqu'à cette nuit terrible où un parane vint le secouer pour le réveiller.

— Seigneur, venez vite. C'est fini. Dame Arysthée vient de mourir.

47

Hegon se rua au chevet de son épouse. Comme un fou, il tenta d'en capter le souffle. Mais le parane lui indiqua un appareil dont l'écran montrait une ligne verte parfaitement plate.

— Nooon ! hurla-t-il.

Pendant une fraction de seconde, il resta désemparé. Il refusait d'accepter l'inéluctable. Une foule d'images envahirent son esprit, les souvenirs partagés avec la jeune femme, le voyage fabuleux qu'ils avaient accompli pour venir de Medgaarthâ, le grain soyeux de sa peau, son odeur émouvante, son rire clair. Ce n'était pas fini ! Pas encore !

Sans trop savoir ce qu'il faisait, il concentra toute la puissance de son shod'l loer sur elle, pénétra en force dans son esprit. Une vague d'angoisse le submergea dans un premier temps. Il n'y avait plus rien. Rien qu'un vide effrayant, comme si tout ce qu'elle avait été s'était dilué dans le néant.

Il ferma les yeux, ouvrit son esprit sur une autre dimension, inaccessible au commun des mortels. Lançant des tentacules mentaux tous azimuts, il finit par ressentir l'écho d'une lumière, un fil ténu et immatériel qui le reliait à… quelque chose de vivant. S'engouffrant sur cette piste à la vitesse de la pensée, il remonta le chemin impalpable. Il concentra une dernière fois toute sa puissance pour franchir un ultime rempart, la frontière indicible qui sépare la vie de la mort.

Tout à coup, elle fut là. Radieuse, sereine. Il voyait son visage comme il ne l'avait jamais vu. C'était plutôt la sensation d'une présence diaphane qui l'environnait. Il perçut le souffle d'une caresse mentale. Des paroles muettes lui parvinrent.

« Tout va bien Hegon. Je dois partir, à présent. Ne t'inquiète pas pour moi. Je ne ressens aucune souffrance, aucune angoisse.

« Nooon ! Tu ne peux pas m'abandonner, Arys. J'ai besoin de toi.

« Je souffre trop en bas.

« Tu dois te battre.

« J'ai perdu notre bébé…

« Il faut te battre pour les autres. Il *doit* y en avoir d'autres. Il y en *aura* d'autres !

Hegon perçut comme une hésitation.

« Tu as encore la possibilité de rester, ma douce Arys, insista-t-il.

« Je ne peux pas redescendre. Je n'en ai pas la force.

Avec les yeux de l'esprit, Hegon vit soudain se déployer une sorte de vortex, un tourbillon menant vers un espace d'azur et d'or, inondé d'une lumière extraordinaire. Arysthée tendit une main immatérielle vers le tunnel où se devinaient des présences amicales.

« Laisse-moi partir, Hegon…

« Non ! Je ressens encore de la force en toi ! Tu dois lutter !

Il tendit les bras vers elle.

« Puise ta force en moi, ma douce amie, ma sœur, mon double. Tu n'as pas accompli tout ce que tu devais accomplir sur la Terre. Tu dois me donner d'autres enfants. Et il y a autre chose. Tu dois m'aider à vaincre le Loos'Ahn. Sans toi, je n'y arriverai pas. La prophétie ne peut mentir, Arysthée. Si tu pars maintenant, tout est perdu.

L'hésitation s'accentua. Dans le vortex, les présences attendaient avec une patience infinie. Hegon reçut de leur part le reflet d'un sourire, d'un encouragement. Il leur sourit à son tour.

« Viens, Arys. Écoute-les ! Ils ne te forcent pas. Tu as tout le temps de les rejoindre. Là où ils sont, le temps ne compte plus. Mais, ici, le temps s'écoule. Ce temps est le nôtre. Parce que le plus important de tout, c'est que je t'aime, ma douce compagne. Je t'aime. De tout mon cœur, de toute mon âme. Sans toi, je ne suis rien. Tout ce que je fais, tous les combats que je mène n'ont de sens que parce que tu es près de moi. Ne me laisse pas, Arys…

Il eut l'impression de s'arrêter de respirer, de vivre. Comme si l'univers avait suspendu son souffle. Puis, peu à peu, en réponse à la force de sa prière, il eut la sensation inouïe de recevoir Arysthée en lui, de s'imprégner de sa présence, de pouvoir pénétrer jusqu'à ses pensées les plus secrètes, les plus intimes. Elle s'était mêlée à lui.

« Ramène-moi », chuchota sa voix au plus profond de son âme.

Frappé de stupeur, le parane contemplait sans le comprendre le combat fabuleux que menait Hegon pour sauver sa compagne. Dans la chambre, des objets s'étaient mis à vibrer. Il ne savait que faire. Des infirmières survinrent. Puis le Grand Initié Gabrius fut là aussi, subjugué par le spectacle insolite qui se déroulait sous les yeux.

— Que se passe-t-il, alsehad ? demanda le parane déconcerté. Que dois-je faire ?

— Rien ! Laissez-le agir. Il doit savoir ce qu'il fait.

Sur une étagère, des ampoules explosèrent, inondant le sol de débris de verre. Puis tout se calma. Gabrius s'approcha. Alors, avec stupéfaction, il vit Arysthée cligner des yeux, sa poitrine se soulever, ses doigts bouger. Simultanément, un sifflement attira son attention sur les écrans de contrôle. De magnifiques courbes hésitèrent puis se déployèrent, confirmant que la jeune femme était revenue à la vie.

— C'est un véritable miracle, murmura le parane. Cet homme possède le pouvoir d'un dieu.

— Non, mon ami. Il possède le pouvoir de l'amour !

La nouvelle de la miraculeuse résurrection avait aussitôt franchi les limites de l'hostal et, à l'extérieur, la foule avait laissé exploser sa joie. On courait dans les rues pour claironner l'information incroyable.

Dans la chambre, Hegon déposa un baiser infiniment doux sur les lèvres d'Arysthée.

— Comment te sens-tu ?

— Ça va. À part une immense fatigue. Mais je sais maintenant que je vais m'en sortir.

Elle lui sourit avec reconnaissance, les yeux emplis de larmes. Gabrius s'approcha du lit.

— Je suis heureux de vous revoir parmi nous, madame. Nous avons bien cru vous perdre.

La jeune femme lui répondit d'un sourire. Puis le Grand Initié entraîna tout le monde hors de la chambre.

— Elle ne risque plus rien à présent. Laissons-les.

Hegon et Arysthée restèrent un long moment silencieux. Puis, à nouveau, des larmes coulèrent sur les joues de la jeune femme. Mais c'étaient des larmes de chagrin. Hegon en comprit la raison sans qu'elle ait besoin de parler. Elle passa la main sur son ventre dont le léger renflement avait disparu.

— Le criminel a payé, dit-il. Il s'est noyé. Ses fidèles ont péri également. Il n'y a pas eu de survivants.

— Quel gâchis ! Tous ces gens morts à cause de la folie d'un seul.

Elle leva les yeux sur lui.

— C'est Skoor qui m'a retrouvée, n'est-ce pas ? Je l'ai vu planer au-dessus du bateau.

Il hocha la tête.

— Malgré ce qu'en disaient les amanes, je refusais de

croire que Wynsord se trouvait réellement à Lonodia. J'étais intimement persuadé qu'il était responsable de ton enlèvement. Les autres ont essayé de me raisonner, mais je n'ai pas voulu les écouter. Seul Edward était persuadé que je ne me trompais pas : Wynsord était bien le responsable. Il ne pouvait pas utiliser son propre navire, trop connu à Rives. Il avait donc dû emprunter ou louer un navire, vraisemblablement un discret vaisseau marchand. De même, il était trop dangereux pour lui d'embarquer dans le port de la capitale. Son navire devait donc être mouillé au nord de la ville, quelque part dans un bras du delta. Mais lequel ? J'ai alors pensé à Skoor. Grâce au shod'l loer, j'ai pu projeter mon esprit dans le sien et je l'ai envoyé en reconnaissance. D'en haut, j'avais une vue très large sur le fleuve. Je n'ai pas mis longtemps à repérer un bateau marchand qui descendait un bras secondaire. Wynsord croyait être à l'abri en évitant les bras principaux, mais c'est ce qui l'a perdu. S'il s'était mêlé au trafic normal, j'aurais eu plus de mal à le localiser. Il était seul sur ce bras secondaire. Je suis descendu au plus près. La vue aiguë de Skoor me permettait de distinguer les silhouettes sur le pont sans mettre mon oiseau en danger. Ils n'ont rien remarqué. J'ai reconnu Wynsord et quelques autres. Nous avons alors filé au port où nous avons immédiatement embarqué. Par les yeux de l'aigle, j'ai suivi le parcours de l'ennemi. Et nous avons pu lui couper la route alors qu'il se préparait à gagner la haute mer. La suite, tu la connais.

Arysthée ferma les yeux.

— On n'a pas retrouvé le corps de lord Wynsord, dit-elle.

Hegon sentit monter en elle une inquiétude nouvelle.

— Non.

— Ne crains-tu pas qu'il ait survécu malgré tout ?

Il ne répondit pas immédiatement.

— Je ne sais pas, dit-il enfin. Je fais confiance à mes

dramas pour avoir passé le secteur au peigne fin. Ils ont découvert les cadavres de deux de ses fidèles qui avaient été emportés par le courant à la sortie du bras principal. Ils ont fouillé l'endroit sans succès. En admettant qu'il ait survécu, il lui aurait été très difficile d'échapper à la vigilance des dramas.

Arysthée ne répondit pas. Puis elle changea de sujet.

— Tu m'as dit, quand nous étions… là-haut, que tu avais besoin de moi pour vaincre le Loos'Ahn.

— Oui. J'ignore pourquoi cette idée a surgi en moi. Mais je sais qu'elle est vraie. C'est grâce à toi que nous triompherons du Grand Dragon.

Il hésita, puis ajouta :

— Parce que je sais maintenant que je retournerai un jour en Medgaarthâ pour le combattre. Le plus étrange, c'est que ce retour est lié à ce qui s'est passé ces derniers jours. Mais je suis incapable de dire pourquoi.

48

Pendant les deux mois qui suivirent, Arysthée lutta pied à pied pour recouvrer la santé. Elle avait admis que le désespoir d'avoir perdu son enfant l'avait amenée à se laisser sombrer. Hegon lui avait fait comprendre, au seuil même de l'au-delà, que sa vie avait encore un sens. Sa décision prise, elle jeta toutes ses forces dans la bataille. Sa robuste constitution fit le reste.

Cependant, elle restait profondément marquée. Si elle avait fini par accepter la perte du fœtus, qui n'avait que trois mois d'existence, elle se remettait plus difficilement de la disparition de son fidèle Mellik et des deux domesses qui tenaient la maison sous sa responsabilité. Elle les avait toujours connus et ils faisaient partie de sa famille.

Lorsqu'elle fut revenue dans sa demeure, elle eut peine à retrouver le sommeil. Malgré des recherches intensives, on n'avait pas récupéré le corps de Wynsord. Sandro Martell, qui avait mené les travaux, lui avait expliqué que la violence des courants et des tourbillons ne lui avait laissé aucune chance de s'en tirer. Elle ne pouvait s'empêcher de s'imaginer qu'il avait réussi à s'échapper et qu'il allait revenir pour se venger. Devant cette angoisse irrationnelle, Hegon demanda à ses guerriers de revenir s'installer dans le parc. Thoraàn avait insisté pour organiser des tours de garde toutes les deux heures. Mais les semaines, puis les mois passèrent, et il ne se produisit rien. Arysthée finit par admettre que lord Harry Wynsord avait depuis longtemps été dévoré par les crabes.

Pour chasser ces mauvaises pensées, elle se lança à nouveau dans les études. Écumant les bibliothèques et les archives auxquelles les amanes lui donnaient accès, elle dévorait tous les documents qui lui tombaient sous la main, sur d'innombrables sujets. Sa mémoire phénoménale fonctionnait comme une véritable éponge, absorbant, comparant, analysant, disséquant les données. Elle faisait ensuite part de ses découvertes à Hegon, qui l'écoutait avec passion, tant pour ce qu'elle disait que pour admirer l'éclat lumineux de ses yeux.

Ces subtiles conférences se terminaient souvent de la même manière. Lorsqu'il estimait en avoir assez écouté, il la bâillonnait d'un baiser possessif et l'emportait dans leur chambre où ils poursuivaient avec fougue un autre type de bavardage.

Tant et si bien que, quelques mois plus tard, Arysthée se trouva de nouveau enceinte. Et, au début de l'automne de l'an 3992, elle mit au monde des jumeaux, un garçon et une fille, qui furent appelés Dorian et Solyane. Ces deux prénoms un peu oubliés redevinrent aussitôt à la mode.

Hegon passait toujours de longs moments en compagnie de Charles Commènes. L'érudition du vieil homme lui paraissait sans limites. Il émanait de lui une sagesse dans laquelle il aimait puiser, posant d'innombrables questions, écoutant les réponses avec attention. N'ayant jamais éprouvé pour la religion de Braâth un respect démesuré, il ressentit un vide dans ce domaine. Pourtant, la religion amanite ne lui apportait guère de réponse à ce sujet. Il s'en ouvrit au Fondateur.

— Vous laissez les peuples suivre leurs anciennes

croyances, alsehad. Mais vous-même, quel dieu adorez-vous ?

Le vieil homme prit le temps de méditer sa réponse.

— Dans notre conception de la spiritualité, chaque homme reste libre de vénérer un dieu ou un autre, sans aucune contrainte. Les amanes passent du temps à étudier et à méditer sur les croyances antiques, ainsi que sur les philosophies et les grands auteurs. Pour ma part, et c'est aussi la conclusion à laquelle sont arrivés la grande majorité des amanes, c'est que les dieux décrits dans les religions n'existent pas. Tous sont issus de l'esprit humain pour donner une forme et une substance à quelque chose qui n'en a pas. Ou plus exactement qui les a toutes.

« Alors, à quel dieu croire, et faut-il même croire en un dieu quelconque ? En vérité, nous ne pouvons que constater l'existence de l'univers, de notre planète, et de la vie qui se concentre sur une fine pellicule, en surface. Nous devons également accepter l'idée que ce monde ne nous appartient pas et que nous faisons partie d'un tout avec lequel il nous faut apprendre à vivre en harmonie. Les Anciens raisonnaient différemment. Ils considéraient que ce monde leur appartenait, qu'ils pouvaient en disposer à volonté parce qu'il leur avait été donné par leur dieu. On a vu le résultat de leurs stupides certitudes. Leurs erreurs doivent nous servir de leçon.

« Quant aux dieux auxquels je crois… Eh bien, regarde autour de toi, observe la nature. La réponse est là. Il existe dans l'univers une puissance qu'aucun mot ne saurait définir, qui fait jaillir la vie de la matière, et l'esprit de la vie. Sur cette planète, ce processus a demandé des milliards d'années. Existe-t-il, derrière tout cela, un être suprême, un esprit supérieur, omniscient et omniprésent ? Personne ne peut l'affirmer. Quant à tenter de le définir, nous estimons que c'est impossible compte tenu de nos limites. Nous devons donc rester humbles et admettre que certains domaines de la connaissance demeureront à jamais hors de notre portée. Alors, contentons-nous d'aimer et de respecter la vie qui nous a été offerte, et profitons-en.

Il montra le ciel nocturne.

— Regarde, Hegon ! Que vois-tu ?

— Des étoiles.

— Exactement. Des étoiles. Une infinité d'étoiles, et depuis toujours. Les hommes ont cru autrefois que l'univers avait eu un début, qu'ils appelaient le Big Bang, qu'ils situaient entre douze et quinze milliards d'années dans le passé. Ils estimaient aussi qu'il connaîtrait une fin, avec, peut-être, l'implosion de toutes les étoiles et leur transformation en trous noirs. Cette vision a prévalu pendant longtemps, malgré les découvertes qu'ils faisaient, et qui démentaient un peu plus chaque jour cette hypothèse d'un univers limité dans le temps. Puis, avec l'apparition de télescopes de plus en plus sophistiqués, ils ont découvert des galaxies plus anciennes encore que l'âge qu'ils accordaient à l'univers. Jusqu'au moment où ils ont fini par accepter l'idée que l'univers n'avait sans doute jamais connu de début et ne connaîtrait jamais de fin. De même, il est sans limites. Tu pourrais voyager pendant des milliards et des milliards d'années dans une direction donnée, à la vitesse de la lumière, tu ne rencontrerais aucune barrière. Il y aura toujours quelque chose au-delà. On a aussi imaginé que l'univers était multiple, qu'il existait une infinité d'univers parallèles, imbriqués les uns dans les autres.

« En réalité, l'univers est beaucoup plus complexe que nous ne pouvons l'imaginer. Il dépasse notre entendement. Il a toujours été là, et il sera toujours là. Il n'y a aucun centre, aucune frontière au-delà de laquelle on ne peut aller. L'univers est infini et éternel. C'est une notion que les hommes ont beaucoup de mal à appréhender, parce qu'ils sont limités dans le temps et l'espace. Leurs religions reflètent cette angoisse de l'infini et de l'éternité. Toutes mettent en scène une création du monde, et toutes évoquent aussi une fin des temps. Les christiens l'appellent Armageddon, les Medgaarthiens Raggnorkâ. En regard de ce qui s'est passé, on peut considérer que ces deux fins du monde se sont produites il y a environ quinze siècles. Et pourtant, le monde existe toujours, ainsi que les hommes, les plantes et les animaux. Les religions se sont trompées.

« Elles condamnent également l'orgueil comme un péché, ou à tout le moins une faute grave. Mais quelle faute n'ont-elles pas commis en prétendant chacune détenir la vérité unique, une vérité qui niait toutes les autres. Au fil des millénaires, combien d'hommes ont péri à cause de ces dogmes imposés par les prêtres ? Des vérités absolues qu'il était interdit de mettre en question, parce qu'elles provenaient de livres anciens prétendument écrits sous la dictée de Dieu, ou par des hommes inspirés par Lui. L'un d'eux fut même déclaré fils de Dieu, trois siècles après sa mort. Une assemblée prit cette décision pour contrôler et dominer un mouvement généreux qui combattait la violence et prônait l'amour du prochain, un mouvement qui rencontrait de plus en plus d'adeptes dans un monde livré à la barbarie. À partir de ce moment, le mouvement s'est perverti et a engendré une manipulation inimaginable des peuples soumis à cette religion. Combien de guerres, combien de crimes ont été commis ensuite au nom de ce dieu d'amour ?

« Et que peut être ce dieu ?

Charles Commènes marqua une pause, puis poursuivit :

— L'être humain n'existe que depuis quelques centaines de milliers d'années. Il n'a connu de développement technologique que sur les trois ou quatre derniers millénaires. Cette période ne représente rien par rapport à la durée de vie de la Terre elle-même. Et la Terre n'est qu'une poussière infime perdue au cœur du cosmos infini. L'homme n'appréhende le monde, pendant la seule durée de sa vie, qu'au travers de ses cinq sens, plus un sixième, que l'on peut — prudemment —

baptiser intelligence. Pendant ce laps de temps — une fraction de seconde par rapport à l'éternité de l'univers —, il n'apprendra, il ne découvrira cette planète immense, au passé bouillonnant, qu'au travers de ses seuls sens et de sa modeste capacité d'analyse — quand bien même il posséderait un cerveau extraordinaire. Alors, comment cette petite créature si imparfaite pourrait-elle se prévaloir d'avoir découvert la vérité sur Dieu, sur quelque chose qui, par essence, nous dépasse de bien loin ? C'est un peu comme si les fourmis qui vivent dans nos demeures estimaient qu'elles connaissent tout de l'homme et qu'elles établissaient des dogmes à notre sujet.

« Malgré cela, les religieux, quelle que fût leur croyance, s'arrogeaient le droit de décréter *la* Vérité, celle que devaient accepter des millions de fidèles auxquels ils interdisaient de réfléchir par eux-mêmes. Pour mieux les contrôler, on leur injectait cette vérité pendant leur enfance, afin qu'elle reste gravée à jamais dans leur esprit. Bien sûr, elles ont aussi apporté beaucoup d'espoir et elles ont fait ce qu'elles croyaient être le bien. Elles ont soutenu d'innombrables personnes dans l'adversité, la souffrance, la maladie ou la pauvreté. On ne peut donc pas les condamner si facilement. En réalité, elles ne sont que le reflet de la complexité de l'esprit humain. Leur grande erreur fut d'étouffer l'esprit de l'homme en l'infantilisant. Elles l'ont empêché de se développer. C'est ce que nous voulons éviter. Notre but est au contraire d'aider l'être humain à s'épanouir librement, sans contrainte. Seules les valeurs fondamentales doivent êtres observées : le respect des autres, l'absence de jugement envers ceux qui sont différents, la capacité à pardonner, le respect de la parole donnée, la loyauté, le courage, la solidarité. Il n'y a rien de religieux dans ces valeurs, et elles peuvent être acceptées par tous. Mais nous refusons les dogmes.

— Alors, dans toutes ces religions, il n'en existe pas

une qui soit meilleure que les autres, pas une seule qui comporte la vérité ?

— Elles sont toutes bonnes, et elles sont toutes mauvaises. Chacune porte une part de vérité et une part de mensonge. Il faut y puiser les idées qui te semblent correspondre à ce que tu penses, à ce que tu crois, toi, être la vérité.

Charles Commènes laissa passer un silence, puis ajouta :

— Mais en fait, tu n'as aucun besoin d'une religion pour être en contact avec ce qu'elles appellent Dieu, et ce que nous appelons l'Espace spirituel.

— Comment ça ?

— Prends l'exemple des christiens. Ils ont une croix pour symbole. Ils la portent en pendentif, certains même se la font tatouer sur la peau. Ils s'agenouillent devant leur dieu cloué sur une croix, en faisant un signe en forme de croix, qui symbolise celle sur laquelle le fils de leur dieu fut crucifié. Pour d'autres religions, il s'agit d'un croissant, d'une étoile, d'un cercle, d'un mandala. Enfin, d'innombrables personnes portent des amulettes. Ces deux phénomènes sont liés, car les religions ne sont qu'une forme évoluée de la superstition.

« Les gens qui portent un symbole ou une amulette protectrice sont persuadés qu'ils les protègent. Sans ce symbole ou cette amulette, ils se sentent vulnérables. Ces croyances varient à l'infini. Par exemple, certaines statues, certains lieux sont censés apporter la chance, ou la fécondité, ou bien guérir d'une mauvaise maladie. Le plus étonnant, c'est que cela fonctionne. Mais ce ne sont pas le symbole, l'amulette, la statue ou le lieu qui protègent ou apportent la chance ou la guérison, c'est la force de la croyance que l'être humain a en eux. Cette force vient de l'esprit de l'homme, pas des objets ou des lieux. La croix des christiens n'a pas de puissance particulière en elle-même. C'est la foi qu'ils ont en elle qui importe. C'est la puissance de la prière. Alors, pourquoi et comment cela fonctionne-t-il ?

« Ce dont les gens n'ont pas conscience, c'est que leurs pensées sont créatrices. Et cette puissance créatrice est d'autant plus forte que plus forte est la foi qu'ils portent en eux. Un grand poète de l'ancien temps, né dans la région de Tolensa, qui s'appelait autrefois Toulouse, et dont nous avons retrouvé certains poèmes, a écrit : « la Foi est plus belle que Dieu ». Son nom était Claude Nougaro, et le poème s'appelait « Plume d'Ange ».

« La foi est la forme la plus puissante de la pensée. Et la pensée est le moyen de communiquer avec l'univers spirituel. D'après les recherches que nous avons menées dans ce domaine, l'homme est composé de trois parties, un corps physique, un corps astral immortel, et une âme, qui relie les deux. Lorsque meurt le corps physique, l'âme rejoint le corps astral, qui s'est enrichi de toutes les expériences apportées par la vie qui vient de s'achever. Ce corps astral conserve en lui la mémoire de toutes celles que l'homme a mené auparavant. Jusqu'au moment où le corps astral se relie à un nouveau corps, pour entamer une nouvelle existence, qui l'enrichira d'une nouvelle expérience.

« L'être humain est beaucoup plus complexe qu'il n'y paraît. Cette dimension astrale, on pourrait dire divine, fut ignorée des Anciens, aveuglés qu'ils étaient par leurs religions et leurs dogmes. Elles interdisaient à l'homme de rechercher par lui-même le lien subtil qui le relie au Tout, à l'univers infini et éternel. Elles ont étouffé la dimension spirituelle de l'homme. Les seules pensées qu'elles autorisaient étaient des prières toutes faites, qui ne pouvaient donc refléter la relation unique que chaque individu aurait dû avoir avec le Grand Esprit, ou avec Dieu. Certaines étaient plus ouvertes, mais elles n'ont pas su se défaire de leurs dogmes, et leurs adeptes ne pouvaient donc aller au-delà de certaines limites.

« L'homme doit être entièrement libre s'il veut comprendre ce qu'est vraiment cet univers spirituel. Chaque individu étant unique, son cheminement sera unique également. Il doit donc se libérer des cadres imposés par les religions et laisser son esprit aller librement, sans contrainte. La pensée et la méditation sont les moyens de communiquer avec ce corps astral, avec l'univers spirituel. Avec Dieu, pourquoi pas. L'homme décide de son destin au travers de ses actes, mais aussi au travers de ses pensées, de ses décisions. Si tu désires quelque chose avec la plus grande volonté, avec conviction, avec foi, tu influences le déroulement des événements. Par exemple, si tu envoies des ondes d'amour vers une personne, tu augmentes sa protection. À l'inverse, si tu lui envoies des pensées de haine, tu détériores ses défenses, tu le rends vulnérable. Mais attention, tout cela peut se retourner contre toi. L'univers spirituel te renvoie comme un écho des pensées identiques à celles que tu émets. Si tu te concentres sur la mort d'un ennemi, tu émets des ondes de haine, et tu pourras peut-être parvenir à tes fins. Mais tu dois savoir qu'elles généreront en retour des ondes de haine envers toi, qui t'affaibliront à ton tour.

« L'une des erreurs de l'ancienne religion christienne fut d'opposer le Bien et le Mal, en affirmant que Dieu était bon, qu'il était amour. Ils ont même inventé une divinité obscure, le diable, pour expliquer le Mal. La réalité est différente. Le Bien et le Mal sont des notions humaines qui varient suivant les civilisations. Et elles sont beaucoup plus subtiles qu'on pourrait le croire. Tu peux faire le mal en croyant faire le bien. Ainsi, si tu protèges trop un enfant, si tu écartes de lui la souffrance et la difficulté, tu penseras agir pour son bien. Mais la souffrance et les obstacles font partie de la vie et il est souhaitable d'amener les enfants à les affronter, pour leur apprendre à lutter, à dominer la douleur qu'ils ne manqueront pas de rencontrer dans leur existence. Il ne faut donc pas trop les protéger. Tu dois les laisser affronter le mal et la douleur par eux-mêmes. Tu les regarderas souffrir en serrant les dents, car tu auras plus mal qu'eux, mais tu sauras qu'ils sortiront plus forts de l'épreuve. Un mal pour un bien. Le bien véritable, c'est celui qui amène l'autre à devenir plus résistant, même si le chemin est parfois douloureux.

Hegon passait de nombreuses heures à méditer les paroles du vieil homme. Ces méditations amenaient sans cesse de nouvelles questions. L'une d'elles le taraudait particulièrement.

— Vous avez parlé de vies multiples, de réincarnation. Vous avez dit aussi que cela n'est qu'une hypothèse, que nous ne pouvons pas vérifier. Mais, en admettant que cette hypothèse fût la bonne, à quoi servent ces vies ? Quelle est la raison d'être de l'homme ? Pourquoi sommes-nous sur Terre ?

— Cela fait beaucoup de questions, mon fils. Nous pensons que l'homme est le fruit d'une lente évolution, depuis l'époque où la Terre n'était qu'une boule de feu tournant autour du Soleil. Il a fallu quatre milliards et demi d'années pour parvenir à l'homme. La grande différence entre l'homme et l'animal est la faculté qu'a l'homme d'utiliser les expériences de son passé pour construire celles de l'avenir. Il possède la notion du temps. Il sait qu'il va mourir et cela crée en lui une angoisse qui justifie les religions et les grandes questions qu'il se pose. Cette intelligence l'a amené à percer nombre des mystères de la nature, à développer des technologies de plus en plus complexes.

« On peut s'interroger sur la raison de l'énorme différence d'intelligence qui existe entre lui et les animaux. Est-elle le résultat d'une évolution des espèces ? La station debout chez l'ancêtre de l'homme a-t-elle libéré sa main, laquelle a appris à manipuler des outils, développant ainsi sa faculté de raisonnement ? Ou bien, comme le préconisent les religions, l'homme est-il d'essence divine, et tient-il son intelligence d'un esprit supérieur ?

Ou encore, l'évolution de la vie est-elle immuable, et mène-t-elle inévitablement vers des êtres de plus en plus complexes, dont l'homme est le représentant sur Terre ?

« En vérité, nous ne savons pas. Nous ne pouvons que constater les résultats de l'évolution sur notre planète, sans aucune comparaison avec ce qui se passe — peut-être — ailleurs. Il est délicat, dans ces conditions, d'en tirer des conclusions.

« Nous ne pensons pas que l'homme soit d'origine divine. Il a développé son esprit comme d'autres espèces ont développé le vol, le mimétisme ou toute autre faculté particulière. Cette intelligence lui a permis de dominer le monde, de devenir le prédateur universel, y compris pour lui-même. Cela en fait-il un être divin pour autant ? J'en doute. L'homme reste l'un des éléments de la grande chaîne de la vie. Ni plus ni moins. Son intelligence lui permettra-t-elle d'évoluer vers quelque chose de supérieur ? Rien ne permet de l'affirmer. Peut-être n'est-il pas capable de s'élever au-dessus de l'animalité ? Et dans ce cas, son intelligence ne contribuera qu'à lui offrir plus de moyens pour s'autodétruire. Cela a déjà failli se produire par le passé. L'intelligence de l'homme est une arme à double tranchant : elle peut lui permettre de construire un monde où il vivra en harmonie avec la nature. Elle peut aussi lui fournir des outils capables de provoquer l'extinction de toute vie, y compris de la sienne. Il est grand temps qu'il en prenne conscience. Et qu'il prenne aussi conscience qu'aucun dieu omnipotent ne viendra lui montrer le bon chemin. Cela n'arrive que dans les mythologies, pas dans la réalité.

— Croyez-vous vraiment que l'homme risque de s'autodétruire ?

— Il en a les moyens. Mais les erreurs qu'il a commises par le passé peuvent porter leurs leçons. L'avenir est devant nous, devant nos descendants et si la réincarnation n'est pas une vue de l'esprit, si nous revenons véritablement dans d'autres corps, c'est notre propre avenir que nous préparons. Nous devons donc œuvrer à ce qu'il soit le plus beau possible. Il reste encore tellement à faire, à découvrir. Tant à créer. Car, au-delà de son intelligence, il y a un élément qui fait penser que l'homme est à l'image de Dieu, c'est sa faculté de créer. Alors, l'homme doit-il rester un animal, avec son agressivité et sa faculté d'autodestruction, ou bien doit-il tout faire pour s'élever ? Nous autres amanes croyons qu'il doit continuer à s'élever. Rien n'est figé dans cet univers en perpétuelle mutation. L'être humain a évolué à partir de préhominiens, et plus loin encore à partir de petits mammifères pas plus grands que des souris. S'il ne s'autodétruit pas, il continuera à se transformer. Il n'est que le premier maillon d'une chaîne nouvelle : les animaux dotés d'un esprit. Et même si l'homme disparaît, cela n'a pas grande importance — sinon pour lui. Si la Vie a été capable une fois de créer un animal doué de raison, elle peut reproduire le même schéma avec une autre espèce : les rats, les singes, les reptiles. C'est peut-être ce qui s'est passé sur d'autres planètes. Et si l'homme poursuit son évolution, que sera-t-il devenu dans dix mille ans, dans un million d'années. Jusqu'à quel point son esprit évoluera-t-il ? Sera-t-il un jour capable de s'affranchir de la matière pour devenir un pur esprit ?

« Nous n'avons pas la réponse. Sans doute ne sommes-nous pas destinés à la connaître. En attendant, nous pouvons néanmoins constater que la vie est un cadeau merveilleux. Alors, la réponse est peut-être : profitons de cette vie que la nature nous a offerte en menant une existence en harmonie avec ce que nous sommes, chacun, au fond de nous-même.

49

Plusieurs années s'écoulèrent ainsi. Hegon voyageait beaucoup pour le compte des Grands Initiés. Arysthée le suivait, accompagnée des deux enfants qu'ils refusaient de laisser derrière eux. Ils découvrirent ainsi les plus grandes cités du Réseau : Tolensa, Barsalona, Tours, Koralia, Garas, Rhennes, Béthunes, où ils étaient accueillis à bras ouverts par les peuples et les chevaliers souverains.

Chaque printemps, Hegon dirigeait les épreuves de l'Eschola qui accroissaient le nombre des chevaliers de l'Eythim de dix à quinze membres par an. Selon leur choix, certains recevaient ensuite une formation destinée à leur enseigner la manière de gouverner une cité. D'autres restaient dans le sillage d'Hegon, qui leur apprenait comment former eux-mêmes de nouveaux bacheliers.

Arysthée continuait ses études. Parfois, elle se livrait à des expériences en compagnie des amanes, dans les sous-sols mystérieux du Temple suprême. Elle s'était rapprochée d'Alanius, l'astrolamane. Hegon avait tenté de savoir sur quoi elle travaillait, mais elle ne lui avait donné que de vagues indications, parlant d'expériences nouvelles sur lesquelles il était encore trop tôt pour se prononcer.

Hegon et Arysthée se rendirent également de l'autre côté de l'océan Atlanteus, à Avallonia, où vivaient les parents de la jeune femme, Ulysse et Olympe Faryane. Ils étaient tous deux encore jeunes, et passionnés par leur travail d'architecture. Arysthée découvrit ainsi qu'elle avait un jeune frère, Harmant.

Hormis la capitale et quelques cités amanites nouvellement fondées, Améria était un continent sans limites, livré au chaos le plus total.

— Il faudra beaucoup de temps pour relever ce pays, expliqua Ulysse. Il a été autrefois l'un des plus puissants du monde. Il était à la pointe de la technologie et disposait d'une puissance militaire fantastique. Pourtant, tout s'est effondré après le Jour du Soleil, comme en Europannia. Nous avons essayé d'en comprendre les raisons. Là plus qu'ailleurs, le savoir fut perdu pour la grande majorité du peuple, qui était partagé entre le matérialisme le plus total et une religiosité qui confinait au fanatisme. La grande majorité vivait dans des mégapoles où les habitants avaient perdu le contact avec la nature. Après l'effondrement de la civilisation, les villes côtières furent englouties par des raz de marée colossaux. Les habitants périrent par dizaines de millions. Les grandes plaines cultivées de l'intérieur retournèrent à l'état de friches pendant que des guerres intestines faisaient rage dans les villes en ruine, qui se coupèrent les unes des autres. Les voies de communication se détériorèrent, puis disparurent. La grande nation éclata en une multitude d'États minuscules, parfois réduits à un simple village. Comme en Europannia, des cités souterraines surves apparurent. Mais la particularité de ce pays fut de voir fleurir des sectes de religieux intégristes persuadés de vivre une fin du monde prédite dans leurs écritures sacrées. Des petits tyrans locaux tirèrent parti de cet état de fait et instaurèrent des dictatures effrayantes. Les bandes errantes adoratrices des dieux des ténèbres furent assimilées, non sans raison, à des hordes de démons qu'il fallait combattre sans relâche. Il ne reste plus rien aujourd'hui de la grandeur passée de cette nation. Le chaos actuel est le résultat de cette décadence.

— Je crois que ce fut le cas partout, observa Hegon.

— C'est vrai. Mais ce pays présente toujours un potentiel fabuleux. Nous fondons de grands espoirs sur certaines communautés qui ne sont pas dévorées par le fondamentalisme religieux. Nous avons noué avec elles les contacts les plus prometteurs. Nous avons recruté des chevaliers parmi elles. Le Réseau amanite compte déjà treize cités, dont les dirigeants vous attendent avec impatience.

Il était en effet prévu que le couple rencontrât les princes régnants ou les gouverneurs des cités amanites d'Amária. Hegon ne venait pas les mains vides. Le lionorse n'existant pas en Amária, il avait amené avec lui une demi-douzaine de « coures », soit une vingtaine de fauves qui furent libérés dans une zone protégée, couverte de vastes forêts où ils allaient pouvoir se reproduire. D'ici à une trentaine d'années, les bacheliers amériens allaient pouvoir apprivoiser eux aussi leurs propres lionorses.

À la fin de l'année 3995, Charles Commènes, qui allait atteindre l'âge respectable de deux cent huit ans, demanda à voir Hegon et Arysthée. Le jeune homme avait continué à lui rendre des visites régulières, mais, ces derniers temps, il avait trouvé le vieil homme de plus en plus fatigué.

Le Fondateur les reçut dans le jardinet de sa maison du Temple, où il résidait toujours. Il regarda longuement le jeune couple et sourit.

— Vous avez accompli un immense travail, mes enfants, et je voulais vous en remercier. Grâce à vous, le Réseau amanite a pu poursuivre son développement. La nouvelle chevalerie se porte à merveille, et le nombre de bacheliers ne cesse de croître. Les princes régnants ont abandonné leurs idées de conquête.

Il laissa passer un silence, puis poursuivit :

— Je voulais vous revoir une dernière fois, car mes forces diminuent et je sais que je vais bientôt partir.

Ils voulurent protester, mais il les arrêta d'un geste.

— C'est un choix que j'ai fait il y a longtemps. J'ai déjà trop contrarié la nature. Il est temps pour moi d'aller voir ce qui se passe de l'autre côté. Ce...

Il montra son corps usé.

— ... véhicule-là commence à être bien fatigué. Je crois en la réincarnation. Mais ce n'est qu'une hypothèse. Enfin, ce n'est pas pour ça que je vous ai fait venir. Car vous aussi, vous allez bientôt partir. Mais pas de la même manière que moi, heureusement.

Hegon ne put réprimer son étonnement. Il n'était pas question de voyage dans ses projets immédiats. En revanche, il remarqua qu'Arysthée n'avait pas l'air surprise.

Charles Commènes se tourna vers lui.

— Sans doute faut-il voir la main du Destin dans ce qui arrive, Hegon. Neuf années se seront bientôt écoulées depuis ton arrivée. Le Grand Dragon va bientôt frapper Medgaarthâ. Ce n'est pas tout. Jusqu'à présent, nous ne t'avons pas tenu informé de ce qui se passe là-bas, parce que tu avais déjà beaucoup de tâches à remplir ici. Mais ce que nous redoutions est en train de se produire : une nouvelle invasion se prépare contre la Vallée des Neuf Cités.

— Ce n'est pas la première fois, objecta Hegon. Les warriors ont toujours réussi à repousser les Molgors.

— C'est vrai. Mais cette fois, c'est différent. Depuis ton départ, nous avons étroitement surveillé l'évolution de la Vallée et des régions environnantes. D'après nos éclaireurs, il s'est produit un événement nouveau. Un chef est apparu parmi les werhes de Mooryandiâ. Nous ne savons pas s'il s'agit d'un garou intelligent ou d'un être humain. Toujours est-il qu'il est en train de mettre sur pied une armée nombreuse et bien armée.

Pire encore, il est sur le point de conclure une alliance avec les Molgors. S'il y parvient, jamais les Medgaarthiens n'auront eu affaire à un ennemi aussi puissant. Cette armée n'est pas encore prête, mais les négociations avancent et nous estimons que dans six mois maximum, une offensive de grande envergure sera lancée contre les cités de Medgaarthâ. Les armées du Dmaârh n'ont aucune chance de tenir face à une telle invasion. Cette menace nous inquiète beaucoup, car ce chef, qui se fait appeler « Vraâth le destructeur », n'a pas seulement l'intention de se livrer au pillage de la Vallée. Ce qu'il veut, c'est l'extermination totale des Medgaarthiens. Jusqu'au dernier. C'est un véritable génocide qui se prépare là-bas, Hegon.

— Mais pourquoi ?

— Arysthée va te l'expliquer.

Elle prit la parole.

— Les werhes de Mooryandiâ adorent une divinité maudite du nom de Shaïentus. Je t'en ai déjà parlé. Shaïentus est le dieu du chaos. Son but ultime est l'anéantissement de l'humanité. S'il parvient à ses fins, Medgaarthâ pourrait n'être qu'un début. Imagine une armée nombreuse et puissamment équipée, composée de guerriers fanatiques n'ayant aucun instinct de conservation, qui avance en exterminant toutes les communautés humaines sur son passage. S'il rassemble tous les werhes qu'il rencontrera, qui pourra l'arrêter ?

Le Fondateur fixa le jeune homme dans les yeux.

— Il semble que la prophétie de la Baleüspâ soit en train de se réaliser, Hegon. C'est étrange, mais c'est ainsi. Il est dit dans cette prophétie qu'un seul homme évitera à Medgaarthâ de sombrer dans le chaos. Tu es cet homme, Hegon.

Une foule de sentiments envahit le jeune homme. Avec le temps, il avait un peu oublié Medgaarthâ, et n'envisageait nullement d'y retourner. Pourtant, tout au fond de lui, il savait qu'il ne pourrait éviter un jour d'accomplir son destin. Un flot de souvenirs lui revint : les visages amis de ces gens qui l'avaient soutenu autrefois, qui l'avaient acclamé dans le Valyseum, ceux de ces warriors qui l'avaient placé à leur tête, la bataille de Mora, le maârkh Staïphen, dame Feonà, la petite Elvynià, qui voulait l'épouser quand elle serait grande. Il revit le Grand Arbre sacré, le glorieux Gdraasilyâ, les marais où avait péri Myriàn. Il savait déjà qu'il ne laisserait pas ce monde disparaître, anéanti par des hordes barbares. Mais que pouvait-il faire à lui seul ?

— Nous t'apporterons notre aide, Hegon, déclara le vieil homme comme pour répondre à la question qu'il n'avait pas encore posée. Le Temple va mettre deux divisions de dramas, soit plus de mille hommes, à ta disposition, avec un armement complet. Ce sera nécessaire, car, d'après certaines informations, il se pourrait que l'ennemi dispose d'armes équivalentes aux nôtres. Nous ignorons d'où elles viennent. Il semble qu'elles aient été apportées par ce mystérieux Vraâth. Heureusement, elles sont en petit nombre. Peut-être ont-ils remis en état un stock découvert dans une cité surve abandonnée. Nos dramas ne seront pas de trop pour aider les Medgaarthiens à vaincre.

Hegon hocha la tête d'un air sceptique.

— Il ne va cependant pas être facile de leur faire accepter notre aide, alsehad. Le Dmaârh a tenté de m'éliminer il y a huit ans. Je doute qu'il m'accueille maintenant à bras ouverts.

— Ce n'est pas lui qui t'accueillera à bras ouverts, mon fils. C'est le peuple de Medgaarthâ. Car tu auras tué le Grand Dragon !

— Mais comment ? On ignore toujours ce qu'est le Loos'Ahn.

— Détrompe-toi ! Non seulement, nous savons ce qu'il est, mais nous avons les moyens de le détruire. C'est sur cela qu'Arysthée a travaillé ces derniers temps.

TROISIÈME PARTIE

GWONDALEYA

L'opération était extrêmement risquée. Et pour lui, et
pour Arysthée. Mais elle paraissait si sûre d'elle. Et puis,
il fallait en passer par là si l'on voulait frapper l'imagination des peuples de la Vallée. La prophétie affirmait que
le Grand Dragon serait détruit lors de son neuvième passage. L'époque en était arrivée. Et une fois de plus, on
retrouvait le nombre neuf.

Les huit années passées à Rives avaient fait d'Hegon
sinon un savant, du moins un homme versé dans des
connaissances technologiques inconnues en Medgaarthâ, et issues de l'Ancien Monde. Mais à présent qu'il
connaissait le secret de l'affaire, un grand doute lui
venait. L'entreprise d'Arysthée reposait sur des données
scientifiques sans aucun rapport avec les prédictions de
la Baleüspâ, qui elles relevaient du domaine des forces
cachées de l'univers. Tout cela était-il compatible ?

Ils avaient choisi Varynià, qui avait été durement touchée lors du passage précédent. Le maârkh Heegh la
gouvernait toujours. Sous des déguisements de merkàntors, Hegon et Dennios s'étaient introduits dans la cité
la veille. Le quartier détruit avait été reconstruit en partie, mais il subsistait toujours des endroits en ruine,
témoins du drame qui s'était déroulé là neuf ans plus
tôt. Le visage dissimulé par un cache-poussière, les
deux hommes avaient parcouru les rues de la ville.

L'angoisse qui tenait les habitants était presque palpable. Les gens demeuraient silencieux, dans l'attente du Fléau. Avec le temps, Hegon avait oublié l'atmosphère délétère engendrée par le Loos'Ahn. Le choix de Varynià était sans doute le plus judicieux. Les habitants n'avaient pas oublié l'aide qu'il leur avait apportée la fois précédente. Mais il constata très vite que cela allait plus loin que ça. À sa grande stupéfaction, il se rendit compte que les conversations l'évoquaient, à voix basse, dans les tavernes où ils s'étaient rendus. La prophétie n'avait pas quitté les esprits. On continuait à croire que le Grand Dragon serait détruit lors de son neuvième passage par le dieu Làkhor. Hegon nota qu'on lui donnait à présent son nom secret, révélé par le prince Brenhir lors de leur duel, et que lui-même avait revendiqué dans l'arène pour conjurer le sort. À travers les conversations, il apprit qu'il avait été déclaré mort après sa disparition. Le Dmaârh avait même organisé ses funérailles. Mais, très vite, une légende avait surgi, affirmant que le corps qu'on avait livré au bûcher purificateur n'était pas le sien, qu'il était devenu le dieu Làkhor et qu'il reviendrait pour libérer le peuple de Medgaarthâ du Fléau et du joug du Dmaârh. Précisément lors du neuvième passage du Grand Dragon. La prophétie de la Baleüspâ ne pouvait mentir.

Le souverain n'avait pas pu faire disparaître cette légende, qui depuis parcourait la Vallée, colportée par certains myurnes — ceux qui ne travaillaient pas pour la Couronne. Ils la contaient le soir, dans les auberges et les tavernes, loin des oreilles des orontes, et elle se répandait dans les demeures des khadars comme dans celles, plus modestes, des schreffes.

— Il est en route, disait un vieil homme, à la table voisine. Le dieu Làkhor ne nous abandonnera pas. Vous verrez.

Un bonhomme désabusé haussa les épaules.

— Je n'y crois pas, rétorqua-t-il. Il n'est jamais réapparu depuis neuf ans. Et puis, ce n'était pas un dieu. C'était un homme, et il a été tué par les warriors du Temple, même s'ils ont voulu nous faire croire qu'il avait été occis par des maraudiers. La vérité, c'est qu'ils l'ont attiré dans un piège parce qu'il gênait le Dmaârh. Il aurait dû prendre le pouvoir quand il en a eu l'occasion ! Voilà ce que je dis ! Depuis, on nous écrase encore plus de taxes et d'impôts. Guynther et ses sbires ont éliminé le seul homme qui aurait pu s'opposer à eux et ils en profitent. Voilà ce que je dis ! répéta-t-il.

— Ne te plains pas, Herik, reprit le vieux. Notre maârkh Heegh n'est pas le plus mauvais. Et il n'aime pas les orontes.

— Les orontes ! Voilà l'engeance qu'il faudrait supprimer ! Ils nous ont encore pris deux jeunes cette année, pour les livrer à des dieux qui n'ont même pas de nom ! Tout ça commence à bien faire, voilà ce que je dis !

Il flottait dans l'auberge enfumée par les pipes aux herbes une atmosphère de révolte rentrée. Mais on parlait à voix basse, au cas où un espion du palais dmaârhial aurait été présent. À plusieurs reprises, des hommes qui avaient manifesté un peu trop fort contre la politique du Dmaârh avaient disparu sans qu'on sache ce qu'ils étaient devenus. Les warriors de la cité n'étaient apparemment pas en cause. On accusait plutôt les sinistres guerriers du Temple.

Lorsqu'il quitta Varynià le lendemain, Hegon était perplexe. Aux yeux des Medgaarthiens, il était devenu un dieu. Or, il n'était qu'un homme. Il avait assez insisté sur ce point dans le code de la chevalerie qu'il avait rédigé. Le plus grand danger pour un homme qui accède au pouvoir est de s'estimer supérieur à ceux qu'il dirige. Il s'en ouvrit à son fidèle Dennios.

— Ce point peut nous être favorable, seigneur, remarqua le conteur.

— Ou nous desservir. On accorde beaucoup plus de

pouvoirs à un être surnaturel que l'on ne voit pas. Les Medgaarthiens adorent le dieu Braâth sans l'avoir jamais vu. Mais s'il leur apparaissait, il perdrait de son mystère. C'est ce qui se passera pour moi.

— Qu'importe la manière dont les autres te voient pourvu que toi, tu saches garder la tête froide. Tu as su le faire autrefois, tu sauras encore le faire aujourd'hui.

— À moins que le Loos'Ahn ne me fasse griller !

— Aurais-tu si peu confiance en ta merveilleuse épouse, seigneur ?

— Si je ne lui faisais pas confiance, je n'aurais pas accepté de jouer ce rôle. Mais elle prend elle aussi beaucoup de risques. Et si elle s'est trompée dans ses calculs ?

Ils chevauchaient vers l'ouest botte à botte. À la sortie de la cité, les gardes les avaient prévenus : ils se dirigeaient droit vers la route du Grand Dragon. Hegon avait rétorqué que nul ne pouvait prévoir où et quand il allait frapper, et qu'ils étaient attendus à Pytessià pour le lendemain.

— Notre sort est entre les mains de Braâth, avait conclu Hegon, le visage toujours dissimulé par la large capuche de marchand.

Un peu plus loin, ils obliquèrent vers le nord, où ils retrouvèrent Jàsieck et un détachement composé de ses fidèles warriors et de dramas commandés par Sandro Martell. Le jeune écuyer avait fort à faire pour tenir Spahàd, qui n'appréciait guère d'être ainsi séparé de son maître. Mais sa présence à Varynià aurait pour le moins déclenché la curiosité. Quelques chevaliers étaient également présents, dirigés par Paldreed.

Sandro tendit un petit appareil à Hegon.

— Dame Arysthée est impatiente de vous parler, seigneur. Cela fait trois fois qu'elle appelle.

Hegon sourit. Il fixa l'écouteur à son oreille et déclencha le communicateur à distance.

— Ici votre mari préféré, belle dame.

La voix claire de la jeune femme résonna dans l'appareil, curieusement déformée.

— Enfin te voilà ! J'ai eu si peur que quelqu'un ne t'ait reconnu à Varynià.

— J'ai pris mes précautions. De toute façon, ils ne s'attendent certainement pas à me voir dans la peau d'un simple merkàntor. Ils croient que je suis devenu un dieu.

— Rien que ça ! Et comment dois-je t'appeler, à présent ?

— « Maître vénéré » suffira, je pense, plaisanta-t-il.

— Attends que je sois là, je vais t'en donner des « maître vénéré » !

Elle redevint sérieuse et ajouta :

— Ici, tout est prêt. Il ne nous reste plus qu'à attendre le crépuscule. L'effet n'en sera que plus spectaculaire. Enfin, j'espère…

— Tu es bien sûre de toi ?

— Crois-tu que je prendrais le risque de te tuer si je n'avais pas tout vérifié. De toute façon, si j'ai commis une erreur, nous périrons tous les deux.

Hegon hocha la tête.

— J'aurais préféré que nous soyons ensemble, répliqua-t-il.

— Je te rejoindrai dès que tu auras tué le Grand Dragon. Car tu vas le tuer. C'est écrit.

Il raccrocha.

Le Grand Dragon…

Comment les Medgaarthiens auraient-ils pu deviner que ce qu'ils appelaient le Loos'Ahn n'était autre chose qu'un nouveau cadeau empoisonné des Anciens ? Il se souvint de ce que lui avait expliqué Arysthée.

— Le Loos'Ahn a un rapport avec cette plate-forme étrange que nous avons découverte à proximité de la cité souterraine des métalliers. Je savais que les Anciens avaient placé dans l'espace des satellites destinés à capter l'énergie solaire. Ces satellites étaient géostationnaires, c'est-à-dire qu'ils tournaient autour de la planète à la même vitesse de rotation qu'elle. Ainsi, ils restaient immobiles au-dessus du même point. Lorsque leurs panneaux solaires avaient emmagasiné assez d'énergie, celle-ci était renvoyée sur la Terre sous forme d'ondes à haute fréquence, et récupérée par des installations comme celle de Thargôs. À cause de la demande énorme en énergie, on en construisit beaucoup. Mais, avec le temps, après le Jour du Soleil, ils se détériorèrent et leur orbite se modifia. Ils finirent par retomber sur Terre et se désintégrèrent dans l'atmosphère. Cependant, certains résistèrent plus longtemps, car ils comportaient une équipe de robots réparateurs. La durée de vie de ces supersatellites pouvait atteindre plusieurs siècles. Le Loos'Ahn est sans doute le dernier de ces mastodontes. Il pouvait alimenter une grande cité à lui seul. Malheureusement, au fil du temps, il s'est déréglé et n'envoie plus d'énergie que tous les neuf ans, et plus du tout sur la plate-forme de réception. Les ondes à haute fréquence touchent directement la Vallée en suivant grossièrement le cours du Donauv, et en causant les catastrophes que tu sais sur leur passage. J'en ai eu l'intuition lorsque nous avons découvert la station, mais je ne pouvais pas en parler avant d'être sûre.

« Dès notre arrivée à Rives, il y a huit ans, j'ai demandé aux Grands Initiés d'envoyer une équipe sur place. Par chance, les appareils avaient été relativement bien conservés. Il a cependant fallu plusieurs années à nos ingénieurs pour tout remettre en état. Le Loos'Ahn fonctionne désormais correctement. Tout au moins, nous sommes en mesure de déclencher l'émission d'énergie quand et où nous le souhaitons, et de l'arrêter quand nous le voulons. Le plan est donc d'attendre la période propice du retour du Grand Dragon. Tu te placeras sur son chemin, en avant d'un point déterminé à l'avance. Nous attendrons le crépuscule pour que l'effet soit plus spectaculaire. Dans un premier temps, nous déclencherons l'émission d'énergie, afin de faire croire au retour du Loos'Ahn. Tu feras alors semblant de brandir ton épée de chalqueverre en direction des cieux. J'arrêterai l'émission d'énergie et les spectateurs auront l'impression que tu l'as fait reculer. Ensuite, j'orienterai le satellite vers la plate-forme, mais, au lieu de capter l'énergie, je la renverrai dans l'espace en direction du satellite. Nous devrions alors assister à un magnifique feu d'artifice. Et le Loos'Ahn sera détruit.

— Comme tout est simple avec toi !

Le crépuscule était à présent tombé sur la Vallée. Monté sur Spahàd, Hegon retournait, seul, vers Varynià. Ses compagnons le suivaient, à distance. Ils ne devaient pas être vus immédiatement par les citadins et attendraient plus loin, à l'abri de la forêt.

Hegon n'aimait pas vraiment ce qu'il allait faire. Arysthée risquait sa vie dans ce qu'ils allaient entreprendre. Il suffirait d'une petite erreur. Elle lui avait expliqué que le satellite se trouvait à trente-six mille kilomètres d'altitude, et que la Terre n'avait que douze mille six cents kilomètres de diamètre. Comment toucher un point aussi précis depuis une distance pareille ? Mais après tout, les Anciens étaient capables de diriger le rayon vers la plate-forme. Pourquoi Arysthée ne serait-elle pas capable de refaire la même chose ?

Il décida de lui faire confiance. En vérité, son malaise avait une autre origine. S'il réussissait, il serait effectivement devenu le héros que Medgaarthâ attendait, et qui avait déjà été divinisé dans l'esprit des habitants, avant même qu'il n'ait accompli son exploit. Mais cet exploit reposait sur un mensonge. Le Loos'Ahn n'était pas un dragon. Ce n'était qu'une machine déréglée et sans âme qui crachait aveuglément la mort. Il fallait la détruire, bien sûr, mais il aurait aimé expliquer sa véritable nature aux gens de la Vallée. Malheureusement, cela lui était impossible s'il voulait qu'ils se rangent derrière lui pour combattre l'ennemi qui allait bientôt déferler sur Medgaarthâ.

Le soleil venait à peine de disparaître derrière l'horizon lorsqu'il parvint en vue de Varynià. Il lança alors Spahàd au grand galop.

Sur les remparts, un garde l'aperçut. Il crut d'abord à l'avant-garde d'une attaque de maraudiers. Mais il poussa une exclamation de surprise : le cheval que montait le mystérieux cavalier allait bien trop vite. Il ne pouvait s'agir d'un cheval ordinaire. La sentinelle lança un cri d'alarme. Très vite, une cohorte de guerriers la rejoignit. Leur capitaine n'était autre que Khronen, le comwarrior de la cité, et le frère du maârkh Heegh.

— Qu'est-ce que ça veut dire ? dit-il. Veut-il attaquer Varynià à lui seul ?

— Je ne crois pas, seigneur, dit le garde. Il nous tourne le dos. Il semble attendre quelque chose.

— Quelque chose ?

— Oui, seigneur. Peut-être... le Loos'Ahn.

Aussitôt, la légende et la prédiction envahirent les esprits.

— Le dieu Làkhor est de retour, seigneur. Ça ne peut être que lui. Regardez, avez-vous jamais vu un cheval galoper aussi vite ?

Dans les feux du crépuscule, les warriors, bientôt rejoints par une foule de curieux, apercevaient la silhouette qui parcourait la plaine de long en large.

— Allez prévenir mon frère ! clama Khronen. Il a rencontré le seigneur Hegon d'Eddnyrà autrefois. Nous verrons s'il le reconnaît.

Quelques instants plus tard, Heegh de Varynià les avait rejoints sur les remparts. La nouvelle s'était répandue comme une traînée de poudre dans la cité, et les gens sortaient de chez eux pour grimper sur le chemin de ronde ou gagner la grande porte de l'ouest. Peu à peu, une foule considérable se forma, qui observait le mystérieux cavalier.

— Doit-on aller le voir, seigneur ? demanda Khronen.

— Non. Il me semble bien reconnaître la silhouette du seigneur Hegon. Mais il ne montait pas un tel animal. Je n'en ai jamais vu de semblable.

— C'est sûrement l'une de ces montures que chevauchent les dieux, avança un lieutenant.

— Je l'ignore, répondit Heegh. Mais il n'est certainement pas là pour rien.

Comme pour lui répondre, une lueur soudaine illumina la Vallée plus loin vers l'ouest.

— Le Loos'Ahn ! s'écria le maârkh.

Sur la rive septentrionale du Donauv, de hautes flammes s'élevèrent, tandis qu'un vent violent apportait une haleine infernale, chargée d'odeurs de brûlé. Devant, l'étrange cavalier s'arrêta.

— C'est la prophétie qui s'accomplit, murmura une vieille femme près du maârkh. Le dieu Làkhor est revenu et il va tuer le Grand Dragon.

Cependant, une vague d'angoisse envahit les cœurs des citadins, car la lame de feu se dirigeait droit sur Varynià et progressait de manière inquiétante. Et surtout, personne ne comprenait comment un homme, même monté sur un animal aussi rapide, pourrait venir à bout de quelque chose qu'on ne voyait pas. Angoissés, les Varyniens scrutèrent les cieux, cherchant à distinguer la forme monstrueuse qui crachait ces flammes.

Tout à coup, tous virent le cavalier se diriger à bride avalée vers l'incendie. Puis il s'arrêta à peu de distance, dégaina un sabre étincelant, et le dirigea vers le ciel. L'instant d'après, de la silhouette noire découpée sur les flammes de l'incendie, un long trait de feu fulgura vers le ciel crépusculaire. Instantanément, l'embrasement infernal cessa. Tout le monde releva le nez vers le ciel, vers l'endroit d'où avait jailli la flèche incandescente. Alors, avec stupéfaction, on vit, au loin, très loin, une étoile se mettre à luire d'une manière étrange, puis exploser en une myriade de points de lumière qui s'éteignirent très vite.

Un long silence succéda au phénomène mystérieux. Chacun regarda avec anxiété en direction de l'incendie. Mais celui-ci avait cessé de s'étendre. Pendant de longues minutes, on s'attendait à voir la lame infernale reprendre et frapper la cité. Mais il ne se passa rien. Là-bas, le cavalier avançait d'un pas lent vers Varynià. Alors, peu à peu, on prit conscience que le Loos'Ahn avait été vaincu par l'étrange personnage.

— Il a réussi! s'exclama Heegh de Varynià. Il a tué le Loos'Ahn.

Il poussa un long cri de victoire, auquel la foule répondit enfin. Puis les citadins se précipitèrent à la rencontre du dieu Làkhor.

Hegon dissimula rapidement le pistolaser avec lequel il avait tiré en direction du ciel. Grâce à l'oreillette dissimulée sous son casque, il restait en communication avec Arysthée.

— Nous avons réussi, ma belle épouse. Il n'y avait pas d'erreur dans tes calculs. Nous avons tué le Grand Dragon!

Une voix tremblante lui répondit.

— Je respire, mon beau seigneur. Je peux te le dire, maintenant : je n'étais pas vraiment sûre de moi. Nous n'avons pas pu faire d'essai. Nous n'avions droit qu'à un seul tir de réponse en direction du satellite.

Monté sur son cheval, Heegh de Varynià avait pris la tête des citadins. De près, il reconnut le cavalier.

— Seigneur Hegon d'Eddnyrà, dit-il en lui ouvrant les bras. Sois le bienvenu dans notre bonne cité. Tu es ici chez toi, pour tout le temps qu'il te plaira d'y séjourner. Cette ville est à toi désormais, car tu l'as sauvée.

Un tonnerre d'acclamations répondit aux paroles du maârkh.

— Mais quelle est cette étrange monture ?

— Un lionorse, mon ami.

Les deux hommes mirent pied à terre et tombèrent dans les bras l'un de l'autre.

Un peu plus tard, ils se retrouvèrent au palais, où Heegh avait amené Hegon après une traversée mouvementée de la cité. Tout le monde voulait voir le héros, l'approcher, si possible lui parler. Mais Heegh de Varyniâ avait exigé de le voir en privé. Même les orontes s'étaient vu interdire l'entrée du bureau où les deux hommes s'étaient enfermés.

— Les Varyniens n'ont pas oublié l'aide que tu leur as apportée il y a neuf ans, dit le maârkh en versant deux gobelets de vin frais. À l'époque, près de quatre cents personnes ont été tuées par le Loos'Ahn. Et aujourd'hui la prophétie s'est réalisée. Tu as tué le Grand Dragon. Gloire te soit rendue, Hegon. Mais dis-moi, qu'étais-tu devenu pendant toutes ces années ? Le Dmaârh a fait croire à ta mort. Il a même organisé tes funérailles.

— Le corps qu'on a brûlé n'était pas le mien.

— Je m'en doutais. Mais contrairement à ce qu'il espérait, le Dmaârh n'a pas réussi à te faire oublier. Le peuple a refusé de croire que tu étais mort. Des rumeurs ont très vite circulé qui prétendaient que tu reviendrais. La prophétie disait que tu détruirais le Loos'Ahn lors de son neuvième passage, et beaucoup espéraient ton retour pour cette année. J'avoue que, pour ma part, j'avais peine à y croire. Mais tu es là ! Alors, qu'as-tu fait pendant tout ce temps ?

— Je suis retourné dans le pays de mes ancêtres.

— Ashgaardthâ, le pays des dieux...

Hegon sourit.

— Non, mon ami. Je ne suis pas un dieu, même si le peuple semble le croire. Je suis un homme. Je me suis rendu à l'ouest, là d'où sont venus mes parents il y aura bientôt trente années.

Il lui expliqua alors sa véritable origine, et lui parla de Rives et des amanes.

— Ils peuvent apporter beaucoup de bonnes choses dans la Vallée, Heegh. Mais avant, il va falloir combattre la menace qui pèse sur Medgaarthâ. Les amanes ont décidé de vous apporter leur aide. J'ai amené avec moi un millier de guerriers disposant d'un armement très puissant. Ils seront là bientôt. Je souhaiterais les attendre dans ta bonne ville.

— Je te l'ai dit : tu es ici chez toi.

— Il faudrait aussi que toutes les cités apprennent que le Grand Dragon a disparu.

— Pour ça, ne t'inquiète pas. La nouvelle va être connue très vite. Mais quelle est cette menace dont tu parles ?

— Un nouveau chef est apparu à Mooryandiâ. Il se donne le nom de Vraâth le Destructeur. Il est en train de passer une alliance avec les Molgors pour former une armée nombreuse et puissante. J'ignore pourquoi, mais cet homme veut anéantir Medgaarthâ et massacrer tous ses habitants.

— Une alliance entre les werhes et les Molgors ? C'est impossible.

— Mes informateurs affirment que ce n'est qu'une question de mois. Nous avons juste le temps d'organiser la défense. Aussi, je dois rencontrer Guynther pour lui proposer une alliance.

Heegh hocha la tête, sceptique.

— Ça ne va pas être facile. Il te détestait. Et puis… il s'est passé beaucoup de choses depuis ton départ. La Baleüspâ, celle qui a prononcé la prédiction, a disparu. Certains murmurent qu'elle a été tuée.

— Crois-tu qu'il ait pu la faire supprimer ?

— C'est possible. Sa disparition s'est produite peu de temps après ton départ. En fait, j'ai préféré ne pas me poser la question. C'eût été dangereux. Je craignais qu'il ne m'arrive la même chose qu'à ton ami, le maârkh Staïphen de Mora.

— Que s'est-il passé ?

— Après ton départ, il a été destitué et ramené au simple rang de khadar, dans sa propre cité, avec interdiction de la quitter. Un autre maârkh a été nommé à sa place, qui a augmenté les taxes de manière exorbitante. Certains Moréens ont voulu se révolter, mais on a envoyé les warriors contre eux. Enfin, ceux qui étaient fidèles au nouveau gouverneur, grâce à des primes substantielles. Ton autre ami, Serrith, a été condamné ainsi que tous les officiers qui t'ont soutenu. Oh, ça ne s'est pas fait d'un coup. Le Dmaârh est malin et prudent. Les punitions, les blâmes et les condamnations ont été prononcés au fil du temps, pour éviter une révolte des cohortes. Celles-ci ont été reprises en main. En fait, le Dmaârh a puni tous ceux qui t'ont été favorables. Il a même persécuté les Neesthies.

— Les Neesthies ? Mais elles ont toujours fait preuve de neutralité. Et ce sont des femmes médecins.

— Je sais. C'est pourquoi il est devenu très difficile de se faire soigner correctement à Gwondà. Les médikators ne sont que des bouchers qui ne connaissent que la spoliation. Mais le fait est là : les Neesthies ont été chassées de la capitale. Certaines ont trouvé refuge dans des cités comme la mienne, mais beaucoup ont purement et simplement disparu. J'ai bien peur qu'elles n'aient été massacrées.

— Alors, il n'y a plus de Baleüspâ.

— Si. Une autre a été nommée, qui est plus favorable au Dmaârh.

— Il a voulu effacer jusqu'à mon souvenir de la mémoire des Medgaarthiens.

— Mais il a échoué, Hegon ! Beaucoup de warriors ne t'ont pas oublié. La légende court aussi dans l'armée. Seulement, on évite d'en parler. Mais à présent, tu vas voir revenir tous ceux qui t'ont soutenu lors de la bataille de Mora. Et le Dmaârh n'osera pas se dresser contre toi. Tu étais déjà un dieu dans l'esprit des Medgaarthiens. La destruction du Loos'Ahn en a apporté la preuve.

Hegon hocha la tête.

— Il est impératif que le Dmaârh place l'ost sous mon commandement. S'il veut m'imposer un général en chef dans le genre de Brenhir, je refuserai et je prendrai le pouvoir.

— Tu veux dire que… tu renverseras le Dmaârh ?

— L'armée que j'amène avec moi m'en donne les moyens et je n'hésiterai pas une seconde. La menace de Vraâth est trop grave.

— Le peuple et la plus grande partie de l'armée te suivront, Hegon. En tout cas, Varynià t'est acquise. Et je viens avec toi. Je ne voudrais rater ça pour rien au monde !

51

Deux jours plus tard, les Varyniens virent arriver du nord une troupe nombreuse à la tête de laquelle chevauchait une femme d'une grande beauté, l'épouse du dieu Làkhor. Car il ne faisait aucun doute désormais qu'Hegon était bien un dieu. Seul un dieu pouvait venir à bout du Fléau. Ce qui ennuyait beaucoup Hegon.

— Je ne suis pas un dieu, Heegh !

— Garde-toi de les détromper, mon ami. Il est essentiel qu'ils aient foi en toi. Si ce que tu m'as dit est vrai, et je le crois, nous aurons bientôt besoin de toutes nos forces, et d'un chef exceptionnel pour les guider. Et puis, peut-être es-tu un dieu sans le savoir !

Une haie se forma pour accueillir les guerriers étrangers, dont on savait qu'ils constituaient l'armée divine. Lorsque Hegon prit Arysthée dans ses bras, une gigantesque ovation les salua. Ils étaient jeunes et beaux, exactement tels qu'on imaginait les dieux.

On retrouva avec stupéfaction d'autres Medgaarthiens, les warriors qui avaient suivi Hegon dans son exil neuf ans plus tôt. Thoraàn à leur tête, ils devinrent, eux aussi, des héros dont on s'arrachait les récits et confidences.

— Hünaârh de Pytessià a appris la nouvelle de ton retour et de la mort du Loos'Ahn, dit Heegh. Il souhaite te revoir malgré son grand âge, et marcher à tes côtés sur la capitale. Acceptes-tu de l'attendre ?

— Bien sûr.

En revanche, ils n'obtinrent aucun message de Pheronn de Mahagür. Quant aux orontes, face à la popularité d'Hegon, ils évitaient de se montrer, pressentant que les grands bouleversements annoncés par la Baleüspâ étaient en train de se préciser. Certains avaient même fui en direction de la capitale. Ceux qui restaient étaient désemparés.

L'adoronte Ilgrâh, chef spirituel de la cité, tenta de s'opposer aux décisions d'Hegon en organisant une réunion extraordinaire à laquelle participèrent tous les notables de la cité, ainsi qu'Arysthée, ce qui déplut particulièrement aux prêtres.

— Une femme au milieu d'une assemblée ! C'est inadmissible !

Arysthée faillit éclater de rire devant la mine morose de l'adoronte.

— Dame Arysthée est mon épouse, rétorqua Hegon. C'est en réunissant sa force et la mienne que nous avons pu vaincre le Grand Dragon. Elle a sa place parmi nous.

— Rien ne prouve que le Loos'Ahn ne reviendra pas ! s'obstina Ilgrâh. Vous n'êtes pas un vrai dieu. Braâth va déchaîner sa colère contre vous !

Hegon répliqua sèchement :

— Si Braâth existait, il aurait déjà réagi, bater.

— Vous blasphémez ! Prenez garde que la terre du Haâd ne s'entrouvre pas sous vos pieds !

— Silence ! clama Hegon d'une voix forte.

Il pointa un doigt menaçant sur le grand prêtre.

— Sachez que vos imprécations ne m'impressionnent nullement. C'est par la peur que vous et vos semblables imposez votre loi tyrannique au peuple de Medgaarthâ. Mais c'est terminé ! Votre règne est fini.

Il se leva et, après un court silence, déclara :

— J'ai pris une décision. Vous vous apprêtez, comme

tous les ans, à livrer les émyssârs aux dieux des marais. Ceux de Varynià sont encore là, avec ceux de Pytessià et de Mahagür. Je vais les accompagner à Gwondà. Mais nous ne les immolerons pas. C'est moi qui me rendrai dans les marais. Et je livrerai combat à ces fausses divinités.

Ilgrâh blêmit.

— Vous n'y pensez pas !

— Oh, si, j'y pense ! Et cette fois le Dmaârh ne pourra pas m'en empêcher !

— Vous allez déclencher la colère des divinités sur la Vallée. Vous serez maudit.

— Je vais surtout provoquer la colère des membres de la Baï'khâl, répliqua-t-il doucement.

À l'énoncé du mot, les yeux du grand prêtre s'agrandirent.

— Ce nom vous dit quelque chose, n'est-ce pas, bater ? insista Hegon.

L'autre secoua la tête.

— Absolument pas !

— Comme vous mentez mal ! Vous oubliez que je suis capable de lire dans les esprits.

— C'est faux ! riposta le prêtre, d'une voix qui manquait de conviction.

Hegon haussa les épaules.

— Vous êtes pitoyable, bater. Je suis persuadé au contraire que vous savez parfaitement ce dont je parle.

Il se planta devant lui. Dans la salle du conseil régnait un silence de mort. Hegon poursuivit :

— Quel âge avez-vous, bater ?

Surpris par la question inattendue, le prêtre resta interloqué.

— Je ne vois pas en quoi…

— Je vous ai posé une question précise ! le coupa Hegon. Répondez !

— Vous n'avez pas d'ordre à me donner ! s'insurgea l'oronte.

— Vous êtes beaucoup plus âgé qu'il n'y paraît ! Il est possible que les hommes vivent aujourd'hui plus longtemps qu'à l'époque des Anciens. Mais il est curieux de constater qu'en Medgaarthâ cette longévité mystérieuse touche exclusivement certains orontes et certains nobles. Et jamais les gens du peuple.

— Je ne vois pas de quoi vous voulez parler ! Nous menons seulement une vie saine.

— Il y a peut-être une autre raison, connue des seuls membres de la Baï'khâl.

Le prêtre pâlit.

— Vous n'êtes qu'un fou irresponsable !

— Et je ne serais pas étonné, poursuivit Hegon, que cette étrange longévité ait un rapport avec les divinités des marais.

Le surlendemain arriva la caravane du maârkh Hünaârh de Pytessià, escortée par deux ennéades. Le vieil homme retrouva Hegon avec une joie non dissimulée.

— Quel grand plaisir tu me fais là, mon neveu ! On a raconté tellement de sottises sur ton compte. J'ai toujours cru à la prophétie, et voici qu'elle s'accomplit. Tu penses que je veux être près de toi pour ce qui se prépare. J'ai amené mes warriors. Ils combattront à tes côtés, sous ton commandement.

— Sois remercié, Hünaârh. Ils auront bientôt l'occasion de se battre, je le crains. Mais j'espère que ce ne sera pas contre leurs frères de la Vallée.

Deux jours plus tard, on prit la route de Brahylà.

— Pheronn a refusé de se joindre à nous, commenta Heegh peu après le départ. Mais des marchands m'ont fait savoir qu'une partie de son armée a quitté Mahagür contre son avis pour se joindre à nous. Ils disent aussi que plusieurs centaines d'hommes en âge de se battre les suivent.

Si l'accueil de Varynià avait été chaleureux, il n'en fut pas de même pour Brahylà, tout au moins de la part du maârkh Roytehn et des orontes. À l'arrivée de la caravane, les portes de la ville étaient closes, et le gouverneur s'était porté sur les remparts.

— Dois-je te considérer en ennemi, Hegon ? clamat-il. Il semble que tu viennes avec une armée d'invasion. Je croyais pourtant que tu étais mort.

— Je ne suis pas mort et je ne viens pas en ennemi, Roytehn.

— Alors, que comptes-tu faire avec ces guerriers ? Envahir Brahylà, puis Gwondà ?

— Une grave menace pèse sur la Vallée. Toutes les cités doivent s'unir pour la combattre.

— De quelle menace parles-tu ? Je ne vois que la tienne en ce jour !

— Ne fais pas l'hypocrite ! Les voyageurs et les merkàntors t'ont déjà apporté la nouvelle. L'ennemi se prépare à investir Medgaarthâ.

— Qu'est-ce qui me prouve que les Molgors vont attaquer de nouveau ? Ne les as-tu pas vaincus il y a neuf ans, à Mora ?

— Je les ai vaincus. Le Dmaârh m'a remercié en essayant de me faire assassiner. Je n'ai pas oublié, et je compte bien le lui rappeler. Mais il faut d'abord combattre les Molgors, et surtout les werhes de Mooryandiâ.

— Mooryandiâ ? s'esclaffa Roytehn. Ces stupides dégénérés tremblent de peur devant nous. Ils n'oseront jamais s'en prendre à la Vallée !

— Libre à toi de le croire. Mais souviens-toi de la prophétie ! Elle avait prédit la mort du Grand Dragon. Je l'ai tué il y a quelques jours. Et ne me dis pas que tu l'ignores ! Mais la prophétie affirme aussi que je devrai combattre une menace terrible qui risque d'anéantir Medgaarthâ.

— Une prédiction sans fondement, émise par une

vieille folle qui a disparu peu après ton départ ! Il en faut plus pour me convaincre.

— Alors, tant pis pour toi ! Nous nous passerons de ton aide. Mais ne viens pas te plaindre si tu te retrouves seul pour combattre les hordes de cannibales fanatiques qui vont bientôt déferler sur ta cité.

— Je les attends de pied ferme.

— Tu dois aussi autoriser ceux de ton peuple qui le désirent à se joindre à nous.

— Jamais ! C'est moi qui gouverne cette cité, et j'interdis à tous de se rallier à ta bande d'étrangers.

Il y eut un moment d'indécision. Puis un vacarme se fit entendre de l'autre côté des remparts. Une clameur formidable retentit. Le maârkh Roytehn eut l'air étonné. Il se mit à hurler des ordres à ses guerriers. Mais il était déjà trop tard. Les deux lourdes portes de la cité s'ouvraient pour livrer passage à une foule enthousiaste qui avait osé se révolter contre son maârkh. Une bonne partie des warriors s'étaient mêlés aux habitants pour approcher celui qu'ils considéraient, eux aussi, comme le dieu Làkhor. Beaucoup avaient vu l'explosion inexplicable dans le ciel. Le Grand Dragon était donc un dieu mauvais qui vivait dans le ciel. Et il fallait être un dieu pour l'avoir ainsi abattu.

Roytehn eut beau hurler, rien n'y fit. La grande majorité de la population vint entourer Hegon pour l'ovationner. On l'invita à entrer dans la cité.

— Tu es ici chez toi, Làkhor ! clamaient les habitants. Commande, et nous t'obéirons !

Incapable d'endiguer le flot, le maârkh fut bien obligé de descendre de son rempart pour se porter au-devant d'Hegon. Mais sa réaction avait déclenché la colère des citadins. Comme il rejoignait la porte, des fruits pourris et des immondices volèrent dans sa direction. Ses guerriers les plus fidèles le protégèrent comme ils purent, mais la cohue innombrable, dans laquelle ils repérèrent un grand nombre de guerriers, les dissuada de riposter avec leurs armes. Ce fut dans un vêtement souillé que le gouverneur de Brahylà se présenta devant Hegon.

— Ta réaction a manqué de sagesse, Roytehn, dit le jeune homme. En t'opposant à moi, c'est au peuple que tu as opprimé que tu t'es opposé. Il vient de te le faire savoir sans équivoque.

Roytehn serra les dents, mais ne répondit pas. Les orontes, plus opportunistes, avaient compris plus vite que le vent tournait, et ils s'étaient mêlés à la foule pour acclamer le vainqueur du Grand Dragon. L'adoronte vint saluer Hegon en personne, en s'inclinant avec obséquiosité. Le jeune homme n'était pas dupe, mais il n'était pas encore temps de s'occuper des prêtres. Ce fut pour protéger le maârkh qu'il déclara :

— Seigneur Roytehn, votre peuple a fait connaître son mécontentement et son désir de ne plus vous reconnaître pour gouverneur. À partir de cet instant, vous êtes déchu de vos titres. Au nom du peuple de Brahylà, je vous ordonne de retourner dans votre palais où vous êtes consigné. Gardes ! Conduisez cet homme dans ses appartements et qu'il n'en sorte pas.

Le maârkh voulut réagir, mais les regards hostiles et haineux de la foule l'en dissuadèrent. Quatre guerriers l'encadrèrent solidement. Hegon mit pied à terre et s'approcha de lui.

— Ne vas surtout pas t'imaginer qu'il s'agit de ma part d'une basse vengeance pour l'accueil méprisant que tu m'as réservé la dernière fois que nous nous sommes rencontrés. La vérité, c'est que tu as sous-estimé la rancœur de ton peuple. Ma venue les a libérés. Mais elle a aussi libéré leur haine. Si je te laisse libre à présent, tu périras avant ce soir, massacré par tes propres citadins.

L'ex-gouverneur regarda autour de lui. Pour la première fois, sans la protection de sa garde personnelle, il entendit les grondements de fureur de la foule à son égard, il vit les poings tendus, les visages hostiles. Alors, sa colère se mua en une terreur sans nom. Il n'avait fait preuve d'aucune mansuétude contre ceux qui avaient osé se dresser contre lui lorsqu'il avait augmenté les taxes et les impôts. Ces révoltes avaient eu lieu neuf ans plus tôt, peu après l'annonce de la mort d'Hegon. La répression avait été sévère. On n'avait pas oublié les pendus et les suppliciés pour l'exemple sur la place principale de la ville.

— Emmenez-le ! dit Hegon.

Le soir, on dénombra plusieurs morts parmi les graâfs et les plus riches notables de la cité. Hegon n'avait pu empêcher la foule furieuse de se faire justice elle-même contre les plus avides de ses exploiteurs. Des têtes furent promenées dans les rues, plantées sur des piques, des cadavres mutilés et décapités furent jetés dans le Donauv. La fête sanglante se poursuivit fort tard dans la nuit. Les dramas intervinrent pour éviter quelques massacres mais le lendemain matin on dénombrait plus de soixante victimes.

Alors, Hegon réunit la foule sur la grande place de Brahylà et laissa éclater sa colère.

— Vous avez mal agi ! Je comprends votre fureur et votre désir de vous venger. Vous avez beaucoup souffert par la faute de ces hommes. Mais ils avaient droit à un procès équitable. En les massacrant comme des bêtes furieuses, vous vous êtes rabaissés à leur niveau. Cela doit cesser ! Aussi je vous le dis : les choses vont changer en Medgaarthâ. Il n'y aura plus jamais de tueries semblables. Les nobles n'écraseront plus les artisans de taxes et d'impôts. Il n'y aura plus de schreffes, et plus d'esclaves. Ce temps est révolu. Bientôt, je donnerai de nouvelles lois à ce pays. Mais pour lors, vous devez rentrer chez vous et vous attendre à la guerre. Un ennemi impitoyable se prépare à envahir Medgaarthâ. Toutes les cités doivent s'unir pour lutter contre lui. J'aurai besoin de guerriers. De beaucoup de guerriers ! Que ceux qui veulent se battre à mes côtés rejoignent mes troupes !

Une ovation formidable lui répondit.

Lorsqu'elle quitta Brahylà, l'armée s'était encore accrue de près de trois mille combattants, composés de warriors entraînés et de citadins désireux de participer à la grande bataille qui se préparait. Hegon allait en tête, monté sur Spahàd. Skoor, l'aigle dont on disait que les plumes étaient d'or, voyageait sur l'encolure du fauve, ou sur l'épaule de son maître. Arysthée chevauchait à ses côtés, montée sur une magnifique pouliche blanche. Un soleil magnifique inondait la Vallée, comme pour saluer le couple.

Thoraàn et ses warriors ne cessaient de conter leurs exploits, comment ils avaient combattu tous deux contre un chevalier sans foi ni loi, comment ils avaient traversé le grand océan Atlantéus, la lutte qu'ils avaient menée tous deux contre le Grand Dragon. Car dame Arysthée, qui dansait « à la manière d'une déesse », avait aussi sa part dans la victoire qu'ils avaient remportée sur le Fléau.

— Mais comment a-t-il pu frapper le Grand Dragon dans le ciel de la nuit alors qu'il était lui-même sur terre ? demandaient les curieux.

Les warriors avaient la réponse toute prête à ce mystère :

— Vous avez vu le rayon de lumière qui a jailli de lui.

— Oui, je l'ai vu, clamaient certains.

— Moi, on m'en a parlé, disaient d'autres.

Thoraàn répondait :

— Il a projeté son double dans les étoiles et il a frappé si fort que le Grand Dragon a explosé.

Les auditeurs hochaient la tête en se regardant, bien décidés à transmettre cette fabuleuse histoire à leur tour, en l'agrémentant au besoin de quelques détails inédits de leur cru.

Ainsi naissent les légendes.

À Gwondà, un vent de panique soufflait sur le palais. Le Dmaârh Guynther savait déjà ce qui s'était passé à Brahylà. Les maârkhs des quatre cités de l'Aval étaient accourus aussitôt connue la nouvelle du retour d'Hegon. Dès leur arrivée, le souverain organisa une réunion extraordinaire.

— Nous devons composer avec lui ! décréta Guynther. Nous n'avons pas les moyens de nous opposer à son armée.

— Je ne suis pas d'accord ! rétorqua Maldaraàn. C'est une véritable invasion. Des guerriers venus de l'Extérieur foulent le sol de Medgaarthâ. Il est de notre devoir de les combattre et de les exterminer. En rassemblant les armées de Gwondà et des cités de l'Aval, nous disposerons d'une grande supériorité numérique. Nous écraserons « la vermine étrangère ».

— Le peuple va se retourner contre nous, objecta Guynther. Et les warriors ne nous suivront pas, à part ceux du Temple. Rappelle-toi ce qui s'est passé avec mon fils Brenhir. Ce chien d'Hegon a vaincu le Loos'Ahn. La prophétie est en train de se réaliser. Nous n'y pouvons rien. Si nous tentons de nous opposer à lui, les dieux nous balaieront. Nous n'avons pas réussi à l'éliminer par le passé, alors qu'il ne disposait que d'une poignée de guerriers. Tu comptes le vaincre à présent que tout le pays marche derrière lui ? Sois réaliste, Maldaraàn. Je connais la haine que tu éprouves envers lui, mais ne la laisse pas t'aveugler. Le mieux est de nous allier à lui. Pour l'instant. Nous verrons plus tard ce qu'il conviendra de décider. Mais il faut tout faire pour conserver nos trônes et nos privilèges.

Les autres maârkhs approuvèrent vigoureusement. Après tout, Hegon ne venait pas en ennemi. Roytehn n'était qu'un imbécile. S'il lui avait ouvert son palais, il aurait conservé son titre. Mais Maldaraàn refusait de se laisser impressionner.

— Vous allez voir ce qu'il va en faire, de vos privilèges ! rétorqua-t-il. Vous n'êtes que des femmelettes ! Agissez comme vous l'entendez ! Vous ne viendrez pas vous plaindre ensuite. Moi, je ne reste pas. Eddnyrà résistera à cet envahisseur. Dût-elle être rasée !

Ivre de colère, il quitta la salle et s'en fut.

— Il est devenu fou, déclara Phareys de Ploaestyà.

Xanthaàr prit la parole.

— Il n'a pas tout à fait tort. Nous ne devons pas céder à la peur. Et tout cela ne doit pas nous faire oublier la cérémonie des émyssârs. Il ne manque plus que ceux de Varynià et de Pytessià.

— On dit qu'il veut interdire ces sacrifices, remarqua le Dmaârh. Il veut combattre les dieux des marais.

— Il faut l'en empêcher ! Vous savez tous pourquoi.

— Et comment feras-tu ? De quelles forces disposeras-tu pour lui interdire de se rendre là-bas ?

Le grand maître poussa un soupir de mécontentement.

— Nous devons pourtant procéder à ce sacrifice. Sinon, vous savez ce qui se passera.

Le grand prêtre Ashkaarn intervint :

— Xanthaàr a raison. Les… les dieux attendent les émyssârs de l'année. Nous devons impérativement les amener dans l'île. Et il faut le faire avant que ce maudit Hegon soit arrivé.

— Il en manque quatre ! objecta le grand prêtre Ashkaarn.

— Nous en désignerons quatre autres.

Le nouveau maârkh de Mora, Ryxhaâr, intervint.

— On dit qu'il a bien connu l'ancien gouverneur Staïphen autrefois. S'il apprend que sa fille fait partie des émyssârs, il ne va pas être content. Je ne sais pas si cette ultime vengeance était une bonne idée.

— Hegon ne peut s'opposer aux rites de la religion ! s'écria Ashkaarn.

— Pour ce que nous les respectons ! ironisa Phareys de Ploaestyà.

— Mais enfin, nous n'allons pas laisser nos institutions religieuses s'effondrer devant le premier envahisseur venu. Nous devons les défendre.

— Et surtout défendre nos intérêts !

— Justement ! reprit Ashkaarn, agacé. Nos intérêts sont liés et doivent rester secrets. Plus tôt nous aurons amené les émyssârs dans l'île des marais, mieux ça vaudra.

— Je partage ton avis, renchérit Xanthaàr. Nous agirons dès demain à l'aube.

52

Dans les geôles du Temple, Elvynià, qui venait d'atteindre ses dix-huit ans, était partagée entre l'espoir et la résignation. Elle s'était imaginé que la vengeance du Dmaârh se serait éteinte après que son père avait été destitué de son titre de maârkh de Mora, sous le prétexte qu'il avait apporté son soutien à « un ennemi juré de Medgaarthâ ». Au cours d'une cérémonie honteuse et humiliante, on lui avait arraché tous les insignes qui disaient son rang et on l'avait rabaissé au niveau des khadars, après lui avoir volé sa fortune personnelle. Elle-même avait tempêté, hurlé sa rage et son envie de massacrer le Dmaârh et ses sbires. Mais que pouvait-elle faire ? Elle n'avait que neuf ans alors. Ils avaient dû quitter le palais, où un nouveau gouverneur avait été nommé, qui n'avait pas tardé à doubler les impôts des Moréens. Des révoltes avaient éclaté qui s'étaient terminées dans un bain de sang. Sévèrement surveillé, son père n'avait rien pu faire pour soutenir ses sujets, sous peine de mettre la vie de sa famille en péril. Il avait dû se reconvertir dans le négoce. Grâce aux amitiés qu'il avait conservées, il avait réussi à monter une affaire florissante, sur les bénéfices de laquelle le nouveau maârkh, le Dmaârh et les orontes prélevaient une part substantielle. Mais Staïphen avait pu leur offrir une vie décente.

Jusqu'à ce jour maudit où, en tant que fille de khadar,

elle avait été convoquée pour la sélection des émyssârs. Le choix n'avait guère pris de temps, et elle avait compris qu'il était délibéré. La rancune du souverain était si tenace qu'il devait garder cette dernière vengeance à l'esprit depuis longtemps. On l'avait arrachée aux bras de ses parents, emmenée avec un garçon au visage sombre qui n'avait pas décroché un mot. Elle-même avait voulu se révolter, hurler sa colère. On l'avait menacée de la livrer aux dragons de Kômôhn si elle ne se tenait pas tranquille. Partagée entre la peur et la colère, elle s'était résignée à obéir. Cependant, elle était bien décidée à se battre contre les dieux maudits lorsqu'ils apparaîtraient.

Et puis, lorsqu'ils étaient arrivés à Gwondà, une nouvelle incroyable circulait : le dieu Làkhor était de retour, et il avait vaincu le Grand Dragon ! Elle avait cru rêver. Mais elle avait été enfermée derrière les murailles épaisses du Temple, et plus aucune information n'avait filtré. Alors, était-ce la vérité ? Ou bien n'était-ce qu'une fausse rumeur ? Elle avait refusé de toutes ses forces de croire à la mort d'Hegon quand elle était petite. Même après que le Dmaârh avait organisé ses funérailles et brûlé son corps dans le Valyseum, elle avait toujours conservé une petite lueur d'espoir. Personne n'avait reconnu son cadavre. Et surtout, la prophétie ne s'était pas encore accomplie. Le Grand Dragon devait être tué lors de son neuvième passage. Elle avait violemment rejeté l'idée que la prédiction pût être fausse. La Baleüspâ ne s'était jamais trompée. Donc, Hegon était toujours vivant. Il avait choisi l'exil pour mieux fourbir les armes extraordinaires qui lui permettraient de combattre le Fléau.

Et c'est ce qui s'était passé ! Une bouffée d'exaltation l'envahissait à cette idée. Si Hegon était revenu, il allait intervenir pour la sauver. Cela ne faisait aucun doute. Elle n'osait imaginer ce qui se passerait ensuite. Enfant, elle s'était mis en tête de l'épouser. Mais elle avait grandi et ses rêves avaient été mis à mal par la dure réalité.

À d'autres moments, elle sombrait dans un désespoir sans fond. Hegon n'était pas encore à Gwondà. Elle se doutait que le Dmaârh ferait tout pour s'opposer à lui. Alors, il était déjà trop tard pour elle. Les autres prisonnières ne lui étaient d'aucun secours. La plupart du temps, elles pleuraient ou gémissaient. Elle aurait bien, elle aussi, cédé aux larmes qui lui brûlaient les paupières. Mais elle les retenait avec orgueil. Elle était la fille d'un maârkh, et même s'il avait été déchu de son titre par un souverain sans gloire, elle ne ferait preuve d'aucune faiblesse.

Un élément jouait cependant en leur faveur. Elles n'étaient que sept. Les garçons avaient été enfermés dans d'autres cachots, mais elle n'en avait dénombré également que sept. Deux cités n'avaient pas encore envoyé leurs émyssârs. Tout espoir n'était donc pas perdu. Le sacrifice ne pourrait avoir lieu que lorsqu'ils seraient tous arrivés.

Pourtant, le matin suivant son arrivée, on vint les chercher pour les mener hors de la ville. On ne leur fournit aucune explication, mais elle comprit que l'heure était venue. Ces scélérats avaient avancé la date du sacrifice à cause d'elle ! Hegon ne devait pas savoir qu'elle faisait partie des émyssârs. Lorsqu'il arriverait, il serait déjà trop tard, et la vengeance du Dmaârh aurait été accomplie. Elle se mit à hurler. Pour toute réponse, elle fut ligotée et bâillonnée, puis jetée dans un chariot en compagnie des autres. Elle constata alors que deux autres filles avaient été ajoutées qui roulaient des yeux terrifiés. Visiblement, elles ne comprenaient pas ce qu'elles faisaient là.

Le soleil se levait à peine lorsque le convoi religieux, réduit au strict minimum, quitta la capitale sous le regard étonné des citadins matinaux. Une heure plus tard, Elvynià aperçut l'ombre gigantesque du Grand Arbre sacré. Une peur insidieuse commença à s'infiltrer en elle. On lui avait ôté son bâillon dès la sortie de la cité. Un warrior cynique lui avait dit :

— Maintenant, tu peux hurler tant que tu voudras, personne ne t'entendra.

Quelque chose lui semblait tout de même curieux dans cette attitude. D'ordinaire, ceux qui résistaient aux orontes recevaient des coups de fouet. Les warriors du Temple n'étaient pas réputés pour leur délicatesse. Elle s'était attendue à être frappée quand elle s'était révoltée. On s'était contenté de l'empêcher de crier. Mais on ne l'avait pas touchée. Pour quelle raison, puisque de toute façon elle était destinée à mourir ?

La mort ! Une onde de terreur pure la parcourut. Elle n'avait aucune envie de mourir. Elle était trop jeune. Et surtout, on ignorait ce qui se passait dans les marais. Les orontes eux-mêmes quittaient les lieux avant que ne surviennent les divinités. À quoi pouvaient-elles ressembler ? Elle gardait en mémoire les dragons de Kômôhn du Valyseum. À cette idée, elle sentait ses jambes se dérober sous elle. On murmurait que les dieux leur ressemblaient.

Elle s'attendait à une cérémonie rituelle devant Gdraasilyâ. Mais ce fut à peine si les chariots ralentirent.

« Ils sont pressés d'en finir, songea-t-elle. Il se passe quelque chose. »

Trompant la surveillance des orontes qui interdisaient tout bavardage, elle parvint à se glisser près de l'une des filles qui venaient de les rejoindre. Elle était en proie à une panique intense.

— Je ne comprends pas pourquoi on m'a choisie, chuchota-t-elle. Je suis de Gwondà. Et les émyssârs de la capitale avaient déjà été sélectionnés. Je croyais que c'était fini, que je ne risquais plus rien. Et puis, ils sont venus me chercher cette nuit et ils m'ont fait sortir de la ville dans une voiture fermée. Pourquoi ont-ils fait ça ? Je ne veux pas mourir.

Elle éclata en sanglots. Elvynià n'y comprenait rien non plus. Les orontes devaient savoir que leur précipitation déclencherait la colère d'Hegon lorsqu'il arriverait à Gwondà. Malgré ça, ils étaient prêts à la braver. Cela n'avait aucun sens. Ou bien, redoutaient-ils les divinités à ce point ? Dans ce cas, elles devaient être terrifiantes...

Bientôt, la forêt s'éclaircit. Le convoi arriva en vue d'une immense étendue marécageuse. Les émyssârs furent sortis sans ménagement des voitures et entraînés vers la surface glauque, sur laquelle pesaient des brumes mouvantes.

À la suite du grand prêtre, Ashkaarn, la colonne s'engagea sur un chemin à peine visible, serpentant entre des mares de boue et des masses végétales impénétrables que noyait le brouillard omniprésent. Le pâle soleil printanier diffusait une lumière mystérieuse et inquiétante. Elvynià avait l'impression qu'à tout moment pouvait surgir une créature effrayante.

Les émyssârs avaient été solidement liés les uns aux autres afin de leur ôter toute idée de fuite. Force leur fut de suivre, bousculés par les warriors du Temple dont les visages restaient de marbre. Des pleurs et des cris montaient des rangs des condamnés, auxquels les guerriers et les orontes n'accordaient aucune attention.

Après une traversée difficile, on parvint à une sorte de clairière au milieu de laquelle se dressaient les dix-huit pierres levées de couleur rousse, auxquelles les guerriers les attachèrent l'un après l'autre. Elvynià tenta bien de résister. Mais elle n'était pas de force face à ces brutes sans état d'âme. Au centre du cercle de pierre, le grand prêtre se livra à un rapide simulacre de cérémonie. À peine fut-il achevé que la troupe s'en alla sans un mot d'adieu aux sacrifiés. En quelques instants, il ne resta plus personne que les dix-huit émyssârs, dont la plupart s'étaient mis à gémir.

Elvynià tira comme une folle sur ses liens pour tenter de les distendre. Mais c'était peine perdue. Ils étaient trop solides. Peu à peu, le silence se fit. Les sacrifiés n'osaient pas parler, de peur d'attirer... ils ne savaient quoi. Cela faisait près de deux heures qu'ils attendaient, et rien ne s'était passé.

Soudain, des bruits étranges se firent entendre en direction du sud. Quelques filles se mirent à hurler. Des craquements retentirent, mêlés à un grondement mystérieux, qui n'avait rien d'humain ni d'animal. Soudain, une silhouette énorme se dessina à travers les hautes herbes.

Elvynià écarquilla les yeux. Une terreur sans nom s'empara d'elle.

53

Au même moment, les prêtres et leurs guerriers atteignaient la lisière des marais. Une vive inquiétude tordait les entrailles d'Ashkaarn, le grand prêtre. Celui que le peuple appelait désormais le dieu Làkhor n'allait pas tarder à arriver à Gwondà. Lorsqu'il apprendrait que la fille de l'ancien maârkh de Mora avait été livrée aux marais, il leur faudrait affronter sa colère. Bien sûr, on pourrait toujours lui rétorquer que la cérémonie du sacrifice avait toujours eu lieu et qu'il n'y avait aucune raison pour qu'elle ne fût pas respectée. Mais il se rendrait très vite compte qu'elle avait été avancée parce qu'il voulait s'y opposer. Or, il fallait impérativement que les émyssârs fussent emmenés dans les marais. Et on devait tout faire pour empêcher Hegon de s'y aventurer.

Mais comment ? Sa légende le précédait et, dans toutes les cités, le peuple et l'armée se rangeaient derrière lui. C'était comme une vague qui montait à l'assaut de la capitale, et que rien ne pourrait arrêter. Certains orontes s'étaient même ralliés à lui, par crainte. Ils essayaient de sauver leur peau. Et ils n'appartenaient pas à la Baï'khâl. Dans les villes de l'Aval, les gens abandonnaient leurs activités pour entreprendre le voyage vers Gwondà. À Eddnyrà même, les habitants bravaient l'interdiction de Maldaraàn et quittaient la cité. Ce maudit Hegon n'aurait aucun mal à renverser le régime du Dmaârh s'il le souhaitait. Le peuple l'y poussait.

Une angoisse mêlée de résignation s'empara d'Ash-kaarn. Son intuition lui disait qu'il ne pourrait rien faire pour empêcher l'inéluctable. La prédiction de la Baleüspâ était en train de se réaliser. Une fois de plus. Sans doute avaient-ils eu tort de la supprimer neuf ans auparavant. Mais il fallait étouffer la légende, reprendre le peuple en main. Et cela n'avait servi à rien. Hegon avait fini par vaincre le Grand Dragon. Mais comment avait-il fait ? Nul ne savait ce qu'était le Fléau. Pourtant, les faits étaient là : il s'était dressé sur sa route et les flammes s'étaient arrêtées. Plus incompréhensible encore, on racontait partout que le Fléau vivait dans une étoile, et qu'Hegon l'avait fait exploser en projetant son esprit dans les cieux. Les habitants de Varynià avaient assisté au phénomène.

Alors, pouvait-il être vraiment un dieu ? C'était inconcevable !

Mais… si c'était vrai, ils avaient commis une grave erreur en le combattant. Et ils allaient tous payer. Lui compris. Rien ne pouvait aller contre le destin.

Une nausée tordit les entrailles d'Ashkaarn. Nul ne pouvait prévoir ce qui allait arriver maintenant. Hegon connaissait l'existence de la Baï'khâl. Peut-être même avait-il fait le rapprochement entre elle et les « sacrifices ». Il fallait à toute force l'empêcher de pénétrer dans les marais au-delà de l'île et négocier avec lui la poursuite des sacrifices rituels. Dans le cas contraire, tout était perdu. Peut-être même…

Il s'arrêta de marcher, sous l'œil interrogateur de Xanthaàr, le grand maître.

Peut-être même était-il possible de lui proposer de devenir membre de la Baï'khâl. C'était sans doute LA solution. Quel homme pourrait résister à l'avantage extraordinaire qu'elle apportait ?

— Qu'y a-t-il ? demanda Xanthaàr.

— Nous allons lui expliquer ce qu'est la Baï'khâl, répondit Ashkaarn. C'est la seule solution. Il doit être des nôtres.

— Il n'acceptera pas.

— Bater ! s'écria soudain le comwarrior. Une troupe de cavaliers se dirige par ici.

Il ajouta, stupéfait :

— C'est incroyable ! Je n'ai jamais vu de chevaux courir aussi vite !

En quelques instants, le silence de la forêt vola en éclats sous un vacarme infernal.

— Ce ne sont pas des chevaux, murmura Ashkaarn, pétrifié.

Une troupe d'une trentaine de créatures étranges fondait sur eux à une vitesse stupéfiante. À leur tête chevauchait un géant blond vêtu d'une armure noire. L'animal fabuleux qu'il montait s'arrêta presque sur eux. La gorge de l'achéronte se noua.

— Hegon d'Eddnyrà ! balbutia-t-il.

Les warriors du Temple voulurent s'interposer, mais il leva la main pour les en empêcher. Ils allaient tous se faire massacrer. Déjà des armes inconnues apparaissaient dans les mains des cavaliers qui accompagnaient le chevalier noir.

— Ainsi, tu es revenu ! cracha Xanthaàr sur un ton agressif.

— Je suis venu pour vous empêcher d'accomplir votre sinistre rituel ! clama Hegon. Mais vous n'avez même pas attendu les émyssârs de Pytessià et de Varynià. Faut-il que votre maudit sacrifice vous tienne à cœur !

— Les dieux des marais ne pouvaient attendre, répliqua Xanthaàr. Tu ignores de quoi ils sont capables si nous ne respectons pas le rituel du sacrifice. Nous nous doutions bien que tu voudrais l'empêcher. Tu aurais été la cause d'une catastrophe épouvantable.

— Il suffit, explosa Hegon. Nous allons bien voir à

quoi ressemblent ces prétendues divinités ! Vous allez immédiatement me mener dans l'île.

— Nooon ! hurla Xanthaàr. Je t'interdis d'y aller.

Pour toute réponse, un still siffla dans l'air et se planta dans la gorge du grand maître de la Baï'khâl, qui s'effondra sous le regard atterré du grand prêtre. Xanthaàr porta les mains à son cou. Une terreur glaciale l'envahit. Il eut le temps de voir les yeux sombres d'Hegon qui le contemplaient sans compassion, puis il sombra dans le néant.

— Vous… vous allez me tuer, moi aussi ? balbutia Ashkaarn, effrayé par l'agonie de son compagnon.

— S'il le faut oui. Je n'aurai aucune pitié pour vous et pour ceux de la Baï'khâl. Vous avez beaucoup trop de sang sur les mains, albater. Votre règne est fini. Vous avez le choix. Vous pouvez me conduire docilement jusqu'à l'île, ce qui nous fera gagner un peu de temps. Vous pouvez aussi refuser. Mais souvenez-vous que vous m'avez mené là-bas il y a neuf ans. J'ai une excellente mémoire. Je peux me passer de vous. Dans ce cas, vous m'êtes inutile et vous irez rejoindre votre complice.

Tremblant de tous ses membres, Ashkaarn acquiesça silencieusement. Hegon l'attrapa par l'épaule et, sans grand effort, le hissa sur la croupe du lionorse qui fit entendre un feulement de méfiance. Ashkaarn eut le temps d'apercevoir les babines de l'animal découvrir des crocs puissants.

Une heure plus tard, alors que le soleil de midi éclaboussait les marais d'une lumière éblouissante, ils parvinrent dans l'île. Mais il n'y avait déjà plus trace des émyssârs. Hegon mit pied à terre et examina les pierres.

— Il n'y a pas de sang ! remarqua-t-il. Ils n'ont donc pas été dévorés par des monstres.

— Non, ils ont été emportés par les dieux, répliqua sèchement Ashkaarn. Vous ne les rattraperez jamais. Ils ont quitté le monde des hommes.

580

Hegon fixa le grand prêtre dans les yeux. Une peur panique s'empara d'Ashkaarn. Se pouvait-il qu'il fût capable de lire dans les pensées. Sa réponse le confirma.

— Certainement pas, gronda-t-il. Ils sont toujours vivants. Et vous le savez !

Sur son ordre, les chevaliers explorèrent l'île. Ils ne furent pas longs à découvrir un autre chemin menant vers le sud.

— Regarde ça, seigneur ! dit Paldreed. Il y a des traces curieuses sur le sol.

Hegon s'approcha.

— Un véhicule à chenilles. Il y en a aussi à Rives.

Il revint vers Ashkaarn et s'écria :

— Vos prétendus dieux n'existent pas, espèce de crapule ! Ce sont des surves qui ont laissé ces traces !

— Je... je ne comprends pas !

— Oh si, vous comprenez ! Vous avez passé un odieux marché avec les habitants d'une ville surve qui doit se trouver plus loin vers le sud. Vous leur fournissez dix-huit esclaves, garçons et filles, tous les ans. Et en échange...

Il attrapa le grand prêtre par le cou et le décolla de terre.

— En échange, ils vous fournissent des traitements qui vous permettent de prolonger votre vie. Voilà le secret qui lie ceux de la Baïkhâl.

— Je ne vois pas de quoi vous voulez parler.

Pour toute réponse, une gifle magistrale retentit. Le grand prêtre s'écroula, à demi étourdi.

— Seigneur ! s'écria Guillaume, regarde, les traces sont fraîches ! Ils n'ont pas plus de deux heures d'avance. Et avec des camions à chenilles, ils ne doivent pas aller très vite. Nous pouvons les rattraper.

Hegon se tourna vers Paldreed.

— Prends deux chevaliers avec toi. Il faut prévenir les dramas. Une division devrait suffire si nous agissons par surprise. Nous ne sommes pas assez nombreux pour attaquer ce nid de frelons, mais nous gagnerons du temps si nous arrivons à les repérer. Toi, tu viens avec nous, dit-il à Ashkaarn.

Le grand prêtre n'osa pas répliquer et se retrouva juché sur la croupe du lionorse avant d'avoir pu comprendre.

Vers le sud, les marais se prolongeaient sur quelques kilomètres, pour rejoindre une plaine cahoteuse menant vers des contreforts montagneux couverts d'une forêt dense. Un semblant de piste se dirigeait vers une large échancrure creusée dans le flanc de la montagne. Dès la sortie des marécages, les lionorses purent galoper à pleine vitesse. Hegon avait conscience qu'il prenait un risque important. Il n'avait avec lui qu'une trentaine de chevaliers, certes rompus au combat, et puissamment armés, mais il ignorait totalement la force de l'adversaire qu'il allait affronter. Peu à peu, un grondement se fit entendre. Ils accélérèrent l'allure.

— Ils sont là ! s'exclama soudain Guillaume.

À moins d'un kilomètre de distance, ils aperçurent trois lourds véhicules d'aspect usagé, dont l'habitacle arrière était effectivement équipé de chenilles de métal. Brinquebalant sur les inégalités de la piste, ils avançaient lentement. Chacun d'eux pouvait abriter une demi-douzaine d'hommes. Hegon dégaina son gonn. Il ne leur fallut pas longtemps pour rattraper les engins. Des individus vêtus d'uniformes sombres les pilotaient. Apercevant les cavaliers, ils voulurent accélérer, mais quelques tirs bien ajustés les contraignirent à s'arrêter. Tremblant de tous leurs membres, ils descendirent. Visiblement, ce n'était pas des guerriers. Plusieurs d'entre eux affichaient un âge certain.

Hegon mit pied à terre et, bousculant les inconnus, pénétra dans les espaces arrière des véhicules. Abasourdis, les émyssârs, entravés, le contemplèrent avec des yeux effrayés, ne sachant s'ils avaient affaire à un ennemi ou un allié. Jusqu'à ce qu'une voix s'écrie :

— Seigneur Hegon !

— Elvynià !

Il avait peine à reconnaître, dans la jeune fille aux mains liées derrière le dos, allongée sur le sol métallique, la gamine espiègle croisée neuf ans plus tôt. Il s'agenouilla, trancha ses liens d'un coup de shayal. Elle éclata en sanglots et se jeta dans ses bras.

— Seigneur ! Tu es venu me délivrer. J'ai toujours espéré que tu reviendrais.

— Calme-toi ! C'est fini à présent.

Elle reprit son souffle. Puis s'écarta de lui, et éclata de rire à travers ses larmes.

— Mais comment es-tu venu aussi vite ? Tu ignorais que j'avais été choisie.

— Ton père s'est enfui de Mora dès qu'il a su que j'étais de retour. Il a fait le voyage sur le bateau du capitaine Hafnyr, qui a accepté de le mener près de moi. Il m'a rejoint à Brahylà et m'a appris que tu avais été désignée pour être sacrifiée aux…

Il se tourna vers les hommes en noir que les chevaliers rassemblaient sans ménagement hors des engins.

— … aux dieux des marais.

— Ce ne sont pas des dieux ! clama Elvynià. Ces scélérats nous ont traités comme si nous étions des animaux de boucherie.

Bouillonnant soudain de colère, elle s'approcha de celui qui les gardait et, avant que quiconque n'ait pu comprendre, lui lança un coup de poing dans le visage. L'homme s'écroula. Hegon éclata de rire. Les années n'avaient pas émoussé son caractère entier.

— Qui est le chef de ce convoi ? clama-t-il.

Un individu âgé, tout au moins en apparence, d'une cinquantaine d'années, s'avança d'un pas incertain.

— C'est moi !

— Parle ! Que faites-vous de ces jeunes gens que les orontes vous livrent chaque année ?

L'autre hésita, puis se décida :

— Nous avons besoin d'esclaves pour notre cité.

— Où se trouve-t-elle ?

Nouvelle hésitation.

— Par là, au-delà de ces montagnes.

Hegon perçut un ricanement dans l'esprit de l'homme. Il estimait sans doute qu'ils n'étaient pas assez nombreux et qu'ils allaient tomber dans un piège. Ne les voyant pas revenir, les habitants se douteraient qu'il était arrivé quelque chose et se prépareraient au combat. Hegon lui ôta cet espoir.

— Ne te réjouis pas trop vite. Nous attendrons des renforts avant d'attaquer.

Le surve blêmit, mais ne répondit pas.

Hegon avait pris soin de laisser des indices le long du chemin situé au sud de l'île. Sandro Martell et ses dramas arrivèrent le soir même. On se mit en route immédiatement. Ils avaient à peine fait quelques centaines de mètres qu'un autre véhicule à chenilles apparaissait.

— Vos compagnons s'inquiètent pour vous ! remarqua Hegon.

Effrayés par la troupe importante de cavaliers, les occupants du quatrième camion tentèrent de faire demi-tour, mais ils furent très vite rattrapés et se rendirent sans difficulté.

— Quel est ton nom ? demanda Hegon à leur chef.

— Khasmyr Taunesko, seigneur.

En quelques instants, Hegon obtint les renseignements qu'il voulait, qui confirmèrent ses soupçons. Ces hommes étaient bien des surves, qui vivaient dans une cité à demi enterrée nommée Slopozià. Celle-ci, protégée par ses montagnes, abritait encore près de deux mille habitants. Elle en avait compté jusqu'à dix mille autrefois. Mais les épidémies et la consanguinité avaient peu à peu réduit la population. Les maîtres de la cité, qui se faisaient appeler les « guides », avaient conclu un accord avec les seigneurs de la grande vallée du Nord pour qu'ils fournissent des esclaves tous les ans. En échange, ils leur procuraient des traitements qui modifiaient la structure génétique pour retarder l'horloge du vieillissement. Ceux qui en bénéficiaient pouvaient ainsi vivre deux fois plus longtemps. Une vive émotion s'empara d'Hegon. Si les émyssârs étaient transformés en esclaves, peut-être Myriàn était-elle encore vivante...

— Conduisez-nous jusqu'à votre cité, ordonna-t-il.

54

Slopozià se situait au fond d'une petite vallée cernée par de hautes montagnes boisées. Les abords étaient totalement déserts. L'endroit était facile à défendre contre un ennemi classique, mais les armes des dramas étaient bien supérieures à celles des Slopoziens. À mesure qu'ils s'avançaient vers la cité, de petits groupes prenaient position en hâte sur des fortifications vétustes, incapables de résister à un assaut mené par des hommes entraînés. Mais ils ne se décidaient pas à attaquer. Ils n'auraient pas tenu longtemps. Hegon, qui avait pris Elvynià en croupe, dénombra à peine deux cents hommes aux équipements fatigués et disparates, qui se contentèrent de regarder passer les cavaliers, impuissants à les arrêter.

Dans le creux de la vallée, Hegon et les siens se heurtèrent à une muraille mal entretenue, qui courait d'une montagne à l'autre. La cité se situait derrière. Seul leur isolement avait protégé les Slopoziens jusqu'à présent. Heureusement pour eux, les Molgors n'étaient jamais venus jusqu'ici.

Hegon s'avança vers la double porte qui commandait l'entrée et s'adressa à Taunesko.

— Demande-leur d'ouvrir s'ils ne veulent pas que je la fasse exploser. Dis-leur que nous les laisserons en paix s'ils nous rendent les nôtres.

L'homme hésita, puis s'adressa à un individu qui les observait du haut de la muraille.

— Ils veulent seulement reprendre les esclaves ! dit-il. Ouvre-leur !

— Pas question ! Ils vont nous massacrer ! Qu'ils repartent ! Nous avons payé ces esclaves le prix convenu.

— Dis-lui que je m'impatiente ! gronda Hegon.

— Ouvre, Zesku ! Il ne plaisante pas.

— Ils trahissent leur parole ! objecta le nommé Zesku, apparemment le chef de la cité.

Bouillant d'impatience, Hegon fit un signe à Sandro Martell. L'instant d'après, les dramas mettaient plusieurs lance-plasma en batterie.

— Si dans dix secondes, cette fichue porte n'est pas ouverte, clama Hegon, nous ouvrons le feu !

— C'est une trahison ! hurla Zesku. Nous vous avons pourtant donné les traitements.

— Pas à moi, répliqua Hegon.

— Eh bien, réglez vos affaires entre vous. Nous n'avons plus rien à vous donner !

— Tant pis pour ta porte !

Sur un autre signe, les tubes noirs crachèrent de longues lames de feu. Des hurlements de panique retentirent de l'autre côté de la muraille lorsque la porte explosa et s'embrasa. À l'arrière, quelques tirs sporadiques se firent entendre depuis les fortins. Un détachement de dramas riposta avec quelques salves nourries. Il ne fallut pas plus de quelques minutes pour que les Slopoziens se rendent.

Hegon pénétra dans la cité. Une population affolée s'enfuyait, se réfugiait dans des maisons en mauvais état. Plus de la moitié d'entre elles étaient à l'abandon, éboulées et envahies pas la végétation. Visiblement, elles n'avaient pas été habitées depuis bien longtemps. Le revêtement des rues se creusait de nids-de-poule. Des entrepôts en ruine s'étendaient au-delà de la zone habitée.

— C'est presque une ville fantôme, remarqua Paldreed.

Des gamins apeurés se réfugiaient derrière des femmes vêtues d'habits rapiécés. Les hommes avaient jeté leurs armes afin de ne pas déclencher de nouvelles hostilités. Tous avaient l'air maladifs, les yeux injectés de sang, la peau marquée par des plaques rouges.

— C'est une ville à l'agonie, rectifia Hegon. Ils vivent depuis trop longtemps repliés sur eux-mêmes. Leur seul atout, c'est le peu de connaissance qu'ils conservent. Il ne suffira pas à les sauver de l'extinction. Mais il intéressait les orontes qui ont pris contact avec eux. Ainsi est née la Baï'khâl, dont faisaient partie tous ceux qui ont bénéficié des traitements de longévité que les surves leur fournissaient en échange des esclaves. C'est pour cela que les orontes avaient instauré le rituel du sacrifice des émyssârs aux « dieux des marais ».

Hegon se tourna vers Ashkaarn, qui affichait un regard hautain.

— Ainsi, voilà les terribles divinités des marais qui pouvaient déclencher leur colère sur Medgaarthâ ! Vous m'écœurez, albater. Vous et vos semblables ne perdez rien pour attendre.

Le grand prêtre ne répondit pas. Hegon fit rassembler toute la population sur la place principale.

— Écoutez-moi, dit-il. Nous sommes venus récupérer les esclaves que les prêtres de Gwondà vous ont donnés. Ils n'avaient pas le droit de le faire. Rendez-les, et il ne vous sera fait aucun mal.

Des murmures de mécontentement se firent entendre, mais après quelques instants d'hésitation, des hommes et des femmes en haillons se risquèrent à sortir des rangs. Même s'ils étaient maigres à faire peur, ils paraissaient néanmoins en bien meilleure santé que les Slopoziens. Les guerriers les invitèrent à se placer à part.

Soudain, Hegon reconnut Païkàrh, le compagnon

d'infortune de Myriàn, originaire comme elle de Mahagür. Il le fit venir.

— Il y avait une jeune fille avec toi lorsque tu as été choisi. Où est-elle ?

Le garçon le regarda avec des yeux agrandis par la peur. Que ce fût à Mahagür ou à Slopozià, il avait toujours vécu sous le règne de la soumission aveugle. Il répondit d'une voix tremblante.

— Je ne sais pas, seigneur. Certains sont emmenés dans la cité souterraine et on ne les revoit jamais. C'est ce qui s'est passé pour elle.

Hegon remarqua alors, tout au fond de la vallée, une lourde porte blindée fixées dans la paroi rocheuse.

— La cité souterraine…

— Oui. Il y a d'autres habitants là-dessous, continua le jeune homme. Les plus riches.

Hegon dénombra rapidement les esclaves. Un élément le frappa. D'après ses estimations, ils auraient dû être entre cinq cents et mille. Or, il n'y en avait pas plus de cent.

— Où sont les autres ? s'inquiéta-t-il.

— Ils doivent aussi utiliser des esclaves à l'intérieur, suggéra Paldreed.

Hegon fit venir Zesku.

— Fais ouvrir cette porte ! ordonna-t-il.

— Je ne peux pas, seigneur. Là-bas, ce sont les maîtres. Les guides, comme nous les appelons. Ils ont fermé la porte quand ils ont su que vous arriviez.

— Et ils vous ont abandonnés. Quel courage !

— Vous ne pourrez pas ouvrir, seigneur. Cette porte est trop épaisse.

— C'est ce que nous allons voir.

— Les lance-plasma sont en place, déclara Sandro. Elle ne devrait pas résister longtemps.

— Alors, ouvrez le feu, commandant !

À nouveau, les tubes noirs crachèrent leurs lames d'énergie. Il ne fallut que quelques instants pour faire sauter la lourde porte blindée. Puis les dramas pénétrèrent en force dans les galeries qui s'enfonçaient sous la montagne. Ils ne rencontrèrent qu'une faible résistance. Bientôt, les «guides» furent amenés devant Hegon. Leur chef avait nom Traian Paurescu. C'était un vieillard aux yeux glacés, dont le regard trahissait l'assurance de celui qui a toujours régné sans partage sur une population docile et soumise. Le peu qu'il avait vu de Slopozià avait tout de suite renseigné Hegon sur son mode de fonctionnement. Une poignée de privilégiés, appuyés sur une garde rapprochée, vivaient sur le dos de la majorité, à qui ils fournissaient quelques esclaves pour leur donner l'impression de posséder également un pouvoir. Il n'était pas étonnant que les orontes de la Vallée se soient entendus avec ces tristes individus. Quelques esclaves furent ramenés des profondeurs de la cité. Tous avaient les yeux hagards de ceux qui n'ont pas vu la lumière depuis longtemps. Et surtout, ils semblaient tous habités par une terreur sans nom, bien plus impressionnante que la résignation des esclaves de la surface. Cependant, leur nombre restait trop faible par rapport aux estimations d'Hegon.

Il s'adressa à Traian Paurescu.

— Parle ! Qu'avez-vous fait à ces malheureux ?

Le vieil homme le toisa avec un mépris non dissimulé. Les joues flasques, les traits et le regard durs, il dominait les autres d'une bonne tête.

— Vous avez rompu votre parole ! cracha-t-il en regardant en direction d'Ashkaarn. Jamais vous ne deviez venir jusqu'ici. Nos accords sont rompus. Vous n'aurez plus rien de nous.

— Ce n'est plus lui qui commande ! hurla Hegon. Je t'ai posé une question, vieillard ! Si tu n'y réponds pas immédiatement, je te tranche la tête.

Il dégaina son dayal et le posa sur la gorge de Paurescu. Pour la première fois, le visage du vieil homme se flétrit sous l'effet de la peur.

— Nous… nous en avons besoin pour nos expériences.

— Quelles expériences ?

À ce moment, Sandro revint, le visage décomposé.

— Seigneur, vous devriez venir voir.

Hegon le suivit dans le labyrinthe de galeries desservant des sortes de bunkers. L'intérieur était à l'image de l'extérieur. Par endroits, le revêtement des cavernes s'était effondré et laissait apparaître la roche à nu. Ailleurs, il avait été entretenu, mais il menaçait ruine. Néanmoins, la cité souterraine bénéficiait d'un système d'éclairage lectronique. Des ampoules s'alignaient de loin en loin, distribuant une lumière parcimonieuse et jaunâtre. Des galeries entières étaient à l'abandon, certaines rendues inaccessibles par des éboulements. Seuls quelques alvéoles étaient encore habités, montrant un désordre sans nom. À la suite de Sandro, Hegon pénétra dans une sorte de grand laboratoire encombré d'appareils de toutes sortes.

— Je suppose qu'ils tirent leur énergie de sources solaires placées au sommet des montagnes. Le réseau lectronique fonctionne correctement.

Ils passèrent dans un alignement de salles chichement éclairées, encombrées de matériels divers. Les murs jadis blancs avaient viré au gris sale.

— C'est là.

Hegon entra. La pièce était relativement grande, mieux éclairée que les autres. Au centre trônaient quatre tables métalliques. Sur deux d'entre elles étaient allongés des corps humains… ou ce qu'il en restait. Hegon pensa d'abord que les Slopoziens étaient cannibales. Mais la raison de ce carnage était différente. Les chairs étaient découpées avec précision, les organes enlevés avec soin et recueillis dans des bacs. Le long des parois s'alignaient des sortes de grands bocaux emplis d'un liquide glauque, où il devina avec horreur d'autres restes humains, conservés pour il ne savait quelle macabre utilisation.

— Qu'est-ce que ça veut dire ?

— Ce n'est pas tout. Venez par là.

Il l'entraîna dans la salle suivante. Là, une demi-douzaine d'hommes et de femmes nus étaient allongés sur des billards. Certains avaient le crâne serré dans un appareillage métallique. Sur d'autres avaient été appliqués des engins effrayants. Des tuyaux et des aiguilles s'enfonçaient dans leur chair, reliés à des appareils indéfinissable.

— Certains sont encore vivants, dit Sandro. Mais j'ignore si nous allons pouvoir les sauver.

— Les malheureux! gronda Hegon. Voilà comment ont fini la plupart des émyssârs que Medgaarthâ leur a fournis depuis des années. Il n'est pas étonnant qu'il en reste si peu. Mais pourquoi? Qu'est-ce qu'ils leur ont fait?

Il s'approcha d'une jeune femme dont les yeux reflétaient la folie.

— Nous allons te libérer, dit-il.

Il lui caressa doucement la joue. Il avait espéré un moment qu'il s'agirait de Myriàn. Mais ce n'était pas elle. Il lui sourit. La folie s'effaça. Elle était seulement terrorisée. Un capitaine dramas spécialisé dans la médecine examina la malheureuse. Puis, avec des gestes doux, il débrancha les appareils un à un. Enfin, elle fut libre. Sur sa peau ruisselaient des rigoles de sang que le médecin épongea.

— Nous sommes venus te délivrer, dit Hegon. Est-ce que tu peux parler?

Elle le regarda avec un reste de peur dans les yeux. Puis elle dut comprendre que le cauchemar était terminé. Hegon l'aida à s'asseoir sur la table.

— Par Braâth, gronda-t-il. Qu'est-ce qu'ils vous faisaient?

— Elle n'a pas l'air d'avoir trop souffert, conclut le dramas. Ses blessures sont superficielles.

Un guerrier amena une couverture. Hegon en enveloppa la jeune femme. Elle ne devait pas avoir plus de vingt ans.

— D'où viens-tu ? demanda-t-il encore.

— De... de Ploaestyà, répondit-elle d'une voix rendue rauque par l'épuisement.

— Sais-tu ce qu'ils vous faisaient ?

Elle hocha la tête.

— Ils nous découpaient pour prendre des morceaux de nos corps. Je ne sais pas pourquoi.

Le dramas médecin, Mitchel Bronn, acquiesça.

— J'ai compris. Ils n'utilisaient pas seulement ces malheureux comme esclaves. Ils s'en servaient surtout comme réserve d'organes sains.

Une bouffée de colère envahit Hegon.

— C'est pour cette raison qu'ils exigeaient toujours des émyssârs en pleine santé ! s'écria-t-il. Les scélérats ! Et les orontes étaient complices de ces crimes !

Il s'adressa à la fille.

— Comment t'appelles-tu ?

— Dyane, seigneur.

— As-tu connu une fille qui s'appelait Myriàn ? Elle était de Mahagür.

Elle baissa les yeux.

— Oui, seigneur.

— Parle, je ne te ferai aucun mal.

Mais elle avait recouvré son expression apeurée devant son regard chargé de haine. Elle se mit à sangloter.

— Myriàn était une fille formidable. Elle nous a accueillis lorsque ces monstres nous ont amenés, il y a deux ans. Elle bravait les maîtres pour adoucir un peu notre sort, dans la ville extérieure. Elle n'avait peur de rien. Elle nous rassurait, elle nous soutenait. Mais un jour, il y a six mois, ils l'ont emmenée ici et elle n'est jamais revenue. Personne ne revenait jamais des souterrains.

— Ils l'ont tuée... gronda Hegon.

Sandro lui posa la main sur l'épaule.

— Vous l'avez connue, seigneur…

Une foule d'images traversèrent l'esprit d'Hegon, la nuit magique de la cabane des maraudiers, les hurlements des chiens sauvages, le regard limpide de Myriàn, son courage devant la mort. Ses yeux se mirent à briller.

— Je lui avais promis de revenir la sauver. Et on m'en a empêché. On m'avait tendu un piège, pour éviter que je découvre…

Il se mit à hurler :

— Ces abominations !

Il prit une profonde inspiration pour se calmer.

— Libérez ces malheureux si c'est possible. Sinon… libérez leur âme. Ensuite, nous allons détruire ce nid de frelons.

Mitchel Bronn parvint à sauver une autre femme et un jeune homme. Les trois autres moururent lorsqu'on déconnecta leurs appareils. Puis les dramas déposèrent des charges en différents points de la cité souterraine.

Sur la place, Hegon marcha sur Traian Paurescu et le gifla à toute volée. Le vieillard s'écroula sur le sol en glapissant.

— Vous mériteriez que je vous enferme à l'intérieur avec vos misérables complices, rugit-il, au comble de la colère. Mais je ne m'abaisserai pas à me montrer aussi barbare que vous ! Vous serez jugés et condamnés par un tribunal.

Lorsque tous les guerriers furent sortis, Sandro déclencha la mise à feu. Une explosion formidable fit trembler la montagne, qui parut imploser, engloutissant la cité souterraine de Slopozià. Un nuage de poussière et de flammes jaillit de l'entrée. Puis Hegon ordonna aux dramas de faire évacuer les habitants à l'extérieur de la muraille.

— C'est un lieu maudit, rugit-il. Qu'il soit détruit !

Sur son ordre, les dramas incendièrent les maisons et les entrepôts. Lorsqu'ils quittèrent les lieux, Slopozià n'était plus qu'un gigantesque brasier. Les esclaves survivants avaient été libérés. Quant aux surves, Hegon leur interdit de les suivre. Ils devraient affronter leur destin, rebâtir sur les ruines ou bien partir. Hegon n'éprouvait aucune compassion pour ces individus décadents qui n'avaient pas trouvé le courage de prendre leur destin en main et avaient réduit des êtres humains en esclavage plutôt que de s'atteler à la tâche eux-mêmes.

Quant à Traian Paurescu et aux autres dirigeants, ils furent entravés et emmenés. Le vieux guide se plaignit de douleurs.

— Tu marcheras quand même ! gronda Hegon. Estime-toi heureux que je ne t'ai pas tué immédiatement ! Tu seras jugé pour tes crimes.

— Vous n'avez aucune pitié ! gémit le vieillard.

— Est-ce que tu en as eu pour tous les malheureux que tu as massacrés ? Non, n'est-ce pas ? Alors marche ! Et ne traîne pas les pieds où j'aurai le plaisir de t'abattre moi-même, vermine !

Comme on allait l'enchaîner avec les guides, Ashkaarn tenta de se justifier.

— Je vous jure que je ne savais pas, seigneur, gémit-il. Je pensais qu'ils en faisaient des esclaves. Rien de plus.

— Silence, misérable ! Tu marcheras, toi aussi. Et fais bien attention ! Après ce que je viens d'apprendre, je pourrais ne pas avoir la patience d'attendre le procès et t'abandonner dans les marais, à la merci des dragons de Kômôhn, comme tu l'as fait il y a neuf ans pour ces malheureux qui avaient osé s'aimer malgré votre interdiction. Quand je repense au sort que les orontes leur ont réservé, je dois faire appel à toute l'humanité que m'ont enseignée les amanes pour ne pas en faire autant avec vous.

Malgré ses plaintes, Ashkaarn fut enchaîné avec les guides slopoziens. On se mit en route.

Il faut croire que la rage de vivre était tenace chez les prisonniers, car ils arrivèrent tous à Gwondà, où une foule survoltée attendait Hegon avec impatience. On savait qu'il s'était lancé à la poursuite des divinités des marais pour les combattre. Nul ne doutait de sa victoire. Mais on ne se doutait pas que les terrifiantes divinités n'étaient que des vieillards ignobles, qui arrivèrent en traînant la jambe, entravés en compagnie de l'achéronte Ashkaarn. Même si on se réjouit de revoir Elvynià et les autres émyssârs, une grande colère s'empara des Gwondéens en apprenant le traitement subi par les autres. Les dramas eurent toutes les peines du monde à contenir les excités qui voulaient massacrer les responsables. Une fois de plus, Hegon dut user de toute son influence pour calmer les esprits.

Une atmosphère de liesse s'était emparée de la capitale. De l'Amont et de l'Aval arrivaient des navires, des caravanes, des cohortes de warriors désireux de se joindre à cette armée étrangère dont on disait qu'elle possédait des armes à la puissance phénoménale. Les portes étaient grandes ouvertes pour accueillir le dieu Làkhor. Hegon apprit que les garnisons avaient désobéi aux ordres du Dmaârh qui voulait lui interdire l'entrée de la cité. À présent, Guynther était isolé.

Porté par la multitude, Hegon eut de la peine à se frayer un chemin jusqu'au palais dmaârhial. Parmi les notables et les nobles, beaucoup s'étaient réfugiés dans la neutralité, et avaient évité de se présenter au palais.

Deux ennéades de warriors du Temple voulurent interdire l'accès du palais à Hegon et se lancèrent dans une bataille féroce. Dépourvus d'instinct de conservation, ils luttèrent avec une détermination sauvage et, malgré la supériorité évidente des lance-plasma, ils refusèrent de se rendre. Il fallut tous les massacrer avant de parvenir jusqu'au Dmaârh.

Il n'y avait plus grand monde autour du souverain lorsque Hegon pénétra dans la salle du trône. Il reconnut les principaux orontes et les maârkhs des cités de l'Aval, hormis Maldaraàn, qui s'était enfui et avait décidé de s'enfermer dans sa cité pour attendre l'envahisseur de pied ferme. Derrière Hegon se tenaient Sandro Martell, Heegh de Varynià, Staïphen de Mora et Hünaârh de Pytessià, mais aussi les officiers medgaarthiens.

Hegon avait retrouvé avec joie le brave Serrith, libéré de la cellule où il purgeait une peine de prison à vie dans des conditions épouvantables pour «complicité de crime contre le Dmaârh». On lui avait redonné un uniforme, qu'il portait avec fierté malgré sa maigreur et ses traits creusés.

Hegon pointa le doigt sur le souverain et sur les membres de la Cour.

— Guynther de Gwondà, à partir de cet instant, considère que tu n'exerces plus le pouvoir dmaârhial sur le trône de la Vallée des Neuf Cités. Ni toi ni aucun des maârkhs présents n'êtes plus gouverneurs de quoi ce soit. Vous êtes tous destitués de vos titres et fonctions, et vous aurez à répondre de vos crimes devant un tribunal que je vais créer. Cela fait trop longtemps que vous exercez votre tyrannie sur Medgaarthâ.

— Tu n'as aucune légitimité ! répliqua le Dmaârh.

— J'ai celle que me donne le peuple, répliqua Hegon. Quant à vous, vous allez rester enfermés dans vos appartements avec interdiction d'en sortir. Si vous désobéissez, je ne réponds pas de la colère de la foule qui vient d'apprendre le sort réservé aux émyssârs, prétendument sacrifiés pour apaiser les dieux des marais, mais en réalité livrés aux habitants d'une cité surve qui en faisaient des esclaves et des réserves d'organes vivants.

Le Dmaârh pâlit. Il y eut quelques murmures dans les rangs des nobles, vite réprimés par le grondement hostile des guerriers. Ashkaarn fut amené, enchaîné, en compagnie des guides slopoziens. Hegon s'adressa à lui :

— Albater, vous allez me fournir la liste de tous les membres de la Baï'khâl, tous ceux qui bénéficiaient des traitements de longévité. Je la veux pour ce soir. Et inutile de tergiverser. Sachez que je ne reculerai devant aucun moyen pour obtenir cette liste. Ceux qui refuseront de coopérer seront spoliés sans procès. Ce n'est pas tout ! À partir de cet instant, tous vos biens sont confisqués et seront redistribués équitablement à la population de la Vallée.

— C'est du vol ! clama Hakrehn de Medjydà, un vieillard qui régnait depuis plus de soixante-quinze ans.

— C'est vous qui avez volé le peuple de Medgaarthâ, et depuis trop longtemps. Soyez seulement satisfaits que je ne vous livre pas à la foule. À moins que vous ne souhaitiez finir comme les graâfs de Brahylà ? Votre ami Roytehn, que j'ai amené avec moi, vous expliquera ce qui leur est arrivé.

Sur un signe, les dramas amenèrent Roytehn de Brahylà, qui alla rejoindre la Cour abasourdie. Son visage abattu et ses traits tirés incitèrent le Dmaârh et les autres à se tenir tranquilles.

La nouvelle de la chute du Dmaârh et de son procès prochain déchaîna l'enthousiasme de la foule. Des festivités furent organisées dans les rues pendant plusieurs jours. Hegon avait pris ses quartiers dans le palais dmaârhial, où chacun le considérait désormais comme le nouveau souverain. Arysthée l'avait rejoint, ainsi que les maârkhs qui lui avaient été favorables. Staïphen de Mora avait retrouvé son titre. En attendant la nomination de nouveaux gouverneurs, le sort de chaque cité avait été confié aux chevaliers amanites, qui, bien qu'étrangers, furent accueillis à bras ouverts par la population. Tous étaient des amis du dieu Làkhor et cela suffisait. Les impôts et taxes avaient été supprimés en attendant l'établissement de nouvelles lois plus justes, auxquelles Hegon travaillait d'arrache-pied.

À Mahagür, la foule s'était révoltée contre Pheronn et l'adoronte Mehnès. Le comwarrior Koohr avait voulu faire charger les cohortes, mais tous les alwarriors avaient refusé d'obéir aux ordres. Une grande partie des guerriers s'étaient rangés aux côtés de la foule. Alors, la colère et la peur contenues depuis des générations avaient explosé et le peuple, ivre de fureur, avait investi le palais maârkhal, massacrant tous ceux qui s'y trouvaient. Des têtes avaient été coupées et promenées au bout de lances dans les rues. Lorsqu'il avait reçu la nouvelle, Hegon s'était enfermé, seul, dans son bureau. On ne dénombrait pas moins de deux cents victimes. La plupart des orontes, dont les citadins ne supportaient plus la domination et les humiliations, avaient péri. Le cadavre de Pheronn avait été traîné dans les rues sous les quolibets et les injures. Bien sûr, le peuple de Mahagür avait trop longtemps subi de terribles vexations, des arrestations arbitraires, des exécutions sommaires. Des hommes avaient été tués impunément par les warriors du Temple simplement parce qu'ils avaient osé critiquer ouvertement les prêtres ou le maârkh. Les condamnations étaient monnaie courante. Écrasés de taxes, les khadars qui ne pouvaient pas payer étaient relégués au rang de schreffes, ou bien contraints de se louer comme esclaves pendant des années. Hegon aurait préféré éviter ces débordements sanglants. Mais la colère du peuple était bien compréhensible. Et peut-être fallait-il en passer par là pour relever la Vallée.

À Eddnyrà, Maldaraàn n'avait pas subi le même sort. Il avait toujours su respecter l'équilibre entre la fermeté et la souplesse nécessaires pour maintenir le peuple dans des conditions de soumission acceptables. Il savait manier la carotte et le bâton avec une rare dextérité, distribuant subtilement châtiments et récompenses, et prenant soin d'entretenir la mésentente entre les différents représentants du peuple.

Peu à peu, les nouveaux gouvernements se mettaient en place dans les cités. Hegon avait reçu les délégations en compagnie de ses conseillers. On avait élu de nouveaux maârkhs, choisis parmi d'anciens notables medgaarthiens connus pour leur esprit de justice. Cependant, leurs pouvoirs avaient été restreints, et calqués sur ceux des princes régnants du Réseau amanite. En revanche, les prérogatives des conseils des cités avaient été renforcées. Paldreed, pourtant originaire de Rives, avait décidé de rester dans la Vallée et avait pris en main la destinée de Brahylà. Il serait le premier chevalier amanite à diriger une cité medgaarthienne.

Ce fut dans ce bouillonnement d'activités que Serrith, qui avait repris des forces, vint trouver Hegon un matin. Son visage reflétait la plus grande stupéfaction.

— Seigneur, il y a là une femme qui demande à te rencontrer. C'est la Baleüspâ.

Étonné, Hegon se leva.

— La Baleüspâ ? Je croyais qu'elle ne quittait jamais son repaire près de Gdraasilyâ.

Serrith secoua la tête.

— Non, seigneur. Il ne s'agit pas de celle-là. C'est l'autre, celle que vous avez rencontrée il y a neuf ans. Celle que ceux de la Baï'khâl ont reconnu avoir fait assassiner.

— Fais-la entrer !

Quelques instants plus tard, Serrith introduisait une silhouette un peu voûtée, mais qui conservait toujours cette dignité un peu malicieuse qu'Hegon avait croisée, des années plus tôt. Il vint à elle et lui prit les mains.

— Mon cœur se réjouit de vous revoir, madame. On m'avait pourtant dit que vous aviez été tuée.

Le regard bleu pâle, un peu plus voilé que la dernière fois, se leva sur lui et sourit.

— Il faut croire que j'ai la peau plus dure qu'il n'y paraît.

— Je vous en prie.

Il la fit asseoir sur un fauteuil et prit place face à elle. Serrith s'effaça. La vieille dame déclara :

— J'ai moi aussi grand plaisir à te revoir, Hegon. La prophétie s'est déroulée comme je l'avais prédit. Que les dieux en soient remerciés. En réalité, je ne suis pas morte parce que l'assassin que l'on m'avait envoyé a pris peur. Il a compris qu'il s'apprêtait à commettre un terrible sacrilège en portant la main sur la Baleüspâ, et il s'est enfui. Je ne l'ai jamais revu. J'aurais pu rester près de Gdraasilyâ, mais je me doutais que l'on m'enverrait un autre tueur. Or, je savais que ma tâche n'était pas accomplie, et que mes sœurs neesthies allaient être persécutées. Je suis revenue à Gwondà pour les prévenir. Certaines ont accepté de fuir, d'autres sont restées.

Elle baissa les yeux et un voile de tristesse tomba sur ses yeux.

— Elles auraient dû m'écouter. La plupart ont été arrêtées et ont disparu dans les geôles du Dmaârh. La femme que l'on a nommée à ma place n'est pas une Neesthie. Guynther a demandé à mes sœurs de prononcer de fausses prophéties affirmant que tu avais péri et que tu n'étais pas le héros auquel le peuple avait cru. Il voulait anéantir ta légende, effacer jusqu'à ton souvenir. Pas une d'elles n'a accepté. Il s'est vengé en anéantissant notre groupe.

— Il devra répondre aussi de ces crimes, madame, je vous en fais le serment.

— Ce n'est pas la vengeance que je suis venue te demander, Hegon. Je voulais seulement te prévenir : la prophétie n'est pas accomplie. Les bouleversements que traverse actuellement la Vallée sont loin d'être achevés. Ils vont même empirer, car un ennemi impitoyable s'apprête à envahir Medgaarthâ.

— Je le sais. C'est pour cette raison que je suis revenu et que j'ai amené une armée avec moi.

— Tes guerriers possèdent des armes puissantes, Hegon. Mais j'ai vu clairement ce qui va se passer : tu ne pourras pas empêcher la destruction d'une grande partie de la Vallée. Et même…

Elle hésita, puis ajouta :

— C'est toi qui provoqueras cette destruction.

56

Tandis que se poursuivait la réforme des cités de Med-gaarthâ, des éclaireurs continuaient de s'infiltrer au cœur des pays ennemis. Ainsi que les amanes l'avaient prévu, les forces molgores et mooryandiennes se concentraient. Cependant, il s'avéra bientôt que les prédictions les plus pessimistes allaient être dépassées. Car les effectifs de l'armée mise sur pied par Vraâth dépassaient déjà les soixante-dix mille hommes. Quant aux Molgors, ils avaient réuni plus de quarante mille combattants. Lors-qu'il reçut le rapport des espions, Hegon connut un grand moment d'abattement.

— Ce n'est pas possible. En réunissant toutes les forces de la Vallée, nous ne pourrons pas aligner plus de trente mille warriors. Même avec la puissance de feu des dramas, nous ne pourrons pas faire face à une telle invasion.

— Vraâth doit préparer cette guerre depuis plusieurs années, dit Sandro Martell. Les rapports disent qu'ils possèdent aussi plusieurs dizaines de lourdes machines de guerre. Il a dû rassembler les populations de nombreuses concentrations de werhes bien au-delà de Moo-ryandiâ. Les Molgors ont probablement fait de même avec les populations qui vivent au-delà de la mer des Ténèbres.

— Mais pourquoi ? Qu'est-ce qui a pu les pousser à

s'allier ainsi ? Et pourquoi les garous, qui ne se sont jamais attaqués à la Vallée sinon pour quelques incursions sporadiques, se sont-ils soudain décidés à lancer une guerre d'une telle envergure ? Et qui est ce Vraâth pour qu'il voue une telle haine aux Medgaarthiens ?

— Nous l'ignorons, seigneur. Nous ne savons même pas s'il s'agit d'un humain ou d'un werhe.

À l'unanimité, Hegon avait été élu roi de Gwondà. Le titre de Dmaârh, qui rappelait trop l'ancien régime, avait été abandonné. De même, les maârkhs étaient devenus des comtes. Les compagnons d'Hegon avaient voulu organiser des festivités pour célébrer l'événement, mais il avait refusé.

— Nous verrons cela quand la menace qui pèse sur la Vallée aura cessé d'exister, avait-il déclaré. Pour l'instant, elle constitue notre priorité. L'invasion est imminente. Nous devons trouver un moyen d'y faire face.

Immédiatement après, il avait réuni le Conseil royal pour étudier les mesures à prendre. À cette occasion, et parce que les membres du Conseil avaient tendance à parler tous en même temps, il avait instauré un nouveau système. Chacun disposait de petits cylindres, les *gals*, qui leur permettaient de demander la parole sans interrompre celui qui parlait. Lorsqu'on voulait intervenir, on avançait un gal et on attendait que l'autre ait terminé pour parler à son tour, sans aucune préséance de rang social. Les débats y avaient gagné en clarté et en courtoisie.

Heegh de Varynià prit la parole le premier.

— Je pense que nous devrions concentrer les forces de toutes les cités sur Gwondà. Il faut aussi recruter tous les hommes en état de combattre, et les former. Dans la capitale, nous pourrons résister. Les murailles sont solides.

— Mais elles ne pourront abriter la totalité de la population de Medgaarthâ, objecta Staïphen de Mora. Et que deviendront les habitants des cités de l'Aval ?

— Nous savons qu'ils vont probablement attaquer par l'est, suggéra Paldreed. Mora et Eddnyrà sont les plus menacées. Il faudrait que leurs populations trouvent refuge dans les cités de l'Amont. Je peux en accueillir une bonne partie à Brahylà.

— Ils ne voudront pas abandonner leurs cités, dit Herik, nouveau comte de Ploaestyà. Et à Medjydà, c'est encore pire.

Il s'adressa à Hegon.

— Ils ont une telle confiance en toi, seigneur, qu'ils refusent de croire que la Vallée risque d'être envahie. Ils sont persuadés que tu n'auras qu'à paraître pour que l'ennemi s'enfuie.

— Ce ne sera malheureusement pas le cas, répondit le nouveau souverain.

Staïphen de Mora n'était pas d'accord avec le plan proposé par Heegh de Varynià.

— Si nous rassemblons toutes nos forces dans la capitale et que celle-ci tombe, qui défendra les autres cités ? C'est la Vallée entière qui sera submergée. Vous savez tous ce que disent les rapports ! Vraâth veut anéantir toute la population de la Vallée.

— En admettant même que nous puissions convaincre les populations de venir se réfugier à l'ouest, il ne sera pas facile de déplacer plusieurs dizaines de milliers de personnes aussi rapidement ? intervint Sandro.

Hegon écoutait les avis des uns et des autres. Très vite, il apparut qu'il n'existait pas de solution, sinon celle de rassembler toutes les forces disponibles et de les réunir en un lieu donné pour attendre l'assaut ennemi. En espérant qu'elles seraient capables de résister à une invasion d'une telle ampleur, ce qui était loin d'être évident. Hegon avait aussi songé à demander d'autres renforts dramas à Rives, mais, le temps qu'ils arrivent, il serait trop tard. Il fallait donc se résoudre à choisir un lieu de bataille.

— Ça ne peut être que Gwondà ! s'obstina Heegh. La capitale possède des murailles épaisses. Nous pouvons installer des catapultes et des trébuchets sur toute la longueur des remparts.

— Mais ils en possèdent aussi, rétorqua Staïphen. Des machines aussi puissantes que les nôtres. Et dix fois plus nombreuses, d'après ce que disent les espions.

Il se tourna vers Sandro.

— N'est-ce pas ce qu'affirment vos éclaireurs, commandant ?

— Ils disent que les werhes sont tellement nombreux que l'on dirait des colonnes de fourmis. Ils sont en train de se rassembler au nord de Gwondà, près de cette montagne isolée que l'on appelle la Sentinelle. Ils se préparent à attaquer la capitale. C'est elle qui subira le premier assaut. C'est pourquoi je partage l'avis du comte Heegh de Varynià. C'est à Gwondà qu'il faut concentrer nos forces.

Staïphen finit par admettre que c'était la seule chose à faire.

— Hélas, nous ne pourrons pas recommencer l'exploit de Mora, ajouta-t-il. Il serait pourtant bien pratique de pouvoir brûler une partie de cette armée.

— Le feu n'arrête pas les fourmis ! remarqua Sandro.

Le nom de la Sentinelle évoqua des souvenirs à Hegon. Mais quelque chose avait retenu son attention dans les derniers échanges. Il leva un gal pour intervenir. Tous firent aussitôt silence. Il avait à peine parlé depuis le début du Conseil.

— Le feu n'arrête pas les fourmis, c'est vrai, dit-il. La seule chose qui les arrête, c'est l'eau.

— Mais les werhes ne sont pas des fourmis, objecta Heegh de Varynià, étonné par la réflexion d'Hegon.

Que venaient faire les fourmis dans cette histoire ?

Mais Hegon ne fournit aucune explication. Il se contenta de dire :

— Compagnons, je vais avoir besoin de m'absenter quelques jours. Rassemblez tous les hommes que vous pourrez ici même, à Gwondà, et attendez mon retour.

Puis il s'adressa à Sandro.

— Commandant Martell, je vais avoir besoin de vous.

Les deux hommes s'absentèrent pendant trois jours. On s'interrogea sur la raison de cette disparition. Lorsqu'ils revinrent, Hegon réunit de nouveau le Conseil royal et prit la parole.

— Nous avons désormais un plan qui pourrait nous apporter la victoire. Mais il va falloir prendre une décision très grave. Pour vaincre, il va nous falloir sacrifier la cité de Gwondà. Et quand je dis sacrifier, je veux dire que Gwondà sera entièrement détruite.

Des cris de stupeur jaillirent en réponse.

— Ce n'est pas possible, s'exclama le chef des khadars, Horwen Larsen. Toutes nos richesses sont là, nos entrepôts, nos demeures.

— Il faudra cependant évacuer la ville. Mais la priorité sera donnée à la population dans sa totalité. Il ne doit rester personne à Gwondà, hormis les inconscients qui choisiront de rester. Mais ils doivent savoir que c'est la mort qui les attend. Gwondà est condamnée. Elle l'est de toute façon, même si nous n'adoptons pas le plan que je vous propose.

Un silence glacial suivit ses paroles.

— Quel est ton plan ? demanda Heegh de Varynià.

Hegon exposa alors ce qu'il comptait faire. Tous l'écoutèrent avec attention. Lorsqu'il eut terminé, Heegh de Varynià soupira :

— Le prix à payer est très élevé, mais je partage ton avis, Hegon. C'est la seule manière de vaincre. Et si tout se passe comme tu l'as prévu, nous aurons très peu de pertes humaines.

— Et c'est cela qui compte, compagnons, reprit Hegon. Les marchandises, les demeures, les monuments peuvent disparaître. Tant qu'il restera des hommes pour les rebâtir, rien ne sera perdu. Mais si les nôtres sont massacrés, la Vallée cessera d'exister. N'oubliez pas que Vraâth n'a pas l'intention de soumettre la Vallée : il veut exterminer ses habitants jusqu'au dernier. Sommes-nous donc tous d'accord ?

Il y eut quelques hésitations. Mais, l'une après l'autre, les mains se levèrent pour approuver le plan d'Hegon.

— C'est bien. Nous allons commencer dès maintenant le déplacement des populations de Gwondà et d'Eddnyrà sur Brahylà. Il faut aussi prévenir les autres cités de l'Aval de se tenir prêtes.

— Maldaraàn refusera de t'obéir, seigneur. Il ne te reconnaît déjà pas pour roi.

— Ce n'est pas lui qui importe. S'il préfère demeurer sur place, c'est son droit. Mais je ne veux pas qu'il interdise aux Eddnyriens de partir. Commandant ?

— Oui, seigneur ?

— Nous allons nous rendre à Eddnyrà avec une division dramas. Il est temps que Maldaraàn comprenne que son règne est terminé. Pendant ce temps, un détachement mettra en place ce que nous avons décidé.

— Bien, seigneur.

Deux jours plus tard, Hegon se présentait devant les portes d'Eddnyrà, que Maldaraàn avait fait clore. Il se présenta en personne sur les remparts.

— Tu n'as rien à faire ici, Hegon l'usurpateur. Si tes chiens d'étrangers attaquent, ils trouveront à qui parler.

— Je n'ai pas l'intention d'attaquer la cité, Maldaraàn. Je suis venu au contraire te proposer une alliance.

— Une alliance ? Avec toi ? Plutôt mourir !

— Si c'est ton choix, libre à toi d'en décider. Mais tu n'as pas le droit de condamner toute la population d'Eddnyrà à cause de ton obstination. Là-bas, au nord de Gwondà, ce sont plus de cent dix mille guerriers qui se préparent à envahir la Vallée. Lorsqu'ils seront rassemblés, ils marcheront sur Gwondà, puis ils envahiront la Vallée, en amont et en aval. Nous avons besoin de toutes les forces de la Vallée pour les repousser. Si tu tiens à rester isolé, tu seras balayé.

— Nous n'avons pas besoin de toi.

— Tu veux encore ignorer la prédiction, pauvre fou. Tu n'as pas compris que tout ce qu'avait prédit la Baleüspâ est en train de se réaliser. Ta seule chance consiste à combattre à mes côtés et à oublier tes anciennes rancœurs.

— Jamais !

— Alors reste ! Mais cela ne te donne pas le droit, par ta folie, de mener les habitants d'Eddnyrà à la mort. Car les werhes de Mooryandiâ ne feront pas de quartier. Il n'y aura pas de prisonniers, pas d'esclaves. Tous seront massacrés et dévorés par les Mooryandiens cannibales.

— Fiche le camp !

Hegon haussa les épaules. Puis il s'adressa aux citadins et aux warriors qui s'étaient rassemblés sur les remparts.

— Regardez-moi ! Vous savez qui je suis. Vous savez aussi que la prophétie disait la vérité. Le Loos'Ahn est mort. Mais elle disait aussi qu'une terrible menace pesait sur Medgaarthâ et que je serais le seul qui pourrait empêcher son anéantissement. La menace est là, à nos portes. Ceux qui se rangeront derrière moi seront sauvés. Ceux qui se détourneront de moi seront massacrés. Aussi, vous êtes libres de désobéir à votre maârkh, tous autant que vous êtes. Il n'a plus aucun droit sur vous et surtout pas celui de vous entraîner dans sa folie. Que ceux qui désirent quitter la cité le fassent. Ceux qui les en empêcheront nous trouveront sur leur chemin.

Il se tourna vers Maldaraàn qui vitupérait pour tenter de le faire taire.

— Et ne va surtout pas croire, mon cher ex-père, que tes portes nous empêcheront d'entrer.

Il y eut quelques instants de flottement. Hegon poursuivit :

— Ne prenez que l'indispensable, des vêtements, de la nourriture et des armes. Embarquez sur les navires ou bien venez vous rassembler près de mes guerriers. Emmenez les animaux, tout ce qui peut être sauvé. C'est votre vie qui est en jeu.

Après quelques hésitations, les Eddnyriens réagirent. Les deux grandes portes s'ouvrirent, livrant passage à un flot ininterrompu de citadins. Sur les remparts, Maldaraàn se mit à vociférer :

— Je vous ordonne de revenir !

Personne ne lui obéit.

— Warriors ! Abattez tous ceux qui ont franchi les portes !

Mais les guerriers hésitaient. On avait entendu tellement de choses sur les armes terrifiantes de ces soldats venus d'ailleurs… Tout à coup, près de Maldaraàn, l'un d'eux se décida. Il saisit son arbalète et tira. Dans la foule, une femme poussa un hurlement et s'écroula.

L'instant d'après, Hegon lui-même ripostait. Un trait de feu frappa le soldat, dont l'armure s'embrasa. Blême, Maldaraàn regarda son guerrier se tordre de douleur tandis que quelques autres tentaient d'éteindre le feu.

Peu à peu, la cité se vidait de sa population. Malgré les interdictions du maârkh, les informations avaient circulé. On connaissait les menaces d'invasion, on connaissait la férocité des cannibales de Mooryandiâ. Personne n'avait envie de finir sous leurs crocs. Et surtout, on gardait confiance en la prophétie.

Le soir venu, il ne restait plus dans la cité que les warriors encore fidèles à Maldaraàn, qui représentaient à peine un quart de la garnison, ainsi que les orontes irréductibles, ceux qui ne pardonnaient pas à Hegon d'avoir malmené leur religion. Parmi eux se trouvaient tous ceux qui avaient quitté les cités acquises au nouveau roi pour trouver refuge à Eddnyrà, où Maldaraàn leur avait réservé le meilleur accueil.

Hegon tenta une dernière fois de les convaincre, mais il essuya un refus cinglant.

— Alors, que Braâth vous prenne tous en pitié ! dit-il avant de quitter les lieux à la suite de l'immense colonne qui avait pris la piste de Gwondà.

Eddnyrà étant la seconde cité de la Vallée par la population, c'était près de quarante mille personnes qui avançaient à marche forcée le long du fleuve. Certains avaient pu prendre les navires, mais la plupart étaient contraint d'aller à pied, enfants comme vieillards. Pour certains, on avait dû fabriquer des brancards de fortune. Hegon était partout, veillant à encourager les défaillants, surveillant les arrières. Des cavaliers avaient pris les plus faibles en croupe. Les femmes âgées avaient été installées dans des chariots, en compagnie des volailles et des ballots hâtivement préparés. Des troupeaux de bovins, de chèvres et de moutons suivaient la troupe. Avertis, les landwoks de la région d'Eddnyrà rejoignaient peu à peu la caravane. Celle-ci avançait trop lentement au goût d'Hegon. Mais il était hors de question d'abandonner les plus faibles en route. Tous avaient le droit de vivre.

Les Eddnyriens connurent un grand moment de surprise lorsqu'ils arrivèrent à Gwondà. La grande cité était totalement déserte. Les larges avenues étaient vides, livrées au Fo'Ahn qui soufflait en rafales. Stupéfaits, certains crurent qu'un nouveau fléau inconnu avait frappé la Vallée. Mais Hegon leur expliqua :

— Il faut aller encore plus loin, jusqu'à Brahylà. Là seulement, vous serez en sécurité. Les Gwondéens y sont déjà.

Il y eu quelques soupirs de désappointement et de fatigue. Mais, après une courte halte, on se remit en route. Si Gwondà elle-même avait été abandonnée, c'était que la menace était encore plus grave qu'ils ne le pensaient.

Ils avaient à peine quitté la capitale qu'un groupe de cavaliers dramas la rejoignaient à bride abattue, en provenance du nord. Son capitaine vint au-devant d'Hegon.

— Seigneur, il faut vous hâter. Ça y est ! L'ennemi s'est mis en marche !

57

Une onde d'angoisse parcourut Hegon. Il leur faudrait
encore quatre jours de marche pénible pour atteindre
Brahylà. D'ici là, les werhes auraient rejoint Gwondà. En
découvrant qu'elle était déserte, le pillage ne les retien-
drait sans doute pas plus d'une journée. Ils auraient tôt
fait de rattraper les fuyards. Et s'ils y parvenaient, tout
était perdu.

À moins de les sacrifier tous.

— Il faut marcher plus vite, déclara-t-il.

L'ordre fut donné. Si les hommes, déjà exténués, pouvaient encore, au prix de gros efforts, augmenter l'allure,
c'était impossible pour les enfants et les vieillards. Mais
Hegon ne pouvait se résoudre à abandonner les plus
faibles. Il ordonna aux cavaliers de prendre en croupe
tous ceux qu'ils pouvaient. En priant les dieux de bienveillance pour que l'ennemi ne se lance pas trop vite à
leur poursuite.

Il avait pris position en fin de caravane, parcourant
inlassablement les rangs pour houspiller les traînards ou
leur redonner du courage. Pour couronner le tout, un
Fo'Ahn glacial s'était mis à souffler en rafales, déséquili-
brant les marcheurs, cinglant les visages, griffant les
membres, bousculant les chariots. Parfois, Hegon s'éloignait pour reprendre des forces. Il n'avait presque pas

dormi depuis six jours, se contentant de quelques heures de sommeil parcimonieuses.

Le lendemain matin, après une courte nuit, la caravane ivre de fatigue reprit la piste, soutenue par les guerriers dramas. Hegon et Sandro Martell restèrent à l'arrière.

— Ils doivent avoir atteint Gwondà, à présent, dit Sandro.

— Nous allons le savoir.

Intimant à Skoor l'ordre mental de s'envoler, Hegon le dirigea vers la capitale. L'aigle tournoya dans les airs jusqu'à atteindre une altitude élevée, puis il descendit le cours du fleuve en direction de Gwondà. Porté par le Fo'Ahn, il ne lui fallut que deux heures pour parvenir en vue des murailles. L'esprit intimement mêlé à celui de l'oiseau, Hegon aperçut immédiatement les fumées d'incendie. Les werhes avaient déjà investi la cité. De l'altitude où il se trouvait, celle-ci avait vraiment pris l'allure d'une fourmilière. Dans les avenues, des hordes innombrables déferlaient comme une monstrueuse marée humaine, s'infiltrant partout, pénétrant dans les demeures. Des meubles jaillissaient par les fenêtres et explosaient en contrebas. Molgors et werhes mêlés progressaient vers le cœur de la cité, vers le Valyseum, vers le palais royal. Hegon survola longuement la cité martyre. Peu à peu, celle-ci s'embrasait. Si les Molgors pillaient les demeures et s'emparaient tout ce qu'ils pouvaient, les werhes n'avaient d'autre but que de détruire les monuments et les statues, saccager les doméas et les palais, brûler tout ce qui pouvait l'être, piétiner les massifs de fleurs. Furieux de n'avoir trouvé aucune victime à massacrer, les assaillants se vengeaient sur les demeures qui, une à une devenaient la proie des flammes. Une atmosphère apocalyptique s'était emparée de Gwondà. Hegon constata avec horreur que quelques personnes n'avaient pas quitté les lieux. Retrouvées par les pillards, elles furent massacrées, et leurs cadavres traînés dans les rues avant d'être jetés dans le fleuve.

Vers la fin de la journée, un immense nuage sombre recouvrait la cité, tourmenté par les bourrasques démentielles du Fo'Ahn.

Aux côtés d'Hegon, Sandro respectait son silence, observait ses yeux fermés, ouverts ailleurs sur des événements qu'il ne pouvait voir. Le commandant dramas se disait qu'il était prêt à donner sa vie sans aucun regret pour l'homme qui se tenait près de lui. La raison aurait voulu, pour sauver le plus grand nombre, que l'on abandonnât les plus faibles sur le bord de la piste. Mais le chevalier Hegon avait refusé. Il était resté en queue de colonne pour soutenir ceux qui étaient sur le point de baisser les bras. Et s'ils avaient tenu, s'ils avaient trouvé au plus profond d'eux-mêmes la force de lutter encore, c'était parce qu'ils ne se sentaient pas le droit de le décevoir.

— Si un seul d'entre vous abandonne, leur avait-il dit, nous aurons tous échoué.

Alors, on marchait, encore et encore, jusqu'à l'épuisement des forces et même au-delà. On ne s'arrêta qu'aux tout derniers feux du crépuscule, pour une seconde nuit précédée d'un repas frugal.

Le lendemain, avant même les premières lueurs de l'aube, Hegon donna l'ordre de repartir. Puis, tandis que la colonne se remettait lourdement en marche, il renvoya Skoor en direction de Gwondà.

Dès son arrivée, il se rendit compte que quelque chose avait changé. Les machines de guerre avaient été rassemblée sur la piste de l'ouest et avançaient lentement, poussée par les innombrables fourmis humaines qui grouillaient le long des rives du Donauv. Ils avaient dû repérer les traces des fuyards en direction de Brahylà. Hegon laissa échapper un soupir de soulagement.

À cause des machines, ils ne pouvaient avancer très vite. Et Vraâth ne paraissait pas décidé à envoyer une avant-garde. Son armée restait groupée. Derrière, la magnifique capitale de la Vallée n'était plus qu'un gigantesque brasier. Une bouffée de colère l'envahit à la vue du désastre. Mais cela prouvait que les espions ne s'étaient pas trompés : Vraâth ne désirait pas s'emparer de Medgaarthâ. Il voulait l'anéantir, pour une raison incompréhensible.

Écœuré, Hegon amena Skoor à la tête de l'immense colonne. Peut-être était-il possible d'y apercevoir le chef des werhes. Tout à coup, il repéra une silhouette singulière, qui vociférait des ordres. Il se rapprocha, intrigué. Il avait déjà vu cet homme. La vue perçante de l'aigle se fixa sur l'individu. Et soudain, une vive émotion s'empara d'Hegon. L'homme qui commandait l'armée ennemie, celui qui se faisait appeler Vraâth, n'était autre que lord Harry Wynsord.

Simultanément, un essaim de carreaux métalliques jaillirent dans la direction de l'aigle.

58

Stupéfait, Hegon rompit involontairement le lien avec Skoor. Puis une angoisse soudaine s'empara de lui. Pour en savoir plus, il s'était dangereusement rapproché de la colonne. Projetant toute la puissance de son shod'l loer sur l'aigle, il parvint à renouer le contact. Pour s'apercevoir que des traits sifflaient dans sa direction. Wynsord l'avait repéré. Affolé, il réagit en ordonnant à l'oiseau de s'élever aussi vite que possible. Des carreaux sifflèrent tout près. Il était à portée de tir. Pendant des secondes qui lui semblèrent des siècles, il obligea l'aigle à monter tout en décrivant une trajectoire aléatoire pour déconcerter les tireurs.

Contre toute attente, ce fut le Fo'Ahn qui lui apporta une aide inattendue en balayant violemment la Vallée et en emportant l'oiseau au loin. Enfin, à travers la vue perçante de l'aigle, Hegon vit les carreaux perdre de la vitesse, puis retomber vers le sol, inoffensifs. Skoor était sauvé ! Il lui ordonna de revenir.

Bien qu'il eût maintenu le contact avec lui, Hegon ne fut rassuré que lorsqu'il aperçut la petite silhouette de l'oiseau se profiler à l'horizon, luttant contre l'ouragan qui parcourait la Vallée en direction de l'est. Épuisé, l'aigle vint se poser sur son bras. Hegon lui caressa la tête et lui offrit un morceau de viande.

— Tu as bien travaillé, petit frère.

Puis il s'adressa à Sandro d'une voix enthousiaste.

— Ils viennent par ici. Mais leurs machines de guerre ne leur permettront pas de nous rattraper. Nos braves Eddnyriens ont le temps de trouver refuge à Brahylà. Quant à nous, nous allons prendre nos positions. Si tout va comme je l'espère, les werhes vont avoir une bien mauvaise surprise.

Lord Harry Wynsord était partagé entre la satisfaction et l'inquiétude. Il avait repéré l'aigle jaune de ce chien d'Hegon, qui planait au-dessus de son armée. La dernière fois que c'était arrivé, plusieurs années auparavant, il avait failli perdre la vie. Sur le navire qui la retenait prisonnière, Arysthée avait longuement scruté le ciel. Il s'en était étonné, jusqu'au moment où il avait aperçu, lui aussi, l'oiseau de malheur. Il avait voulu l'abattre, mais il n'en avait pas eu le temps. Un énorme bateau avait surgi et leur avait barré la route. Ce maudit Hegon avait utilisé son aigle pour les repérer !

Aujourd'hui, son apparition sonnait comme un avertissement. Il avait ordonné à ses guerriers de le tuer, mais l'oiseau avait réussi à éviter les carreaux des arbalètes avec une agilité incompréhensible. Jamais on avait vu un aigle voler de cette façon, déjouant l'adresse des archers. C'était comme s'il anticipait la trajectoire de chaque trait. Comme si l'esprit d'Hegon s'était incarné dans celui de l'oiseau...

Un mauvais pressentiment s'empara de Wynsord. Quelle part de vérité pouvait-il y avoir dans ce que racontaient les quelques Medgaarthiens qu'ils avaient réussi à capturer, avant de mourir ? Ils prétendaient qu'il n'était pas un homme, mais un dieu. Un dieu qu'ils appelaient Làkhor. Un dieu qui les vengerait !

Wynsord se tourna vers l'immense colonne qui le suivait. Ce fichu Làkhor ne vengerait personne ! Jamais il ne pourrait arriver à rassembler une armée aussi importante que celle-ci ! Il lui avait fallu des années pour y parvenir, nouer des alliances, convaincre aussi bien les Molgors que les werhes cannibales de Mooryandiâ.

Il jeta un coup d'œil à son complice, celui qui lui avait donné l'idée de ce piège fabuleux : Moczthar Cheerer, le frère de Gaaleth. Un homme aussi motivé que lui pour se venger d'Hegon.

Tous deux n'avaient pas oublié les affronts subis à Rives par la faute de ce chien. Moczthar avait perdu son frère. Quant à lui, lord Harry Wynsord, seigneur roi de Lonodia, il avait lamentablement échoué dans sa tentative d'enlèvement de la femme du traître.

Lorsque leur navire s'était trouvé face au quatre-mâts, ils avaient su immédiatement que tout était perdu. Avec une poignée de fidèles, ils avaient abandonné le bateau, laissant les marins faire face à l'ennemi. Sous l'effet de la colère, il avait juste pris le temps de décocher un carreau sur la putain d'Hegon avant de s'enfuir. Il avait eu la satisfaction de voir le trait se planter dans son dos. Puis il avait plongé dans les eaux troubles. Il leur avait fallu user de mille ruses pour échapper à leurs poursuivants. Deux d'entre eux avaient été emportés et noyés par les courants, très puissants à cet endroit.

Ensuite, il avait réussi à regagner le royaume de Lonodia, sans se faire repérer par les dramas. Mais il n'était plus possible de reparaître. Tous ses compagnons avaient été arrêtés et condamnés, dont son cousin Eroll. Ils avaient trouvé refuge auprès d'un chevalier resté fidèle, qui n'avait pas participé à l'expédition. Il les avait hébergés et cachés. Lui aussi croyait aux guerres de conquête plutôt qu'aux stupides opérations de séduction orchestrées par les amanes. Le monde devait appartenir aux plus forts.

Une seule idée obsédait lord Wynsord : se venger d'Hegon l'usurpateur, lui faire payer au centuple les humiliations subies. Alors avait surgi le Projet.

Moczthar avait autrefois participé à l'expédition

menée par les amanes en terre de Medgaarthâ, d'où Hegon le Maudit était originaire. Il n'ignorait rien de la prophétie et de la menace représentée par les Molgors et les werhes.

Il était impossible de se venger de lui sur le territoire des amanes. Il fallait donc l'attirer à l'extérieur, l'inciter à revenir en Medgaarthâ pour le combattre en lui tendant un piège imparable. S'il savait que Medgaarthâ était menacée, il reviendrait aussitôt pour organiser la défense. Il faudrait qu'il trouve alors face à lui une armée bien plus puissante que celle qu'il pourrait mettre sur pied avec les neuf cités, en admettant qu'il parvienne à se faire accepter par le Dmaârh et les maârkhs, qui lui étaient presque tous hostiles. Or, il était possible de constituer cette armée. Les werhes étaient très nombreux, de même que les Molgors. Si l'on parvenait à unir ces ennemis inconditionnels de la Vallée, on pourrait former une armée à laquelle rien ne résisterait plus. Il serait même possible, une fois Medgaarthâ anéantie, de se lancer dans une guerre contre Rives.

La grande difficulté consistait à convaincre les werhes et les Molgors. Mais ils possédaient pour cela des atouts impressionnants. Après d'innombrables tractations, il avait réussi à soudoyer un jeune dramas qui avait accepté de fournir des pistolasers et quelques lance-plasma. C'était bien insuffisant pour se lancer dans une guerre contre l'armée des amanes. En revanche, les werhes furent terriblement impressionnés. Lorsque lord Wynsord s'était approché de Mooryandiâ, quelques années plus tôt, la démonstration qu'il avait faite avait convaincu les garous de s'allier à lui. D'autant qu'il leur proposait ni plus ni moins que de conquérir la Vallée des Neuf Cités, et d'anéantir ses habitants jusqu'au dernier. Il n'avait pas été long à comprendre que les garous avaient vu en lui un envoyé de leur divinité des Ténèbres, Shaïentus. Il avait pris le nom de Vraâth, en hommage à un personnage légendaire du temps des

Anciens, qu'ils appelaient Vraâth Drakul. Ils pensaient qu'il était devenu immortel parce qu'il buvait le sang des vivants. Il avait aussi coutume d'empaler ses ennemis par centaines autour de son château. Les habitants de Mooryandiâ étaient convaincus que leur cité était bâtie sur les ruines de ce château et lui rendaient un hommage aussi vibrant qu'à Shaïentus lui-même. Aussi avait-il décidé de se faire passer pour cette divinité obscure, de retour chez lui. Les werhes y avaient cru.

Accueilli comme le nouveau souverain de la cité, lord Wynsord, devenu le dieu Vraâth, avait consacré tous ses efforts, pendant des années, à constituer l'armée la plus puissante et la plus nombreuse qui eût jamais foulé le sol de la Vallée. À force de diplomatie, il avait réussi à établir la paix entre les werhes et les Molgors, dont le nouveau roi, nommé Haaris'khaï comme son père, tué par Hegon quelques années plus tôt, désirait lui aussi l'anéantissement de Medgaarthâ et le massacre de tous ses habitants. Les ennemis de nos ennemis étant nos amis, Wynsord avait fini par convaincre Haaris'khaï de combattre à ses côtés.

Lord Wynsord connaissait assez les méthodes des dramas pour savoir que des espions le surveillait. Il aurait pu les faire capturer. Il s'en était bien gardé. Il fallait que ce chien d'Hegon apprenne quelle menace pesait sur la Vallée. Il fallait qu'il revienne.

Et il était revenu.

Afin de mettre toutes les chances de son côté, lord Wynsord n'avait pas dispersé ses forces. Elles devaient rester groupées. Et l'on avait lancé l'attaque sur Gwondà. Mais lorsqu'ils étaient arrivés, la cité avait été abandonnée. Les habitants avaient fui. Il avait alors envoyé une petite partie de ses troupes vers l'est, en direction d'Eddnyrà. Mais le plus gros des forces, après avoir pillé et saccagé la capitale, s'était lancé en direction de l'ouest, vers la ville de Brahylà.

Wynsord n'avait pas compris la manœuvre. En toute

logique, Hegon aurait dû demeurer dans Gwondà et résister. Pourquoi aller s'enfermer dans une cité moins bien protégée ? Peut-être avait-il eu peur et tentait-il de fuir. Mais cela ne lui ressemblait pas. Et c'est ce doute qui expliquait l'humeur morose de lord Wynsord, tandis que tous ses guerriers scandaient le nom de Vraâth à pleins poumons.

Pour se rassurer, Wynsord contempla les hautes machines de guerre qui suivaient en cahotant la piste inégale. Les plus lourdes pièces voyageaient dans d'énormes chariots tirés par des attelages de six ou huit hyppodions. Un sentiment d'orgueil l'envahit. Il était stupide de s'inquiéter. Rien jamais ne pourrait s'opposer à une telle marée humaine. Brahylà allait être balayée, investie, anéantie. Il bouillait d'impatience de tenir ce chien d'Hegon au bout de son dayal. On disait aussi que sa putain était avec lui. Il leur ferait regretter leurs humiliations passées et leur arrogance. Ils ne mourraient pas tout de suite. Il saurait prendre son temps pour les faire périr à petit feu. Les werhes ne manquaient pas d'imagination pour leurs victimes.

Il imaginait Hegon et ses chevaliers domesses, terrés derrière leurs murailles, attendant l'ennemi. Ils gémiraient de peur lorsqu'ils verraient la multitude fondre sur la cité. Les garous se livreraient à un carnage. Peut-être Hegon et sa chienne s'enfuiraient-ils vers la cité suivante, mais il les poursuivrait, il les traquerait et il les capturerait. Ils ne pourraient pas lui échapper indéfiniment.

Pourtant, malgré sa belle assurance, le malaise obscur ne voulait pas le quitter. L'image de l'aigle annonçant le malheur ne quittait pas son esprit. Et la question qui le taraudait ne cessait de revenir lui ronger l'esprit : pourquoi ce chien avait-il fui vers une cité plus fragile que Gwondà ?

— Nous serons à Brahylà dans trois jours, déclara Moczthar Cheerer. Réjouis-toi, seigneur ! Nous livrerons bientôt la bataille que tu attends depuis des années.

Wynsord hocha la tête. Tout marchait pour le mieux. Il n'arrivait pourtant pas à apaiser son esprit. Il ordonna d'accélérer le pas. Il fallait joindre ce nid de couards et les exterminer au plus vite !

Vers le soir, ils bivouaquèrent sur les rives du Donauv. La nuit venue, le camp géant ressemblait à une constellation qui s'étirait sur près d'une marche. Wynsord envoya des éclaireurs dans l'Ouest et le Nord, afin de prévenir un piège éventuel. Lorsqu'ils revinrent, il était près de minuit. Mais ils ne signalèrent rien d'anormal. Les petits villages installés le long du fleuve avaient été abandonnés à la hâte. Les maraudiers eux-mêmes avaient fui les abords de la forêt. Il n'y avait plus âme qui vive.

— Tous tremblent devant ton armée, seigneur ! s'exclama servilement le capitaine werhe, un individu au faciès de brute et aux yeux démesurés, dont les deux bras n'étaient pas de la même longueur.

— C'est bien. Qu'ils tremblent.

Il s'endormit presque aussitôt après s'être allongé. Mais son sommeil fut peuplé de cauchemars. Même dans ses rêves, l'angoisse inexplicable ne l'avait pas quitté. Au matin, il s'éveilla de fort méchante humeur, dont ses proches compagnons firent les frais.

— Aujourd'hui sera une belle journée, seigneur, tenta de le dérider Moczthar Cheerer.

Il répondit d'un grognement.

— Je n'aime pas ce calme, Moczthar. Surveille bien le ciel. Et si tu aperçois encore une fois ce maudit aigle, abats-le !

— Avec joie, seigneur !

Peu après, l'énorme machine se mit en marche. Là-bas, vers l'est, le soleil se levait à peine, inondant la Vallée d'une lumière rasante. Vers l'ouest, de lourds nuages sombres s'appesantissaient, menaçants. Wynsord pesta. Il ne manquerait plus qu'ils traversent une zone orageuse. Les pluies allaient les ralentir.

Et soudain, il se figea. Au loin résonna l'écho d'un grondement étrange.

— Qu'est-ce que c'est ? demanda-t-il.

— Sans doute l'orage, répondit Moczthar Cheerer.

— Je n'ai pas vu d'éclair.

— Il doit être éloigné.

Ils se remirent en marche. Ils n'avaient pas fait plus de dix pas qu'un autre grondement se fit entendre, différent du premier. L'autre avait été assez bref. Mais celui-là paraissait s'amplifier d'instant en instant.

— Qu'est-ce que ça veut dire ? explosa Wynsord.

À cet endroit, la Vallée se resserrait entre deux hautes collines, et le fleuve franchissait une sorte de cataracte. Wynsord avait fait explorer les hauteurs pour vérifier que l'ennemi ne lui avait pas tendu un piège. Mais les éclaireurs n'avaient rien noté. Les collines étaient totalement désertes.

Le grondement augmentait à présent régulièrement. C'était comme un roulement de tambour ininterrompu, qui prit peu à peu une ampleur telle que l'on eût dit qu'un troupeau innombrable fonçait dans leur direction.

— Mais qu'est-ce que c'est ? rugit Wynsord.

Et tout à coup, la réponse lui apparut, dans toute son horreur. Sur toute la largeur de la vallée, le niveau du fleuve s'élevait à vue d'œil. Les eaux roulaient, déferlaient, envahissaient les berges sur plusieurs centaines de mètres de large à la vitesse d'un cheval au galop. Wynsord poussa un cri de rage et de terreur mêlées. Ce fut alors qu'il aperçut, là-haut, l'aigle qui décrivait des cercles au-dessus de lui.

59

Stupéfaits, les werhes restèrent pétrifiés, incapables de réagir. Hennissant de peur, les chevaux se cabrèrent, désarçonnant leurs cavaliers, puis tentèrent de s'enfuir. En quelques secondes, l'immense armée s'était arrêtée. Une clameur épouvantable monta de ses rangs, des guerriers tentèrent d'échapper à la mort liquide qui fondait sur eux. Il s'ensuivit une bousculade effroyable. Les hommes se piétinaient les uns les autres.

Mais il n'y avait rien à faire pour fuir la vague monstrueuse qui emplissait la Vallée. En quelques secondes, le vacarme devint assourdissant. Pétrifiés par la terreur, werhes et Molgors virent les roches et les arbres arrachés rouler dans le muscle furieux et irrésistible des eaux dévastatrices. Une clameur formidable monta de toutes les poitrines, puis le tsunami percuta de plein fouet les premiers rangs et les emporta avec une violence inouïe sur les autres.

Hegon, mêlé à l'esprit de Skoor, vit la vague implacable balayer irrésistiblement l'armée ennemie. Les lourdes machines de guerre s'écroulèrent dans les flots, broyées, déchiquetées. Hommes, chariots et chevaux furent emportés, roulés par une lame qu'il estima de plus de dix mètres de haut.

Tout avait fonctionné comme il l'avait prévu. La Vallée était sauvée.

Région de Brahylà, quelques jours plus tôt...

Monté sur Spahàd, Hegon contemplait, depuis les hauteurs montagneuses qui bordaient la vallée du Donauv au sud, une muraille haute et large, bâtie autrefois par les hommes. Au-delà s'étendait à perte de vue un lac immense qui contenait une énorme quantité d'eau. À ses côtés se tenaient Sandro Martell et Dennios. Le barrage était construit sur un affluent du Donauv, un peu en aval de Brahylà.

— Voilà l'eau qui va balayer l'armée de Vraâth, déclara Hegon. Si nous parvenons à amener l'ennemi au lieu-dit Ferrhâs, là où la Vallée se resserre, peu après le confluent du Donauv et de cette rivière, il sera pris au piège.

— Tu t'es souvenu de ce barrage ? dit le conteur, stupéfait.

— Lorsqu'on a parlé de fourmis, j'ai fait le rapprochement avec l'eau, seule capable de les arrêter.

— Ce barrage a certainement été construit par les Anciens, dit Sandro. Mais comment peut-il encore tenir après si longtemps ?

— Il a été entretenu par des androïdes, expliqua Dennios. Personne ne s'en approche jamais, parce qu'ils effraient les habitants de la Vallée. Ils les prennent pour des agoulâs.

Ils se rendirent sur la voie qui longeait le barrage à son sommet. Une douzaine de silhouettes humaines s'affairaient, indifférentes aux cavaliers. Elles ne leur accordèrent aucune attention lorsqu'ils prirent pied sur le barrage. Les trois hommes s'aperçurent qu'ils étaient passablement endommagés. Leur démarche était quelque peu saccadée, et la peau de leur visage pendait par lambeaux. Il n'était pas étonnant que les rares Medgaarthiens qui s'étaient aventurés jusqu'ici les aient pris pour des spectres.

— Ils sont bien fatigués, remarqua Sandro.

— Mais encore efficaces, ajouta Hegon. Ce barrage m'a l'air en bon état. Pensez-vous que vous pourrez le faire sauter, commandant ?

Le dramas effectua une rapide inspection de l'édifice, sous le regard neutre des automates.

— Cela ne devrait poser aucune difficulté. À bien y regarder, il est très abîmé, et représente un danger pour la Vallée. En vérité, cette guerre va nous offrir l'opportunité de provoquer un événement qui se serait de toute façon produit dans un avenir plus ou moins proche, à un moment où Gwondà n'aurait pas été évacuée. Sans le savoir, les werhes nous ont rendu service en nous permettant d'éviter une terrible catastrophe. Une catastrophe qui va se retourner contre eux.

Les eaux du barrage mirent plus d'une journée à s'écouler entièrement. Lorsque, deux jours plus tard, Hegon et ses troupes quittèrent Brahylà pour se lancer à la poursuite des survivants, la Vallée était jonchée de cadavres de noyés, hommes et bêtes. Les orgueilleux trébuchets n'étaient plus que des amas informes de bois et de métal. Quelques survivants erraient au pied des collines, l'œil hagard. Ils se rendirent sans résister. On retrouva ainsi des corps jusqu'à Gwondà et même au-delà. La magnifique capitale n'était plus qu'un champ de ruines. Si les incendies n'avaient pu venir à bout des murs de pierre, le bélier furieux des eaux avait miné les murailles, qui s'étaient effondrées en grande partie. L'intérieur de la cité n'était plus qu'un magma informe où l'on avait peine à reconnaître l'orgueilleux Valyseum, le Temple, le palais dmaârhial et les casernes. Les superbes doméas avaient été éventrées et une épaisse couche de boue avait recouvert les parcs environnants.

Dans cet univers de cauchemar rôdaient des Molgors

et des werhes à la recherche de nourriture. Des combats avaient opposé les uns et les autres, et les guerriers d'Hegon découvrirent avec horreur des restes de festins cannibales. La belle alliance entre Molgors et garous se terminait fort mal.

On rechercha activement le corps de lord Harry Wynsord et de ses compagnons, sans succès. Mais la violence des eaux les avait peut-être emportés plus loin.

Au-delà de Gwondà, le flot s'était un peu calmé, et la cité d'Eddnyrà aurait pu ne connaître qu'une brusque montée des eaux sans conséquences graves. Cependant, lorsque Hegon se rendit sur place, il ne découvrit que des ruines. Une partie de l'armée de Vraâth s'était dirigée vers la cité que Maldaraàn et ses fidèles avaient refusé de quitter. Une terrible bataille s'était engagée, perdue d'avance pour les citadins. Tous sans exception avaient péri, et il restait encore sur place près de trois mille Molgors et werhes qui se livraient au pillage. De nouveaux combats s'engagèrent dans les rues de la ville en flammes. Mais les pillards ne pouvaient résister à l'assaut des forces dramas. Si les Molgors préférèrent rompre le combat et tenter de fuir, les garous, dépourvus d'instinct de conservation, et furieux d'être dérangés au cours de leurs sinistres rituels, se battirent avec un acharnement proche de la folie. Ivres de sang et de chair humaine, ils combattaient en hurlant le nom de leur divinité sauvage, Shaïentus, parce qu'ils croyaient que cela les rendait invulnérables. Il fallut les exterminer jusqu'au dernier. Après plusieurs heures d'un carnage sans nom, les ruines d'Eddnyrà furent reprises.

Dans les décombres du palais, un spectacle horrible attendait Hegon et ses guerriers. Plusieurs dizaines de personnes avaient été torturées et clouées aux murs, la tête en bas et les bras en croix, selon le rituel de la divinité maudite. Hegon reconnut Maldaraàn, son frère Mahdrehn, son neveu Rohlon, l'héritier d'Eddnyrà, les concubines qui n'avaient pas osé fuir, quelques domesses et tous les orontes qui avaient refusé de quitter la cité quelques jours plus tôt. Une puanteur épouvantable émanait des ruines.

Hegon resta un long moment face au cadavre de celui qu'il avait longtemps considéré comme son père. Un mélange de sentiments contradictoires tournoyait dans son esprit. Jusqu'au bout, Maldaraàn avait refusé de pardonner. La haine avait motivé toutes ses décisions. Hegon songea aux paroles de Kalkus de Rives, qui disait que les pensées étaient créatrices, et que les ondes de haine généraient en retour d'autres ondes de haine. La sinistre fin de Maldaraàn était-elle l'illustration de la sagesse du vieil homme ? Ou bien ne s'agissait-il que d'un terrible concours de circonstances ? Mais il fallait bien admettre que si Maldaraàn avait accepté de pardonner et qu'il avait suivi Hegon, il aurait vécu, et avec lui tous ses compagnons.

Le nombre élevé des cadavres échoués sur les rives du fleuve après la crue soudaine posa très vite un problème. La région comprise entre l'étranglement de Ferrhâs et Eddnyrà se transforma bientôt en un charnier pestilentiel qui attirait d'innombrables charognards. Hegon dut organiser à la hâte de gigantesques brasiers dans lesquels on jeta les corps, sous peine de voir apparaître des épidémies. On repêcha des morts jusque sur les berges de la lointaine Medjydà.

Cependant, les éclaireurs constatèrent qu'une partie des werhes n'avaient pas péri. De nombreuses traces, autour de Gwondà, prouvaient que plusieurs milliers d'entre eux avaient réussi à s'extraire du bourbier et avaient repris la route de Mooryandiâ. On estima leur nombre à près de dix mille. Bien sûr, ils avaient perdu la totalité de leurs machines de guerre, mais ils pouvaient encore représenter un danger important.

Hegon, à la tête des deux divisions dramas et de

quelques dizaines d'ennéades de warriors, se lança sur leurs traces. Utilisant une nouvelle fois les services de Skoor, que tous les guerriers appelaient désormais « l'aigle d'or », Hegon tenta de situer l'ennemi. Cependant, il eût beau parcourir d'en haut les pistes forestières menant vers Mooryandiâ, il ne découvrit aucune trace de garous.

— Il n'y a rien, dit-il à ses compagnons. Il semble qu'ils ne soient pas décidés à regagner leur tanière.

— Ils vont peut-être essayer de lancer une contre-attaque, suggéra Kerwyn. Mais où ?

Dennios, qui avait accompagné l'ost, secoua la tête.

— Seigneur, il y a une autre possibilité. Ils ne sont plus assez nombreux pour attaquer Medgaarthâ En revanche, ils peuvent très bien se venger sur Brastyà.

— Par les dieux, tu as sans doute raison ! s'exclama Hegon.

Il ne fallut pas deux heures à Skoor pour gagner les environs de Brastyà. Ce que découvrit Hegon par les yeux perçants de l'aigle confirma l'hypothèse du conteur. Un grouillement de werhes furieux et affamés s'était lancé à l'assaut de la citadelle brastyenne, qui résistait encore. En contact mental avec l'oiseau, Hegon se rendit compte que, malgré ses défenses remarquables, les Brastyens avaient subi de lourdes pertes. En plusieurs endroits, l'ennemi avait réussi à prendre pied sur les remparts.

Lorsque l'ost medgaarthien arriva sur place, une journée plus tard, des colonnes de fumée s'élevaient en différents endroits de la cité fortifiée. Mais l'écho de combats violents informa Hegon que la ville résistait encore. Il ordonna la charge. Une nouvelle bataille s'engagea, encore plus féroce que celle d'Eddnyrà. Forts de leur nombre et rendus fous par la faim et le fanatisme, les garous rompirent leur siège pour répondre à l'arrivée des renforts medgaarthiens. Déployés sur la largeur de la plaine que surplombait l'éminence rocheuse sur laquelle s'agrippait la cité de Brastyà, les dramas accueillirent les fauves humains avec un tir nourri de décharges de plasma. En quelques instants, les hordes de werhes se transformèrent en torches vivantes. Mais certains, indifférents à la mort qui les attendait, réussirent à passer. Il fallut les combattre au corps à corps.

Des combats effrayants de sauvagerie se déroulèrent jusqu'à une heure avancée de la nuit. Hegon, couvert de sang ennemi, le bras douloureux d'avoir trop frappé, constata avec soulagement que les werhes commençaient à rompre l'engagement. Grâce à leur intervention, les courageux Brastyens avaient réussi à repousser les garous hors des remparts. Mais ils avaient, eux aussi, subi de lourdes pertes. Au regard du nombre de corps qui jonchaient le champ de bataille, Hegon estima que les werhes avaient perdu les neuf dixièmes de leurs effectifs. Seul un millier d'entre eux étaient parvenus à s'enfuir.

— Nous les poursuivrons demain, dit-il.

Les Medgaarthiens furent accueillis à bras ouverts par les membres du Conseil supérieur de Brastyà, dont la moitié des membres avaient été tués ou blessés. Le porte-parole, Raâlf Aspen, un vieil homme dont la stature rappelait celle d'un ours, et qui avait combattu malgré son grand âge, s'adressa à Hegon.

— Au nom de tous les Brastyens, soyez remercié, seigneur Hegon. Nous avons cru que tout était perdu. Nos espions nous avaient avertis qu'une armée immense de werhes s'était constituée autour de la Sentinelle. Une partie est venue vers Brastyà. Ils nous assiégeaient depuis plusieurs jours. Nous avons réussi à les repousser. Mais lorsque les autres sont arrivés, nous avons compris que nous ne pourrions pas résister très longtemps. Et surtout, nous avons imaginé que les armées de la Vallée avaient été anéanties. Ils étaient tellement nombreux. Comment avez-vous fait ?

— Nous les avons noyés.

Hegon expliqua comment il s'était servi de la gigantesque retenue d'eau de Brahylà pour balayer l'ennemi. Très vite, le récit fit le tour de la petite cité, où le jeune homme fut reçu en héros. Warriors medgaarthiens et défenseurs brastyens fraternisèrent, et bientôt la légende du dieu Làkhor se répandit dans la population.

Tandis que de nouveaux bûchers s'érigeaient dans la plaine pour recevoir les cadavres des garous, Hegon tenta une nouvelle fois de trouver le corps de Wynsord. En vain.

Cependant, au milieu de la journée suivante, on lui amena un prisonnier couvert de sang, qu'il eut l'impression de reconnaître malgré ses blessures. Hegon n'oubliait jamais un visage. Si la première rencontre avec celui-ci remontait à plusieurs années, il l'avait également aperçu quelques instants au moment de la bataille du delta, lorsque Wynsord avait tiré sur Arysthée.

— Je sais qui tu es, dit-il. Tu es le frère du chevalier que j'ai tué en Francie. Il s'appelait Gaaleth Cheerer.

L'autre acquiesça.

— Mon nom est Moczthar Cheerer, seigneur, articula-t-il d'une voix qui trahissait sa souffrance.

Cette fois, la lueur de cynisme et de défi avait disparu. L'homme était terrorisé et tremblait comme une feuille. Un rapide sondage mental apprit à Hegon que l'individu ne le considérait plus comme un homme, mais comme un dieu. Après avoir expliqué à Hegon de quelle manière lord Harry Wynsord avait réussi à devenir Vraâth dans le seul but de le détruire, il le supplia de l'épargner.

— Wynsord se faisait passer pour un dieu aux yeux des werhes. Mais il n'était pas un dieu. Alors que toi, seigneur, tu en es un. Seul un dieu possède le pouvoir de déclencher ainsi la fureur des eaux d'un fleuve pour anéantir une armée entière.

— Où est-il à présent ? A-t-il été tué ?

— Non, seigneur. Il a regagné Mooryandiâ.

Cheerer attrapa la main d'Hegon et la serra en roulant des yeux affolés.

— Méfie-toi cependant. Il est devenu complètement fou. Il fera tout pour te détruire, quitte à y perdre la vie. Il a adopté le dieu maudit des werhes, et il croit qu'il est son incarnation.

— Pourquoi ne pas l'avoir quitté ?

Le chevalier secoua la tête lentement.

— J'y ai pensé parfois. Mais je voulais venger mon frère. Et surtout, il me faisait peur. Tout le monde tremblait devant lui.

— Tu en es débarrassé à présent.

Les lèvres de Cheerer s'étirèrent sur un rictus de dérision.

— C'est trop tard. Je sais que je ne survivrai pas à mes blessures.

Hegon l'examina rapidement et constata qu'il disait vrai.

— Je ne peux pas te mentir, chevalier. Tu dis la vérité. Voilà où t'a mené ta guerre de conquête. Non pas à une mort glorieuse en défendant un peuple avec courage, mais à une mort honteuse au milieu d'humains dégénérés et cannibales.

— Pardonne-moi, seigneur ! J'ai eu tort de te haïr. Mon frère avait l'intention de te tuer. Tu n'as fait que te défendre. Si j'avais su...

Hegon s'agenouilla et lui prit les mains.

— Je te pardonne, Moczthar. Que les dieux de bienveillance t'accueillent.

Un vague sourire étira les traits du chevalier, puis sa tête retomba en arrière, les traits apaisés.

On l'emporta. Hegon resta un long moment songeur. Pourquoi fallait-il que ce fût au moment de mourir que les yeux des hommes finissaient par s'ouvrir ?

— Nous devons rester sur nos gardes, dit-il en se

relevant. L'avertissement de Moczthar n'est pas vain. Wynsord va essayer de nous attirer dans un dernier piège.

Le surlendemain, l'ost medgaarthien, à peine reposé, se remit en route en direction de Mooryandiâ. La cité maudite s'accrochait aux pentes d'un massif montagneux dominé par le mont Kaârpaths. C'était là, selon la légende, que se dressait l'antique repaire d'un seigneur qui avait vaincu la mort en se nourrissant du sang des vivants.

Tandis que l'armée s'engageait dans des défilés encaissés et sombres, où la végétation se raréfiait, une colère froide habitait Hegon. Il devait capturer Wynsord et le mettre définitivement hors d'état de nuire. La dernière bataille allait encore détruire de nombreuses vies humaines, malgré la supériorité des armes dramas. Mais si on laissait un tel monstre en liberté, il n'aurait de cesse de recommencer. Il ne devait pas disposer de plus de deux mille hommes à présent. L'armée medgaarthienne en comptait presque cinq fois plus. Cependant, la cité de Mooryandiâ devait abriter des femmes et des enfants en grand nombre. Sans doute les avait-on formés à se battre.

Hegon atteignit Mooryandiâ deux jours plus tard, après une marche difficile sur les pentes du mont Kaârpaths. Bientôt, solidement ancrées sur une plate-forme rocheuse, adossées aux flancs de la montagne sinistre, et à demi noyées dans des brumes sombres, les murailles de Mooryandiâ se dessinèrent. Une seule route menait à une porte massive, l'unique entrée de la cité. Il se dégageait des lieux une atmosphère lugubre et angoissante, reflet des atrocités commises par les habitants de la ville maudite.

Hegon constata avec étonnement que la porte était largement ouverte. Il fut aussitôt sur ses gardes. Les guetteurs avaient certainement vu l'armée de Medgaarthâ s'engager sur la piste. Les brumes n'étaient pas assez épaisses, et le vacarme provoqué par les milliers de chevaux et de fantassins se répercutait sur les parois rocheuses. Prenant soin de rester hors de portée d'un tir d'arbalète, Hegon s'avança. Quelques défenseurs apparurent sur les remparts. On les avait donc vus. Pourtant, la porte demeura ouverte.

— Qu'est-ce que ça veut dire ? demanda Paldreed. Il n'y a presque personne sur le chemin de ronde.

— Il veut nous inviter à pénétrer dans la cité, murmura Hegon.

— C'est un piège ! s'exclama Guillaume. Il ne faut pas y aller.

Kerwyn haussa les épaules.

— Un piège stupide. Wynsord n'a plus qu'un millier de combattants. Et ses armes sont moins puissantes que les autres. Même s'ils ordonnent aux femmes et aux enfants de combattre, il a déjà perdu.

— Et ce sera un nouveau carnage ! objecta Sandro. Nous devons l'éviter. Nous sommes des guerriers, pas des bouchers. Je ne veux pas avoir à tuer des femmes et des enfants, même des garous.

Là-haut, des hurlements retentirent, provoquant, injurieux, incitant les Medgaarthiens à entrer dans la cité pour un ultime combat. Des voix rauques, déformées par les bizarreries physiques des werhes, insultaient les Medgaarthiens, on les traitait de lâches, de couards, et d'autres épithètes plus grossières.

— Mais pourquoi veulent-ils à tout prix nous faire entrer ? demanda Paldreed.

— Sans doute Wynsord espère-t-il qu'il parviendra à tuer Hegon ! dit Kerwyn.

Soudain, une saute de vent balaya une nappe mouvante de brumes qui, pendant quelques secondes, vint noyer Hegon et ses compagnons dans un brouillard épais. Hegon respira longuement la brume, puis blêmit.

— Personne n'entrera dans Mooryandiâ, déclara-t-il.

— Mais qu'est-ce que ça sent ? s'étonna Guillaume.

Hegon secoua la tête, l'air effaré.

— J'ai compris ce qu'il veut faire, dit-il. Cet homme est démoniaque. Il ne veut pas tenter de m'abattre une fois que je serai rentré dans la ville. C'est toute notre armée qu'il veut anéantir.

— Comment ça ? demanda Kerwyn.

Hegon montra la porte du doigt.

— Une fois que nous aurons pénétré, nous ne rencontrerons aucune résistance. Nous investirons la totalité de la ville en ne croisant que des femmes et des enfants qui auront pour consigne de ne pas nous attaquer. Le but de ce monstre est d'attirer la totalité de nos troupes à l'intérieur des murs. Et lorsque nous serons tous rentrés, les portes se refermeront.

Il marqua un temps, puis ajouta :

— Alors, la ville explosera, avec ses habitants... et tous nos soldats.

— Comment sais-tu ça ?

Sandro Martell intervint.

— Je l'ai senti aussi, seigneur. Vous avez raison.

On se tourna vers lui. Le commandant dramas était pâle.

— Il y a fort à parier qu'il possède un explosif très puissant en grande quantité. Nous l'appelons « C17 ». C'est avec ça que nous avons fait sauter le barrage de Brahylà. Mais il n'y a pas que ça. À l'odeur, je dirais que tous les habitants de Mooryandiâ ont dû imprégner leurs vêtements de matières inflammables.

— Par Braâth, s'exclama Thoraàn, ce n'est pas possible ! Comment ont-ils pu accepter ça ?

— Ce sont des fanatiques, répondit Hegon. Mourir leur importe peu. Il les a conditionnés. Il est prêt à périr lui-même pour nous exterminer. Sans doute leur a-t-il dit qu'ils seraient accueillis par leur divinité après leur mort.

— C'est un fou ! s'exclama Paldreed, bouleversé. Il est prêt à détruire toute une ville et lui avec pour nous massacrer ! Il ne faut pas que nous pénétrions dans cette cité maudite.

— Mais alors, comment allons-nous le capturer ? demanda Guillaume.

Hegon fit la grimace.

— Ça ne va pas être facile. Il faut essayer de les retourner contre lui.

Il s'avança encore et s'adressa aux défenseurs des remparts.

— Gens de Mooryandiâ ! Écoutez-moi ! Je suis Hegon, seigneur roi de Gwondà. Le sang a assez coulé entre nos deux peuples. Je suis venu vous offrir la paix. Nous ne prendrons pas les armes contre vous.

Une voix retentit sur le chemin de ronde, répercutée par les montagnes, et une silhouette apparut. Lord Harry Wynsord, vêtu de son armure noire, au casque surmonté d'un serpent.

— Alors, pourquoi n'entres-tu pas dans Mooryandiâ ? Je suis prêt à t'accueillir pour signer la paix des guerriers.

— Ce n'est pas à toi que je m'adresse, Wynsord ! Car ton nom n'est pas Vraâth, l'envoyé de Shaïentus, mais lord Harry Wynsord, autrefois seigneur roi de Lonodia, en Brittania. Je m'adresse à ton peuple ! Ce peuple que tu as mené à l'anéantissement et que tu te prépares à massacrer d'une manière horrible pour me détruire. Mais tu as échoué, Wynsord. J'ai senti l'odeur de l'explosif. Je n'ai aucune raison, étant venu en paix, d'investir la cité de Mooryandiâ. Si la paix doit être signée, elle le sera dehors, avec les délégués des habitants. Je leur donne ma parole d'honneur que leur vie et leur liberté seront respectées.

Il se tut. Sur les remparts, Wynsord s'était mis à vitupérer.

— Je ne te crois pas ! Tu veux détruire Mooryandiâ.

Hegon ignora ses vociférations et s'adressa de nouveau aux habitants.

— N'oubliez pas que cet homme, qui se fait passer pour un dieu, vous a menés à la défaite. Combien d'entre vous ont péri par sa faute, alors qu'il vous avait promis la victoire ?

Déjà, des rumeurs contradictoires commençaient à se faire entendre sur les murailles. De nouvelles têtes apparurent, intriguées. Des visages difformes, maquillés pour le combat par des dessins rouges, noirs et verts qui composaient des masques effrayants. Une investigation mentale apprit à Hegon que des questions commençaient à poindre dans les esprits amoindris de ces êtres dégénérés. Il poursuivit :

— Ce n'est pas à vous que j'en veux, habitants de Mooryandiâ, c'est à cet usurpateur, ce faux prophète, ce traître qui est la cause de la mort de la plupart d'entre vous. Livrez-le-moi, et je repartirai sans combattre.

Des discussions animées éclatèrent un peu partout sur les remparts. Quelques garous commencèrent à se battre entre eux. Bientôt, un grondement s'éleva de l'intérieur de la cité. Sur le chemin de ronde, des poings se tendirent en direction de Wynsord. Celui-ci continuait à hurler pour se faire entendre, mais personne ne l'écoutait plus.

— Nous ne serons peut-être pas obligés de livrer combat, exulta Guillaume.

Soudain, la silhouette de Wynsord disparut de leur vue. Il y eut quelques instants de flottement. Puis, tout à coup, le monde parut sombrer dans l'apocalypse. En quelques secondes, d'énormes boules de feu embrasèrent la cité en différents endroits. Sous les yeux incrédules et horrifiés des guerriers medgaarthiens, la ville se transforma en un gigantesque brasier, tandis que des hurlements de terreur éclataient derrière les remparts. Une vague de feu liquide submergea les murailles, engloutissant les défenseurs dans un déluge infernal. Quelques torches humaines tentèrent de s'échapper par la porte ouverte, mais le liquide inflammable dont elles étaient imprégnées les avait déjà condamnées.

Les guerriers d'Hegon poussèrent des clameurs de stupéfaction. Puis ils se tournèrent vers lui avec gratitude. S'il n'avait pas perçu le piège à l'avance, s'il avait ordonné l'assaut, ils se seraient tous retrouvés piégés dans cet embrasement apocalyptique.

Mooryandiâ n'était plus qu'une immense boule de feu dont se dégageait une chaleur tellement intense que, malgré la distance, les guerriers se mirent à suffoquer. Hegon ordonna le retrait. Il n'y avait plus rien à faire. La cité des adorateurs de Shaïentus était détruite. Et lord Harry Wynsord avait péri.

Enfin, on pouvait l'espérer…

Quelques jours plus tard, Hegon était à Gwondà pour examiner l'étendue des dégâts et étudier la reconstruction de la cité ; ce fut alors qu'il fit une étrange constatation. Non seulement le niveau des eaux avait considérablement baissé dans le fleuve, mais celui-ci semblait ne plus charrier qu'un épais bouillon limoneux, comme si le Donauv était en train de se tarir.

— Qu'est-ce que ça veut dire ? demanda-t-il.

— Je n'en sais rien, seigneur, répondit Paldreed. Est-il possible que nous ayons déclenché la colère des dieux du Donauv, et qu'ils nous privent de son eau ?

— Non, compagnon. Il y a certainement une autre raison.

Intrigué, il remonta le fleuve en direction de Brahylà L'explication lui apparut un peu avant l'étranglement de Ferrhâs, où s'était produit un phénomène étrange. La puissance du tsunami avait été telle que le fleuve s'était forgé un nouveau lit, et ses eaux s'étaient engouffrées dans un bras ignoré et asséché, situé plus au nord. Suivant le nouveau trajet du fleuve, Hegon découvrit qu'il passait non loin de la Sentinelle, du haut de laquelle il avait eu autrefois une vision étonnante.

Il resta longuement à contempler le nouveau cours du Donauv. Enfin, s'adressant à ses compagnons, il déclara :

— C'est ici que nous allons reconstruire Gwondà. Mais afin de la différencier de l'ancienne capitale, elle portera le nom de Gwondaleya, « la ville nouvelle de Gwondà ».

Épilogue

Par Maistre Lauran d'Aspe,
historien officiel du seigneur Dorian,
comte de Gwondaleya

*Gwondaleya, an 2149 de l'ère amanite,
ou an 5936 de l'ère christienne...*

— Voilà, gentes dames et nobles seigneurs, quelle fut la vie du très haut chevalier Hegon d'Eddnyrà, devenu le dieu fondateur de notre belle ville dans la mémoire de ses habitants. Après cette magnifique victoire, il prit résolument en main la réorganisation de la Vallée des Neuf Cités. Les maârkhs furent remplacés par des comtes, et ses compagnons furent confirmés dans leurs fonctions. Mais leurs prérogatives diminuèrent au profit de conseils fonctionnant un peu comme le nôtre. Des khadars élus par leurs pairs y participaient. De même, il supprima la caste des schreffes en les affranchissant ; il annula toutes les dettes contractées par les pauvres envers les plus riches. Ces mesures lui assurèrent une grande popularité. Les orontes, qui avaient perdu tout crédit auprès de la population, finirent par disparaître et furent remplacés par des amanes venus de Rives. Peu à peu, la religion amanite modifia les esprits.

« Le plus grand travail du seigneur Hegon fut la fondation de Gwondaleya. En quelques années, on construisit des avenues, des milliers de demeures, un palais, un parlement où se réunissait le Conseil royal. Car, à cette époque, Gwondaleya était un royaume. Un port magnifique accueillait les navires en provenance des autres cités, qui demeurèrent inféodées à la capitale pendant plusieurs siècles.

« Quant au seigneur Hegon, il donna trois autres enfants à dame Arysthée, et quatre à dame Elvynià, qu'il prit comme seconde épouse. Il régna ainsi pendant vingt-cinq années, au cours desquelles la prospérité de la Vallée ne cessa de progresser. La menace des garous ayant disparu, il entama des négociations avec les maraudiers, auxquels il proposa une alliance, en échange d'une aide pour construire des cités nouvelles associées au Réseau amanite. Ainsi apparurent de nombreux villages, qui plus tard devinrent des villes, comme Ursaleya ou Felda. Brastyà fut également incluse dans le Réseau, tout en conservant son régime parlementaire dirigé par un conseil.

« Au bout de vingt-cinq ans, le seigneur Hegon abdiqua de son titre de roi au profit de sa fille, la princesse Solyane, qu'il avait formée pour lui succéder. Son frère jumeau, le prince Dorian, avait choisi de devenir chevalier et de vivre à Rives, où il rendit de très grands services aux Grands Initiés. Ce fut donc une reine qui monta sur le trône de Gwondaleya.

« Quant au seigneur Hegon, il resta sur place et se consacra au développement de sa ville. Mais, de temps à autre, il partait pour de longs voyages, en compagnie de ses deux épouses. Ces absences duraient parfois plusieurs mois, voire plusieurs années. Ce fut au cours d'un voyage vers l'Améria qu'il disparut. Nul ne sait ce qu'il advint de lui. Peut-être fut-il victime d'un naufrage, mais, curieusement, on ne signala à cette époque aucune disparition de navire. Il est permis de penser qu'il ait choisi de rester de l'autre côté de l'océan Atlantéus. Quelques témoignages rapportent qu'on les aurait aperçus dans certaines cités du grand Ouest amérien, bien après leur disparition officielle. Ces mystérieuses apparitions contribuèrent à renforcer la légende du dieu

Làkhor. Car une chose est sûre, c'est que l'on ignore tout de la date de sa mort. Parmi les gens du peuple, beaucoup estimèrent qu'un tel homme ne pouvait pas mourir, et qu'il était simplement parti rejoindre les dieux. Il avait emmené avec lui ses deux épouses, qu'il chérissait autant l'une que l'autre.

«Et si dame Elvynià n'a pas laissé un grand souvenir dans l'histoire, il n'en est pas de même pour dame Arysthée. Au fil du temps, notre belle cité a connu bien des bouleversements, des guerres, des victoires et des défaites, des épidémies, des incendies et des tremblements de terre. Elle a été détruite et reconstruite trois fois. Il ne reste plus rien aujourd'hui des bâtiments érigés par le seigneur Hegon. Sauf... ce parc où nous nous trouvons.

«Regardez autour de vous, gentes dames et nobles seigneurs. Regardez ces sept bassins fleuris qui se déversent les uns dans les autres pour s'écouler jusqu'au fleuve. Ils ont été creusés il y a maintenant plus de dix-huit siècles. Les arbres immenses qui les ombragent ne sont même plus ceux qui ont été plantés à l'époque. Seules les pierres qui bordent les bassins ont connu le seigneur Hegon, le conteur Dennios, l'écuyer Jàsieck, dame Elvynià et bien d'autres encore.

«Mais regardez surtout ces petites filles qui dansent encore avec des voiles de couleurs en l'honneur de la très belle déesse fleur, l'épouse du dieu Làkhor. En plus de dix-huit siècles, ce lieu n'a jamais changé de nom et s'est toujours appelé le Pré d'Arys !

FIN

ÉTUDE SUR GWONDÀ
ET LA VALLÉE DES NEUF CITÉS

par Maistre Lauran d'Aspe, historien officiel
à la cour de Dorian, puis de Palléas, son fils,
grands et hauts seigneurs, comtes de Gwondaleya.

ORIGINE DES GWONDÉENS

La mythologie des Gwondéens, ancêtres des Gwondaleyens, est tout à fait particulière. Pour en comprendre la signification profonde, il faut remonter aux origines de ce peuple, émigré des lointaines terres septentrionales de la Skandianne, après l'effondrement de la civilisation des Anciens, événement que l'on a baptisé «LE JOUR DU SOLEIL».

Il est pratiquement acquis à présent que celui-ci fut provoqué par un cataclysme d'une ampleur sans précédent qui frappa le pôle Nord. Peut-être une météorite géante tomba-t-elle à cet endroit. Cependant, les fouilles que réalisèrent les Lonniens en présence du seigneur Dorian à l'époque de la crise fayadine amènent à penser qu'il s'agissait plutôt de la chute d'un vaisseau géant[1]. Des recherches sont actuellement en cours.

Si l'on se réfère à la mythologie gwondéenne, vieille de plus de deux millénaires, l'«Éclair aveuglant» de «Raggnorkâ», qui provoqua la disparition des dieux antiques, donnerait une tentative d'explication de ce

_____

1. Voir *Graal.* Le Jour du Soleil fera l'objet d'un autre roman, *Lauryanne* (titre provisoire).

phénomène. Il serait également la cause de la cécité du «Prince des dieux de la Nouvelle Humanité», Braâth. Une cécité qui ne le gênait guère, ainsi qu'on le verra.

À la suite de cette catastrophe terrifiante, les eaux de la banquise fondirent, inondèrent les basses plaines de la Skandianne, et envahirent les fjords. Puis le climat se refroidit considérablement, contraignant les survivants à émigrer vers les terres plus hospitalières du Sud.

On pense que les ancêtres des Gwondéens quittèrent la Skandianne dès le deuxième siècle de l'ère du Chaos, par centaines de milliers. Seuls demeurèrent quelques îlots de population regroupés autour des volcans qui s'éveillèrent alors, ainsi que sur le pourtour du golfe Botznien. Plus tard, on les appela les Sombres.

Peuple rude, habitué à des conditions de vie difficiles, ces émigrants étaient avant tout des guerriers féroces, qui n'hésitaient pas à piller les petites concentrations humaines qu'ils rencontraient sur leur route. Au fil des siècles, ils s'établirent peu à peu sur la majeure partie de l'Europannia orientale, ainsi qu'en Ukralasia, où ils furent arrêtés par les terribles Molgors, auxquels ils se heurtèrent bien souvent, jusqu'à l'avènement de la religion amanite. Avec le temps, ils se mêlèrent aux populations autochtones, qu'ils soumirent à leurs lois et à leur propre religion, celle du dieu BRAÂTH.

Certains parvinrent dans l'immense vallée du DANOV, dont le nom de l'époque était le Donauv. Ils fondèrent neuf cités de différentes importances, liées entre elles par un système de féodalité. C'était un phénomène rare dans cette période troublée, où chaque cité vivait en autarcie, repliée sur elle-même. La Vallée des Neuf Cités, autrement appelée Medgaarthâ, fut l'une des premières tentatives de reconstitution de nation. Il faut cependant préciser qu'il leur arriva de se combattre entre elles, souvent pour des conflits de personnes. Mais ce système de féodalité cimenté par une religion issue des anciennes croyances scandinaves, datant de bien avant le Jour du Soleil, fonctionna pendant près de six siècles, jusqu'à l'avènement de celui que l'on considère aujourd'hui comme le dieu Lakor, autrefois orthographié Làkhor, et dont le nom originel était Hegon d'Eddnyrà, reconnu également comme seigneur d'Entraghs, en Francie occidentale.

La plus grande de ces neuf cités fut l'antique Gwondà, établie sur les rives du fleuve. Elle n'était pas située à l'emplacement de l'actuelle Gwondaleya, en raison de la modification du cours du Danov qui eut lieu à cette époque. De cette cité, il ne demeure que quelques ruines éparses, dévorées par les marais. Les légendes racontent que les esprits des dieux anciens errent encore sur les lieux, emprisonnés à jamais par les pouvoirs de Lakor.

En ces temps reculés, la puissance de cette mythologie était telle qu'elle supplanta en quelques décennies les restes des multiples croyances issues des vieilles religions révélées, dont le souvenir s'était quelque peu perdu après le Jour du Soleil. Celles-ci survécurent bien plus au sud, sous différentes formes, avec les Folmans et les Ismalasiens.

Sans doute cela s'explique-t-il par l'adéquation parfaite de cette religion avec la sauvagerie qui régnait alors.

LA MYTHOLOGIE DES GWONDÉENS

GDRAASILYÂ

Gwondà compta à cette époque jusqu'à près de cinquante mille habitants, ce qui était un record, dans un monde où ne subsistaient plus, d'après les estimations, que quelques centaines de millions d'êtres humains. Ce développement particulier réside dans la présence d'un arbre exceptionnel, qui coïncidait curieusement avec les croyances de cette mythologie. Cet arbre, aujourd'hui disparu, était sans doute le résultat d'une manipulation génétique due aux Anciens. Il s'agissait d'un frêne, peut-être d'un chêne, dont la hauteur devait avoisiner les trois cents mètres. Comment ne pas voir en lui le survivant de l'antique arbre cosmique des religions skandiannes ?

De récentes études prouvent que cet arbre faisait partie d'une forêt étonnante où les arbres atteignaient couramment cent à cent cinquante mètres de haut. On peut supposer que cette forêt avait été créée artificiellement par les Anciens, pour lesquels la tragique disparition d'un grand nombre de sylves, sur toute la surface de la planète, avait généré d'effrayants problèmes d'approvisionnement en bois. On avait alors créé des arbres géants. Le grand frêne des Gwondéens fut cependant le seul, à notre connaissance, à atteindre une telle hauteur, dépassant les plus grands de ses congénères de plus de cent mètres. Une vaste surface avait été dégagée autour de lui, lui offrant la possibilité de se développer dans toute sa splendeur. Malheureusement, il ne reste aucun dessin ou tableau de monument végétal. Seuls restent des textes.

Les Gwondéens avaient baptisé cet arbre fabuleux GDRAASILYÂ, mais on a retrouvé la trace d'un nom encore plus vieux, YGGDRASILL, issu de croyances bien plus anciennes.

Cet arbre s'élevait dans les marais profonds qui bordaient le territoire de Gwondà vers le sud. Son existence confirmait la croyance des prêtres, les «orontes», qui faisaient référence à l'ancien arbre cosmique, dont la légende affirmait qu'il survivrait à la mort des dieux anciens. Pour les premiers Gwondéens, Gdraasilyâ était la preuve formelle que leur religion était la seule véritable, et la vallée du Donauv devint le berceau de la Nouvelle Humanité, tout au moins selon leur point de vue.

Si l'on en croit la mythologie gwondéenne, Gdraasilyâ était si grand qu'il s'étendait sur les TROIS MONDES. Le MONDE SOUTERRAIN, KTAUNYÂ, le MONDE DU MILIEU, MEDGAARTHÂ, où vivaient les hommes, et le MONDE DU CIEL, ASHGAARDTHÂ. Il était le symbole vivant de la liaison existant entre ces trois univers.

LE MONDE SOUTERRAIN

Le monde souterrain, KTAUNYÂ, était divisé lui-même en trois parties. De la base du tronc de GDRAASILYÂ, dont on dit qu'il était si large qu'il fallait plus de cent hommes pour en faire le tour avec leurs bras tendus, partaient trois racines. Près de chaque racine coulait une source différente, invisible pour les hommes.

La première racine

La première racine plongeait dans le séjour souterrain des dieux, OEYSIÂ. C'était là que venaient se réfugier les dieux durant l'hiver, la saison des Grands Froids. Très proche de la nature, cette croyance symbolisait ainsi l'assoupissement hivernal. Les dieux eux-mêmes entraient en hibernation, abrités dans leurs palais souterrains dont « les murs étaient de jade et de porphyre ».

Au cœur d'Oeysiâ vivaient les « VEILLANTS », les nains serviteurs des dieux, ennemis jurés du serpent NYOGGRHÂ. Les cavernes constituaient les entrées de leur monde. Bien qu'ils n'apparussent jamais aux hommes, ils les pourvoyaient en métaux et en pierres rares. Mais leur caractère était changeant, et malheur à celui qui s'attirait leur colère. Parfois serviables, parfois désagréables avec les humains, ils furent à l'origine de multiples légendes. On les appelait aussi les HKROLLS.

Sous la première racine jaillissait une source extraordinaire, une fontaine que les yeux humains ne pouvaient bien sûr pas voir. Seuls les prêtres, les orontes, en état de transe, pouvaient parfois l'apercevoir. Mais il leur était interdit de s'en approcher. Elle avait la particularité de redonner la pureté première à tout être vivant et à tout objet qui y était plongé. Réservée aux dieux, elle leur assurait l'immortalité. Lorsque revenait le printemps, les dieux se plongeaient dans la source, puis regagnaient leur royaume des cieux en suivant les branches de l'Arbre. On peut y voir une étrange symbolisation de la montée de la sève.

La deuxième racine plongeait dans les DEMEURES DE CRISTAL, le niveau le plus profond du monde souterrain. Là survivaient les âmes des ancêtres des hommes et des dieux, des êtres nés de l'eau, mais transformés en glace par le temps. Peut-être la glace et le froid symbolisaient-ils le repos absolu qui guette toute chose vivante. Cependant, certaines légendes gwondéennes amènent à penser qu'il pourrait s'agir des SURVES, les habitants des antiques cités souterraines des Anciens.

Sous la deuxième racine coulait la source de la Connaissance, HVELGAR. C'est d'elle que provenaient toutes les énergies cachées qui régissent l'univers. Cette hypothèse semble confirmer l'existence d'une cité surve à proximité de l'antique Gwondà. Ses habitants auraient alors fourni aux orontes une connaissance datant des Anciens qui leur aurait permis d'assurer leur suprématie.

La troisième racine

La troisième racine s'enfonçait dans l'Empire des Morts, HADVALHÂ. Celui-ci était divisé en deux royaumes, gouvernés par la déesse de la Mort, HAYLÂ.

Le premier royaume, le VALHYSÉE, était un lieu de délices, réservé uniquement aux hommes qui avaient fait preuve d'un grand courage au combat. Là, les guerriers étaient accueillis par la déesse souveraine des Enfers, HAYLÂ. On la représentait comme une femme très belle, aux yeux de cristal, qui avait le pouvoir de lire jusqu'au fond de l'âme. Elle était à la fois juge et gardienne, et régnait sur tout un peuple de nymphes, les VALHYADES, et de satyres, les TRYTHES, qui apportaient le réconfort et la jouissance de l'amour aux combattants. Banquets et orgies s'y succédaient.

Le second royaume, le terrible HAÂD, était un lieu de supplice, réservé aux lâches et aux individus malfaisants. Ils y subissaient des châtiments tels que leurs cris de douleur parvenaient à percer l'épaisseur de la voûte de l'Empire des Morts, et jaillissaient à MEDGAARTHÂ, sous forme de spectres, les AGOULÂS, qui effrayaient les vivants.

Trois fleuves parcouraient l'Empire des Morts. Le CHTERAUN, le fleuve de feu, était si vaste qu'il couvrait toute la surface du monde. Parfois, l'esprit du CHTERAUN se mettait en colère et faisait trembler la terre, allant même jusqu'à déborder. Ainsi les Gwondéens expliquaient-ils les séismes et les volcans.

Le deuxième, le LAÏETHÂ, était un fleuve aux eaux lentes et sombres où les morts se baignaient et où ils oubliaient leur vie précédente.

Enfin, le troisième, le STAÏKSYÂ, était réservé aux dieux, qui buvaient son eau et s'y baignaient. Nulle âme humaine n'y avait accès. En revanche, les morts avaient le droit de s'en approcher lorsque les dieux étaient présents. Ceux-ci se montraient alors bienveillants et les morts pouvaient converser avec eux.

Cependant, la grande particularité de la mythologie gwondéenne réside dans le fait que les morts ignoraient l'éternité. La mort n'était qu'un passage, plus ou moins long, qui aboutissait à la résurrection, y compris pour les morts du HAÂD. Lorsqu'un trépassé avait tout oublié de sa vie précédente, il était emporté par le fleuve LAÏETHÂ, et ramené vers la vie.

Au pied de la troisième racine coulait une source, elle aussi invisible pour les yeux humains, qui provenait de la réunion des trois fleuves souterrains. Elle était la mère de toutes les eaux qui coulaient sur MEDGAARTHÂ.

Elle avait nom HVELGERMYÂ, l'eau primordiale, et était à l'origine de toute vie. Après avoir soit subi des châtiments, soit connu la félicité extrême dans le VAL-HYSÉE, les morts revenaient à la vie dans un autre corps.

Symbole de la vie et de la résurrection, l'eau était grandement vénérée par les Gwondéens. Ainsi, de nombreuses sources et fontaines étaient réputées pour apporter la fécondité aux femmes.

De même, à Gwondà, on baptisait les enfants en les trempant dans les eaux d'un lac s'étendant à proximité de GDRAASILYÂ, où la légende situe la source Hvelger-myâ. Au cours d'une cérémonie rituelle, l'oronte entrait en transe, et écoutait ce que lui soufflaient les DYOR-NÂS, les trois divinités qui présidaient à la destinée.

Les enfants nobles étaient baptisés par l'ACHÉ-RONTE, le prêtre suprême en personne, l'un des deux souverains de Medgaarthâ.

Chaque enfant recevait deux noms. L'un était le nom usuel. L'autre restait secret. L'oronte le murmurait à l'oreille de l'enfant. Ce deuxième nom secret était celui de l'âme, par lequel les dieux s'adressaient à l'enfant. Jamais il ne devait être utilisé à haute voix par un vivant. Dans ce cas, le terrible serpent dragon NYOGGRHÂ connaissait le nom secret de l'enfant, et pouvait l'emporter, à sa mort, vers son royaume du Néant.

C'était d'ailleurs un usage répandu que de tenter de connaître le nom secret d'un ennemi, afin de le hurler au cours d'un combat. L'autre éprouvait alors une terreur si grande qu'il en perdait ses moyens et devenait vulnérable. Car il savait que, même s'il triomphait, NYOGGRHÂ avait entendu son nom, et l'attendrait sur le chemin de l'Empire des Morts.

Certaines femmes s'étaient spécialisées dans les incantations aux DYORNÂS, pour tenter de surprendre le nom secret des guerriers. Comme les orontes, elles entraient en transe, et dévoilaient, contre monnaie sonnante et trébuchante, ce fameux nom. Elles portaient le nom de GUESCHES et vivaient dans la forêt, à l'écart

des cités. Les orontes ne les toléraient pas, et les brûlaient souvent en place publique. Mais les GUESCHES
étaient nombreuses, car leur commerce rapportait beaucoup. Cependant, toutes n'étaient pas malfaisantes.
Beaucoup soignaient par les plantes (voir « La vie à
Gwondà », p. 674).

La légende de Braâth

Sur cet univers régnait en maître le prince des dieux,
BRAÂTH (à ne pas confondre avec VRAÂTH, ou
VRAÂTHUL, son ennemi juré, dieu de la sinistre ville
de MOORIANDYÂ. VRAÂTHUL était l'allié de NYOG-
GRHÂ, considéré comme le double, le reflet de
BRAÂTH, dans l'Empire des Ténèbres).

BRAÂTH était l'héritier des anciens dieux disparus
avec le Jour du Soleil, que les Gwondéens appelaient
RAGGNORKÂ. Selon la légende, il y eut « un éclair plus
fort que mille soleils qui frappa le sommet du monde
des hommes » (le pôle Nord). La lumière fut tellement
intense que BRAÂTH y perdit la vue. C'est lui qui
ordonna aux Gwondéens de quitter la Skandianne pour
émigrer vers le sud. Il est fort probable qu'à l'origine
Braâth fut le nom du chef de tribu qui mena cet exode.

Parvenu avec son peuple dans la vallée du Donauv,
rebaptisée MEDGAARTHÂ, le monde du milieu,
BRAÂTH se trouva désemparé. RAGGNORKÂ était survenu si rapidement qu'il ignorait tout des lois profondes
qui régissent l'univers. Combattu par VRAÂTHUL et
par NYOGGRHÂ, il comprit qu'il devait accomplir un
sacrifice afin de défendre les hommes.

Il se fit alors clouer par cinq lances d'or, représentant
les quatre points cardinaux et le zénith, au tronc de
l'Arbre Vénérable, GDRAASILYÂ. Quatre lances lui
perçaient les mains et les pieds, tandis que la cinquième
lui traversait le cœur. Il resta ainsi neuf années sans

boire ni manger, afin d'acquérir, au contact des forces colossales et invisibles échangées entre les royaumes souterrains et les royaumes des cieux, la Connaissance qui lui permit de devenir le prince des dieux survivants, et le maître des hommes. Il fut veillé pendant toute cette période par ses deux oiseaux favoris, les faucons HOOGYN et MOOGYN, qui symbolisaient la réflexion et la mémoire. Ainsi acquit-il la vision intérieure des choses, beaucoup plus puissante que celle des yeux. Ces neuf années expliquent également que le chiffre neuf revête une importance particulière dans la religion gwondéenne. Ainsi, il existait neuf cités le long de la vallée du Donauv. Tous les ans, on sacrifiait, au pied de GDRAASILYÂ, neuf garçons et neuf filles. Le LOOS'AHN (voir p. 658) frappait tous les neuf ans.

BRAÂTH est considéré à la fois comme un dieu et comme le père de la Nouvelle Humanité. Car pour les Gwondéens, ils étaient les seuls véritables êtres humains vivant sur le monde. Les autres n'étaient que des démons, même si certains, comme les maraudiers, revêtaient une apparence humaine.

Après la GRANDE CATASTROPHE, qui donna naissance au GRAND DRAGON, le LOOS'AHN, BRAÂTH tira du bois de l'arbre cosmique un premier homme et une première femme, LAÏF et LAÏTRÂ, qui furent les véritables ancêtres de la Nouvelle Humanité. Dans l'esprit des orontes, cette Nouvelle Humanité était destinée à expier les fautes et l'orgueil des Anciens, dont l'aveuglement avait provoqué l'avènement de RAGGNORKÂ.

C'est une croyance que l'on trouve chez nombre d'autres peuples du monde anéanti par le Jour du Soleil. Ainsi pensent les Folmans rencontrés par le comte Dorian lors de son expédition en Médhellenia. Chez eux, RAGGNORKÂ s'appelle ARMAGGEDON.

Cependant, cette croyance était aussi bien utile aux prêtres pour asseoir solidement leur domination sur le peuple. Il faudra une personnalité hors du commun comme celle de LAKOR, pour renverser tout cela. Ainsi s'explique que, dans l'esprit des peuples, LAKOR soit, avec le temps, devenu une divinité.

LE MONDE DU MILIEU : MEDGAARTHÂ

Le monde du milieu, MEDGAARTHÂ, était celui des hommes, plus particulièrement la vallée du Donauv. Au-delà, les orontes estimaient qu'il n'y avait rien que le néant, ou tout au moins des pays infernaux habités par des démons. C'est pourquoi les habitants de la Vallée n'osaient jamais quitter leur domaine. Sitôt qu'ils s'aventuraient au loin, ils tombaient sur les garous, que l'on appelait aussi les WERHES, les MARAUDIERS (les bandits de grand chemin) ou les monstres vivants dans les forêts (migas, carrasauges, doriers, aiglesards et autres). Très superstitieux, profondément ancrés dans leurs croyances, ils ne pouvaient mettre en doute une religion dont les interdits étaient immanquablement confortés par l'environnement hostile (voir « La civilisation gwondéenne »).

LE MONDE DES CIEUX : ASHGAARDTHÂ

Le ciel, ASHGAARDTHÂ, était le royaume des dieux par excellence. En fait, leur séjour dans le monde souterrain était uniquement destiné à leur assurer l'immortalité. Ils avaient coutume de s'y réfugier pendant l'époque des Grands Froids, symbolisant ainsi la nature qui se renouvelle. Le passage par la source de régénération leur assurait une nouvelle jeunesse pour l'année entière. Hors de cette période d'hibernation, ils régnaient dans les cieux, d'où ils contemplaient les œuvres des hommes depuis leurs cités des nuages, les fameuses CITÉS D'OR. Des villes merveilleuses que l'on peut parfois apercevoir, le soir ou le matin, lorsque les rayons du soleil découpent sur les nuages des paysages lumineux.

ASHGAARDTHÂ était reliée à MEDGAARTHÂ par un pont fait de lumière, l'arc-en-ciel, FREÜSTYÂ. Il apparaissait souvent dans le courant du troisième mois de l'année, après le solstice d'hiver. La légende disait alors que les dieux remontaient de leur royaume souterrain d'OEYSIÂ.

Mais il est une autre circonstance où il apparaissait, et revêtait une importance encore plus grande. FREÜSTYÂ symbolisait l'amour que BRAÂTH portait à son peuple. Il est à noter que l'on retrouve ce symbole dans les croyances des Folmans.

Les divinités du ciel

Outre Braâth, différentes divinités habitaient les cieux. ODNYYRHÂ était la déesse des rêves, qui rendait visite aux hommes durant la nuit pour leur révéler certaines vérités sur le sens de leur vie, et leur suggérer des conseils. Lesquels n'étaient pas toujours suivis, car ils étaient difficiles à interpréter. Odnyyrhâ était aussi la messagère des dieux, ainsi que l'épouse de BRAÂTH. Représentée comme une femme très belle, aux longs cheveux d'un blond luisant comme de l'or, elle était l'une des divinités préférées des Medgaarthiens.

Dans le royaume des cieux vivaient en permanence deux divinités très importantes de la mythologie gwondéenne : le Soleil, HARMÂCK, et la Lune, HAYKÂT. Ces divinités ne rejoignaient pas Oeysiâ, le séjour souterrain des dieux durant la période des Grands Froids. Elles étaient les gardiennes du ciel.

HARMÂCK était le dieu bienfaisant de la lumière et de la vie. Il présidait également aux moissons.

À l'inverse, on redoutait son épouse, la terrible HAY-KÂT. Elle passait pour inspirer les pensées néfastes des hommes. Sortir de chez soi une nuit de pleine lune était maléfique. Les rayons glacés d'HAYKÂT détruisaient la raison. Et surtout, on devenait la cible des démons qui rôdaient aux alentours. Elle avait la particularité d'inciter les sinistres agoulâs à jaillir du Haâd. Les légendes gwondéennes regorgent d'histoires à faire dresser les cheveux sur la tête, dans lesquelles HAYKÂT tient le rôle principal.

Le Loos'Ahn

Diverses menaces pesaient sur Medgaarthâ. Mais la plus redoutable était sans conteste le LOOS'AHN. Lorsque le monde des Anciens s'effondra, dans l'embrasement qui fit fondre la banquise skandianne, Raggnorkâ donna naissance à un monstre terrifiant, le LOOS'AHN, le colossal DRAGON DE FEU. Cette divinité funeste vivait dans les cieux, et sa puissance était telle que Braâth lui-même la craignait.

Tous les neuf ans, le LOOS'AHN frappait MEDGAAR-THÂ de son haleine infernale. Cela se traduisait par une tempête d'une violence inouïe, qui faisait trembler jusqu'aux murailles des cités, et par une vague de feu qui parcourait la vallée du Donauv en brûlant tout sur son passage selon une trajectoire qui variait d'une fois à l'autre, tout en conservant la même direction générale. La ville de Gwondà elle-même ne redoutait pas le Dragon de Feu. En revanche, il frappait impitoyablement les autres petites cités, telles Mora ou Varynià.

Le LOOS'AHN fut à l'origine d'une coutume barbare, fondée sur des sacrifices humains (voir « La civilisation gwondéenne »).

L'histoire démontra l'origine réelle du LOOS'AHN, qui fut « vaincu » par Lakor.

LES AUTRES DIVINITÉS

La Baleüspâ

Elle n'était pas véritablement une divinité, mais une femme dotée de pouvoirs de voyance. Accréditée par les orontes, on la consultait pour connaître la volonté des dieux, les menaces qui pesaient sur Medgaarthâ. Sa demeure se situait à proximité de GDRAASILYÂ (voir « La civilisation gwondéenne »).

Shonnay

Le dieu des animaux. Compagnon et double terrestre de BRAÂTH, il assistait les femelles lorsqu'elles mettaient leurs petits au monde, assurant ainsi une forêt giboyeuse pour les chasseurs. Par extension, on s'adressait à lui pour protéger les animaux d'élevage. Il était très aimé des paysans, qui lui sacrifiaient tous les ans un agneau gras.

Naâmroôd

Le dieu des chasseurs. Frère cadet de Braâth, il régnait sur la forêt, en compagnie de Shonnay. Son nom a survécu jusqu'à nos jours dans certaines contrées du sud de l'Europannia et de la Médhellenia.

Ywhaïn

Ce n'était pas un dieu, mais un homme aux pouvoirs singuliers, qui semait la terreur et la désolation sur son passage. Il était accompagné d'une bande de quatorze guerriers féroces, « si puissants que chacun d'eux valait une armée ». Selon une légende, Lakor les affronta en combat singulier, les traquant les uns après les autres. Il les tua grâce à des armes qu'il avait fabriquées, au nombre de vingt-neuf, de courtes lames d'acier effilées, qui constituent encore aujourd'hui l'une des armes préférées des chevaliers, les STYLS. Lakor passe pour avoir été leur inventeur.

Ywhaïn fut donc un redoutable chef de bande qui régnait sur le nord du massif Skovandre. Avec le temps, il prit une dimension mythique, et devint le symbole des dangers qui guettent les voyageurs dans les forêts.

Volkhâr

Dieu des forgerons, il présidait à la fabrication des armes. On le représentait comme un géant barbu entouré d'une foule de nains (les HKROLLS), qui l'aidaient dans ses travaux. C'était un dieu aimé des Gwondéens. Il a survécu avec les siècles, et préside encore à la fabrication du dayal et du shayal. C'est pourquoi on trouve une statue le représentant dans les temples amanites d'Ukralasia.

Phrydiâ

Déesse de l'amour et du rire. C'était elle qui commandait aux VALHYADES et aux TRYTHES, qui accueillaient les guerriers morts au combat. Elle présidait également aux fêtes des solstices d'hiver et d'été, où elle symbolisait les libations. L'origine de ces réjouissances, qui célébraient les deux nuits les plus importantes de l'année (la plus longue et la plus courte), se perd dans la nuit des temps, et remonte certainement bien avant la civilisation des Anciens. Pendant les distractions, qui duraient quatre jours pleins, toutes les licences étaient permises, chacun se dissimulant sous des masques.

Les Dyornâs

Dans les plantes des marais, près de la première source, se tenaient les Dyornâs, les trois déesses sœurs qui présidaient au destin des hommes. La première, URDYÂ, fabriquait l'écheveau, la deuxième, VARDYÂ, dévidait le fil de la vie, la troisième, SKULDYÂ, la déesse aveugle, tranchait le fil.

Nyoggrâh

Autrement appelé le DRAGON SERPENT, il était l'ennemi de tous les dieux, et de la Mort elle-même, HAYLÂ. NYOGGRHÂ était représenté sous la forme d'un serpent gigantesque «dont la gueule aurait contenu Gwondà tout entière».

NYOGGRHÂ se tenait le plus souvent à proximité de la troisième racine, celle qui plongeait dans l'Empire des Morts. Là, il guettait les âmes des mourants, qu'il tentait de happer pour les emporter dans son royaume, dont personne ne savait où il était situé. C'était «LE MONDE-QUI-N'EXISTE-PAS». Ceux qui y pénétraient ne pouvaient espérer en ressortir. Ils étaient perdus à jamais. Cela expliquait la terreur inspirée par Nyoggrhâ.

Heureusement, sur le chemin menant à l'Empire des

Morts se tenaient les CERBAS, les soldats d'airain d'HAYLÂ, la déesse des Enfers, chargés de protéger les âmes des morts. Mais ils n'intervenaient pas toujours, lorsque par exemple les défunts avaient commis de mauvaises actions, s'étaient montrés lâches au combat, ou avaient commis des trahisons. Ou encore s'ils n'avaient pas respecté les dieux. Ainsi les prêtres exerçaient-ils leur pouvoir en effrayant leurs ouailles par une terreur bien pire que la mort elle-même, celle du rejet dans les ténèbres glaciales du néant.

Une légende terrifiante prétendait qu'à la fin des temps l'abominable NYOGGRHÂ finirait par avaler la totalité de l'univers. Il existe peu d'informations sur son lieu de résidence. Mais on parle parfois de trous sans fond dont rien ne peut s'échapper, pas même la lumière. On peut y voir une allusion aux « trous noirs », connaissance sans doute héritée du monde antique, et interprétée ainsi par les orontes.

Au fil des siècles, Nyoggrhâ se confondit avec SHAÏENTUS, une divinité funeste, dieu des Ténèbres, dont l'origine remonte à la civilisation des Anciens, et qui est encore redoutée de nos jours. Shaïentus était, lui aussi, représenté sous la forme d'un serpent.

Khalvir

Aux côtés de Nyoggrhâ se tenait également KHALVIR, le dieu des « Roches maudites ». Celui-ci était « le gardien du néant », le royaume de NYOGGRHÂ. On le représentait souvent comme un homme à tête de dragon, à la peau recouverte d'écaille et hérissée d'épines empoisonnées. Les « Roches maudites » étaient un défilé profond au fond duquel coulait « un fleuve de feu » qui emportait les âmes des morts destinés à l'oubli éternel vers « le gouffre-qui-n'existe-pas ».

Malgré la disparition de l'antique religion gwondéenne, le nom de KĤALVIR demeura. Son rôle se modifia et il devint le dieu de la guerre, dont le souvenir se perpétue encore aujourd'hui. Il a la réputation de guetter, sur les champs de bataille, les guerriers faibles et lâches, et de les emporter avec lui dans son royaume souterrain, où il enferme leurs âmes au cœur de roches noires dont elles ne peuvent s'échapper, les terribles « Roches maudites ».

Lookyâ

Les Medgaarthiens détestaient particulièrement cette divinité veule et sournoise qui semait le malheur sur ses pas. Qu'un troupeau vienne à périr et l'on accusait Lookyâ d'avoir empoisonné l'herbe. Il était la cause des maladies, des accidents, de toutes les misères qui frappaient les habitants de la Vallée. Les autres dieux ne l'aimaient pas non plus, à tel point qu'il ne se rendait presque jamais dans l'Ashgaardthâ, bien qu'il en eût la possibilité. Il préférait rôder dans Medgaarthâ, en quête d'une mauvaise action à commettre. De même, en hiver, il ne se réfugiait pas dans l'Oeysiâ, sous la première racine de Gdraasilyâ, mais poursuivait ses méfaits malgré le froid et la neige. On le craignait, mais on ne manquait pas non plus de se moquer de lui, et les guerriers n'hésitaient pas à lui lancer des défis.

LA CIVILISATION GWONDÉENNE

C'était une civilisation essentiellement féodale, dominée par les prêtres, appelés ORONTES, et les nobles, ou GRAÂFS. Le roi, le «DMAÂRH», représentait le pouvoir temporel. Mais il le partageait avec son alter ego dans la religion, l'ACHÉRONTE, dont le rôle était de veiller au maintien des règles religieuses. Ce système bicéphale suscita parfois quelques problèmes, mais, dans l'ensemble, il fonctionnait bien. Sans doute la sauvagerie de cette période y contribuait-elle. L'ennemi extérieur, toujours prêt à frapper, contraignait les deux souverains à se soutenir mutuellement.

Selon la légende, BRAÂTH eut deux fils, dont l'un, AÂCKER, devint le guide des prêtres, et l'autre, AÂRDHEM, devint le premier Dmaârh, le premier roi de Gwondà.

Le pouvoir temporel

Le DMAÂRH était le souverain de Gwondà. Monarque absolu, il détenait tout pouvoir sur les citadins, nobles ou non. Cependant, il n'en avait aucun sur les religieux, quel que fût leur rang. Considéré, autant que l'Achéronte, comme le descendant direct de Braâth, il était adulé à l'égal d'un dieu.

Son rôle essentiel était le gouvernement de la vallée du Donauv (Medgaarthâ), rôle qu'il exerçait souvent par la force. Le Dmaârh était avant tout un guerrier redoutable, qui n'hésitait pas à faire respecter sa suzeraineté en rasant les cités inféodées qui de temps à autre faisaient preuve d'esprit d'indépendance.

Dans sa fonction d'administrateur, il était assisté par des ministres recrutés à la fois parmi les orontes, qui prenaient alors le nom d'ADORONTES, et parmi les nobles.

Les nobles, autrement nommés les GRAÂFS, lui étaient inféodés, et lui devaient une obéissance aveugle. Leur fonction était surtout guerrière. Cependant, en temps de paix, ils assuraient, avec les adorontes, la gestion des neuf cités.

Les huit autres cités étaient gouvernées par des

nobles inféodés au Dmaârh. Ils portaient le titre de
MAÂRKHS.

Le pouvoir religieux

Il était exercé par les orontes.

L'ACHÉRONTE était le chef et le juge suprême de la
religion, et dirigeait les prêtres. Dans chaque cité, au côté du
maârkh, se tenait un prêtre dépendant directement de
l'Achéronte, le SUBACHÉRONTE. Il représentait le pouvoir spirituel dans chaque cité. Ainsi, chaque ville connaissait ce système de gouvernement bicéphale.

Les ADORONTES, dépendant de l'Achéronte ou
d'un subachéronte, participaient au gouvernement des
cités, en compagnie des graâfs. La religion était intimement mêlée à la vie quotidienne.

Nullement tenus à la chasteté, les orontes possédaient chacun un harem. Contrairement aux laïcs, ils
n'avaient pas le droit de se marier. Cependant, leurs
enfants étaient reconnus, et devenaient souvent orontes
à leur tour.

La Baï'khâl

Société secrète.

Le Dmaârh, certains maârkhs, l'Achéronte, les sub-
achérontes ainsi que certains adorontes bénéficiaient
d'une longévité plus importante que les autres. Ils
vivaient jusqu'à cent cinquante ans, alors que la moyenne
d'âge des Medgaarthiens était estimée à la moitié. Ils
constituaient une secte exclusivement masculine, la
BAÏ'KHÂL, dont tous les membres étaient liés par un
secret. Officiellement, la longévité dont ils bénéficiaient
leur était accordée par Braâth. Le Dmaârh et l'Achéronte de Gwondà étaient les descendants directs de ses

fils. Les autres étaient leurs représentants dans les autres cités.

En réalité, ils bénéficiaient sans doute de la connaissance médicale de Surves. En échange, la Baï'khâl leur fournissait, sous le couvert de sacrifices aux dieux, neuf garçons et neuf filles, dont les Surves prélevaient les organes vitaux. Cela leur permettait également de renouveler leur sang. Selon la légende, Lakor détruisit les « demeures de cristal » situées sous la seconde racine de Gdraasilyâ. Il s'agit probablement de cette mystérieuse cité surve située, selon toute vraisemblance, au sud des marais proches de l'arbre géant Gdraasilyâ. Il mit ainsi fin à un odieux trafic et provoqua du même coup la chute du système bicéphale qui gouvernait Medgaarthâ.

Il est à noter qu'aucune femme ne fut jamais admise dans la Baï'khâl. La Baleüspâ elle-même ne bénéficiait pas de ce privilège, même si certains la prétendaient immortelle. On verra plus loin pour quelles raisons.

Le peuple

En dehors des prêtres et des nobles, le peuple se divisait en trois catégories.

Les khadars

Leur nom a subsisté depuis cette époque. Les KHADARS étaient des hommes libres, non nobles, parmi lesquels on rencontrait les artisans et les négociants. On croisait parmi eux nombre de joailliers, d'ébénistes, de fabricants de vêtements, de métallurgistes, de tailleurs de pierre. Toutefois, les échanges commerciaux se limitaient à l'empire gwondéen, bordé à l'ouest par le massif Eskovandre (Skovandre), au nord par le mont Khaârpaths, à l'est par la continuation de la vallée du Donauv, et au sud par les marais de GDRAASILYÂ.

Les schreffes

Les SCHREFFES étaient les hommes non libres, attachés à leur seigneur noble, qui avait droit de vie et de mort sur eux. Néanmoins, à l'instar des KHADARS, les SCHREFFES avaient le droit de posséder quelques biens. Certains étaient d'ailleurs riches, bien que dans les faits leur fortune appartînt à leur maître. Ainsi étaient certains ouvriers habiles. Ils pouvaient posséder eux-mêmes leurs propres SCHREFFES. Parfois leur maître les affranchissait. Ils devenaient alors des KHADARS. À l'inverse, un khadar pouvait devenir schreffe s'il ne pouvait pas rembourser ses dettes. Il devenait alors le serviteur de la personne à qui il devait de l'argent.

Les klaàves

Les KLAÀVES étaient les esclaves à qui l'on brûlait une partie du cerveau afin de les rendre dociles. Cette pratique n'était pas propre à Medgaarthâ. C'est une coutume qui perdure encore aujourd'hui et qui prend ses racines dans le monde des Anciens. À l'époque, on utilisait des androïdes qui remplissaient toutes les tâches dont les humains ne voulaient pas se charger. Les Lonniens en utilisent toujours. Après le Jour du Soleil, le secret de fabrication de ces androïdes se perdit et l'on trouva plus simple de rendre les esclaves dociles en leur brûlant une partie bien précise du cerveau. Cette opération, qui entraînait parfois la mort du sujet, s'appelle toujours la SPOLIATION.

Les klaàves étaient recrutés, comme aujourd'hui, parmi les prisonniers de guerre, maraudiers ou Molgors, mais aussi parmi les condamnés. La justice était expéditive à Gwondà, mais on y pratiquait rarement la peine de mort. À celle-ci se substituait la spoliation, qui privait définitivement un être humain de toute volonté.

Certains klaàves étaient dressés à combattre, d'autres à cultiver les champs, à entretenir la cité. Lors de la mort d'un personnage important, un klaàve était brûlé vif sur son bûcher, afin de le servir dans le monde des morts, Hadvalhâ.

L'armée

Dans la société medgaarthienne, l'armée était placée sous les ordres directs du Dmaârh ou des maârkhs. Il existait une milice permanente professionnelle, entretenue par les cités, et composée de COHORTES, qui comprenaient vingt-sept (trois fois neuf) WARRIORS, ou guerriers, un ALWARRIOR (capitaine) et un SERWARRIOR (lieutenant). Une ENNÉADE était formée de neuf cohortes.

L'alliance de ces neuf cités permit aux Medgaarthiens de survivre dans un monde encore livré au chaos. Il n'existait plus aucun État, et la plupart des petites cités vivaient en autarcie. Cette alliance constituait une puissance militaire solide. Forts de cela, quelques Dmaârhs tentèrent, à différentes époques, de conquérir de nouveaux territoires. Ils durent renoncer devant les hordes incontrôlées de maraudiers ou de werhes. Ils se heurtèrent surtout aux terribles Molgors, des meutes d'hommes sauvages qui migraient depuis l'est et le nord, à la recherche de lieux habitables.

Vers l'est, la mer des Ténèbres était un univers infernal, où des zones entières étaient des «Terres Bleues», où plus rien ne poussait. Les amanes enseignèrent à Lakor l'origine de ces Terres Bleues.

La monnaie

Alors que le monde, peu avant le Jour du Soleil, utilisait une monnaie unique, le dollar, les Medgaarthiens reprirent une monnaie très ancienne, issue de leurs ancêtres skandiens, la couronne.

Les unités

La marche (environ sept kilomètres, ou distance parcourue par un homme en une heure) était déjà utilisée, mais l'on trouvait encore, à l'époque, l'antique système métrique.

LES NEUF CITÉS

Elles s'échelonnaient le long du Donauv. Quatre d'entre elles se situaient à l'ouest de Gwondà. On les appelait les cités de l'Amont. Les quatre autres, à l'est de la capitale, étaient les cités de l'Aval.

Cités de l'Amont

MAHAGÜR. Divinité associée : HAYKHÂT, la Lune.
PYTESSIÀ. Divinité associée : HARMÂCK, le Soleil.
VARYNIÀ. Divinité associée : ODNYYRHÀ, déesse des rêves, messagère des dieux et épouse de Braâth.
BRAHYLÀ. Divinité associée : HAYLÂ, déesse de la Mort.

EDDNYRÀ. Divinité associée : AÂCKER, l'un des fils de Braâth, ancêtre des achérontes.

MORA. Divinité associée : PHRYDIÂ, déesse de l'amour et du rire, reine des Valhyades.

PLOAESTYÀ. Divinité associée : FREÜSTYÂ, l'arc-en-ciel, symbole de l'alliance de Braâth avec les hommes. Chemin merveilleux et inaccessible menant à Ashgaardthâ, le royaume des cieux.

MEDJYDÀ. Divinité associée : AÂRDHEM, fils de Braâth, ancêtre des Dmaârhs.

Quant à GWONDÀ, la capitale, une divinité particulière lui était associée : YPHMYRÂ. C'était un vieil esprit sans âge qui gardait HVELGAR, la source sacrée de la Connaissance, qui coule sous la seconde racine de Gdraasilyâ. Il est le dieu ses sages et des enseignants. Il est aussi celui qui conserve le savoir des hommes.

À ces neuf cités, on peut en ajouter une autre, Brastyà, qui ne dépendait pas directement du Dmaârh de Gwondà, mais qui entretenait avec les neuf cités des relations commerciales suivies. Ses habitants avaient la même origine skandienne que les Medgaarthiens. Relativement peuplée, et facilement défendable en raison de sa situation géographique, au sommet d'un mont rocheux solidement fortifié, Brastyà disposait de sa propre armée, capable de dissuader un ennemi.

Il n'existait pas de souverain à Brastyà. Le gouvernement était assuré par un collège de sages élus, qui nommait un président. Le système reposait sur la démocratie, chose très rare à l'époque. Toutes les religions y étaient tolérées. Brastyà aurait pu connaître un développement important, mais la proximité de l'inquiétante Moorian-dyâ, cité du terrible Vraâthul, dissuadait nombre d'habitants de s'y installer.

Si l'on s'en tient aux légendes, cette période fut sans doute l'une des plus riches de l'ère postchaotique. La vie artistique était intéressante. Des sculpteurs taillaient le bois et la roche, des peintres réalisèrent de gigantesques fresques sur les murs des citadelles fortifiées. On y croisait également nombre de conteurs poètes, les MYURNES, dont la fonction principale était de narrer les exploits des dieux et des nombreux héros de la mythologie, exploits essentiellement guerriers. Sauvage et impitoyable envers ses ennemis, le peuple gwondéen était aussi superstitieux que naïf, et adorait se réunir le soir, à la veillée pour écouter les MYURNES.

Les guerres

Elles sévissaient de façon endémique. Parfois même, elles opposaient les cités de Medgaarthâ. Mais le plus souvent, celles-ci subissaient les attaques des hordes de maraudiers qui dévastaient régulièrement la vallée du Donauv. Ils se contentaient en général d'effectuer des raids contre les caravanes qui voyageaient d'une cité à l'autre, le long de la piste qui longeait le fleuve, mais il leur arrivait de s'en prendre aux cités, lorsqu'ils étaient assez nombreux. Il fallait aussi se méfier des incursions des garous anthropophages qui enlevaient les paysans travaillant dans les champs. Ces agressions avaient le plus souvent lieu à la saison froide, lorsque la disette se faisait sentir.

Parfois, il fallait affronter les terribles hordes de Molgors qui descendaient, lors des hivers trop rudes, des vastes plaines de ce qui n'était pas encore l'Ukralasia. Les Molgors ne poursuivaient pas un véritable but de conquête. Ils se contentaient de piller, de raser les villes, de massacrer les hommes, et d'emporter femmes et enfants pour en faire des esclaves.

Mais l'ennemi le plus redouté de Medgaarthâ était la cité mythique de MOORYANDIÂ, sur laquelle on sait très peu de chose, sinon qu'il y régnait la plus effroyable des débauches. Elle se dressait sur les pentes du sinistre mont KAÂRPATHS, et fut détruite par Lakor au cours d'un ultime affrontement. Ses ruines inspirent encore aujourd'hui une grande frayeur, en raison des milliers d'innocents sacrifiés par le terrible Vraâth. La légende affirme qu'il régnait sur des démons féroces, qui dévoraient le corps et l'âme de leurs victimes. À l'époque de Lakor, la terreur qu'inspirait Mooryandiâ était telle que les citadins évitaient même de prononcer son nom.

Il est permis de supposer, d'après de récentes études, que Mooryandiâ était peuplée de werhes, ou survivants de l'Ancien Monde, qui disposaient encore de leurs facultés. La haine entre les werhes et les humains était telle qu'il n'existait aucune possibilité de paix entre les deux communautés.

Les sacrifices humains

Très superstitieux et terrorisés par leurs dieux inquiétants, les Medgaarthiens pensaient que seul le sang humain pouvait apaiser leur colère. Aussi n'hésitaient-ils pas à sacrifier, tous les ans, neuf jeunes gens et neuf jeunes filles, choisis dans la population, parmi les khadars ou les merkàntors, les commerçants. Les victimes étaient abandonnées dans les marais qui s'étendaient au sud de Gwondà. Pendant ce temps, l'achéronte se retirait dans l'arbre sacré pour recevoir l'enseignement de Braâth.

Ces marais constituaient un tel labyrinthe que jamais

les sacrifiés ne reparaissaient. Jusqu'au jour où Lakor vainquit les créatures qui y vivaient.

Les coutumes

Les deux fêtes les plus importantes se situaient au cours des nuits du solstice d'hiver et du solstice d'été. C'était l'occasion de grandes réjouissances qui duraient quatre jours, où chacun était masqué et où les plus grandes licences étaient permises.

Au printemps, pour célébrer le retour des dieux dans l'Ashgaardthâ, le Dmaârh organisait des joutes au cours desquelles s'affrontaient les plus grands guerriers de Gwondà. Outre les combats à la lance, à l'épée, à la masse d'arme ou à la hache, plusieurs concours étaient organisés, comme le tir à l'arc, le lancer de hache et de rocher, la course de vitesse ou de résistance, le saut d'obstacles, l'ascension d'un mât et autres. Tout était prétexte à montrer sa force et sa bravoure.

Le Gyneesthâ

C'était un collège de femmes qui se transmettait un savoir considéré par les orontes comme essentiellement féminin et mystérieux, telle la médecine et tout ce qui concernait l'accouchement. Directement inspirées par HVELGERMYÂ, la mère de toutes les eaux de Medgaarthâ, et par la très belle ODNYYRHÂ, déesse des rêves et épouse de Braâth, ces femmes, les NEESTHIES, constituaient le corps médical officiel de Gwondà. Curieusement, c'était un métier délaissé par les hommes. Peut-être parce qu'il répugnait à un guerrier gwondéen de montrer sa faiblesse à un homme. Ces femmes étaient, elles, considérées comme des « mères », et il n'était pas déshonorant de recevoir leurs soins.

Il existait cependant un corps médical masculin, les médikators, dont la fonction consistait surtout à effectuer la spoliation.

La Baleüspâ

C'était parmi les Neesthies qu'était choisie la Baleüspâ. Il n'en existait qu'une seule dans toute la vallée. Cette devineresse, chez qui on avait développé les dons médiumniques, quittait Gwondà pour s'installer à proximité de Gdraasilyâ, où elle vivait comme une recluse, passant son temps en méditation afin de mieux communiquer avec les dieux. Elle ne portait aucun nom en propre. Dès qu'elle entrait en fonction, elle perdait son identité pour devenir simplement « la » Baleüspâ. Elle n'était plus une femme, mais le porte-parole du monde invisible. Lorsqu'elle sentait ses forces l'abandonner, elle transmettait ses connaissances à une Neesthie plus jeune qu'elle et, lorsqu'elle mourait, on considérait qu'elle continuait à vivre dans le corps de celle qui lui succédait, qui conservait sa mémoire, et la mémoire de toutes celles qui avaient précédé. Cela explique pourquoi on la croyait immortelle.

Les guesches

Les guesches, déjà évoquées plus haut, étaient considérées comme des sorcières. On les redoutait et on les pourchassait, mais on n'hésitait pas à s'adresser à elle pour tenter d'obtenir le nom secret d'un ennemi auprès des Dyornâs.

Toutes ne pratiquaient pas cette activité interdite et punie de mort. Les plus nombreuses soignaient par les plantes. Mais les orontes ne toléraient ni les unes ni les autres. À la différence des Neesthies, elles étaient hors la loi, et vivaient à l'écart des cités, dans les vastes forêts qui cernaient la vallée. Lorsque l'une d'elles était capturée, elle était brûlée vive sur les rives du fleuve, à la sortie de la ville. Cela n'empêchait pas nombre de Medgaarthiens d'avoir recours à leurs services.

L'honneur

Les guerriers medgaarthiens étaient très chatouilleux sur le plan de l'honneur. Les duels étaient courants, sous les prétextes les plus futiles. Dans les premiers temps, ils firent de tels ravages parmi la population essentiellement masculine que le Dmaârh dut prendre des mesures afin de les réglementer. En général, on s'arrêtait au premier sang. Mais, dans certains cas, l'affront était tel qu'il ne pouvait se terminer que par la mort de l'un des adversaires. Un homme âgé pouvait se faire remplacer par un champion. Ces combattants professionnels étaient appelés GLADIÂS.

Les étrangers

Les Brastyens

Si les Medgaarthiens n'acceptaient pas les étrangers dans leur royaume, certains cependant avaient droit de cité. C'était le cas, bien sûr, des habitants de Brastyà, qui étaient considérés comme des alliés, et que l'on appréciait, bien qu'ils n'eussent pas les mêmes croyances. C'étaient aussi des combattants courageux et, à plusieurs reprises, ils avaient combattus les Molgors aux côtés des Gwondéens.

Les Saltes

On accueillait aussi les cirques ambulants. De petites troupes de bateleurs n'hésitaient pas à braver les dangers du monde pour se produire dans les cités. Elles profitaient généralement de la compagnie d'une puissante caravane. On les appelait les SALTES. La venue d'un petit cirque était toujours un événement dans la vallée.

Les métalliers

À cette époque, les métaux étaient rares et très chers. Comme il n'existait aucune mine dans la vallée, on achetait le métal à des individus qui n'hésitaient pas à pénétrer dans les ruines des cités des Anciens, où l'on trouvait parfois de véritables gisements. Ils installaient des fonderies à proximité et fabriquaient des lingots qu'ils revendaient aux cités contre de la nourriture ou des esclaves.

On ne les aimait guère, on se méfiait d'eux, mais on les respectait, car on les assimilait parfois aux Hkrolls, les nains de la mythologie.

Le Fo'Ahn

Le Fo'Ahn tient une grande importance dans la vie des Medgaarthiens. C'est un vent extrêmement puissant qui souffle de temps à autre sur la Vallée. On prétend qu'il peut rendre fou, et il est déconseillé de sortir une nuit de pleine lune lorsque souffle le Fo'Ahn. Les agoulâs sont encore plus nombreux. On entend leurs gémissements mêlés aux hurlements du vent dans les arbres.

REPÈRES CHRONOLOGIQUES

Ère chrétienne	Ère amanite	Événements
		PÉRIODE dite de L'ÂGE D'OR
2097	—	Découverte de la propulsion tachyonique par Albert C. Lonn, un savant au mauvais caractère exilé sur une base lointaine de Pluton.
2102	—	Organisation d'une course de vaisseaux autour du système solaire. But: tester des navires spatiaux équipés de la technologie lonnienne.
2107	—	Course dite du « Grand Tour ».
2112	—	Construction du premier vaisseau intergalactique, *Le Centaure*.
2115	—	Lancement du *Centaure* en direction d'Alpha du Centaure, où l'on a repéré une planète dont les caractéristiques semblent proches de celles de la Terre. *Le Centaure* mettra soixante ans pour parvenir à destination.

Ère chrétienne	Ère amanite	Événements
2175	—	Arrivée du *Centaure* en orbite autour de la quatrième planète de la constellation d'Alpha du Centaure. On la baptise Lonn en l'honneur de l'inventeur des voyages intergalactiques. *Le Centaure* effectue une exploration qui dure quatre ans. Hormis la ceinture équatoriale où régnent des températures trop élevées, Lonn se révèle parfaitement habitable pour l'organisme humain.
2239	—	Retour du *Centaure*. Les Nations terriennes unies décident la colonisation de Lonn.
2258	—	Construction du second navire, l'*Orion*.
2265	—	Lancement de l'*Orion*. Il emporte deux cent mille personnes.
2325	—	Arrivée de l'*Orion* en orbite de Lonn. Début de la colonisation. La nouvelle du succès de l'expédition ne parviendra que quatre ans et demi plus tard sur Terre, en 2329.
2344	—	Lancement du *Pégase*. Il emporte trois cent mille personnes. Date d'arrivée prévue : 2404.
2381	—	Lancement de l'*Osiris*. Il emporte dix mille personnes. Date d'arrivée prévue : 2441.
2421	—	Lancement du *Thésée*. Il emporte quatre cent mille personnes. Date d'arrivée prévue : 2481.
2435	—	Lancement de l'*Alcyon*. Il emporte deux cent mille personnes. Date d'arrivée prévue : 2495.

Ère chrétienne	Ère amanite	Événements
2450	—	L'*Osiris* n'arriva jamais sur Lonn. Attendu pour 2441, il fut considéré comme perdu à partir de 2450. Cette disparition provoqua l'arrêt des chantiers de vaisseaux intergalactiques pendant quarante-neuf ans. Un septième vaisseau, l'*Antarès*, fut mis en construction, qui ne quitta jamais la Terre. Il fut détruit à l'époque du Jour du Soleil.

LA PORTE DE BRONZE

Ce roman est relié à l'univers de Phénix. *Le vaisseau* Osiris *fut lancé en 2381 de l'ère chrétienne. Il devait, après une escale sur Lonn, se lancer à la conquête de nouveaux systèmes. Sa propulsion par un moteur de fusion matière anti-matière en faisait un navire capable d'effectuer un trajet très long, s'étalant sur plusieurs générations. Son principe était différent de celui des autres vaisseaux, dont les passagers voyageaient en état de vie ralentie par cryogénie. Tombé sous le contrôle d'Ykhare, le concepteur de l'ordinateur vivant équipant le vaisseau, l'*Osiris* connaîtra sa propre aventure, relatée dans* La Porte de bronze.*

PÉRIODE dite du CHAOS

24 juin 2484	—	Jour du Soleil.

LAURYANNE

Ce roman, inspiré très librement du mythe de Pygmalion et Galatée, raconte l'aventure d'un homme qui crée une femme artificielle. Cette femme sera à l'origine d'une catastrophe sans précédent qui déclenchera ce qui plus tard sera appelé « le Jour du Soleil ». Roman non écrit.

Ère chrétienne	Ère amanite	Événements
2484-3787	—	Période obscure durant laquelle la civilisation antique s'effondra, pour laisser la place à une mosaïque de petites sociétés humaines retournées à la barbarie. En quelques décennies, l'espèce baptisée *Homo sapiens* disparut, emportée par des maladies incurables, et fut remplacée par deux nouvelles espèces. L'une, mutation de l'*Homo sapiens*, en conserva toutes les caractéristiques, avec cependant une plus grande résistance aux maladies. L'autre fut une dégénérescence de l'espèce humaine, vouée à l'extinction au fil des siècles, et connue sous le nom de *garous*, ou de *werhes*. Pour donner une idée de l'ampleur des événements, il faut savoir que, sur une population de plus de douze milliards d'individus, seuls une quarantaine de millions de mutants survécurent, soit un homme sur cinq cents. La population des garous, à la fin du XXVIe siècle, est estimée à environ trois cents millions. À notre époque, trois mille cinq cents ans plus tard, elle n'est plus que d'une dizaine de millions.

ÈRE AMANITE

3787	Naissance du fondateur de la religion amanite, Charles Commènes, dit Kalkus de Rives.

LE ROMAN DE LAKOR ou LA VALLÉE DES NEUF CITÉS

Vers 4000 après J.-C. Un peu plus de deux cents ans après Kalkus de Rives. Ce roman retrace la vie du fondateur de la cité de Gwondaleya, Lakor (ou Làkhor, selon l'ancienne orthographe medgaarthienne), dont la légende fera plus tard un dieu.

4724	937	La religion amanite s'est implantée sur l'ensemble du monde.

Ère chrétienne	Ère amanite	Événements
4925	1138	Avènement du premier Commandeur. La capitale du monde est Avallonia, en Améria; la capitale spirituelle reste Rives.
5717	1930	Landius devient Grand Initié.
5760	1973	Aurélios devient Commandeur.
5772	1985	Mort d'Aurélios. Son fils Darios lui succède.
5781	1994	Assassinat de Darios et de son épouse, Lyanea.
5914	2127	Naissance de Dorian et de Solyane.
5925	2138	Destruction de Syrdahar.
5934-5935	2147-2148	*PHÉNIX*
5936	2149	Naissance de Palléas, fils de Dorian et de Solyane.
5940	2153	Naissance de Nelvéa, «la Licorne», fille de Dorian et de Solyane, et également fille clonique d'Elena, première épouse de Dorian.
5956-5958	2169-2171	*GRAAL*
5958-5970	2171-2183	*LA MALÉDICTION DE LA LICORNE*

GLOSSAIRE

Ce lexique est destiné aux amoureux de la langue française. Il apporte des explications sur les origines étymologiques des créations idiomatiques et les jeux de mots utilisés.

ACHÉRONTE : grand prêtre de la religion de Medgaar-thâ. Il était le chef du pouvoir spirituel et partageait le pouvoir avec le Dmaârh, chef du pouvoir temporel.

ADOL : lionorse âgé de trois à six ans. Origine : adolescent.

ADORONTE : grade supérieur chez les orontes.

AFFRAT : frère, chez les Saf'therans. Voir affrèrement.

AFFRÈREMENT : tradition saf'theran. L'entretien d'un équipage d'animaux de trait revient souvent très cher à une seule famille. Aussi certains convoyeurs ont-ils pour coutume de s'affrérer. Ils deviennent alors affrats, c'est-à-dire frères, et partagent absolument tout, y compris leurs épouses. Cette coutume favorise le mélange des sangs. Le partage des épouses se pratique également avec les Saf'therans amis, lors de la rencontre de deux caravanes, par exemple. En revanche, il est interdit aux femmes des convoyeurs d'avoir des relations avec les djags, les étrangers au peuple saf'theran.

AIGLESARD : reptile volant, apparu par manipulation génétique, et rappelant le ptérodactyle qui lui servit sans doute de modèle. Origine : combinaison d'« aigle » et de « lézard ».

AIGUADE : première épreuve de l'Eschola, consistant en un bain froid destiné à purifier le corps. Après l'Aiguade, les bacheliers revêtent le Tolbe, en toile de lin brut, qui constitue leur seul vêtement pendant la durée des épreuves. Origine : du latin *aqua*, eau.

ALBATER : titre donné à l'Achéronte et aux adorontes.

ALIENNE : femelle du lionorse.

ALSEHAD : titre donné aux Grands Initiés.

ALWARRIOR : capitaine d'une cohorte, soit vingt-sept guerriers, ou *warriors*, guerrier en anglais.

AMANE : prêtre de la religion amanite, fondée par Kalkus de Rives.

ANDROÏDE : machine à l'allure humaine. Aux temps anciens, les androïdes étaient très nombreux et s'occupaient des tâches ménagères. Après le Jour du Soleil, les secrets technologiques permettant leur fabrication furent perdus, et l'on eut recours à l'esclavage et à la spoliation pour les remplacer.

ANTIALPHE : appareil générant un bouclier destiné à écarter les ondes alpha radioactives. Cet équipement permet de traverser sans dommage des zones irradiées comme les Terres Bleues.

ARRIOKS : archers de l'armée medgaarthienne. Ils utilisent aussi bien des arcs que des arbalètes particulièrement puissantes, à plusieurs coups. Les carreaux sont en métal. Les arrioks constituent une classe spéciale de l'armée. Ils sont mieux rémunérés.

ARSHEVEN : endroit d'une caravane où l'on peut louer les services de prostituées. La tradition interdit aux femmes saf'therans d'avoir des relations avec des djags, des étrangers. Aussi les convoyeurs entretiennent-ils un réseau de courtisanes, spoliées ou non, destinées à satisfaire les besoins des soldats et mercenaires protégeant la caravane.

ASTINA: seconde épreuve de l'Eschola. Les bacheliers doivent rester enfermés dans un cachot pendant plusieurs jours, sans nourriture et sans boisson. L'Astina est une épreuve de résistance et d'introspection.

ASTROLAMANE: amane chargé de l'étude des astres et des communications avec les autres phalanges.

BAARSCHEN: vaste terrain où sont accueillies les caravanes.

BACHELIER: aspirant chevalier.

BAÏ'KHÂL: société secrète.

BATER: titre donné aux orontes, prêtres de la religion de Medgaarthâ. Bater = père. *Vater* en allemand, ou *father* en anglais.

BIOLAMANE: amane chargé des lois sacrées ayant trait à la nature (chimie, pour la fabrication des engrais, par exemple).

BOUFFLON: bouquetin mutant dont les deux cornes se fondent en une seule, ce qui lui a valu son surnom de licorne des montagnes.

CARAVANE: convoi commercial reliant entre elles les cités amanites. Seules voyageaient ainsi les denrées non périssables: tissus, bois précieux, bijoux, épices, certaines conserves…

CARRASAUGE: mammifère carnassier des forêts europaniennes et ukralasiennes, présentant une membrane qui relie les pattes antérieures et postérieures. Cette membrane leur permet de planer et de se laisser tomber silencieusement sur leurs proies. Leur férocité est légendaire.

CASTOR CENDRÉ: castor mutant, à la couleur argentée.

CASTOR-BRONZE: castor mutant dont la fourrure, comme celle des migas, s'est recouverte de plaques cornées sur le haut du corps.

CENTAS: centième de drakkhor.

CERVE OU CERVIER: sorte de lynx mutant.

CHALQUEVERRE: métal transparent dans lequel sont fabriquées les armes des chevaliers: dayal et shayal. Ce métal fut inventé avant l'époque du Jour du Soleil. Sa légèreté et sa résistance extraordinaires en avaient fait un matériau de base pour la construction des vaisseaux spatiaux. Le secret de sa fabrication fut conservé par les amanes, qui l'utilisèrent pour les armes nobles. Origine: du grec *khalkos*, cuivre, et de verre. Mot inspiré de l'orichalque des Atlantes.

CHARRODES: plates-formes de transport suspendues par antigravité. Elles étaient parfois automobiles, mais la plupart du temps tirées par des animaux de trait, hyppodions ou golieuthes.

CHEVALIER: noble ayant passé avec succès les épreuves de l'Eschola.

COMWARRIOR: commandant de garnison. De *commander* et *warrior*, en anglais.

CONTEUR: à l'origine, les conteurs étaient rattachés à la religion amanite. Lors de la reconquête pacifique du monde menée par les amanes, ils précédaient les prêtres en allant raconter les légendes attachées à la religion dans les villes et villages étrangers. Leur talent préparait la venue des prêtres. Avec le temps, les conteurs sont devenus indépendants de la religion. La richesse de leur culture extraordinaire se transmet exclusivement oralement, de maître à élève. Bien souvent, les conteurs sont suivis par des disciples auxquels ils enseignent leur art. Cette formation s'étale sur plus de dix années. Traditionnellement, les conteurs sont vêtus d'une large cape de laine vert sombre. Ils ne possèdent jamais aucun bien en propre. Mais leur présence est recherchée par les seigneurs, qui doivent leur offrir la table et le couvert. Les conteurs sont accueillis comme des hôtes de marque. Ils sont libres de toute vassalité.

CONVOYEURS : voir Saf'therans.

COURE : famille de lionorses regroupant un fidèle, ses femelles et leurs petits de moins de trois ans. La descendance d'un lionorse reproducteur est appelée lignée. Celle du roi porte le nom de Ligne.

DANOBES : chiens sauvages, en Ukralasia. De grande taille, ils chassent en meute et sont considérés comme l'un des fléaux principaux des zones inhabitées. Puissants et féroces, ils s'attaquent même aux migas isolés, et font des ravages dans les troupeaux. Leur seul prédateur est le lionorse. Origine : danois.

DAYAL : sabre de chalqueverre, arme principale des chevaliers. Le dayal est fabriqué par les amanes, et parfaitement adapté à la main de son propriétaire. Il est remis au nouveau chevalier au cours d'une cérémonie rituelle.

DERAÏK : terme saf'theran. Chef militaire djag (étranger) affecté à la protection d'une caravane. Il s'agit souvent d'un chevalier errant.

DIVINÀTOR : astrologue.

DJAG : terme saf'theran. Étranger au peuple des convoyeurs. Origine : *gadgé*, terme gitan signifiant étranger.

DJARK : monstre médhellenien. Sorte de calmar terrestre géant. Il s'agit sans doute du plus grand animal terrestre. Extrêmement dangereux, il attire ses victimes à l'aide de ses douze tentacules dont chacun est pourvu d'un énorme orifice buccal. D'une puissance phénoménale, le djark s'attaque même aux crocodiles géants, dont les plus grands atteignent douze mètres.

DMAÂRH : équivalent du roi, en Medgaarthâ.

DOLBÂS : robe blanche dont sont revêtus les émyssârs.

DOLTA : appelée aussi « la Trêve du milieu ». Période de repos, au cours de l'Eschola, située après l'épreuve épuisante de l'Astina. Origine : contraction de *dolce vita*, la vie douce, en italien.

DOMÉA : villa des nobles. D'origine latine.

DOMESSE : à Medgaarthâ, esclave dévolu au service des doméas. Dans le monde amanite, serviteur libre. Les tâches ménagères étant effectuées par des esclaves le plus souvent spoliés, les domesses ont pour fonction de diriger ces esclaves. Parfois, ils jouent le rôle de personne de compagnie, de confident. Chaque noble, chaque notable a à cœur de s'entourer de ces personnages efficaces et stylés, dont l'éducation rigoureuse est régie par un code très strict, l'Eythick. Malgré la grande liberté dont ils jouissent, une tradition veut que les domesses s'attachent à la famille d'un noble et lui restent attachés toute leur vie, et cela de génération en génération. Les écuyers constituent une classe à part parmi les domesses. Origine : du latin *domus*, maison, et *domesticus*, de la maison, attaché à la maison.

DORIER : félin géant à dents de sabre. Issu de manipulations génétiques réalisées avant le Jour du Soleil.

DRAKKHOR : monnaie du monde amanite. Il convient de différencier le drakkhor de bronze, couramment utilisé dans les échanges, du drakkhor d'or, d'une valeur cent fois supérieure. Origine : mélange de drachme (monnaie antique grecque) et de dollar.

DRAMAS : soldat de la religion amanite.

DRYÀNE : divinité des forêts et des eaux, dans la mythologie gwondéenne. Souvent bénéfiques, elles peuvent aussi se montrer vindicatives avec les hommes qui maltraitent inutilement les animaux ou les arbres. La légende affirme qu'elles sont alors capables de les entraîner sous les eaux et de les noyer, parfois en usant de charme et de séduction, parfois par la violence. Elles deviennent alors plus féroces que des lionnes. De dryade, ondine de la mythologie grecque.

ÉCUYER : domesse libre attaché au service d'un chevalier. Il s'occupe de toutes les tâches ménagères du chevalier en campagne, soigne le lionorse de son maître, et veille à l'entretien de ses armes.

EKWARRIOR : cavalier. « Ek », équidé, et *warrior*.

ÉMYSSÂR : jeune homme ou jeune fille de dix-huit ans offerts en sacrifice aux divinités des marais de Gwondà. Tous les ans, chaque cité devait fournir un couple d'émyssârs que l'on abandonnait dans les marais. Origine linguistique : bouc émissaire.

ESCHOLA : série d'épreuves subies par les jeunes nobles pour devenir chevalier. À l'origine, l'Eschola ne comportait que quatre épreuves, l'Aiguade, l'Astina, la Chasse et l'épreuve des armes. Hegon y ajouta deux épreuves, la Sagitta et la capture d'un lionorse. Au fil des siècles, l'épreuve de chasse fut abandonnée. Origine : du latin *schola*, venu du grec *skholê*.

EXCLUSION : châtiment réservé à certains Saf'therans ayant gravement transgressé la loi.

EYTHICK : code strict régissant la vie des domesses. Origine : étiquette. Il offre des similitudes avec l'Eythim, le code des chevaliers. Origine : éthique.

EYTHIM : code d'honneur de la chevalerie. Établi aux premiers temps de la religion amanite par Hegon d'Entraghs, il régit la vie des chevaliers en fonction de sept règles fondamentales et de lois concernant les relations et engagements d'un chevalier vis-à-vis du peuple qu'il a choisi de défendre.

FIDÈLE : mâle dominant, chez les lionorses.

FILLES FOLLIEUSES : prostituées. On les rencontre dans les bas-fonds des cités amanites, où elles sont placées sous la domination de proxènes. Il existe aussi des prostituées dans les caravanes, regroupées dans une structure appelée l'arsheven. Certaines de ces filles follieuses sont spoliées. D'autres sont seulement esclaves, voire volontaires libres.

FLUX LECTRONIQUE : électricité.

Fo'ahn : vent violent de la vallée de Medgaarthâ, surnommé le Vent-qui-rend-fou.

Folmans : peuple de Médhellenie conservant une religion issue des croyances datant d'avant le Jour du Soleil. Dieu : Deallah.

Gal : petit cylindre de métal utilisé lors des conseils, afin de demander la parole.

Garous : descendant des *Homos sapiens*, dégénérés par les épidémies et les radiations. Des croisements réguliers avec des Sapienniens (ou humains mutants) leur ont permis de survivre à travers les millénaires. Ils sont cependant en voie d'extinction. Synonyme : werhes.

Gladiâs : guerrier, noble ou non, qui gagne sa vie en provoquant des duels. Ces professionnels pouvaient remplacer un offensé, moyennent finance. Origine : gladiateur.

Golieuthes : animaux gigantesques résultant d'un croisement génétique artificiel entre les proboscidiens (éléphants) et les bovidés. Ils en conservent une petite trompe et de redoutables défenses. Certains atteignent les six tonnes. Ils sont dotés d'une force peu commune et constituent l'essentiel des animaux de trait des convoyeurs. Les femelles fournissent un lait, le shalek, qui est la base de la nourriture des Saf'therans. Origine : Goliath.

Gonn : fusil lectronique projetant des balles par création d'un champ électromagnétique très puissant. Origine : *gun*, anglais, arme à feu.

Graâfs : les nobles. Ce sont les grands propriétaires terriens, issus de l'armée. Lorsque la Vallée fut investie, les chefs de clan s'approprièrent tout naturellement les terres, qu'ils se transmettent depuis de père en fils. Mot allemand : comte.

Guinrenc'h : bière alcoolisée du nord de l'Europannia. Origine : nom d'inspiration celtique.

HÂRONDÀ: série d'épreuves initiatiques réservées aux jeunes nobles afin de prouver leur valeur. Origine : *oranda*, épreuves initiatiques des Indiens d'Amérique du Nord.

HIN MEÏH: expression fataliste exprimant la volonté des dieux, même si parfois celle-ci est incompréhensible.

HONGRE: lionorse castré.

HOSPETAL: terme medgaarthien. Centre médical où travaillent les médikators. En cet endroit, ceux-ci pratiquaient la spoliation.

HOSTAL: terme amanite. Hôpital du Réseau.

HYPPODION: cheval mutant de grande taille, utilisé par les Saf'therans. Les plus gros peuvent atteindre près de trois tonnes. Du grec *hippos*, cheval.

KASTRON: tour centrale d'un dromon. De *xylokastron*, tour de bois, en grec, terme qui désignait cette tour sur les galères antiques et vénitiennes.

KHADAR: artisan, petit négociant, paysan libre et propriétaire de terres. Mot encore utilisé à l'époque de Phénix.

KHOMAT: dans une caravane, désigne l'endroit où les notables se réunissent pour prendre les décisions importantes. Par extension, on appelle ainsi l'auberge où ils prennent leurs repas.

KLAÀVE: esclave spolié.

LANCE-PLASMA: arme lourde utilisée par les dramas.

LÀNDGRÂD: lieu de réunion cultuelle de la religion de Braâth, situé à l'extérieur des cités, où l'on célébrait le culte du dieu aveugle, et où se faisait le choix des émyssârs.

LÀNDMAÂRKH: domaine placé sous la responsabilité d'un maârkh. Medgaarthâ comptait neuf làndmaârkhs. De *land*, pays, et de *maârkh*, marquis.

LÀNDWOKS: paysans. Ceux qui travaillent la terre et

élèvent le bétail pour le compte des propriétaires terriens. Ils sont libres et parfois propriétaires de leurs terres. Mais ils ne détiennent que vingt pour cent des surfaces exploitables. Le reste appartient aux nobles, les graâfs. Ils n'ont pas le droit de posséder des klaàves (esclaves spoliés). Les làndwoks constituent la grande majorité du peuple de la Vallée. Origine : *land*, pays, et *work*, travail.

LECTRONE : nom générique désignant tous les systèmes d'éclairage utilisant le flux lectronique.

LEEVANE : fleur blanche des forêts d'Europannia et d'Ukralasia. Sorte de clématite. Son nom a donné un prénom : Leeva.

LÉPHENIDE : jeune femme noble de haut rang, destinée à épouser les princes du monde amanite.

LIGNE : chez les lionorses, famille du roi, comportant ses femelles et leurs petits de moins de trois ans.

LIGNÉE : chez les lionorses, famille d'un fidèle.

LIONORSE : animal apparu par manipulation génétique. Croisement entre les équidés et les félidés. Il fut adopté comme monture par les chevaliers amanites. Origine : lion et *horse*, cheval, en anglais.

LOOS'AHN : le Souffle du Dragon, ou Grand Dragon, fléau qui frappe Medgaarthâ tous les neuf ans. Pas d'origine linguistique précise. Mais en lien avec Fo'Ahn, le Vent-qui-rend-fou. *Ahn* signifie fléau en langue medgaarthienne.

LÛMYR : petit miroir utilisé par les warriors pour communiquer à l'aide de signaux lumineux. De lumière et miroir.

MAAKLAWA : liqueur réalisée à base de champignons hallucinogènes, utilisée par l'Achéronte lors de la cérémonie rituelle du baptême. Son utilisation prolongée pouvait entraîner la folie. Elle fut interdite plus tard par les amanes.

MAÂRKH: gouverneur d'une cité. Mot qui trouve sa racine dans marquis, noble chargé, dans la tradition, de la défense des marches, c'est-à-dire des frontières du pays.

MAÂRKHAL(E) : relatif au maârkh.

MALLEK: grande salle du temple Sahiral, où se déroulent les épreuves de l'Eschola.

MARAUDE: mode de vie des maraudiers.

MARAUDIERS: bandes incontrôlées vivant à l'extérieur de Medgaarthâ.

MARAVÈNE: sorte de lièvre pourvu d'une collerette qu'il déploie lorsqu'il se sent menacé, afin d'effrayer ses prédateurs.

MARCHE: unité de longueur amanite, environ sept kilomètres. Distance moyenne parcourue par un homme en une heure.

MARONCLE: sanglier mutant géant.

MÉDAMANE: amane chargé de la médecine.

MÉDIKATOR: médecin chargé le plus souvent de la spoliation.

MERCENAIRES NOMADES: soldats errants qui louent leurs services aux Saf'therans pour défendre les caravanes. Souvent, ils s'attachent à la personne d'un chevalier sans domaine.

MERKÀNTORS: financiers et banquiers de la Vallée. De mercantile.

MIGAS: monstre issu des manipulations génétiques des Anciens. Croisement entre l'ours et le varan du Nil. D'une force colossale, le migas est aussi réputé pour sa stupidité.

MOKANOS: moutons retournés à l'état sauvage après le Jour du Soleil.

MUSARDE: rongeur mutant apparenté à la fouine

MYURNE: conteur.

NARDRE: disque hérissé de pointes complétant l'armement du chevalier

Neesthies: femmes médecins de Medgaarthâ. La Baleüspâ est recrutée parmi elles.

Noble: homme doté du shod'l loer, faculté permettant de percevoir l'état d'esprit des autres.

Obs: tour haute servant à l'observation des astres par les amanes.

Oronte: prêtre de la religion de Braâth.

Ost: armée royale. Origine : l'ost médiéval.

Panthaen: bâtiment du baarschen aux fonctions multiples. On y loge les personnages importants de la caravane. Là se traitent également les transactions commerciales entre négociants et convoyeurs, les Saf'therans. On y trouve les sièges des grandes compagnies d'assurances. Origine : du grec *panthéion*, temple de tous les dieux. Le Panthaen accueille également les cultes innombrables des Saf'therans et des voyageurs.

Parane: aspirant à la prêtrise. On leur donne le titre d'inhad. Ils portent une robe rouge bordeaux.

Paratena: fête particulière donnée par les membres d'une caravane avant le départ.

Parodèle: fruit sauvage apparenté à la groseille.

Passemyre: petite fleur mauve, renommée pour ses multiples vertus médicinales.

Phalange: noyau de base de la religion amanite, constitué de cinq prêtres : un théolamane, un biolamane, un médamane, un physiamane et un astrolamane.

Physiamane: amane chargé des sciences mécaniques.

Pistolaser: arme de poing datant de l'Antiquité.

Prytaneus: école militaire de Gwondà réservée aux jeunes nobles.

Renard-métal: renard europanien à la fourrure couverte de plaques cornées, de couleur métallique, argent ou bronze.

Roi: mâle dominant supérieur, chez les lionorses.

Saf'theran: convoyeur. Peuple nomade par excellence, les Saf'therans voyagent d'une cité à l'autre en transportant les marchandises pour le compte des négociants. Les convois sont assurés par des compagnies spécialisées, en raison des dangers de la piste. Attachés à leur indépendance, ils ne sont inféodés à aucun souverain. Attirés par la religion amanite, ils pratiquent cependant leurs propres croyances. De *safe*, sûr, et trans(port).

Sagitta: épreuve de l'Eschola. Durant cette épreuve, on implante sur le bachelier une série d'aiguilles semblables à des aiguilles d'acuponcture. À partir d'un certain nombre, la douleur apparaît, et augmente avec le nombre. Il faut dépasser un nombre fatidique inconnu pour triompher de l'épreuve. Mais au-delà d'un nombre lui aussi inconnu, le bachelier risque la mort. La Sagitta est une épreuve de résistance à la douleur, mais aussi d'humilité, au cours de laquelle le bachelier doit savoir déterminer ses propres limites.

Sahar Faïn: terme saf'theran. Il désigne le juge qui, dans une caravane, règle les litiges et prononce les peines.

Sapiennien: homme non doté du shod'l loer. Les sapienniens constituent la majorité des peuples amanites.

Schreffe: homme non libre. Origine: serf.

Schuun: alcool europanien à base de miel.

Sehad: titre donné aux amánes.

Serwarrior: lieutenant ou second d'un capitaine.

Setchaya: d'après les sorciers, il s'agit du pouvoir de voir au-delà des apparences. La Setchaya est un état de grâce qui permet de percevoir les forces invisibles des éléments. Elle s'apparente à une sensibilité exacerbée, mêlée à une forme très particulière de télépathie. Il s'agit en réalité de la forme féminine du shod'l loer.

Shalek: terme saf'theran. Lait fourni par les femelles

golieuthes. Il constitue la nourriture de base des convoyeurs. On en fait d'excellents fromages.

SHARACK: épaisse veste de cuir renforcée de plaques ou d'un treillis de métal, utilisée par les chevaliers pour l'entraînement ou les combats. Il existe plusieurs sortes de sharacks : combat, entraînement, cérémonie.

SHAYAL: poignard, arme secondaire des chevaliers, fabriquée en chalqueverre, tout comme le dayal.

SHERAFF: chef d'une caravane. Le sheraff est élu par ses pairs, pour une durée de trois ans. Sa tâche consiste à faciliter les rapports entre les sapienniens et les nobles. Origine : *sheriff.*

SHOD'L LOER: pouvoir de l'âme. Faculté de pénétrer l'esprit d'un interlocuteur. Force mentale apparentée à la télépathie, permettant de dominer mentalement un adversaire. Le shod'l loer des nobles est hiérarchisé par manipulation génétique. Mot obtenu par torture des mots anglais *soul*, âme, et *power*, pouvoir.

SOKONGAS: mollusques à huit bras. Elles se laissent choir sur leurs victimes depuis les branches des arbres.

SPOLIATION: opération consistant à priver un homme de sa volonté, dans le but de le transformer en esclave. Dans les premiers temps, la spoliation fut pratiquée par des charlatans, et nombre d'hommes jeunes y perdirent la vie.

STYLS: armes des chevaliers. Armes de jet, au nombre de vingt-sept, et passées dans une ceinture qui croise sur la poitrine.

SURVES: nom générique sous lequel on a désigné les habitants des lieux maudits, ou cités souterraines issues de l'Ancien Monde.

TERRES BLEUES: désert radioactif. On a longtemps cru que les Terres Bleues résultaient de guerres atomiques aux temps anciens. Elles étaient en fait la conséquence de la détérioration des sites nucléaires industriels laissés à l'abandon après le Jour du Soleil.

THAMYS: sorte de harpe à vingt-neuf cordes, très prisée par les conteurs.

THÉOLAMANE: amane chargé de l'instruction religieuse, et chef de la phalange.

TOLBE: toile de lin brut constituant le seul vêtement des bacheliers durant les épreuves de l'Eschola.

TOUR HAUTE: tour élevée, dans les citadelles amanites, destinée à la surveillance.

TRAPÈZE: livre de comptes utilisé par les banquiers dans le Réseau amanite. Note pour les amoureux de l'étymologie: en grec, *trapèza* signifie banque, ou table. Symbole de la table ou «banc». D'où vient le nom de «banquier».

TRIVE: redoutable lance à trois lames, particulièrement utile lors des batailles au corps à corps.

TUTOIEMENT: selon la tradition, les chevaliers utilisent entre eux le tutoiement des soldats. Un chevalier de petite noblesse peut ainsi tutoyer le Commandeur lui-même, qui est son frère d'armes selon l'Eythim, le code de la chevalerie.

VEILLANTS: dans la mythologie de Medgaarthâ, nains vivant sous la première racine de Gdraasilyâ, qui fournissent les métaux aux hommes. Autre nom, les Hkrolls, lorsqu'ils se montrent malveillants.

VOYAGEUR: nom donné par les Saf'therans aux peuplades errantes suivant les caravanes. Les convoyeurs méprisent les Voyageurs, mais utilisent volontiers leurs services pour le chargement et le déchargement des animaux et des véhicules.

WARRIORS: les guerriers. Tout homme peut s'engager dans l'armée de Medgaarthâ, quel que soit son origine. Ce n'est que par ce biais qu'il peut gravir les échelons de la société, en accomplissant des exploits militaires. Origine : anglais *warrior*, guerrier.

WERHES : garous, ou hommes dégénérés issus de l'Ancien Monde. Origine : werewolf : loup-garou en anglais.

ZUTHUM : bière aux fruits, spécialité des Saf'therans. Origine : zythum, ou zython, bière égyptienne.

DU MÊME AUTEUR

PRINCESSE MAORIE
LA FILLE DE LA PIERRE
LA LOUVE DE CORNOUAILLE
L'APPEL DE L'ORIENT
LA PROPHÉTIE DES GLACES

Aux Éditions Alphée

LE CARREFOUR DES OMBRES

Pour en savoir plus, vous pouvez consulter
le site officiel de Bernard SIMONAY :
www.simonay.com